Dora Heldt

Drei Frauen, vier Leben

Dora Heldt

Drei Frauen, vier Leben

Roman

dtv

MIX
Papier aus verantwortungsvollen Quellen
FSC® C019821
FSC
www.fsc.org

Ungekürzte Ausgabe 2023

Dieses Werk wurde vermittelt durch die literarische Agentur
Thomas Schlück GmbH, Hannover
Umschlaggestaltung: dtv nach einem Entwurf
von Lisa Höfner | buxdesign, München
Umschlagmotive: Westend61/the_burtons/Fran Lorite/
Getty Images und shutterstock.com
Satz: Fotosatz Amann, Memmingen
Gesetzt aus der Aldus nova
Druck und Bindung: Druckerei C.H. Beck, Nördlingen
Gedruckt auf säurefreiem, chlorfrei gebleichtem Papier
Printed in Germany · ISBN 978-3-423-21244-1

Für Carola, Katrin, Andrea, Barbara und Susan,
es läuft mit euch!

1.

In jedem Job gibt es gute und schlechte Tage. Dieser, dachte Alexandra, schien zu den schlechten zu gehören. Am besten war es wohl, sich jetzt schon damit abzufinden und das Gespräch hier in ihrem Büro ganz schnell zu vergessen. Es würde sowieso nichts ändern.

Sie verschränkte die Hände auf dem Schreibtisch und sah Sebastian an. Der redete jetzt schon seit einer halben Stunde auf sie ein und geriet dabei immer mehr in Rage. »Ich bin Bestsellerautor – und werde am Set von so einer dicken, dämlichen Praktikantin betreut? Ich wette, die hat noch nie ein Buch von mir gelesen! Und der Herr Regisseur hat gerade keine Zeit. Pah. Keine Zeit! Und dann dieser Pascal Brenner. Hast du den mal gesehen? Ist einen Kopf kleiner als ich, ein alter, schrumpeliger Zwerg und soll die Hauptrolle spielen? In meinem Buch? Wir müssen diesen Film abbrechen, ich will nicht, dass diese Stümper mein Buch so verhunzen. Du musst …«

Das Telefon vor Alexandra klingelte, irritiert starrte Sebastian Dietrich auf den Apparat und schüttelte den Kopf. Den Blick auf ihn gerichtet, nahm Alexandra den Hörer hoch. »Jetzt nicht«, und legte wieder auf, ohne die Antwort abzuwarten. Sie wandte sich wieder Sebastian zu. »Mein Lieber, du hast den Film-Vertrag unterschrieben. Und du hast gewusst, dass …«

Wieder klingelte das Telefon, mit einem Blick aufs Display stöhnte Alexandra auf und nahm ab: »Ulrike, wenn das jetzt nichts Lebenswichtiges ist, lass uns bitte später darüber reden, ich bin ja gerade in einer Besprechung.«

Mit gerunzelter Stirn hörte sie zu, dann hob sie die Augenbrauen. »Ja, Sebastian Dietrich ist gerade hier. Ist es wirklich so dringend?« Während sie die Antwort ihrer Assistentin abwartete, drehte sie sich auf dem Bürostuhl und griff nach ihrem Tischkalender. »Nein, hier steht nichts. Ich weiß von nichts. Keine Ahnung, das wird irgendeinen anderen Grund haben. Wir reden später, okay?« Sie beendete das Gespräch und sah Sebastian wieder an. »Entschuldige, wo waren wir stehen geblieben?«

»Wie nett, dass du dich mal wieder auf mich konzentrierst.« Sebastian presste die Lippen zusammen. »Alexandra, ich habe wirklich ein Problem mit der Verfilmung! Ich bin doch nicht irgendein Praktikant bei euch, ich bin Bestsellerautor, ich hole euch doch die Kohle rein. Du weißt, es gibt genug andere Verlage, die mich umgarnen.« Er lenkte seinen Blick bedeutungsschwer aus dem Fenster. »Abgesehen davon ist euer Kaffee grauenhaft. Hast du keinen Champagner im Kühlschrank? Oder wenigstens einen Weißwein? Ich muss jetzt mal was Richtiges trinken.«

In den vielen Jahren, in denen Alexandra Weise im Verlagsgeschäft tätig war, hatte sie den Umgang mit allen Typen von Autoren gelernt. Nie sah man ihr an, was sie gerade dachte, sie hatte ihren Blick und ihre Gesichtszüge perfekt im Griff, solange ihr Gegenüber im Raum war. Und es wäre ihr im Leben nicht eingefallen, zu sagen, was sie wirklich dachte. Ihre Aufgabe als Verlegerin war es, die Autoren bei Laune zu halten, dafür zu sorgen, dass ihre Texte die bestmögliche Behandlung bekamen – und so viele Leser wie möglich glücklich machten. Nicht mehr und nicht weniger.

Sie lächelte Sebastian an. »Nein, leider nicht. Aber wir können zu Pedro gehen, da ist jetzt noch nichts los und wir können in Ruhe reden. Ich würde nur rasch Bescheid geben, dass ich für heute weg bin, okay?«

Er richtete seinen Seidenschal und fuhr sich mit einer Hand durch die ohnehin schon wirre Frisur, was ihn noch verwegener aussehen ließ. »Na gut«, seufzte er. »Ich habe zwar noch keinen Hunger, aber bitte. Dann trinke ich eben nur was.«

Alexandra biss sich in Gedanken in beide Fäuste, während sie aufstand und zur Tür ging. »Bin gleich wieder da«, rief sie ihm zu und schloss die Tür hinter sich. Draußen lehnte sie sich einen Moment an den Rahmen und atmete tief durch. Was für ein arrogantes Arschloch aus diesem hoffnungsvollen Nachwuchsschriftsteller geworden war, dachte sie, es war kaum auszuhalten. Aber er war eines der Zugpferde dieses Verlages, sie konnten es sich nicht leisten, ihn mit dem nächsten Buch an ein anderes Haus zu verlieren. Auch wenn sie selbst drei Kreuze machen würde, wenn Sebastian Dietrich aus ihrem Leben verschwinden würde. Das war ein Gedanke, den sie sich sofort verbot. Sie war die Verlegerin. Und damit Dienstleisterin ihrer Autoren. Das war im Traditionsverlag der Familie Seltmann ehernes Gesetz, seit jeher. Und die Verlegerin hatte dafür Sorge zu tragen, dass genau das auch umgesetzt wurde.

»Wolltest du noch was?« Ihre Sekretärin Melanie hob den Kopf, als sie ihre Chefin an der Tür sah. »Oder seid ihr fertig?«

»Weder – noch«, Alexandra stieß sich von der Tür ab und ging einen Schritt näher zum Schreibtisch. Mit gesenkter Stimme sagte sie: »Sebastian ist in Hochform, ich gehe jetzt mit ihm zu Pedro, vielleicht ist er nach dem ersten Champagner wieder erträglicher. Falls was ist, schick mir eine SMS, bloß nicht anrufen, er ist heute hochkant genervt. Wenn es so lange dauert, wie ich befürchte, gehe ich anschließend direkt nach Hause. Wir sehen uns morgen.«

Melanie nickte knapp. »Gut. Bis morgen.« Sie war schon wieder auf ihren Bildschirm konzentriert. Alexandra ging zurück ins Büro, um ihre Tasche und ihren Bestsellerautor zu holen.

Pedro kam sofort hinter dem Tresen hervor, als Alexandra und Sebastian eintraten. »Hola, Señora Weise«, er strahlte sie an. »Wie schön, Sie zu sehen, Sie sehen wunderbar aus, geht es Ihnen gut?«

»Ja, danke, Pedro, können wir uns an den Tisch am Fenster setzen?«

»Ja, natürlich, nehmen Sie Platz, ich bringe Ihnen die Karte.« Sebastian blieb wie festgetackert stehen.

»Kommst du?« Alexandra berührte ihn leicht am Arm.

Er sah sie mit hochgezogenen Augenbrauen an. »Wir sind ja nicht zum ersten Mal hier, kannst du mir sagen, warum er mich wieder nicht erkannt hat? Was ist das eigentlich für ein Typ?«

Alexandra atmete einmal lang ein, dann wieder aus und schob sich an Sebastian vorbei zu dem kleinen Tisch am Fenster. Von dort hatten sie einen freien Blick auf den belebten Platz vor dem Restaurant. Es war für Ende März eigentlich zu kalt, um draußen zu sitzen, doch die Münchner waren da unerschrocken, sobald die Sonnenstrahlen rauskamen, wurde das Leben nach draußen verlegt, auch wenn die zaghafte Märzsonne noch nicht reichte, um die Jacken auszuziehen. Die jungen Mädchen behielten sogar die Mützen auf, in Alexandras Jugend hatten das nur die alten Frauen in den Cafés gemacht.

Sie lächelte, als sie drei bemützte junge Frauen an einem Tisch beobachtete, die sich vor Lachen kaum halten konnten. Die hatten ihren Spaß. Im Gegensatz zu Sebastian, der nun doch mit verkniffenem Gesicht endlich am Tisch Platz nahm. Und ihr.

»München ist einfach eine Servicewüste«, bemerkte er ohne Übergang, Alexandra konnte sich ein leises Stöhnen nicht verkneifen. Wenn man den berühmten Sebastian Dietrich nicht erkannte, war man tot.

»Die meisten Promis hassen es, wenn man sie in privaten Situationen anspricht.« Diese Spitze konnte Alexandra sich nicht verkneifen. »Pedro kennt das, er hat hier viele prominente Gäste. Jetzt erzähle doch noch mal, was genau dich an der Verfilmung so stört.«

Sebastian wartete kaum Alexandras Bestellung ab – Champagner für ihn, Espresso und Wasser für Alexandra –, dann holte er Luft. Er sprach ja so gern über sich und das Unvermögen der anderen. Während er mit der detailreichen Schilderung seines Besuches am Drehort begann, ließ Alexandra ihre Gedanken schweifen, ohne dass Sebastian das mitbekam. Sie konnte wahnsinnig konzentriert wirken. Und weil sie sein Verfilmungs-Lamento schon einige Male gehört hatte, konnte sie sich diese kleine Auszeit ohne weiteres genehmigen.

Da war sie wieder, die pummelige Praktikantin am Set, und Alexandra überlegte, wann genau Sebastian Dietrich zu einem solch frauenfeindlichen und arroganten Idioten mutiert war. Als sie ihn kennengelernt hatte, war er ein junger, sympathischer Redakteur gewesen, der unsicher und aufgeregt auf ihren Vorschlag reagiert hatte, einen Roman für den Seltmann Verlag zu schreiben. Alexandra hatte einen Riecher für Talente, für Ideen und Stoffe, sie hatte ihm Vorschläge gemacht, ihn bei seinem ersten Roman intensiv begleitet, ihn motiviert, sanft kritisiert und ihn bei allen Unsicherheiten, Zweifeln und Schreibblockaden unterstützt, bis sein Debüt fertig und sofort auf die Bestsellerliste geschossen war. Auch die nachfolgenden Romane waren Kassenschlager, Sebastian Dietrich war nach nur fünf Jahren einer der bekanntesten deutschen Schriftsteller. Und einer der anstrengendsten, zumindest für Alexandra. Sebastian Dietrich wäre ohne sie und die Kollegen im Verlag niemals da angekommen, wo er heute war. Darüber war er sich nur leider nicht bewusst. Nie käme er auf die Idee, sich bei irgendjemandem zu bedanken, niemanden machte er für seinen großen Erfolg verantwortlich als Sebastian den Großen höchstselbst. Eigentlich sollte Alexandra sich nicht mehr darüber ärgern. Aber es gab Tage, da tat sie es doch. Und manchmal fragte sie sich, ob es daran lag, dass sie schon so lange mit Autoren und ihren Büchern arbeitete und Sebastian Dietrich einfach nur ein großer Tropfen zu viel für das ohnehin schon volle Fass war.

»Hörst du mir eigentlich zu?«

»Selbstverständlich.« Alexandra hob den Blick und lächelte ihn an. »Pascal Brenner trägt in seiner Rolle eine braune Breitcordhose.«

»Breitcord«, wiederholte Sebastian mit einem Anflug von Hysterie in der Stimme. »Niemals würde ich ...«

»Bitte sehr, ein Glas Champagner, ein Wasser, ein Espresso, möchten Sie ein paar Tapas, Señora Weise?«

Pedro ignorierte Sebastians gerunzelte Stirn und drehte die Espressotasse vor Alexandra so, dass der Henkel auf der rechten Seite war. Alexandra lächelte. »Danke, Pedro, wir warten aber noch mit dem Essen.«

»Tapas sind kein Essen.« Pedro trat einen Schritt zurück. »Sie sind fürs Gefühl. Ich stelle euch was zusammen.« Er ging, gefolgt von Sebastians giftigem Blick.

»Unverschämt. Platzt schon wieder mitten ins Gespräch.« Die Augen noch auf den renitenten Patron gerichtet, griff Sebastian nach dem Champagner. »München wird immer mehr zur Provinz.«

Alexandra schloss kurz die Augen und atmete in den Bauch. Bleib wohlwollend, befahl sie sich, irgendwann ist auch dieses Gespräch vorbei. Sie stützte ihr Kinn auf die Hand und sah Sebastian an. »Dein Regisseur hat in den letzten Jahren alles an Preisen abgeräumt, was man bekommen kann, ich kann mir einfach nicht vorstellen, dass er ausgerechnet bei deiner Verfilmung versagt. Warte doch einfach mal das Ergebnis ab, wir, als Laien, können uns während der Dreharbeiten doch gar nicht vorstellen, was da gerade entsteht.«

Sebastians Zeigefinger schnellte nach vorn. »Du hast *bei deiner Verfilmung* gesagt, und genau das ist der springende Punkt: Es ist *mein* Buch, aber dieser eitle Fatzke macht daraus, was er will. Als wäre es *seine Verfilmung*. Und …«

Pedro kam mit einem Tablett in der Hand an ihren Tisch und stellte ein paar kleine Teller ab. Dieses Mal redete Sebastian einfach weiter. »Und ich kann es auch beweisen, auf Seite 72 im Buch, zum Beispiel, da geht Benjamin in ein Museum, um Julia zu treffen. Ins Museum. Bringen Sie uns eine Flasche Weißwein, aber nicht Ihren Hausfusel.«

Sebastian sah Pedro dabei nicht einmal an, Alexandra lächelte entschuldigend. »Es gibt aber keine einzige Szene, die im Museum gedreht wurde. Nicht eine. Also? Wo soll er sie stattdessen treffen? In einer Pommesbude? Und dann auf Seite 28, da wird sehr genau beschrieben, wie Julia gedankenverloren eine ihrer langen Haarsträhnen um den Finger wickelt. Das ist eine Metapher, eine, die für den Roman extrem wichtig ist. Diese unsägliche Schauspielerin, deren Namen ich schon wieder vergessen habe, die hat aber gar keine langen Haare. Die hat so eine komische Kurzhaarfrisur, grauenhaft. Und sie trägt auch beim Drehen keine Perücke. Diese Szene MUSS raus! Ein anderes Beispiel …«

Alexandra betrachtete das Schälchen, das Pedro genau vor ihr abgestellt hatte. Datteln im Speckmantel. Sie steckte sich eine in den Mund, der Geschmack aus salzig und süß ließ unvermittelt ein Bild in ihrem Kopf aufblitzen: eine Terrasse auf Fuerteventura, Sonne, der Geruch von Salz und Meer und derselbe Geschmack auf der Zunge. Eine helle Stimme: »Die mag ich noch nicht mal an Weihnachten, das ist doch dieses klebrige Zeug. Und ist das Drumherum Speck? Isst man das hier so?« Schiffe am Horizont, braungebrannte Menschen am Strand, über allem eine seltsame Traurigkeit. Alexandra verdrängte den Gedanken und schluckte die Dattel runter. Sie wollte nicht an diesen Moment erinnert werden und schüttelte den Kopf. Sebastian blickte sie fragend an. »Was? Wieso schüttelst du den Kopf?«

»Ich …«, Alexandra räusperte sich und griff zu ihrem Wasserglas. Sie nahm einen Schluck, und erst nach einer kleinen Pause atmete sie tief aus: »Du hast eine Menge Geld für den Verkauf der Filmrechte bekommen, und jetzt gibt es genau zwei Möglichkeiten. Entweder du bleibst den Filmarbeiten fern, redest keinem hinein, gibst, wenn überhaupt, nur freundliche Interviews und zeigst dich geschmeichelt und zufrieden mit der Verfilmung, oder du machst so weiter wie bisher, dann wirst du zum klassischen Stinkstiefel und Besserwisser, der das Geld gern nimmt und dann beleidigt herummeckert. Das ist zum Ersten kein sympathischer Zug und verhindert zum Zweiten, dass jemals irgendjemand ein weiteres Buch von dir verfilmt. Also weniger Presse, weniger Geld, weniger Aufmerksamkeit. Es ist deine Entscheidung. Ich werde mich da nicht einmischen.«

Sebastian fiel die Kinnlade herunter. Bevor er etwas sagen konnte, kam Pedro mit dem Wein. »Ich habe hier einen wunderbaren Verdejo aus der Region Rueda, wer möchte probieren?«

Stumm nahm Sebastian das Glas und trank es in einem Zug aus. »Okay«, sagte er knapp und ließ sich nachschenken. Er wartete, bis Pedro verschwunden war. »Das heißt, du stellst dich nicht hinter mich? Du lässt zu, dass dieser Film mir meine Karriere versaut?«

»Kein Film versaut deine Karriere, deine Bücher haben Millionenauflagen. Wir sollten lieber über deinen nächsten Roman sprechen, als die Zeit mit dieser Verfilmung zu verplempern. Wenn du deine Energien aufs Schreiben statt auf die Dreharbeiten verlegen würdest, wären die ersten Kapitel längst fertig.« Alexandra zog die Weinflasche aus dem Kühler und goss sich jetzt doch ein Glas ein. Normalerweise trank sie höchstens am Wochenende Alkohol, jetzt gerade war es ihr egal. »Du weißt, dass ich immer auf der Seite meiner Autoren bin, Sebastian, aber deine Haltung gegenüber der Verfilmung ist aus meiner Sicht höchst unprofessionell.«

Sebastian schwenkte den Wein in seinem Glas, sein Gesichtsausdruck änderte sich plötzlich, jetzt wirkte er fast gut gelaunt. Alexandra kannte das, seine Stimmungen wechselten im Halbstundentakt. Er sah sie an. »Du solltest dich mal mehr deinem Privatleben widmen, meine Liebe. Du wirkst irgendwie unentspannt. Hast du genug Sex?«

Alexandra lächelte. »Wenn es da Defizite gäbe, wärst du selbstverständlich der Erste, dem ich das mitteilen würde. Aber mach dir keine Sorgen, ich bin gerade sehr entspannt, weil wir dein Problem ja jetzt gelöst haben. Oder?«

»Frau Weise? Oh, und hallo Herr Dietrich, das freut mich aber, Sie zu sehen.«

Alexandra musste zweimal hinsehen, um die junge, zierliche Frau einzuordnen, die in diesem Moment an ihnen vorbeilief und plötzlich stehen geblieben war. »Sophia? Das ist ja eine Überraschung!« Sie stand auf, um sie mit einer flüchtigen Umarmung zu begrüßen, auch Sebastian hatte sich erhoben. Sophia gab ihm etwas schüchtern die Hand. »Herzlichen Glückwunsch zu Ihrem Filmvertrag. Wahnsinn, und Markus Rohr führt Regie! Das ist mein absoluter Lieblingsregisseur.«

»Ich …«, Sebastian Dietrich sah sie geschmeichelt an. »Ja, ich denke auch, dass das eine gute Sache wird. Rohr räumt ja einen Preis nach dem anderen ab. Frau … ähm, lassen Sie mich kurz überlegen, Sie mochten doch meine Bücher so gern, oder? Haben wir uns nicht auf dem letzten Verlagsfest getroffen?«

Alexandra sah ihn mit hochgezogenen Augenbrauen an.

»Ihr habt euch auch vorher schon gesehen. Sophia Magnus war im letzten Jahr unsere Volontärin. Eine unserer besten. Und? Gefällt es Ihnen im Verlag an der Alster? Haben Sie sich schon in Hamburg eingelebt?«

Sophia strahlte sie an. »Ja, es ist ganz wunderbar. Ein tolles Haus, ich habe eine schöne Wohnung, nette Kolleginnen, aber das muss ich Ihnen ja nicht erzählen, Sie kommen ja von dort.«

»Ach, das ist schon Jahrzehnte her«, Alexandra lächelte. »Es waren meine ersten Verlagsjahre, bevor ich nach München gegangen bin. Aber es war eine schöne Zeit.«

»Jetzt fällt es mir wieder ein«, Sebastian beugte sich nach vorn. »Sie waren auf meiner großen Premiere im letzten Jahr, stimmt. Zusammen mit Ihrem Vater, der ist doch dieser sehr erfolgreiche Journalist, na, wie hieß er doch gleich?«

Alexandras Magen zog sich leicht zusammen, sie konnte wirklich tagsüber keinen Wein vertragen.

»Mein Vater ist Jan Magnus.« Sophia nickte. »Er ist Chefredakteur vom ›magazin‹.« Sie warf einen verstohlenen Blick auf Alexandra, die so tat, als hätte sie es nicht bemerkt. »Ja«, fuhr sie fort, »wir waren zusammen auf Ihrer Premiere, das war ein toller Abend. Und danach noch in der Bar.«

Alexandra hatte plötzlich die Gesichter des Abends vor Augen, das Ehepaar Seltmann, ihre Assistentin Ulrike, Angelika aus der Presse, Sophia, Sebastian, eine Moderatorin des Bayerischen Rundfunks, deren Name ihr gerade nicht einfiel, und Jan Magnus, der eng neben Alexandra gesessen hatte. Und sie damals allein durch seine Anwesenheit beruhigt hatte. »Grüßen Sie Ihren Vater von mir«, sagte sie jetzt zu Sophia. »Ich hoffe, es geht ihm gut.«

»Ja, danke. Ach, da ist ja schon meine Freundin, ich bin zurzeit bei meiner Mutter und versuche nebenbei, auch noch alle alten Freundinnen zu treffen. Ich habe mich gefreut, Sie zu sehen, vielleicht auf bald mal.« Etwas verlegen gab sie erst Alexandra, dann Sebastian die Hand, lächelte beide an und ging zu einem Tisch an der Ecke, von dem ihr eine junge Frau mit Mütze entgegenlachte.

Sebastian fuhr sich mit den Fingern durch die Frisur und sah ihr nach, auch Alexandras Blick ging in Richtung der beiden Frauen. Bei der lautstarken Begrüßung fragte Alexandra sich, ob sie auch früher so gekreischt hatten, wenn sie sich wiedersahen. Alexandra konnte sich nicht daran erinnern. Sie hatte sich immer mehr nach innen gefreut.

»Gut«, sie wandte sich wieder an Sebastian, »dann sollten wir jetzt …«

Sein Handy vibrierte in der Hosentasche, sofort zog er es raus und nahm das Gespräch an. Auf seinem Gesicht breitete sich ein strahlendes Lächeln aus, seine Körperhaltung straffte sich, seine Stimme war plötzlich ganz sanft. »Natürlich kann ich mich an Sie erinnern. Was kann ich für Sie tun? … Ja, genau … Je nachdem, ob Sie spontan sind, ich bin gerade in der Innenstadt … Ja, gleich, gern, wo? … Wunderbar, ich bin in einer Viertelstunde da, danke, ich freue mich.«

Zufrieden schob Sebastian das Telefon zurück in die Hosentasche, griff zu seinem Weinglas und leerte es in einem Zug. »Maria Berger«, teilte er Alexandra wichtig mit, machte eine wirkungsvolle Pause und sah sie auffordernd an.

»Aha.« Alexandra sah ihm an, dass er enttäuscht war von ihrer knappen Antwort.

»Maria Berger«, wiederholte er. »Du weißt schon, die ehemalige Kulturchefin des ›Wochenblatts‹, die jetzt beim Fernsehen ist. Sie ist da unter anderem verantwortlich für diese Reihe, in der Kulturgrößen des Landes privat vorgestellt werden. Läuft immer eine Stunde zur besten Sendezeit. Sie wollen das jetzt mit mir machen.« Selbstverliebt lächelte er sie an. »Ist das nicht toll?«

»Toll.« Alexandra knipste ihr professionelles Lächeln an. Kulturgröße, dachte sie. Maria Berger würde vermutlich über die Verfilmung reden wollen. Schließlich finanzierte ihr Sender einen Teil des Films. Aber Alexandra hatte keine Lust, Sebastians gute Stimmung zu verderben. Deshalb nickte sie nur und schwieg. Abrupt zog er seine Jacke von der Stuhllehne und kam um den Tisch, um ihr zwei Luftküsse auf die Wangen zu hauchen. »Maria Berger hat ganz spontan Zeit für die Vorbesprechung. Und wir beide waren ja ohnehin durch. Ich rufe dich an, bis bald.«

Ihre Antwort wartete er gar nicht ab, er hatte das Lokal schon verlassen, bevor Alexandra anfangen konnte, sich wirklich zu ärgern. Wenigstens konnte sie jetzt noch mal ins Büro gehen.

»Oh, ich dachte, du wärst für heute weg.« Ulrike sprang auf, als sie Alexandra an der Tür stehen sah. »Das ist sehr gut, dass du wieder da bist, ich wollte dich noch was fragen. Komm rein, setz dich. Wie war es mit Sebastian Dietrich?«

Alexandra winkte ab. »Frag nicht«, sie ging zu einem der bequemen Sessel an dem kleinen Tisch in der Ecke und ließ sich hineinfallen. »Es gibt Menschen, die mit Erfolg nicht umgehen können. Der wird tief fallen, wenn es mal vorbei ist. Und wir müssen ihn dann wieder aufrichten. Na ja, egal. Was meintest du vorhin damit, dass ich einen Termin mit den Seltmanns hätte? Ich habe seit Wochen nichts von ihnen gehört.«

Ulrike war seit über zehn Jahren Alexandras engste Mitarbeiterin. Sie war Anfang vierzig, gut fünfzehn Jahre jünger als Alexandra und in einer Fernbeziehung mit einem ehemaligen Kollegen, der jetzt in Wien arbeitete. Sie und ihr Freund sahen sich nur alle drei Wochen, in der übrigen Zeit arbeitete Ulrike genauso viel wie ihre Chefin. Alexandra konnte sich auf sie verlassen, sie waren gut genug befreundet, um bei der Arbeit miteinander auszukommen, und gleichzeitig eine private Beziehung zu haben. Das gefiel beiden.

Jetzt setzte Ulrike sich auf den anderen Sessel und sah Alexandra an. »Ich hatte heute Morgen einen Zahnarzttermin. Gleich um acht. Die Praxis liegt neben dem *Plaza Hotel*. Und als ich danach wieder rauskam, sah ich das Ehepaar Seltmann aus dem Hotel kommen. Kommen die heute noch ins Haus? Ist mir da was durchgerutscht? Ich wusste gar nicht, dass sie in München sind.«

Alexandra schüttelte achselzuckend den Kopf. »Ich auch nicht. Vielleicht waren sie einfach privat hier. Weil sie einen Inselkoller hatten und mal wieder in die Großstadt wollten. Sie müssen sich doch bei uns nicht anmelden.«

Veronika Seltmann und Hans Sattler-Seltmann waren die sehr vermögenden Inhaber des Seltmann Verlages, für den Alexandra seit Jahren als Verlegerische Geschäftsführerin arbeitete. Die Seltmanns hatten sich nie um das Tagesgeschäft gekümmert, dafür hatten sie ja Alexandra. Sie mochten Autoren und Bücher, handelten aber auch mit Kunst und Immobilien. Das große Geld hatten sie jedoch mit Hans Sattler-Seltmanns Baufirma gemacht. Er hatte seine Frau finanziell unterstützt, als sie von ihrem Vater den Seltmann Verlag erbte. Dank seiner kontinuierlichen Investitionen und ihrer beider glücklichen Händchen bei der Auswahl der Mitarbeiter hatte sich der Verlag zu einem der erfolgreichsten der letzten Jahre entwickelt. Mittlerweile waren die beiden im Rentenalter, lebten seit mehr als zehn Jahren auf Mallorca, kamen aber noch regelmäßig nach München. Ihr Verhältnis zu Alexandra war vertrauensvoll und freundschaftlich, sie luden sie bei ihren regelmäßigen Besuchen zum Essen ein, reisten zu allen wichtigen Verlagsereignissen an und zeigten sich stets interessiert am Verlag. Es war in der Tat ungewöhnlich, dass sie sich schon seit längerem nicht mehr gemeldet hatten – und jetzt unangekündigt in München auftauchten.

Ulrike beugte sich vor. »Natürlich müssen sie sich nicht anmelden. Ich hoffe nur, dass nicht womöglich einer von ihnen krank ist. Soweit ich weiß, gehen sie ja noch immer zu ihren Münchner Ärzten. Merkwürdig.«

»Jetzt warten wir mal ab.« Beschwichtigend hob Alexandra die Hände. »Vielleicht statten sie uns ja auch noch einen Überraschungsbesuch ab. Und haben irgendwelche privaten Dinge erledigt, die uns ja auch gar nichts angehen.« Langsam stand sie auf. »Das wird sich schon klären. Und jetzt kümmere mich mal um das Manuskript von Patricia Bellmann, sie hat gestern Abend abgegeben. Ich freue mich schon darauf, das wird super. Hatte gar nicht damit gerechnet, dass ich heute schon anfangen kann.«

Sie wandte sich zur Tür, als Ulrike noch etwas einfiel. »Ach, vorhin hat jemand für dich angerufen, eine Hanna Herwig. Ist das diese Pianistin? Schreibt sie etwa ein Buch? Sie wollte es auf deinem Handy versuchen, hat sie dich erreicht?«

Überrascht blieb Alexandra stehen. »Ja, das ist die Pianistin. Aber ich …«, sie zog ihr Telefon aus der Tasche. »Ich hatte den Ton abgestellt.« Sie sah aufs Display und entdeckte sofort die Hamburger Nummer. »Stimmt. Sie hat es versucht. Ich rufe sie an, danke dir. Bis später.«

Zurück in ihrem Büro schloss Alexandra die Tür hinter sich und ließ sich auf ihren Stuhl fallen. Mussten sich heute eigentlich alle Sorgen um irgendwas machen? Erst Sebastian, dann Ulrike. Es reichte für heute. Jetzt würde sie erst mal Hanna Herwig anrufen, auch wenn die sicher keine Ambitionen hatte, ein Buch zu schreiben. Aber man konnte es ja nie wissen. Viele Menschen wollen ihre Geschichten erzählen. Hanna Herwig hätte zumindest eine bemerkenswerte …

2.

Hanna drehte die Musikanlage leiser, als sie das Telefon hörte, und ging langsam zu der kleinen Konsole. Sie nahm den Hörer ans Ohr. »Herwig.«

»Hallo Hanna, hier ist Alexandra, Sie haben versucht, mich anzurufen. Ich hatte leider mein Handy stumm gestellt.«

»Alexandra«, unvermittelt lächelte Hanna, als hätte sie Alexandra vor sich sitzen. »Danke für den Rückruf, wie geht es Ihnen? « Sie setzte sich in einen Sessel.

»Ach, ganz gut, immer derselbe Wahnsinn, also alles ganz normal. Und bei Ihnen? Haben Sie sich in Hamburg eingelebt?«

»Ich bin dabei.« Hannas Blick ging zum Fenster, sie genoss den atemberaubenden Ausblick auf die Elbe, ein Frachter fuhr gerade an ihr vorbei. »Es ist sehr schön hier, wunderschön. Und mein Anruf hat auch ein bisschen mit dem Einleben zu tun. Sie haben doch neulich erzählt, dass der Lebensgefährte Ihrer Schwester einen Gartenbaubetrieb hat. Kennt er sich auch mit Dachterrassen aus? Ich möchte meine hier nämlich hübsch machen und habe gedacht, dass er das vielleicht übernehmen könnte. Es ist vielleicht noch viel zu früh im Jahr, aber ich wollte wenigstens schon mal planen.«

»Matthias kann alles, was mit Pflanzen zu tun hat«, antwortete Alexandra sofort. »Ich gebe Ihnen gern seine Nummer, rufen Sie ihn an, mit schönen Grüßen von mir. Haben Sie einen Zettel zur Hand?«

Während Hanna die Nummer aufschrieb, brachte Elisabeth

Tee herein. Hanna deutete mit dem Kopf zum Esstisch und wiederholte die Nummer. »Richtig? Dann vielen Dank, Alexandra. Wir sehen uns ja spätestens Pfingsten am See. Bis bald!«

Sie legte den Hörer zurück auf die Station und sah Elisabeth an. »So, das wäre dann auch geklärt. Hast du den Kuchen gefunden, den ich gekauft habe? Nein? Dann hole ich ihn schnell. Setz dich, ich komme gleich.«

Als sie mit dem Kuchenteller zurück aus der Küche kam, hatte Elisabeth schon eingeschenkt. »Dabei wollte ich doch abnehmen. Und jetzt kommst du mit dem Kuchen.«

Hanna lächelte, während sie den Kuchenteller auf den Tisch stellte und sich so hinsetzte, dass sie sowohl auf die Elbe als auch zu Elisabeth sehen konnte. Die zog jetzt den Teller näher zu sich und begutachtete die kleinen Törtchen, die aussahen, als wären sie gemalt. Elisabeth schluckte und nahm sich eines. »Ach, ist doch auch egal«, sagte sie mit einem Achselzucken. »Wir sollten diesen Optimierungswahn mitsamt den Diäten den Jüngeren überlassen. Wir haben uns genug gequält.« Erschrocken sah sie hoch. »Entschuldige, Hanna, das war ein blöder Satz. Ich habe dabei nicht an Marie gedacht.«

»Ich auch nicht.« Hanna schüttelte leicht den Kopf. »Bis du es gesagt hast. Marie hätte dir zugestimmt: Das Leben ist zu kurz, um auf Kuchen zu verzichten.«

Elisabeth lächelte und legte ihr die Hand auf den Arm, dann probierte sie das Törtchen.

»Göttlich«, seufzte sie und schloss die Augen. »Was für ein schöner Tag.«

Seit über vierzig Jahren war Elisabeth schon Hannas Assistentin. Sie hatte alle Termine koordiniert, sich um Hannas Büro gekümmert, Presseleute und neugierige Besucher abgewimmelt und alltägliche Dinge wie Post, Bank, Reinigung, Anproben und Einkäufe erledigt. Nach dem Ende von Hannas

Karriere war sie trotzdem geblieben, nach Maries Tod hatte sie Hanna getröstet, ihr Suppen und Tee gekocht, die Beerdigung organisiert und ihr angeboten, sich um die Abwicklung des Erbes zu kümmern mit all ihren bürokratischen Herausforderungen. Hanna, die sich plötzlich mit zahlreichen Stiftungen, Immobilien und verschiedenen Bankkonten beschäftigen musste, war dankbar für Elisabeths Organisationstalent.

Hanna war eines dieser berühmten Wunderkinder gewesen, die bereits mit sechs Klavier spielte, als wäre sie dafür geboren. Ihre Mutter, selbst nur mäßig talentiert, hatte sie schon im Alter von vier Jahren zum Klavierunterricht geschickt. Die Klavierlehrerin erkannte ihr Ausnahmetalent und versetzte damit Hannas Eltern in aufgeregte Begeisterung. Hannas Vater arbeitete widerwillig in der Packabteilung einer Schreibwarenfabrik. Er kündigte sofort und widmete sich mit großem Ehrgeiz dem Karriereaufbau seiner kleinen Tochter. Als Achtjährige gewann Hanna den ersten Musikpreis, danach kam sie auf eine Schule, in der ihr musikalisches Talent bestmöglich gefördert wurde. Ihre ehrgeizigen Eltern waren hochzufrieden und fuhren sie in den Ferien zu Klavierkonzerten in allen großen Konzerthäusern. Die Fachpresse bekam sich vor lauter Begeisterung über Hannas Talent und ihre aparte Schönheit kaum noch ein, ihre Eltern sonnten sich in ihrem Ruhm, doch niemand hatte sie jemals gefragt, wie es ihr, Hanna, damit eigentlich ging. Aber Hanna lebte für die Musik, die Welt außerhalb nahm sie kaum wahr. Selbst während ihres Musikstudiums am Konservatorium in Wien beschränkten sich ihre sozialen Kontakte auf ihre Eltern und einige wenige Kollegen, dafür nahm ihre Karriere immer mehr an Fahrt auf. Ihr Vater blieb ihr Manager, der sich um das Geld und die gesamte Organisation kümmerte. Ihre Mutter suchte die Garderobe, die Hotels, die Stylisten und die Frisuren aus, beide gingen ganz in dieser Aufgabe auf. Hanna machte, was sie wollten, außer der Musik waren ihr alltägliche

Dinge egal. Zumindest so lange, bis sie sich auf einer Konzertreise in die erste Violinistin des Orchesters verliebte. Ihre Eltern waren erst fassungslos, dann wütend und drohten damit, die Karriere der jungen Musikerin zu zerstören, sollte Hanna diese »widernatürliche Beziehung« nicht beenden. Schließlich stellten sie Hanna vor die Wahl: die Violinistin oder sie. Das war der Moment, in dem Hanna erwachsen wurde und zum ersten Mal bemerkte, dass es außerhalb der Musik auch noch eine andere Welt gab. Damals war sie achtundzwanzig.

Sie hatte sich entschieden. Die junge Beziehung überstand zwar noch nicht einmal diese Konzertreise, weil Hanna die plötzliche Nähe zu ihr bereits nach wenigen Wochen nicht mehr aushielt, aber sie hatte gereicht, um die ohnehin bestehende Distanz zu ihren Eltern so groß zu machen, dass die Ablösung endlich gelang. Hanna war fassungslos, als in der Folge des Zerwürfnisses auch noch herauskam, dass ihr Vater einen großen Teil von Hannas Gagen für den Kauf einer Wohnung, eines neuen Wagens und für private Reisen verwandt hatte, und bereute den Bruch mit ihren Eltern nie. Sie suchte sich mit Hilfe eines befreundeten Dirigenten eine Agentur und stellte Elisabeth als persönliche Assistentin ein. In den nächsten Jahren bereisten sie die Welt, Hanna gab zahllose Konzerte, absolvierte Studio- und Fernsehaufnahmen im In- und Ausland. Sie war zufrieden, sie liebte das, was sie tat, ihre Gagen waren hoch, sie genoss den Erfolg, und sie mochte Elisabeths Anwesenheit, weil die immer gut gelaunte Assistentin Hanna das Gefühl gab, nicht ganz allein zu sein.

»Welche von Maries Freundinnen war das gerade?« Elisabeths Stimme holte sie wieder in die Gegenwart. »War das die Verlegerin?«

»Ja«, Hanna nickte, »aus München. Eine sehr schöne Frau, übrigens. Beruflich erfolgreich, aber ihr Privatleben ist eine einzige Katastrophe. Sie tut mir wirklich leid. Ich habe den Eindruck, dass sie nur für ihren Verlag lebt, außerhalb ist sie, glaube ich, ziemlich allein.«

Elisabeth nahm sich ein zweites Törtchen. »Das ist das Schicksal erfolgreicher Frauen. Schau mich an: Ich war immer die weltbeste Assistentin, dafür bin ich zweimal geschieden und lebe nun allein mit meiner Katze. Man kann nicht alles haben. Wir müssen aber kurz noch über etwas Berufliches reden, Hanna.« Sie legte die Kuchengabel auf den Teller und schob ihn zurück, bevor sie Hanna ansah. »Die Leiterin von den Schlossfestspielen hat wieder angerufen, es geht um dein Konzert im August. Sie würden gern wissen …«

»Ich werde nicht spielen.«

»Wie bitte?« Elisabeth sah sie fassungslos an. »Was soll das heißen?«

»Ich werde nicht spielen«, wiederholte Hanna ruhig und verschränkte ihre Hände auf dem Schoß.

»Aber sie haben schon den Vertrag geschickt. Du musst nur noch unterschreiben. Warum willst du denn jetzt nicht spielen?«

Langsam massierte Hanna ihre Finger, einen nach dem anderen. Dann hob sie den Kopf. »Elisabeth, ich möchte keine Konzerte mehr geben. Das letzte ist jetzt fast zwei Jahre her, es ist eine lange Zeit. Eine zu lange Zeit, um nun wieder aufzutreten. Du weißt selbst, dass ich meine alte Form nicht mehr habe. Sag es bitte ab. Aus Termingründen, egal, dir fällt schon was ein. Wir haben wirklich genug mit der Verwaltung und Organisation von Maries Stiftungen zu tun, ich kann einfach nicht.« Sie stand abrupt auf und ging zum Fenster. Elisabeth ging zu ihr. Einen Moment lang standen beide Frauen schweigend nebeneinander, im Hintergrund die leisen Orchesterklänge aus der Musikanlage, durchs geöffnete Fenster das Tuckern der Schiffsmotoren und die Schreie der Möwen.

»Warum?«, fragte Elisabeth schließlich. »Ist es immer noch wegen Marie? Ich weiß, es ist erst ein Jahr her, aber sie hätte es auch gewollt. Und du weißt selbst, dass jemand wie du nicht von einem Jahr aufs andere ›nicht mehr in Form‹ ist. Es ist nur ein kleines Konzert. Schumann. Und Chopin. Du hattest dich doch über die Einladung gefreut.«

Sie musterte Hanna von der Seite. Es gab eine sehr strikte Linie zwischen ihnen, was die Themen betraf, über die sie sprachen. Hanna sprach nie über Privates, die einzige Ausnahme war damals die unmittelbare Zeit nach Maries Tod gewesen. Es hatte nur ein paar Monate gedauert, inzwischen machte Hanna ihre privaten Angelegenheiten wieder ausschließlich mit sich selbst aus. Elisabeth hatte das akzeptiert. Trotzdem hakte sie jetzt nach. »Also: warum?«

»Weil ich es nicht möchte«, antwortete Hanna und verschränkte ihre Arme vor der Brust. »Ich habe darüber nachgedacht und es so beschlossen. Ich habe genug Konzerte gegeben, es wird Zeit, andere Dinge im Leben zu machen.«

Stirnrunzelnd sah Elisabeth nach draußen, eine Elbefähre fuhr an ihnen vorbei in Richtung Hafen. »Ich verstehe das nicht«, murmelte sie unwirsch. »Ich …«

Hanna legte ihr sanft eine Hand auf die Schulter. »Elisabeth, belass es bitte dabei. Ich werde nicht mehr auftreten, Punkt. Ich habe das nicht zur Diskussion gestellt, es ist meine Entscheidung. Und jetzt können wir uns vielleicht um die Termine für die Stiftung Herzkinder kümmern, ich habe Frau Klein zugesagt, die Liste morgen zu schicken. Hast du die Unterlagen schon ins Arbeitszimmer gelegt?«

Hörbar atmete Elisabeth aus und bemühte sich erst gar nicht, ihr Missfallen zu verhehlen. »Ja. Wir können gleich anfangen. Ich gehe schon mal rüber und schalte den Computer an.«

Sie drehte sich auf dem Absatz um, Hanna sah ihr nach.

Natürlich konnte Elisabeth diese Entscheidung nicht verstehen, Hanna hatte ja tatsächlich zugesagt. Sie seufzte und wandte sich wieder der Aussicht zu. Wasser beruhigte die Seele, sie konnte nur gar nicht so lange hinsehen, wie ihre Seele das gerade brauchte. Deshalb blieb die Angst. Und Hanna wusste nicht, was sie dagegen machen sollte. Aber das hier, das konnte sie nicht mit Elisabeth besprechen. Das hätte sie nur mit Marie gekonnt. Wie sie ihr fehlte. An manchen Tagen so schmerzlich, dass sie sich jede Erinnerung an Marie verbieten musste, um nicht zu verzweifeln.

»Gut.« Elisabeth klappte die Mappe zu und verstaute sie in ihrer Tasche. »Ich werfe sie direkt bei der Stiftung ein, ist ja um die Ecke. Hast du sonst noch was? Was ist mit den Briefen da? Soll ich die auf dem Weg einstecken?«

»Das wäre nett.« Hanna warf einen Blick auf die noch offenen Kuverts und nickte. »Ich habe die Einladungen zum Pfingsttreffen am See geschrieben. Der Termin ist zwar fix, aber ich fand so eine Erinnerung noch mal eine gute Idee. Außerdem ist es ein schönes Foto.«

»Darf ich?« Elisabeth hatte ein Kuvert genommen und sah Hanna fragend an. Die nickte, und Elisabeth zog eine Klappkarte heraus, auf deren Vorderseite ein Schwarz-Weiß-Foto glänzte. Vier Mädchen, alle etwa fünfzehn oder sechzehn Jahre alt, die vor vier Fahrrädern stehen. Jede hat den Arm um die Nebenstehende gelegt, drei lachen ausgelassen in die Kamera, die Kleinste, Zarteste trägt einen Sonnenhut auf den blonden Haaren, daneben eine zierliche Blondgelockte in Shorts und Ringelshirt, das nächste Mädchen hat hüftlange dunkle Haare und ein Gesicht wie gemalt, die vierte ist groß, mit halblangen braunen Haaren und die Einzige, die nicht lacht, sondern nur ironisch grinst. Darunter stand mit schwungvoller Schrift: *Auf zu Beermann.*

»Hast du das geschrieben?« Elisabeth drehte die Karte um und wieder zurück.

»Nein.« Hanna lächelte und strich über den Schriftzug. »Das hat Marie geschrieben. Sie hat es mit Selbstauslöser fotografiert, ich habe es erst neulich in einem der Kartons gefunden. Und dann gleich diese Karten machen lassen. Das passt doch wunderbar.«

»Sah das Café Beermann damals schon genauso aus wie heute? Oder hat Michael Beermann alles geändert?« Elisabeth sah hoch. »Ich mag den ja irgendwie. Und seine Abrechnungen vom Haus, die er immer schickt, sind so wahnsinnig ordentlich.«

»So ist er«, antwortete Hanna, die manchmal vergaß, um was sich Elisabeth in ihrer unaufgeregten Art alles kümmerte. Sie machte seit einigen Monaten auch die Buchführungsvorbereitungen für die Immobilien, die Marie ihr hinterlassen hatte. Das Haus am See, die Villa in Flensburg, in der Marie und sie in den letzten Jahren gelebt hatten, und diese Penthouse-Wohnung an der Elbe, in die Hanna vor drei Monaten gezogen war.

»Und wer ist da nun wer?« Elisabeth hob die Karte hoch, Hanna tippte mit dem Finger auf die Gesichter. »Die mit dem Sonnenhut ist Marie, daneben Jule Petersen, dann Alexandra Weise und die, die nicht lacht, Friederike Brenner. Sie waren Seelenfreundinnen. 1976 war das, da wusste noch niemand, was das Leben für sie bereithält. Es ist so lange her.«

»Na ja.« Entschlossen schob Elisabeth die Karte zurück in den Umschlag. »Das weiß ja niemand. Und das ist auch gut so. Also dann: ich mache mich mal auf den Weg. Und stecke die Karten gleich ein. Wir sehen uns nächste Woche, wenn du vorher noch was brauchst, ruf an.« Sie stand langsam auf und drückte ihren Rücken durch. Plötzlich hielt sie inne und sah Hanna durchdringend an. »Versteh es bitte nicht als Einmischung, aber diese Freundinnen von Marie, die du Pfingsten im Haus am See triffst, zu denen hattet ihr doch in den letzten Jahren gar keinen Kontakt. Warum kümmerst du dich plötzlich so um sie?«

Hanna sah sie nachdenklich an. »Du weißt doch, Marie hatte unter dem Zerwürfnis sehr gelitten, es zu kitten, war ihr größter Wunsch. Auch aus dem Grund hat sie ihnen ja das Haus am See vermacht. Und für mich sind sie alle ein Teil von Marie, sie haben ihr halbes Leben mit Marie verbracht, zu einer Zeit, als ich Marie noch gar nicht kannte. Diese Treffen mit ihnen geben mir sehr viel. Marie hat mir so viel über sie erzählt, und jetzt sind sie es ... die mir so viel von der Marie vor meiner Zeit erzählen können.«

Hanna beugte sich plötzlich nach vorn und legte eine Hand auf Elisabeths Arm. »Die drei haben übrigens nichts mit meiner Entscheidung zu tun. Und ich werde sie dir gern bei nächster Gelegenheit vorstellen. Vielleicht lade ich sie mal zu einem Einweihungsessen hier ein. Was hältst du davon?«

Ein kleines Lächeln flog über Elisabeths Gesicht. »Das ist doch eine gute Idee. Sag mir rechtzeitig Bescheid, ich organisiere uns dann was Schönes. So, ich muss jetzt wirklich los.«

Hanna begleitete sie zur Wohnungstür und wartete, bis Elisabeth ihren Mantel angezogen hatte. »Ich habe doch noch was vergessen«, Elisabeth zog einen Zettel aus der Manteltasche, den sie Hanna hinhielt. »Das ist die Nummer einer Massagepraxis, du solltest da mal einen Termin machen. Ich kann es auch tun, aber du musst sagen, wann du möchtest.«

»Massage?« Hanna runzelte die Stirn und sah auf den Zettel. »Wieso?«

»Weil du in letzter Zeit dauernd Rückenschmerzen hast«, antwortete Elisabeth. »Du gehst ganz steif, das sehe ich schon eine Weile. Mach dir mal ein paar Termine, du bist total verspannt. Also, ich gehe jetzt, bis nächste Woche. Wenn was ist, ruf an.«

Hanna wartete, bis Elisabeth im Fahrstuhl verschwunden war, erst dann schloss sie langsam die Tür. Mit dem Zettel in der Hand ging sie langsam zurück ins Wohnzimmer. Elisabeths Augen blieb nichts verborgen, ihre Schmerzen waren tatsächlich in den letzten Wochen stärker geworden. Vielleicht wäre eine Massage gar nicht so schlecht. Sie könnte es zumindest ausprobieren. Na ja. Als wenn das die Lösung wäre.

Sie überflog die Adresse auf dem Zettel, dann knüllte sie ihn zusammen und ging in ihr Arbeitszimmer. Ihr Adressbuch lag zuverlässig auf dem Schreibtisch, und nach kurzem Blättern hatte sie gefunden, was sie suchte. Sie setzte sich, nahm den Hörer von der Station und wählte: »Physioteam am Markt, mein Name ist Jule Petersen.«

3.

Jule, schon im Mantel, die Handtasche über die Schulter gehängt, notierte den Termin, klappte das Buch zu und drehte sich zu ihrer Mitarbeiterin um, die gerade aus dem Behandlungsraum kam. »Ach, Tina, kannst du nachher noch eine neue Patientendatei anlegen? Ich habe dir die Kontaktdaten aufgeschrieben, der erste Termin ist Freitag. Ich bin schon auf dem Weg.«

»Mach ich«, Tina stand jetzt neben ihr und nahm den Zettel in die Hand. »Hanna Herwig? Die Pianistin?«

Überrascht sah Jule sie an. »Ja, die Pianistin. Woher kennst du sie? Ich dachte, du hörst nur Popmusik.«

Gespielt entrüstet fasste Tina sich ans Herz. »Unsinn, wer sagt denn so was? Nein, also, ja schon, aber ich hatte mal einen Freund, der Musik studiert hat. Der hat Hanna Herwig angebetet und mich zu ein paar Konzerten mitgeschleppt. Eine tolle Frau. In der Zeit mochte ich sogar Klaviermusik. Wie kommt die denn zu uns?«

»Sie war die Lebensgefährtin von Marie. Ich habe sie aber erst im letzten Jahr kennengelernt.«

»Ach?« Überrascht sah Tina ihre Chefin an. »Marie van Barig war mit einer Frau zusammen? Das wusste ich gar nicht. Und dann noch mit Hanna Herwig? Das ist ja ein Ding.«

»Was ist daran ein Ding?« Jule hob die Augenbrauen. »Dass zwei Frauen ein Paar sind?«

»Nein. Dass sie mit Hanna Herwig zusammen war. Der berühmten Hanna Herwig. Und dass ich das nicht wusste, obwohl ich beim Friseur immer alle Klatschzeitschriften lese.«

»Tina«, Jule schüttelte den Kopf. »Erstens war Marie auch berühmt, zweitens äußerst diskret, und drittens gibt es durchaus prominente Menschen, die nicht bei jedem quersitzenden Pups die Boulevardpresse anrufen. Das nennt sich Privatleben. So, ich muss jetzt aber echt los, in einer halben Stunde kommt mein Heizungsmonteur, wenn ich zu spät bin, ist der wieder weg. Bis morgen.«

»Du hast doch jetzt einen Mann im Haus«, rief Tina ihr noch hinterher. »Warum musst du dich denn um die Handwerker kümmern?«

»Tina«, Jule blieb an der Tür stehen und sah sich noch mal um. »Du redest wie meine Mutter, echt. Tschüss.«

Nach zehn Minuten Autofahrt drückte Jule auf die Stopptaste, sie hatte überhaupt nicht mitbekommen, woher der Ermittler diese Information plötzlich hatte, ihre Gedanken waren nicht beim Krimi, sie waren bei Hanna Herwig.

Irgendwie seltsam, dachte Jule, dass Hanna ausgerechnet bei ihr einen Massagetermin buchte – als gäbe es in Hamburg nicht genügend Physio-Praxen. Na ja, immerhin lag Jules Praxis in Weißenburg ja an der Strecke von Hamburg zum Haus am See, wo Hanna angeblich nach dem Rechten schauen wollte. Und selbst wenn das nur vorgeschützt war: Was war schon dabei, wenn Hanna einfach nur das Bedürfnis hatte, Kontakt zu halten?

Jule kannte sie erst seit einem guten Jahr persönlich, vorher hatte sie zwar gewusst, dass Marie und Hanna befreundet waren, sie hatte aber keine Ahnung gehabt, wie nah sie sich standen. Das war alles erst nach Maries Tod herausgekommen, was nicht nur an Maries Verschwiegenheit lag, sondern auch der Tatsache geschuldet war, dass Jule in den letzten Jahren keinen Kontakt mehr zu Marie hatte. Ganz langsam hatte Jule sich damit abgefunden, versöhnen konnte sie sich damit immer noch nicht. Es war auch ihre Schuld gewesen, sie hatte sich selbst so lange im Weg gestanden, inzwischen konnte sie sich nur vornehmen, einen solchen Fehler nie wieder zu machen. In der Hoffnung, dass sie das dieses Mal schaffte. Plötzlich hatte sie Alexandras Gesicht vor sich, das schöne Gesicht von früher, von sehr viel früher. Jule bremste ab, als sie an die Kreuzung kam.

»*Jule, wir hatten das Thema doch abgehakt*«, eine Stimme kam ihr plötzlich in den Sinn. Wer hatte das noch gesagt? Vermutlich Friederike. Jule sah erst nach rechts, dann nach links. Sie hatte recht gehabt. Es hatte sich im letzten Jahr so vieles verändert, wie sollte man das alles so schnell verarbeiten?

Die Kreuzung war jetzt frei, Jule setzte den Blinker und bog ab. Der Himmel war blau, die Frühlingssonne schien, obwohl es immer noch kalt war. Vor dem Bauernhaus, an dem sie jetzt vorbeifuhr, blühten Schneeglöckchen, sie bedeckten fast den ganzen Rasen, der Frühling war auf dem Weg. In ihrem Garten waren die Krokusse und Winterlinge in voller Blüte, an jeder Ecke kamen schon langsam die Tulpen aus der Erde, es waren nur noch ein paar Wochen, bis die Natur explodieren würde. Jule liebte diese Zeit, das Leben wurde jetzt wieder so viel leichter. Seit dem letzten Sommer erst recht: seit es Torge gab. Hätte ihr vor einem Jahr jemand gesagt, dass sie sich nach über zwanzig Jahren noch mal verlieben würde, sie hätte nur gelacht. Aber es war passiert. Jule hatte es selbst nicht mehr für möglich gehalten. Es war ja nicht so gewesen, dass sie zu den verzweifelten Frauen gehört hatte, die unbedingt einen Mann suchten. Diese Phase hatte es gegeben, aber nur sehr kurz nachdem ihre Ehe gescheitert war. In den letzten Jahren hatte sie sich mit ihrem Leben versöhnt. Sie hatte einen Beruf, den sie liebte, ein zauberhaftes Haus, das ihr gehörte, einen wunderbaren Freundeskreis und eine mittlerweile erwachsene Tochter, die vor vier Jahren ausgezogen war, aber immer noch oft und gern zu ihr kam. Jules Leben war schön und sie zufrieden gewesen. Natürlich hatte es auch das eine oder andere Intermezzo gegeben, sie war ja nicht aus Holz. Eine kurze Affäre während einer Weiterbildung – aber die gegenseitige Begeisterung hatte nicht für die Mühen einer Fernbeziehung gereicht. Dann eine Affäre mit einem Patienten, doch just, als Jule auf dem Weg war, sich in ihn zu verlieben, bekam sie mit, dass er verheiratet war. Irgendwann hatte sie beschlossen, dass sie auf diese Art von Unruhe in ihrem Leben gut verzichten konnte. Auch deshalb hatte sie mit dem, was dann im letzten Sommer passiert war, wirklich nicht mehr gerechnet.

Die kleine Straße, die zu ihrer Straße führte, war so eng, dass ein entgegenkommendes Fahrzeug am Rand warten musste, um sie passieren zu lassen. Jule erkannte ihre Nachbarin Angela mit der notorisch schlecht gelaunten Tochter. Sie grüßte kurz und fuhr langsam an dem SUV vorbei. Als sie auf einer Höhe waren, sah sie Angela hinter der heruntergelassenen Scheibe gestikulieren. Jule hielt an und kurbelte das Fenster herunter. »Hallo, Angela.«

»Hey, Jule, ich muss Vanessa zum Reiten fahren. Sag mal, habt ihr am Samstag Zeit? Frank will Lamm machen, schön mit Rosmarinkartoffeln, und wir haben einen sehr guten Rotwein.«

»Samstag?« Jule sah sie an. »Ich weiß noch nicht, ich muss …«

»Mama, wir kommen zu spät«, Vanessa zog die Haarsträhne, auf der sie gerade gekaut hatte, aus dem Mund und beugte sich mit mürrischem Gesicht nach vorn. »Können wir weiterfahren?«

»Sofort, mein Schatz.« Angela nickte und wandte sich wieder an Jule. »Frag doch Torge, und dann schreibst du mir eine WhatsApp, okay? Ciao, Ciao.«

Jule lächelte mühsam, legte den ersten Gang ein und fuhr

langsam an ihnen vorbei. Im Rückspiegel sah sie die Sandwolke, die der SUV bei seiner Anfahrt aufwirbelte. Ciao, Ciao, sie schüttelte den Kopf.

Angela und Frank hatten das Haus nur unweit von Jules gekauft und mit viel Aufwand renoviert. Sie waren mindestens fünfzehn Jahre jünger als Jule, geschlagen mit einer verwöhnten, pubertierenden Tochter, die jeden Tag die Fahrdienste ihrer Mutter in Anspruch nahm. Vanessa war seit dem Umzug aufs Land beleidigt, sie sah nicht ein, mit dem Schulbus zu fahren, sie wollte ihre Freundinnen sehen, zum Reiten und zum Tanzen gehen, sie hasste die Fliegen im Garten und die Ruhe im Dorf. Also fuhr Angela zur Schadensbegrenzung ihre Tochter durch die Gegend, war dadurch ständig im Stress, erzählte aber jedem, der ihr über den Weg lief, wie wunderbar das Leben auf dem Land war. Angelas anfängliche Begeisterung über ihren nachbarschaftlichen Kontakt hatte sich relativ schnell abgekühlt, als sie begriffen hatte, dass Jule Single war und Frank sie bei jeder Einladung länger musterte, als Angela erlaubte. Irgendwann blieben die Einladungen dann auch aus.

Wenn Torge nicht im Dezember eine Lichterkette an den Tannenbaum im Vorgarten montiert hätte und dabei Angela vor die Flinte gelaufen wäre, hätte auch alles so bleiben können. Aber er hatte tatsächlich die Einladung der vor Neugier fast platzenden Angela zu einem Punsch vor dem nachbarschaftlichen Kamin angenommen. Natürlich brannte sie darauf, herauszufinden, ob Jule nun endlich in geordneten Verhältnissen lebte. Und jetzt also Lamm.

Jule atmete tief aus, als sie auf ihre Einfahrt fuhr, auf der noch kein Heizungsmonteur zu sehen war. Sie fuhr ihren VW-Bus an die Seite und stieg aus. Noch bevor sie an der Haustür war, hörte sie einen Wagen kommen.

»Tach.« Der junge Mann kletterte aus seinem Firmenwagen und kam auf sie zu. »Frau Petersen?«

»Ja.« Jule war stehen geblieben und sah ihm entgegen. »Das ist ja schön, dass Sie so pünktlich sind. Die Heizung spinnt schon wieder. Sie springt zwar an, aber es wird alles nur lauwarm.«

»Dann wollen wir mal sehen.« Er blieb hinter ihr stehen, bis sie die Haustür aufgeschlossen hatte, dann folgte er ihr in den Flur. »Hübsches Haus«, bemerkte er, während er mit seiner Werkzeugtasche den Garderobenständer zum Wanken brachte, den er im letzten Moment festhalten konnte. »Ist aber nicht sehr groß, oder?«

»Der Heizungsraum ist im Keller.« Jule drückte sich an ihm vorbei, der Flur war wirklich eng, und öffnete die Kellertür. »Ich gehe mal vor.«

Sie zeigte ihm alles, bevor sie wieder hochging, um erst mal die Jacke auszuziehen. Torges Jacke hing über zwei Haken, sie hängte sie über einen Bügel, damit ihre Jacke danebenpasste. Auch auf dem Garderobenständer war es eng.

Jule und ihr Exmann Philipp hatten das Haus damals eigentlich als Wochenend- und Ferienhaus gekauft, dafür hatte der Platz ausgereicht. Es gab oben drei sehr kleine Zimmer, unten eine große Wohnküche und ein Bad. Das Besondere war der Garten, er war groß, mit altem Baumbestand, alten Rosensorten und jeder Menge Wildblumen, das Grundstück grenzte an einen Bach, es war nicht einsehbar und wunderschön. Jule hatte sich Knall auf Fall in diese Bullerbü-Idylle verliebt. Deshalb war es auch nach der Scheidung für sie völlig klar, dass sie hier leben wollte. Sie war mit der damals fünfjährigen Pia in dieses Haus gezogen – und geblieben.

Jule ging langsam in die Küche und sah sich um. Auf dem langen Holztisch stand noch Torges halbvolle Kaffeetasse, sie kippte den kalten Kaffee in die Spüle und ließ Wasser in die Tasse laufen, bevor sie sie in die Spülmaschine stellte. Die

Tasse hatte einen Rand auf dem Tisch hinterlassen, Jule schüttelte unmerklich den Kopf. Früher hatte sie immer eine Tischdecke aufgelegt, was Torge ihr in den letzten Monaten ausgeredet hatte. »Das ist doch echt spießig, Liebes«, hatte er gesagt. »Meine Oma hatte überall Tischdecken, es ist nicht nur unhygienisch, sondern sieht doch ohne auch viel besser aus.«

Ohne zu überlegen, hielt sie das Spültuch unter den Wasserhahn, rieb damit über den Tassenrand, wischte noch die Krümel auf dem Tisch zusammen, schüttelte das Tuch über der Spüle aus und ging zurück zum Heizungsmonteur. Sie hasste Tassenränder.

»Das war der Brenner«, der Mann sah zu ihr hoch und kratzte sich am Kopf. »Wenn Sie mich fragen, dann brauchen Sie eine neue Therme. Wie alt ist die? Zwanzig Jahre?«

»Mindestens«, Jule sah ihm über die Schulter. »Was kostet das denn? Also, wenn ich alles neu mache?«

Der Monteur zuckte die Achseln. »Kommt drauf an, was Sie wollen. Geht bei dreitausend los, je besser, desto teurer.« Ächzend kam er aus der Hocke hoch. »Sie können das ja mal mit Ihrem Mann besprechen und sich melden. Erst mal läuft sie wieder.«

»Ich brauche das nicht …, ach, egal.« Jule verschränkte die Arme vor der Brust und sah zu, wie er sein Werkzeug wieder einräumte. »Ich melde mich bei Ihnen.«

Jule sah dem Firmenbus nach, bis er aus der Ausfahrt verschwunden war, bevor sie zurück ins Haus ging. Eine neue Heizung, na prima. Sie schob mit dem Fuß Torges Laufschuhe ein Stück zur Seite und griff nach dem Telefon, das aus unerfindlichen Gründen auf der kleinen Bank im Flur lag. Während sie das Freizeichen hörte, setzte sie sich an den abgewischten Küchentisch.

»Hallo, Mama, ich bin's, ist Papa in der Nähe?«

Ihre Mutter Gesa hörte sich immer abgehetzt an, Jule fragte sich, was sie eigentlich den ganzen Tag machte, um so atemlos zu sein.

»Warum? Was willst du denn von ihm?«

Jule sah kurz zur Decke und atmete aus. »Ich wollte ihn was fragen. Ist er da?«

»Um was geht es denn?«

»Um meine Heizung. Ich brauche eine neue und will wissen, was für eine Therme ihr letztes Jahr gekauft habt. Und bei welcher Heizungsfirma das war.«

»Ja, Kind, das weiß ich doch nicht. Da hat Papa sich drum gekümmert.«

»Eben«, jetzt stöhnte Jule hörbar. »Deshalb sollst du ihn mir mal geben.«

»Er ist nicht da«, antwortete Gesa. »Er ist zur Post gefahren. Kennt Torge sich nicht mit Heizungen aus?«

»Mama, ich ...«, Jule schloss kurz die Augen. »Ich rufe nachher noch mal an. Du kannst es Papa ja sagen, vielleicht kann er die Unterlagen schon mal raussuchen. Also, bis ...«

»Jule, warte mal, wie geht es denn Pia?«

Jule stutzte, bevor sie antwortete: »Gut, denke ich, warum?«

»Weil sie sich gar nicht mehr bei uns meldet.« Gesas Stimme klang schon wieder spitz. »Laura ruft regelmäßig an, und am letzten Sonntag war sie mit Fabian zum Essen hier, aber von Pia hören wir gar nichts mehr. Ist was mit ihr?«

»Was soll mit ihr sein?« Jule kannte dieses Muster, trotzdem regte sie sich jedes Mal darüber auf. Gesa spielte gern die Menschen gegeneinander aus, das war schon bei Jule und ihrem Bruder Lars so gewesen. Es gab immer nur einen, der alles richtig machte, und das war Lars. Und es wiederholte sich gerade. Lars' Tochter Laura war die Gute, ihre Tochter Pia die Böse. Eigentlich langweilig – aber deshalb nicht weniger ärgerlich.

»Sie hat viel mit ihrem Studium zu tun und macht gerade zeitgleich ein Praktikum. Sie hat einfach wenig Zeit.«

»Oder kommt sie nicht mehr nach Weißenburg, weil sie Probleme mit Torge hat?« Jetzt war Gesas Stimme lauernd. »Du darfst das nicht unterschätzen, jahrelang war das Kind allein mit dir, und jetzt zieht plötzlich ein Stiefvater in ihr Elternhaus. Sonst ist sie immer noch bei uns vorbeigekommen, wenn sie bei dir war. Wann war sie denn das letzte Mal bei dir?«

Vor sechs Wochen, dachte Jule, sagte es aber nicht. »Sie kommt ja nicht jedes Mal zu euch, wenn sie hier ist, das weißt du auch. Und sie hat kein Problem mit Torge, du liest zu viele schlechte Bücher. Du, ich muss jetzt was tun, ich ruf nachher noch mal wegen der Heizung an. Tschüss.«

Wütend knallte sie das Telefon auf den Tisch. Man sollte denken, dass es ab einem bestimmten Alter einfacher sei, sich nicht mehr über die eigene Mutter aufzuregen. Jule wartete noch immer auf den Zeitpunkt, bislang ließ sie sich zuverlässig von Gesa zur Weißglut treiben.

Sie nahm das Telefon wieder in die Hand und tippte auf die Kurzwahl ihrer Tochter. Nach vier Freizeichen sprang die Mailbox an. »Hallo, hier ist die Mailbox von Pia Petersen, ich bin gerade nicht zu erreichen, wenn es wichtig ist, bitte nach dem Ton …«

Enttäuscht drückte Jule auf den roten Knopf und stand auf. Noch bevor sie das Telefon da hingelegt hatte, wo es immer lag, klingelte es wieder. Torge.

»Na, Jule, ich wollte nur mal hören, wie es dir geht.« Er hatte eine dieser warmen, weichen und tiefen Telefonstimmen, in die man sich sofort verliebte.

Jule lächelte. »Gut«, sagte sie. »Ich habe gerade erfahren, dass ich eine neue Heizung brauche, ein typisches Gesa-Telefonat geführt, und wir sind von deiner Lieblingsnachbarin Angela zum Lammessen am Samstag eingeladen. Deshalb ist es schön, deine Stimme zu hören, du darfst gern meine Laune heben!«

Er lachte leise. »Was hast du gegen Lamm?«

»Nichts. Nur gegen die Anwesenheit von Angela und Frank. Habe ich dir eigentlich schon erzählt, dass Angela mich erst wieder einlädt, seit sie dich kennengelernt hat? Und weiß, dass du hier wohnst?«

»Wirklich? Und warum? Hattet ihr Streit?«

»Nein.« Jule setzte sich auf die Armlehne des Sofas und beobachtete zwei Amseln, die sich am Vogelhaus um das beste Korn stritten. »Ich nehme an, Angela hatte Angst, dass ich mich auf Frank stürze. Wie das alleinlebende Nachbarinnen ja so tun, du lädst sie zum Essen ein, und zack, fangen sie eine Affäre mit deinem Mann an.« Sie schüttelte den Kopf, auch wenn Torge das nicht sehen konnte. »Diesen Schmierlappen würde ich für Geld nicht anrühren.«

Sie sah Torge am anderen Ende förmlich ins Telefon grinsen. »Ach, komm, so schlimm sind sie doch nicht.«

»Doch«, Jules Entgegnung kam prompt. »Er ist ein echter Angeber.« Eine dritte Amsel ging draußen bei dem Streit dazwischen, die anderen beiden flogen weg. »Und sie«, fuhr sie fort, »ist sich auch für nichts zu blöd.. Frank hatte mir mal ein schweres Paket rübergebracht, das sie für mich angenommen hatten. Angela kam sofort hinterher und sagte so was wie: Vorsicht sei die Mutter der Porzellankiste. Sie tat so, als meine sie das Paket, ihr Gesichtsausdruck war aber ein anderer. Ich hätte schreien können.«

»Ach, vielleicht hast du das auch missverstanden. Oder meinst du, dass sie ihrem Mann so wenig traut?«

»Nein, nein, das habe ich schon ganz richtig verstanden. Ist ja auch egal. Jetzt, wo ich in festen Händen bin, kann Angie ja wieder entspannt auf fröhliche Nachbarschaft machen. Willst du immer noch zum Lammessen?«

»Jetzt erst recht.« Torge lachte wieder. »Und du solltest dir was Scharfes anziehen und Frank mal ein bisschen anmachen. Natürlich nur, wenn Angela guckt.«

Für genau solche Gedanken liebte sie ihn. »Okay, ich ziehe mein enges grünes Kleid an.« Sie sah auf die Uhr. »Weißt du schon, wann du heute kommst?«

»Gegen halb acht. Spätestens. Also, Küsse und bis nachher, ich freue mich.«

Mit wesentlich besserer Laune legte Jule das Telefon weg. Auch wenn es zu Beginn noch einige Holprigkeiten in ihrem Zusammenleben gab und es eine große Umstellung nach den ganzen Jahren des Singlelebens bedeutete, fühlte sich doch trotzdem alles richtig an. Dass sie Torge im letzten Jahr auf Lauras Hochzeit kennengelernt hatte, war das Beste, was ihr seit Jahren passiert war. Als Patenonkel des Bräutigams war er unter den Gästen gewesen –, und zufällig war Torge auch ein Bekannter ihres Bruders. Lars war Rechtsanwalt, Torge Steuerberater, ihre Kanzleien lagen in Hamburg nebeneinander.

Es war nicht gerade Liebe auf den ersten Blick gewesen – Jule hatte Torge auf der Hochzeit zunächst gar nicht so recht wahrgenommen. Zu sehr war sie mit all den anderen Dingen beschäftigt, die das vergangene Jahr für sie bereitgehalten hatte. Doch im Laufe des Abends hatten sie viel Spaß miteinander, und nach der Feier kam Torge immer mal wieder bei Jule in der Praxis vorbei, überredete sie zu Ausflügen oder lud sie zum Essen ein. Seine ruhige, unaufgeregte Art und seine Beharrlichkeit hatten einen nicht unwesentlichen Anteil daran, dass sie schließlich ein Paar geworden waren. Torge hatte zwar noch seine Wohnung über der Kanzlei in Hamburg, schlief mittlerweile aber jeden Abend hier. Und langsam gewöhnte Jule sich daran.

Von einem Motorengeräusch aufgeschreckt, sah sie durchs

Fenster nach draußen und erkannte erstaunt das Auto ihres Exmannes. Philipp parkte hinter ihrem Bus und stieg aus. Er sah sich kurz um, bevor er langsam zur Haustür ging. Noch bevor er klingeln konnte, riss Jule die Tür auf. »Ist was mit Pia?« Ihr Herz schlug bis zum Hals, ihre Stimme klang heiser.

»Was?« Verblüfft trat Philipp einen Schritt zurück und starrte sie an. »Nein. Wieso? Was soll mit ihr sein?«

Eine Welle der Erleichterung schwappte heftig über sie. »Ich dachte schon …«, Jule sah ihn an. »Du kommst doch sonst nie unangemeldet vorbei, und ich konnte sie vorhin nicht erreichen. Egal, ich werde im Alter offenbar ängstlicher.« Sie schüttelte den Kopf. »Was machst du hier?«

Er schob die Hände in die Hosentasche. »Ich habe mir ein Auto angesehen, hier im Autohaus Falke. Ich will mir ein neues kaufen. Kann ich reinkommen?«

»Gibt es in Hamburg keine Autohäuser?« Sie trat zur Seite, um ihn reinzulassen. »Woher wusstest du überhaupt, dass ich zu Hause bin?«

»Falke macht mir einen guten Preis«, antwortete Philipp, während er vor ihr in die Wohnküche ging. »Auf dem Land bemühen die sich noch um ihre Kunden. Und dass du zu Hause bist, weiß ich von Tina, ich habe in der Praxis angerufen. Und?« Er war mitten im Raum stehen geblieben und sah sich um. »Du hast umgestellt. Sieht gut aus.«

»Es ist nur der alte Sessel weg, weil wir Torges Sofa hier reingestellt haben, und das Regal steht jetzt oben. Möchtest du Kaffee? Oder was anderes?«

»Gern ein Wasser, den Kaffee gab es bei Falke zum Verkaufsgespräch.« Er setzte sich an den Küchentisch und verschränkte die Arme vor der Brust. Jule warf einen unauffälligen Blick auf ihn. Philipp gehörte zu den Männern, die im Alter immer attraktiver werden. Als 25-jährige Physiotherapeutin hatte sie ihn in einer Hamburger Klinik kennengelernt. Er sah damals schon gut aus, der charmante Assistenzarzt, in den das halbe Klinikpersonal verliebt war. Und *sie* hatte ihn bekommen. Und war so wahnsinnig verliebt, stolz und glücklich gewesen. Sie hätte nie gedacht, dass ihre Liebesgeschichte ein solches Ende nehmen würde. Damals hatte Jule noch an den Satz: Und wenn sie nicht gestorben sind …, geglaubt. Es war sehr lange her.

»Was ist?« Philipps Frage riss sie aus ihren Gedanken, sie hatte ihn anscheinend die ganze Zeit angestarrt. Sofort ging sie zum Schrank, um Gläser zu holen.

»Nichts«, antwortete sie. »Mir ist nur gerade noch was eingefallen. Mit oder ohne Kohlensäure?«

»Mit.« Philipp hob die Augenbrauen. »Das weißt du doch.«

Das war typisch Philipp. Er ging davon aus, dass Jule immer noch alle seine Gewohnheiten kannte. Er gab sich gern vertraulich und verbindlich, vor allen Dingen, wenn ihre Tochter dabei war. Dann wurde aus dem charmanten Philipp plötzlich wieder der besorgte Familienvater. Jule nervte das nur noch. Bis auf die Momente, in denen Philipps jetzige Frau Steffi dabei war. In diesen Momenten liebten Pia und Jule diese kleinen Vertraulichkeiten. Weil sie wussten, dass Steffi dann innerlich kochte. Und weil sie Philipp hinterher zuverlässig die Hölle heißmachen würde.

Sie stellte ein Glas vor Philipp ab und setzte sich. Er musterte sie mit einem Lächeln. »Danke. Du siehst übrigens super aus. Neue Bluse?«

Jule seufzte. »Philipp, ich habe mir in den etwa zwanzig Jahren seit unserer Trennung ungefähr vierzig neue Blusen gekauft. Also ist fast jede Bluse, die ich trage, für dich eine neue. Was ist das für eine beknackte Frage?«

Zerknirscht hob er die Hände. »Sorry, hast ja recht. Ich meinte eigentlich auch nur, dass du wirklich toll aussiehst. Du wirst überhaupt nicht älter.«

Stirnrunzelnd sah sie ihn an. »Was ist denn mit dir los?«

»Was?« Mit harmlosem Gesichtsausdruck hielt er dem Blick stand. »Mensch, Jule. Wir waren verheiratet und haben ein gemeinsames Kind. Da kann ich dir doch wohl mal ein Kompliment machen, ohne dass du gleich so hochgehst.«

»Ich gehe doch nicht hoch! Und das Kind ist inzwischen erwachsen. Also, worum geht's?«

»Um gar nichts«, beteuerte Philipp. »Wie gesagt, ich war sowieso in der Gegend und dachte, ich frage mal, was du so machst. Und ob dein Freund hier schon eingezogen ist.« Er drehte den Verschluss von der Flasche und schenkte sich Wasser ein. »Ist er? Also, so ganz?«

Jule überlegte, ob sie überhaupt antworten sollte. Und fragte sich, warum er das wissen wollte. Er hatte sie seit Jahren nicht nach ihrem Privatleben gefragt. Vermutlich war er der Meinung, dass nach ihm ohnehin nichts mehr kommen könnte. Aber er war der Vater ihrer wunderbaren Tochter. Und sie war mit Torge glücklich. Also. »Ja. Torge behält die Wohnung in Hamburg, aber er ist hier eingezogen. Warum?«

Sofort hob Philipp die Schultern. »Du, nur so. Bist du glücklich?«

»Ja«, die Antwort kam vielleicht ein bisschen zu schnell und zu laut, Jule hielt kurz inne, dann fragte sie: »Wieso interessiert dich das überhaupt?«

Er sah sie lauernd an. »Ich war letzte Woche mit Pia essen. Ich hatte das Gefühl, dass sie ein Problem hat. Sie war so bedrückt, so in sich gekehrt. Ich habe sie natürlich gefragt, ob irgendetwas ist, sie wollte aber nicht darüber sprechen. Aber ich bin doch nicht blöd, sie war ganz anders als sonst. Etwas quält sie, ich bin mir sicher.«

»Aha.« Jule musste sich schwer zusammennehmen, um nicht gleich schnippisch zu reagieren. Bemüht locker sagte sie: »Und du denkst jetzt, dass ihr Problem darin besteht, dass ihre Mutter wieder einen Lebensgefährten hat?«

»Ich weiß es ja nicht«, Philipp sah sie an. »Aber es kann doch sein. Es ist ihr Elternhaus, in das plötzlich ein fremder Mann einzieht. Der hier alles verändert. Der Möbel umstellt oder Abläufe durcheinanderbringt. Da kann es doch sein, dass Pia sich zurückgesetzt oder vernachlässigt fühlt. Oder?«

Jule ballte unter dem Tisch ihre Faust, bis der Handballen unter dem Druck der Fingernägel schmerzte. Sie atmete langsam ein, dann wieder aus, so lange, bis sie sich wieder unter Kontrolle hatte. »Sag mal, hast du sie noch alle, Philipp?«, fragte sie langsam und sehr ruhig. »Weißt du eigentlich, wie alt deine Tochter ist? In all den Jahren wurde Pia niemals von mir vernachlässigt. Und im Übrigen ist es nicht ihr Elternhaus, wenn schon, dann ihr Mutterhaus, ich bin nach der Trennung allein mit ihr hierhergezogen, falls du dich erinnern kannst. Pia ist übrigens bereits vor vier Jahren ausgezogen, das hast du vielleicht vergessen, weil du damals nicht beim Umzug helfen konntest. Welche Abläufe in Pias Leben könnte also Torge durcheinanderbringen? Was soll dieser Scheiß? Oder wollen wir das Fass aufmachen, dass Pia sich nicht nur mit deiner wunderbaren Steffi, sondern auch mit diversen vorhergehenden Freundinnen arrangieren musste? Da hast du auch nicht über Abläufe nachgedacht, die du durcheinandergebracht hast.«

Sie stand auf, holte sich ein Glas aus dem Schrank und hielt es unter den Wasserhahn. Erst nachdem sie getrunken hatte, drehte sie sich wieder um. Philipp saß mit hängenden Schultern am Tisch und schwieg.

Jule schüttelte verärgert den Kopf. »Ich weiß gar nicht, was dieses Gespräch soll«, sagte sie. »Herrgott, unsere Tochter ist erwachsen, wir seit Jahrzehnten geschieden, was hast du für ein Problem?« Sie ärgerte sich über sich selbst, über die Wut, die Philipp immer noch in ihr entfachen konnte. Sie ärgerte sich, weil es zu nichts führte – außer zu schlechter Laune.

Sie ging um den Tisch und ließ sich wieder auf den Stuhl

fallen. »Lass uns das Thema wechseln«, sagte sie. »Ich habe überhaupt keine Lust, mit dir zu streiten.«

»Ich auch nicht«, Philipp schob sein Glas zur Seite und sah sie an. »Du musst ja auch nicht gleich sauer sein, nur weil ich dir eine Frage stelle.«

»Philipp, bitte«, Jules abrupte Handbewegung fegte den Stapel mit ihrer Post und Zeitungen vom Tisch. Die Umschläge landeten neben Philipps Füßen, er beugte sich runter und hob sie auf.

»Pia hat mir neulich so nebenbei gesagt, dass sie jetzt dieses Praktikum im Hotel macht. Für ihre Bachelorarbeit. Im *Grandhotel*«, sagte er beiläufig, während er die Post der Größe nach sortierte und zurück auf den Tisch legte.

»Ich weiß«, Jule nickte. »Und?«

»Die Hotelchefin ist Friederike Brenner.«

»Ist mir bekannt.« Jule sah ihn weiterhin mit neutraler Miene an. Ganz langsam ahnte sie, was der Grund für sein Auftauchen war.

Philipp räusperte sich. »Hast du dieses Praktikum eingefädelt? Also, ich meine, seid ihr nach diesem Treffen im letzten Jahr wieder alle ganz dick miteinander? Wie früher? Alles vergeben und vergessen?«

Jule wandte den Blick ab, um nicht zu grinsen. Darum ging es also.

»Pia hat sich selbst beworben. Ich habe da gar nicht mitgemischt. Deine Tochter ist groß, klug und charmant, die braucht Muttis Beziehungen nicht mehr.«

»Ja, also klar«, stimmte Philipp sofort zu. »War auch nur eine Idee.« Er starrte auf seinen Ehering. In ihrer Ehe hatte er keinen Ring getragen, er hatte es albern gefunden. In seiner zweiten Ehe bestand Steffi darauf. »Es hätte ja sein können, dass ihr euch wieder alle trefft. Aber das geht mich ja auch nichts an.«

Jule hielt seinem Blick regungslos und stumm stand.

»Na, dann will ich mal wieder los.« Umständlich stand er auf und angelte seine Jacke von der Stuhllehne. »Mach es gut, grüß alle, die du kennst. Wir hören.«

Jule war auch aufgestanden, er küsste sie flüchtig auf die Wange und ging vor ihr zur Haustür. Bevor er sie öffnete, räusperte er sich und drehte sich zu ihr um. »Ich wollte keinen Streit anzetteln, Jule. Aber mit Pia stimmt wirklich was nicht. Die hat irgendeinen Kummer.«

»Ich rede mit ihr. Wir telefonieren. Fahr vorsichtig, es ist nebelig.«

An die Haustür gelehnt, wartete sie, bis er eingestiegen war, dann hob sie die Hand und schloss die Tür. Sie lehnte sich für einen kleinen Moment dagegen und atmete tief aus. Sie war gespannt gewesen, ob er sich trauen würde, den Namen Alexandra auszusprechen. Er hatte es nicht getan. Sie hätte darauf wetten können.

4.

Alexandra betrachtete resigniert den Inhalt ihres Kühlschranks und schlug die Tür wieder zu. Ihr Magen knurrte, aber aus Marmelade, Milch, Weißwein und zwei Tomaten könnte noch nicht mal ihre Schwester Katja, die Superköchin, ein Abendessen zaubern. Und sie hatte es in den letzten Tagen nicht geschafft, auch nur einmal richtig einkaufen zu gehen. Nach langen Bürotagen war sie an jedem Abend verplant gewesen, zwei Lesungen, drei Abendessen mit Autoren und gestern noch der Stammtisch der Münchner Bücherfrauen, sie war nie vor Mitternacht zu Hause gewesen – und jeden Morgen um halb sieben aufgestanden. Wenn Alexandra Weise etwas besaß, dann war es Disziplin. Im Gegensatz zu Lebensmitteln.

Ein Blick auf die Uhr sagte ihr, dass es noch früh genug war, um einkaufen zu gehen und endlich mal wieder etwas zu kochen. Aber sie war so wahnsinnig müde und hatte überhaupt keine Lust. Zumal sie das Gefühl hatte, eine Erkältung auszubrüten. Es wäre kein Wunder, die halbe Belegschaft lag gerade mit grippalen Infekten im Bett. Alexandra war heute tatsächlich früher gegangen, weil sie sich den ganzen Tag schon schlapp gefühlt hatte. Sie würde auf keinen Fall mehr rausgehen.

Also griff sie nach dem Folder am Kühlschrank und bestellte beim Vietnamesen um die Ecke wie immer Huhn mit Gemüse, Nummer 26, sie musste im Leben schon genug Entscheidungen treffen. Da machte sie es sich zumindest bei den Essensbestellungen leicht.

Eine halbe Stunde, hatte die Vietnamesin am Telefon gesagt,

das war Zeit genug, aus Rock und Bluse zu kommen, heiß zu duschen und den Rest des Abends in Schlafanzug und Bademantel zu verbringen. Und dann auf dem Sofa beim Fernsehen vietnamesisches Essen aus der Pappschale zu essen. So ging Luxusleben.

Alexandra lächelte und stieg die Treppe ihre Maisonette-Wohnung nach oben, wo neben ihrem Schlafzimmer das Bad war. Während sie die Seidenbluse aufknöpfte, fiel ihr Blick auf das gerahmte große Foto neben dem Spiegel. Ein Bootssteg, das blaue Wasser eines Sees, eine aufgeblühte Seerose und drei Paar Füße, die im Wasser schwebten. Die Fußnägel waren knallbunt lackiert. Von diesem Foto ging eine so leichte Sommerstimmung aus, dass Alexandra gleich ganz wehmütig wurde. Sie hielt kurz inne, dann knöpfte sie die letzten Knöpfe auf, zog die Bluse aus und warf sie über den Stuhl. Marie hatte dieses Foto gemacht, lange bevor sie eine erfolgreiche Fotografin wurde, sie hatte schon immer dieses Gespür für den Moment gehabt. Als dieses Bild entstand, war Marie achtzehn gewesen. Und hatte ihre Freundinnen fotografiert. Die mittleren Füße gehörten Alexandra.

Der Klingelton ihres Handys auf dem Küchentisch riss sie aus ihren Erinnerungen. Es hatte Zeiten gegeben, in denen sie sofort die Treppe runtergestürzt wäre, um das Gespräch nicht zu verpassen. Doch die waren vorbei. Wenn es wichtig wäre, würde der Anrufer auf die Mailbox sprechen. Alexandra wollte jetzt nicht telefonieren, sie wollte im Schlafanzug und Bademantel sein, wenn ihr Essen kam.

Unter der Dusche schloss sie die Augen und ließ das warme Wasser über ihren verspannten Nacken laufen. Es war zu viel im Moment, das musste sie zugeben. Auch wenn sie das gestern am Telefon vehement abgestritten hatte: Ihre Schwester Katja hatte nämlich den Eindruck gehabt, dass ihre Stimme ganz müde klang.

»Das kann doch nicht alles sein, Alex«, hatte Katja besorgt gesagt. »Du arbeitest rund um die Uhr, hast überhaupt kein Privatleben, seit dem letzten Frühjahr keinen Urlaub gemacht, willst du irgendwann umkippen? Die kriegen doch jetzt alle diesen Burnout, das ist doch eine Frage der Zeit bei dir, oder?«

»Katja, es macht mir Spaß, ich bin erfolgreich, ich verdiene eine Menge Kohle, und ich kippe nicht um. Versprochen. Mach dir keine Sorgen, irgendwann nehme ich mir auch ein paar Tage frei. Wenn es im Verlag wieder ruhiger wird. Vielleicht komme ich dich nach dem Pfingsttreffen besuchen, dann bin ich ja in der Gegend.«

»Ein paar Tage.« Katjas Missbilligung war nicht zu überhören. »Und Pfingsten ist noch ewig hin. Du müsstest mal ein paar Wochen aus deiner Mühle raus. Damit du dich richtig erholst. Die paar Tage bringen doch nichts.«

An dieser Stelle hatte Alexandra das Thema gewechselt. Sie hatte Katja erzählt, dass Hanna Herwig nach Hamburg gezogen war, weil ihr die Villa in Flensburg zu groß und zu abgelegen war, und dass sie nun Matthias mit der Gestaltung ihrer Dachterrasse beauftragen wollte.

»Ich habe ihr vor einigen Tagen am Telefon seine Nummer gegeben, weißt du, ob sie sich schon bei ihm gemeldet hat?«

»Ja, hat sie. Ich war zufällig am Telefon. Wir haben uns auch ein bisschen unterhalten. Ich glaube ja, dass sie nach Hamburg gezogen ist, weil die Villa in Flensburg zu viele Erinnerungen an ihr Leben mit Marie enthält. In Hamburg kann sie neu anfangen. Und Maries Freundinnen sind in der Nähe, die anderen, na ja, bis auf dich. Sag mal, triffst du dich eigentlich noch mit dem netten Journalisten, den ich letztes Jahr bei dir kennengelernt habe? Mit diesem Jan?«

Katja war eine Meisterin im abrupten Themenwechsel. Alexandra hatte einen Moment über ihre Antwort nachdenken müssen.

»Jan Magnus? Eigentlich nicht. Er arbeitet ja jetzt in Hamburg, und ich hatte wenig Zeit. Ich habe länger nichts von ihm gehört.«

»Du bist doch echt doof.« Katjas Antwort war einer der meistgesagten Schwesternsätze, dachte Alexandra. Und Katja legte gleich nach: »So ein toller Mann, der sich echt um dich bemüht hat, und du kneifst. Herrgott, Alex, manchmal könnte ich dich schütteln.«

Alexandra hangelte nach dem Handtuch, als das Handy erneut klingelte. Es war wohl doch wichtig. Sie würde gleich nachsehen. Wenn sie fertig war. Während sie sich die nassen Haare kämmte, sich eincremte und den Rest des Make-ups wegwischte, überlegte sie, ob sie nach dem Pfingsttreffen nicht einfach noch ein paar Tage im Haus am See bleiben könnte. Sie würden sich wie früher von Freitag bis Montag treffen, doch Alexandra wurde plötzlich von einer großen Sehnsucht erfasst, ein paar Tage dranzuhängen. Natürlich musste sie vorher die anderen anrufen, schließlich konnte sie nicht allein über das Haus verfügen. Aber es war ein schöner Gedanke.

Sie schlüpfte in ihren Schlafanzug und nahm den Bademantel vom Haken. Sie würde nach dem Essen telefonieren. Bevor sie es sich wieder anders überlegte.

Die Hausklingel ertönte in dem Moment, als Alexandra wieder unten war. Das Handy klingelte gleichzeitig, es musste warten, ihr Essen war schon im Treppenhaus.

»Einmal die 26«, der junge Vietnamese lächelte sie an. »12,80 Euro.«

Alexandra gab ihm fünfzehn, nahm ihm die Pappschachteln ab und schloss die Tür. Noch im Gehen löste sie den Deckel, nahm das Handy vom Tisch und ging zum Sofa, wo sie sich seufzend fallen ließ. Sie zog ein Bein unter das andere und fing an zu essen. Während sie kaute, hob sie das Handy hoch und sah auf das Display. *9 Anrufe in Abwesenheit.* Zwei Anrufe mit unterdrückter Nummer, fünf Anrufe von Ulrike aus dem Verlag, zwei Anrufe der Mailbox. Alexandra drückte auf eine Taste und tauchte die Stäbchen erneut in die Pappschale. Mit vollem Mund hörte sie über den Lautsprecher die Nachricht ab. »Hallo, Frau Weise, hier spricht Veronika Seltmann. Ihre Sekretärin hat mir gesagt, dass Sie schon außer Haus sind, ich würde Sie aber gern noch heute treffen. Es ist jetzt kurz nach halb fünf, ich fahre jetzt wieder ins *Plaza Hotel*, es wäre schön, wenn Sie noch dahin kommen könnten. Vielleicht rufen Sie mich mal zurück, es wäre wirklich wichtig.«

Erstaunt stellte Alexandra das Essen auf den kleinen Tisch neben sich und beugte sich vor, um das Handy in die Hand zu nehmen. Was war denn jetzt so wichtig? Sie hoffte nicht, dass es schon wieder um Sebastian ging, der rief ja gern mal bei den Inhabern an, um sich zu beschweren, wenn ein Journalist seinen Namen falsch geschrieben hatte.

Bevor sie wählen konnte, klingelte es schon, Ulrikes Nummer leuchtete auf dem Display.

»Hallo Ulrike, was gibt's denn?«

»Na endlich, Alexandra, ich habe es schon ein paarmal versucht. Frau Seltmann ist vorhin tatsächlich hier aufgetaucht und wollte zu dir. Sie war ganz enttäuscht, dass du nicht da warst, sie müsse dich unbedingt sprechen, wollte aber nicht sagen, worum es geht. Sie versucht es auf deinem Handy, aber du sollst es auch bei ihr versuchen. Es sei dringend.«

Alexandra pickte ein Stück Huhn vom Sofa auf und steckte es in den Mund, bevor sie antwortete. »Na bitte, hab ich doch gesagt, die melden sich noch. Ich habe gerade geduscht, deshalb bin ich nicht drangegangen. Ich melde mich gleich bei Frau Seltmann. Danke dir und mach dir auch einen schönen Feierabend.«

»Bis morgen. Hoffentlich ist es nichts Unangenehmes.«

»Ulrike, bitte! Sorgen machen alt. Bis morgen.«

Sie behielt das Handy gleich in der Hand, während sie schnell noch ein paar Bissen in den Mund schob. Dann ließ sie die Stäbchen in der Pappschale stecken und sah auf die Uhr, es war jetzt kurz nach fünf, entschlossen tippte sie in ihrer Kontaktliste auf die Nummer. Bereits beim ersten Freizeichen wurde das Gespräch angenommen.

»Seltmann.«

»Hallo Frau Seltmann, Alexandra Weise, Sie haben um Rückruf gebeten? Was kann ich für Sie tun?«

»Frau Weise«, Veronika Seltmann hob sofort die Stimme. »Das ist nett, dass Sie sich melden. Meine liebe Frau Weise, mein Mann und ich sind ganz unerwartet nach München gekommen, wir hatten hier einige Dinge zu erledigen. Das war alles so hektisch und nicht geplant, sonst hätten wir uns viel früher bei Ihnen gemeldet. Geht es Ihnen denn gut?«

»Ja.« Alexandra musste grinsen. »Danke, ich hoffe, Ihnen und Ihrem Mann auch?«

»Ja, so …«, Veronika Seltmann machte eine kleine Pause, in der Alexandra sofort an Ulrike und ihre Sorgen denken musste. Aber Frau Seltmann fuhr schnell fort. »Ja, so weit, so gut. Eigentlich gut. Aber wir wollten uns unbedingt noch mit Ihnen treffen. Passt es Ihnen heute Abend? Können Sie in einer Stunde im *Plaza Hotel* sein?«

»In einer Stunde?«, wiederholte Alexandra irritiert und griff in ihre feuchten Haare. »Worum geht es denn?«

»Das würden wir doch gern persönlich mit Ihnen besprechen. Wenn es nicht wichtig wäre, dann würde ich Sie nicht darum bitten. Könnten Sie es bitte möglich machen? Wir würden uns freuen. Gegen sechs im Foyer. Ja?«

Alexandra atmete tief durch. Das war keine Frage. »Um Viertel nach sechs, Frau Seltmann. Bis nachher.«

»Das stimmt so«, Alexandra reichte dem Taxifahrer den Geldschein, während der livrierte Portier schon die Autotür für sie öffnete. Vornehm geht die Welt zugrunde, dachte Alexandra und hatte dabei den Tonfall ihrer Mutter im Ohr. Die wäre beeindruckt gewesen.

»Danke«, sagte sie laut und schob den Riemen ihrer Handtasche über die Schulter, bevor sie auf dem dicken roten Teppich zur großen Drehtür ging. In der Glastür sah sie ihr Spiegelbild, helle Hose, helle Bluse, kurzer blauer Mantel, die Haare zu einem strengen Knoten gedreht. Man sah ihr nicht an, dass sie noch vor kurzem ungeschminkt im Bademantel auf dem Sofa vietnamesisches Hühnchen gegessen hatte. Zumindest essen wollte. Jetzt wurde die Nummer 26 in der Pappschachtel auf dem Tisch kalt.

Alexandra stieß die Drehtür nach vorn und blieb im Foyer kurz stehen, bis sie Veronika Seltmann entdeckte, die telefonierend, im eleganten flaschengrünen Hosenanzug, mit übereinander geschlagenen Beinen und wild gestikulierend auf einem Sessel saß.

Als ihr Blick auf Alexandra fiel, sprang sie sofort auf und beendete das Telefonat. Sie strich sich über die kurzen Haare, bevor sie ein Lächeln anknipste und Alexandra entgegenging. »Frau Weise, wie immer pünktlich, wunderbar.«

Lächelnd ergriff Alexandra ihre ausgestreckte Hand. »Guten Abend, Frau Seltmann, wie schön, Sie zu sehen.«

»Ganz meinerseits«, Veronika Seltmann legte ihr die andere Hand auf den Arm und lächelte zurück. »Was für ein schöner blauer Mantel, er steht Ihnen hervorragend. Wollen wir uns vielleicht in die Bar setzen? Mein Mann kommt sofort, er hat seine Brieftasche im Zimmer vergessen.« Sie lächelte kopfschüttelnd. »Wenn man ihn nicht an alles erinnert.« Sie zog ihre Hand zurück. »Gehen wir in die Bar? Oder möchten Sie etwas essen?«

Alexandra dachte an die Nummer 26 auf ihrem Wohnzimmertisch. Das Essen im *Plaza Hotel* wäre in jedem Fall besser. Und satt war sie nach den paar Bissen in der Hektik nicht geworden. Aber sie wollte erst mal wissen, was so wichtig war, dass Veronika Seltmann auf dieses spontane Treffen gedrängt hatte. Essen könnten sie auch noch danach.

»Danke, im Moment nicht«, sagte sie deshalb freundlich. »Seit wann sind Sie denn schon in München?«

Wie ertappt sah Veronika Seltmann sie an. »Seit Montag«, antwortete sie sofort. »Aber wir hatten tatsächlich fast jeden Tag irgendwelche Termine. Sonst hätten wir uns natürlich viel früher bei Ihnen gemeldet. Dieser Überfall ist ja eigentlich nicht unsere Art. Aber wir wollten Sie noch unbedingt sehen, bevor wir morgen wieder zurück nach Palma fliegen.«

Alexandra lachte leise auf. »Frau Seltmann, Sie müssen das nicht erklären, es hat ja gepasst.«

»Ja, zum Glück. Gehen wir? Ich habe eine kleine ruhige Ecke in der Bar reserviert.«

Sie hatten gerade erst Platz genommen, als Hans Sattler-Seltmann an der Tür auftauchte, sich suchend umsah und sofort mit strahlendem Lächeln auf sie zukam. »Immer wieder eine Freude«, rief er eine Spur zu laut, während Alexandra sich wieder erhob. »Liebe Frau Weise, ich freue mich, dass Sie unserer spontanen Einladung gefolgt sind.«

Während er sich formvollendet über ihre Hand beugte, betrachtete sie ihn. Hans Sattler-Seltmann sah aus wie das blühende Leben. Das Gesicht leicht gebräunt, die Figur drahtig, man sah ihm seine Golfleidenschaft an. Auch seine Frau wirkte gesund und aktiv, Ulrikes Sorgen schienen wirklich völlig unbegründet.

Hans Sattler-Seltmann gab dem Barmann ein Zeichen, bevor er auf einen der braunen Ledersessel deutete. »Meine Liebe, nehmen Sie Platz. Ein Gläschen Champagner?«

»Gibt es denn etwas zu feiern?« Alexandra sah erst ihn, dann seine Frau an, die ihrem Blick auswich und sich setzte. »Habe ich etwas übersehen?«

»Das Leben ist zu kurz, um keinen Champagner zu trinken«, lachte er und bestellte drei Gläser. »Sie haben ja schon wieder so ein erfolgreiches Programm hingelegt, also Chapeau, liebe Frau Weise. Wenn alle unsere Unternehmen so florieren würden, käme ich aus dem Champagnertrinken gar nicht mehr raus.«

»Vielen Dank. Ja, das ist in diesen Zeiten gar keine Selbstverständlichkeit.« Alexandra lächelte und wandte sich an Veronika Seltmann. »Haben Sie die Tage in München genossen? Ein paar schöne Ausstellungen besucht? Waren Sie wieder im Residenztheater? Oder haben Sie es dieses Mal nicht geschafft?«

»Nein, leider nicht«, Veronika Seltmann wartete ab, bis der junge Mann die drei Champagnerkelche auf den Tisch gestellt hatte. »Wir hatten dieses Mal gar keine Zeit, wir waren tatsächlich sehr verplant. Ich bin noch nicht einmal in meinem Lieblingsschuhgeschäft in Schwabing gewesen.« Sie strich sich mit einer mädchenhaften Geste durch ihre blonden Strähnchen, die teure goldene Uhr blitzte dabei auf. »Na ja, das dann wieder beim nächsten Mal. Ach, lassen Sie uns doch erst mal trinken. Auf die Gesundheit, auf die alten Zeiten und aufs Leben. Und auf Sie natürlich.«

Sie sah Alexandra lange an, bevor sie ihr Glas an die Lippen setzte. Nachdem sie es wieder abgestellt hatte, verschränkte sie ihre Finger auf dem Schoß und blickte kurz zu ihrem Mann. Er nickte, woraufhin sie tief ausatmete und sich zurücklehnte. Dann sagte er: »Frau Weise, Sie wissen, dass ich Sie und Ihre Arbeit sehr schätze, das wollte ich Ihnen noch einmal ausdrücklich sagen. Das wissen Sie doch, oder?«

»Ich denke schon.« Jetzt würden sie also zur Sache kommen. »Das weiß ich. Ist irgendetwas passiert?«

»Nein«, Veronika Seltmann richtete sich wieder auf und schüttelte kurz den Kopf. »Oder doch. Ach, es ist wirklich schwierig, einen Anfang zu finden. Wie lange kennen wir uns jetzt schon? Zwanzig Jahre? Fünfundzwanzig?«

»Zweiundzwanzig«, erwiderte Alexandra. »Fast dreiundzwanzig.«

»Und wir sind all die Jahre immer gut miteinander ausgekommen«, fügte Veronika Seltmann hinzu, bevor sie ihren Mann hilfesuchend ansah. »Oder? Hans, kannst du …«

Auch Alexandras Blick ging jetzt zu Hans Sattler-Seltmann, der sich zunächst räuspern musste. Er betrachtete seine Hände ausgiebig, bevor er anfing. »Ja, Frau Weise, Sie können mir glauben, dass ich dieses Gespräch nicht gern führe, aber manchmal muss man im Leben auch Dinge tun, die einem nicht leichtfallen. Ich werde es kurz machen, ich will Sie gar nicht auf die Folter spannen. Ich werde Ende des Jahres fünfundsiebzig, meine Frau, und ich bitte, das nicht als uncharmant zu verstehen, wird im Sommer siebzig. Wir leben die meiste Zeit des Jahres nun schon auf Mallorca und könnten dort einen ruhigen Lebensabend genießen. Das ist uns bislang jedoch nicht vergönnt: Besitz schafft Verantwortung, so ist meine Generation aufgewachsen, und meine Frau und ich nehmen das ernst und haben deshalb das Gefühl, uns um die Dinge kümmern zu müssen. Und jetzt wollen wir das nicht mehr. Deshalb haben wir uns schweren Herzens entschieden, sowohl meine Baufirma als auch den Verlag in andere Hände zu geben, sprich, wir werden unsere Unternehmen verkaufen.«

Er musste eine Pause machen, es fiel ihm tatsächlich nicht leicht. Alexandra sah ihn fest an, bis er den Blick wieder hob und fortfuhr: »Natürlich gibt es bestimmte Bedingungen, die für uns wichtig sind, schließlich wollen wir unseren Familienbesitz ja in gute Hände übergeben. Die renommierte Book Group hat uns schon vor zwei Jahren ein Angebot für den Seltmann Verlag gemacht, das wir damals ausgeschlagen haben. Aber nun, auch bedingt durch kleine gesundheitliche Probleme, die bei mir im letzten Jahr aufgetreten sind und um die man sich kümmern muss, haben wir neu überlegt und uns entschlossen, diesen Schritt zu gehen. Ich hoffe sehr, Frau Weise, dass Sie uns glauben, dass wir das nicht leichtfertig getan haben.«

Er sah Alexandra an. Sie nickte langsam, während sie überlegte, was diese Mitteilung genau bedeutete. Bevor sie etwas sagen konnte, ergriff Veronika Seltmann wieder das Wort. »Wir wollen natürlich, dass der Verlag in seiner bewährten Tradition fortgeführt wird, darauf haben wir auch bei allen Verhandlungen ausdrücklich Wert gelegt. Schließlich hat mein Vater das Haus gegründet, und ich habe mich diesem Familienerbe immer verpflichtet gefühlt. Und wir glauben, dass die Book Group mit all den Erfahrungen die Voraussetzung erfüllt, für einen erfolgreichen Fortbestand zu sorgen. Und wir hoffen natürlich, dass sich nicht allzu viel ändern wird.«

Alexandra beugte sich vor, griff zu ihrem Glas, trank in aller Ruhe und behielt es in der Hand. »Ich kann natürlich verstehen, dass Sie sich zurückziehen möchten. Obwohl ich es sehr bedauere. Und ich glaube Ihnen, dass es eine schwere Entscheidung war. Aber: Was genau bedeutet das für die Geschäftsführung? Für die Mitarbeiter? Für mich als Verlegerin? Ein Konzern hat ja doch ganz andere Vorstellungen und Arbeitsweisen.«

»Frau Weise, Sie können sich darauf verlassen, dass wir bei den Kaufverhandlungen alle wichtigen Punkte ausführlich besprochen und klare Bedingungen gestellt haben.« Veronika Seltmann war auf ihrem Sessel jetzt nach vorn gerutscht. »Es wird sich kaum etwas ändern«, beteuerte sie. »Eigentlich bleibt alles, wie es ist. Nur, dass wir uns nicht mehr treffen. Zumindest nicht im beruflichen Rahmen.«

»Aber dafür jederzeit und gern im privaten«, mischte sich Hans Sattler-Seltmann jetzt ein. »Wir haben Sie schon so oft zu uns nach Mallorca eingeladen, Frau Weise, bislang hat es sich einfach nicht ergeben. Lassen Sie es uns jetzt doch endlich mal angehen.«

»Das wäre sehr schön«, seine Frau strahlte und legte Alexandra die Hand auf den Arm. »Ganz wunderbar wäre das. Ich verliere ja nicht das Interesse am Verlag und werde weiterhin all die Bücher lesen, die Sie und Ihre Kolleginnen und Kollegen machen. Und ich komme auch gern zu den wichtigen Veranstaltungen. Auch wenn ich in Zukunft die Eintrittskarte bezahlen muss, es sei denn, Sie setzen mich auf Ihre Gästeliste.« Sie lachte etwas gekünstelt.

Alexandra lehnte sich zurück und schlug die Beine übereinander, während sie Veronika Seltmann ansah. Sie war zu lange im Geschäft, um nicht zu wissen, was die Übernahme durch einen Konzern bedeuten würde. Alexandra hatte bisher machen können, was sie wollte, weil sie es gut gemacht hatte, Umsätze und Ergebnisse waren kontinuierlich hoch, so dass die Seltmanns ihr und dem Verlag von Mallorca aus ganz entspannt freundliches Interesse – und ihr volles Vertrauen entgegenbringen konnten. Alexandra konnte nur hoffen, dass ihre Anwälte mit der Book Group gut verhandelt hatten.

Sie hob das Kinn und fragte: »Welche Bedingungen waren das denn, wenn ich fragen darf?«

»Wichtig war uns, dass beim Personal nur kleine Veränderungen erfolgen dürfen und die auch nur sozial verträglich. Dann natürlich, dass die Interessen der Autoren des Verlags immer und bei allem oberste Priorität haben. Und dass die Entscheidung über die Programmprofile, das heißt, welche Bücher gemacht werden, weiterhin der verlegerischen Leitung und den Programmbereichen obliegt, also kurz, dass für Sie, Frau Weise, ach, ich sage jetzt einfach Alexandra, das Arbeiten so weitergeht wie bisher.« Veronika Seltmann hob ihr Glas. »Ich heiße Veronika. Jetzt können wir das doch endlich mal ändern.«

»Ja, und ich bin der Hans.« Er hob eifrig das Glas, sichtlich erleichtert über den Schlenker hin zum Privaten. »Ich wusste, dass Sie unsere Entscheidung verstehen würden, da war ich mir ganz sicher. Nur eines noch, Alexandra«, er sah sie eindrücklich an, das Glas immer noch erhoben. »Wir würden Sie bitten, über diese Neuigkeit noch absolutes Stillschweigen zu bewahren. Das war nicht nur die dringende Bitte der Book Group, sondern auch meiner Frau, und mir ist es wichtig, dass es hier eine geordnete Kommunikation gibt. Können wir uns darauf verständigen? Dr. Carsten Hansen wird sich zeitnah bei Ihnen melden, mit ihm können Sie dann die weiteren Schritte besprechen. Und auch den Zeitpunkt festlegen, an dem Mitarbeiter und Presse informiert werden.«

»Natürlich, Herr … Hans«, Alexandra nickte. »Ich werde mit ihm reden.«

»Sie können mich hier an der Ecke rauslassen«, Alexandra legte ihre Hand auf die Kopfstütze des Vordersitzes. »Vor der Apotheke, danke.« Sie zahlte und öffnete die Tür. Sie brauchte einen Moment frische Luft, um ihre Gedanken zu ordnen. Die Eröffnung des Ehepaars Seltmann war schon ein echter Hammer. Das musste sie erst mal verarbeiten. Sie sah dem Taxi hinterher, überquerte mechanisch die Straße und schlug den Weg zu ihrer Wohnung ein. Es lag eine sanfte Abendstimmung über ihrem Viertel, einige Tische vor den Lokalen waren schon von vereinzelten Frischluftfanatikern besetzt, obwohl es noch nicht besonders warm war. Aus den geöffneten Türen der Kneipen klangen Musik- und Gesprächsfetzen, nicht alle Leute trauten sich bei diesen Temperaturen schon nach draußen. Über allem lag eine vorfreudige Stimmung, es war fast April, der Winter war vorbei, das Leben würde sich bald wieder auf den Straßen abspielen, eigentlich sollte sie gute Laune haben. Was ihr nach diesen Neuigkeiten allerdings schwerfiel.

Die Book Group war nun also der Besitzer des Verlages, den Alexandra seit Jahren leitete. Statt eines freundlichen Ehepaares würde jetzt Dr. Carsten Hansen das Sagen haben, ein Gedanke, der Alexandra gruselte. Hansen war ein Manager, der alle Klischees erfüllte: aalglatt, mit immer zu lauter Stimme, zu selbstbewusstem Auftreten, großen Gesten und wenig Leidenschaft für Bücher. Aber fürs Geldverdienen. Alexandra war er zutiefst unsympathisch. Wollte sie künftig wirklich mit ihm zusammenarbeiten?

Sie schob den Riemen ihrer Tasche höher auf die Schulter und atmete tief aus. Sie liebte ihren Beruf, daran gab es überhaupt keinen Zweifel. Und sie machte ihn hervorragend, das wusste sie auch. Was auch daran lag, dass sie bisher immer selbstständig arbeiten konnte, ihr niemand hineingeredet hatte. Von dieser Vorstellung würde sie sich jetzt wohl verabschieden müssen. Und sie war sich keinesfalls sicher, ob sie diese Art von Veränderung würde ertragen können. Dann riss sie sich zusammen, sie würde jetzt erst mal abwarten müssen, vielleicht sah sie es im Moment auch zu schwarz. Das Ehepaar Seltmann war kinderlos, es gab also keinen Erben für den Verlag, man konnte ihnen ja nicht verdenken, dass sie sich von der Verantwortung befreien wollten. Die Entscheidung, zu verkaufen, war nachvollziehbar. Und Dr. Carsten Hansen musste sich schließlich an die Vertragsbedingungen halten, das hatte Hans Sattler-Seltmann ihr zugesagt. Trotzdem hatte sie kein gutes Gefühl bei dieser Perspektive. Und keine Lust auf Machtkämpfe mit einem glatten Manager, der um einiges jünger war als sie. Es werde sich kaum etwas ändern, hatte ihre neue Duzfreundin Veronika gesagt. Alexandra war zu lange im Geschäft, als dass sie das wirklich erwarten könnte.

Sie schlenderte langsam die Straße entlang, sah in die Schaufenster der Geschäfte, ein Goldschmied, eine Boutique, in der sie regelmäßig einkaufte, ihr Weinladen, auch eine kleine Buchhandlung lag auf dem Weg. Alexandra blieb stehen und musterte die Auslage, sie entdeckte auf Anhieb zehn gerade sehr erfolgreiche Bücher, die sie mit ihrem Team auf den Weg gebracht hatte. Sie nickte zufrieden, sie hatte einmal mehr den richtigen Riecher gehabt. Da machte ihr niemand was vor, schon gar nicht ein glatter, lauter Manager.

Sie wollte ihren Weg gerade fortsetzen, als sie von einer Frau ausgebremst wurde, die genau vor ihr aus einer Kneipe kam und sich, ohne hochzusehen, im Gehen eine Zigarette anzündete. Alexandra wich ihr aus, um den Zusammenstoß zu vermeiden, in diesem Moment sah die Frau hoch.

»Alexandra?« Sie ließ die Zigarette sinken und riss die Augen auf. »Das gibt es ja gar nicht. So eine große Stadt und du rennst mich fast um. Das ist ja ein Witz. Hey, lange nicht gesehen, wie geht es dir? Was machst du hier?«

Knallroter Lippenstift, lange schwarze Haare, die über einen knallgelben Pulli fielen, ein kurzer schwarzer Lederrock, schwarze Strumpfhosen und klobige Stiefel. Coco zog sich immer noch an, als wäre sie Mitte zwanzig. Mindestens zehn silberne Armreifen klimperten, als sie Alexandras Arm berührte.

»Ich wohne hier«, sagte Alexandra und sah sie ungläubig an. »Ich bin auf dem Weg nach Hause, ich war so in Gedanken, dass ich dich erst gar nicht erkannt habe. Hallo Coco.«

»Irre«, Coco deutete eine Umarmung an und hauchte zwei Küsse in die Luft neben Alexandras Wangen, bevor sie wieder zurücktrat und sie musterte. »Du siehst phantastisch aus, wie machst du das? Du musst mir die Nummer von deinem Chirurgen geben«, sie lachte laut und fuhr sich durch die Haare. »Das ist ja ein Hammer, dich zu sehen. Es ist ja ewig her. Wie geht es dir? Hast du Lust auf einen Wein?« Sie warf die Zigarette auf den Boden und trat sie mit dem Absatz aus. »Ich will eh aufhören zu rauchen, ist so schlecht für die Haut. Kommst du mit rein?«

Alexandra protestierte nicht, sie war immer noch zu überrascht und ließ sich von Coco in die Kneipe ziehen. An einem Ecktisch schob Coco die Jacken und Taschen auf ihrer Bank einfach zur Seite. »Komm, setz dich. Weißwein? Ich bestell am Tresen, das sind hier solche Schnecken.«

Sie wartete Alexandras Nicken gar nicht erst ab und verschwand. Mit offenem Mund sah Alexandra ihr hinterher. Den Schwall an Erinnerungen, den Coco gerade bei ihr lostrat, konnte sie jetzt überhaupt nicht gebrauchen, jetzt nicht und auch sonst nicht mehr. Diese Erinnerungen hatte sie im letzten Jahr eigentlich ganz erfolgreich verdrängt, das konnte doch nicht wahr sein, dass die verrückte Coco, die eigentlich in Köln wohnte, ausgerechnet jetzt hier auftauchte. Zu spät, jetzt saß sie hier. Sie würde einfach rasch ein Glas Wein trinken und verschwinden. Es gab ganz andere Themen, über die sie heute noch nachdenken musste. Bevor sie auch nur einen Gedanken zu Ende denken konnte, tauchte Coco schon wieder auf, zwei Gläser und eine Flasche Weißwein unterm Arm. Alexandra warf einen kurzen Blick auf die Flasche, dann sagte sie: »Du, ich trinke höchstens ein kleines Glas, ich muss morgen wieder früh raus.«

»Ach, komm«, Coco schenkte großzügig den Wein ein. »Das ist jetzt so ein Zufall, und ich hatte heute echt einen Scheißtag.« Sie schob ein Glas zu Alexandra und hob ihres. »Prost. Auf unser Wiedersehen. Wir lösen ja gerade das Haus unserer Eltern auf. Mein Vater ist im letzten Jahr gestorben, und meine Mutter ist jetzt in so ein Edel-Seniorenstift gezogen. Geld spielt keine Rolle, das hat man, wenn man sein Leben lang geizig war. Aber wir müssen das alte Haus ausräumen. Und du kannst dir gar nicht vorstellen, wie vollgestopft dieser Kasten war, ich habe echt die Krise gekriegt. Und meinem feinen Herrn Bruder geht das am Arsch vorbei, der hat nur alles organisiert und lässt uns machen. Der Herr Doktor ist in der Klinik unentbehrlich, der kann kein Haus ausmisten. Ich habe echt einen Hals. Hast du ihn in der letzten Zeit mal gesehen?«

»Nein«, automatisch schüttelte Alexandra den Kopf. »Länger nicht.«

»Nee, klar, seit es mit unseren Eltern kompliziert ist, kommt er ja auch nicht mehr nach München. Machst du hier immer noch was mit Büchern?«

Es war scheinbar nicht Cocos erster Weißwein an diesem Abend, davon zeugten nicht nur die wilden Gedankensprünge, sondern auch die roten Flecken am Hals. Die hatte sie schon damals bekommen, wenn sie zu viel getrunken hatte. Es war seltsam, an welche Nebensächlichkeiten man sich erinnern konnte.

»Ja, immer noch. Ich …«

»Dass du so viel lesen kannst«, Coco schüttelte so heftig den Kopf, dass die langen Ohrringe auf ihren Schultern tanzten. »Wird man da nicht blöde im Kopf? Na, egal, ich hab's ja nicht so mit Büchern.« Sie griff zur Weinflasche. »Aber du siehst echt total irre aus. Dabei bist du doch älter als ich, wieso hast du so wenig Falten? Kommt das vom Sex? Was hast du denn für einen Typen? Oder bin ich schon wieder zu indiskret?« Sie lachte, als sie Alexandras Gesichtsausdruck sah, und beugte sich nach vorn. »Komm, wir kennen uns doch, seit mein Bruder deine Freundin geheiratet hat. Gott ist das echt schon dreißig Jahre her?« Sie legte entsetzt die Hand auf den Mund und riss die Augen theatralisch auf. »Wir sind alt. Auch wenn das keiner mitkriegt.«

Fast dreißig Jahre, dachte Alexandra und hatte plötzlich das Bild von Coco vor sich, die vor dem Standesamt in einem giftgrünen Kleid mit Schulterpolstern und schwarzen Netzstrumpfhosen Reis auf Philipp und Jule geworfen hatte. Damals hatte sie ausgesehen wie Nina Hagen, genauso bunt, genauso schrill, genauso laut. Ihre Mutter hatte sie schmallippig gebeten, nicht so viel Alkohol zu trinken. Friederike und Marie hatten die besoffene Coco trotzdem schon vor dem Essen auf Jules Couch verfrachtet. Dagegen wirkte sie heute fast schon seriös.

»Steffi, hier!« Cocos Arm fuhr plötzlich in die Höhe, als sie eine blonde Frau am Eingang entdeckte. »Hier sind wir.«

Alexandra zuckte zusammen und hob den Kopf, um der blonden Frau, die jetzt langsam an den Tisch kam, entgegenzusehen: die hellblaue Jacke zu eng, die Handtasche mit silberner Kette, der Haarschnitt altbacken, die Strähnchen zu blond, es passte nicht zusammen. Die Angekommene beugte sich zu Coco, um sie auf die Wange zu küssen, und sah dann neugierig Alexandra an. »Hallo, ich bin Steffi.«

Das also war Steffi. Alexandra blieb sitzen, sie hatte sie sich ganz anders vorgestellt. Größer, strahlender, souveräner, nicht so pummelig, nicht so ... durchschnittlich. Sie suchte noch nach den richtigen Worten, als Coco einsprang.

»Das ist Alexandra«, stellte Coco sie vor, während sie die Flasche hob und wieder abstellte, weil sie kein drittes Weinglas hatten. »Wir haben uns hier gerade zufällig auf der Straße getroffen, ist das nicht lustig? Und das ist Steffi, meine Schwägerin. Ihr kennt euch doch sicher, nein? Steffi ist Philipps zweite Frau. Und Alexandra ist eine Freundin von Philipp. Na, eigentlich von Jule. Oder wart ihr nicht zerstritten? Aber egal, wir kennen uns jedenfalls ewig. Und wir haben uns vor ein paar Jahren schon mal zufällig getroffen. Mit Philipp zusammen. Bei irgendeinem Italiener. Auch hier in München. Beim dritten Mal muss Alex einen ausgeben. Schon witzig, oder? Ich hole dir mal eben ein Glas vom Tresen, Moment.«

Sie schoss ab, während Steffi ihre Jacke auszog und sich hinsetzte. »Ah. Sie kennen meinen Mann von früher? Und Sie leben jetzt hier in München?«

»Seit über zwanzig Jahren«, Alexandra sah sie an. Steffi hatte Lippenstift am Zahn. Die Farbe stand ihr nicht, zu rosa. »Also seit über zwanzig Jahren lebe ich in München. Philipp kenne ich noch länger. Und mit Jule bin ich schon seit der Schule befreundet.«

Steffi nickte wichtig und fuhr sich mit der Hand durch die blonde Frisur. Die Nägel waren passend zum Lippenstift lackiert, auch zu rosa. »Ach ja, diese Mädchenclique von früher, mein Mann hat mal davon erzählt. Treffen Sie sich nicht immer einmal im Jahr in dieser Van-Barig-Villa am See? Das muss doch so ein Traumanwesen sein, haben Sie das nicht sogar mit Jule und einer anderen Frau geerbt? Ich habe schon zu Philipp gesagt, dass ich mir die Villa gern mal ansehen würde, die muss ja bezaubernd sein.«

Sie klingt wie eine alte Tante, dachte Alexandra, obwohl Steffi bestimmt zehn Jahre jünger war als sie. »Ja. Sie ist sehr schön.«

»So, hier ist dein Glas«, Coco war zurück und schenkte Steffi ein und sich nach. »Wer ist was? Redet ihr von Pia?«

»Nein, von der Villa am See, die Jule, Friederike und ich nach Maries Tod geerbt haben«, Alexandra wandte den Blick von Steffi zu Coco. »Erinnerst du dich noch an Friederike?«

»Ja, so eine scharfe Rothaarige«, Coco nickte. »Ein bisschen giftig, aber witzig. Und euch dreien gehört jetzt die Hütte?«

»Sozusagen.« Alexandra sah Steffi von der Seite an, die hatte ihr Handy aus der Tasche gezogen und kontrollierte das Display. Es sah mordswichtig aus. Sie trug einen schmalen Ring mit einem Brillanten über dem Ehering, der den Finger ungesund quetschte. Alexandra wandte den Blick wieder zu Coco: »So. Ich glaube, ich muss langsam los«, sie trank ihren Wein in einem Zug aus, bevor sie ihren Stuhl ein Stück zurückschob. »Danke für den Wein.«

»Bleiben Sie doch ruhig noch«, Steffi legte ihr Handy auf den Tisch und beugte sich vor. »Ich finde es immer spannend, alte Freunde von Philipp zu treffen. Man wundert sich ja, was man so alles über den eigenen Mann erfährt, obwohl man schon so lange verheiratet ist.« Sie lächelte verschwörerisch. »Nicht doch noch ein Weinchen?«

Frauen, die Weinchen sagen, dachte Alexandra, stand auf und griff nach ihrer Handtasche. »Oh, ich glaube kaum, dass ich etwas Spannendes zu Philipps Vorleben beitragen kann«, sagte sie leichthin. »Und ich muss morgen früh raus. Also, ich wünsche noch einen schönen Abend und gutes Gelingen beim Ausräumen des Hauses. Tschüss, Coco, war nett, dich mal wiederzusehen. Wiedersehen.« Letzteres galt Steffi, die sie etwas schmallippig musterte.

»Ja, tschüss!« Coco warf ihr eine Kusshand zu, um nicht aufstehen zu müssen, Steffi nickte nur kurz und hatte ihr Handy schon wieder in der Hand. »Ja, Wiedersehen. Und soll ich grüßen? Ich rufe mal zu Hause an.«

»Unbedingt«, antwortete Alexandra. »Ganz herzlich.«

Sie atmete tief durch, als sie draußen vor der Kneipe stand. Was für ein Tag. Was hatte das Universum eigentlich mit ihr vor? Erst Sebastian, dann die Seltmanns, und als Krönung dann Coco und Steffi und alles, was diese Begegnung schlagartig wieder in ihr losgetreten hatte. Ihr platzte gleich der Kopf.

Mit langen Schritten machte sie sich auf den Weg nach Hause. Es reichte. Sie würde jetzt gleich Ulrike eine SMS schreiben und sie informieren, dass sie sich offenbar bei den zahlreichen Grippekranken im Verlag angesteckt hatte und den morgigen Freitag im Bett verbringen würde. Ulrike war ja an Bord. Und sie, Alexandra, brauchte Zeit zum Nachdenken. Über den Verlag, über ihr Leben, über ihre Zukunft, über die Liebe und über rosa Lippenstift an Schneidezähnen. Und vielleicht würde sie später auch noch eine scharfe Rothaarige anrufen. Heute oder demnächst.

5.

Friederike Brenner war so leise ins Büro gekommen, dass Pia fast aufgeschrien hätte, als sie plötzlich hinter ihr stand. »Und? Kommst du zurecht?«

Mit beschleunigtem Puls fuhr Pia zu ihr um. »Ich habe fast einen Herzinfarkt bekommen, so hast du mich erschreckt.«

»Du bist zu jung für einen Infarkt, Schätzchen.« Ungerührt ging Friederike um den Schreibtisch und griff nach den Listen darauf. »Sind das die Personalpläne fürs Wochenende?« Sie nahm ihre Brille vom Kopf, setzte sie auf und blätterte, an den Schreibtisch gelehnt, die Listen durch.

Pia beobachtete sie dabei und suchte nach einem Zeichen, ob die Pläne, an denen sie seit Stunden gesessen hatte, den Ansprüchen ihrer Chefin genügten. An Friederike Brenners Gesichtsausdruck war nicht die kleinste Regung abzulesen.

Während sie ungeduldig auf die Reaktion wartete, musterte Pia unauffällig die Hotelchefin des Hamburger *Grandhotels,* das gerade zum Hotel des Jahres gekürt worden war. Das war natürlich auch Friederike Brenners Verdienst, die die Leitung des erst im letzten Jahr eröffneten Hauses übernommen hatte. Friederike war groß, auf eine etwas herbe Art attraktiv, mit lauter Stimme, langen Schritten und direkter Ansprache. Ihr Kleidungsstil war zurückhaltend, braun, blau oder creme, schlichte Schnitte, teure Stoffe, nie Muster oder Firlefanz. Friederike Brenner hatte Stil, sie passte zu diesem edlen und sehr besonderen Hotel. Pia verglich sie unwillkürlich mit ihrer gleichaltrigen Mutter. Jule kam bei diesem Vergleich schlecht weg, wenn sie keinen Kittel in der Praxis trug, hatte sie Jeans und bunte Pullis an. Und war so gut wie nie geschminkt. Vielleicht sah sie deshalb auch jünger aus als Friederike. Aber trotz aller Unterschiedlichkeiten waren Jule und Friederike seit Jahrzehnten befreundet.

»Was ist?« Friederikes Frage kam völlig unvermittelt, sie hatte gar nicht hochgesehen.

Pia zuckte zusammen. »Nichts? Warum?«

»Du starrst mich an«, Friederike warf ihr einen kurzen Blick zu, bevor sie die Listen wieder auf den Schreibtisch legte. »Die Pläne fürs Restaurant sind okay, an der Rezeption hast du für Sonntagvormittag viel zu wenig Mitarbeiter, da sind die meisten Abreisen, und du hast nur drei Leute eingesetzt. Das kannst du vergessen. Hast du schon deine Mittagspause gemacht?«

»Nein«, Pia schüttelte den Kopf. »Ich habe keinen Hunger.«

»Dann trinkst du eben nur was«, Friederike runzelte kurz die Stirn. »Du kannst die Restauranteinteilung auf dem Weg in die Pause gleich nach unten bringen. Die Rezeption teile ich selbst ein, bis nachher.«

Sie verschwand in ihrem Büro und schloss die Tür hinter sich, Pia atmete aus. Die Chefin schien keine richtig gute Laune zu haben, außerdem sah sie müde aus, der Abend war wohl lang gewesen. Unter ihrem Make-up sah man die dunklen Augenringe. Ganz so perfekt wie sonst war Friederike Brenner heute nicht. Seltsam. Pia hatte nicht die geringste Ahnung, ob Friederike überhaupt ein Privatleben hatte. Friederike war vermutlich viel zu klug, um sich auf so blöde Liebesgeschichten einzulassen, die einem hinterher das Herz zersprengten. Das musste Pia noch lernen. Obwohl es eher unwahrscheinlich war, dass so etwas zum Praktikum gehörte.

Pia bückte sich, um ihre Tasche unter dem Schreibtisch herauszuziehen, griff sich die Liste und machte sich auf den Weg ins Restaurant.

Es war die dritte Woche ihres Praktikums, und Pia war selbst überrascht, wie gut es ihr hier gefiel. Und wie gut es sie ablenkte. In den ersten beiden Wochen musste sie alle Abteilungen kurz durchlaufen, auf diese Weise hatte sie die meisten Mitarbeiter wenigstens schon mal gesehen. Mit Anni hatte sie sich aber sofort angefreundet, die machte eine Ausbildung zur Köchin.

Annis rote Locken waren auch das Erste, was Pia entdeckte, als sie das Foyer durchquerte, um ins Restaurant zu gehen. Sie stand mit dem Rücken zu ihr an der Rezeption und fuhr herum, als Pia plötzlich neben ihr stand. »Hey, du hast ja gar keinen Kochkittel an, machst du gerade Mittagspause?«

Anni grinste sie an. »Ach, Pia, ich habe schon Feierabend, hatte Frühschicht. Hast du gerade Pause?«

»Ja.« Pia wedelte mit der Liste. »Ich muss nur noch den Arbeitsplan ins Restaurant bringen, das passt doch gut. Wollen wir zusammen was trinken gehen?«

»Na klar.« Anni nickte sofort. »Wie lange hast du Zeit?«

»Eine knappe Stunde.«

»Dann lass uns ins *Max* gehen. Das ist hier um die Ecke. Ach, und da ist ja Susan, gib ihr doch den Plan. Susan?«

»Ja?«

»Ich soll Ihnen den Personalplan fürs Wochenende bringen«, Pia ging auf sie zu.

»Ach«, Susan lächelte sie zerstreut an und nahm ihr die Liste aus der Hand. »Hat Frau Brenner ihn schon geprüft?«

Pia nickte. »Hat sie.«

»Gut«, sie nickte und wandte sich ab.

Pia sah ihr irritiert nach. »Vielen Dank, Frau Petersen«, sagte sie leise zu sich selbst. »Da haben Sie sich ja wirklich Mühe gemacht.« Dann drehte sie sich zu Anni um und fragte laut: »Gehen wir?«

Die Tische auf der Terrasse waren schon fast alle besetzt, Anni entdeckte trotzdem einen freien Platz. »Wollen wir draußen sitzen? Oder ist dir das zu kalt? Drinnen ist es immer so laut.«

»Wir haben ja Jacken dabei. Und die Sonne scheint so schön gerade.«

Pia schob ihren Stuhl so, dass sie auf die Alster sehen konnte und die Sonne im Gesicht hatte. Auch wenn es erst Ende März war, hatte die Frühlingssonne schon Kraft. Zufrieden schloss sie die Augen. Die dunklen Monate waren vorbei.

Sie bestellten Ingwertee für Anni und Milchkaffee für Pia. Nachdem die Bedienung weg war, stülpte Anni sich eine bunte Mütze über die roten Locken. »Ich habe Angst vor Erkältung«, sagte sie. »Sonst trinke ich nie Ingwertee. Aber in vier Wochen habe ich meine Prüfung.«

»In vier Wochen?« Erstaunt sah Pia sie an. »Ist die Ausbildung so kurz? Das Hotel gibt es doch erst seit einem Jahr.«

»Ich habe schon zwei Jahre auf Norderney gelernt«, Anni knöpfte ihre Jacke zu. »Im *Meerhotel*. Das gehört auch Peter Engel, dem Chef vom Ganzen. Als er das *Grandhotel* eröffnet hat, habe ich ihn gefragt, ob ich meine Ausbildung nicht auch hier zu Ende machen kann. Ich wollte endlich wieder weg von der Insel. Und er hat's genehmigt. Ich fand das mega.«

»Warum wolltest du das? Norderney ist doch toll.«

»Ja, schon«, Anni sah sie etwas verlegen an. »Aber ich hatte so Heimweh. Ich komme aus einem Dorf an der Ostsee, da wohnen meine ganze Familie und auch mein Freund. Und von Norderney ist das echt ein Ritt, vor allem bei den Arbeitszeiten. Jedenfalls haben mein Freund und ich uns so selten gesehen. Und von Hamburg aus geht das alles viel einfacher. Die Hotelchefin auf Norderney war zwar nicht so streng wie Frau Brenner, aber ansonsten ist die Ausbildung hier auch super.«

Pia nickte. Auch wenn sie diese Art von Heimweh überhaupt nicht nachvollziehen konnte. »Findest du Frau Brenner so streng?«

»Hör mal«, mit großen Augen sah Anni sie an. »Marlene, also meine Hotelchefin von Norderney, hat ja mal mit ihr zusammengearbeitet, ich glaube in Bremen. Sie war da Frau Brenners Stellvertreterin. Und sie hat mal zu Peter Engel gesagt, dass FB, so nennen sie alle, niemanden duzt, keine privaten Kontakte zu Mitarbeiterinnen pflegt, keiner weiß, ob sie überhaupt ein Privatleben hat, und alle ein bisschen Angst vor ihr haben. Die Eiskönigin nennen sie alle. Sie ist natürlich super in ihrem Job, aber ich bin echt froh, dass mein direkter Ausbilder Markus Lemke ist, also der Küchenchef, und nicht sie. Obwohl sie ganz nett sein soll, wenn jemand ein Problem hat, das hat mir mal ein Kollege erzählt. Aber ich bin froh, dass ich noch keins mit ihr besprechen musste. Ist sie zu dir denn nett? Du bist doch jetzt oben bei ihr.«

»Nett?« Pia überlegte. »Eher sachlich.«

Friederike Brenner war auch einfach nicht der nette Typ, dazu war sie zu schroff, zu schnell und zu unpersönlich. Trotzdem fand Pia sie spannend. Was sie Anni nicht erzählen würde, war, dass Friederike sogar fast ihre Taufpatin geworden wäre, hätten sich ihre Eltern nicht im letzten Moment für die Schwester ihres Vaters entschieden, Tante Coco, es war im Nachhinein die schlechtere Wahl gewesen. Pias Tante war ein bisschen durchgeknallt. Coco war keinesfalls das, was man sich unter einer Patentante vorstellte. Sie mochte keine Kinder, war ständig in der Welt unterwegs, hatte einen schrägen Freundeskreis, sagte immer exakt, was sie dachte, und das war definitiv nicht immer politisch korrekt. Aber sie war unterhaltsam, wenn auch anstrengend. Sie sahen sich selten, Coco hatte es nicht so mit Familie.

Jule und Friederike waren seit ihrer Einschulung befreundet

gewesen, in den ersten zehn Jahren von Pias Kindheit hatte Friederike auch noch eine große Rolle in ihrem Leben gespielt, genauso wie zwei andere Freundinnen ihrer Mutter. Irgendwann war dieser Kontakt eingeschlafen, erst im letzten Jahr waren diese Freundinnen wieder aufgetaucht. Ausgerechnet, nachdem eine von ihnen gestorben war. Pia hatte keine Ahnung, was genau hinter all dem steckte.

Während ihres Bewerbungsgesprächs hatte Friederike gesagt: »Ich nehme dich nicht als Praktikantin, weil ich dich schon als Kind kannte, sondern weil deine Bewerbung gut ist und dieses Praktikum Sinn macht. Und weil ich jemanden brauchen kann. Ansonsten wird es hier keine Vertraulichkeiten oder Sonderregeln geben. Die anderen Mitarbeiter brauchen nicht zu wissen, dass wir uns kennen, okay? Also, auch für dich bitte ›Frau Brenner‹, wenn andere dabei sind.«

Pia grinste jetzt bei der Erinnerung. »Zur Feindin möchte ich sie echt nicht haben. Aber sie ist in ihrem Job schon gut. Und irgendwie auch eine tolle Frau.«

»Na ja«, Anni zuckte die Achseln. »Ich finde sie ein bisschen zu speziell. Aber egal. Wann bist du denn mit deinem Studium fertig?«

Die Bedienung brachte die Getränke, von dem scharfen Ingwergeruch wurde Pia ganz übel. Angewidert sah sie Anni auch noch Honig in das heiße Glas rühren. »Das riecht ja fies«, sagte Pia und lehnte sich zurück.

»Ist aber gesund«, unbeirrt rührte Anni um. »Und so schlimm riecht das doch gar nicht.«

Pia schüttelte sich. »Also: Wenn alles gut geht, bin ich im nächsten Herbst fertig. Vielleicht schiebe ich aber auch noch ein Auslandssemester dazwischen, darüber denke ich gerade nach.«

Beeindruckt riss Anni die Augen auf. »Das würde ich mich nie trauen. Also, ins Ausland zu gehen. Ich habe ja schon auf

Norderney Heimweh gekriegt. Wie machst du das eigentlich mit dem Geld? Jobbst du nebenbei?«

»Nein, jetzt während des Praktikums könnte ich das sowieso nicht. Ich muss aber auch nicht jobben. Meine Eltern sind ziemlich großzügig. Das heißt, eigentlich ist es mein Vater, der hat sich von meiner Mutter getrennt, als ich fünf war, seitdem hat er ein schlechtes Gewissen und gleicht das gern mit Kohle aus. Meine Mutter zahlt die Hälfte der Miete, der Rest kommt von ihm.«

»Da hast du aber Schwein.« Mit einer Spur von Neid sah Anni sie an.

»Bleibst du nach deiner Prüfung eigentlich im Hotel? Oder gehst du woanders hin?«

Anni hob die Schultern. »Das weiß ich noch nicht, erst mal muss ich die Prüfung ja bestehen. Wenn die mir einen Job anbieten, dann würde ich gern bleiben. Und in zwei Jahren wollen mein Freund und ich heiraten und das Restaurant seiner Eltern übernehmen. Das Restaurant heißt *Zur Eiche,* es gibt einen Saal, einen Clubraum …«

Pia schluckte. Anni war gerade mal 21 und hatte ihr Leben schon durchgeplant. Genau wie ihre Mutter damals: Auch Jule hatte bereits mit 19 gewusst, dass sie Physiotherapeutin werden wollte. Während der Ausbildung in Hamburg hatte sie erst noch zu Hause gewohnt und dann Pias Vater kennengelernt und geheiratet, eine Wohnung gekauft, ein Kind bekommen und sich dann fünf Jahre später mit viel Krach getrennt. Ein Hoch auf die heile Welt. Inzwischen gehörte ihrer Mutter die Praxis neben der alten Schule in Weißenburg, in der sie vor hundert Jahren ihr Praktikum gemacht hatte. Pia hatte nie verstanden, dass man als erwachsene Frau tatsächlich zurück in sein Heimatkaff ging. Sie würde in Weißenburg nicht tot überm Zaun hängen wollen, Jule hingegen liebte ihr Leben dort.

Auf der gegenüberliegenden Seite der Alster legte gerade eine Barkasse ab, die ersten Segler hatten ihre Boote aus dem Winterlager geholt und segelten vereinzelt über das blaue Wasser. Pia überlegte, ob es nicht noch saukalt sei. Auf dem Boot.

»Pia?« Anni hatte sich vorgebeugt. »Hörst du mir überhaupt zu?«

»Entschuldige«, Pia war tatsächlich in Gedanken gewesen. »Tut mir leid, ich musste gerade an etwas ganz anderes denken. Aber es ist super, dass ihr euch schon so viele Gedanken macht. Wie spät ist es eigentlich?«

»Gleich halb drei.«

»Oh.« Pia fing sofort an, in ihrer Tasche nach dem Portemonnaie zu suchen. »Dann bezahle ich mal, ich muss noch telefonieren, und um drei ist meine Pause rum. Ich lade dich ein.«

Anni lächelte. »Danke. Ich bleibe aber noch ein bisschen sitzen und trinke meinen Tee aus. Und bis bald, das nächste Treffen dann in unserem Viertel, okay?«

»Aber gern!«

Ihr war immer noch ein bisschen übel, als sie sich langsam auf den Weg zurück ins Hotel machte. Dieser Ingwergeruch hing ihr noch nach, wie konnte man bloß freiwillig so was trinken? Im Gehen zog sie das Handy aus der Tasche und scrollte schnell die Mitteilungen durch, die sich in der Zwischenzeit angesammelt hatten. Auf der Liste der Anrufe in Abwesenheit waren sowohl ein Anruf ihrer Mutter als auch einer ihres Vaters eine seltene Einigkeit. Eine ihrer Freundinnen hatte ein Bild gepostet, auf dem sie in die Kamera lachte, im Hintergrund eine Promenade mit Strandkörben. Fünf Herzen und Hashtag Inselliebe stand darunter, wo immer sie auch gerade war, Pia hatte es vergessen. Fast alle ihre Freundinnen waren gerade im Netz aktiv, Pia warf einen Blick auf die neue Jacke von Zoe, die Schuhe von Nessie, Anouk war im Kino gewesen, Karla hatte für ihren Marathon trainiert, Sally war frisch verliebt. Man musste sich gar nicht mehr treffen, man nahm trotzdem an allem Anteil. Pia blieb stehen und machte ein Selfie. Das *Max* war hinter ihr zu sehen, mitsamt Anni mit Mütze, die noch auf ihrem Platz saß und ebenfalls ihr Handy in der Hand hatte. *»Mittagspause draußen auf der Terrasse vom Max«*, tippte sie unter das Foto und schickte es in die Welt. Bevor sie das Handy wieder wegstecken konnte, klingelte es.

»Was willst du?«

»Ich muss dich sehen.«

Noch vor wenigen Wochen wäre sie vor Glück, seine Stimme zu hören, geschmolzen, jetzt zog sich ihr Herz zusammen. Als würde es sich ganz klein machen wollen.

»Was soll das?« Pias Stimme war nicht so fest, wie sie es wollte, deshalb blieb sie kurz stehen. »Es bringt doch nichts, ich will das nicht mehr.«

»Ach komm, Pia, wir hatten so eine gute Zeit, das kann doch nicht von heute auf morgen zu Ende sein. Lass uns wenigstens noch mal reden.«

»Nein.« Sie hatte ihren Weg langsam fortgesetzt, ihr war immer noch übel von diesem Ingwergeruch. »Ben, nein. Es war keine gute Zeit, es war ein Irrtum. Belassen wir's doch einfach dabei.«

Ohne die Antwort abzuwarten, beendete sie das Gespräch, auch weil sie das Hotel erreicht hatte. Sie behielt das Handy in der zitternden Hand und starrte auf den Hoteleingang. Just in dem Moment kam Friederike Brenner aus der Tür und lief direkt auf Pia zu.

»Das Hotel ist nicht evakuiert«, Friederike blieb vor ihr stehen, sah erst auf das Handy, dann in ihr Gesicht. »Sie können gern reingehen.«

»Wie? Äh, ja.«

»Alles okay, Pia?« Sie trat einen Schritt näher und musterte sie. »Du bist ganz blass. Schlechte Nachrichten?«

Pia schüttelte den Kopf. »Nein, nein, ich war nur in Gedanken.«

»Sag mal«, Friederike hielt sie am Ärmel fest. »Hast du überhaupt was gegessen? Du siehst aus, als würdest du gleich umkippen.«

»Zu niedriger Blutdruck«, Pia sah sie an. »Ich esse wirklich genug. Diese Gespräche führe ich sonst übrigens nur mit meiner Mutter. Und außerdem sollten wir uns siezen.«

Sofort hob Friederike die Hände. »Doch nur, wenn andere dabei sind. Und ich ziehe den Beitrag zurück. Und apropos Erziehungsberechtigte: Dein Vater hat vorhin angerufen und wollte dich sprechen. Hat er keine Handynummer von dir?«

»Doch«, Pia schob ihr Telefon in die Jackentasche. »Ich rufe ihn später zurück. Und danke fürs Sorgenmachen.«

»Sorgen?« Friederike Brenner sah sie mit einer hochgezogenen Augenbraue an. »Ich will nur nicht, dass du im Foyer vor allen Gästen umkippst. Das macht einfach einen schlechten Eindruck. Bis später, ich bin um vier wieder da.«

Ihre Absätze klackten laut über den Asphalt, als sie mit ihren langen Schritten davoneilte. Pia blickte ihr einen Moment nach. FB war wirklich speziell.

Es war fast 18 Uhr, als Frau Kessel, die als Assistenz der Geschäftsführung rund um die Uhr für Friederike Brenner da sein musste, in Pias Büro kam.

»Frau Petersen, Sie sollen Feierabend machen. Frau Brenner hat angerufen, ich soll Sie vom Schreibtisch entfernen.«

»Hat sie das so gesagt?« Pia hob den Kopf und sah zur Tür, in der die kleine Frau Kessel stand. Gudrun Kessel war so herzlich und freundlich, dass Pia sich schon gefragt hatte, wie sie es überhaupt mit Friederike aushielt. Vielleicht weil sie so wahnsinnig freundlich war. Und in jedem Menschen nur das Gute sah. Selbst in Friederike.

»Nein: Der genaue Wortlaut war, ich soll Sie *sofort* vom Schreibtisch entfernen. Ohne Widerrede.«

Frau Kessel lächelte, während Pia den Computer runterfuhr und sich über die brennenden Augen rieb.

»Sie werden unten erwartet. Haben Sie eine Verabredung vergessen?«

Der Name Ben zuckte plötzlich durch Pias Hirn, alarmiert sah sie zur Tür. »Erwartet? Von wem?«

»Das weiß ich nicht. Schauen Sie nach. Schönen Feierabend.«

Sie ging, und Pia beeilte sich, nach Tasche und Jacke zu greifen und so schnell wie möglich nach unten zu kommen. Während sie ungeduldig auf den Fahrstuhl wartete, ballte sie ihre Faust. Wenn Ben wirklich die Frechheit besessen hatte, hier aufzutauchen, würde sie ausflippen. Das konnte sie natürlich nicht im Foyer vor allen Leuten, aber Gnade ihm Gott, er würde es bereuen.

Der Fahrstuhl hielt mit einem leisen Signal und öffnete sich. Pia drückte hektisch mehrere Male auf den Knopf fürs Erdgeschoss, auch wenn sie wusste, dass sie damit nichts beschleunigte. Der Ärger musste aber raus.

Als sich die Türen im Foyer leise aufschoben, trat sie aus dem Fahrstuhl und sah sich misstrauisch um. Von Ben war nichts zu sehen, langsam wurde ihre Atmung ruhiger. Ihr Blick fiel nach links, überrascht blieb sie stehen. Neben dem Eingang zur Bar stand Friederike Brenner mit verschränkten Armen und eigenartig frostigem Gesichtsausdruck vor Philipp Petersen. Philipp entdeckte Pia zuerst, hob einen Arm und kam einen Schritt auf sie zu, während Friederike nur den Kopf wandte.

Pia ging ihm entgegen. »Was machst du denn hier?«

Er beugte sich runter, um sie auf die Wange zu küssen. Es gab wenige Menschen, die sich zu ihr herunterbeugen mussten, Pia war groß. Ihr Vater war größer.

»Ich wollte dich zum Essen einladen«, sagte er und legte einen Arm um ihre Schulter. »Und da du mich nie zurückrufst, habe ich beschlossen, dich abzuholen. Friederikes Assistentin hat mir gesagt, dass du hier bist und arbeitest.«

»Was soll sie denn auch sonst hier machen?« Friederikes ironische Stimme kam näher, sie blieb kurz neben ihnen stehen. »Jedenfalls wünsche ich euch einen schönen Abend. Bis morgen, Pia. Philipp. Grüße unbekannterweise an die Gattin.«

»Ja, bis morgen«, Pia sah ihr verwundert hinterher. Was sollte der Satz mit der Gattin? Und wieso hatte sie das so seltsam betont?

»Tschüss, Friederike, war schön, dich mal wieder zu sehen.« Philipp Petersen setzte sein charmantestes Lächeln auf, es verpuffte.

»Sicher«, war Friederikes knappe Antwort, dann ging sie, ohne ihn noch einmal anzusehen, mit geradem Rücken und langen Schritten zum Aufzug.

Sie sahen ihr schweigend nach, erst als sich der Fahrstuhl schloss, atmete Philipp hörbar aus. »Puh«, er schnitt eine Grimasse. »Mann, ist die spröde geworden.«

Pia sah zu ihm hoch. »Was meinst du mit ›geworden‹? Seit wann hast du sie denn nicht mehr gesehen?«

»Seit …«, nachdenklich sah er an ihr vorbei, »seit zwanzig Jahren? Glaube ich. Seit der Trennung halt. Friederike war ziemlich parteiisch.«

»Na klar«, Pia nickte. »Sie war ja Mamas Freundin. Ich hätte nur nicht gedacht, dass sie so nachtragend ist. Aber anscheinend kann sie dich immer noch nicht leiden.«

»Wie kommst du darauf?«

»Körpersprache«, Pia hakte sich bei ihm unter. »Gesichtsausdruck. Und Tonfall. Merkt man doch.«

Betont lässig zuckte Philipp die Achseln. »Tja. Dann eben nicht. Was ist jetzt mit dir? Gehen wir was essen?«

»Auf jeden Fall. Ich kann nur nicht so lange. Muss noch ein bisschen was für die Uni machen.«

»Okay«, Philipp nickte und setzte sich langsam in Bewegung. »Ich wollte gern was mit dir besprechen. Wir gehen zum Italiener bei uns um die Ecke, einverstanden?«

Abrupt blieb Pia stehen. »Ich werde nicht mit dir über Mama sprechen. Falls es das ist.«

»Nein.« Philipp zog sie weiter. »Aber vielleicht über Torge?«

»Auch nicht.«

Sie ging vor ihm durch die Drehtür, blieb draußen stehen und sah ihm entgegen. »Über Torge schon gar nicht.«

»Und wieso nicht?« Philipp zog im Gehen seine Jacke an. »Hast du ein Problem mit ihm? Das kannst du mir doch sagen.«

»Papa«, Pia schüttelte den Kopf. »Ich habe kein Problem mit ihm, warum sollte ich? Er ist super, und es geht mich auch gar nichts an. Mama muss sich mit ihm wohlfühlen, und das tut sie ganz offensichtlich. Sonst hätte sie ja wohl nicht gewollt, dass er bei ihr einzieht. Kann es sein, dass du ein Problem damit hast?«

»Ich?« Philipp sah sie entgeistert an. »Ich bitte dich. Das muss Jule selbst wissen. Auch wenn ich nicht verstehen kann, warum sie da gleich auf große Liebe macht, sie kennt ihn doch noch gar nicht so lange. Das Haus ist auch nicht besonders groß, da kann man sich kaum aus dem Weg gehen. Nervt das nicht? Da steht ja schon überall sein Zeug. Also, ist der Italiener jetzt okay?«

»Ja, ja«, Pia sah ihn von der Seite an. »Mama und ich haben

jahrelang zu zweit in dem kleinen Haus gewohnt, und für uns war das völlig in Ordnung. Nur weil ihr diese riesige Penthouse-Wohnung habt, damit du Steffi aus dem Weg gehen kannst, muss das ja nicht für Mama und Torge gelten. Kann das sein, dass du eifersüchtig bist?«

»Unsinn«, heftig schüttelte Philipp den Kopf. »Auf was soll ich denn eifersüchtig sein?«

»Jedem Anfang wohnt ein Zauber inne«, deklamierte Pia mit verklärter Stimme. »Alles ist aufregend, alles ist neu, nichts ist Gewohnheit und nichts langweilig. Du möchtest Zauber und hast Steffi. Papa, du bist so furchtbar leicht zu durchschauen.«

Philipp blieb stehen. »Sag mal, was denkst du dir eigentlich?« Er schüttelte den Kopf. »Das ist ja totaler Blödsinn.« Er ging langsam weiter, während er beiläufig fragte. »Hast du denn viel mit Friederike zu tun?«

»Sie ist meine Chefin. Aber wir siezen uns, wenn andere dabei sind. Das hat sie so angeordnet.«

Philipp grinste. »Ja, das kann ich mir vorstellen. Sie hat echt was Strenges. Und privat? Also: redet ihr auch mal über private Dinge?«

»Ich kann mir im Augenblick noch nicht mal vorstellen, dass sie überhaupt ein Privatleben hat. Und wenn, dann würde sie das bestimmt nicht einer Praktikantin erzählen.« Pia lachte leise. »Im Leben nicht.«

»Na ja«, wandte Philipp ein. »Du bist ja nicht irgendeine Praktikantin. Sie hat dich schon als Baby auf dem Arm gehabt. Da kann das Gespräch ja schon mal auf Persönliches kommen, auf alte Zeiten und so.«

»Was denn für alte Zeiten?« Erstaunt sah Pia ihren Vater an. »Ich habe ganz wenige Erinnerungen an sie. Sie war früher ab und zu bei uns, wir haben uns ein paarmal bei Marie gesehen, als ich noch ein Kind war. Und Mama und sie hatten doch auch in den letzten Jahren bis zu Maries Tod gar keinen Kontakt mehr. Über welche alten Zeiten soll ich denn mit ihr reden?«

»Ich weiß auch nicht«, Philipp kickte einen Stein über den Weg. »Ich habe nur gehört, dass die Damen sich jetzt wieder alle am See treffen. Und ihre alte Tradition aufleben lassen. Was machen die da eigentlich die ganze Zeit?«

Abrupt blieb Pia stehen. »Verrückte Spiele, Drogen und Sex. Was sonst? Was machst du dir darüber eigentlich einen Kopf? Die sitzen da vermutlich mit Rotwein auf dem Bootssteg und sprechen über Marie. Die hat das Ganze mit ihrem Testament ja erst wieder angezettelt. Und wenn sie gar nicht mehr wissen, was sie tun sollen, fahren sie vermutlich ins Café Beermann und essen ein Eis.«

»Hat Mama das erzählt?«

»Das mit den Drogen und dem Sex? Nur ganz kurz, über Beermann hat sie länger gesprochen. Und jetzt lass uns nicht mehr über Themen reden, die uns nichts angehen. Wir sind gleich da. Und ich habe tierischen Hunger.«

»Dein Handy klingelt«, ihr Vater deutete stirnrunzelnd auf ihre Tasche. »Bist du taub?«

Pia zog es raus und stellte es nach einem kurzen Blick auf das Display aus. »Nicht wichtig«, sagte sie und hakte sich bei ihrem Vater ein, bevor sie auf den Eingang zusteuerten. »Überhaupt nicht wichtig.«

6.

»Ja?«

»Hallo Hanna, hier ist Micha.«

»Wie schön, komm bitte hoch. Du fährst mit dem Fahrstuhl in die sechste Etage, ich bin ganz oben.«

Sie drückte auf den Türsummer und schob den Hörer zurück in die Vorrichtung. Kurz darauf hörte sie den Fahrstuhl halten und stand in der offenen Wohnungstür, als Michael Beermann mit beeindruckter Miene ausstieg. »Das ist ja mal ein amtliches Treppenhaus«, sagte er und sah sich um. »Junge, Junge. So ganz anders, dieses ganze Glas und Chrom. Tag, Hanna, was für ein Haus!«

Hanna öffnete die Tür ganz. »Micha, schön, dass du da bist. Komm rein.«

Er legte ihr leicht die Hand auf den Arm, dann trat er ein und sah sich mit großen Augen um. »Mann, so hell. Und diese hohen Decken. Soll ich die Schuhe ausziehen?«

»Nein, nein«, Hanna schloss die Tür, Micha bückte sich doch, um seine Schnürsenkel zu öffnen. »So ein schöner Holzboden, das kann ich nicht mit Sand unter den Schuhen.«

Auf Strümpfen folgte er ihr ins Wohnzimmer und blieb dort stehen. »Du kannst ja die Schiffe sehen.« Er trat näher ans Fenster und verfolgte begeistert ein vorbeifahrendes Containerschiff, bevor er sich zu ihr umdrehte. »Da hast du dir wirklich eine schöne Wohnung ausgesucht. Ich mochte ja das Haus in Flensburg und die Villa am See sowieso, aber das hier, Mann, Mann, Mann, das ist ja wie im Film.«

Hanna amüsierte sich über seine Begeisterung, die Micha trotz seiner kräftigen Figur und seines lichten Haares plötzlich wieder etwas Kindliches gab. Jetzt ging er ehrfürchtig durch die hohen, hellen Räume und nickte zustimmend. »Das hast du richtig entschieden. Ist auch alles barrierefrei, oder?« Er klopfte anerkennend an eine Wand. »Kann man nicht meckern, alles grundsolide. Gut, sehr gut.«

»Möchtest du noch etwas trinken, bevor wir fahren? Kaffee oder Wasser? Ich habe auch alkoholfreies Bier.«

»Nein, danke«, Micha stellte sich an die Terrassentür und blickte nach draußen. »Da passt ja ein Strandkorb drauf. Das musst du aber schön bepflanzen lassen. Ich kann dir eine Adresse von einem Gärtner geben, der so was macht. Damit du auch draußen sitzen kannst, wenn der Sommer kommt.« Er drehte sich um und strahlte sie an. »Du hast alles richtig gemacht, Hanna. Ich wollte ja nie in der Stadt wohnen, ich bin ein Landei, aber so wie hier, also das kann man sich überlegen. So, aber ich glaube, wir müssen los. Der Nachteil an der Stadt ist der Verkehr, bis wir in Weißenburg sind, dauert es. Und du wolltest ja vor deinem Termin noch zum Friedhof. Und ich muss die Bilder einladen.«

»Ja«, sie nickte und nahm ihren Schlüssel vom Tisch. »Ich bin fertig, wir können los. Die Bilder stehen schon verpackt im Flur. Und das mit der Terrasse ist übrigens schon erledigt.«

Micha hatte seinen alten Mercedes Kombi genau vor dem Haus geparkt, er legte die verpackten Bilder vorsichtig in den Kofferraum, für ein paar übergroße klappte er die Rückbank um. Dann öffnete er Hanna die Beifahrertür und wartete, bis sie bequem saß, bevor er die Tür sanft zuschlug und um den Wagen herumging.

»Wie wärst du eigentlich sonst nach Weißenburg gekommen?«, fragte er, nachdem er sich angeschnallt und den Zündschlüssel umgedreht hatte. »Das ist ja doch umständlich, wenn man kein Auto hat.«

»Es geht schon«, Hanna sah ihn an. »Mit dem Taxi zum Bahnhof, mit dem Zug nach Weißenburg, mit dem Taxi in Jules Praxis und danach wieder genauso zurück. Aber so ist es natürlich viel angenehmer. Was für ein Glück, dass du angerufen hast. Die Bilder hätte ich natürlich im Zug nicht transportieren können.«

»Jules Praxis«, wiederholte Micha. »Wie das klingt. Ich war früher so in sie verliebt, und jetzt hat sie eine eigene Praxis. Verrückt.«

Hanna lächelte. Sie kannte die Geschichte und fand sie immer noch rührend. Micha und sein bester Freund Paul waren glühende Verehrer dieser Mädchenclique gewesen, die jedes Jahr im Sommer in der Villa am See ihre Ferien verbracht hatten und regelmäßig im Café von Michas Eltern zum Eisessen gekommen war. Die beiden Jungen waren etwas jünger als die Mädchen, was dazu geführt hatte, dass sie zwar dabei sein durften, aber nicht ernst genommen wurden. Marie hatte sie nach den Ferien jedes Jahr getröstet, weil Micha von Jule nicht erhört und Paul von Friederike ignoriert wurde. Aus dem Trösten war im Laufe der Jahre eine tiefe Freundschaft entstanden, die sich schließlich auch auf Hanna übertragen hatte. Micha war der gute Geist, der sich um die Villa kümmerte, Reparaturen machte und alles in Ordnung hielt. Inzwischen waren Marie und Paul tot, Hanna und Micha Beermann noch immer befreundet.

Sie fuhren jetzt auf einen Kreisverkehr zur Autobahn in Richtung Lübeck. Auf der Rasenfläche im Kreisel standen Fahnenmasten, an deren Spitze bunte Werbefahnen flatterten. »Hier ist die Stadt zu Ende«, sagte Micha erleichtert. »Hier freue ich mich immer, dass ich wieder aufs Land komme. Immer bei den Fahnen.«

Er ordnete sich ein und gab gemächlich Gas. »Manni hat übrigens mit dem Bau der Sauna angefangen. Und mit der Reparatur vom Bootssteg. Bis Pfingsten ist das alles fertig. Der Steg war aber auch morsch, da kann man sich nur bedanken, dass keine von euch da mal eingebrochen ist. Komplett weggegammelt die Bretter. Jetzt wird das wieder richtig schick. Ich habe ihm auch gesagt, dass er die Tür zum Fahrradschuppen gleich mitmachen soll, das ist dir hoffentlich recht.«

»Natürlich«, nickte Hanna. »Du weißt viel besser, was alles gemacht werden muss. Das entscheidest du immer richtig.« Sie zog eine kleine Dose aus ihrer Handtasche. »Möchtest du auch ein Pfefferminz?«

»Gern«, Micha streckte seine große Hand aus, während Hanna sich mit dem Deckel der Dose abmühte. Sie ging nicht auf, ungeduldig schüttelte sie sie und versuchte es wieder, schließlich rutschte sie ihr aus der Hand und fiel in den Fußraum. »Mann!«, entfuhr es ihr laut, sie versuchte, die Dose aufzuheben, wurde aber vom Gurt daran gehindert. »So ein …«

»Lass liegen, tritt sich fest«, Micha legte ihr beruhigend die Hand auf den Arm. »Im Handschuhfach liegen auch Bonbons, so eine Papiertüte aus dem Kiosk bei uns nebenan. Die verkaufen noch lose Bonbons, wie früher, das ist reell. Wenn diese kleinen Dosen nur eine winzige Delle haben, dann klemmen die sofort.«

Hanna bemerkte den besorgten Blick, den er ihr zuwarf, reagierte aber nicht. Stattdessen klappte sie das Handschuhfach auf und zog die Tüte raus. »Ja. Die Dose war total verklemmt.«

»Sag ich doch«, er griff in die Tüte und schob sich ein Bonbon in den Mund. »Ich habe ja Jule und ihre Tochter neulich mal gesehen. Die waren bei Marie am Grab und anschließend noch bei uns im Café. Die ist ja hübsch, die Pia, ein ganz anderer Typ als Jule, aber so bildhübsch. Und so nett. Ich habe

Jule schon mal die Galerie gezeigt, sie war echt beeindruckt. Hast du die anderen in letzter Zeit mal gesehen? Friederike oder Alex? Wie geht es ihnen denn? Kommen sie zur Eröffnung?«

»Jule und Friederike kommen, Alexandra schafft es nicht. Sie melden sich aber regelmäßig bei mir. Mit Friederike habe ich vor einiger Zeit mal Kaffee getrunken, bei ihr im Hotel. Ich hatte dort einige Damen von der Stiftung untergebracht. Zufällig lief Friederike gerade durchs Foyer und hatte kurz Zeit. Sie sah gut aus und war bestens gelaunt, ich glaube, sie fühlt sich in diesem Hotel sehr wohl. Pia macht da jetzt übrigens ein Praktikum. Und mit Alexandra habe ich telefoniert, weil ich die Nummer von ihrem Schwager haben wollte. Der soll meine Dachterrasse machen. Ihr geht es auch gut. Sie ist ja immer sehr im Stress. Und kommt von München auch selten hier hoch. Aber wenigstens macht ihr Schwager mir die Terrasse schön.«

»Matthias?«, fragte Micha sofort. »Den kenne ich, macht anständige Arbeit. Und ist so ein Netter.« Sein Blick fiel auf ihre verschränkten Hände. »Hast du dir wehgetan? An der Dose?«

»Nein, nein«, sofort schob Hanna die Hände in ihre Jackentaschen. »Alles gut.« Sie sah aus dem Fenster auf die Felder, an denen sie gerade vorbeifuhren. Der Himmel war blau, die Bäume bekamen die ersten zartgrünen Blätter, alles fing langsam an zu blühen, es wurde wärmer, bunter und leichter. Hanna liebte den Frühling. Genau wie Marie.

»Micha, macht es dir was aus, bei diesem Gärtner kurz vor Weißenburg vorbeizufahren? Ich würde so gern noch ein paar Ranunkeln und Anemonen für Maries Grab kaufen. Es wird Frühling.«

»Können wir machen. Ich komme aber nicht mit auf den Friedhof. Oder soll ich dir was helfen? Ich würde lieber schon mal zu Claussen fahren und die Rahmen abholen. Dann kann Anne die Bilder heute noch fertig machen.«

»Natürlich. Ich bleibe auch nicht so lange auf dem Friedhof. Da ist ja schon die Ausfahrt.«

Hanna winkte Micha hinterher und wartete, bis der Mercedes langsam vom Friedhofsparkplatz gerollt war, dann wandte sie sich um und drückte die Pforte langsam auf.

Mit einem ganzen Arm voll Frühlingsblumen schlenderte sie den schmalen Weg zu Maries Grab entlang. Eine Magnolie, die neben der Grabstelle stand, fing gerade an, ihre Knospen zu öffnen, Hanna blieb davor stehen. »Hallo, Liebe«, sagte sie leise und bückte sich, um ihre Hand kurz auf die kleine Steinplatte zu legen. »Ich habe dir den Frühling mitgebracht.«

Sie legte die Blumen auf dem Rasenstreifen ab, nahm die verblühten Rosen aus der Vase und ging mit dem Gefäß zum Brunnen. Nachdem sie die frischen Blumen drapiert und wieder aufs Grab gestellt hatte, entfernte sie welke Blätter und kleine Ästchen und setzte sich mit Blick auf das Grab auf die Holzbank. Ihr Blick ruhte einen Moment auf dem schlichten Stein.

HIER RUHEN
CARL VAN BARIG
LAURA VAN BARIG, GEB. HOHNSTEIN
MARIE VAN BARIG

Es war Maries Wunsch gewesen, hier neben ihren Eltern begraben zu werden. So wie sie eine ganze Reihe von Wünschen gehabt hatte, die nach ihrem Tod erfüllt werden sollten. Hanna hatte ihr versprechen müssen, dafür zu sorgen. Sie hatte damals nicht geahnt, was da alles auf sie zukommen würde. Aber sie war auch dankbar, dass ihr die Erfüllung von

Maries letzten Wünschen durch dieses erste Trauerjahr geholfen hatte.

Jetzt schob sie ihre Hände in die Jackentaschen und blickte hinauf in den Magnolienbaum. Wenn das Wetter so schön blieb, würden sich in den nächsten Wochen die Blüten öffnen. Dann wäre das Grab schon bald wieder von weißen Blütenblättern übersät, was so viel besser zu Marie passte als die dunkle Heide, die das Grab über den Winter bedeckt hatte.

Sie sah sich um, niemand sonst war auf dem Friedhof, sie war ganz allein. Also beugte sie sich nach vorn und sagte: »Micha hat mich mit dem Auto abgeholt und hergebracht. Und bringt mich anschließend zu meiner Massage bei Jule. Danach fahren wir zu Beermann, weil er mir die Galerie zeigen will, und dann wieder nach Hamburg.« Sie schwieg einen Moment, dann fuhr sie fort: »Er war ganz begeistert von der Wohnung. Aber ganz ehrlich, Marie, ich habe immer noch das Gefühl, ich wäre da zu Besuch. Es ist so anders als unser Haus in Flensburg oder das Haus am See. Ich glaube, es liegt daran, dass Neubauten einfach keine Geschichte haben. Ich aber schon.«

Die Bank lag im Schatten der Magnolie, ein kleiner Schauer lief Hanna über den Rücken. Sie zog die Hände aus den Taschen und massierte ihre Finger. Sie hasste kalte Hände. Und den Schmerz, der damit verbunden war.

»Micha hat die letzten Bilder abgeholt. Seine Tochter Anne rahmt die jetzt, und dann kann die Galerie übernächste Woche eröffnet werden. Das war eine so kluge Idee von dir, deine Bilder in einer kleinen Galerie bei Beermann auszustellen. Micha wird sich wundern, wer alles zur Eröffnung kommt, das habe ich ihm gar nicht erzählt, sonst wird er nur nervös. Aber Elisabeth hat schon über hundert Zusagen, und es kommt sogar ein kleines Fernsehteam vom NDR. Anne und ich hängen die Bilder nächste Woche auf, Michas Frau Elke ist eingeweiht und hat Micha extra ein neues Hemd gekauft.«

Hanna lächelte. Micha hatte keinen blassen Schimmer, für welch großes Interesse Maries Bilder in der Kunstszene immer noch sorgten. Und welche Preise die Sammler bezahlen würden – und dass die Provision vermutlich sein Café retten würde. Seine Tochter Anne hatte in einer Hamburger Galerie gearbeitet, und eine der besten Ideen von Marie war, Anne mit dem Verkauf der Bilder zu beauftragen. Und in einem Nebenraum des elterlichen Cafés eine Galerie zu eröffnen. So, und nur so hätte das Café Beermann eine Chance. Und Maries Bilder ein Zuhause.

»Liebe, Jule kommt in jedem Fall zur Eröffnung. Friederike auch. Nur Alexandra hat mal wieder abgesagt, Jule ärgert das natürlich. Die beiden bemühen sich wirklich miteinander, aber es wird noch ein bisschen dauern. Ich bleibe dran, Marie, das habe ich dir versprochen.«

Sie betrachtete nachdenklich ihre Finger und griff ein paar Mal in die Luft, bevor sie sie wieder in den Taschen versenkte.

Langsam stand sie auf und streckte leise stöhnend ihre steifen Gelenke. »Ich muss los, meine Liebe. Jetzt habe ich erst mal die Massage bei Jule. Auf deiner Liste sind immer noch eine Menge Punkte, die ich abarbeiten muss. Aber eins nach dem anderen. Wünsch mir Glück. Du fehlst mir so.«

Hanna schluckte die aufkommenden Tränen sofort runter. Es musste weitergehen. Mit einem letzten Blick auf den Namen ihrer großen Liebe drehte sie sich um und ging zurück zum Friedhofsparkplatz. Micha würde dort schon warten.

Jule deckte ein Tuch über Hannas Rücken und ließ ihre Hände zum Abschluss mit sanften Druckbewegungen von oben nach unten wandern. »So«, sagte sie leise, »das war's für heute. Bleiben Sie noch einen Moment liegen, ich bin gleich wieder da.«

Sie ging aus dem Raum, während Hanna langsam die Augen öffnete. Sie seufzte, es hatte ihr tatsächlich sehr gutgetan, vielleicht müsste sie wirklich mehrere Termine machen. Auch wenn es umständlich war, von Hamburg aus jedes Mal nach Weißenburg zu fahren. Aber jemand anderer als Jule würde sie wohl nie mehr an ihren schmerzenden Rücken lassen wollen.

Etwas umständlich setzte sie sich auf, wartete einen Moment und ließ sich dann von der Liege gleiten. Sie zog sich hinter dem Paravent an und schlüpfte gerade in ihre Schuhe, als Jule zurückkam. »Sie sollten doch noch einen Moment liegen bleiben.« Sie lächelte Hanna an. »Wie fühlen Sie sich?«

»Wunderbar, wie neu«, Hanna strich sich abschließend über die Kleidung, bevor sie Jule ansah. »Es war eine ganz wunderbare Behandlung, vielen Dank.«

»Das freut mich«, Jule musterte sie nachdenklich. »Michael Beermann hat gerade angerufen, er kommt etwas später. Wollen wir solange einen Tee trinken? Ich habe jetzt eine halbe Stunde Pause.«

»Sehr gern«, Hanna nahm ihre Handtasche vom Stuhl und folgte Jule in einen Aufenthaltsraum, wo bereits eine Teekanne auf einem Stövchen stand. Der Raum war hell und skandinavisch möbliert, mit Pflanzen in den Fensterbänken und Bildern an der Wand. Hanna trat einen Schritt näher: Sechs Füße im Wasser, alle Fußnägel schreiend bunt lackiert. Sie lächelte, als sie sich daran erinnerte, wie Jule dieses Foto im letzten Jahr in einer kleinen Ausstellung gekauft hatte. Hanna selbst hatte die Galerie für zwei Monate angemietet, es war ein Teil des Plans gewesen. Er hatte funktioniert.

Sie bemerkte Jules Blick und drehte sich zu ihr um. »Es ist schön, dass dieses Bild hier hängt«, sagte sie lächelnd. »Es hat so was Leichtes.«

»Ja«, Jule sah an ihr vorbei auf das Bild, »das stimmt. Ich habe es extra hier aufgehängt, ich verbringe ja doch mehr Zeit in der Praxis als zu Hause.« Als sie Hanna ansah, beeilte sie sich zu sagen: »Was ich gern mache, übrigens. Setzen Sie sich doch.« Sie schenkte Tee ein: »Hanna, wie geht es Ihnen?«

»Gut«, Hanna sah sie nachdenklich an. »Sehr gut, wirklich. Die neue Wohnung ist fertig eingerichtet, die Galerieeröffnung bei Beermann rückt näher, der Frühling kommt, ich kann nicht klagen, mir geht es gut.«

Jule verschränkte ihre Finger auf dem Tisch und sagte ernst: »Was sagt denn Ihr Hausarzt zu Ihren Gelenkschmerzen?«

»Ach, das ist nichts«, entgegnete Hanna mit einer wegwerfenden Handbewegung. »Ich habe etwas zu viel in der Wohnung gemacht, das geht in meinem Alter schon mal auf Rücken und Knie. Nichts, was man nicht mit regelmäßigen Spaziergängen und ein paar Massagen wieder in den Griff kriegen könnte. Ich würde dann gleich noch ein paar Termine bei Ihnen buchen, Jule. Geht das?«

»Natürlich«, Jule nickte. »Ihr Hausarzt soll Ihnen am besten ein Rezept ausstellen, sonst müssen Sie das privat bezahlen. Sie können das auch nachreichen.«

»Gute Idee«, Hanna konzentrierte sich auf die Teetasse, sie musste schließlich Jule nicht gleich erzählen, dass sie überhaupt keinen Hausarzt hatte. Sie hasste Ärzte. Und sie hatte Angst vor ihnen. Weil sie immer irgendetwas fanden. Und solange Maries Liste nicht bis zum letzten Punkt erledigt war, hatte sie ohnehin keine Zeit, sich mit irgendwelchen Kinkerlitzchen zu beschäftigen.

Sie stellte ihre Teetasse etwas zu hart ab. »Ach übrigens, zur Eröffnung der Galerie kommt auch ein kleines Fernsehteam. Falls das die Wahl Ihrer Garderobe beeinflusst«, sie lächelte, als sie Jules erschrockenes Gesicht sah. »Das war nicht ernst gemeint.«

Jule lachte und schenkte Tee nach. »Dann eben keine Jeans, für Notfälle habe ich ja drei Kleider. Wissen Sie, wenn man jeden Tag im Kittel arbeitet …«

»Jule, ich bitte Sie. Man sollte immer nur Kleidung tragen, in der man sich wohlfühlt.«

Jule lachte wieder. »Das sagen Sie mal Pia. Meine Tochter findet, ich müsste mehr aus mir machen. Weil ich schon Mitte fünfzig bin und immer noch rumlaufe wie zu Ausbildungszeiten. Zitatende.« Sie machte eine kleine Pause, bis sie sagte: »Stammt die Idee mit der Galerie und der Ausstellung im Café Beermann eigentlich von Marie?«

Hanna nickte. »Ja.«

»So eine schöne Idee. Micha wird eine ganze Menge neuer Gäste bekommen und sicherlich auch eine Menge Presse. Kann es sein, dass er gar nicht so recht über Maries Rolle in der internationalen Kunstwelt Bescheid weiß? Weiß er von dem Fernsehteam?«

»Natürlich nicht«, Hanna lächelte. »Wenn er das wüsste, dann hätte er das nicht gemacht. Lassen wir ihn doch in dem Glauben, dass er mir einen Gefallen tut, weil ich nicht weiß, wohin mit den Bildern. Anne ist ja eingeweiht, sie hat in einer Hamburger Galerie gearbeitet und kennt sich gut aus. Micha weiß noch nicht, dass sie gekündigt hat, um jetzt eine eigene Galerie zu leiten. Es sollen ja auch andere Ausstellungen dort stattfinden. Aber das bringen wir Micha Schritt für Schritt bei.«

Jule lachte und sah an Hanna vorbei aus dem Fenster. »Ich freue mich schon. Da ist Micha ja schon.« Sie stand langsam auf und stellte ihre Teetasse ab. »Was ist jetzt eigentlich mit Alexandra? Kommt sie wirklich nicht?«

»Nein«, Hanna schüttelte bedauernd den Kopf. »Es tat ihr leid, aber sie hat an dem Tag einen wichtigen Verlagstermin. Und Job ist eben Job. Ich finde es ja auch sehr schade.«

»Eine Schöne weniger vor der Kamera«, entgegnete Jule etwas bissig. »Aber wenn sie immer noch glaubt, dass sie in ihrem Job unentbehrlich ist, hat sie vielleicht auch irgendetwas falsch gemacht. Dabei hatte ich schon das Gefühl, dass sich da was bei ihr tut. Und dass sie mittlerweile merkt, dass es auch noch etwas anderes im Leben gibt als den Verlag.«

»Sie kompensiert mit ihrer Arbeit sicher auch viel«, sagte Hanna mit sanfter Stimme. »Aber irgendwann fällt einem das ja immer auf die Füße.«

Erstaunt sah Jule sie an. »Glauben Sie? Alexandra war aber schon immer so. Schön, erfolgreich und unabhängig, sie hat immer bekommen, was sie wollte.«

Ein kleines, feines Lächeln war die Antwort. »Am besten, Sie fragen sie mal, wie sie das inzwischen alles sieht. Das nächste Pfingsttreffen ist ja schon bald.«

7.

»Etwas Haarspray?«

Alexandra sah sofort von ihrem Handy hoch und nickte. »Ja, gern. Ich habe heute Abend noch eine Veranstaltung, die Frisur muss halten.«

Sie schloss die Augen vor dem einsetzenden Haarspraynebel und überlegte, ob sie es überhaupt noch schaffte, vor der Buchpremiere der jungen Berliner Debütantin nach Hause zu kommen, um sich umzuziehen. Wenn nichts dazwischenkäme, könnte es gerade noch so klappen. In jedem Fall würde es hektisch werden. Wie immer.

Sobald ihre Friseurin ihr den Umhang abgenommen hatte, stand Alexandra auf und ging zur Kasse. Beim Gehen rief sie schon ihren Kalender im Handy auf. »Ich brauche noch einen neuen Termin«, sagte sie und scrollte über die zahllosen Eintragungen und hielt kurz inne. Nächste Woche war der 11. April, Maries erster Todestag. Und eine Woche später fand im Café Beermann die Eröffnung der Galerie statt. ›Am See‹, hieß die Ausstellung, die aus Maries Sammlung stammte. Alle würden da sein, Hanna würde die Begrüßungsrede halten, Friederike, Jule, Michas Familie, auch Alexandras Schwester Katja hatte eine Einladung erhalten und wollte mit Matthias kommen. Nur sie selbst fehlte wieder einmal. Wegen einer Sitzung im Verlag, die die Anwesenheit der Verlegerin forderte.

»Der 19. Mai?«

»Wann?« Alexandra sah kurz hoch, dann scrollte sie weiter.

»Der 19. Mai«, wiederholte ihre Friseurin. »Das ist die Woche vor Pfingsten. Wie immer um 17.30 Uhr?«

»Okay«, Alexandra tippte das Datum ein. »Ist eingetragen.« Sie schob ihre Karte in das Lesegerät und tippte den Pin ein, das Surren bestätigte den Zahlvorgang. »Danke, bis zum nächsten Mal.«

»Schönen Tag noch. Sie sehen super aus.«

Das Handyklingeln reduzierte ihre Antwort auf ein Lächeln und ein schnelles »Ciao«, bevor sie den Laden verließ und draußen das Gespräch annahm. »Weise.«

»Jan Magnus«, die dunkle Stimme mit der eindeutig norddeutschen Einfärbung ließ Alexandras Blutdruck sofort in die Höhe schnellen. »Hast du einen Moment?«

»Ja, ich …«, den Blick auf den Boden gerichtet, blieb sie stehen, das wütende Klingeln eines näherkommenden Radfahrers ließ sie erschrocken zur Seite springen. »Ich bin gerade unterwegs, worum geht es denn?«

Alexandra schloss kurz die Augen, um sich zu beruhigen.

»Wenn es gerade schlecht ist, kann ich dich in einer halben Stunde auch noch mal anrufen.«

»Nein, nein«, Alexandra sah auf die Uhr. Das kleine Café auf der anderen Straßenseite hatte bereits Tische und Stühle draußen stehen. »Ich rufe dich in drei Minuten zurück.«

Drei Minuten, um sich zu fassen, dachte Alexandra, während sie an der Ampel auf Grün wartete. Den Gedanken, dass Jan einfach mal wieder ihre Stimme hören wollte, verwarf sie besser gleich wieder. Er hatte sich ein halbes Jahr nicht bei ihr gemeldet und dafür triftige Gründe gehabt.

Alexandra kannte Jan Magnus noch aus seiner Zeit als Kulturchef einer großen Münchner Tageszeitung. Erst vor kurzem war er zurück nach Hamburg gegangen, um die Chefredaktion vom ›magazin‹ zu übernehmen. Ihre Begegnungen waren lange Zeit rein beruflicher Natur gewesen. Bis sie sich im letzten Jahr unerwartet nähergekommen waren. Jan war klug, charmant, attraktiv und geschieden, er hatte ihr in einer schwierigen Situation geholfen – und am Ende hatte sie aus vielen Gründen, die allesamt die falschen waren, mit ihm geschlafen. Um sich ihm dann auf die schnödeste Art und Weise zu entziehen. An seiner Stelle hätte sie ebenfalls jeden Kontakt dankend abgelehnt.

Sie bestellte sich im Café ein Wasser und nahm es mit nach draußen. Dann wählte sie seine Nummer. »Alexandra, danke für den Rückruf. Ich wollte fragen, wie es dir mit dieser absurden Situation geht. Und was du jetzt machen willst.«

Das Blut schoss ihr in die Wangen. Er wollte wissen, wie sie »damit« umging? Sie schluckte trocken, bevor sie langsam fragte: »Was genau meinst du denn mit dieser ›absurden Situation‹?«

»Alexandra, komm«, seine Stimme klang erstaunt. »Seit wann weißt du es schon? Wir haben erst gestern davon gehört.«

Wir? Alexandra war offensichtlich im falschen Film. Jetzt mal ganz tief durchatmen. Sie drückte ihren Rücken durch. »Was habt ihr gehört?«

»Dass der Seltmann Verlag an die Book Group verkauft worden ist. Was für eine Nachricht! Abgesehen davon, dass da doch eigentlich das Kartellamt ein Wörtchen mitzusprechen hätte: Carsten Hansen hat ja schon viele Verlage übernommen. Aber noch nie einen Traditionsverlag dieser Größe. Das ist schon ein echter Hammer. Wir planen dazu die Titelgeschichte für nächste Woche. Ich wollte als Erstes natürlich mit dir sprechen, bevor der Kollege den Gerüchten, die seit gestern hier kursieren, nachgeht und mit den Recherchen beginnt.«

Schlagartig wurde ihr übel. Woher wusste Jan davon? Bei ihrem Gespräch mit den Seltmanns zwei Wochen zuvor musste sie versichern, Stillschweigen zu wahren. *Sie* hatte sich daran gehalten. Weder die kaufmännische Geschäftsführung noch ihre engsten MitarbeiterInnen waren bislang informiert. Carsten Hansen hatte sich zwar direkt nach dem Gespräch bei ihr gemeldet, aber nur, um ihr mitzuteilen, dass er in den nächsten Tagen nicht erreichbar sei. Ihr erster Termin war jetzt für morgen Vormittag angesetzt, erst dann sollte eine Pressemitteilung verabschiedet werden. Das hatte Alexandra bereits vorbereitet. Wer zur Hölle hatte denn jetzt schon gequatscht? Es wäre ein echter Gau, wenn die Mitarbeiter diese Bombe aus der Presse erführen.

»Alexandra? Bist du noch dran?«

»Ja«, beeilte sie sich automatisch zu sagen. »Von wem stammt diese Information?«

»Quellenschutz, das weißt du doch. Also, ich gehe davon aus, dass die Information korrekt ist, du musst auch nichts dazu sagen.«

»Und warum hast du mich dann angerufen?«

»Weil ...«, plötzlich veränderte sich seine Stimme, »weil ich wissen wollte, wie du selbst damit umgehst. Und ob du schon Pläne hast. Und ... ob ich irgendetwas für dich tun kann.«

»Was meinst du damit: ob ich Pläne habe. Wofür denn genau?« Alexandra konnte mit dem abrupten Wechsel auf die persönliche Ebene nun noch weniger umgehen. Sie musste sich jetzt zusammennehmen. »Ich weiß zwar nicht, wer da gequatscht hat, aber nur so viel: Ja, es stimmt, die Seltmanns haben beschlossen, sich aus allem zurückzuziehen, und den Verlag verkauft. Zu strengen Bedingungen allerdings, und dazu gehört die Wahrung der Tradition des Hauses. Daran wird sich die Book Group halten müssen, das haben mir die Seltmanns versichert. Vor vierzehn Tagen. Wir bereiten gerade eine Pressemitteilung vor, die in den nächsten Tagen verabschiedet und kommuniziert werden soll. Der Entwurf stammt von mir. Meine Mitarbeiter wissen noch von nichts. Und ich habe morgen den ersten Termin mit Hansen, um das weitere Procedere und die Kommunikation nach innen und außen zu besprechen. Für den Verlag wäre es also höchst ungut, wenn ihr die offizielle Kommunikation nicht abwartet. Und zu deiner Frage nach meinen Plänen: Ich mache genauso weiter wie bisher.«

»Ist das der Plan?«, seine Antwort kam zögernd. »Alexandra, kann es sein, dass du dich da irrst?«

Alexandra schüttelte den Kopf, auch wenn er das nicht sehen konnte. Jetzt besser nichts Falsches sagen. »Das glaube ich kaum.«

Jan räusperte sich. »Wie auch immer, danke, dass wir sprechen konnten. Und wenn ich irgendetwas für dich tun kann, melde dich, ja? Alexandra?« Er legte auf, verblüfft starrte sie das Handy an, bevor sie es langsam zurück in die Tasche schob.

Nein, Jan hatte keinen Vorwand gesucht, sie anzurufen. Irgendjemand hatte geredet. Die Seltmanns waren es sicher nicht. Sie selbst erst recht nicht. Die undichte Stelle konnte nur bei den Eingeweihten der Book Group liegen. Dr. Carsten Hansen schien seine Leute ganz offensichtlich nicht im Griff zu haben. Morgen um elf hatten sie ihren ersten Termin. Und genügend Stoff für einen Dialog – die Verlegerin und ihr kleiner Chef.

Alexandra trank das Wasser aus und sah auf die Uhr. Jetzt konnte sie auch gleich ins Literaturhaus gehen, um die Autorin zu beruhigen, die heute Abend ihre erste Lesung hatte. Ihren Anruf bei den Seltmanns würde sie auf morgen Vormittag legen. Sie war sehr gespannt, wie sie reagieren würden. In ihrer Erinnerung hatten sie eine andere Vereinbarung.

Das Foyer der Book Group war futuristischer und imposanter, als Alexandra es in Erinnerung hatte. Sie legte ihren Kopf in den Nacken und betrachtete die überdimensionalen Deckenleuchten. Die Blumenbouquets auf dem Empfangstresen erschlugen einen fast, die geschwungene Treppe und das riesige, messingfarbene Firmenschild zeugten vielleicht nicht gerade von Stil, prahlten aber zumindest mit Größe. Scheußlich, dachte sie, von allem zu viel. Mit Stolz und Rührung musste sie an das kleine, aber solide-geschmackvolle Verlagsgebäude des Seltmann Verlages denken. Im Leben würde sie nicht tauschen wollen. Blieb zu hoffen, dass sie als Geschäftsführerin nicht womöglich in die Zentrale ziehen müsste.

Es war jetzt kurz vor elf, sie ging an den Empfangstresen und wartete, bis die junge Frau mit Headset sie fragend ansah.

»Alexandra Weise. Ich habe um elf Uhr einen Termin mit Dr. Hansen.«

»Ich sage Bescheid«, die junge Frau lächelte, während ihre Finger über der Tastatur schwebten. »Hallo, Dr. Hansen, Ihr Besuch ist da. Ja, richte ich aus.«

Sie hob den Kopf. »Dr. Hansen holt Sie gleich ab. Wenn Sie dort in der Lounge warten mögen, es kann noch fünf Minuten dauern.«

»Danke«, Alexandra schlenderte langsam zu der Lounge, die aus sechs unbequem wirkenden schwarzen Sesseln bestand. Es war Punkt elf Uhr, sie war gespannt, wie lange die fünf Minuten dauern würden.

Sie setzte sich in einen der Sessel, überrascht, wie komfortabel sie doch waren, und richtete ihren Blick auf den Fahrstuhl.

Während der gestrigen Veranstaltung waren ihre Gedanken immer wieder zu dem Telefonat mit Jan gewandert. Bereits auf dem Weg ins Literaturhaus hatte sie dann doch schon versucht, Veronika Seltmann zu erreichen, ohne Erfolg. Auch heute Morgen hatte sie sie nicht erreicht. Unter der mallorquinischen Festnetznummer hatte sie immerhin von einer Haushälterin erfahren, dass das Ehepaar Seltmann auf einer Kreuzfahrt in der Karibik unterwegs und die nächsten drei Wochen offline wäre. Nun gut. Dann würde sie ihren Ärger über die undichte Stelle eben gleich mit Carsten Hansen besprechen. Sicher nicht der beste Auftakt, aber das war nun nicht zu ändern.

Die Fahrstuhltür öffnete sich, und Dr. Carsten Hansen trat heraus. Genau diesen Typ Mann hatte Alexandra noch nie leiden können: großspurig, laut, kein Benehmen, teure Anzüge, dicke Uhr und ein noch dickeres Auto. Er gehörte zu den Führungskräften, die schnell vergaßen, dass sie bei all ihrer Macht lediglich gut dotierte Angestellte waren. Umgekehrt konnte sie sicher sein, dass er Frauen wie Alexandra genauso wenig leiden konnte: zu selbstbewusst, zu attraktiv, zu erfahren, zu klug. Mit dieser Kombination konnten besonders so kleine Männer wie er gar nicht umgehen.

Alexandra stand ganz langsam auf und überragte Hansen mit ihren relativ hohen Absätzen um einen guten Kopf. Sie deutete ein Lächeln an und streckte ihm die Hand entgegen. »Dr. Hansen.«

»Frau Weise. Gehen wir in mein Büro?« Selbstbewusst deutete er in Richtung Fahrstuhl. »Ich gehe mal vor.«

Der Fahrstuhl schwebte geräuschlos in den siebten Stock. Carsten Hansen sah Alexandra an. »Hatten Sie gestern Abend eine erfolgreiche Veranstaltung?«

Sie nickte. »Ja, das kann man so sagen.«

»Wie viele Besucher waren denn da?«

»Gut siebzig.«

»Siebzig? Dafür lohnt sich doch der ganze Aufriss gar nicht«, er machte eine abfällige Geste. »Veranstaltungen unter fünfhundert Leuten machen überhaupt keinen Sinn. Machen wir schon lange nicht mehr.«

Unbewegt sah Alexandra ihn an und überlegte, ob das hier schon der billige Anfang eines Machtspielchens war. Sie würde sich von solchen Provokationen jedenfalls nicht irritieren lassen.

Hansen hatte sein Büro am Ende des Ganges, er öffnete die Tür und ließ ihr den Vortritt. Ihr Blick fiel sofort auf ein beeindruckendes Alpenpanorama. »Schöner Ausblick«, rang sie sich ab. Hansen reagierte nicht, er ging an ihr vorbei und deutete auf die Sitzecke. »Nehmen Sie doch Platz. Möchten Sie etwas trinken?«

»Ein Wasser bitte.«

Während er ihr einschenkte, beobachtete Alexandra ihn. Er war mindestens zwanzig Jahre jünger als sie. Das also wäre künftig ihr Chef. Na, bravo. Sie lächelte ihn an, während er ihr gegenüber Platz nahm und geschäftig irgendetwas in sein Laptop hackte.

»Wir können gleich zum Wesentlichen kommen«, bemerkte er und sah sie dabei an. »Hier ist ein Ausdruck der aktuellen Zahlen, bitte schön.«

Alexandra lehnte dankend ab. Ich habe die Zahlen im Kopf, du Laffe, dachte sie und sah ihn weiter freundlich an. Sie würde nie unvorbereitet zu einem solchen Treffen gehen, er würde ihr nichts erzählen, was sie nicht schon wusste.

»Sie haben ganz gute Umsätze gemacht, keine Frage«, fuhr er fort. »Verglichen mit der Personalaufwandsquote sind diese Zahlen natürlich relativ. Einige Abteilungen sind bei Ihnen einfach zu stark besetzt, wenn ich unsere Kennzahlen als Grundlage nehme. Aber gut, Sie arbeiten ja nach wie vor sehr traditionell. Das wird sich so allerdings nicht fortführen lassen.«

Alexandras Gesichtsausdruck war keine Regung anzusehen, sie blieb aufmerksam und neutral. Das war also bereits die erste Kampfansage: Abteilungen verkleinern, Synergieeffekte nutzen, Abteilungen mit dem Mutterhaus zusammenlegen,

Personal abbauen. Niemand kaufte eine Firma und ließ sie weitermachen wie vorher, das war die Regel. Dennoch hatte sie die Mitteilung der Seltmanns bis vor wenigen Minuten ernst genommen. Nach deren Äußerungen zu den Vertragskonditionen stand dem Verlag eben kein personeller Kahlschlag bevor.

Alexandra lehnte sich zurück und verschränkte die Arme vor der Brust. »Ja, die Seltmanns haben ganz auf Tradition, Qualität und Erfahrung gesetzt. Aber soviel ich weiß, ist die Wahrung dieser Stabilitätsgrößen ja konstituierend im Kaufvertrag, besonders die Mitarbeiter betreffend.«

Über Carsten Hansens schmale Lippen glitt ein dünnes Lächeln. Eher ein Grinsen. »Aber ja.« Er nickte, und sein Lächeln wirkte jetzt eher giftig. »Laut Übernahmevertrag gibt es drei Bedingungen.« Hansen streckte einen Finger in die Luft. »Bedingung eins ist, dass wir mögliche Entlassungen nur sozial verträglich vornehmen und erst mal versuchen, das ausschließlich über Altersteilzeit oder auf freiwilliger Basis abzuwickeln.«

»So wurde es mir gesagt.«

»Bedingung zwei«, Carsten Hansens hob einen zweiten Finger. »Die erfolgreichen Autoren sollen in jedem Fall ans Haus gebunden werden, notfalls müssen sie mit erhöhten Vorschüssen und Lizenzhonoraren überzeugt werden.«

»Absolut d'accord.« Alexandra nickte zustimmend, bis er sich zurücklehnte und den dritten Finger hob: »Bedingung drei: Die Neubesetzung der Verlagsleitung.«

Es waren nur vier Worte, trotzdem erfasste Alexandra den Sinn dieses Satzes zunächst nicht. Sehr langsam griff sie nach ihrem Glas, nahm einen Schluck und stellte es wieder ab. Dann richtete sie sich auf.

»Die Neubesetzung der Verlagsleitung«, wiederholte sie ruhig. »Können Sie mir das vielleicht näher erläutern?«

»Sehen Sie, Frau Weise«, dieser kleine Mann genoss sichtbar jedes Wort. »Natürlich sind mir Ihre Erfolge, Ihre Erfahrungen, Ihr Ruf auch außerhalb der Branche bekannt. Aber die Zeiten ändern sich. Wie lange sind Sie schon im Haus? Mehr als zwei Jahrzehnte. Was vor zwei Jahrzehnten galt, ist heute Schnee von gestern, machen wir uns nichts vor. Da schleift sich ja auch was ab, und irgendwann brennt man einfach nicht mehr so für den Job.«

»Dr. Hansen«, Alexandra legte Samt in ihre Stimme, sie lächelte sogar. »Ich bin seit fast 23 Jahre im Haus und seit fünfzehn Jahren Verlegerin. Soweit ich weiß, sind wir uns bislang nicht begegnet, so dass ich mich frage, woher ausgerechnet Sie wissen wollen, ob und in welchem Maße ich für meinen Job brenne. Könnten Sie mir da vielleicht einen Hinweis geben?«

»Sehen Sie«, er beugte sich jetzt nach vorn und sagte fast schon einschmeichelnd: »Diese unschöne Plagiatsgeschichte mit Magdalena Mohr im letzten Jahr, das wäre Ihnen früher doch nicht passiert. Da schreibt eine Bestsellerautorin eine Schmonzette nach der anderen, und dann findet eine Ihrer Volontärinnen raus, dass sie abgekupfert hat. Frau Weise, ich bitte Sie: So etwas darf einer erfahrenen Verlegerin einfach nicht passieren. Dafür muss es doch Sicherheitsstufen geben. Die Rufschädigung für ein Unternehmen ist in solchen Fällen eklatant, ganz abgesehen von der Höhe der Gerichtskosten.«

»Herr Dr. Hansen, um das zu beurteilen, sind Sie – fürchte ich – einfach noch nicht lange genug im Geschäft«, Alexandra blieb sehr ruhig. »Was genau bedeutet die Neubesetzung der Verlagsleitung?«

»Meinen Sie? Was das bedeutet? Nun ja: Wir müssen uns leider von Ihnen trennen.« Hansen sah sie an. Er hatte Augen wie ein Fisch.

Alexandra hielt seinem Blick stand. »Verstehe. Und wen haben Sie für die Leitung ausgewählt?«

Er wirkte fast enttäuscht, natürlich hatte er mit einer anderen Reaktion gerechnet. Aber diesen Triumph würde sie ihm nicht gönnen. Daher fragte sie nun noch mal mit fester Stimme: »Wer wird die neue Verlagsleitung?«

Hansen leckte sich über die Lippen. Wie ein räudiger Straßenkater, der endlich eine Maus erwischt hatte. »Susanne Sattler. Sie kennen Sie ja, Herrn Sattler-Seltmanns Nichte. Das Ehepaar Seltmann hat ja leider keine eigenen Kinder. Susanne Sattler bringt alles mit: Sie hat Literatur studiert, gerade erfolgreich ein Praktikum im Verlag an der Alster absolviert, und nun beginnt sie frisch und hoch motiviert bereits in der übernächsten Woche. Eine Wohnung hat sie auch schon gefunden. Es ist natürlich für alle das Beste, dass wir Sie mit sofortiger Wirkung freistellen, ich gehe davon aus, dass das auch in Ihrem Sinn ist. Volle Bezüge für die Dauer der regulären Kündigungsfrist.«

Alexandra hatte plötzlich ein Rauschen in den Ohren. Jetzt war sie endgültig in einem ganz falschen Film angekommen. Sie schloss kurz die Augen. Dann griff sie zu ihrer Tasche ging zur Tür.

»Ich denke, dass den Rest besser unsere Anwälte klären. Ich finde allein raus, einen schönen Tag noch.«

Sie ließ die Tür etwas lauter ins Schloss fallen als nötig.

Wie betäubt schloss sie ihre Wohnungstür auf, schleuderte die Schuhe in die Ecke und blieb mitten in der Küche stehen. Hatte sie das gerade wirklich erlebt? Carsten Hansen hatte sie gefeuert? Der Satz hallte in ihrem Kopf. Sie hatte keinen Job mehr. Sie müsste diese Wohnung nie mehr verlassen. Sie würde nie mehr an ihrem Schreibtisch sitzen, nie mehr Lektoratsrunden und Vertreterkonferenzen bestreiten, nie mehr über Cover für Bücher diskutieren, über Titelformulierungen streiten, nie mehr Sebastian Dietrichs Bücher konzipieren, keine Manuskripte mehr lesen, keine Autoren zu Veranstaltungen begleiten, nie mehr Gelo Revoice für die Buchmessen besorgen …

Ihr Handy klingelte, einmal, zweimal, dreimal, viermal. Alexandra stand zitternd davor und starrte es an. Ein Gedanke durchzuckte sie, vielleicht war es Veronika Seltmann, die von Hansen informiert worden war. Und die diesen grandiosen Fehler nun rückgängig machen wollte.

Sie riss das Telefon aus der Tasche, ohne aufs Display zu sehen. »Weise.«

»Ich bin es, Jan. Ich wollte mich für den überfallartigen Anruf von gestern entschuldigen, es tut mir wirklich leid. Und ich muss dir von weiteren Gerüchten erzählen.«

Alexandra ließ sich mit dem Rücken an der Wand in die Hocke sinken. »Es sind keine Gerüchte, Jan.« Erschrocken merkte sie, dass sich die Tränen einen Weg bahnten. »Hansen hat mich gerade gefeuert.« Sie brauchte ihre ganze Disziplin, um die Tränen zurückzudrängen.

Am anderen Ende entstand eine kleine Pause, bis Jan sich räusperte. »Ehrlich gesagt, überrascht mich das nicht. Kann ich irgendwas für dich tun?«

»Mir einen Anwalt empfehlen. Und mir sagen, woher du deine Informationen hast.«

»Susanne Sattler hat bei einem Presseempfang im Verlag an der Alster einem meiner Kollegen erzählt, dass sie die neue Verlegerin des Seltmann Verlages wird. Zum nächsten Ersten. Anscheinend hat sie sich geärgert, dass er sie als Praktikantin nicht für voll genommen hat. Vermutlich hat sie die Neuigkeit auch deswegen rausgehauen. Am nächsten Tag hat sie sie auf Nachfrage bestätigt. Und erst jetzt hat man dir das mitgeteilt?«

»Ja. Gerade eben. Die Seltmanns haben mich nach Strich und Faden verarscht.«

Und sie nach Mallorca eingeladen. Alexandra wurde ganz schlecht. Was für eine Verlogenheit. Sie presste sich die Hand auf ihren Magen.

Am anderen Ende lachte Jan leise. »Die kleine Nichte, jahrelang irgendwelche Literaturwissenschaften und noch irgendwas Theoretisches studiert, laut meinen Informationen noch nicht einmal einen Abschluss geschafft, und – zack! – ist sie Verlegerin, weil ihr Onkel keine Kinder hat. Das ist doch ein Witz. Und kann doch nur schiefgehen.«

»Ich weiß.« Alexandra quälte sich aus ihrem unbequemen Sitz wieder auf die Füße und ging mit dem Telefon am Ohr durchs Wohnzimmer. Sie brauchte jetzt einen Schnaps.

»Was willst du jetzt machen?«

»Jetzt trinke ich erst mal einen Schnaps.« Alexandra klemmte sich die Flasche zwischen die Beine und drehte mit einer Hand den Verschluss auf. »Und dann höre ich mir an, wen du mir als Anwalt empfiehlst. Oder hast du einen besseren Vorschlag?«

Sie schenkte sich großzügig ein und trank das Zeug in einem Zug. Es schmeckte widerlich. Eigentlich mochte sie ja auch gar keinen Schnaps.

»Okay. Ich kenne einen sehr guten Anwalt für Vertragsrecht in Hamburg, die Kontaktdaten kommen gleich. Vielleicht ist es ganz gut, wenn du für ein paar Tage wegfährst?«

»Ja, vielleicht. Ich melde mich, danke.«

»Ruf jederzeit an.« Da war sie wieder, seine zärtliche Stimme. Bitte nicht! Alexandra legte auf und weinte wie seit Jahren nicht.

Die Vögel zwitscherten so laut, dass sie davon Kopfschmerzen bekam. Alexandra tastete auf dem Nachttisch nach ihrer Uhr und versuchte, mit zusammengekniffenen Augen zu erkennen, wie spät es eigentlich war. Halb neun, mit einem Stöhnen ließ sie sich wieder ins Kissen fallen und starrte an die Decke. Die Kopfschmerzen blieben, die Vögel konnten nichts dafür, es war dieser blöde Schnaps gewesen. Und der Rioja danach.

Jetzt fiel es ihr langsam wieder ein: Sie hatte am späten Abend mit betrunkenem Kopf Friederike angerufen, es hatte sich ganz normal angefühlt, und am Ende ihres zweistündigen Telefonats hatte Alexandra zumindest das Gefühl, mit all diesem Mist nicht ganz allein zu sein.

Vorsichtig setzte Alexandra sich nach ein paar Minuten auf und schob sich das Kissen in den Rücken, während sie nach draußen sah. Der Himmel war blau, ohne eine einzige Wolke, es würde ein schöner Tag werden. Es fragte sich nur, was sie damit anfing. Und mit allen anderen Tagen danach.

Doch bevor sie ins Grübeln kam, klingelte das Telefon. Friederike.

»Guten Morgen«, Alexandras Stimme klang verkatert.

»Ich wollte nur mal hören, ob du noch lebst.«

»Na ja, so was Ähnliches«, Alexandra sah durch die gekippte Tür auf ihre Dachterrasse. »Es tut mir leid, dass ich dich gestern so vollgeheult habe. Ich war ganz schlimm drauf. Sorry.«

»Geschenkt«, Friederike machte eine kleine Pause. »Du hast mich schon schlimmer erwischt. Und nun? Rumliegen und Schnapstrinken ist ja keine Lösung. Wie geht's jetzt weiter?«

Friederikes Pragmatismus war berühmt, Alexandra war ihr dafür gerade sehr dankbar.

Zwei Amseln tobten in einem Blumenkübel, und Erde flog auf den Holzboden der Terrasse, Alexandra verfolgte das muntere Treiben und sagte: »Ganz ehrlich: ich habe keine Ahnung. Na ja, ich muss jetzt erst mal einen Termin beim Anwalt machen, so ganz still gehe ich nicht. Wenn's gut läuft, verschafft mir das erst mal ein bisschen Zeit. Ich habe jedenfalls keine Lust, mir irgendeinen neuen Job zu suchen, mit neuen Leuten, in einem neuen Haus, mit neuen Autoren und neuen Strukturen wieder bei null anzufangen. Dafür bin ich echt zu alt.«

»Unsinn«, Friederikes Antwort kam prompt. »Ich habe auch erst im letzten Jahr die Leitung des *Grandhotels* übernommen. Das geht alles noch, es ist nur die Frage, ob du das willst. Lass die Book Group jetzt erst mal ordentlich bluten. Gönn dir was, verbring Zeit am Meer, komm mich besuchen, und vor allem: verschanz dich nicht in deiner Wohnung.«

Alexandra ließ sich Zeit mit der Antwort. Die Amseln hatten ihr Schlachtfeld verlassen, die Erdkrümel waren um den Kübel herum verteilt. Sie hatte ja jetzt genug Zeit, die Terrasse zu fegen.

»Nein, du hast ja recht. Aber ich muss mir natürlich grundsätzlich überlegen, wie es weitergeht. Ich hatte wirklich ein gutes Leben: einen super Job, tolle Wohnung, nette Kollegen, ich fühle mich in München zu Hause. Aber ohne den Job weiß ich gerade tatsächlich nicht, was ich hier soll.« Wenn sie jetzt nicht aufhörte, würde sie in Selbstmitleid zerfließen. Deshalb räusperte sie sich: »Fiedi, es ist alles eine große Scheiße.«

»Fang nicht an, dir leidzutun, das bringt nichts. Mach einen Schritt nach dem anderen, du musst ja nicht gleich als Erstes den Umzug organisieren, wenn du noch gar nicht weißt, was du vorhast. Und fühl dich nicht als Opfer, vielleicht steckt ja auch eine Chan…«

»Friederike, wenn du jetzt den Satz mit dem Zauber sagst, der in jedem Anfang steckt, lege ich sofort auf.«

»So schlecht ist der gar nicht.« Friederike musste lachen. »Den kann man nur nicht gleich hören, der entwickelt seine Wahrheit erst später. Aber im Ernst, du kannst dir doch in aller Ruhe Gedanken machen, wie es weitergeht. Du kriegst die nächsten Monate noch dein Gehalt, es besteht also überhaupt kein Grund für einen wilden Aktionismus. Mach es doch so wie früher und schreibe eine Liste. So eine schöne Tabelle, rechts Plus, links Minus, dann hast du alles auf einen Blick, und die Entscheidung steht.«

»Fiedi, *ich* habe nie solche Listen gemacht«, widersprach Alexandra. »Das warst du. Und zwar bei jeder Gelegenheit. Wir haben schon damals darüber gelacht.«

»Ein Fehler. Versuch es mal, es sortiert deinen Kopf. So, ich muss langsam mal los, ich wollte mich nur vergewissern, dass du nicht auf dem Dach stehst und dich runterstürzen willst. Also, wir hören. Und mach mal die Liste.«

»Danke. Ich melde mich. Ach, Friederike, eines noch, das alles bleibt im Moment bitte unter uns, okay?«

»Sicher«, Friederikes Antwort kam zögernd. »Mit wem sollte ich auch darüber reden? Und im Übrigen war ich von uns vieren immer die Verschwiegenste. Bis auf die eine blöde Ausnahme. Das passiert mir aber nie wieder. Also, bis später mal.«

Alexandra ließ das Telefon sinken und starrte nach draußen. Diese eine blöde Ausnahme. Die damals leider zu dem großen Zerwürfnis geführt hatte.

Sie schüttelte den Kopf. Es war so lange her, und wer hätte gedacht, dass sie alle noch mal einen Neuanfang schaffen würden. Aber jetzt würde sie sich auf ihr aktuelles Problem konzentrieren. Warum nicht mal eine Liste anlegen? Mit Plus und Minus. Die hatte sie vermutlich in fünf Minuten geschrieben, es gab ja nicht so viel Punkte, die erwähnenswert waren in ihrem Leben.

Kurz entschlossen legte sie das Telefon auf den Nachttisch und zog die Schublade auf. Neben Taschentüchern, Hand- und Fußcremes sowie Nasentropfen lagen dort auch ein Notizbuch und mehrere Stifte. Kurz vor dem Einschlafen hatte Alexandra immer die besten Ideen, ob es sich um Romananfänge, Buchtitel oder den richtigen ersten Satz handelte. Sie musste es nur sofort aufschreiben, sonst war es am nächsten Morgen weg.

Sie setzte ihre Brille auf und blätterte das Buch durch. Jeder Eintrag, jede Notiz, jeder müde hingeworfene Satz hatte mit ihrem Job zu tun. Die meisten Ideen hatte sie tatsächlich umgesetzt, andere hatten am nächsten Morgen nichts mehr getaugt. Jetzt musste sie sich überhaupt keinen Kopf mehr um solche Dinge machen. Darum kümmerten sich nun andere.

Alexandra griff nach einem Stift und strich wütend die vollgeschriebenen Seiten durch, eine nach der anderen, bis sie auf die erste leere Seite kam. Okay, dachte sie, mein Leben in München.

Sie schrieb links ein Plus, rechts ein Minus und ließ den Stift über die weiße Fläche schweben. Dann fing sie unter dem Plus an: *Wunderbare Wohnung, Berge, schnell in Italien, Biergärten, Englischer Garten, Spaziergänge an der Isar.*

Wann war sie das letzte Mal in den Bergen gewesen? Wann in Italien? Wann war sie an der Isar spazieren gegangen? Im Biergarten hatte sie im Sommer häufig ihre Mittagspausen verbracht, meistens mit Kollegen, im Englischen Garten hatte die letzte Verlagsweihnachtsfeier stattgefunden.

Hatte sie eigentlich Freunde in München? Die meisten Freundschaften waren im beruflichen Umfeld entstanden. Alexandra hatte selbst erlebt, wie kollegiale Kontakte einschliefen, weil es außerhalb des Jobs kaum Gemeinsamkeiten gab. Und sie selbst hatte ja ohnehin kaum Zeit für Freundschaften. Freunde also eher in die Minusspalte. Ein neues Wort in die Plusspalte:

Erinnerungen an schöne Zeiten

Alexandra schloss die Augen und ließ die Bilder kommen. Wochenenden am Starnberger See, verschränkte Hände unter dem Tisch ihres Lieblingsrestaurants, verliebte Nächte nach einer Bergwanderung, Fahrradtouren auf Leihrädern über kilometerlange Feldwege, Picknick am Isarufer, warme Hände auf der Haut, Herzklopfen am Münchner Flughafen.

Sie nahm den Stift und strich das Wort entschlossen durch. Wenn überhaupt, gehörten diese Erinnerungen auf die Minusseite. Weil sie immer noch wehtaten.

Unschlüssig starrte sie auf die Minusspalte, die sich langsam füllte: *Kein Job in München, keine Freunde.*

Das half ihr doch auch nicht weiter. Sie hatte es sich gleich gedacht, Listen zu schreiben war eine beknackte Idee. Sie feuerte das abgegriffene Notizbuch mit Schwung gegen die Wand und ließ sich auf den Rücken fallen. Mit den Tränen kämpfend, starrte sie an die Decke. Es gab tatsächlich nichts, was sie hier in München, in diesem Leben hielt. Den Job war sie los, ihre wenigen Freunde würden sich über kurz oder lang in Luft auflösen, die Wohnung war viel zu groß, sie hatte keine Idee, womit sie ihre Tage füllen könnte, ein Liebesleben hatte sie auch nicht – und noch nicht mal ein Haustier. Niemand würde sie hier vermissen. Das war die reine Wahrheit. Die Frage war nur, wohin *sie* wollte. Und wie sie sich ihr Leben vorstellte. Darüber würde sie jetzt endlich mal nachdenken. Aber sicher nicht hier.

Sie rieb sich ihre verheulten Augen und stöhnte. Ja, es war eine große Scheiße.

»Fühl dich nicht als Opfer.«

Friederike hatte leicht reden, sie war ja nicht in dieser Situation. Sie hatte einen Traumjob, eine Traumwohnung und ihr Leben im Griff. Im Gegensatz zu ihr. Sie musste aus dieser Blase raus. Und zwar bald. Sonst würde sie verrückt.

Sie setzte sich so schnell auf, dass ihr schwindelig wurde. Nach einer kurzen Pause griff sie wieder zum Telefon, suchte im E-Mail-Eingang nach einer bestimmten Nachricht und tippte eine Nummer ein.

»Rechtsanwaltskanzlei Hoppe und Partner, mein Name ist Sommer.«

»Weise, guten Morgen, Frau Sommer. Ich habe die Kontaktdaten zu Ihrer Kanzlei von Jan Magnus. Er hat mir Dr. Hoppe empfohlen. Es geht um eine arbeitsrechtliche Sache, für die ich gern zeitnah einen Termin mit Dr. Hoppe hätte.«

»Einen Moment bitte, Frau Weise.« Die Wartezeit war kurz, Alexandra atmete auf, als die weibliche Stimme die Fahrstuhlmusik wieder ablöste. »Frau Weise? Ich habe einen Termin am kommenden Dienstag. Um halb zwölf. Passt das bei Ihnen?«

Maries Todestag, dachte Alexandra, nickte aber erleichtert. »Ja, das passt. Vielen Dank. Dann bis Dienstag.«

Sie behielt das Telefon gleich in der Hand, um die nächste Nummer aus ihren Kontakten zu wählen. Nach drei Freizeichen meldete sich eine junge Stimme.

»Das *Grandhotel*, mein Name ist Wiebke Sander, was kann ich für Sie tun?«

»Weise«, sie zwang sich, langsam zu reden. »Alexandra Weise, guten Tag, ich würde gern ab nächsten Montag ein Einzelzimmer bei Ihnen buchen. Für eine Woche.«

»Ab dem 10. April? Dann schaue ich mal nach, was wir für Sie tun können.«

Während die freundliche Wiebke Sander am anderen Ende nach einem Zimmer suchte, spürte Alexandra, wie sehr sie sich wünschte, dass es klappte. Sie brauchte jetzt einfach ein gutes Zeichen. Während sie wartete, überkam sie eine leise Melancholie. Auch aus Hamburg war sie einmal geflohen, auch diese Stadt steckte voller Erinnerungen. Allerdings hatten diese Bilder etwas Warmes und Vertrautes. Und viel mit drei Frauen zu tun, von denen eine Friederike hieß. Die bei vielen Anfängen in ihrem Leben an ihrer Seite gewesen war. Vielleicht gelang das ja immer noch.

»Frau Weise? Ich habe ein schönes Zimmer frei. Darf ich für Sie buchen?«

8.

Friederike stellte die benutzte Kaffeetasse in die Geschirrspülmaschine und sah sich in ihrer Küche um. Alles war weiß, aufgeräumt und steril, die hochmoderne Küche einer Frau, die so gut wie nie kochte, aber technische Geräte besaß, die jeden Hobbykoch vor Neid erblassen ließen. Friederike war es völlig egal, wie sie eingerichtet war, die Einbauküche war schon vor ihr in dieser Wohnung gewesen. Mit Schwung warf sie die Tür der Spülmaschine zu und verließ den Raum.

Sie durchquerte ihr minimalistisch eingerichtetes Wohnzimmer, um das Fenster zu schließen, während ihr Blick auf den kahlen Balkon fiel: zwei Stühle und ein Tisch, kein bisschen Grünes oder Blühendes, sie hatte weder Lust noch Zeit, sich darum zu kümmern. Ihre gärtnerischen Ambitionen hatte sie in ihrem Garten in Bremen gelassen, das Kapitel war beendet. Irgendwann würde sie vielleicht doch mal in einem Baumarkt anhalten, um irgendeine Kübelpflanze zu kaufen. Oder sie lud Jule ein, die liebte doch alles, was mit Natur und Pflanzen zu tun hatte. Ihr Garten sah immer aus wie Bullerbü.

Friederike griff nach Tasche, Jacke und Schlüssel, bevor sie sich umsah, und überlegte, ob sie noch was vergessen hatte. Nichts, es gab also keinen Grund, die Abfahrt weiter zu verschieben.

Als sie im Auto den Zündschlüssel ins Schloss schob, straffte sie die Schultern und bemühte sich, die aufkommende schlechte Laune in den Griff zu kriegen. Es half nichts, heute war Esther-Besuchssamstag. Es war das Schicksal eines Einzelkindes, Friederike hatte keine Geschwister, die ihr die anstrengenden Besuche bei ihrer Mutter abnehmen konnten.

Friederikes Verhältnis zu ihrer Mutter war nie gut gewesen. Genau genommen, war das geschmeichelt. Ihr Verhältnis war katastrophal. Friederike hatte irgendwann aufgehört, darüber nachzudenken, alles andere hätte ihr nur Energie geraubt. Sie war ohne Vater aufgewachsen, Dieter Brenner hatte die Familie verlassen, als Friederike drei war, Esther wurde in einer Zeit zur Alleinerziehenden, in der das noch eine unrühmliche Ausnahme gewesen war. Vielleicht hatte sie deshalb beschlossen, ihre Tochter, die ihr diesen Status eingebrockt hatte, einfach nicht zu mögen. Und darauf bestanden, dass sie »Esther« statt »Mama« genannt wurde.

Sie hatten über lange Jahre ihren Kontakt auf das Nötigste beschränkt, erst in letzter Zeit fuhr Friederike häufiger zu ihrer Mutter, auch wenn Esthers Freude über ihr Kommen überschaubar war. Die Besuche waren nie schön, aber Friederike hatte eine diffuse Art von schlechtem Gewissen entwickelt. Egal, was zwischen ihnen passiert war, Esther war mittlerweile eine alte Frau, sie lebte allein, zwar noch relativ selbstständig, ihr Alltag aber wurde immer beschwerlicher, für immer mehr Dinge benötigte sie Hilfe, Friederikes Hilfe. Und trotz allem: Esther war schließlich ihre Mutter.

Also fuhr Friederike regelmäßig zur ihr, immer mit Ankündigung, immer Samstagvormittag. Und versuchte, nie länger als nötig zu bleiben.

Der Verkehr war bereits dicht, obwohl Friederike sich heute früher als sonst auf den Weg gemacht hatte. Sie versuchte, die Spur zu wechseln, der Fahrer des heranpreschenden schwarzen SUV stellte sich blind und beschleunigte, statt sie reinzulassen. Friederike hupte, es brachte zwar nichts, ließ aber die aufkommende Wut verpuffen. Der nachfolgende Wagen ließ sie rein, nach wenigen Metern kam sie hinter der schwarzen Riesenkarre an der Ampel wieder zum Stehen. In der Hoffnung, dass der Trottel in den Rückspiegel sehen würde, formten ihre Lippen ein deutliches »Idiot«.

Die Ampel sprang auf Grün, der SUV-Fahrer ließ die Reifen quietschen, und Friederike fiel wieder ein, was sie an der Stadt hasste. Zu viele blöde Leute auf zu kleinem Terrain. Man konnte ihnen so schlecht ausweichen.

Die Entscheidung, das beschauliche Bremen und den idyllischen Resthof zu verlassen und ins Stadtzentrum von Hamburg zu ziehen, war ihr nicht leichtgefallen, obwohl es die einzig richtige gewesen war. Das *Grandhotel* zu leiten, war natürlich ein Traumjob, auch wenn das Hotel in Bremen ebenfalls edel, groß und schön gewesen war. Das *Grandhotel* aber war eine andere Liga. Auch ihre Hamburger Wohnung in der weißen Jugendstilvilla im zweiten Stock würde jedem Besucher Begeisterungsschreie entlocken, wenn Friederike denn mal Besucher hätte. Ihr karger Balkon fiel ihr wieder ein, vielleicht könnte sie tatsächlich mal Jule einladen.

Mittlerweile war sie schon auf der Autobahn – auf dem Weg zum Ort ihrer Kindheit. Sie war in dem kleinen Dorf namens Brove aufgewachsen, am Ende der Welt. Friederike hatte es gehasst. Es gab zwar einen Schulbus, einen Feuerwehrteich und einen Sportplatz, mehr aber auch nicht. Keine ihrer Freundinnen wohnte in diesem Dorf, wenn sie sich sehen wollten, musste Esther sie fahren, was sie zwar ab und zu, aber immer schlecht gelaunt tat. Die Bauern im Dorf hatten allesamt nur Söhne, jede Menge Kühe, Schweine, Hühner und scheue Katzen. Aber Esther wollte nicht weg, sie bezahlte nur wenig Miete für ein großes Haus und hatte sich ein Atelier eingerichtet, in dem sie eine Änderungsschneiderei betrieb. Friederikes einziger Lichtblick in dieser Zeit waren Marie und ihre Eltern Laura und Carl. Sie waren fast so etwas wie eine Zweitfamilie für sie, und sie verbrachte dort viel Zeit.

Die sanfte Laura und die spröde Esther waren schon jahrelang befreundet gewesen und hatten ihre Töchter am selben Tag, im selben Krankenhaus zur Welt gebracht. Es war ein seltsamer, wegweisender Zufall gewesen, der Marie und Friederike auf eine besondere Art miteinander verbunden hatte.

Friederike hatte plötzlich Lauras Gesicht vor sich und lächelte. Sie war nicht nur Maries Mutter, sondern auch Friederikes Patentante gewesen, eine tolle Frau, klug, liebevoll und mit einer großen inneren Ruhe. Sie hatten ein enges Verhältnis zueinander gehabt, manchmal hatte Friederike den Verdacht, dass Laura etwas an ihr gutmachen wollte, obwohl sie nicht für Esthers Verhalten verantwortlich war. Sie war viel zu früh gestorben, es war einfach ungerecht. Sie fehlte ihr. Genauso wie ihre Tochter.

Auch auf der Autobahn herrschte dichter Verkehr, die Wochenendausflügler waren auf dem Weg an die Ostsee. Friederike ordnete sich rechts ein, um die nächste Abfahrt zu nehmen. Zum Haus am See wäre sie einfach noch dreißig Kilometer weitergefahren, immer, wenn sie diese frühe Abfahrt zu ihrer Mutter nahm, überkam sie ein leichtes Bedauern.

Esther lebte schon lange nicht mehr in Brove, sie bewohnte seit vielen Jahren eine hübsche Wohnung in einem modernen Backsteinhaus mit sechs Wohneinheiten, das Laura gehört hatte. Die vereinbarte Miete war ein Freundschaftspreis gewesen und nie erhöht worden, Friederike fiel ein, dass sie darüber mit Hanna sprechen musste. Hanna als Maries Erbin hatte eigentlich keinen Grund, das Leben einer ehemaligen Freundin von Maries Mutter zu subventionieren. Hanna war womöglich zu freundlich, um dieses Thema von sich aus anzusprechen.

Das Haus lag am Stadtrand von Weißenburg, von Brove aus war es die nächste Kleinstadt, Friederike war hier zur Schule gegangen. Alexandra und Jule hatten in Weißenburg gewohnt, schwer beneidet von Friederike. Ein heute nicht mehr nachvollziehbarer Gedankengang, Friederike schüttelte unwillkürlich den Kopf. Weißenburg war ein furchtbar spießiges Kaff, sie fragte sich, wie Jule es dort aushielt. Sie war die Einzige von ihnen, die den Absprung nicht geschafft hatte. Wobei es so nicht stimmte, sie war ja während ihrer Ehe weg gewesen und erst danach zurückgekommen, was es fast noch schlimmer machte.

Vor dem Haus war ein Parkplatz, auf den Friederike langsam einbog, um dann rückwärts in die Parklücke zu fahren. Sie stellte den Motor aus und sah zum Balkon ihrer Mutter. Die Jalousien waren runtergelassen, früher hatte Esther manchmal auf dem Balkon gestanden und ihr entgegengesehen. Das war mittlerweile auch vorbei. Friederike stieg aus und ging langsam zur Haustür, wo sie einmal tief durchatmete, bevor sie den Klingelknopf drückte. Sie wartete erfolglos auf den Türsummer, dann hielt sie den Finger länger auf dem Knopf. Der Lautsprecher neben den Namensschildern knisterte, dann hörte sie die heisere Stimme: »Ja?«

»Ich bin es.«

»Wer?«

»Friederike. Esther, mach bitte auf.«

Der Türöffner summte, und Friederike stieg die Treppe zum ersten Stock hinauf. Die Wohnungstür war noch geschlossen, sie klingelte wieder, erst ein paar Sekunden später öffnete Esther die Tür.

»Ja, doch, wenn du einmal klingelst, reicht es auch.«

»Ich dachte, du hättest es nicht gehört.«

Ohne zu antworten, ging Esther zurück in die Wohnung, Friederike folgte ihr langsam. Es war dunkel, überheizt und es roch muffig. Esther blieb an der Küchentür stehen und drehte sich um. »Falls du einen Kaffee willst, ich habe keinen mehr. Wir müssen gleich einkaufen fahren, beim letzten Mal hattest du ja keine Zeit.«

»Ja, können wir machen.«

Friederike musterte ihre Mutter, Esther trug eine schwarze Hose und einen schwarzen Rollkragenpullover, sie musste sich halbtot schwitzen. Friederike zog ihre Jacke aus. »Ist dir nicht zu warm? Hier drin ist ja eine Bullenhitze«, sie ging ins düstere Wohnzimmer, um die Jalousien hochzuziehen. »Ich mach mal einen Moment die Balkontür auf.«

»Lass die Jalousien sofort wieder runter.« Erstaunlich schnell war Esther neben ihr und schob sie weg. »Die Typen gucken dauernd hier rein.«

Irritiert ließ Friederike die Hände sinken und sah sie an. »Welche Typen?«

»Die Männer. Die hängen seit Tagen hier rum und stehen immer auf dem Parkplatz. Sie beobachten mich.«

»Unsinn«, Friederike hatte sich vorgebeugt, um durch die halbgeöffneten Jalousien auf den Parkplatz zu sehen. »Da steht niemand. Wen meinst du denn?«

»Die standen die ganze Zeit da. Dann sind sie vielleicht kurz mal weg. Die kommen aber wieder und starren zu mir hoch. Du musst gar nicht so komisch gucken. Ich habe die doch gesehen.«

Sie riss ungeduldig an dem Band, die Jalousie krachte herunter und verdunkelte das Zimmer. »Fahren wir jetzt endlich los?«

»Ich muss noch mal aufs Klo.«

Friederike ließ Esther stehen, schloss die Badezimmertür hinter sich ab und ließ sich auf den Rand der Badewanne sinken. Es roch komisch, sie sah sich um: Das Waschbecken fleckig, Haare und Staubflusen in der Badewanne, die Kacheln stumpf, das Fenster schmutzig. Hier war seit langem nicht mehr geputzt worden, es war ekelhaft. Mit spitzen Fingern drehte sie den Wasserhahn auf und ließ kaltes Wasser über ihre Hände laufen. Sie wischte sie an der Jeans ab, dann schloss sie die Tür wieder auf. Esther stand an der Garderobe und zog sich den Mantel an. »Na endlich, wie lange brauchst du denn?«

»Was ist eigentlich mit Frau Müller? Ist sie krank?« Friederike sah sich im Flur um. »Es sieht hier aus, als wäre länger nicht geputzt worden.«

»Stimmt«, ihre Mutter knöpfte sich bedächtig den Mantel zu. »Ich habe sie gefeuert, sie war mir zu dumm. Und sie hat hier rumgeschnüffelt. Vermutlich auch geklaut.«

»Frau Müller?« Verblüfft starrte Friederike sie an. »Im Leben nicht. Sie kommt seit Jahrzehnten zu dir, wie kommst du denn darauf, dass sie klaut? So ein Blödsinn.«

»Meine Sache«, Esther riss die Tür auf und klimperte demonstrativ mit dem Schlüssel. »Kommst du?«

Friederike klemmte sich die Tasche unter den Arm. »Ja und jetzt? Ich habe keine Zeit, dir die Wohnung zu putzen.«

»Das kann ich mir denken«, Esther schloss die Tür ab und drückte den Knopf am Fahrstuhl. »Dann musst du mir eben eine neue Haushaltshilfe suchen. Du hast doch in deinem schicken Hotel so viel Personal, kannst du da nicht eine von denen herschicken?«

Friederike starrte einen Moment auf den Fahrstuhl. »Nein, das kann ich nicht.«

»Dann denk dir was aus, du weißt, ich habe nur eine kleine Rente, bezahlen musst du.« Esther betrat den Fahrstuhl mit erhobenem Kopf. »Kommst du bitte?«

Die Fahrt zum Supermarkt dauerte nur knapp zehn Minuten, Zeit genug für Friederike, ihren aufkommenden Ärger wegzuatmen. Es war immer dasselbe: Esther glaubte, die Welt hätte an ihr etwas gutzumachen. Und da die Welt das nicht einsah, musste Friederike eben einspringen. Atmen, einfach atmen. Friederike fuhr schweigend durch die Gegend ihrer Kindheit, während Esther sich gerade über den Bau exklusiver Eigentumswohnungen im Park aufregte. »Diese ganzen Scheißreichen kommen jetzt hierher und nehmen uns den Platz weg.«

Mit hochgezogenen Augenbrauen warf Friederike ihr einen Seitenblick zu. »Seit wann sitzt du denn in dem Park?«

»Ich?« Unwillig sah Esther zurück. »Gar nicht. Was soll ich denn da?«

»Eben. Deshalb nehmen sie dir auch keinen Platz weg. Die Scheißreichen.«

»Ach, du hast doch keine Ahnung.«

Friederike nickte und bog auf den Parkplatz vor dem Supermarkt. Sie hatte tatsächlich keine Ahnung, warum Esther ihr Leben lang so wahnsinnig missgünstig gewesen war. Schließlich hatte sie immer von der Großzügigkeit ihrer »scheißreichen« Freundin Laura profitiert. Esther hatte Geschenke, Urlaube, die billige Miete und vermutlich auch einiges an Geld von Laura angenommen, ganz so, als stünde es ihr zu.

Natürlich schob Friederike den Einkaufswagen durch die Gänge, natürlich warf Esther völlig hemmungslos alles hinein, was sie zu brauchen glaubte, und natürlich machte sie an der Kasse nicht im mindesten den Eindruck, irgendetwas davon selbst bezahlen zu wollen. Genau dafür hatte sie schließlich ihre gutverdienende Tochter allein großgezogen, das war die ihr jetzt einfach schuldig.

Friederike hatte es aufgegeben, darüber mit ihrer Mutter zu reden, auch wenn Esthers Ansprüche Friederikes Kontostand ganz schön strapazierten. Sie biss die Zähne zusammen und sagte sich, dass ihre Mutter eine alte Frau war, die eigentlich ein trauriges Leben hatte. Selbst wenn Esther dazu nicht unerheblich beitrug: Friederike konnte sie jetzt auch nicht mehr ändern.

»Haben die hier nur eine Kasse?« Ungeduldig wandte Esther sich um. »Wieso machen die keine zweite auf?«

»Wir haben doch Zeit.« Friederike schob den vollen Einkaufswagen ans Ende der Schlange.

»Nein, ich habe Hunger, ich habe noch nicht gefrühstückt und noch nicht mal Kaffee getrunken. Und außerdem kann ich nicht so lange stehen, mir tut die Hüfte weh.«

Esther ging einen Schritt zurück, um an der Schlange vorbeizusehen. »Und dann noch diese lahme Ente an der Kasse, siehst du hier noch irgendeine andere Kassiererin?«

Friederike stützte sich mit den Unterarmen auf den Einkaufswagen und senkte den Kopf. Es war jedes Mal dasselbe. Sie seufzte, als sie hinter sich eine helle Stimme hörte. »Habt ihr in Hamburg keine Supermärkte?«

Überrascht drehte Friederike sich um. »Jule, das ist ja ...«, sie ließ den Wagen los. »Ich bin mit meiner Mutter hier ...«

Erst jetzt bemerkte Esther, dass Friederike mit jemandem sprach. Sie hatte sich umgedreht und sah Jule erstaunt an. »Marie, was willst du denn hier?«

Friederike war zusammengezuckt und berührte ihre Mutter kurz am Arm. »Esther. Das ist nicht Marie, Marie ist tot. Das ist Jule.«

Unwirsch schlug sie Friederike auf die Hand und fuhr herum. »Das weiß ich, das musst du mir nicht erzählen. Ich bin ja nicht blöde. Natürlich ist Marie tot, die war ja lange krank. Und Laura ist auch tot. Und Lorenz auch. Und Dieter, das Schwein, lebt bestimmt immer noch. Völlig verrückt, völlig verrückt.« Sie holte Luft und wischte sich über die Stirn. Die Kundin vor ihnen warf ihr einen verstohlenen Blick zu. Esther starrte zurück. »Was ist? Sie sind dran. Auf was warten Sie noch?«

Ohne zu antworten, packte die Frau ihre wenigen Einkäufe auf das Band. Esther nickte, drehte sich kurz um und sagte etwas leiser: »Hallo Jule, du bist ja immer noch so dünn.« Während sie ihren Großeinkauf aus dem Wagen aufs Band packte, bekam sie den Blickwechsel zwischen Jule und Friederike nicht mit. Auch nicht Jules leisen Satz: »Ich mache nachher meine Buchhaltung in der Praxis, komm doch auf dem Rückweg vorbei.«

Zwei Stunden später klopfte Friederike erschöpft an die Glastür von Jules Praxis. »Komm rein!« Jule hielt die Tür auf und ließ Friederike eintreten, bevor sie hinter ihr wieder abschloss. »Kaffee?«

»Unbedingt.«

»Dann komm mit durch.«

Friederike folgte Jule in einen kleinen gemütlichen Raum, in dem es nach frisch gekochtem Kaffee duftete. Sie ließ sich auf einen der hellen Stühle fallen und seufzte tief.

»Ich bin nur froh, dass ich dir nichts erklären muss«, sagte sie und sah zu, wie Jule Kaffee in zwei Becher goss. »Dazu kennst du meine Mutter ja lange genug. Und besser wird das im Alter nicht …«

»Na ja, so schlimm war es ja auch nicht«, antwortete Jule und reichte ihr den Kaffeebecher. »Bis auf ›Dieter, das Schwein‹. Da hat sie wohl noch eine ziemliche Wut.« Sie machte eine kleine Pause, dann fragte sie: »Hast du eigentlich inzwischen Kontakt zu deinem Vater?«

»Zu Dieter, dem Schwein?« Friederike hob die Augenbrauen. »Ich wusste bis eben noch nicht mal, dass er noch lebt. Esther redet ja sonst nie über ihn, das war das erste Mal seit Jahren. Nein, ich habe mich vor langem schon entschieden, keinen Kontakt zu suchen. Was soll das bringen? Ich war drei, als er ging, er hat nie Unterhalt gezahlt, sein Interesse an mir kann nicht so groß gewesen sein. Komisch, dass sie das gerade gesagt hat.«

»Das passiert im Alter oft, da kommen plötzlich die Erinnerungen wieder. Was ich aber seltsam fand, war, dass sie erst vergessen hatte, dass Marie tot ist. Und dann noch Dieter. Und wer ist Lorenz?« Jule rührte nachdenklich in ihrem Becher. »Kann es sein, dass deine Mutter langsam dement wird? Dazu passt auch dieser Wutausbruch.«

»Dement?« Friederike dachte kurz nach, bevor sie den Kopf schüttelte. »Das glaube ich nicht. Sie ist ja bei allen anderen Dingen völlig klar.« Doch dann fiel ihr die Sache mit den Männern auf dem Parkplatz ein. Sie verdrängte sofort den Gedanken, vermutlich waren das nur irgendwelche Handwerker gewesen, die in der Nachbarschaft zu tun hatten. Esther hatte immer schon zu Verschwörungstheorien geneigt. »Lass uns das Thema wechseln, Jule. Das Thema Esther steht im Moment nicht auf meiner Gute-Laune-Liste.«

»Möchtest du darüber reden?«

Friederike schüttelte entschieden den Kopf. »Nein. Du weißt das ja alles. Unser Verhältnis hat sich über all die Jahre nicht geändert. Ihre Wutanfälle bin ich gewohnt, vor allem, wenn sie sich kritisiert fühlt. Aber es ist, wie es ist.« Sie atmete tief durch. »Anderes Thema: Hast du Lust, mich in Hamburg zu besuchen und einen Blick auf meinen traurigen Balkon zu werfen? Ich habe keine Lust, den zu bepflanzen, aber so sieht er auch furchtbar aus. Vielleicht hast du eine Idee?«

»Klar«, sofort hellte sich Jules Gesicht auf. »Ich bin sowieso gespannt auf die Wohnung, ich kenne das Haus ja nur von außen. Wir können gleich was ausmachen. Vielleicht nächste Woche, nach der Galerieeröffnung.« Sie stand auf, um ihren Kalender zu suchen. »Du kommst doch, oder?«

»Ja«, Friederike nickte, während sie ihr beim Durchwühlen ihrer Tasche zusah. »Natürlich. Kommt Philipp eigentlich auch? Und Pia?«

Jule nickte zerstreut und stellte die Tasche wieder weg. »Ach, Mist. Mein Kalender liegt zu Hause. Egal, das können wir auch später machen. Was hast du gefragt? Ach so, ja, Philipp, der kommt auch. Das war zumindest mein letzter Stand. Aber Alex kann nicht, sie hat schon wieder so wahnsinnig viel um die Ohren. Der Verlag bricht ohne Frau Weise einfach zusammen.« Sie unterbrach sich, weil sie Friederikes Blick sah. »Ist doch wahr. Ich finde es echt schwach, dass sie nicht einmal zu so einem Termin kommt. Wir hatten doch so gute Vorsätze, auch sie. Sie wollte das doch alles besser machen. Aber wenn's drauf ankommt, ist sie wieder nicht da.«

Friederike sah sie immer noch an, für einen Moment war sie versucht, Jule von ihrem Telefonat mit Alexandra zu erzählen, verwarf es aber sofort wieder. Das sollte Alex selbst machen, die Zeiten, in denen Friederike den anderen schlechte Nachrichten übermittelte, waren vorbei. »Vielleicht überlegt sie es sich ja noch. Es ist erst nächste Woche. Kommt Philipps Frau eigentlich auch mit? Die würde ich ja wirklich gern mal sehen.«

»Ach, du hast Steffi noch nicht kennengelernt?« Erstaunt sah Jule sie an. »Auch nicht damals? Die sind doch schon ewig zusammen.«

»Nein.« Friederike lächelte ironisch. »Ich habe nach eurer Scheidung so gut wie keinen Kontakt mit Philipp gehabt.«

»Du hast nichts verpasst.« Jule strich sich eine Locke hinter das Ohr. »Steffi ist bieder, langweilig und rechthaberisch. Ach ja: Und ein bisschen dumm. Ich glaube, sie hat Philipp ganz schön unter der Knute. Tja, kleine Sünden straft der liebe Gott sofort.« Sie grinste schadenfroh. »Jetzt hat er sie am Hals. Die eifrige Steffi. Im Moment ist sie mit Philipps Schwester in München und löst das Haus seiner Eltern auf. Dazu hat Philipp natürlich keine Lust. Und ist froh, dass er hier seine Ruhe hat.«

Friederike sah ihn plötzlich vor sich. »Er hat letzte Woche Pia im Hotel abgeholt, da habe ich ihn das erste Mal seit Jahren wiedergesehen. Er wusste gar nicht, wohin er gucken sollte.

Ich glaube, er war heilfroh, dass er keinen Kaffee mit mir trinken musste.«

Jule lachte laut auf. »Ich kann es mir lebhaft vorstellen, viel Eis von oben, Fiedi Brenner mit frostiger Stimme und noch frostigerem Gesichtsausdruck. Du hast ihn vermutlich angesehen, als wäre er ein lästiges Insekt.«

»Du übertreibst«, Friederike stellte den leeren Kaffeebecher auf den Tisch. »Als Hotelchefin weiß ich doch, wie man sich benimmt. Ich fand mich freundlich. Ist da noch Kaffee in der Kanne?«

Während Jule nachschenkte, fragte sie vorsichtig: »Wie oft bist du eigentlich bei deiner Mutter?«

Friederike zuckte die Achseln. »Alle zwei, drei Wochen? Und wenn sie anruft, weil sie irgendetwas Wichtiges hat. Wieso?«

»Du hättest ja auch früher mal bei mir vorbeischauen können. Wenn du so oft in Weißenburg bist.« Sie sah Friederike an. »Wir wollten uns doch wieder häufiger sehen, schon vergessen?«

»Ja«, Friederike umfasste den Kaffeebecher mit beiden Händen und heftete ihren Blick auf das Bild mit den Füßen im Wasser. »Wollten wir. Will ich auch immer noch. Aber meistens bin ich nach den Besuchen bei Esther durch. Und will nur noch nach Hause.« Sie richtete ihren Blick wieder auf Jule. »Beim nächsten Mal melde ich mich, versprochen.« Sie trank ihren Kaffee aus und stellte die Tasse auf den Tisch. »Danke für Kaffee und Ablenkung, ich glaube, ich mache mich jetzt mal auf den Weg.« Langsam stand sie auf und streckte ihren Rücken durch. »Wir sehen uns bei der Eröffnung der Galerie, das ist ja schon bald.«

»Ja«, Jule hatte sich auch erhoben. »Ich freue mich. Anne und Hanna haben schon über hundert Zusagen, die Bude wird voll.«

Langsam gingen sie nebeneinander. »Ich bin gespannt, wer

alles kommt«, Jule blieb vor der Tür stehen und schloss auf. »Und wen wir davon überhaupt kennen.«

»Den berühmten Dr. Philipp Petersen in Begleitung seiner Gattin«, antwortete Friederike prompt. »Die sehe ich mir genau an. Und du brauchst keine Angst zu haben, ich werde zuckersüß zu deinem Exmann sein. Die Frau Brenner hat ja exzellente Umgangsformen. Und ist im Smalltalk nicht zu übertreffen.« Sie blieb mit der Hand auf dem Türgriff kurz stehen, dann beugte sie sich vor und küsste Jule auf die Wange. »Danke.«

Erstaunt sah Jule sie an. »Wofür?«

»Dass wir langsam wieder zusammenrücken. Und uns trauen, anzuknüpfen.«

Jule hob die Augenbrauen. »Fiedi, du wirst im Alter sentimental. Jetzt fahr los, bevor deine Stimme bricht.«

Jule sah Friederike hinterher, bis sie im Auto saß. Als sie losfuhr, drückte sie kurz auf die Hupe, Jule hob den Arm und schluckte. Im Gegensatz zu Friederike war Jule immer schon sentimental gewesen. Aber Fiedi musste ja nicht merken, wie gut es Jule tat, die alten Freundinnen wieder in ihrem Leben zu wissen. Auch wenn es mit Alexandra noch nicht ganz so war wie früher.

9.

»Brauchen Sie eine Quittung?«

Der Taxifahrer reichte das Wechselgeld nach hinten und sah Alexandra im Rückspiegel an.

»Nein danke«, sie schob das Geld ins Portemonnaie und das wieder in die Tasche. »Nur meinen Koffer.«

Der Fahrer stieg vor ihr aus und öffnete die Tür, bevor er das Gepäck aus dem Kofferraum hob. Neben dem Wagen wartend, betrachtete Alexandra das Hotel. Wirklich imposant, dieses *Grandhotel*, viel Glas, viel Stahl, sehr beeindruckend. Mehrere Stufen führten zu der gläsernen Eingangstür, die von großen Blumenkübeln eingerahmt wurden. Am Treppenabsatz standen weiße Bänke und Tische mit Windlichtern und kleinen Tulpentöpfen unter überdimensionalen Schirmen.

»Bitte sehr, dann mal einen schönen Aufenthalt.« Der Taxifahrer hatte ihren Alukoffer neben sie gestellt und tippte an seine Schirmmütze, Alexandra lächelte ihm zu und sah dem abfahrenden Wagen hinterher. Dann griff sie nach ihrem Koffer und ging ins Hotel. Sie durchquerte das helle Foyer und ging zur Rezeption, an der zwei junge Frauen saßen, die sofort den Kopf hoben.

»Guten Tag, mein Name ist Alexandra Weise, ich habe ein Zimmer reserviert.«

»Herzlich Willkommen, Frau Weise«, eine der beiden stand sofort auf. Wiebke Sander stand auf ihrem Namensschild. Sie lächelte Alexandra an. »Wir haben telefoniert. Hatten Sie eine angenehme Anreise?«

»Ja, danke«, Alexandra nickte. Auch wenn sechs Stunden Zugfahrt, in denen schwarze Gedanken sie vom Lesen abgehalten hatten, alles andere als angenehm gewesen waren. Aber jetzt war sie hier, und die Frage war ohnehin rhetorisch. Trotzdem nickte die junge Frau zufrieden und legte eine Zimmerkarte auf den Tresen.

»Ihr Zimmer ist im dritten Stock, die Zimmernummer ist die 305. Ich bringe Sie gleich hinauf. Sie können Ihr Gepäck gern stehen lassen, wir bringen es hoch. Wenn Sie mir nur noch den Meldezettel ausfüllen könnten?« Sie hielt ein Formular in der Hand und sah kurz auf den Monitor. »Ach, ich sehe gerade, ich soll Frau Brenner anrufen, wenn Sie angekommen sind.«

»Nicht nötig, Frau Brenner ist schon da.«

Friederike stand plötzlich neben ihr. Nach einem kurzen Blick umarmten sie sich. »Alex! Du hättest mir auch sagen können, dass du kommst, ich habe es nur zufällig in den Reservierungen gesehen. Wolltest du dich um die Einladung zum Essen drücken?«

»Was denkst du denn!« Alexandra lächelte und musterte sie neugierig. Wenn sie an Friederike dachte, hatte sie immer ein ganz anderes Bild im Kopf: Friederike in kurzer Hose, mit geringeltem T-Shirt, die rötlichen Haare nachlässig zu einem Zopf gebunden, Friederike in Spanien, braun gebrannt im bunten Flatterkleid oder auf dem Hof in Bremen mit Gummistiefeln und ausgebeulter Jeans. Die Friederike-Bilder von damals waren weit von der Frau entfernt, die gerade vor ihr stand. Die trug einen cremefarbenen Hosenanzug, eine strenge Hochsteckfrisur, perfektes Make-up und ihre Haltung machte unmissverständlich klar, dass sie hier die Chefin war. Nur das schiefe Lächeln war das von früher.

»Ich wollte dich gerade anrufen, um dich zum Essen einzuladen.« Alexandra grinste und warf einen kurzen Blick auf Wiebke Sander mit dem Meldezettel in der Hand. »Ich fülle nur schnell dieses Ding aus, ich muss ja nicht den ganzen Betrieb aufhalten.« Aus dem Augenwinkel hatte sie eine junge Frau gesehen, die langsam auf die Rezeption zukam.

»Gut, und dann lass uns gleich raufgehen.«

Während Alexandra das Formular ausfüllte, hörte sie eine Stimme am Tresen sagen: »Ich habe die Mappe oben auf den Schreibtisch gelegt. Für heute bin ich fertig und würde dann gehen. Ist das okay?«

»Ja«, antwortete Friederike. »Dann bis morgen. Ach, übrigens, Alex, erkennt ihr euch?«

Alexandra drehte sich um und zuckte zusammen. Vor ihr stand Coco. Nur sehr viel jünger. Und um einiges hübscher. Und reichte ihr gerade überrascht die Hand. »Ja, ich glaube schon. Alexandra, oder?«

Die Größe, die Haarfarbe, die Augen, all das waren Philipps Gene, es gab eine unglaubliche Ähnlichkeit zwischen seiner Schwester und seiner Tochter. Die Grübchen und die Sommersprossen waren von Jule. Das letzte Mal, als Alexandra sie gesehen hatte, war sehr lange her.

»Pia«, sie bekam den Namen ohne Kratzen im Hals hin. »Meine Güte, ich erspare mir jetzt alle Alten-Tanten-Sprüche, von wegen groß geworden und so. Aber dich hätte ich jetzt nicht ohne weiteres erkannt.«

Pia lachte. »Ich dich schon. Ist ein Kompliment. Du hast dich gar nicht groß verändert. Übernachtest du hier? Weiß Mama das?«

»Wir sind sehr diskret in diesem Haus und fragen die Gäste niemals aus«, mischte sich Friederike ein und griff an Alexandra vorbei, um die Zimmerkarte vom Tresen zu nehmen. »Mach Feierabend, Pia. Ich kümmere mich jetzt um die alte Tante. Und Jule rufen wir nachher selbst an, das soll eine Überraschung sein, okay? Also: dichthalten. Wir sehen uns morgen.«

Sie schnappte sich Alexandras Koffer. »Alex, kommst du?«

»Ja«, Alexandra richtete noch einen letzten Blick auf Pia, bevor sie Friederike zum Aufzug folgte. »Schönen Feierabend. Und vielleicht bis bald.«

»Ja«, Pia hatte ein hinreißendes Lächeln. »Bis bald.«

Erst als die Fahrstuhltür sich geschlossen hatte, sah Alexandra Friederike an. »Meine Güte, das war also Pia. Ich komme mir gerade sehr alt vor.«

»Tja, das sind wir auch«, Friederike hob die Schultern. »Aber ganz ehrlich: Ich möchte nicht mehr in Pias Alter sein. Sie hat doch diesen ganzen Mist noch vor sich.« Sie musterte Alexandra. »Es ist gut, dass du gleich aus dem Quark gekommen und jetzt hier bist. Kampflos aufgeben ist nichts für dich. Bringst du mich mal auf den Stand?«

»Kann ich noch nicht«, Alexandra schüttelte den Kopf. »Aber ich habe morgen früh einen Termin bei dem Anwalt, den mir ein Freund empfohlen hat. Vielleicht bin ich danach schlauer. Im Moment habe ich noch nicht einmal den Ansatz eines Plans.«

»Na, du musst ja auch nichts übers Knie brechen«, entgegnete Friederike und trat einen Schritt vor, während sich die Fahrstuhltür fast geräuschlos öffnete. »Wie gesagt, ich empfehle ja ohnehin das konzentrierte Schreiben von Listen.«

Alexandra folgte Friederike über den Flur, bis sie vor einer Tür stehen blieb und die Zimmerkarte in den Schlitz schob. »So, hier bitte. Deine Höhle fürs Pläneschmieden.«

Sie ließ Alexandra den Vortritt. Die blieb mitten im Raum stehen und sah sich beeindruckt um. Das *Grandhotel* wurde seinem Ruf gerecht: Das Zimmer war groß, komfortabel und stilvoll möbliert. Sie fühlte sich hier sofort wohl. Für einen kurzen Moment fragte Alexandra sich, wie lange sie sich so etwas künftig noch leisten konnte. Vermutlich nicht mehr lange, sie hatte keinen Job mehr, die guten Jahre waren wohl vorbei.

Sie drehte sich zu Friederike um, die noch abwartend an der Tür stand. »Ein Traum«, sagte sie. »Ein tolles Hotel! Du hast dich absolut richtig entschieden.«

»Ja, sehe ich auch so«, Friederike nickte. »Die Entscheidung hat aber auch ein halbes Jahr gedauert. Also, lass dir Zeit. Ich muss jetzt wieder runter. Gehen wir nachher zusammen essen? Hier oder woanders? Dann kümmere ich mich um einen Tisch.«

»Kannst du dir aussuchen«, Alexandra strich über das glänzende Holz eines Schreibtisches, der so im Raum stand, dass man beim Arbeiten auf die Alster sehen konnte. Falls man etwas zu arbeiten hatte. »Mir ist es egal.«

»Okay, dann rufe ich beim Italiener an, der ist gleich bei mir um die Ecke. In einer Stunde im Foyer? Dann gehen wir kurz zu mir und danach essen, okay?«

»Gern«, Alexandra nickte.

Friederike sah sie an. »Ach, übrigens, ich freue mich, dass du hier bist.« Bevor Alexandra antworten konnte, hob sie kurz die Hand und zog die Tür hinter sich zu.

Ich auch, dachte Alexandra überrascht und blieb einen Moment stehen. Dann ging sie langsam zum Schreibtisch, setzte sich und sah auf die Alster. Hamburg, Friederike, jetzt auch noch Pia. Ihre Vergangenheit kroch gerade durch alle Ritzen. Dabei wollte sie sich doch auf die Zukunft konzentrieren.

Mit einem Blick auf die Uhr schob sie die Gedanken zur Seite und rieb sich über die Stirn. Am besten, erst mal den Koffer auspacken und unter die Dusche gehen. Sie war froh, dass Friederike das Kommando übernommen hatte und ihr nur knapp eine Stunde blieb, in der sie allein in diesem wenn auch schönen Zimmer sitzen und sich den Kopf zerbrechen würde. Davor hatte ihr gegraut.

Normalerweise neigte sie nicht dazu, schlechten Gedanken nachzuhängen oder tagelang mit etwas zu hadern. Sie hatte immer Lösungen gesucht – oder Dinge, die man gerade nicht ändern konnte, ausgeblendet. Manches hatte sich auf diese Art erledigt. Aber es hatte noch nie eine Situation gegeben, in der all ihre Pläne sich auf einmal in Nichts auflösten. Sie war es gewohnt gewesen, ihre Entscheidungen immer selbst zu treffen. Sie hatte sich so gut eingerichtet. Ihr Leben war in den letzten Jahren nicht besonders spannend gewesen, aber es hatte eine gewisse Vorhersehbarkeit gegeben, die sie mochte. Und brauchte. Und jetzt war alles durcheinander und nichts mehr planbar. Alexandra hasste dieses Gefühl. Es machte ihr Angst. Und nahm ihr die Luft.

Abrupt stand sie auf und zog im Gehen die Jacke aus, die sie achtlos auf das große Bett fallen ließ. Beim Öffnen der Bluse riss sie einen Knopf ab, der in einem Bogen auf den Holzboden fiel und von da aus unter das Bett rollte. Stöhnend ging sie in die Hocke und tastete mit der Hand den Boden darunter ab, bis ihre Finger sich um den Knopf schlossen. Sie betrachtete ihren Fund mit zusammengekniffenen Augen. Ein kleines Stück Seide hing noch dran, die Bluse hatte jetzt auch noch ein Loch. »Du Scheißteil«, schimpfte sie laut und schnippte den Knopf wütend in die Ecke, in der ein Papierkorb stand. Zu ihrem Erstaunen traf sie sogar, was ihre Laune sofort hob. Vielleicht war das schon mal ein Anfang.

»So, hier ist es«, Friederike zog einen Schlüssel aus der Tasche und schloss die wuchtige Eingangstür der weißen Jugendstilvilla auf. »Zum Italiener sind es nur ein paar Schritte von hier. Wir können ja vor dem Essen bei mir noch was trinken.«

Alexandra folgte ihr durch das Treppenhaus und bewunderte das geschwungene Holzgeländer und die alten blauen Fliesen. »Das ist ja wunderschön. Was für ein Treppenhaus!«

Sie ignorierten den Fahrstuhl und stiegen die Treppe hoch, Alexandra hatte Mühe, Friederikes schnellem Schritt zu folgen.

Oben angekommen, öffnete Friederike die Wohnungstür und ließ Alexandra zuerst eintreten. »Kaffee, Tee, Wasser, Wein, Bier?«

»Erst mal ein Wasser bitte«, Alexandra folgte ihr durch die helle, sehr sparsam möblierte Wohnung und sah sich erstaunt um. »Wie lange wohnst du hier schon?«

Friederike hatte eine Wasserflasche aus dem Kühlschrank und Gläser aus dem grifflosen, glänzenden Küchenschrank geholt. »Ein knappes Jahr.«

»Wirklich?« Alexandra nahm Friederike das Glas aus der Hand und ging ein paar Schritte ins Wohnzimmer, das an die offene Küche grenzte. Vor der Glastür blieb sie stehen und betrachtete den kahlen Balkon. »Wo sind denn deine ganzen Sachen?« Sie drehte sich zu Friederike um, die an der Kücheninsel stand und jetzt achselzuckend trank.

»Welche Sachen?«

Ungläubig sah Alexandra sie an. »Deine persönlichen Sachen. Hier sieht's ja aus, als wärst du gerade eingezogen und hättest die Kartons noch nicht ausgepackt. Nichts Persönliches, überhaupt nichts, was mit dir zu tun hat.«

Friederike lehnte sich entspannt an die Kücheninsel und lächelte. »Die Möbel zum Beispiel gehören mir persönlich. Vorsicht, dünnes Eis, die waren teuer. Ich habe mich hier komplett neu eingerichtet, ich wollte die Bude nur nicht so voll haben.«

Vorsichtig setzte sich Alexandra auf das helle Ledersofa. Bequem war es nicht. Sie hob den Kopf und sah Friederike an. Es war sehr lange her, dass sie sie in Bremen besucht hatte. Der alte Resthof, den Friederike damals mit Ulli bewohnt hatte, war noch heute in Alexandras Kopf präsent. Das alte, große Backsteinhaus mit den blauen Fensterrahmen, der hellen Diele, dem alten Bauerngarten und der urigen Küche war eines der schönsten Häuser gewesen, in denen Alexandra je übernachtet hatte. Es war gemütlich und charmant, alte Möbel mischten sich mit modernen, in allen Zimmern standen Bücher, hingen Bilder, überall standen Dinge, die Friederike von ihren zahlreichen Auslandsaufenthalten mitgebracht hatte: Weingläser aus Spanien, Teller aus Griechenland, Kerzenständer und Lampen aus Italien, Decken aus Norwegen, überall bezeugten Gegenstände das vergangene Leben der beiden, die hier wohnten. In dieser Wohnung gab es davon keine Spur, alles war so nüchtern und minimalistisch. Und es hatte nichts mit Friederike zu tun.

»Und was hast du denn mit deinen …«

Friederike stellte ihr Glas hart ab und schlüpfte aus den Schuhen, die sie an Ort und Stelle stehen ließ. »Ich ziehe mich schnell um«, sagte sie. »Und dann können wir essen gehen.«

Nachdenklich sah Alexandra ihr hinterher, bevor sie sich umsah. Es schien, als wäre sie nicht die Einzige, die sich gerade heimatlos fühlte.

»Seit wann hast du denn wieder Kontakt zu Pia?« Alexandra schob den leeren Vorspeisenteller zur Seite und griff zu ihrem Weinglas, während Friederike mit nahezu chirurgischer Präzision ihren Parmaschinken vom Fettrand befreite. Das hatte sie früher schon gemacht, Jule hatte sich immer darüber aufgeregt und gefragt, warum Friederike überhaupt Schinken bestellte, wenn sie an dem dann erst stundenlang herumoperieren musste und dann die Hälfte liegen ließ.

»Seit sie sich bei uns für das Praktikum beworben hat«, antwortete Friederike, ohne den Blick zu heben. Erst als sie das Fett auf dem Tellerrand zusammengeschoben hatte, sah sie hoch. »Vorher habe ich sie nur ein-, zweimal bei Jule gesehen.« Sie schob sich die Gabel mit dem Rest des Schinkens in den Mund. »Wieso?«

»Nur so«, Alexandra stützte ihr Kinn auf die Hand. »Ich hatte vorhin Bilder im Kopf, auf denen Pia in diesem Minibadeanzug über den Rasen am See rannte und Marie sie mit dem Gartenschlauch geduscht hatte. Da war sie vielleicht fünf oder sechs. Und dann steht plötzlich eine erwachsene Frau vor einem. Macht dich das nicht sentimental?«

»Was?« Friederike hob eine Augenbraue. »Dass Pia erwachsen geworden ist? Das hat was mit Biologie zu tun, wieso sollte mich das sentimental machen?«

»Ach, komm«, Alexandra lachte leise auf. »Tu nicht so cool. Das ist schon was Besonderes, wenn du so ein kleines Mädchen in Erinnerung hast, und plötzlich steht sie da und ist erwachsen. Also, mich macht das gerade sentimental.«

»Alex, du hast mich auch schon im Badeanzug über den Rasen rennen sehen. Und wirst bei meinem Anblick auch nicht weich.«

»Du warst zwölf, als ich dich das erste Mal gesehen habe. Kein neugeborenes Baby. Dein Badeanzug war größer.«

Achselzuckend legte Friederike ihr Besteck auf den Teller. »Geringfügig. Ich war damals sehr dünn.«

Die Kellnerin kam, um das Geschirr abzuräumen, Friederike wartete, bis sie wieder weg war. »Pia ist wirklich toll. Das hat Jule gut hinbekommen. Hast du mal mit ihr gesprochen?«

»Mit Jule, meinst du?« Die Frage war rhetorisch, Alexandra hatte sie schon beim ersten Mal richtig verstanden, es verschaffte ihr aber Zeit, zumindest so viel, bis Friederike nickte.

»Sie hat mich vor ein paar Wochen mal angerufen, um sich für Bücher zu bedanken, die ich ihr geschickt hatte. Das Gespräch war nicht besonders lang und eher banal.« Alexandra schob ein paar Brotkrümel auf der weißen Tischdecke zu einem kleinen Haufen zusammen, bevor sie Friederike wieder ansah. »Wir haben das Problem, die alte Leichtigkeit zu finden. Sie und ich auch. Ich glaube, wir bemühen uns beide, aber eher, weil Marie sich das gewünscht hatte, nicht, weil wir beide es unbedingt wieder wollten.«

»Warum?«

»Das musst du sie fragen.«

»Ich frage aber dich«, Friederike beugte sich ein kleines Stück vor. »Kann es sein, dass du da was blockierst? Vielleicht weil durch Jule wieder Erinnerungen in Gang gesetzt werden, von denen du dich gerade verabschieden wolltest? Und du kannst so unverbindlich und spröde wirst, dass dein Gegenüber aussteigt? Ich kann mir euer Gespräch lebhaft vorstellen.« Sie grinste schief, es war dieser alte Friederike-Gesichtsausdruck.

Alexandra schüttelte entschieden den Kopf. »Unsinn. Was soll das heißen: unverbindlich und spröde? Das bin ich doch gar nicht.«

»Doch. Immer, wenn du unsicher wirst, redest du lieber von deinem Job. Ist ja auch so schön unverbindlich. Lass mich raten: Jule ruft dich an und fragt, was du machst. Und statt ihr zu sagen, was du tatsächlich gerade machst, erzählst du ihr von einem tollen neuen Manuskript oder einer ausgebuchten Lesung oder von irgendeinem Autor. Stimmt's? Sag die Wahrheit.«

»Ja, ich ...«, Alexandra fühlte sich ertappt. Sebastian Dietrich fiel ihr ein. Wie er sich über seine Verfilmung echauffiert hatte. Das hatte sie Jule erzählt. In aller Ausführlichkeit. »Das kann schon sein, aber ich dachte, es würde Jule interessieren. Was hätte ich denn sonst erzählen sollen? Dass ich mir gerade ein Käsebrot geschmiert habe?«

Friederikes Zeigefinger schnellte nach vorn. »Warum denn nicht? Du, Jule, ich schmiere mir gerade ein Käsebrot. Weil ich nämlich ansonsten ein ziemlich langweiliges Leben habe, das nur aus Arbeit besteht. Darüber könnt ihr reden, nicht über irgendwelche Autoren oder Kollegen, die Jule sowieso nicht kennt. Der Verlag interessiert sie doch gar nicht, sie will wissen, was du gerade machst.«

»Jetzt ist es ja nicht mehr mein Verlag«, Alexandra strich

sich eine Haarsträhne aus dem Gesicht. »Die Gefahr ist also gebannt, das wird ja dann so nicht mehr passieren.« Ganz in Gedanken kratzte sie mit dem Daumennagel Wachstropfen von dem silbernen Kerzenständer vor ihr. Der Wachs rieselte auf die weiße Tischdecke.

»Gut so«, Friederike schenkte ungerührt Wein aus der Karaffe nach. »Und zwar nicht, dass du deinen Job nicht mehr hast, sondern weil du jetzt denken solltest: *Danke, Fiedi, du hast so recht und ich werde das in Zukunft lassen. Und einfach die Fragen meiner alten Freundinnen wahrheitsgemäß beantworten. Weil die mich auch ganz anders kennen.* Du brauchst uns doch nichts vormachen. Wo bleibt eigentlich unser Hauptgericht, ich habe so einen Hunger.«

Alexandra musste lächeln. »Da ist was dran«, sagte sie nachdenklich. »Aber Jule ist ja auch ... na ja, ich muss noch mal drüber nachdenken.« Sie machte eine Pause, in der sich Friederike nach der Bedienung umsah. Alexandra beobachtete sie dabei und sagte plötzlich:

»Wobei du übrigens ein hervorragendes Beispiel für die Theorie bist, dass einem bei anderen genau die Fehler auffallen, die man selbst ständig begeht.«

»Was sollen das für Fehler sein?« Mit harmlosem Gesicht wandte Friederike sich zurück. »Ich mache doch kaum Fehler.«

»Aber du beantwortest auch keine Fragen. Und du weichst auch Themen aus, die dich auf Gedanken bringen, die du nicht mehr haben willst. Was ist mit deinen Sachen aus Bremen? Wieso ist deine Wohnung so unpersönlich? Warum hast du deine ganzen Erinnerungen weggeworfen? Was ist los mit dir?«

Die Kellnerin unterbrach sie im unpassendsten Moment. »Die Pasta?«

»Bekomme ich«, Friederike meldete sich wie in der Schule und betrachtete zufrieden ihre Nudeln. »Danke.«

»Und einmal Steinbeißer. Guten Appetit.«

Alexandra griff nach ihrem Besteck. Sie sah der Bedienung nach, dann fragte sie: »Und? Keine Antwort?«

Friederike atmete aus. »Alex. Ich wollte die Wohnung einfach nicht so voll knallen, das habe ich doch schon gesagt.«

»Was hast du denn mit deinen alten Sachen gemacht?«

»Die stehen in einem Container in Bremen in der Scheune.«

Alexandra blickte sie erstaunt an. »Ich dachte, das Haus in Bremen sei verkauft?«

Ungeduldig griff Friederike nach ihrer Gabel und fing an, die Nudeln zu drehen. »Ist es auch. An ein Ehepaar, das noch bis Sommer in Wien lebt. Sie haben mir erlaubt, die eine Scheune noch zu nutzen, um den Container zu lagern. Sie kommen erst im Juli, um zu renovieren. Und bis dahin können die Sachen da stehen bleiben. Ich hatte bisher überhaupt keine Zeit, mich darum zu kümmern. Irgendwann beauftrage ich einfach eine Entrümpelungsfirma, ich brauche dieses alte Zeug nicht mehr.«

»Fiedi, das sind Erinnerungen an dein ganzes Leben.«

Friederike hob nur ungerührt die Schultern, schob sich die Gabel in den Mund und sah Alexandra kauend an. Die schüttelte den Kopf.

»Du hattest so schöne Sachen. Ich verstehe dich nicht.«

»Musst du auch nicht«, Friederike tupfte sich die Mundwinkel mit der Serviette ab. »Es war alles Ballast, glaube mir. Vielleicht ziehst du ja auch irgendwann aus deiner Münchner Wohnung aus, dann sprechen wir uns wieder. Es ist erstaunlich, was man alles nicht braucht. Können wir jetzt das Thema wechseln?«

Alexandra musterte sie nachdenklich. Für einen kleinen Moment überlegte sie, ob sie nach Ulli fragen sollte. Sie war sich sicher, dass Friederikes ehemaliger Lebensgefährte, mit dem sie zusammen das Haus gekauft hatte, eine nicht unerhebliche Rolle bei diesem Thema spielte. Aber vielleicht war es der falsche Zeitpunkt. Wenn Friederike diesen Gesichtsausdruck hatte, würde sie sich nur die Zähne ausbeißen.

»Okay«, sagte sie deshalb. »Schlag ein Thema vor.«

»Wir waren bei Jule stehen geblieben«, Friederike sah sich suchend um, bis sie die Pfeffermühle fand. »Ihr geht es übrigens gut, Torge ist bei ihr eingezogen, es scheint ganz gut zu klappen. Die Liebe im Alter.«

»Friederike. Wir sind gerade mal Mitte fünfzig.«

Friederike nickte. »Eben. Aber Jule ist happy. Sie sieht zumindest so aus.«

»Hast du ihr eigentlich erzählt, dass ich gekündigt wurde?«

Friederike hob den Blick. »Natürlich nicht. Das kannst du ihr morgen selbst sagen. Wenn du willst.«

»Morgen?«

»Marie hat doch morgen ihren ersten Todestag. Ich hole Jule in der Praxis ab, dann fahren wir zum Friedhof. Wann hast du denn den Termin beim Anwalt?«

»Um halb zwölf.«

»Das passt doch«, Friederike drehte energisch die Pfeffermühle über dem Teller. »Um drei fahren wir los. Jules Praxis liegt auf dem Weg. Wieso guckst du so komisch?«

Alexandra hielt immer noch ihr Besteck in der Hand. »Ihr wollt zusammen zum Friedhof?«

»Ja«, aufmerksam sah Friederike sie an. »Und es wäre schön, wenn du mitkämst. Wir waren schon nicht auf ihrer Beerdigung. Und wir hatten uns doch was vorgenommen.«

»Ich weiß«, Alexandra hob die Hand mit der Gabel. »Du hast recht. Obwohl es mir ein bisschen bevorsteht. Das erste Treffen in diesem Jahr mit Jule, und dann noch auf dem Friedhof. Aber ich kriege das hin.«

»Das musst du«, antwortete Friederike. »Wir machen es für Marie, sie hat es sich gewünscht. Und ihr zuliebe solltest du dir auch bei Jule ein bisschen mehr Mühe geben. Das hilft euch beiden.«

»Und wie?« Unsicher sah Alexandra Friederike an. »Soll ich mit ihr über Käsebrote reden?«

»Warum nicht«, Friederike grinste. »Oder du erzählst ihr, dass du Pia gesehen hast. Und wie toll du sie fandst. Das wird unser Muttertier Jule sehr freuen, sei sicher.«

Alexandra sah Pia vor sich, die Ähnlichkeit mit Coco und Philipp war schon unheimlich. Sie seufzte und stach mit der Gabel in den Fisch. Vielleicht sollte sie doch lieber über Käsebrote reden. Der morgige Tag würde ohnehin schwer, sie musste ihn einfach überstehen. Sie schloss kurz die Augen und seufzte. Wenn sie richtig darüber nachdachte, kamen ihr jetzt schon die Tränen.

10.

Pia drehte sich um, als sie die schnellen Schritte hinter sich hörte, und ließ die Joggerin vorbei. Pinkfarbene enge Hose, weißes Top, die blonden Haare zum Zopf geflochten, ohne ein Dankeschön rannte die Frau dicht an ihr vorbei und hinterließ dabei eine Wolke von Schweiß- und Parfümgeruch, der so stark war, dass Pia sofort übel wurde. Sie hielt erschrocken die Hand vor den Mund und sah sich um, es fehlte noch, dass sie sich hier mitten unter allen Spaziergängern und Joggern übergeben musste. Mit geschlossenen Augen atmete sie schwer durch die Nase, als eine Frau sie ansprach. »Geht es Ihnen nicht gut?«

Als sie die Augen öffnete, sah sie eine ältere Dame, die sie besorgt musterte. »Alles in Ordnung? Brauchen Sie Hilfe?«

Pia atmete tief durch und zwang sich, die Frau anzusehen. Ihr war heiß, sie strich sich eine Haarsträhne hinter das Ohr und versuchte ein Lächeln. »Danke, es geht schon, ich habe nur ein bisschen Magenprobleme.«

Die Frau nickte, ohne den Blick abzuwenden. »Magenprobleme. Sicher?«

»Ja. Ganz sicher. Ich bin okay. Vielen Dank.«

»Passen Sie auf sich auf«, die Frau setzte ihren Weg fort. Pia sah ihr nach und ließ sich auf die nächste freie Bank fallen. Sie musste dringend zum Arzt gehen, ihr Magen rebellierte jetzt schon seit drei Wochen. Anfangs hatte sie es auf den Stress geschoben, dann auf den Ärger mit Ben. Auf Stress hatte sie schon immer mit dem Bauch reagiert. Sie war das Kind gewesen, das sich immer im Bus auf der Klassenfahrt übergeben hatte, vor jeder Mathearbeite war sie mit der Hand vor dem Mund auf die Schultoilette gerannt, nach jedem Streit mit Freundinnen oder ihren Eltern musste Jule ihr die rote Plastikschüssel vors Bett stellen. Sensibler Magen hatte die Kinderärztin das genannt. Nach einigen Jahren Ruhe fing es anscheinend jetzt wieder an. Und alles nur wegen Ben.

Pia stöhnte gequält auf und stützte ihre Ellenbogen auf die Oberschenkel. Wieso war sie nur so wahnsinnig blöd gewesen? Sie hob den Kopf und starrte auf die Alster, vereinzelte Segelboote zogen an ihr vorbei, der Frühling war auf dem Vormarsch, er würde garantiert anders werden als der letzte. Den Blick auf einen Segler gerichtet, wanderten ihre Gedanken zu einem Freitag im letzten Mai, an dem sie das erste Mal von einem Manöver namens Wende gehört hatte. Ganz hier in der Nähe. Mit Ben. An dem Tag hatte alles begonnen.

Ben hatte im Wintersemester als Gastdozent an der Uni angefangen, und schon am ersten Tag seines Seminars über die Einrichtung von Datenbanken hatte Pia sich in ihn verknallt. Ganz unverbindlich, nur aus der Ferne, sie war Studentin, er der Dozent. Und sie war nicht die Einzige: Fast alle weiblichen Teilnehmer fanden plötzlich die Erstellung von Datenbanken wahnsinnig spannend. Das Seminar war voll, Ben Albers war nicht nur klug, sondern auch unfassbar attraktiv und cool, nach einer Woche hatte Pia den ersten erotischen Traum mit Ben in der Hauptrolle. Dieser Traum hatte ihr eine Ahnung davon gegeben, wie es mit ihm sein könnte. Doch im Laufe des Semesters ebbte die Schwärmerei langsam wieder ab.

Irgendwann war das Seminar abgeschlossen, und Pia sah den coolen Gastdozenten nur noch manchmal auf den Fluren der Uni. Es waren kurze Begegnungen, ein kleines Lächeln, ein angedeuteter Gruß, aber das Herzklopfen war noch da. Was blieb, war eine leicht ziehende Sehnsucht, aber auch die Gewissheit, dass es wohl bei Träumen bleiben würde.

Aber dann wurde es Mai, und es begann ein Segelkurs von der Uni auf der Alster. Eigentlich wollte Pia mit einer Freundin teilnehmen, nur hatte die sich eine Woche vorher den Fuß gebrochen. Anfangs hatte Pia überhaupt keine Lust gehabt, allein segeln zu lernen, an dem Tag aber doch spontan beschlossen, sich wenigstens die erste Theoriestunde anzuhören und zu sehen, wer sonst noch in dem Kurs war. Sie war viel zu spät aufs Fahrrad gestiegen, kam erst auf den letzten Drücker vor der Segelschule an und fuhr beim schwungvollen Einbiegen fast einen anderen Zu-spät-Kommer um: Ben sah in Jeans, Sneakers und Kapuzenpulli noch viel besser aus als in ihren Träumen und grinste sie breit an: »Wenn du so rasant segelst, wie du Rad fährst, wird das ja ein aufregender Kurs.« Als er sich auf den Platz neben sie setzte und mit seinem Knie ihr Bein berührte, geriet ihr Herz plötzlich aus dem Takt. Und als der Segellehrer mit dem Unterricht begann, hatte Pia keine Ahnung mehr, weshalb sie eigentlich hier war, weil sich jede einzelne ihrer Hirnzellen nur mit Ben beschäftigte.

Dieser Abend stand immer noch wie ein Film in ihrer Kopfmediathek. Jederzeit abrufbar. Das anschließende Bier mit anderen Kursteilnehmern auf der Terrasse der Segelschule, der langsame Spaziergang zu zweit an der Alster zur nächsten Kneipe, intensive Gespräche, an deren Inhalt sie sich kaum erinnerte. Woran sie sich aber erinnerte: Er war allein im Urlaub gewesen, er wohnte allein in einer kleinen Wohnung in Altona, er fand Pia hinreißend, und er hatte sie geküsst. Ohne viel nachzudenken, kam er mit in ihre Wohnung und ließ Pias erotische Träume Realität werden. In der Erinnerung war die Nacht wie Zuckerwatte, leicht, hell, süß. Ben verließ ihre Wohnung nur kurz, um ein paar Sachen zu holen, und sie blieben das ganze Wochenende bei ihr. Sie liebten sich und redeten, liebten sich wieder, redeten weiter. Irgendwann bestellten sie Essen bei einem Lieferdienst, um nur nicht rauszumüssen. Sie ließen den Rest der Welt vor der Tür. Pia schwebte auf Wolke zehn, die sieben reichte nicht für ihr Gefühl. Und zum ersten Mal in ihrem Leben war sie so verliebt, dass es schon fast wehtat.

Im selben Moment, als das Klingeln des Telefons sie aus den Gedanken riss, kenterte der Segler auf der Alster bei einem misslungenen Wendemanöver. Pia zog das Telefon aus der Tasche, nahm das Gespräch an, ohne den Segler aus dem Blick zu lassen. Hoffentlich trug er wenigstens einen Neoprenanzug.

»Hallo, Papa, ich bin in zehn Minuten da.«

»Ach, Süße, das habe ich befürchtet«, Philipps Stimme klang immer ein bisschen gehetzt, wenn er ein schlechtes Gewissen hatte. »Ich komme hier noch nicht raus, es ist so viel zu tun, ich schaffe es nicht.«

»Wir waren um fünf verabredet.« Pia stöhnte genervt auf. »Ich habe mich extra beeilt. Dann hättest du auch früher anrufen können und nicht erst, wenn ich schon fast vor deiner Wohnung stehe.«

»Ach, komm, du wolltest doch erst mal deine Arbeit ausdrucken, dafür brauchst du mich ja wohl nicht, du weißt doch, wo der Drucker steht. Und später gehen wir dann essen, wie verabredet, ich habe einen Tisch beim Thai für uns bestellt.«

»Und wie komme ich rein? Ich dachte, Steffi ist in München?«

»Nein, sie ist seit gestern wieder zurück. Sie macht dir auch einen Kaffee, sie weiß schon, dass du kommst. Ich beeile mich, spätestens um sieben bin ich da. Bis nachher. Ich freue mich.«

Mit einem Kopfschütteln schob Pia das Handy zurück in die Tasche. Es war immer dasselbe.

Eigentlich hatte Pia sich auch gefreut – da wusste sie ja noch nicht, dass ihre Stiefmutter doch dabei sein würde. Egal. Der Segler hatte es inzwischen geschafft, das Boot wieder aufzurichten. Er trug einen Neoprenanzug. Wenigstens das.

Die Übelkeit hatte sich ein wenig gelegt, Pia stand langsam auf und setzte ihren Weg fort, immer noch in Gedanken bei ihrem Vater. Pia hatte Philipp schon immer um den Finger wickeln können – sein schlechtes Gewissen, weil sie ja erst fünf war, als er Jule verlassen hatte, war legendär. Dabei konnte sie sich eigentlich nicht beklagen: Er hatte sich wirklich Zeit genommen für gemeinsame Wochenenden und Ferien. Und damit versucht, nachzuholen, was er im Alltag nicht leisten konnte. Wenn sie zusammen waren, hatte er sich immer was einfallen lassen – aber er hatte sie oft auch kurzfristig versetzt. Heute wusste Pia nicht gar mehr, was schlimmer war: ihre eigene Enttäuschung oder die Wut ihrer Mutter. Wobei Jule in Pias Anwesenheit nie schlecht über Philipp geredet hatte, genauso wenig hatten ihre Eltern in ihrem Beisein gestritten. Aber wenn Jule Pia im Bett glaubte, hatte sie ihrer Wut und Enttäuschung in Telefonaten mit ihren Freundinnen oft freien Lauf gelassen, nicht ahnend, dass Pia hinter der Tür hockte und lauschte. In ihrer Pubertät zettelte Pia danach zu gern Krach mit ihrer Mutter an, aus irgendwelchen nichtigen Gründen, einfach nur, um ein Ventil für ihren eigenen Frust zu haben. Jeder Krach endete damit, dass Pia ihrer Mutter die Schuld an der Trennung gab. Doch selbst da war Jule immer ruhig geblieben. Der einzige Satz dazu war: »Pia, das alles hatte nie etwas mit dir zu tun.«

Bis heute hatte Pia keine Ahnung von den konkreten Gründen für die Trennung, vielleicht war diese Ehe ja auch einfach nur ein Irrtum gewesen. Philipp und Jule: sie waren so unterschiedlich, führten so völlig gegensätzliche Leben, dass die einzige Schnittmenge zwischen ihnen tatsächlich ihre Tochter war.

Pia blieb an einer Fußgängerampel stehen und wartete, bis sie auf Grün sprang. Auf der anderen Straßenseite leuchteten die weißen Jugendstilvillen in der frühabendlichen Sonne. In den gepflegten Vorgärten blühten gelbe Ginster, weiße Zierkirschen und die ersten Rhododendren. Überall sah es ein bisschen ähnlich aus: gepflegt, sortiert, aufgeräumt. In einem diesen Häuser hatten Philipp und Steffi ihre Wohnung, hundertfünfzig Quadratmeter auf zwei Ebenen, mit Dachterrasse. Man wohnte elegant, Philipp war schließlich Chefarzt und kam auch noch aus einem wohlhabenden Elternhaus. Ganz kurz dachte Pia an das verwunschene kleine Haus, in dem sie bei Jule aufgewachsen war. Der Garten war ein Paradies, wenn auch ein sehr unaufgeräumtes, und das Haus hatte gerade mal halb so viel Quadratmeter Wohnfläche wie diese schicke Wohnung. War aber doppelt so gemütlich. Es gab wirklich nur sehr wenige Gemeinsamkeiten zwischen Jule und Philipp.

Das grüne Ampelmännchen leuchtete auf, Pia überquerte die Straße und wich zwei Frauen aus, die von ihren großen Hunden über den Bürgersteig gezerrt wurden. Die Frauen rannten nur noch atemlos hinterher. Seltsamer Trend, riesige Hunde in Stadtwohnungen zu halten. Die hatten sich ihr Leben sicher auch anders vorgestellt, als zweimal am Tag von einem Halsband gewürgt zu werden. Aber es ging ja auch nicht um die Hunde, sondern um die Besitzer. Kurz fragte Pia sich, wann Steffi sich wohl einen Hund zulegen würde. Sie wurde demnächst fünfzig, hatte keine Kinder und zu wenig Bewegung. Pia grinste und wettete mit sich selbst, dass Steffi sich einen Welpen zum Geburtstag schenkte. Oder ihren Mann überredete. Es würde so wunderbar zu all den anderen Klischees passen.

Sie lief die letzten Meter bis zum Haus und blieb vor dem verschlossenen Tor stehen. Um das Haus ihrer Mutter gab es noch nicht mal einen Zaun, bei ihrem Vater musste man eine Festung durchdringen. Sie drückte den Klingelknopf neben *Dr. Philipp Petersen und Stefanie Petersen*, hob das Kinn und lächelte übertrieben albern in die Kamera. Steffi sollte sehen, dass ihre Stieftochter sich wie Bolle auf sie freute.

»Hallo, Pia, ich mache auf.«

Was auch sonst?, dachte Pia, während das Tor mit einem Summen aufsprang. »Danke.«

»Ach, bitte das Tor wieder richtig zuschnappen lassen.«

Das Augenrollen nahm die Kamera nicht auf. Dieselbe Prozedur wiederholte sich an der Haustür, Pia klingelte, und Steffi drückte den Summer mit einem fröhlichen: »Komm rein.« Im Aufzug atmete Pia einmal tief durch und versuchte wieder, ein fröhliches Gesicht zu machen. Zeit mit Steffi zu verbringen, bedeutete immer die Höchststrafe, Pia vermied es tunlichst. Das hatte heute nicht geklappt. Nur weil ihr Scheißdrucker einen Tag vor dem Abgabetermin seinen Geist aufgegeben hatte und ihr Vater einen funktionierenden besaß.

Der Fahrstuhl hielt, und Steffi stand schon in der offenen Wohnungstür. »Hat Philipp dich nicht mehr erreicht?«

»Doch«, Pia nickte und blieb in sicherem Abstand vor Steffi stehen. Steffi fiel ihr immer nur um den Hals, wenn andere dabei zusahen. Schließlich musste man ja die glückliche Patchworkfamilie demonstrieren. Jetzt sah niemand zu, also ließ sie den Blödsinn.

»Doch, aber erst, als ich ohnehin schon fast hier war. Er kommt dann gegen sieben, aber ich kann ja schon mal anfangen, auszudrucken.«

»Natürlich«, Steffi trat zur Seite und öffnete die Tür weiter. »Dann komm mal rein, der Drucker steht in Philipps Arbeitszimmer, ich hoffe, du kennst dich mit der Technik aus.« Sie lachte etwas zu hell. »Ich kann dir dabei nicht helfen, mit Technik habe ich es ja nicht so.«

Mit was denn dann? Pia verkniff sich die Frage. Sie kannte kaum jemand Humorfreieren als Steffi, jeder Versuch, einen lustigen Spruch rauszuhauen, würde nur kläglich verpuffen.

»Das bekomme ich schon hin«, Pia ging an ihr vorbei Richtung Arbeitszimmer, doch Steffi berührte sie am Arm. »Willst du nicht erst mal was trinken? Ach, und du hast ja auch noch gar nicht unsere neuen Möbel auf der Dachterrasse gesehen! Wir hatten den Gärtner hier oben, es ist jetzt die schönste Dachterrasse der ganzen Anlage. Du wirst staunen.«

»Bestimmt«, Pia knipste ihr charmantestes Lächeln an, legte aber trotzdem die Hand auf die Klinke des Arbeitszimmers. »Ich komme gleich, um zu staunen. Jetzt bringe ich das Ding erst mal ins Laufen, ist eine ganze Menge zum Ausdrucken, und ich muss das heute echt fertigbekommen. Bin gleich da, okay?«

Steffi verschränkte die Arme unter ihrem großen Busen und schob die Unterlippe ein bisschen vor. »Oder willst du mit dem Ausdrucken nicht vielleicht doch auf Philipp warten? Weil es doch unser ... sein Drucker ist, der ist ja auch noch ganz neu. Nicht, dass du ihn ... also, kennst du dich denn auch wirklich damit aus?«

»Es ist ein Drucker, Steffi«, Pia trat ins Arbeitszimmer. »Kein Beatmungsgerät. Ich kriege das schon hin. Ist noch was?«

»Nein«, mit einem Achselzucken trat Steffi zurück. »Du kannst es ja gern versuchen. Ach, übrigens, hat dir Philipp erzählt, wer nachher mit uns essen geht? Das errätst du nie.«

»Stimmt«, Pia war schon auf dem Weg zum Drucker und lächelte. »Das errate ich nie. Aber ich denke während des Druckens darüber nach. Bis gleich.« Sie schloss die Tür hinter sich und lehnte sich ausatmend dagegen. Sie war davon ausgegangen, dass sie allein mit Philipp essen ginge. Sie hatte ja nicht ahnen können, dass Steffi schon wieder an ihm klebte. Dass ihr Vater diese Frau geheiratet hatte, war eines der wenigen Dinge, die sie ihm nicht verzeihen konnte. Das war fast noch schlimmer als die Trennung von Jule. Nach einer Weile hörte sie an den Schritten, dass Steffi sich entfernte. Erleichtert stieß Pia sich von der Tür ab und sah sich im Arbeitszimmer um. Der alte, große Schreibtisch stand so im Raum, dass Philipp den Blick auf die Alster hatte. Ein sensationeller Arbeitsplatz. Pia fragte sich, ob ihr Vater überhaupt die Gelegenheit hatte, ihn zu nutzen, die meiste Zeit verbrachte er ja in der Klinik. Sie strich mit den Fingern über die Holzplatte und umrundete den Tisch, bis ihr Blick auf die Fotos fiel. Neben einem Foto von Steffi in jung und viel dünner, das sicherlich ganz am Anfang ihrer Ehe aufgenommen war, stand da im teuren Silberrahmen ein Foto von Pia und Philipp. Sie tanzten, Pia im zartgelben Abendkleid, die Haare hochgesteckt, ihr Vater im Anzug, den Kopf zu ihr runtergebeugt, beide lachend. Pia nahm das Foto in die Hand, um es genauer zu betrachten, sie hatte es noch nie gesehen. Es musste auf der Hochzeit ihrer Cousine Laura im letzten Jahr aufgenommen worden sein, nur eine Woche nach diesem ersten Ben-Wochenende. Pia konnte sich nicht erinnern, dass jemand sie beim Tanzen mit ihrem Vater fotografiert hatte. Überhaupt konnte sie sich an kaum etwas richtig erinnern, von Wolke zehn sieht man die Welt unter sich nur sehr unscharf.

Abrupt stellte sie den silbernen Rahmen wieder zurück und presste die Lippen zusammen. Die Zeit auf Wolke zehn war sehr kurz. Es hatte genau zwei Wochen gedauert, bis Ben ihr offenbart hatte, dass er in Berlin noch etwas zu klären hatte. Er wohnte dort offenbar nicht allein. Er hatte sie um Zeit gebeten, und selbstverständlich sollte er sie haben, denn er empfand ja dasselbe für sie wie sie für ihn. Er fuhr zurück nach Berlin, schrieb sehnsuchtsvolle SMS, doch er fragte nie nach einem nächsten Wiedersehen. Während er sie in zärtlichen Telefonaten mit Liebesbekundungen überschüttete, wartete sie vergebens auf seinen Wunsch nach einem Wiedersehen. Pia lief wochenlang neben der Spur, bis sie es eines Tages nicht mehr aushielt und ihn vor die Entscheidung stellte. Und dann begann das Warten. Mit jeder Woche, die ohne eine Nachricht verstrich, löste sich die Wolke weiter auf. Als der Sommer vorbeiging, war Pia wieder bei Verstand, im Besitz eines Segelscheins, den sie allein gemacht hatte, und froh, niemandem von dieser Geschichte erzählt zu haben. Und exakt zu dem Zeitpunkt, an dem sie ihn schon fast vergessen hatte, meldete Ben sich wieder: Er käme nach den Semesterferien im Oktober wieder nach Hamburg. Ende September stand er vor ihrer Tür. Silvester tranken sie an der Elbe Champagner. Im Januar war die Wolke schon wieder bei sieben, mit Luft nach oben.

Seufzend zog Pia ihr Laptop aus der Tasche und sah sich nach dem Drucker um. Sie musste an etwas anderes denken, sonst würde ihr gleich schon wieder schlecht. Energisch klappte sie den Computer auf. Nach wenigen Tastenkombinationen begann der Drucker seine Arbeit, während Pia sich in den Lesesessel fallen ließ, eines der wenigen alten Möbelstücke, die Philipp noch aus seinen Studienzeiten hatte. Fast alles andere in dieser Wohnung hatte Steffi ausgesucht. Oder besser die Redakteure irgendwelcher Wohnzeitschriften. Nur das Arbeitszimmer sah so aus, als würde auch Philipp manchmal hier leben.

Während der Drucker unermüdlich die Seiten ausspuckte, hörte Pia die Türklingel und kurz danach Steffis laute Stimme: »Hallo, ich mache auf. Du rätst nicht, wer hier ist.«

Pia schüttelte den Kopf. Steffi. Es war nicht zu fassen. Vermutlich war ihre langweilige Freundin Angela die tolle Überraschung. Sie war Kosmetikerin, und Pia hatte mal einen Pediküre-Termin bei ihr gehabt, ohne zu wissen, dass Angela eine enge Freundin ihrer Stiefmutter war. Seitdem tat Steffi immer so, als wären Pia und Angela ganz dicke, ließ die eine von der anderen grüßen und erzählte Pia ungefragt die langweiligsten Neuigkeiten aus dem Leben ihrer Freundin. Na ja, so viele Themen gab es ja sonst auch nicht zwischen ihnen

Sie stand auf, um nachzusehen, wie weit der Ausdruck schon war. Der Drucker war schnell, es war fast geschafft

Das zweite Klingeln deutete an, dass der Ankömmling jetzt an der Wohnungstür war. Genau in dem Moment, als Pia die letzte Seite aus dem Fach nahm, klang die durchdringende Stimme durch die geschlossene Tür. »Da bin ich ja gespannt. Wer ist es denn?«

Sofort hielt Pia inne, das glaubte sie jetzt nicht. Was war denn das für ein Tag? Sie legte den Papierstapel auf den Tisch und öffnete die Tür. Das Erste, was ihr auffiel, waren die knallroten Ledershorts, die genau dieselbe Farbe hatten wie der Lippenstift. Die weite schwarze Samtbluse passte zu den schwarzen Strumpfhosen, die Frisur war wild, die Haare schwarz, die Augen dramatisch geschminkt.

»Coco.« Pia lehnte sich lässig an den Türrahmen und verschränkte die Arme vor der Brust. »Das ist ja eine echte Überraschung.«

»Ahhh«, Coco kreischte sofort los und sprang auf Pia zu, um sie zu umarmen. »Mäuschen, das ist ja mega, wie lange haben wir uns nicht mehr gesehen?«

Ein Gemisch aus Lavendel und einem süßlichen Parfüm stieg Pia in die Nase, als ihr Gesicht an Cocos Hals gepresst wurde. Sie hielt den Atem an und entwand sich der Umarmung, versuchte aber sofort ein Lächeln, um nicht unfreundlich zu wirken. »Lange nicht, wie geht es dir?«

»Wun – der – bar!« Coco hielt sie immer noch mit beiden Händen fest, die Duftwolke legte sich klebrig über Pia, ihr wurde schon wieder schlecht.

Coco betrachtete sie mit schief gelegtem Kopf. »Du bist so blass, meine Süße, ich glaube, du arbeitest zu viel. Verplempere nicht deine Jugend, das tut dir später leid. Ach, ist das schön, dass du hier bist. Ich hatte mir sowieso vorgenommen, mal mit dir essen zu gehen, schließlich hat man als Patentante doch Pflichten.« Sie lachte kurz auf. »Wie das klingt, Patentante, fast wie alte Tante, unmöglich, aber egal, ich freue mich, dich zu sehen. Und du siehst so gut aus, ich bin ganz neidisch, wenn ich dich so anschaue, dann weiß ich wieder, wie ich vor einem Vierteljahrhundert ausgesehen habe. Ach ja. Lang ist's her.« Theatralisch fuhr sie sich mit beiden Händen durch die wilde Frisur, dann fiel ihr Blick auf Steffi, die immer noch grinsend wie ein Honigkuchenpferd im Flur stand. »Überraschung gelungen. Gibt es denn jetzt mal einen Schampus, ich habe schon einen ganz trockenen Hals.«

»Ist alles schon vorbereitet. Darf ich auf die Dachterrasse bitten?« Steffi machte eine einladende Geste und sah Pia an. »Hat alles geklappt?«

»Ja.«

»Gut, dann lasst uns auf diese Familienzusammenkunft anstoßen.«

Pia hätte sich gern übergeben.

Die Neugestaltung der Dachterrasse war in jedem Fall eines: teuer. Pia blieb in der Mitte stehen und betrachtete die dunkelgrauen Lounge-Möbel, den gefliesten Boden, den farblich dazu passenden großen Hängeschirm, die mit Hortensien, Dünengras und kleinen Bäumen bepflanzten Granitkästen, die Metallinstallation in der Ecke – vermutlich Kunst –, die zahlreichen Solarlampen, den großen, abgedeckten Weber-Grill und Steffis stolzes Lächeln.

»Na, was sagst du? Sensationell, oder?«

Pia sah sie nachdenklich an und nickte kurz. »Sehr professionell«, sagte sie nur und dachte mit einem Anflug von Sehnsucht an Jules Garten, in dem verwitterte Tontöpfe, alte Metallwannen, aussortierte Krüge und alles, was sich sonst noch bepflanzen ließ, überall in wild zusammengewürfelten Gruppen verteilt waren. Die Gartenmöbel waren aus Holz und wurden alle zwei Jahre von Jule hellblau gestrichen, statt Solarlampen gab es Windlichter mit Kerzen, und das einzige

Kunstwerk waren die vier Holzpfähle, zwischen denen die Wäscheleine gespannt war und die Pia als Kind mit ihrer Freundin Sally bunt angemalt hatte. Da war nichts professionell, aber alles bunt und lebendig. Es war eine ganz andere Welt.

»Jetzt setzt euch doch«, Steffi deutete ungeduldig auf die Sitzecke, wo bereits ein Sektkühler, Gläser und verschiedene Schälchen mit Nüssen und Oliven angerichtet waren. »Macht es euch bequem. Und, Coco? Überraschung gelungen? Pia? Was sagt ihr zu diesem Treffen?«

Steffi wirkte so aufgeregt, als moderierte sie eine Fernsehshow, in der lang vermisste Familienmitglieder auf anderen Kontinenten gesucht und gefunden wurden, Pia sah sie etwas irritiert an. »Ja, es ist ja nicht so, als hätten wir uns seit zwanzig Jahren aus den Augen verloren«, sagte sie langsam. »Coco war doch erst zu Papas Geburtstag hier.«

»Das war der Geburtstag vor drei Jahren!« Steffi lachte auf und schüttelte den Kopf. »Das war sein fünfundfünfzigster, den haben wir doch so toll gefeiert, weil ich ihn überredet habe. Normalerweise mag er das nicht.«

»Nein?« Pia hob die Augenbrauen, Steffi ignorierte die Frage.

»Jetzt lass uns mal anstoßen.« Sie reichte Pia und Coco die Gläser. »Auf uns.«

Himmel, dachte Pia, nahm einen kleinen Schluck und fand den Sekt widerlich. Sie behielt das Glas in der Hand und fragte Coco: »Und warum bist du jetzt in Hamburg? Nur so?«

»Hat Philipp dir nichts erzählt?« Coco hatte das halbe Glas in einem Zug geleert und zurück auf den Glastisch gestellt. Sofort schenkte Steffi nach. »Wir haben doch das Haus in München aufgelöst, weil deine Oma in diese Altenresidenz gezogen ist. Die Bude soll verkauft werden, über die ganzen Einzelheiten muss ich jetzt mal mit deinem Vater sprechen. Der hat sich natürlich wieder mal um nichts gekümmert, der Herr Doktor hat ja nie Zeit. Ich war nur froh, dass wenigstens

Steffi mir beim Ausräumen geholfen hat. Allein hätte ich da wirklich keinen Bock gehabt, in diesem ganzen alten Kram wirst du ja rammdösig. Na ja, jetzt ist das Haus aber so weit ausgeräumt, nicht wahr, Steffi, und um den Rest kann sich eine Entrümpelungsfirma kümmern. Und nach dem ganzen Stress habe ich mir ein paar Tage Hamburg auf Kosten meines Bruders verdient, finde ich. Ich muss unbedingt mal in die Innenstadt, ich will ins Theater, schick am Hafen essen gehen, das ganze Touristenprogramm eben. Ach, übrigens, das wertvolle Zeug aus dem Haus ist in Köln bei einem Bekannten von mir eingelagert, der hat da eine Halle. Falls du also noch irgendwelche Dinge von deinen Großeltern haben willst, kannst du ja mitkommen, wenn Philipp das durchsieht. Muss ja nicht sofort sein.«

»Och, ich glaube nicht«, Pia stellte das fast volle Glas zurück auf den Tisch und schlug ihre Beine übereinander. »Steffi kann meinen Anteil haben. Immerhin hat sie ja auch beim Ausräumen geholfen. War es denn schön in München?«

»Ja«, Steffi nickte mit aufgerissenen Augen. »Ich liebe München. Philipp ist ja nicht so oft bei seinen Eltern gewesen, und wenn, hat er das immer mit irgendwelchen beruflichen Terminen verbunden, deshalb war ich nur ganz selten dabei. Schade eigentlich. So eine tolle Stadt, der Englische Garten, die ganze Kultur, die schönen Läden, ich war viel zu selten da. Und jetzt konnten wir auch kaum etwas unternehmen, wir haben ja nur gearbeitet. Das hätte Coco allein gar nicht geschafft. Und dann war ich natürlich noch bei deiner Oma, um mir die neue Wohnung anzusehen, wirklich sehr schön. Ist auch kein Wunder, bei dem Preis.« Sie trank und hinterließ dabei Lippenstift am Glas. »Wann warst du eigentlich das letzte Mal bei deinen Großeltern in München? Das ist doch auch schon ewig her, oder?«

»Ja«, Pia starrte sie an. »Ewig.«

Steffi lächelte zufrieden. Das war genau das, was Pia an ihr nicht leiden konnte. Steffi hatte ein Problem damit, dass Philipp ein Leben vor ihr gehabt hatte. Sie war eifersüchtig auf Pia, die seine Tochter war, auf Jule, die ihn länger kannte, auf alle alten Freunde, auf alle alten Erinnerungen. *Sie* war jetzt die Ehefrau, die Schwiegertochter, die Schwägerin, sie wurde auch nie müde, das zu demonstrieren. Dabei war es Pia völlig egal. Sie mochte ihre Großeltern in München nicht besonders. Philipps Mutter war Augenärztin gewesen, Philipps Vater Chefarzt in der Uni-Klinik, beide waren ehrgeizig, erfolgreich und sehr wohlhabend. Sie konnten wenig mit diesem Enkelkind anfangen, das nur ab und zu mal aus dem Norden nach Bayern kam, und noch weniger mit Jule, die ohnehin nicht standesgemäß war: Sie hatte ja noch nicht einmal studiert. Und noch dazu stammte sie aus einer doch eher kleinbürgerlichen Familie.

»Da hast du auch nichts verpasst«, meldete sich Coco wieder zu Wort, die sich gerade großzügig nachgeschenkt hatte. »Meine Mutter war ja früher schon furchtbar, aber nach dem Tod von Opa ist sie noch mal schlimmer geworden. Wieso guckst du mich so an?« Die letzte Frage galt der entsetzten Steffi. »Das stimmt doch. Sämtliche meiner Probleme entstammen meiner beschissenen Kindheit. Herr und Frau Doktor waren echte Scheißeltern.«

Sie trank ihr Glas in einem Zug aus und hielt es Steffi zum Nachschenken hin. »Echte Scheißeltern«, wiederholte sie und nickte dabei dramatisch. »Nun ist die Hälfte von ihnen tot. Egal.« Sie hob plötzlich den Kopf und sah Pia an. »Erzähl mal, was machst du jetzt so?«

Pia konnte sich gerade noch ein Grinsen verkneifen. Coco war in Hochform. Und wurde ihr immer sympathischer.

»Ich mache gerade ein Praktikum. Im *Grandhotel,* hier in Hamburg. Und danach fange ich mit meiner Bachelor-Arbeit an.«

»Aha«, Coco hob die Augenbrauen. »*Grandhotel*? Das ist doch dieses neue Sterneding, oder? Ich muss da unbedingt mal übernachten, das muss super sein. Wie bist du denn da zu einem Praktikum gekommen?«

»Philipp kennt die Chefin«, mischte Steffi sich ungefragt ein. »Friederike Brenner.«

»Mein Vater hatte damit überhaupt nichts zu tun«, Pia sah Steffi mit gerunzelter Stirn an. »Wie kommst du darauf? Ich habe mich ganz normal beworben, erst beim Vorstellungsgespräch hat sie mich nach Mama gefragt. Übrigens nur nach ihr, mit Papa hat sie seit Jahren keinen Kontakt mehr.«

»Ach?« Coco warf Steffi einen flüchtigen Blick zu. »*Die* Friederike? Die Freundin von Jule? Die Rothaarige? Die fand ich damals toll. Witzig, erst neulich habe ich von ihr gesprochen. Mit Alexandra, wir haben sie zufällig in München vor einer Kneipe getroffen. Und hatten noch einen ganzen netten Abend mit ihr.« Sie starrte einen Moment nachdenklich auf die Metallinstallation. »Kann das Ding eigentlich was? Oder steht das nur so rum?«

»Das ist eine Installation von Jacques Martha«, Steffi sah Coco entsetzt an. »Der ist ganz angesagt, wir haben fast …«

»Also es kann nichts«, Coco hob die Hand und lächelte. »Ich wollte es nur wissen. Wo war ich stehen geblieben? Ach ja, Alexandra. Ich habe ihren Nachnamen vergessen, sie macht in München irgendwas mit Büchern, aber du kennst sie ja bestimmt, das ist doch auch eine Freundin von Jule.«

Steffi hatte die Lippen noch zusammengepresst, fing sich aber sofort wieder. »Eine ehemalige Freundin, die haben ja kaum noch was miteinander zu tun.«

»Wieso?« Coco sah sie harmlos an. »Die Villa am See? Die haben die doch zusammen geerbt. Da bist du doch ganz neidisch. Oder nicht?«

»Neidisch«, Steffi machte eine abfällige Geste. »Blödsinn.

Und außerdem sind die doch kaum da. Einmal im Jahr oder so. Ich sehe meine Freundinnen jede Woche.«

Die ganze Zeit über hatte Pia sich zurückgehalten, jetzt hatte sie das Gefühl, sie müsse gleich platzen. Sie holte tief Luft und legte dabei ihre Hand auf den Magen, er fing schon wieder an zu spinnen. »Alexandra, sie heißt mit Nachnamen Weise, wohnt übrigens gerade im *Grandhotel*. Ist heute Morgen angekommen und jetzt gerade mit Friederike unterwegs. Danach wollten sie sich mit meiner Mutter treffen. Steffi, ich bin immer wieder überrascht, woher du deine ganzen Informationen hast.«

»Na, von deinem Vater, von wem wohl sonst?«

Cocos rauchiges Lachen unterbrach die giftige Stimmung. »Von Philipp«, rief sie laut. »Dann sollten sie ja stimmen. Wobei, was Alexandra betrifft, darüber müsste er ja Bescheid wissen. Die hatten ja mal … wie soll ich das sagen?«

»Was?« Steffis Kopfbewegung ähnelte der einer Taube. »Was hatten die?«

Beschwichtigend hob Coco beide Hände. »Ich weiß es nicht, vielleicht auch gar nichts. Ich war ja nicht dabei. Aber die beiden habe ich auch schon mal zufällig in München getroffen.«

»Wann war denn das?« Steffis Stimme hatte jetzt fast etwas Schrilles.

Überrascht sah Pia zu Steffi, auf deren Hals sich rote Flecken bildeten. Steffi beugte sich hektisch vor und fixierte Coco, die sich mit der Antwort Zeit ließ. »Wann?«

Betont lässig hob Coco die Schultern. »Keine Ahnung. Du kannst ja Philipp mal fragen. Hast du einen Aschenbecher in der Nähe? Ich muss jetzt mal eine rauchen.«

Steffi blieb regungslos sitzen, bis Coco aufstand. »Keep cool, Steffi«, sagte sie lässig. »Eifersucht macht hässlich, und ich glaube nicht, dass du heute noch einen Grund dafür hast. Ist das da vorn ein Aschenbecher? Oder ist das auch Kunst?«

»Aschenbecher«, Steffi sah in die Richtung, in die Coco zeigte. Sie griff nach ihrem Glas und trank es aus, bevor sie es zurückstellte. »Wieso sollte ich eifersüchtig sein? Ich fand diese Alexandra ja immer ziemlich arrogant. Sie ist auch überhaupt nicht Philipps Typ.«

Coco nickte nur und nahm den silbernen Aschenbecher vom Beistelltisch. Sie ließ sich wieder in die Kissen fallen, zog eine Zigarettenschachtel aus der Tasche und zündete sich eine an. Genüsslich blies sie den Rauch aus, genau in Pias Richtung. Ob es der Geruch war oder Steffis seltsamer Auftritt, plötzlich spürte Pia die aufsteigende Magensäure, presste die Hand vor den Mund und sprang auf. Unter den irritierten Blicken von Steffi und Coco rannte sie über die Terrasse in Richtung Bad.

Sie hatte es tatsächlich gerade noch geschafft. Erleichtert drückte sie die Spülung, dann wandte sie sich langsam zum Waschbecken und spülte ihren Mund aus. Sie würde nachher ihren Vater bitten, ihr irgendetwas gegen ihre Magenschmerzen zu geben. Und morgen würde sie einen Termin bei ihrem Hausarzt machen. Bevor sie beim nächsten Mal vor allen in die teuren Terrassenkübel kotzte.

Sie betrachtete sich im Spiegel, während sie sich die Hände wusch und abtrocknete. Hatte sie diese Augenringe eigentlich schon länger? Pia schüttelte den Kopf und ging langsam zurück. Übel war ihr immer noch. Zumal Steffi auch eine Herausforderung für ihren sensiblen Magen war. Vielleicht könnte sie das Essen einfach ausfallen lassen. Hunger hatte sie sowieso nicht, und der Ausdruck war fertig.

»Was ist denn mit dir los?« Steffi musterte sie skeptisch, als sie wieder zurück auf die Terrasse kam. »Das kommt davon, wenn man immer so unregelmäßig isst, um nur ja nicht zuzunehmen. Du bist doch schon so dünn, du musst mal was Vernünftiges essen.«

»Sorry, ich habe schon seit ein paar Tagen Probleme mit dem Magen.« Pia nahm langsam wieder Platz. »Und ich mache mir garantiert keine Gedanken um meine Figur.«

»Zum Glück ist dein Vater Arzt, den kannst du gleich fragen, was du einnehmen kannst«, Steffi schob sich drei Oliven auf einmal in den Mund, Pia musste wegsehen.

»Geht's wieder?« Coco sah sie neugierig von der Seite an. »Hast du das öfter?«

»Manchmal. Wenn ich Stress habe.« Pia zuckte die Achseln. »Ist nicht so schlimm.«

Coco hielt den Blick weiter auf sie gerichtet. »Sag mal«, sie grinste plötzlich. »Du bist doch wohl nicht schwanger, oder? Jule hat doch damals auch so gekotzt.«

»Ach, Quatsch«, mischte sich Steffi ein. »Pia hat doch gar keinen Freund. Oder? Gibt es da jemanden, von dem wir noch nichts wissen?«

»Nein.« Pia schüttelte den Kopf. Gott war sie froh, niemandem etwas von Ben erzählt zu haben. Sonst hätte Steffi hier auch noch ihren Senf dazugegeben.

»Siehst du«, Steffi nickte bestätigend. »Sag ich doch. Philipp muss gleich kommen, der gibt dir was gegen die Übelkeit.«

»Na ja«, Coco grinste immer noch. »Ich bin mir da nicht so sicher. Diese Augenringe hatte deine Mutter damals auch. Ha, ha, das wär ja was, mein Bruder als Opa, ich schmeiß mich weg.« Sie lachte und strich Pia dabei über den Rücken. »Denk mal nach, ob du nicht doch mal aus Versehen zu zweit aufgewacht bist. Ein One-Night-Stand reicht, um ein Kind zu zeugen.«

Erleichtert hörte Pia in diesem Moment Philipps Stimme. »Bin da.« Kurz danach stand er auf der Terrasse. Die Erste, die er umarmte, war Pia. Über seine Schulter sah sie das beleidigte Gesicht ihrer Stiefmutter.

11.

»Kann ich Ihnen noch etwas bringen, Frau Weise? Kaffee, Tee, Cappuccino?«

Alexandra hob den Blick von ihren Notizen, als sie die Stimme hörte. Die freundliche Wiebke Sander stand vor ihr, Alexandra legte die Unterlagen zusammen und lächelte sie an. »Nein, Frau Sander, vielen Dank, ich warte nur auf Frau Brenner, und die muss jeden Moment – ach, da ist sie ja schon.«

Sie schob die Notizen in ihre große Handtasche und stand auf. Friederike kam auf sie zu und nickte Wiebke Sander kurz zu. »Alles in Ordnung?«

»Natürlich, Frau Brenner. Einen schönen Nachmittag. Wiedersehen, Frau Weise.«

Sie ging zurück zur Rezeption, Friederike wartete, bis sie weg war. »Und?«

»Sie wollte mir was zu trinken bringen, als du um die Ecke kamst.«

»Alex.« Friederike warf einen kurzen Blick auf die Rezeption. »Wie war's beim Anwalt? Was hat er gesagt?«

»Der ist gut, sehr souverän und sympathisch. Wenn er mit all dem durchkommt, was er mir erzählt hat, brauche ich mir zumindest dieses Jahr keine Gedanken um meine Finanzen zu machen. Er arbeitet jetzt alles durch, und in den nächsten Tagen reden wir weiter. Es bleibt spannend. Und befriedigt ein bisschen meine Rachegelüste. Wollen wir los?«

»Ja.« Friederike musterte Alexandras überdimensionale

Handtasche. »Willst du das Ding mitschleppen? Oder erst auf dein Zimmer bringen?«

»Die nehme ich mit.«

Friederikes Auto stand in der Tiefgarage des Hotels, ein knallroter Kleinwagen, der freundlich aufleuchtete und piepte, als Friederike im Gehen auf den Schlüssel drückte.

»Der ist ja niedlich«, Alexandra blieb vor der Beifahrertür stehen und sah Friederike an. »Hat er auch einen Namen?«

»Was?«

»Jules erstes Auto war auch klein und rot und hieß Norbert«, erinnerte sich Alexandra. »Fiel mir nur gerade ein. Und dass du rote Autos immer albern fandst.«

»Was schert mich mein Geschwätz von gestern«, deklamierte Friederike und stieg ein. Nachdem Alexandra ihre Tasche auf die Rückbank gestellt und sich auf den Beifahrersitz geworfen hatte, schob sie den Schlüssel ins Schloss. »Das ist ein Firmenwagen, der steht die Hälfte der Zeit hier in der Garage. Ich brauche ihn nur ab und zu, von daher ist es mir völlig egal, wie er aussieht, geschweige denn, wie er heißt.« Sie schnallte sich an und legte den Gang ein. »Wieso gleich noch mal Norbert?«

»Nach Norbert Schramm«, Alexandra suchte den Griff, mit dem sie ihren Sitz nach hinten schieben konnte. »War der nicht damals Europameister im Eiskunstlauf? Jule fand ihn doch immer so toll.«

»Ach ja.« Kopfschüttelnd fuhr Friederike den Wagen aus der Parklücke. »Eiskunstläufer, meine Güte. Das hatte ich zu Recht verdrängt. Es ist der längliche Knopf, Alexandra, links unten.«

»Ja, danke«, ihre Finger hatten ihn ertastet, langsam fuhr sie den Sitz nach hinten. »Transportierst du hier nur Kinder?«

»Und Zwerge«, Friederike grinste. »Oh, politisch unkorrekt.

Sorry. Aber meine Mutter ist auch nicht besonders groß und eigentlich die Einzige, die hier mal mitfährt. Ich fahre selten jemanden, der so lange Beine hat wie du.«

Das Tor der Parkgarage ging langsam hoch, Friederike fuhr auf die Auffahrt und musste blinzeln wegen der plötzlichen Sonnenstrahlen. Alexandra reichte ihr die Sonnenbrille von der Konsole und versuchte, ihre aus der Handtasche auf der Rückbank zu angeln.

»Danke«, Friederike sah sie an. »Und jetzt sag doch mal, wie dein Vormittag sonst so war?«

»Mein Vormittag?« Alexandra setzte ihre Sonnenbrille auf und drehte den Kopf zur Seite, um auf die Außenalster zu sehen, eine Barkasse glitt langsam über das Wasser. Als sie damals, vor vielen Jahren mit Marie in die kleine Wohnung nach Hamburg gezogen war, war das ihr erster Wochenendausflug gewesen, eine Barkassenfahrt bei strahlendem Sonnenschein über die Alster, vorbei an den schönen Villen und Gärten. Sie hatten sich einen Pikkolo geteilt und sich sehr erwachsen gefühlt. Und sie waren damals fest davon überzeugt gewesen, dass das neue, wilde, spannende und schöne Leben genau in diesem Moment beginnen würde. Was ja auch irgendwie gestimmt hatte. Damals. Trotzdem war es Alexandras einzige Barkassenfahrt mit Marie geblieben. Für eine Wiederholung war es jetzt zu spät.

Sie hatten die Alster schon hinter sich gelassen, als Alexandra fragte: »Wann bist du das letzte Mal auf einer Alsterbarkasse gefahren?«

Überrascht sah Friederike sie an. »Auf einer Alsterbarkasse?« Sie blickte wieder nach vorn. »Noch nie. Ich musste mal eine Hafenrundfahrt machen, als Kind, mit meiner Mutter und irgendeinem ihrer Liebhaber. Es war furchtbar, es stank nach Diesel, und ich habe die ganze Zeit gekotzt. Aber vielleicht lag es auch an diesem Liebhaber von Esther, dass mir so speiübel war.« Mit fragendem Blick sah sie wieder zu Alexandra. »Hast du heute Morgen etwa eine gemacht?«

»Nein. Ich musste nur gerade an eine denken.« Alexandra wandte sich zu ihr. »Eine, die ich vor hundert Jahren mit Marie gemacht habe. Lange her. Wie mein Vormittag war? Ich bin nach dem Frühstück, das ist übrigens sehr gut bei euch, ein bisschen durch die Gegend gelaufen. Sehr viel Zeit hatte ich vor dem Anwaltstermin ja nicht. Auf dem Weg dahin habe ich noch meine Schwester angerufen. Katja hat vorgeschlagen, dass ich doch auch noch ein paar Tage bei ihr verbringen könnte, ich käme dann auf andere Gedanken, München sei ja so weit weg, und wir hätten uns so lange nicht gesehen. Stimmt auch. Ich mach das, ich weiß auch gar nicht, was ich jetzt in München soll.«

»Du musst ja nicht nach München. Das Haus am See ist auch noch da«, merkte Friederike an. »Da kannst du auch den Kopf frei bekommen.«

Alexandra hob die Schultern. »Ach, ich weiß nicht. Ich war noch nie allein da, das fände ich ganz seltsam. Es fühlt sich irgendwie falsch an.«

»Warum?«, antwortete Friederike sofort. »Marie hat es uns dreien vererbt, weil sie sich gewünscht hat, dass wir uns wieder versöhnen. Wo stand denn geschrieben, dass wir es immer und ausschließlich gemeinsam nutzen müssen? Jule war auch schon ein Wochenende dort. Jede von uns kann jederzeit hinfahren. Und selbst wenn alle gleichzeitig dort sind, ist da genug Platz, das wissen wir doch. Hanna hat uns allen dreien einen Schlüssel gegeben.«

»Meiner liegt in München«, fiel Alexandra ein. Sie erinnerte sich ganz genau an den Moment, in dem sie diesen Schlüssel in eine Schublade in ihren Sekretär gelegt hatte. Es war der Abend, an dem sie im letzten Jahr vom ersten Pfingsttreffen nach Hause gekommen war. Vom ersten Pfingsttreffen nach dem großen Streit und vom ersten Pfingsttreffen ohne Marie. Beim Abschied hatte Hanna jeder von ihnen eine kleine Schachtel überreicht. Alexandra hatte ihre, ohne sie zu öffnen, in ihre Tasche gesteckt. Der Abschied nach diesem emotionalen Treffen war ihr schwergefallen, sie hätte nicht auch noch dieses Geschenk auspacken können. In diesem Moment hatte sie mit den Tränen kämpfen müssen, die sich plötzlich ihren Weg gebahnt hatten. Tränen um Marie, um die verlorene Zeit, um verpasste Nähe, um eine beendete Liebe, aber auch Tränen der Erleichterung und der Freude, weil nun ein Teil ihrer Vergangenheit auch wieder Zukunft war.

Erst in München hatte sie das Geschenk ausgepackt. Es war der Schlüssel zum Haus am See. Hanna – oder war es Marie gewesen? – hatte ihn an einen Schlüsselanhänger mit silbernem Ruderboot gehängt. Das Boot hieß *Marie*. Alexandra war mit dem Finger zärtlich über die Gravur gefahren und hatte den Schlüssel danach in die Schublade gelegt. Als Pfand, dass die verlorenen Freundinnen in Zukunft vielleicht wieder da sein würden. Mit Grüßen von Marie.

»Irgendwie ist es blöd gelaufen«, sagte Alexandra jetzt laut. »Ich habe nach diesem ersten Pfingsttreffen wirklich geglaubt, dass wir drei an die alten Zeiten wieder anschließen können. Wir waren so weit gekommen an diesem Wochenende. Und es war wieder so viel Vertrautes da. Aber trotzdem haben wir uns danach nur auf Hannas Geburtstag im August gesehen. Das war es dann schon.«

»Das, meine Liebe, liegt aber an dir«, antwortete Friederike sanft. »Jule hat dich zu ihrem Geburtstag eingeladen, ich dich zur Hoteleinweihung, Hanna zum Weihnachtsessen im alten Haus, du bist nur nie gekommen. Selbst nach dem Tod deiner Mutter hast du dich nicht bei uns gemeldet, obwohl du ja für ein paar Tage bei deiner Schwester gewesen bist. Jule und ich haben uns schon ab und zu gesehen, und es fühlt sich auch schon wieder ein bisschen wie früher an. Aber eben nicht so ganz – wenn nicht nur Marie, sondern auch du fehlst.«

»Ja«, Alexandra nickte. »Ich weiß. Es war immer der Job. Und die Entfernung. Aber es lag auch an mir.«

»Dann mach was«, Friederike warf ihr einen kurzen Blick zu. »Und lass diese Ausreden. Du kannst jetzt was ändern: Dein Job ist jedenfalls kein Grund mehr.«

»Danke, dass du mich daran erinnert hast«, Alexandra verzog das Gesicht. »Ich hatte es fast vergessen.«

»Gern«, Friederike grinste. »Immer wieder gern.«

Nach einer knappen Stunde hatten sie Weißenburg erreicht. Der Himmel hatte sich verdunkelt, aufziehende Wolken hatten das Blau verdrängt, von der Frühlingsstimmung war nichts mehr zu spüren. Alles sah plötzlich grau aus, selbst die wenigen Leute, die hier unterwegs waren, trugen dunkle Klamotten. Alexandra zog ihre Jacke enger zusammen und sah aus dem Fenster. Der Ort ihrer Kindheit wirkte ohne Sonne noch provinzieller, als er ohnehin schon war. Zumindest im Vergleich zu München.

»Es gibt bestimmt gleich Regen«, bemerkte sie. »Vermutlich genau in dem Moment, in dem wir auf dem Friedhof stehen. Dann wird es echt deprimierend.«

»Wir gehen trotzdem«, Friederike hielt an einer Kreuzung und sah nach links und rechts. »Außerdem kommt da höchstens ein kleiner Schauer. Das wirst du überleben.«

Friederike fuhr durch die vertrauten Straßen, in denen sich doch so viel verändert hatte. Der alte Bahnübergang, an dem Alexandra so oft an der verschlossenen Schranke gestanden hatte, war einer Brücke gewichen, die beiden großen Supermärkte waren neu, die Kirche wirkte plötzlich geschrumpft. Sie fuhren am Sportplatz vorbei, an der Schwimmhalle, an der Schule, auch an der Straße, in der Alexandra gewohnt hatte. In einem Doppelhaus, deren eine Hälfte ihrer Schwester gehörte und deren andere Hälfte jetzt leer stand.

Als könne Friederike Gedanken lesen, fragte sie plötzlich: »Du warst seit der Beerdigung deiner Mutter im November gar nicht mehr hier, oder?«

»Nein«, Alexandra schüttelte den Kopf. »Ich konnte ihren Tod in München besser verdrängen. Blöd, oder? Aber dieses leere Haus zu sehen … Katja geht da irgendwie besser mit um, vielleicht ist es das Schicksal der zehn Jahre älteren Schwester, dass sie in solchen Zeiten stärker sein muss als ich. Ich habe bei ihr immer noch den Bonus des Familienkükens. Vielleicht hilft es tatsächlich, wenn ich noch ein paar Tage bei ihr bleibe. Wir haben auch noch gar nicht konkret darüber gesprochen, was mit dem Haus passieren soll. Es ist zwar leergeräumt, aber viel weiter sind wir noch nicht.«

»Sollen wir nach dem Friedhof bei Katja vorbeifahren? Und kurz hallo sagen? Nicht, dass deine Schwester beleidigt ist, dass du in Weißenburg warst und nicht bei ihr vorbeigeschaut hast.«

»Das weiß sie, ich habe ihr erzählt, dass wir zum Friedhof fahren. Aber sie ist heute gar nicht da. Sie muss ihr Enkelkind hüten, meine Nichte ist auf irgendeiner Weiterbildung. Katja übernachtet auch bei Daniela. Ich sehe sie ja nächste Woche. Ach ja: Ich soll dich von ihr grüßen.«

»Danke«, Friederike sah sie mitfühlend an. »Aber es war doch auch eine Erlösung für deine Mutter, oder?«

»Ja, schon«, Alexandra sah zur Seite, um mögliche Tränen unauffällig zurückdrängen zu können. »Sie war einundneunzig, sie war dement und hatte einen Oberschenkelhalsbruch nach ihrem Sturz. Und sie ist einfach eingeschlafen, das war schon besser so.«

»Aber trotzdem«, entgegnete Friederike laut. »Ich mochte deine Mutter. So, jetzt sind wir gleich da.«

Erleichtert, das Thema wechseln zu können, beugte Alexandra sich ein Stück vor. Sie war seit Jahren hier nicht mehr vorbeigekommen, überrascht betrachtete sie die neue Fassade des Gebäudes. *Physio-Team am Markt* stand auf den großen Fenstern, wo früher dunkelroter Backstein war, gab es jetzt Glas, neben der Tür stand eine weiße Bank und mehrere bepflanzte Kübel.

Friederike fuhr auf den Kundenparkplatz und stellte den Motor aus. »Willst du mit rein? Und dir die Praxis ansehen? Oder hier warten?«

Die Fragen erübrigten sich, genau in diesem Moment öffnete sich die Tür, und Jule trat mit einem Korb in der Hand heraus. Sie trug Jeans und eine blaue Regenjacke, die blonden Locken waren zum Zopf gebändigt. Wäre die Brille nicht gewesen, hätte sie ausgesehen wie immer. So wirkte sie ernsthafter. Fast unmerklich verharrte Jule an der Tür, als sie Alexandra im Auto entdeckte, dann hob sie das Kinn und kam ihnen langsam entgegen. Friederike war schon ausgestiegen, Alexandra tat es ihr nach und blieb neben dem Auto stehen.

»Alex«, Jule blieb genau vor ihr stehen, stellte den Korb ab und sah zu ihr hoch. Sie war immer die Kleinste von ihnen gewesen. »Das ist ja eine Überraschung.« Sie musterte sie gründlich, dann breitete sie plötzlich die Arme aus. »Du siehst scheiße aus. Ist es wegen Marie, oder ist was passiert?«

»Hallo«, erleichtert erwiderte Alexandra die Umarmung, sie war dankbar, dass Jule ihr gleich eine Brücke baute. »Das erzähle ich nachher in Ruhe. Die Brille steht dir. Wollen wir gleich los?«

»Nein«, Friederike trat von einem Bein aufs andere. »Auch wenn du es eilig hast, ich muss erst aufs Klo.«

»Dann geh schnell«, Jule deutete zum Eingang. »Tina ist an der Rezeption, die Toiletten sind rechts.«

Sie warteten, bis Friederike hinter der Eingangstür verschwunden war, dann lehnte Jule sich ans Auto. »Du auch? Am Friedhof gibt es kein Klo, geh lieber noch mal hier.«

»Ich muss nicht«, erwiderte Alexandra. »Danke.«

»Du musstest früher schon nie«, Jule lächelte schief. »Fiedi, Marie und ich mussten unterwegs immer jedes Klo ansteuern, du nie. Kennst du einen Trick?«

»An etwas anderes denken«, antwortete Alexandra sofort. »Das klappt meistens.«

»Ja«, Jule sah sie plötzlich ernst an. »Stimmt, das hat bei dir oft geklappt.«

Alexandra hielt dem Blick stand. »Wir fangen jetzt nicht wieder damit an, oder? Nicht heute.«

»Von mir aus«, achselzuckend stieß Jule sich vom Auto ab. »Ich bin ganz friedlich. Heute ist Maries erster Todestag, wir machen alles so, wie sie es sich gewünscht hätte. Wie lange bleibst du?«

»Weiß ich noch nicht«, Alexandra sah an Jule vorbei zum Praxiseingang. Friederike kam schon zurück. »Ich habe für ein paar Tage bei Fiedi im Hotel ein Zimmer gebucht, und danach besuche ich noch meine Schwester.«

»Dann bist du ja doch zur Galerieeröffnung am 16. da?« Jule war erstaunt. »Hattest du nicht abgesagt, weil du wichtige Termine hast?«

»Ich …«, Alexandra sah sie lange an. »Ich habe keine Termine mehr. Ich wurde gefeuert.«

»Was?« Mit echter Verblüffung starrte Jule sie an. »Das ist nicht dein Ernst, oder? Warum? Wann?«

»Ich …«

»Das erzählst du ihr auf dem Weg«, inzwischen war Friederike wieder ans Auto gekommen und deutete auf den Himmel. »Falls ihr unsensiblen Gemüter es nicht bemerkt habt, es fängt gerade an zu regnen.«

Seit zehn Minuten stand das Auto auf dem Friedhofsparkplatz, mitten in einem prasselnden Regenschauer, der das Aussteigen unmöglich machte. Während sie darauf warteten, dass der Regen aufhörte, hatte Alexandra in knappen Sätzen die Ereignisse der letzten Wochen zusammengefasst. Jule hatte mit angehaltenem Atem zugehört, bis Alexandra geendet hatte.

»Das ist doch nicht zu fassen! Nach all den Jahren!«, platzte es aus Jule heraus. »Dabei haben sie doch immer so große Stücke auf dich gehalten. Was sind das denn für Vollidioten? So kann man doch nicht mit Menschen umgehen! Ich werde nie wieder ein Buch aus diesem Verlag kaufen. Und ich hoffe nur, dass du einen guten Anwalt hast. Der die zumindest finanziell richtig bluten lässt. Das ist ja echt das Letzte.«

Sie holte tief Luft und wischte mit dem Ärmel die beschlagene Scheibe frei. »Wirklich das Letzte«, wiederholte sie. Alexandra drehte sich zu ihr um. Jules Solidarität tat ihr gut, sie hatte fast vergessen, wie es sich anfühlte, wenn jemand einfach loyal war, und zwar aus Prinzip. Nur weil man befreundet war. »Ja«, sagte sie nur kurz. »Es fühlt sich echt grauenhaft an. Und ich muss jetzt dringend überlegen, was ich mache. Im Moment habe ich noch keine Ahnung.«

»Ziehst du wieder hierher?«

Erstaunt sah Alexandra sie an. »Nach Weißenburg?«

Friederike fing an zu lachen, Jule sah sie mit hochgezogenen Augenbrauen an. »Was ist denn daran so komisch? Ich wohne ja auch hier.«

»Ja, schon«, Friederike griff hinter sich, um Jules Hand zu drücken, verfehlte sie aber. »Du wohnst auch immer noch hier. Das ist aber etwas ganz anderes. Alex ist ein Stadtmensch.«

»Friederike, du bist noch genauso arrogant wie früher«, sagte Jule und schlug kurz an die Kopfstütze. »Du hast doch selbst jahrelang auf dem Land gelebt. Und warst sehr zufrieden.«

»Aber nicht in Weißenburg«, Friederike verzog das Gesicht. »Das ist was ganz anderes. Das ist wie zurück auf Anfang. Aber du arbeitest ja nur hier, es sei dir verziehen, weil dein Haus so hübsch ist. Und das liegt ja immerhin drei Kilometer entfernt in Richtung Hamburg.«

»Du redest Unsinn.«

Die Scheibenwischer quietschten und hinterließen Schlieren auf dem Glas, Jule legte die Hände um die Kopfstützen und zog sich nach vorn. »Und du brauchst dringend neue Wischblätter, Fiedi. Das macht einen ja wahnsinnig. Außerdem hört es schon auf zu regnen, wir können aussteigen.«

Der Regen hatte tatsächlich aufgehört. Die Wolken trieben langsam auseinander, der Himmel vor ihnen wurde schon wieder hell. Die ersten Sonnenstrahlen blitzten plötzlich durch die hohen Bäume, die den Friedhof eingrenzten.

»Na bitte«, Jule öffnete die Autotür. »Und schon scheint wieder die Sonne. Jetzt kommt, ich wollte nicht so spät zu Hause sein.«

»Aha«, vielsagend sah Friederike sie durch den Rückspiegel an. »Das neue häusliche Glück?«

»Meine Buchführung.« Jule schüttelte den Kopf. »Du siehst zu viele schlechte Filme.«

Sie griff nach ihrem Korb, stieg aus und schlug die Autotür zu. Alexandra blieb sitzen und warf einen Blick auf Friederike, die den Schlüssel aus dem Zündschloss zog und ihren Gurt löste.

»Wenn jetzt gleich ein Regenbogen erscheint, bringt das Glück.« Friederike hielt inne, als sie Alexandras Miene sah. »Was ist los? Alles in Ordnung?«

Zögernd nickte Alexandra. »Ja, es ist nur … Ich kann das nicht gut. Dieser Friedhof und …« Sie zuckte zusammen, als

Jule plötzlich mit der flachen Hand aufs Autodach schlug. »Guckt mal hoch. Da ist ein ganzer Regenbogen, Marie hat uns entdeckt. Jetzt bewegt euch schon, sonst kommt der nächste Schauer.«

Alexandra atmete einmal tief durch und stieg aus. Die Farben des Regenbogens leuchteten mit aller Kraft über ihnen. Marie lächelt, fuhr es Alexandra durch den Kopf, und zum ersten Mal seit Tagen nahm sie sich selbst wieder wahr. Sie wartete, bis Friederike eine Tasche aus dem Kofferraum geholt hatte, dann folgten sie Jule, die schon die Pforte des Friedhofeingangs erreicht hatte und sich ungeduldig umsah.

»Wir sind schon da«, beschwichtigte Friederike, als sie zu Jule aufschlossen. »Du musst gar nicht so drängeln.«

»Mach ich auch nicht«, Jule drückte die quietschende Pforte auf und hielt sie fest, damit Friederike und Alexandra durchgehen konnten. »Ich kann nur nicht so langsam gehen wie ihr.«

Mit einem Knall fiel die Pforte hinter ihnen ins Schloss, Alexandra blieb stehen und sah sich um. Das letzte Mal war sie im November hier gewesen. Zur Beerdigung ihrer Mutter. Es war ein grauer, kalter, verregneter und trauriger Tag gewesen. Alexandra hatte wie betäubt neben Katja gestanden und sich immer wieder gesagt, dass es so das Beste sei. Ihre Mutter hatte seit einem halben Jahr in einem Heim gelebt, sie war dement gewesen und hatte noch nicht einmal mehr Katja erkannt. Dazu kam der Sturz und der Aufenthalt im Krankenhaus, den ihre Mutter gar nicht mehr verstanden hatte. Ja, es war vielleicht eine Erlösung gewesen, aber sie war ihre Mutter. Und Alexandra kannte kein Leben ohne sie. Manchmal tippte sie immer noch aus Versehen ihre Telefonnummer.

»Ich würde vorher gern noch zum Grab meiner Mutter gehen«, sagte sie einer plötzlichen Eingebung folgend. »Das kann ich auch allein machen.«

»Natürlich«, Jule berührte sie leicht am Arm. »Aber wir gehen ja sowieso bei ihr vorbei.«

Erstaunt sah Alexandra sie an. Sie selbst hätte das Grab erst suchen müssen. Seit der Beerdigung war sie nicht mehr hier gewesen. Langsam setzten sie sich in Bewegung, Jule und Friederike vorweg, Alexandra hinterher. Der schmale Kiesweg, der sich über den Friedhof schlängelte, war nicht breit genug, um zu dritt nebeneinander zu gehen.

Der Regenbogen verblasste, die blauen Wolkenlücken wurden immer größer, die Sonnenstrahlen ließen den Friedhof leuchten, eine Amsel zwitscherte aufgeregt aus einem Baum, vermutlich verteidigte sie ihr Nest. Zwischen den Grabstellen blühten Krokusse, Alexandra ärgerte sich, dass sie nicht an Blumen gedacht hatte.

»Hier ist es schon.« Jules Stimme riss sie aus ihren Gedanken, abrupt blieb Alexandra vor dem Grab stehen. Der Name ihrer Mutter unter dem ihres Vaters auf dem Grabstein verursachte ihr einen Stich ins Herz, ihr Magen zog sich zusammen. Sie wandte den Blick vom Stein und betrachtete die kleinen gelben Narzissen, die üppig nebeneinander gepflanzt waren. Mitten auf dem Grab stand eine Vase mit einem Armvoll bunter Tulpen, zwei von ihnen waren verblüht, was Alexandra erst bemerkte, als Jule sich bückte und sie aus der Vase zog.

»Die halten nicht so lange«, meinte sie entschuldigend und warf die beiden Tulpen in einen danebenstehenden Kompostbehälter. »Die hatte ich erst vor ein paar Tagen reingestellt.«

»Du …?«

»Ja«, Jule nickte. »Ich kümmere mich ab und zu um Maries Grab, weil es für Hanna so umständlich ist, immer aus Hamburg hierherzukommen. Und Micha Beermann schafft es auch nicht so oft, deshalb wechseln wir uns ab. Ich hatte am Samstag so viele Tulpen gekauft, da hatte ich deiner Mama auch ein paar gebracht. Aber Katja macht das hier immer sehr schön, wirklich. Willst du noch ein bisschen hierbleiben? Dann gehen wir schon zu Marie.«

»Nur eine Minute«, Alexandra nickte. »Ich komme gleich.«

»Unter der großen Magnolie.« Jule zog Friederike am Arm. »Komm, Fiedi, wir gehen schon mal vor.«

Sie entfernten sich langsam, trotzdem konnte Alexandra noch hören, wie Jule sagte: »Ihr geht es nicht gut, oder?«

Friederikes Antwort konnte sie nicht verstehen.

Sie presste die Lippen zusammen und blickte wieder auf den Grabstein. Kurt Weise und Margarete Weise, geborene Karstens. Als Alexandra Mitte zwanzig war, hatte ein Idiot im besoffenen Kopf beschlossen, noch Auto fahren zu können. Er war wie ein Irrer die Autobahn entlanggerast, nicht nur zu schnell, sondern auch noch in die falsche Richtung. Kurt Weise war einfach zur falschen Zeit am falschen Ort gewesen, er hatte den Zusammenprall nicht überlebt.

Es war lange her, aber noch heute musste Alexandra das Radio ausstellen, wenn der Verkehrsfunk vor einem Geisterfahrer warnte. Als Katja sie im letzten Jahr angerufen hatte, um ihr zu sagen, dass ihre Mutter im Sterben lag, war Alexandra so unglaublich wütend geworden. Sie wollte es nicht, sie wollte nicht, dass auch noch ihre Mutter starb. Erst einen Tag vor Margaretes Tod war sie nach Weißenburg gekommen, sie war zornig, traurig und fühlte sich von der ganzen Welt verlassen. Katja hatte sich um alles allein kümmern müssen, Alexandra war in ihrer Trauer ein Komplettausfall gewesen. Sie konnte einfach nicht mit dem Tod umgehen. Sie würde es nie lernen.

Nur um irgendetwas zu machen, bückte sie sich und sammelte ein paar trockene Blätter von der Erde, die sie auf den Kiesweg rieseln ließ. Dann richtete sie sich wieder auf. Sie sah sich nach den anderen um und entdeckte Friederike und Jule, die in einiger Entfernung nebeneinander auf einer Bank saßen. Nach einem letzten Blick auf die leuchtenden Narzissen riss sie sich los und ging.

»Setz dich«, Jule sah hoch, als Alexandra plötzlich neben ihr stand, und rutschte auf der Bank ein Stück zur Seite. »Du bist so dünn, du passt hier noch drauf.«

»Sagt die Richtige«, Friederike beugte sich vor. »Jule hat gerade festgestellt, dass wir heute das erste Mal zusammen hier bei Marie sind. Und dass sie sich vermutlich wie Bolle darüber freuen würde. Das nur, um deine schwarzen Gedanken etwas aufzuhellen.«

Alexandra nickte knapp, sie konnte gerade nichts Aufhellendes an dieser Situation finden. Maries Grab war mit weißen Hornveilchen bepflanzt, in der Mitte stand ein großer Topf mit Ranunkeln und Primeln, das also war in Jules Korb gewesen. Alexandra deutete hin und sagte: »Das ist hübsch«, nur um etwas zu sagen. Sie starrte auf den weißen Grabstein und kämpfte schon wieder mit den Tränen. Sie hasste Friedhöfe. Und sie hasste Abschiede. Und zwei davon waren einfach zu viel.

Friederike und Jule sagten nichts, sie saßen alle drei stumm nebeneinander, jede hing ihren Gedanken nach, bis plötzlich und unvermittelt dröhnende Rockmusik die friedliche Stille zerriss.

»Was zum …«, begann Friederike und fuhr herum, bis sie mit offenem Mund auf die Stelle starrte, von der die Musik kam. Zwei Reihen weiter hatten sich vier junge Männer vor einem Grab versammelt. Sie waren vielleicht Mitte zwanzig, alle ähnlich gekleidet, Jeans und Hoodies, ein rotblond Gelockter, zwei mit kurzen dunklen Haaren, einer mit Hipster-Dutt. Zwei von ihnen saßen auf einer Bank, einer auf der Rückenlehne, der Vierte stand daneben. Jeder der vier hielt ein Glas mit einer braunen Flüssigkeit in der Hand, ein

Ghettoblaster stand auf der Erde, der junge Mann mit dem Dutt drehte gerade die Musik lauter.

Mit einem Satz schoss Friederike hoch und marschierte entschlossen in ihre Richtung. »Die spinnen doch, die sind hier auf einem Friedhof.«

»Fiedi, lass doch«, versuchte Jule, sie zurückzuhalten, es nützte nicht, sie war schon unterwegs. Jule sprang auf, um ihr zu folgen. »Friederike, warte«, sie drehte sich zu Alexandra um. »Komm mit, sie ist manchmal so streng. Ich will keinen Ärger auf dem Friedhof.«

Sie kamen gerade noch rechtzeitig an, um aus der Nähe zu sehen, wie Friederike sich vor den Ruhestörern aufbaute. »Sagt mal, geht es noch? Sollen wir auch noch den Grill anschmeißen? Damit die Party richtig in Schwung kommt?« Sie starrte sie wütend an. »Ich glaube, es hakt.«

Der Dutt stellte sofort die Musik aus und sah erschrocken hoch. »Wir haben Sie gar nicht gesehen.«

»Sorry«, der Rotblonde rutschte sofort von der Rückenlehne. »Tut uns leid, wir dachten echt, wir wären allein hier.«

Die beiden anderen blieben sitzen, guckten aber zerknirscht hoch, Friederikes empörter Gesichtsausdruck wich einem verständnislosen Kopfschütteln, während sie einen Schritt zurücktrat. »Müsst ihr denn unbedingt auf dem Friedhof abhängen?«

»Wir hängen nicht ab, wir … Wir wollten ihm nur die neuesten Aufnahmen vorspielen.«

»Was?« Friederike drehte sich zu dem Dutt um. »Wem?«

»Meinem Bruder«, er sah Friederike entschuldigend an. »Luke«, er deutete auf das Grab, in der Mitte stand noch ein Glas mit einer braunen Flüssigkeit. »Ich bin Noah, und das sind Tim, Niklas und Felix. Wir haben eine Band. Luke war unser Schlagzeuger, seit er nicht mehr kann, macht Niklas das. Wir wollten nur einen Whiskey mit Luke trinken und ihm unsere neueste Aufnahme vorspielen. Wir haben Sie wirklich nicht gesehen.«

»Oh«, Friederike war zusammengezuckt. Deutlich sanfter sagte sie jetzt: »Das tut mir leid. Das wusste ich nicht. Wir dachten, ihr wollt hier feiern.«

»Na ja, das kann man ja auch denken, dass wir hier Party machen«, er nickte.

Alexandra las auf dem Grabstein, dass Luke Callaghan vor zwei Jahren gestorben war. Er war nur dreiundzwanzig geworden. Grauenhaft. Sie sah seinen Bruder betroffen an, das Mitleid schnürte ihr den Hals zu. Nur um etwas zu sagen, fragte sie: »Seid ihr Iren?«

»Ja«, Noah lächelte sie mit charmanter Offenheit an. »Also, Luke und ich. Unsere Freunde hier nicht. Aber unsere Eltern haben uns schon vor zwanzig Jahren nach Deutschland verschleppt. Mein Dad hat hier einen Job gekriegt. Uns haben sie nicht gefragt. Jetzt sind wir irisch-deutsch, das ist aber okay.«

Jule zögerte kurz, dann fragte sie: »Wie ist er gestorben?«

»Motorradunfall«, Noah sah sie lange an. »Das war scheiße. Er war schon fast zu Hause.«

Tim, einer der beiden Dunkelhaarigen, griff neben die Bank und zog eine Flasche aus einem Rucksack. »Möchten Sie auch einen Whiskey? Wir haben nur keine Gläser mehr. Sie können aber aus unseren trinken. Oder aus der Flasche.«

Friederike schüttelte den Kopf. »Nein, lass mal, nicht aus der Flasche. Ich habe was anderes, das steht nur noch auf der Bank vor unserem Grab.« Sie drehte sich auf dem Absatz um und verschwand, während Tim jetzt Alexandra ansah: »Sie vielleicht? Das ist ein super Whiskey.«

Alexandra hob abwehrend die Hände. »Vielen Dank. Falsche Zeit und falscher Ort. Aber danke für das Angebot.«

»Wieso der falsche Ort?« Noah blickte sie fragend an. »Wir können uns ja nur hier mit Luke treffen, der kommt ja nicht mehr zu uns. Und wir müssen ihn ja immer auf den Stand bringen.«

»Ach?« Alexandra hob die Augenbrauen. »Auf dem Friedhof?«

Noah lächelte sie an, als wäre sie begriffsstutzig. »Wir sind Iren. Wir machen das so. Nicht immer mit Musik, das ist nur heute. Aber wir trinken immer was zusammen. Und reden mit ihm. Iren können nicht leise und nach innen trauern, wir machen das ganz anders.«

»Wie denn?« Alexandra trat einen Schritt näher. »Wie trauert man laut?«

»Alle zusammen«, antwortete Noah. »Mit vielen Leuten. Wir treffen uns schon beim *wake house*, da wird der Tote aufgebahrt, alle kommen und verabschieden sich. Wir stoßen auf ihn an, es gibt viel Alkohol und Sandwiches und Kuchen und Tee, alle bringen was mit, alle reden durcheinander. Danach trifft man sich im Pub. Und bei der Beerdigung wird dann weitergefeiert. Wir haben bei Luke auch mit der Band gespielt, das war ein krasser Auftritt, wir waren richtig gut. Fand sogar meine Oma, die hat uns das erste Mal gehört. War nur scheiße, dass Luke nicht mehr Schlagzeug gespielt hat, der war einfach 'ne Klasse besser. Sorry, Mann.« Niklas grinste bloß und hob sein Glas in Noahs Richtung.

»Ihr feiert?« Alexandra musste nachfragen. »Bei einer Beerdigung?«

»Na klar«, Noah nickte ernsthaft. »Beerdigungen sind genauso wichtig wie Hochzeiten. Und genauso laut. Erst heulen alle, und später trinken alle. Und irgendwann wird es auch lustig, weil jeder irgendwelche Geschichten erzählt. Das war bei Luke auch so. Wir waren ja alle traurig, das kann man doch nicht allein aushalten. Wir kommen immer noch hierher und erzählen ihm alles, was passiert ist. Dass er nie antwortet, ist am Anfang ein bisschen blöd, aber da gewöhnt man sich auch dran. Wir kommen trotzdem und besuchen ihn. Er ist mein Bruder.«

Inzwischen war Friederike zurückgekommen und schwenkte ihre große Tasche, aus der sie jetzt drei Gläser zog. »Ich bin ja vorbereitet. Hier, Jule, Alexandra, ich glaube, die irische Art zu trauern, liegt mir mehr. Für mich bitte nur ein bisschen zum Anstoßen, ich muss noch Auto fahren.«

Sie stellte sich zwischen Jule und Tim, Alexandra stand neben Noah, ihr Blick blieb nachdenklich auf ihn gerichtet.

Niklas und der rotblonde Felix standen jetzt auch auf und reihten sich ein, alle hatten Gläser in der Hand, es sah aus wie bei einem Stehempfang. Alexandra warf einen Blick auf Lukes Grab, eine Amsel hüpfte gerade quer drüber, plötzlich hatte es überhaupt nichts Bedrückendes mehr. Sie schüttelte erstaunt den Kopf und blickte zu den Jungs, die alle so entspannt und sympathisch wirkten. Tim fing ihren Blick auf. »Möchtest du vielleicht jetzt doch?«

Ob es das selbstverständliche Du oder die überraschend leichte Stimmung war, Alexandra nickte jetzt und hielt ihr Glas in seine Richtung. »Ja, danke.«

Während Tim mit der Flasche herumging und jedem einen Fingerbreit Whiskey einschenkte, lächelte Noah Alexandra an. Sie lächelte zurück.

»Auf Luke«, sagte Friederike und hob ihr Glas. »Entschuldigt meinen blöden Anpfiff. Es war nicht so gemeint.«

»Geschenkt«, antwortete Noah und prostete ihr zu. »Beim nächsten Mal kennen wir uns ja.«

Einträchtig kippten alle sieben den Whiskey, danach sahen sie genauso einträchtig auf Lukes Grab. Jule unterbrach die kollektive Andacht nach einem Moment als Erste. »Was haben wir denn für ein Getränk dabei, Fiedi? Geht die zweite Runde auf Marie?«

Friederike hob die Schultern. »Pfirsicheistee«, sagte sie,

ohne mit der Wimper zu zucken, was bei den Jungs einen kollektiven Heiterkeitsausbruch auslöste. »Ja, was?«, fragte Friederike stoisch. »Das ist ein Symbol, wir sind keine Iren.«

Ihr Lachen schallte über den ganzen Friedhof. Jule sah zwischen ihnen hin und her, sie musste sich das Lachen verkneifen: »Was ist denn daran so komisch? Das haben wir früher immer getrunken.«

»Pfirsicheistee«, wiederholte Noah, der sich nur schwer wieder einkriegte. Prustend wischte er sich die Tränen aus den Augenwinkeln. »Pfirsich…, ach, ich kann nicht mehr …«

Mühsam riss er sich schließlich zusammen und nahm Tim die Flasche aus der Hand. »Wenn es nicht so ein teurer Whiskey wäre, würde ich euch eine Mischung machen, aber ehrlich gesagt, wäre das ein Verbrechen.« Er kicherte leise weiter und schüttelte den Kopf. »Pfirsicheistee. Am Grab. Luke, hast du das gehört?«

Grinsend hob er die Whiskeyflasche hoch. »Möchte noch jemand? Damit ihr beim nächsten Mal wisst, wie man es macht?«

»Nein, danke«, Friederike hob würdevoll den Kopf. »Auch, wenn ihr keinerlei Respekt vor unserem Symbolgetränk habt: Es war nett, euch kennenzulernen. Und natürlich auch Luke«, sie nickte mit dem Kopf in Richtung Grab. »Beim nächsten Mal haben wir auch was anderes dabei. Jule, Alex, wir gehen jetzt zu Marie. Und bringen sie auf den Stand. Und vielleicht könntet ihr noch einen Moment die Musik auslassen. Oder wenigstens leise machen.«

»Alles klar«, Noah tippte sich an die Schläfe und grinste breit. »Prost, Pfirsicheistee. Bis zum nächsten Mal. Schönen Tag noch. Und Grüße an Marie.«

Sie gingen langsam zurück, auf den ersten Metern hörte Alexandra Noah sagen: »Sorry, Luke, es ist später geworden, aber wir hatten Besuch. Die waren nett, aber sie trinken … ach was, so lustig war das eigentlich doch nicht. Habe ich dir übrigens schon erzählt, dass Patrick jetzt mit Luise zusammenzieht? Mum glaubt nicht, dass das gut geht.«

Die Musik blieb tatsächlich aus, dafür hörte man ab und zu ein Lachen aus der irischen Ecke.

»Jetzt erzählen sie ihm, was wir so trinken«, sagte Jule und lachte leise. »Unser Ruf ist ruiniert. Eigentlich schade, die vier waren wirklich süß, oder? Ich mag die Jungs dieser Generation, die haben so eine gute Mischung aus ernsthaft und lässig. Und ich finde es ganz rührend, dass diese coolen Bandmitglieder ihren toten Freund und Bruder auf dem Friedhof besuchen. Sie tun so, als sei er immer noch da. Ich finde das super.«

»Wirklich?« Alexandra wischte sich unauffällig eine Träne aus dem Augenwinkel und fragte sich, warum anscheinend nur ihr diese Begegnung so nah ging. »Findet ihr es nicht auch irre traurig? Der Junge war erst dreiundzwanzig.«

Friederike sah sie an. »Doch. Aber sein Bruder und die Freunde gehen so gut damit um. Sie haben sich damit auseinandergesetzt. Und es nicht verdrängt. Und ein schöner Nebeneffekt war, dass wir nachmittags mit unbekannten, hübschen jungen Männern auf dem Friedhof irischen Whiskey kippen. Das hat mir jetzt gefallen. Und außerdem fand ich Noah niedlich, mit diesem Dutt.«

Alexandra schüttelte den Kopf. »Das war jetzt nicht das Wesentliche.«

»Ach komm, Alex, das Wesentliche ist, dass der Tod zum Leben gehört. Und dass die Iren die richtige Haltung dazu haben, das hast du doch gerade eben gehört. Nimm dir am niedlichen Noah ein Beispiel. Jule, sag du mal was. Ich wollte hier jetzt keine philosophische Diskussion anfangen.«

»Der niedliche Noah mit seinem Dutt ist zu jung für dich«,

sagte Jule beiläufig. »Als wir das erste Mal Pfirsicheistee getrunken haben, war er noch nicht mal geboren. Und überhaupt, hübsche junge Männer? Das könnten deine Söhne sein.«

Friederike beugte sich zu ihrer Tasche und zog eine Isolierkanne raus. »Ich fand die Idee mit dem Pfirsicheistee super. Wollt ihr überhaupt noch? Ach, egal, ich schleppe den doch nicht wieder mit nach Hause.«

Sie schraubte die Kanne auf und verteilte den Pfirsicheistee auf die drei Gläser. »Und ich kann junge Männer hübsch finden, auch wenn sie meine Söhne sein könnten. Sie sind es ja nicht.«

Alexandra schwenkte ihr Glas und sog überrascht den intensiven Duft ein. Es roch nach den Sommern am See, sie hatten damals literweise Pfirsicheistee getrunken, jeden Sommer, erst, weil sie ihn mochten, später wegen der alten Zeiten. Und immer nur am See.

Sie nippte vorsichtig und lächelte, weil er genau so schmeckte, wie es in ihrer Erinnerung war. »Gut«, sagte sie und nickte Friederike zu. »Genau wie früher.«

»Stimmt«, Jule hatte auch probiert. »Schöne Idee. Obwohl ich das mit dem Alkohol auf dem Friedhof besser finde. Muss ja kein irischer Whiskey sein. Aber vielleicht ein kleiner Schampus?«

»Prost Marie«, Friederike drehte sich zum Grab. »Nächstes Mal bringen wir dir auch ein Glas mit. Das mussten uns erst die Iren sagen. Und jetzt stell dir mal vor: Alexandra ist gefeuert worden. Und wir haben mit dem Bruder und den Freunden deines Nachbarn Whiskey getrunken. Die Blumen sind übrigens von Jule. Und – ach ja: danke für den Regenbogen.«

Alexandra drehte ihr Glas zwischen den Fingern und betrachtete die Blumen auf Maries Grab. Sie waren schön, ein Traum in Weiß. Marie hatte weiße Blumen geliebt. Und die blauen Primeln in Jules Topf hatten die Farbe ihrer Augen. Sie hatte plötzlich Maries sanftes Gesicht vor sich, ihr Lächeln, ihren aufmerksamen Blick, wenn sie zuhörte. Marie fehlte ihr, sie hatte ihr auch in den Jahren der Funkstille gefehlt. Alexandra hatte das alles verdrängt, den Schmerz geschluckt und sich abgelenkt. Und dann bot ihr ein junger Ire einen Whiskey an und erzählte von seinem Bruder. Und sie staunte über seinen Umgang mit diesem Verlust. Und wünschte sich, es auch so zu können.

Alexandra spürte Jules Blick auf sich und sah sie an. Jule nickte leicht und lächelte. Als ob sie ihre Gedanken hörte. Es war wieder so ein Moment, der sie an die gemeinsame Vergangenheit erinnerte. Einer dieser Momente, die sie vermisst hatte. Die seit Jahren mit ihren Erinnerungen vergraben gewesen waren. Aber sie gehörten zu ihrem Leben. Mitsamt den beiden Frauen, die hier zusammensaßen. Auf diesem Friedhof, auf den die Sonnenstrahlen fielen. Bei Marie. Mit Whiskey und Pfirsicheistee.

Alexandra griff nach Jules Hand und drückte sie. Und atmete tief aus, als Jule den Druck erwiderte.

12.

»Ich bin wieder da«, Jule warf ihren Schlüssel in die dafür vorgesehene Schale. »Pia? Torge?«

Pias Auto stand zu Jules freudiger Überraschung vor dem Haus, damit hatte sie gar nicht gerechnet. Es war wirklich ein guter Tag. »Wo seid ihr denn?«

Sie lief eilig durchs Haus, von der Terrassentür aus sah sie die beiden nebeneinander auf der Bank unter dem Dachvorsprung sitzen. Der elektrische Heizstrahler, den Torge erst letzte Woche angebracht hatte, war eingeschaltet. Als Jule die Tür aufschob, sahen sie erschrocken hoch.

»Hier sitzt ihr«, Jule trat bestens gelaunt auf die Terrasse. »Ist euch das nicht zu kalt? Ach ja, wir haben jetzt einen Heizstrahler, das ist doch super«, sie zog rasch einen Stuhl zur Bank, beugte sich zu Pia und küsste sie auf die Wange, bevor sie sich setzte. »Schön, dass du da bist. Wir waren auf dem Friedhof, stellt euch vor, Alexandra war auch dabei. Sie wohnt gerade im *Grandhotel*, wusstest du das? Und dann haben wir eine schräge Begegnung mit Noah und Tim gehabt, inklusive Whiskeytrinken, das hat die Stimmung erheblich aufgehellt. Alex kommt übrigens auch zur Galerieeröffnung und …«, sie stoppte ihren Redeschwall, als sie ihre Tochter ansah. »Ist was passiert?«

Torge warf Pia einen Blick zu, die schüttelte den Kopf. »Nein, gar nichts«, antwortete sie schnell. »Alles gut. Und ich habe Alexandra schon gesehen, als sie gestern bei uns eingecheckt hat. Sie hat mich natürlich erst nicht erkannt.«

»Ihr habt euch getroffen?« Überrascht rutschte Jule mit ihrem Stuhl ein Stück nach vorn. »Und? Was hat sie gesagt?«

»Sie hat nicht viel geredet, es war auch nur ganz kurz, sie ist dann gleich mit Friederike nach oben gegangen. Übrigens hatte die mir gesagt, dass ich es dir nicht erzählen soll, weil es eine Überraschung sei. Aber Alexandra hat sich seit früher gar nicht so viel verändert, finde ich. Sie war ziemlich cool.«

»Das ist sie«, Jule verschränkte die Hände hinter dem Kopf und sah ihre Tochter aufmerksam an. Pia kannte zwar nicht die ganze Geschichte, aber doch den größten Teil. Als Kind hatte sie Alexandra, Friederike und Marie regelmäßig gesehen. Sie gehörten zu ihrem Leben, genauso wie die Villa am See, zu der Jule sie als Kind oft mitgenommen hatte. Den Streit hatte Pia natürlich nicht mitbekommen, sie hatte sich nur gewundert, dass die drei Freundinnen ihrer Mutter irgendwann nicht mehr kamen und auch die Besuche am See vorbei waren. Anfangs hatte Pia noch nach ihnen gefragt, sich aber immer mit den fadenscheinigen Erklärungen Jules zufriedengegeben. Sie war damals noch jung genug gewesen, ihrer Mutter alles zu glauben und nicht nachzufragen. Erst nach Maries Tod im letzten Jahr hatten Jule und Pia das erste Mal über die alten Zeiten gesprochen, natürlich nicht über den Grund des Zerwürfnisses, nur über den Wunsch Maries, die alte Freundschaft wieder aufleben zu lassen. Pia hatte ihr vehement zugeredet, umso mehr wunderte Jule sich gerade, dass ihre Tochter offensichtlich kein großes Interesse an dieser Zusammenkunft auf dem Friedhof hatte. Sie fragte noch nicht mal nach.

Jetzt beugte Jule sich vor und legte Pia die Hand aufs Knie. »Was ist los?«

»Nichts, Mama«, leicht gereizt zog Pia ihr Knie weg. »Ich habe einfach nur viel zu tun und bin ein bisschen müde. Und dann war ich gestern bei Papa, weil ich was ausdrucken musste,

Papa kam natürlich wieder zu spät, also musste ich mich mit Steffi abzappeln, dann war auch noch Coco da, ach, egal, es war ein richtig anstrengender Abend. Und dann noch dieses scharfe Essen bei diesem Thai, zu dem Steffi immer will, mir war die ganze Nacht schlecht.«

»Coco ist da?« Erstaunt riss Jule die Augen auf. »Ach was. Sonst meldet sie sich doch immer. Na ja, vermutlich lässt Steffi sie nicht aus ihren Fängen.«

»Vermutlich«, Pia stand auf und schob die verrutschten Kissen wieder ordentlich auf die Bank. »So, ich muss jetzt nach Hause, Sally kommt nachher vorbei.«

»Aber wir haben doch noch gar nicht geredet.« Jule sah zu Pia auf, dann wechselte ihr Blick zwischen Torge und ihrer Tochter hin und her. »Ist wirklich alles okay?«

»Mama, ja«, ungeduldig zog Pia ihre Jacke über. »Wir sehen uns ja am Sonntag bei der Galerieeröffnung. Torge, danke für den Kaffee, bis Sonntag.«

»Ja, bis Sonntag«, Torge nickte lächelnd, blieb aber sitzen, während Jule nachdenklich ihre Tochter musterte. Pia beugte sich runter, um Jule auf die Wange zu küssen. »Tschüss, Mama, wir sehen uns.«

»Warte, ich bring dich raus.«

Jule ließ die Hand langsam sinken, als Pias kleines Auto nicht mehr zu sehen war. Sie schob die Hände in die Hosentaschen und wippte ein paarmal auf den Fußspitzen, bis sie sich abrupt umdrehte und zurück zum Haus ging. Irgendwas war mit Pia, dessen war sie sich ganz sicher.

Torge saß immer noch mit lang ausgestreckten Beinen auf der Bank und blickte gedankenverloren in den Garten. Erst als sie ihn sah, fiel ihr auf, dass er die ganze Zeit kein Wort geredet hatte. Allerdings hatte Jule ihn auch überhaupt nicht miteinbezogen. Mit schlechtem Gewissen ging sie langsam zu ihm. Er schreckte auf, als Jule sich neben ihn fallen ließ und ihre Hand auf sein Bein legte. »Ich habe dich gar nicht richtig begrüßt, entschuldige.« Sie sah ihn an und strich ihm zärtlich über die Wange. »Und kaum mit dir gesprochen, auch das tut mir leid. War mit Pia alles in Ordnung? Oder gab es einen Konflikt?«

Torge griff nach ihrer Hand, drehte sie und küsste die Innenfläche. »Nein, Liebes. Wieso sollte es einen Konflikt geben?«

»Weil ihr so schweigsam hier gesessen habt, als ich gekommen bin, und Pia so aussah, als hätte sie geweint.«

»Wir haben nur einen Moment lang nicht geredet. Es war gar nichts Besonderes. Pia war gerade in der Gegend und wollte kurz Hallo sagen, ich kam vom Joggen, wir haben einen Kaffee getrunken, ein bisschen geredet, nichts Weltbewegendes, und dann bist du schon gekommen.« Unvermittelt ließ er ihre Hand los und küsste sie auf den Mund. »Und jetzt gehe ich duschen, weil ich gleich losmuss.«

Jule sah fragend zu ihm hoch. »Wieso? Wo musst du hin?«

Um Torges Augen bildeten sich feine Fältchen, wenn er lächelte. »Ich habe es dir heute Morgen zwar schon erzählt, aber ich mache es gern noch mal, ich muss eine Steuerprüfung vorbereiten, die fangen morgen an, und ich muss noch ein paar Sachen mit dem Firmenchef durchgehen. Das machen wir beim Essen um acht. Und dann bleibe ich in Hamburg, das wird mir sonst zu hektisch. Wie gesagt, wir sprachen bereits darüber.«

Er küsste sie noch mal, bevor er ins Haus ging. Jule sah ihm nach, dann lehnte sie sich zurück und verschränkte ihre Arme vor der Brust. Sie hatten tatsächlich beim Frühstücken kurz darüber gesprochen, Jule hatte es nur sofort wieder vergessen, weil sie in Gedanken schon in der Gärtnerei gewesen war, wo sie vor der Praxis noch die Blumen für Marie abholen musste.

Sie schloss kurz die Augen und seufzte. Torge war ein toller Mann, das stand fest. Wenn sie aber ganz ehrlich war, wusste sie das gar nicht angemessen zu schätzen. Sie war ziemlich schnell dazu übergegangen, die schönen Dinge dieser noch kurzen Liebesgeschichte unter irgendwelchen belanglosen Alltagsdingen zu begraben. Warum eigentlich? Und wann hatte das angefangen?

Plötzlich kam Wind auf, es fing an zu regnen, die ersten dicken Tropfen wurden unter den Dachüberstand geweht. Jule schaltete den Strahler aus, nahm die Kissen von der Bank, um sie vor dem Regen zu retten, und ging zurück ins Haus. Sie hatte die Tür gerade hinter sich geschlossen, als der jäh einsetzende Wolkenbruch die Terrasse in Sekunden unter Wasser setzte.

Fasziniert blickte sie nach draußen, es sah aus, als würde die Welt untergehen. Hoffentlich hatte Pia irgendwo angehalten, um dieses Unwetter sicher abzuwarten. Jule legte die Kissen neben der Tür ab und ging ihr Handy suchen. Nach zwei Freizeichen meldete Pia sich, sie war kaum zu verstehen, so laut rauschte der Regen im Hintergrund. »Mama, ich stehe hier unter der Brücke, ich habe ganz schlechten Empfang.«

»Willst du nicht umkehren? Du bist doch noch nicht weit gekommen. Nicht, dass dir bei dem Unwetter was passiert.«

»Deshalb habe ich ja angehalten. Vor mir wird es schon wieder hell. Ich melde mich, wenn ich zu Hause angekommen bin.«

»Mach das bitte. Und sonst …«

»Ich melde mich, bis später«, die Verbindung war beendet.

»Meine Güte, ist da was runtergekommen«, Torges Stimme riss Jule eine halbe Stunde später aus ihren Gedanken. Sie saß mit einem Glas Weißwein in der Hand auf ihrem alten Sessel, die Beine auf dem kleinen Hocker und beobachtete drei kleine

Kohlmeisen, die aufgeregt auf der Terrasse in einer Pfütze badeten.

Torge blieb hinter dem Sessel stehen, legte seine warmen Hände auf ihre Schultern und sah nach draußen. »Jetzt hat es ja aufgehört.« Er beugte sich runter und küsste ihren Nacken, Jule schloss die Augen und atmete tief ein, er roch so gut, sie liebte dieses Gemisch aus Torge und seinem Eau de Toilette. Er umrundete sie langsam und ließ sich auf dem Hocker nieder, seine Hände umschlossen ihre Füße und massierten sie sanft. »Du hast noch gar nicht erzählt, wie es mit Alexandra und Friederike war.« In seinem offenen Blick lag echtes Interesse. »War es komisch für dich?«

»Nein«, Jule überlegte einen Moment. »Oder doch, vielleicht am Anfang, ich hatte ja nicht damit gerechnet, dass Alex plötzlich auftaucht. Stell dir vor, sie hat ihre Kündigung bekommen, der Verlag ist verkauft, sie hat keine Ahnung, wie es jetzt für sie weitergeht. Sie hat einen Anwalt in Hamburg und bleibt ein paar Tage, um Abstand zu bekommen. Ihr geht es nicht besonders gut, glaube ich. Ich kann sie mir auch überhaupt nicht ohne ihren Job vorstellen, das muss furchtbar für sie sein.«

Sie bemerkte Torges unauffälligen Blick auf die Uhr. »Musst du nicht los?«

Ertappt nickte er und sah sie zerknirscht an. »Ich habe nicht gesehen, wie spät es schon ist. Es tut mir leid, du möchtest das bestimmt gern alles erzählen, aber ich sollte pünktlich kommen. Ich kann dich ja anrufen, wenn ich in der Wohnung bin, falls es nicht bis in die Puppen dauert, dann sprechen wir weiter, ja?«

»Okay«, Jule lächelte und strich ihm mit einem Finger über die Lippen. »Und sonst hören wir uns morgen früh und sehen uns morgen Abend.« Er erwischte ihre Hand und küsste ihre Fingerspitzen. »Mach es dir schön. Bis später.«

Sie sah ihm hinterher, als er das Zimmer durchquerte. Er war so attraktiv in Jeans und weißem Hemd, in diesem Moment verspürte sie unvermittelt ein tiefes Glücksgefühl. Als die Haustür hinter ihm ins Schloss fiel, hoffte sie, dass dieser Moment dieses Mal länger dauerte.

Eine Stunde später klopfte sie sich den Rest des Öls aus der Feuchtigkeitsampulle auf ihre Augenpartie und nickte ihrem Spiegelbild zu. Sie hatte gebadet, ihre Beine rasiert, eine Haar-Kur einwirken lassen, dabei eine Gesichtsmaske aufgetragen, die wieder abgespült, die weichen Locken aus dem Gesicht gekämmt, ihren ältesten Jogginganzug angezogen und war jetzt bereit, den Rest des Abends mit Wein und Chips auf dem Sofa vor dem Fernseher zu verbringen. Ganz so wie früher, viele ihrer Singleabende waren so verlaufen. Damals hatte sie sich oft etwas anderes gewünscht, jetzt, wo sie das andere wieder hatte, merkte sie, wie ihr diese selbstbestimmten Abende manchmal fehlten.

Und ausgerechnet heute kam auch noch eine neue Folge der Krankenhausserie, die sie seit Beginn verfolgt hatte. Seit es Torge in ihrem Leben gab, hatte sie damit aufgehört, es war ihr peinlich gewesen, nachdem er in den Anfängen ihrer Beziehung eines Abends unverhofft gekommen war und sie vor genau dieser Serie ertappt hatte. Er hatte nach einem tatsächlich sehr hölzernen Dialog laut gelacht und gesagt, jetzt könne sie wirklich weiterzappen, er hätte genug gesehen. Er hatte nicht begriffen, dass sie es tatsächlich schaute. Sie hatte es auch nicht zugegeben.

Mit einem zufriedenen Seufzer setzte sie sich jetzt aufs Sofa, knuffte die Kissen in die richtige Position, schenkte sich ein Glas Wein ein, griff nach der Fernbedienung und lehnte sich zufrieden zurück.

Kaum liefen die ersten Minuten, musste Jule feststellen,

dass sie in den letzten Monaten den Anschluss verpasst hatte. Die Oberärztin war irgendwie schon wieder von diesem Anwalt getrennt, dafür hatten anscheinend die Stationsschwester und der Chirurg etwas miteinander, dabei passten die doch überhaupt nicht zusammen. Jule starrte frustriert auf den Bildschirm. Kaum war sie aus ihrem Singlestatus raus, verstand sie schon die einfachsten Soaps nicht mehr. Das konnte doch nicht wahr sein.

Ein lautes Klopfen an der Terrassentür ließ sie hochschrecken. Ihre Nichte Laura stand hinter der Scheibe und winkte. Sofort schaltete sie den Fernseher aus und sprang auf. »Hallo Laura«, sie schob die Tür weit auf und trat zur Seite. »Das ist ja eine Überraschung, komm doch rein. Bist du allein?«

Laura, bestens gelaunt, umarmte kurz ihre Tante und strahlte sie an. »Nein, Fabian ist auch dabei. Ich soll dir das hier bringen.« Sie hob die Hand mit einem braunen DIN-A4-Umschlag. »Wir waren bei Oma und Opa. Das ist von Opa, irgendwelche Unterlagen über Heizungen, du wüsstest Bescheid.«

»Hallo Jule«, der Angetraute ihrer Nichte tauchte plötzlich neben Laura auf und legte den Arm um ihre Schulter. »Ist Torge nicht da? Ich habe sein Auto gar nicht gesehen.«

»Hallo Fabian«, Jule nahm den Umschlag entgegen. »Danke, Laura, das hatte ich schon fast vergessen. Nein, Torge ist nicht da, er hat einen Termin in Hamburg und bleibt danach in der Stadt. Wollt ihr euch nicht setzen und was trinken? Soll ich einen Tee machen? Oder lieber ein Glas Wein?«

Erst jetzt fiel ihr auf, wie zappelig ihre Nichte war. Sie konnte kaum stillstehen.

»Nein, danke«, Laura schüttelte sofort den Kopf. »Wir können auch gar nicht lange bleiben, wir sind schon den ganzen Tag unterwegs. Erst bei Mama und Papa, danach bei Fabis Eltern, dann bei Oma und Opa, jetzt hier. Und wir wollen gleich noch zu Freunden. Wir sind richtig im Stress.«

»Im Stress? Und wieso?« Jule hob die Augenbrauen und musterte ihre Nichte. »Ist was passiert?«

Laura strahlte jetzt übers ganze Gesicht und drückte sich eng an Fabian. Der grinste etwas verlegen, beugte sich zu ihr, gab ihr einen Kuss und räusperte sich. »Ja, wir …«

»Wir bekommen ein Baby«, platzte es aus Laura raus. »Ich bin im vierten Monat, ist das nicht toll?«

»Oh«, Jule blieb fast der Mund offen stehen. »Ein … ein Baby? Ja, das ist … war das so schnell geplant? Meinen Glückwunsch, das ist ja eine echte Neuigkeit! Wie schön!«

Sie musste kurz schlucken, um nicht die Frage zu stellen, wie die beiden sich das denn alles so vorstellten. Sie hatten zwar schon vor einem Jahr geheiratet, waren aber gerade Anfang zwanzig und studierten noch. Auf Kosten der Eltern natürlich.

»Ja«, Laura nickte beseelt. »Ich möchte gern zwei Kinder und die mit drei Jahren Abstand, das war bei mir und Katharina auch so, das finde ich am besten. Und Fabians Schwester ist auch drei Jahre älter als er. Weißt du, wenn wir keine alten Eltern werden wollen, dann müssen wir ja jetzt mal anfangen. Und jetzt ist es passiert.« Sie küsste den werdenden Vater innig auf den Mund. »Ist das nicht schön?«

»Das ist wirklich schön«, wiederholte Jule automatisch und fragte sich, wie ihr Bruder die Nachricht, Opa zu werden, aufgenommen hatte. Sie war sehr gespannt.

»Ja, dann …«, Jule hob fragend die Schultern. »Willst du es Torge selbst erzählen, Fabian, oder darf ich das tun? Obwohl er dein Patenonkel ist?«

»Sag ihm das ruhig.« Er zwinkerte sie etwas albern an. »Eigentlich wollten wir den wichtigen Leuten diese tolle Nachricht persönlich überbringen, aber wenn er nicht da ist, dann kannst du die Bombe bei ihm platzen lassen.«

»Mach ich gern«, Jule räusperte sich. »Ich freue mich für

euch. Aber müssen wir die ganze Zeit hier rumstehen? Wollt ihr euch nicht wenigstens kurz setzen? Und doch was trinken?«

Laura hob sofort die Hände und lachte. »Jule, danke, vielen Dank, das nächste Mal gern, aber wir müssen jetzt wirklich los. Grüß Torge ganz lieb von uns. Bis bald.«

Sie liefen Hand in Hand über die Terrasse, während Jule ihnen etwas fassungslos hinterhersah. Als sie aus ihrem Blickfeld waren, ging sie zum Tisch, griff nach ihrem Weißwein und trank ihn in einem Zug aus. Sie stellte das Glas zurück auf den Tisch, im selben Moment piepte ihr Handy, sofort nahm Jule es in die Hand, es war eine Nachricht von Pia.

»*Gut angekommen, Sally ist schon da, melde mich später noch mal*«, daneben ein küssendes Smiley.

Jule nickte zufrieden, dann legte sie das Handy zurück auf den Tisch und ließ sich wieder in ihre Sofaecke fallen. Laura bekam also ein Baby. Unglaublich. Lars und Anja wurden Großeltern, Ernst und Gesa Urgroßeltern, und alle vier würden sich in den nächsten Jahren intensiv mit Babysitten beschäftigen müssen. Weil Jule bezweifelte, dass ihre Nichte und deren Studentenehemann ein Leben mit Kind allein hinbekommen würden.

Es war wirklich schade, dass sie das jetzt nicht sofort mit Pia besprechen konnte, sondern es auf später verschieben musste. Pia würde einen Lachkrampf bekommen, das war schon mal sicher. Bereits auf Lauras Hochzeit hatte sie sich im Vorfeld kaum eingekriegt. Ihre Cousine hatte geheiratet wie im Film. Mit Hochzeitsplanerin, kleinem Schloss, Brautjungfern, Abendkleidern und Frack – und weißen Tauben. Es war so typisch für Laura, die ganz anders war als ihre Schwester Katharina und ihre Cousine Pia. Pia hatte sie irgendwann Zuckerschnute getauft, es war nicht so, dass sie den blonden Engel nicht mochte, sie konnte nur nie viel mit ihr anfangen.

Und jetzt wurde Zuckerschnute also Mutter. Kopfschüttelnd stand Jule wieder auf, um das Telefon zu holen. Sie musste unbedingt die Reaktion ihres Bruders hören. Nach fünf Freizeichen sprang der Anrufbeantworter an. Ohne eine Nachricht zu hinterlassen, legte Jule wieder auf. Dann eben ein anderes Mal. Wenn er ihre Nummer im Display sah, würde er sie zurückrufen.

Sie selbst war erst mit Ende zwanzig Mutter geworden. Damals hatte Philipp schon seine erste Assistenzarztstelle, sie hatte ihre Ausbildung beendet, sie waren finanziell unabhängig, und trotzdem war das Leben mit Kind ein ganz anderes geworden, als sie sich vorgestellt hatten. Nach ihrer Trennung war es dann ein anstrengender Spagat zwischen Beruf und Kind gewesen, spontane Treffen mit Freunden waren kaum möglich, alles musste um Pia herum organisiert werden. In Notfällen sprangen ihre Eltern ein, Jule bemühte sich aber, sie so selten wie möglich in Anspruch zu nehmen, das Verhältnis zu ihrer Mutter war seit Jahren angespannt. Im Rückblick auf diese Zeit musste Jule zugeben, dass es ihr immer schon schwergefallen war, um Hilfe zu bitten. Warum eigentlich? Immer hatte sie versucht, alles allein zu stemmen. Vielleicht wäre das ja gar nicht nötig gewesen. Es hatte ja Menschen gegeben, die ihr gern geholfen hätten. Jule hatte es nur nicht zugelassen. Ihre Nichte Laura lief hier sicher nicht Gefahr, in diese Falle zu tappen. Sie ging ohnehin davon aus, dass ihre Familie für sie da zu sein hatte. Irgendwie beneidenswert.

Als das Telefon wieder klingelte, dachte Jule sofort an Lars, als sie aufs Display sah, stöhnte sie auf, nahm das Gespräch aber trotzdem an. »Hallo, Angela.«

»Hallo, Jule, ich hoffe, ich störe nicht, aber es ist ein Notfall. Ich muss zwei Kuchen für den Tag der offenen Tür im Reitstall backen, einen habe ich schon fertig, aber jetzt habe ich gesehen, dass Frank die ganzen Eier aufgebraucht hat, ich kriege hier gerade einen Anfall. Hast du zufällig sechs Eier übrig?«

»Ich glaube schon«, mit dem Telefon am Ohr ging Jule in die Küche und öffnete den Kühlschrank. »Ja. Kannst du haben.« Sie nahm sie gleich raus und legte sie in eine Schüssel.

»Ach, du bist ein Schatz. Ich mache es wieder gut. Ich schicke eben Vanessa rüber, ich bin total mehlig. Vanessa?« Sie brüllte den Namen so laut in den Hörer, dass Jule das Telefon erschrocken vom Ohr riss. Angela war immer noch zu hören. »Nein, jetzt. Nicht nachher.« Dann fuhr sie mit gesenkter Stimme fort: »So, sie kommt. Und sonst? Was macht ihr gerade?«

Es war seltsam, wie schnell aus einem Du wieder ein Ihr, aus einem Ich wieder ein Wir wurde, dachte Jule und war sich nicht sicher, ob sie das gut fand.

»Ich«, sie betonte es extra. »Ich sitze vorm Fernseher. Also nichts Besonderes.«

»Ist Torge nicht da?«

»Nein, der ist in Hamburg.«

»Ach?« Angela hatte die Fähigkeit, in diese Silbe sämtliche Gefühlsbekundungen von Neugier über Misstrauen bis hin zur Sensationslust zu legen. Jule verbiss sich das Lachen und ließ Angela auf die Antworten warten. Wobei eine Silbe ja auch keine Frage war. Das hatte Angela anscheinend auch gemerkt, deshalb legte sie nach. »Ja, er kam mir vorhin mit dem Auto entgegen. Ist er denn morgen Abend wieder da? Frank hat überlegt, schon mal anzugrillen, so langsam wird es ja Frühling, dann kann man doch die Grillsaison eröffnen. Habt ihr Lust?«

»Morgen?« Jule fiel erleichtert ein, dass Mittwoch war. »Das tut mir leid, morgen habe ich Tennistraining, das wird zu spät zum Grillen.«

»Und Torge?« Angela wollte es jetzt wissen. »Wenn er morgen Zeit hat, dann könnte er ja rüberkommen, und du kämst nach dem Tennis nach.«

»Ich weiß gar nicht, wann er wiederkommt«, antwortete Jule, so hatte Angela wenigstens etwas, worüber sie sich Gedanken machen konnte. Und sie musste jetzt nichts entscheiden. Das konnte Torge im Zweifelsfall dann morgen machen. Er war ja sehr für gute Nachbarschaft, sie hatte dagegen gerade überhaupt keine Lust auf einen Grillabend mit Angela und Frank. »Wenn er wieder da ist, könnt ihr das ja vielleicht spontan ausmachen. Du, es klingelt gerade, das ist Vanessa, wir hören uns, schönen Abend.«

Sie legte auf, holte schnell die Eier aus der Küche und ging zur Haustür. Bevor sie da war, hatte Vanessa schon zum dritten Mal geklingelt, so dringend konnten diese blöden Eier doch gar nicht sein.

»Ja, doch«, Jule riss die Tür auf und sah Vanessa an. Kaugummikauend, auf ihr Handy starrend, hob sie kurz die gepiercten Augenbrauen. »Ich soll was holen.«

Jule hielt ihr die Eier hin, umständlich schob Vanessa das Handy in die Tasche und nahm sie Jule ab. »Tschüs.«

»Bitte sehr, nichts zu danken«, Jule fragte sich, wie man es schaffte, so viel schlechte Laune auf einmal zu verbreiten. »Und einen schönen Abend.«

Als Antwort ließ Vanessa eine Kaugummiblase platzen und schlurfte zurück nach Hause.

Seufzend schloss Jule die Tür und schlenderte langsam durchs Haus. Was war sie froh, nicht mit einer solchen Tochter gestraft zu sein. Nicht so zu sein wie Vanessas Mutter, nicht so eine spießige Familie zu haben. Auch Pia hatte in ihrer Pubertät durchaus Anwandlungen gehabt, die Jule an ihren pädagogischen Fähigkeiten hatten zweifeln lassen, aber alles in allem hatten sie das ganz gut hinbekommen. Ihr Verhältnis war eigentlich meistens entspannt gewesen und mit den Jahren immer noch besser geworden.

Nachdenklich blieb sie im Flur stehen und sah die alte, schon etwas schief getretene Holztreppe hoch. Pias altes Kinderzimmer wurde seit Pias Auszug von Jule nur noch als Abstellkammer genutzt. Pias Möbel, mit Ausnahme des alten Betts und einer Kommode, standen jetzt in ihrer kleinen Wohnung in Hamburg, dafür hatte Jule ihr Bügelbrett, den Wäscheständer und diverse Kartons und Ordner in dem Raum deponiert. Mittlerweile war es auch die Sammelstelle für Altpapier und leere Flaschen geworden, ab und zu erbarmte sich Torge und brachte alles zum Container. »Warum lässt du dieses Zimmer so vergammeln?«, hatte er kürzlich gefragt. »Das könnte doch ein schönes Büro oder Gästezimmer werden. Oder glaubst du, dass deine Tochter irgendwann mal wieder hier einzieht?«

Er hatte bestimmt recht, trotzdem hatte sich bei Jule Widerstand breitgemacht. Sogar der blöde Satz: »Torge hat ja keine Kinder und weiß nicht, wie das ist«, war ihr durch den Kopf geschossen, sie hatte sich selbst darüber geärgert. Aber sie war noch nicht so weit, aus Pias Kinderzimmer Torges Büro zu machen. Dass es Torges Büro werden würde, war klar, sie selbst brauchte keines. Im Moment saß Torge mit seinem Laptop meistens am Küchentisch, wenn er arbeiten musste. Er hatte sich noch nie beschwert, vielleicht war es das, was Jule störte. Torge war so entspannt und gelassen, er war augenscheinlich in ihrer Beziehung glücklich, stellte nichts in Frage, konnte den Augenblick genießen, freute sich, wenn sie zusammen waren. Für ihn war alles leicht und schön. Das genau war aber Jules Problem. Sie wollte sich so sicher sein wie Torge und war es nicht. Sie hatte es sich so gewünscht, diese Zweisamkeit nach den vielen Jahren des Alleinseins. Aber nun, nach nur wenigen Monaten, verbrachte sie mehr Zeit damit, ihr Revier zu verteidigen, indem sie ständig hinter Torge herräumte, damit seine Sachen nicht ihr System störten. Veränderungen konnte sie nur zögernd zulassen, dafür sehnte sie sich immer wieder nach den alten Singleabenden auf dem

Sofa. Zugeben würde sie das nie, mit Torge darüber reden, würde ihr nicht einfallen. »Hüte dich vor Wünschen, die in Erfüllung gehen«, hatte Marie einmal zu ihr gesagt, Jule hatte vergessen, in welchem Zusammenhang das damals war. Aber dieser Satz kreiste nun schon seit einigen Wochen in ihrem Kopf. Und ihr schlechtes Gewissen Torge gegenüber wurde immer größer. Genauso wie ihre Unfähigkeit, das Problem zu benennen. Und das, obwohl sie Torge wirklich toll fand. Sie wusste nur nicht, ob sie ihn auch wirklich liebte.

Sie dachte an Alexandra und Friederike, die allein lebten. Sie waren beide immer mit ihren Jobs verheiratet gewesen. Friederike hatte in den Jahren mit Ulli entspannter gewirkt, nach der Trennung hatte sie sich wieder in ihre Karriere gestürzt. Ob es nach Ulli wieder jemanden gegeben hatte, in den Friederike wirklich verliebt gewesen war, wusste Jule gar nicht, irgendwie war Friederike nie über Ulli weggekommen. Und Alexandra? Die hatte inzwischen ihre eigene Geschichte, eine solch absurde, dass Jule inzwischen fast Mitleid mit ihr hatte.

Das Telefon befreite sie aus ihrem Gedankenwirrwarr, sofort setzte Jule sich in Bewegung. Sie hasste es, wenn sie sich selbst das Leben schwer machte, vielleicht bildete sie sich ein Problem ein, was gar keins war. Erleichtert, aus dem Grübeln zu kommen, nahm sie das Telefon vom Tisch. Unbekannter Anrufer stand auf dem Display, sie ahnte, wer dran war. Egal. »Petersen.«

»Ja, hier ist Mama, na, was sagst du zu Laura? Ist das nicht schön? Ach, ich freue mich so, Uroma, das klingt ja irgendwie schrecklich, aber es ist auch toll. Ich hatte schon auf der Hochzeit der beiden so ein gutes Gefühl, die sind ja wie füreinander gemacht, und jetzt auch noch das Baby, das ist doch wirklich mal eine schöne Nachricht. Wieso sagst du denn nichts dazu? Die waren doch bei dir oder nicht?«

»Wenn du mir die Gelegenheit lässt, sage ich gern was«, Jule ging mit dem Telefon am Ohr durchs Wohnzimmer und ließ sich in den Sessel fallen. »Ja, dann wollen wir doch mal hoffen, dass die das alles hinkriegen. Beide noch nicht fertig mit der Ausbildung, und jetzt ein Kind, so ganz leicht wird das nicht.«

»Jetzt sei doch nicht immer so pessimistisch«, Gesa atmete hörbar aus. »Die beiden haben genug Hilfe, Anja freut sich doch bestimmt auch, dass sie Oma wird, und wird ganz sicherlich einspringen, wenn Not am Mann ist. Und der Rest der Familie ist auch noch da. Ich fände es ja toll, wenn es mal ein Junge würde. Lars hat zwei Mädchen, du auch eins, ich würde mich über einen Jungen in der Familie freuen. Und Papa auch.«

»Ja, ja«, Jule betrachtete ihre rot lackierten Zehennägel. »Dann könnt ihr euch ja schon mal warmlaufen fürs Babysitten. Ich glaube nicht, dass Anja ihren Job aufgibt, um auf ihr Enkelkind aufzupassen, da fallen für euch bestimmt jede Menge Zeiten ab.«

»Ja und?« Gesas Frage klang leicht schnippisch. »Ich bin noch fit genug fürs Babysitten. Und ich finde übrigens, dass Laura jetzt im genau richtigen Alter ist, diese späten Mütter heutzutage sind doch schlimm. Das macht Laura ganz richtig, das Kind ist wichtiger als dieses Studium, das kann sie später immer noch nebenbei fertig machen. Falls sie das überhaupt braucht. Fabian wird schließlich Jurist.«

Den Blick auf die Decke gerichtet, ballte Jule die Faust. Gesa war so aus der Zeit gefallen, es tat fast schon weh. Sie atmete tief durch. »Mama, die Zeiten, in denen Frauen nur den richtigen Mann heiraten mussten, sind eigentlich vorbei. Laura sollte unbedingt ihre Ausbildung fertig und sich nicht von Fabian abhängig machen. Was ist das denn für ein blöder Gedanke?«

»Du musst nicht von dir auf andere schließen«, antwortete Gesa prompt. »Nur, weil deine Ehe nicht gehalten hat, müssen ja nicht alle auf ihre Unabhängigkeit pochen. Das ist doch idiotisch. Ein Kind braucht beide Eltern, man kann sich auch zusammenreißen und muss nicht bei der ersten Schwierigkeit auseinanderlaufen. Und Laura war von den drei Mädchen immer schon diejenige, die wusste, dass sie Familie möchte. Bei Katharina und Pia ist davon ja noch nichts zu spüren. Hat Pia überhaupt einen Freund? Katharina hat ja keinen, und …«, verschwörerisch senkte sie die Stimme, »wenn du mich fragst, bin ich mir nicht sicher, ob sie überhaupt an Männern interessiert ist.«

Jule schüttelte genervt den Kopf, während ihre Mutter noch nachhakte: »Hat Pia denn nun einen Freund? Kommt sie deswegen überhaupt nicht mehr vorbei?«

»Ruf sie an und frag sie«, war Jules knappe Antwort. »Ich glaube es nicht, weil sie sich sehr auf ihr Praktikum konzentriert. Sie nimmt das zum Glück ernst, dafür ist sie auch im nächsten Sommer fertig mit ihrem Studium. Und ich bin sehr stolz auf sie.«

»Das ist ja auch gut«, lenkte ihre Mutter ein. »Du musst ja nicht gleich so scharf werden.« Sie machte eine kleine Pause, in der Jule überlegte, ob Gesa womöglich etwas Versöhnliches suchte, mit dem sie das Telefonat beenden könnte. Stattdessen fuhr ihre Mutter fort. »Ich habe neulich gelesen, dass die meisten Scheidungskinder Probleme haben, sich zu binden. Vielleicht ist das auch Pias Schicksal.«

Früher wäre Jule in einer solchen Situation ausgeflippt, mittlerweile kannte sie diese Gespräche. Sie machte ihre Achtsamkeitsübung, rief sich das Treffen mit Alexandra und Friederike ins Bewusstsein, dachte an Lukes treue Freunde, den Whiskey und den Pfirsicheistee, daran, dass dieser Tag eigentlich ein schöner gewesen war, und antwortete: »Sag Papa, ich danke für die Heizungsunterlagen. Und schöne Grüße, ich muss jetzt leider aufhören, weil ich noch mit dem Scheidungskind telefonieren muss. Also, bis dann, tschüs.«

Sie legte auf und stieß spontan einen lauten Schrei aus. Danach ging es ihr besser, sie lehnte ihren Kopf an die Lehne und schloss kurz die Augen.

Sie zuckte zusammen, als das Telefon in ihrer Hand, klingelte, und nahm das Gespräch sofort an. »Ja?«

»Ist was passiert?«

Pias besorgte Stimme holte sie zurück, Jule setzte sich aufrecht hin. »Wieso? Nichts.«

»Du klingst so komisch.«

»Ich habe mit Oma telefoniert und war noch ganz in Gedanken. Laura war vorhin hier und hat mir eröffnet, dass sie Mutter wird. Unsere Zuckerschnute. Sie ist im vierten Monat und tooootaaal glücklich. Und Oma auch.«

»Oh«, Pias Reaktion fiel verhaltener aus, als Jule vermutet hatte. Deshalb fügte sie noch an: »Es wundert mich nicht wirklich, aber ist der Zeitpunkt nicht ein bisschen bescheuert? Die haben doch ihr Studium noch gar nicht fertig, wie soll denn das gehen?«

»Anja und Lars helfen ihnen sicher«, sagte Pia nach einer kleinen Pause. »Und Fabians Eltern wohnen auch in der Gegend. Und Oma und Opa, das ist doch schon fast ein ganzes Dorf.«

Jule schüttelte den Kopf. »Wieso kriegt man denn ein Kind, wenn andere Leute es mit großziehen oder finanzieren müssen? Das hätte ich nie im Leben gewollt. Jeder quatscht mit rein, und dann ist man auch noch darauf angewiesen, dass die Eltern weiter die Miete bezahlen? Schönen Dank auch, für mich wäre das nichts.«

»Was regst du dich denn so auf?«, stellte Pia fest. »Du musst ja nicht Babysitten.«

»Um Gottes willen«, Jule lachte. »Das würde mir echt noch fehlen. Nein, ich rege mich nicht auf, nicht wirklich, ich musste mir nur gerade so richtig blöde Sätze von Oma anhören. Ach, vergiss es. Du bist aber gut nach Hause gekommen? Und mit Sally war es schön?«

»Ja«, Pia sprach so leise, dass Jule das Telefon dichter ans Ohr pressen musste. »Das war ganz nett. Ich wollte mich auch nur kurz bei dir melden, ich bin hundemüde und muss jetzt ins Bett. Um halb sieben klingelt mein Wecker. Wir sehen uns ja Sonntag bei der Galerieeröffnung, dann reden wir. Also, Nacht, Mama.«

Irgendetwas an ihrer Stimme ließ Jule aufhorchen. »Pia, Süße, bist du okay? Liegt dir was auf der Seele? Du warst vorhin schon so anders.«

»Alles okay. Ich bin nur müde. Wir reden Sonntag, ja? Grüß Torge, bis Sonntag.«

»Pia, ich …«

Pia hatte aufgelegt, irritiert legte Jule das Telefon zur Seite. Was war denn mit Pia los, so kannte sie ihre Tochter ja gar nicht. Aber in der Beziehung waren ihre Tochter und sie sich sehr ähnlich: Wenn sie nicht reden wollten, dann wollten sie nicht. Morgen würde sie bei Torge nachbohren, vielleicht hatte das Scheidungskind ja doch ein Problem mit Torge? Bisher hatte sie immer gedacht, dass Pia Torge wirklich mochte. Und keine Eifersucht spüren lassen. Aber irgendetwas war. Da war Jule sich sicher. Deshalb würde sie Pia am Sonntag noch mal fragen. Bis sie eine Antwort bekam. Galerieeröffnung hin oder her.

13.

Hanna nickte zufrieden. Die Galerie war traumhaft schön geworden, es war genau so, wie sie es sich vorgestellt hatte. Nichts erinnerte mehr an den alten dunklen Anbau, der ohnehin nur als Lager gedient hatte. Durch die Glasfront und die Oberlichter waren die Räume jetzt lichtdurchflutet, der helle Holzboden glänzte, die schlicht verputzten Wände boten den richtigen Hintergrund für die Bilder, die Architektin hatte genau die Atmosphäre geschaffen, die Hanna sich gewünscht hatte.

Anne Beermann hatte die Bilder so gehängt, wie sie es besprochen hatten, die neu installierte Beleuchtung unterstützte die Wirkung der Bilder perfekt. Die Stehtische hatte man so gestellt, dass die Gäste bequem durch die Ausstellung schlendern konnten, und der Blumenschmuck war elegant, ohne von den Bildern abzulenken. Hanna war sehr zufrieden. Die Verwandlung des Anbaus in eine helle und moderne Galerie war gelungen, ohne den zugegeben ein wenig verstaubten Charme des *Café Beermanns* preiszugeben. So hatte Marie es verfügt. Denn sie hatte gewusst, dass die Zukunft des Cafés keinesfalls gesichert war, wenn hier nichts passieren würde.

Jeder andere Gastronom hätte im Lokal schon längst Renovierungsmaßnahmen ergriffen, die verblichenen Tapeten durch hellen Feinputz ersetzt, das blank gelaufene Stäbchenparkett mit einem Designer-Kunststoffboden belegt, die Vitrinen und Schränke rausgeworfen und statt der braunen Holztische und Stühle hippe Lounge-Möbel verteilt. Micha Beermann hatte jedoch alles genauso gelassen, wie es war, seitdem er das

Lokal vor einem Vierteljahrhundert von seinen Eltern übernommen hatte. Zum einen, weil es ihm so gefiel, zum zweiten, weil ihm schlichtweg die Mittel für eine Renovierung gefehlt hatten. Im Sommer war das *Café Beermann* immer voll, die Seeterrasse war genauso beliebt wie die selbstgebackenen Kuchen, das Café war eine Traditionsadresse für Feriengäste, Tagestouristen, Fahrradfahrer oder Einheimische, die hierhin zu Hochzeiten, Konfirmationen oder Beerdigungen einluden. Nur waren die Familienfeiern in den letzten Jahren aus der Mode gekommen, und in den dunklen, kalten Monaten verirrten sich nur noch selten Gäste hierher. Es sah wirklich nicht gut aus für das *Café Beermann*.

Marie hatte dieses Café seit Kindertagen geliebt. Die Sicherung seiner Zukunft war deshalb auch einer der Punkte auf ihrer Liste von Wünschen, die Marie noch vor ihrem Tod verfügt und die Hanna nun erfüllen sollte. Was Hanna mit einer großen Freude tat. Hanna konnte jeden dieser Wünsche nachvollziehen, und es erfüllte sie mit großem Glück, auf diesem Wege auch all die Menschen besser kennenzulernen, die Marie auf ihrem Lebensweg begleitet hatten.

Sie richtete ihren Blick auf ein lebensgroßes Schwarz-Weiß-Foto, das einzige Bild, das nicht von Marie van Barig stammte und das gleich am Eingang hing. Marie lehnte, mit der Kamera in der Hand, in einer schwarzen weiten Hose und einem langen weißen Hemd lässig am Holzgeländer eines Bootsstegs. Sie sah zur Seite, direkt in eine Kamera, das Sonnenlicht im Gesicht, die hellen Augen auf den Fotografen gerichtet. Die Bewegung der blonden Haare war eingefangen, genauso wie ihr Lachen und der zugewandte Blick. Eine schöne Frau mit einer unbändigen Lebenslust, begabt, in sich ruhend, wunderbar fotografiert und der Grund für all das, was Hanna gerade machte.

Mit einem knarrenden Geräusch öffnete sich die Tür hinter

ihr. »Hier bist du«, Anne Beermann trug ein grünes, enganliegendes Kleid, das ihren roten Dutt nur noch mehr leuchten ließ. »Draußen ist alles fertig, diese Eventagentur, die du beauftragt hast, ist ja echt der Kracher. Ich finde alles perfekt. Was sagst du? Gefällt es dir? Hast du es dir so vorgestellt?«

Hanna betrachtete Anne, deren Augen dieselbe Farbe hatte wie ihr Kleid und die sie jetzt erwartungsvoll ansah. »Es ist alles perfekt«, antwortete sie und deutete auf die Wände. »Du hast das bis ins kleinste Detail wunderbar gemacht. Ehrlich gesagt: Alles andere hätte mich auch überrascht.« Sie lachte und sah Anne mit großer Wärme im Blick an. »Ich bin sehr froh, dass du die Galerie leiten wirst. Marie hätte sich wahnsinnig gefreut, wenn sie das noch mitbekommen hätte.«

»Danke«, Anne lächelte verlegen. »Und mir ist das eine große Ehre.« Sie sah Hanna an, dann betrachtete sie das Foto von Marie. »Ohne Marie wäre ich nie zur Kunst gekommen. Sie hat mich ja schon als Kind zu Ausstellungen mitgeschleppt, und nur ihretwegen habe ich Kunstgeschichte studiert. Vielleicht war es ihr Plan, dass ich irgendwann ihre, es ist ja eigentlich ihre Galerie, oder? Dass ich sie übernehme.«

Sie warf einen Handkuss in Richtung des Fotos und nickte. »Ich glaube, es war ihr Plan. Ich muss aber noch eine Sache erledigen«, Anne klappte die Mappe in ihrer Hand auf und entnahm ihr ein kleines Schild. »Damit alles seine Richtigkeit hat.«

Hanna beobachtete Anne, die vor das Foto von Marie trat und das Schild sorgsam am Rahmen befestigte. Sie trat einen Schritt zurück und sah über ihre Schulter zu Hanna.

»Meintest du das so?«

Hanna stellte sich neben sie und las das Exponatschild.

Marie van Barig, Sommer am See
Unverkäuflich © *Michael Beermann 2000*

»Genau so«, sagte sie. »Mein Gott, das ist wirklich zwanzig Jahre her. Nicht zu glauben. Ist dein Vater überhaupt schon da?«

»Nein«, Anne sah auf die schmale Armbanduhr. »Aber es ist kurz vor halb zehn, er muss jetzt jeden Moment kommen. Kann er auch, wir sind ja fertig.« Sie lachte auf. »Ich hoffe, der kriegt keinen Herzinfarkt, wenn er diese weißen Luxus-Pavillons auf der Terrasse sieht. Er hat uns das alte Partyzelt in den Schuppen gelegt und ernsthaft gedacht, wir bauen dieses abgeratzte Ding auf. Gut, dass er gestern Abend weggefahren ist, so sieht er erst kurz vor Beginn, was hier gleich passiert. Alles andere hätte ihn nervlich total überfordert.«

»Ich hoffe nur, dass ihm das Musical gefallen hat«, meinte Hanna zögernd. »Er hat ja so getan, als ob er sich über die Karten gefreut hätte. Aber ehrlich gesagt habe ich auch ein schlechtes Gewissen, dass wir alles vorbereitet haben, ohne ihn einzubeziehen.«

»Das haben wir nicht«, protestierte Anne. »Ich habe mehrere Male versucht, ihm zu erklären, dass wir diese Veranstaltung anders organisieren müssen als die Ankunft einer Busreisegruppe. Ich glaube, das war ihm ein bisschen zu viel. Du wirst sehen, er wird es toll finden und erleichtert sein, auch weil er sich überhaupt keine Gedanken machen musste. Er kennt doch nur seine Ausflugsgäste und Familienfeste, mit Ausstellungseröffnungen kennt er sich wirklich nicht so aus: Mit Filterkaffee und Donauwellen hätten wir uns heute vielleicht doch ein bisschen blamiert.«

Es war Friederikes Idee gewesen, Micha Beermann während der Vorbereitung der Ausstellungseröffnung wegzuschicken. Sie hatte Hanna die Adresse der Eventagentur gegeben, was Micha Beermann völlig übertrieben gefunden hatte. »Ich bin schon mein Leben lang Gastwirt«, hatte er zu Hanna gesagt. »Ich kann ja wohl für ein paar Leute die Tische eindecken und ein Zelt auf die Terrasse stellen. Du brauchst doch dein Geld nicht für so einen komischen Partyservice verschleudern. Das können wir auch allein, also ernsthaft. Ein paar Leute, die Maries Fotos angucken, anschließend sitzen die noch ein bisschen hier rum, das ist doch nicht so wild. Da war die Silberhochzeit von Schröders größer. Man muss ja auch nicht so ein Brimborium davon machen.«

Friederike konnte sich das lebhaft vorstellen, Micha Beermann, diese Seele von Mann, hatte Marie und ihre Fotos sehr gemocht, richtig ernst genommen hatte er ihre Kunst allerdings nie. Für ihn war das Fotografieren ein Hobby, er fand es toll, wenn Marie irgendwelche Prominenten ablichtete und diese Fotos auch noch in Hochglanzzeitschriften abgedruckt wurden, aber dass ihre Bilder in der Kunstszene tatsächlich hoch gehandelt wurden, das verstand er nicht. Er hatte Hannas Plan, in seinem Café zusätzlich eine Galerie einzurichten, schön gefunden, es gefiel ihm auch, dass Maries Bilder an seinen Wänden hängen würden, er hatte es aber nicht als das begriffen, was es eigentlich war: die langfristige Rettung seines Lokals. Er freute sich, dass Anne jetzt wieder im elterlichen Betrieb arbeiten würde, er sah sie aber eher mit Tablett in der Hand im Café als in der gut besuchten Galerie.

»Ihr müsst ihn am Abend vorher wegschicken«, hatte Friederike gesagt. »Bevor die Eventagentur kommt, um alles aufzubauen. Sonst diskutiert er den ganzen Abend mit denen und mit euch. Gehen seine Frau und er nicht gern ins Theater oder Musical? Dann schenk ihnen Karten, und sie sollen anschließend die Nacht hier im Hotel verbringen. Dann sind sie euch aus den Füßen.«

Der Plan war aufgegangen, Micha und seine Frau hatten sich auf das Musical gefreut, und sie waren in Ruhe mit den Vorbereitungen fertig geworden, jetzt konnte es losgehen.

»Gut«, Hanna legte ihre Hand auf Annes Schulter und dirigierte sie zur Tür. »Dann lass mich noch einmal die Terrasse ansehen, und danach ziehe ich mich um. Es wird wunderbar, ich bin mir ganz sicher.«

»Ja«, Anne lächelte sie an. »Das glaube ich auch.«

Ein breiter, langer Gang führte nach draußen auf die Terrasse. Wo gestern noch zusammengeklappte Sonnenschirme, Bierbänke und mehrere Kästen Leergut gestapelt waren, standen jetzt rechts und links hohe Stehtische mit weißen Tischdecken, auf die eine Servicekraft gerade kleine Vasen mit weißen Tulpen verteilte. Auf dem Boden standen hohe Vasen mit Zweigen und Frühlingsblumen, die Doppeltür zur Terrasse war offen und ließ Sonne und kühle Luft herein.

»Ich habe gar nicht gewusst, wie breit dieser Gang ist«, sagte Hanna. »Und was man daraus machen kann.« Sie sah sich aufmerksam um. Auch hier hatte Anne an den Innenmauern Leisten angebracht und daran die Landschaftsfotografien von Marie gehängt, auf allen waren Motive aus dieser Gegend, der See, die Gärten, die Villa, sogar die Terrasse vom *Café Beermann*. »Das passt alles wunderbar zusammen«, lobte Hanna überschwänglich. »Du hast wirklich einen guten Blick.«

»Anne!« Der laute Ruf schien eher von hinten zu kommen, aber eindeutig von Micha Beermann. »Anne, Herrgott, wo steckst du denn?« Und er klang sehr aufgeregt.

»Ah, da sind sie ja«, Anne war schon auf dem Weg. »Das kommt vom Parkplatz. Aber da ist doch gar nichts umgeräumt, wieso schreit er denn so?«

Hanna hatte Mühe, ihr zu folgen, der Schmerz schoss jäh in ihr Bein, sie musste die Zähne zusammenbeißen, um den Anschluss zu behalten. Als sie um die Ecke bog, sah sie Micha Beermann, der neben seinem Auto stand und erschrocken auf einen VW-Bus sah, auf dem in großen Buchstaben NDR prangte. Seine Frau Elke stellte sich jetzt neben ihn und sah interessiert zu. Sie war erheblich kleiner als er, hatte dunkle kurze Haare und sanfte braune Augen. Elke Beermann war gern im Hintergrund, sie kümmerte sich um die Buchführung, um Reservierungen und die Personalplanung, das Lokal und die Gäste überließ sie gern ihrem Mann. Jetzt allerdings war sie aufgeregt, die Idee der Galerie hatte sie begeistert, zumal sie gern in Ausstellungen ging, sich für Kultur interessierte und die Arbeit im Café nach all den Jahren immer eintöniger fand. Durch die Galerie würden ganz andere Besucher an den See kommen, zumal Anne auch Veranstaltungen – Lesungen und kleine Konzerte – in den Ausstellungsräumen organisieren wollte, Elke freute sich auf den neuen Anfang. Auf die Menschen und auf die Kultur – und dass die Zukunft des Cafés Beermann nun doch gesichert war. Dank Marie und Hanna. Und ihrer Tochter Anne.

Auf dem Weg wurde Anne von einer jungen Frau angesprochen, die auch aus dem Bus gestiegen war, Hanna kam ihr Gesicht bekannt vor, irgendeine Moderatorin wohl. In der Zwischenzeit hatten drei junge Männer angefangen, den Bus zu entladen. Sie stellten mehrere große Alukoffer, Stative und andere technische Geräte neben den Bus. Als Micha eine Kamera entdeckte, entglitten ihm die Gesichtszüge. Fassungslos sah er Hanna entgegen. »Was ist denn hier los? Ist das ein Fernsehteam? Wollen die hier etwa einen Film drehen?«

»Ja«, Hanna lächelte ihn mühsam an, während sie versuchte, ihr Gewicht vom schmerzenden Bein aufs andere zu legen, es tat jetzt richtig weh. »Ja, Micha, sie machen einen kleinen Film über die Ausstellung. Das ist eine tolle Werbung für dich, Anne hat alles so mit ihnen besprochen, dass das Café gut zu sehen ist. Besonders die Terrasse. Das hat deine Tochter sehr klug verhandelt.«

»Ja, aber …«, hektisch sah er erst seine Frau an, dann wieder Hanna. »Aber dann müssen wir schnell sehen, dass alles ordentlich ist. Das Zelt ist von außen ganz fleckig, hat das jemand abgewischt? Und waren da überhaupt genug Tischdecken im Schrank? Wie sieht das denn drinnen alles aus?« Er sah auf die Uhr. »Geht das um elf los? Das ist ja schon bald, ach, Kinder, wie sollen wir das denn alles so schnell noch hinkriegen?«

»Micha.« Elke legte ihm die Hand auf den Rücken. »Bleib ruhig. Wir können ja erst mal gucken, was überhaupt noch gemacht werden muss. Anne wollte sich doch um alles kümmern. Sie kennt sich doch mit so was aus, und auf sie ist immer Verlass, oder?«

»Was gemacht werden muss?« Micha schnappte nach Luft. »Na, alles vermutlich. Anne hat doch bestimmt nicht geguckt, wie das Zelt von außen aussieht. Und wir … ach Gott, die Sachen sind noch nicht mal alle aus dem Winterlager, wir hätten doch die Schirme aufstellen können. Hanna, seit wann wusstest du denn, dass das Fernsehen kommt?«

»Micha, atme mal tief durch«, Hanna stellte sich genau vor ihn. »Einmal ganz tief durch. Und dann komm mal mit, und ich zeige dir, was Anne hier alles auf die Beine gestellt hat.«

Inzwischen hatte Anne das Gespräch beendet und fing ihre Eltern auf dem Weg ins Haus ab. »Na, wie war das Musical?«

Micha sah seine Tochter entgeistert an. »Du hast Nerven. Als ob wir gerade keine anderen Probleme haben. Wenn die hier drehen, dann muss doch alles tippi-toppi sein, ist es das?« Er stutzte. »Du bist aber hübsch angezogen. Vielleicht lenkt sie das ein bisschen ab, und sie filmen nur dich.«

Anne legte ihm die Hand auf die Brust und küsste ihn auf die Wange. »Danke für das Kompliment. Und du kannst unbesorgt sein, es ist alles tippi-toppi. Mitsamt der Terrasse für den Empfang. Ihr könnt euch jetzt in aller Ruhe umziehen, der Rest läuft.«

Immer noch ungläubig ließ er sich von Elke wegziehen.

»Ich habe dir schon ein Hemd rausgehängt«, sagte sie im Gehen zu ihrem Mann. »Wir müssen gar nichts machen, nur die Gäste begrüßen, um alles andere haben sich Anne und Hanna gekümmert. Du kannst dich entspannen.«

»Mama?« Anne hielt ihre Mutter fest und deutete mit einer kleinen Geste auf den Nebeneingang zur Galerie. »Es hängt.«

Elke blieb stehen. »Oh ja«, sagte sie schnell und änderte die Richtung. »Micha, komm, du musst einmal schnell da reinsehen.«

»Ich denke, ich soll …« Sie zog ihn einfach weiter. An der Eingangstür blieb sie stehen und ließ Hanna und Anne den Vortritt, dann schob sie ihren Mann sanft in den Raum. »Voilà«, sagte sie und beobachtete gespannt seine Reaktion.

Micha Beermann stand mit offenem Mund vor dem überdimensionalen Foto von Marie. Er machte ein paar zögernde Schritte darauf zu, beugte sich dann zu dem kleinen Schild am unteren Rahmen und trat dann wieder zurück. Dann sah er sich das Bild lange an und wandte sich langsam um. Er hatte Tränen in den Augen, seine Stimme war rau, er musste sich erst räuspern, bevor er wieder sprechen konnte. »Dass ihr das … es ist mein Lieblingsbild von Marie, wie habt ihr das so groß …?«

Sein Blick ging zu Elke, sie wies auf Anne und sagte: »Zauberhand. Es war bei deinen alten Fotos und Filmen, Anne hat es gefunden.«

»Marie«, Micha wandte sich wieder zurück und sah in Maries Augen. »Das ist ewig her. Ein Sommerabend. Wir haben auf dem Bootssteg ein Bier zusammen getrunken. Und dann hat sie die Seerosen fotografiert. Und ich dachte, wie schön sie doch ist.« Er musste sich erst wieder fassen, bevor er weitersprechen konnte. »Es ist nicht fair, dass sie gestorben ist, es ist wirklich nicht fair. Ich möchte, dass dieses Bild hier hängen bleibt. Für immer. Damit sie dabeibleibt.« Er räusperte sich noch mal, fischte ein Stofftaschentuch aus der Hosentasche und schnäuzte sich, bevor er sich mit der anderen Hand über die Augen rieb. Niemand sagte etwas. Bis plötzlich eine laute Stimme von der Tür kam: »Guten Morgen, die Tür war offen, bin ich zu früh? Oh.«

Friederike war abrupt stehen geblieben, als Micha und Hanna sich umdrehten und dadurch die Sicht auf das lebensgroße Foto von Marie freigaben. Entgeistert trat sie näher, die Augen auf Maries Gesicht gerichtet. »Mein Gott«, stieß sie gepresst aus. »Wo kommt das Bild denn her?«

Es war, als würde Marie sie direkt anschauen, Friederike wartete fast darauf, gleich ihre Stimme zu hören. Sie streckte die Hand aus und legte sanft die Finger aufs Glas. »So lebendig.« Ihr Blick fiel auf das Schild, überrascht hob sie den Kopf und sah Micha an. »Du hast das fotografiert?« Sie schüttelte ungläubig den Kopf. »Was für ein Foto. Es ist grandios.«

»Sie war sehr fotogen«, sagte Micha bescheiden, während er das Taschentuch umständlich zurück in die Hosentasche schob. »Hallo Friederike, schön, dass du da bist. Anne, kannst du mal eben die Fettabdrücke wegwischen, die Friederike da gerade auf dem Glas hinterlassen hat? Die glänzen ja bis hier. Elke, wir müssen uns jetzt umziehen.«

Zu Friederikes Verblüffung ließ er Elke gerade mal Zeit, ihr kurz die Hand zu geben, bevor er sie mit sich zog und nach draußen verschwand.

Hanna hatte abgewartet, bis beide draußen waren, erst jetzt wandte sie sich an Friederike und gab ihr die Hand. »Sie haben ihn gerade in einem sehr weichen Moment erwischt, das war ihm sichtlich unangenehm. Willkommen, schön, dass Sie schon da sind, Friederike. Ihr Tipp mit der Agentur war Gold wert, noch mal vielen Dank. Anne kann Ihnen schon mal das

Ergebnis zeigen, ich muss mich nämlich jetzt auch umziehen. Wir sehen uns gleich.« Mit einem kleinen Lächeln verschwand sie, lediglich Anne blieb neben Friederike stehen.

»Hallo, Frau Brenner«, Anne lächelte sie freundlich an. »Das Foto hier war für meinen Vater eine Überraschung, ich habe es für diese Ausstellung vergrößern lassen, er wusste davon nichts. Und hat es jetzt auch das erste Mal wiedergesehen. Er gibt sich immer nur so burschikos, innendrin versteckt er eine ganz weiche Seele.«

»Das weiß ich doch«, Friederike lachte. »Ich kannte ihn ja auch schon als Kind. Und bitte, ich heiße Friederike.« Sie ließ die Blicke durch den Raum schweifen und sah zurück zu Anne. »Toll, dieser Ausstellungsraum. Und wie die Bilder wirken. Wirklich perfekt. Herzlichen Glückwunsch zu deinem neuen Job.«

»Vielen Dank.« Anne neigte leicht den Kopf. »Friederike. Willst du gleich mit auf die Terrasse kommen und vielleicht schon mal etwas trinken? Ich muss mich kurz um die Fernsehleute kümmern und diesen Eingang hier abschließen. Der Empfang ist ja draußen.«

Friederike nickte, dann folgte sie Anne durch die Ausstellung. Nur flüchtig betrachtete sie auf dem Weg schon mal die ausgestellten Fotos, sie würde sie nach der offiziellen Eröffnung noch in Ruhe anschauen. Einige Motive erkannte sie wieder, ein unbekanntes Liebespaar auf der Hamburger Landungsbrücke, Fahrräder vor einer Kneipe, ein Hund, der in einem Hauseingang schlief, lauter Hamburger Motive, außergewöhnlich fotografiert, abseits der bekannten Plätze, eingefangene Momente, für die Marie einen sensiblen Blick hatte. An einer Wand entdeckte Friederike eine ganze Reihe Porträts berühmter Menschen, Schauspieler, Politiker, Musiker, auch ein Foto von Hanna war darunter, eine Großaufnahme, die sie in die Musik versunken während eines Konzerts am Flügel zeigte. Auch diese Aufnahme war bestimmt zehn Jahre alt. Friederike war langsamer geworden, Anne blieb stehen und drehte sich zu ihr um. »Du kennst dich ja aus«, sagte sie. »Ich gehe schon mal vor. Wir treffen uns dann gleich draußen.«

»Ja«, antwortete Friederike und blieb vor Hannas Foto stehen. Es war 2006 entstanden, las sie auf dem Schild, das war das Jahr ihres großen Streits gewesen. Marie und Hanna waren sich in dieser Zeit nahegekommen, Marie hatte nur keine Gelegenheit gehabt, das ihren wichtigsten Freundinnen zu erzählen, sie daran teilhaben zu lassen, weil sie sich so gestritten hatten, dass für nichts anderes mehr Raum geblieben war.

Was für ein Egoismus, dachte Friederike und forschte dabei in Hannas Gesicht nach Spuren, die sie natürlich nicht fand. Vielleicht konnte man sich aber seiner Leidenschaft nur so hingeben, wenn man liebte und geliebt wurde. Ihr Magen zog sich zusammen, sie hätte vom Glück Maries so gern damals schon gewusst. Und es mit ihr geteilt. Für all das war es zu spät.

Langsam wandte sie sich um und setzte den Weg fort. Warum siezten sie eigentlich Hanna immer noch? Warum gab es diese Distanz? Warum wussten sie eigentlich überhaupt nichts über Hannas Familie? Hatte sie überhaupt noch eine? Friederike schüttelte den Kopf, sie würde es nachher mit Jule und Alexandra besprechen. Marie hätte sich gewünscht, dass sie Hanna aufnahmen, sie war ein so wichtiger Teil von Maries Leben gewesen, dass sie auf diese Weise ein kleines bisschen Wiedergutmachung betreiben konnten. Es sei denn, Hanna wollte es nicht. Weil sie das Verhalten der drei Frauen gegenüber Marie nicht verzeihen konnte. Friederike hätte das sogar verstanden.

In Gedanken versunken, kam sie zum Verbindungsgang auf die Terrasse und ging sofort wieder einen Schritt zurück. Überrascht, aber mit einem Lächeln betrachtete sie die meist kleinformatigen Motive, die Anne eindrucksvoll in diesem Gang gehängt hatte. Es waren Momente ihrer Sommer am See, die Marie hier festgehalten hatte. Sonnenstrahlen auf dem Wasser, ein Regenbogen über der Villa, der Ausschnitt eines Beins, einer Hand oder ein blondgelockter Hinterkopf, eine einsam vor sich hintreibende Badeinsel, Enten am Ufer, Gläser mit Pfirsicheistee auf dem Bootssteg in der Abendsonne, eine Sonnenbrille neben einem bunten Handtuch, ein Tisch auf der Terrasse des *Café Beermann* mit vier Bananensplits darauf: Augenblicke des Sommers und des puren Glücks. Und die Erinnerung an vier Freundinnen, die zusammen furchtlos gewesen waren.

Friederike schlenderte an diesen Erinnerungen vorbei und kämpfte mit einer aufsteigenden Melancholie, die sie gerade jetzt nicht haben wollte. Nicht jetzt und schon gar nicht hier.

Sie hob das Kinn und richtete den Blick nach vorn, es war nicht gut, diese Bilder allein zu betrachten, es würde später, inmitten der anderen Gäste, vielleicht einfacher sein. Als sie auf die Terrasse trat, musste sie kurz die Augen zusammenkneifen, die Wolkendecke hatte sich aufgelöst, die helle Frühlingssonne blendete sie.

»Friederike!«

Sie beschirmte ihre Augen mit der Hand, um zu sehen, woher die Stimme kam, und entdeckte Alexandra, die gerade mit einer anderen Frau auf sie zusteuerte. »Du bist ja schon da.«

Erst als die beiden vor ihr standen, erkannte Friederike Alexandras Begleitung. »Hallo, Alex, hallo Katja. Wir haben uns ja ewig nicht gesehen!«

»Na ja, diesmal ist es erst ein knappes Jahr her.« Katja, einen Kopf kleiner als Friederike, hatte einen überraschend festen Händedruck. »Davor waren es allerdings zwölf. Die Abstände werden wieder kleiner.« Sie musterte Friederike anerkennend. »Das ist ein toller Anzug, wie heißt noch mal der Ton? Nude? Ich könnte mich in so einem hellen Ding innerhalb der ersten zehn Minuten schon umziehen, weil ich mich eingesaut hätte. Er steht dir phantastisch.«

Friederike lächelte und sah die beiden sehr unterschiedlichen Schwestern an. Lediglich die Gesichtsform und die Augenfarbe waren ähnlich, ansonsten wäre man nicht auf den Gedanken gekommen, dass es sich bei den beiden um Schwestern handeln könnte. Es waren nicht nur die zehn Jahre Altersunterschied, sie kamen aus ganz unterschiedlichen Leben. Alexandras dunkelrotes Kleid, der passende Lippenstift und Nagellack und ihre Frisur hatten vermutlich mehr gekostet, als Katja im ganzen letzten Jahr für ihr Äußeres ausgegeben hatte. Ihre ungefärbten grauen Haare waren kurz geschnitten, das schwarze Kleid zeitlos, sie war kaum geschminkt, der einzige Schmuck war ein silberner Armreif, dafür aber war ihr Lächeln warmherzig und echt.

»Danke«, Friederike strich einen unsichtbaren Fussel von der Jacke. »Den kann ich aber auch nur tragen, weil ich weiß, dass unsere Hotelreinigung so gut ist. Du kannst mich nach dem Essen noch mal ansehen. Das ist ein schöner Armreif, Katja. Und Alex, das Kleid ist der Kracher. Habt ihr Jule schon gesehen?«

Bevor sie antworten konnte, hörte sie hinter sich eine Stimme. »Hier kommt sie.«

Als sie sich umdrehte, entdeckte sie Jule, die auf sie zusteuerte. Jule hob die Hand und lächelte ihnen entgegen.

Na bitte, dachte Friederike, wir sind zurück im *Café Beermann* und fast komplett. Langsam wurden die Dinge der Vergangenheit wieder zur Gegenwart.

14.

Alexandra nippte an ihrem Sektglas, während sie ihre Blicke über die langsam größer werdende Schar der Besucher schweifen ließ. Es war doch immer ein ähnliches Bild, wenn sich Kulturinteressierte trafen – und solche, die sich dafür hielten und so taten, als würde ihr Interesse nicht nur den Gratis-Getränken gelten. Ob bei Konzerten, Ausstellungen oder Lesungen, ob in München oder hier an diesem norddeutschen See, es gab immer ähnliche Typen und kaum Unterschiede. Auch hier gab es Gäste, denen man die Vorfreude auf die Ausstellung ansah, es gab andere, die sich sichtbar unwohl in ihrem Anzug oder Kleid fühlten und vor lauter Angst, sich falsch zu benehmen, auffällig unauffällig in den äußersten Ecken des Raumes herumstanden, es gab die gelangweilten Großstädter, die jedes Kulturevent mitnahmen, um nichts zu verpassen, die stolzen Angehörigen und Freunde des jeweiligen Künstlers, die üblichen Pressevertreter und die Wichtigen, die jetzt schon lauthals über die Bilder redeten, die sie noch gar nicht gesehen hatten. Es war ein unwirkliches Gefühl, weil es heute nicht um irgendeinen aufstrebenden Künstler, sondern um ihre Freundin Marie und ihre Fotografien ging. Als wenn plötzlich massenhaft fremde Gäste bei einer privaten Party einfielen.

Alexandra hob die Augenbrauen, als sie Micha Beermann entdeckte, der, ein Bierglas umklammernd, einsam in einer Ecke des imposanten Partyzelts stand. Er wirkte sehr aufgeregt und ein bisschen überfordert, inmitten all der Kulturbeflissenen. Sie überlegte, ob sie nicht zu ihm gehen sollte, um ihn abzulenken, als sie Hanna entdeckte, die mit einem der Fernsehmenschen auf ihn zuging. Mit einem Lächeln wandte Alexandra sich wieder der Gruppe zu, in der sie stand.

»... nicht gedacht, dass so viele Leute kommen«, beendete Katja den Satz, dessen Anfang Alexandra nicht mitbekommen hatte. Der Geräuschpegel war inzwischen angestiegen, sie musste sich näher zu ihrer Schwester beugen, um sie zu verstehen. »Und ich kenne hier kaum Leute. Bis auf den Bürgermeister, das ist der Dicke mit dem roten Gesicht, der steht da mit Kurt von der Sparkasse zusammen, und daneben, das ist seine Frau. Ach, und da ist auch Dr. Müller, seid ihr nicht mit dem zur Schule gegangen? Christian Müller?«

Alexandra sah in die Richtung, in die ihre Schwester zeigte, sie entdeckte dort nur unbekannte Gesichter. »Keine Ahnung, sagt mir nichts.«

»Na, der im blauen Anzug«, Jule hob das Kinn in seine Richtung. »Er ist Zahnarzt, war zwei Klassen über uns. Sah aus wie der ›bravo‹-Boy des Jahres. Seine blöde Frau war in unserer Klasse. Gesine Lötz, die kennst du doch noch. Heißt jetzt natürlich auch Müller, sie hat sich damals den ›bravo‹-Boy gekrallt. Sie war so eine Angeberin, ihr Vater war Reeder, das hat sie doch dauernd raushängen lassen. Bis er die Firma an die Wand gefahren hat. Aber da war Gesine dann schon Zahnarztgattin geworden. Erkennst du sie echt nicht mehr?«

Alexandra schüttelte ratlos den Kopf. »Wie weggewischt. Bei mir klingelt gar nichts.«

»Wo steht der ›bravo‹-Boy?« Friederike spähte über Alexandras Schulter. »Der Typ mit der Halbglatze? Der? Das soll Christian Müller sein? Und die daneben, die schlecht Blondierte im zu engen rosa Kostüm ist unsere Gesine Lötz? Was für eine Matrone. Gottogott, das Leben war nicht nett zu ihnen.«

»Friederike, nicht so laut«, bemerkte Jule und sah sich dabei um. »Um ihn ist es schade, der war wirklich früher der tollste Typ der Schule. Und dann wird er Provinzzahnarzt. Und verliert die Haare. Das ist echt bitter. Alex, kannst du dich nicht erinnern? Hast du alles vergessen?«

»Zu Recht«, mischte Friederike sich ein. »Der muss doch keine Hirnzellen von Alex blockieren. Da kommt übrigens deine Tochter, Jule, wink mal, die sucht dich.«

Pia bahnte sich einen Weg durch die Menge, inzwischen waren die meisten Gäste eingetroffen, es war voll, laut und warm geworden. Alexandra warf noch einen Blick auf Gesine und Christian, so sehr sie sich anstrengte, ihr fiel kein Bild, keine Erinnerung an die beiden ein. Sie hatte die alten Zeiten wirklich erfolgreich verdrängt. Als sie den Kopf hob, stand plötzlich ein Mann vor ihr, der sie anlächelte. Bevor er etwas sagen konnte, hatte sich Jule neben ihn geschoben. »Alex, das ist Torge, Torge, das ist Alexandra.«

»Hallo«, er deutete immer noch lächelnd eine Verbeugung an. »Das freut mich, ich habe schon viel von dir gehört.«

»Oh«, Alexandra betrachtete ihn neugierig. Das war er also, der neue Mann in Jules Leben. Er war sympathisch und attraktiv, sein offener Blick war auf sie gerichtet, sie lächelte und schüttelte kurz seine Hand. »Schön, dich kennenzulernen!«

»Ja, ich war auch ganz gespannt, Jules Freundinnen endlich mal live und in Farbe zu sehen. Und du bleibst jetzt ein paar Tage hier?«

Alexandra zögerte einen Moment und musterte ihn. Er blickte entspannt zurück, was immer Jule ihm erzählt hatte, sie hatte die bösen Stellen anscheinend weggelassen. Erleichtert nickte sie. »Ja. Mal sehen, wie lange, das weiß ich noch gar nicht genau.«

»Torge, möchtest du was trinken?« Jule tippte ihm auf die Schulter und zeigte auf eine junge Frau, die mit einem Tablett voller Gläser hinter ihnen stand. »Pia, möchtest du auch was?«

»Ich wollte nur schnell Hallo sagen.« Pia, in einem schwarzen engen Kleid, hatte das kurze Gespräch mit Friederike abgebrochen, als sie Alexandra entdeckte. »Das ging neulich so schnell im Hotel. Obwohl ich dich gleich wiedererkannt hatte.«

Sie war bildschön, und sie sah ihrer Tante Coco wirklich sehr ähnlich. Sie war nur nicht so verrückt. Alexandra musste sich zusammenreißen, um sie nicht anzustarren. Sie schüttelte den Kopf. »Meine Güte, du bist eine so schöne Frau geworden, ich kann das noch gar nicht fassen. Ich wollte nie solche Tanten-Sprüche ablassen, aber jetzt fällt mir tatsächlich nichts anderes ein.«

»Dann guck nur und sag nichts.« Jule schob einen Arm um Pias Hüfte und sah erst ihre Tochter, dann Alexandra an. »Du hast nichts Tantenhaftes. Schon gar nicht in diesem scharfen Kleid. Die Dame mit dem Sekt steht immer noch hinter euch, wollt ihr jetzt was oder nicht?«

Alexandra hob ihr fast volles Glas, aber bevor sie etwas sagen konnte, rief Katja überrascht: »Ach nein, das ist ja ... Alex guck mal, wer da ist!« Sie sah erfreut zum Eingang und winkte wie wild. »Das finde ich ja toll. Und er hat uns auch gerade entdeckt. Hallo, ja, komm her.«

Überrumpelt starrte Alexandra auf Jan Magnus, der in Begleitung einer jungen Frau auf sie zukam. Die Frau trug eine Kamera um den Hals, sie wirkten recht vertraut. Er lächelte in die Runde, bevor er Katjas Hand ergriff. »Katja«, sagte er mit dieser umwerfenden Samtstimme. »Schön, dich zu sehen.«

»Ich freue mich auch«, Katja strahlte über das ganze Gesicht und schüttelte herzlich seine Hand. Dann warf sie einen vorwurfsvollen Blick zu ihrer Schwester: »Mensch Alex, du hast mir ja gar nicht gesagt, dass er kommt.«

Alexandra fuhr sich mit einer Hand durch die Haare, ihre Kopfhaut kribbelte, ihr Puls hatte sich erhöht. Sie hatte vergessen, wie schön sie ihn fand. »Das konnte ich auch nicht, weil ich es selbst nicht wusste«, schaffte sie zu sagen und wich Katjas Blick aus. Sie sah Jan zögernd an. »Hallo, Jan.«

»Alex«, er nickte und musterte sie intensiv. Alexandra war sich sicher, dass jeder, der in ihrer Nähe stand, die elektrisierende Spannung zwischen ihnen mitbekommen musste. Sie irrte, Katja schien nichts davon zu bemerken. Sie legte Jan die Hand auf den Arm und fragte Jule und Friederike. »Ihr kennt euch doch, oder?« Sie stutzte, als beide die Köpfe schüttelten. »Nein?«

Sie warf ihrer Schwester einen fragenden Blick zu, als die nicht reagierte, fuhr sie fort: »Also, das ist Jan Magnus, der … ein Freund von Alex. Er ist Journalist beim ›magazin‹ und hat Alex letztes Jahr sehr geholfen, als es um diese verrückte Schriftstellerin ging, die abgeschrieben hatte. Und das sind die alten Freundinnen von Alex, Friederike und Jule, dahinter stehen …«

Alexandra folgte Katjas Vorstellung nur mit halbem Ohr, sie musterte die junge Frau hinter Jan, die ihn nicht aus den Augen ließ, und überlegte, in welcher Beziehung sie zu ihm stand. Sie wollte ihn, das war eindeutig, so sah man aus, wenn man verliebt war. Sie fraß Jan geradezu mit Blicken auf. Sie war hübsch, die langen dunklen Haare fielen über ihre Schultern, das enge T-Shirt, das sie zu einer weiten Hose trug, war tief ausgeschnitten und verhüllte nicht allzu viel. Sie wusste, wie sexy sie war – und sie war mindestens zwanzig Jahre jünger als Jan.

Offenbar war sie die Einzige, die etwas ahnte. Ihr Blick ging von Alexandra zu Jan und wieder zurück, ihre Augen weiteten sich, sie presste die Lippen zusammen. Dann legte sie Jan demonstrativ die Hand auf den Rücken.

Jan hatte sich fragend zu ihr umgesehen, war dann einen Schritt zur Seite getreten und stellte sie vor. »Das ist übrigens

Josefine, sie ist die Fotografin, die mich heute begleitet. Das ›magazin‹ plant schon lange ein großes Porträt von Marie, und die Ausstellung ist natürlich der perfekte Aufhänger. Ich suche nur noch Hanna Herwig, wir wollten vor der Eröffnung kurz sprechen, ich habe sie nur noch nicht gesehen.«

»Hallo.« Josefines schrille Stimme ließ Alexandra zusammenzucken, sie fragte sich, wie man diese Frequenz in einem längeren Gespräch aushalten konnte. Sie räusperte sich und sagte: »Hanna steht gerade da vorn, in der Ecke, bei Micha Beermann.«

Jan folgte ihrer Geste. »Ach, ja, ich sehe sie. Dann gehe ich mal rüber. Danke. Katja, Alex, die Damen, der Herr, wir sehen uns später. Kommst du, Josi?«

Er lächelte kurz, ging rüber zu Hanna, und Josefine folgte ihm in engem Abstand.

»Josi«, Friederike ließ sich den Namen auf der Zunge zergehen, bevor sie Alexandra neugierig ansah. »Was war das denn?«

Betont harmlos zuckte Alexandra die Achseln. »Was war was?«

»Ja, das würde mich auch mal interessieren«, Katja hatte die Stirn gerunzelt. »Seht ihr euch nicht mehr? Das hast du mir ja gar nicht erzählt. Ich habe gedacht, ihr wärt …«

»Was?« Jule trat näher. »Ich will das auch hören. Was ist mit ihm? Oder euch?«

»Gar nichts«, Alexandra schüttelte entschieden den Kopf. »Ich kenne ihn als Journalisten schon lange, im letzten Jahr hat er mir, wie Katja schon sagte, sehr geholfen, danach waren wir noch ein, zweimal essen, mehr nicht. Rein kollegial.«

»Das stimmt doch gar nicht«, mischte Katja sich empört ein. »Ich war ja in der Zeit bei dir, ich habe Jan da bei seinen Besuchen kennengelernt. Und es war ganz klar zu erkennen, dass er in dich verknallt war, das habe ich dir auch gesagt. Und ihr wart mehr als nur zweimal essen, und du fandst ihn auch toll. Erzähl mir doch nichts, ich war dabei. Ich war mir ganz sicher, dass was daraus wird.«

Friederike tätschelte Alexandras Rücken. »Anfängerfehler. Man sollte nie was mit einem Mann anfangen, wenn die große Schwester dabei ist.«

Jule stellte sich auf die Zehenspitzen, um noch einen Blick auf Jan zu erhaschen, und brachte den Stehtisch vor ihr zum Wackeln. »Guter Typ«, sagte sie laut. »Was war denn das Problem?«

Ein schriller Ton, der plötzlich das Stimmengewirr beendete, ersparte Alexandra die Antwort.

Im nächsten Moment hörten sie eine weibliche Stimme: »Test, Test, ja, es ist an.«

Alexandra machte einen Schritt zur Seite, um erkennen zu können, woher die Stimme kam. Anne Beermann stand in der Nähe des Eingangs, ein Mikrofon in der Hand und nickte dem jungen Mann am Pult zu. »Danke.« Sie hob das Mikro ein Stück höher und ließ ihren Blick über die Anwesenden schweifen, bevor sie begann.

»Meine Damen und Herren, ich begrüße Sie im Namen der Marie-van-Barig-Stiftung sehr herzlich in der Galerie des *Cafés Beermann* und freue mich, dass so viele unserer Einladung zu diesem besonderen Tag gefolgt sind. Mein Name ist Anne Beermann, ich darf Sie heute zur Eröffnung einer ganz besonderen Ausstellung begrüßen, die ohne die wunderbare Hanna Herwig und meinen Vater nicht zustande gekommen wäre. Dafür bedanke ich mich sehr.«

Ein freundlicher Applaus setzte ein, Alexandra schloss sich an, genauso wie Friederike und Pia, die jetzt neben ihr standen.

»Alex, das Thema ist doch nicht durch, oder?«, flüsterte Friederike ihr zu. »Ich sehe dir an, dass da was ist Und ihm auch. Da reden wir nachher noch mal drüber.«

Alexandra sah so unauffällig wie möglich auf die andere Seite und entdeckte Jan, der zwischen Hanna und Micha Beermann stand und genau in diesem Moment herübersah. Er lächelte ihr zu, intuitiv lächelte sie zurück.

»Ich werde jetzt nicht über die Bilder sprechen, die Sie gleich sehen werden, das überlasse ich Hanna Herwig, die sich am besten von allen damit auskennt. Ich möchte über Marie van Barig sprechen, eine ganz besondere Frau, eine ganz besondere Künstlerin mit einem überwältigenden Talent. Es war das Talent, Momente einzufangen, kleine und große Momente, die viele Menschen noch nicht einmal wahrnehmen, wenn sie passieren. Marie aber hat sie sichtbar gemacht, gebannt und sie für immer und für uns bewahrt.«

Jans Haare waren etwas länger als an dem Tag, an dem sie sich das letzte Mal gesehen hatten, das Jackett hatte er auch an diesem Abend getragen, das Dunkelblau passte zu seinen Augen.

Es war im letzten Dezember gewesen, sie hatten sich am frühen Abend am Marienplatz in München getroffen. Die Innenstadt war voll gewesen, die ganze Welt war auf den Beinen, um die letzten Weihnachtsgeschenke zu besorgen. Sie waren Hand in Hand über die Weihnachtsmärkte gebummelt, hatten Geschenke für Jans Tochter Sophia und Katjas Familie gekauft, später hatten sie Sushi in einem der angesagten Münchner Restaurants gegessen und den Rest des Abends bei Rotwein und intensiven Gesprächen in Alexandras Wohnung verbracht. Es war alles so friedlich, warm, schön und vertraut gewesen, Jan blieb wieder über Nacht, sie waren engumschlungen eingeschlafen. Nachts war sie aufgewacht. Und plötzlich hatte sich irgendein Hebel in ihrem Kopf mit Wucht verkantet. Sie hatte Jan angesehen, während er geschlafen hatte, sein schönes Gesicht betrachtet, sie hatte die Hand auf seine Brust gelegt und das regelmäßige Senken und Heben gespürt. Was der Auslöser gewesen war, wusste sie nicht, aber ganz plötzlich kamen Bilder aus ihrer Vergangenheit hoch, die ihre Gedanken und Gefühle in eine ganz falsche Richtung laufen ließen. Sie war aufgestanden, ohne dass er wach geworden war, sie hatte im dunklen Wohnzimmer gesessen und an vergangene Nächte in Hotels gedacht, an heimliche Verabredungen, lautes Herzklopfen und verzweifelte Sehnsüchte. Irgendwann waren ihr die Tränen gekommen, und erst als Jan erschrocken vor ihr gestanden hatte, waren sie versiegt. Sie wusste ja selbst nicht, was mit ihr los war. Nach einem langen, schweren Schweigen hatte er sie traurig angesehen. »Ich habe es von Anfang an gespürt, Alex. Du kannst dich nicht wirklich auf mich einlassen.« Dann war er gegangen. Und sie hatte nicht einmal versucht, ihn zurückzuhalten. Sie war so eine Idiotin gewesen.

Als sie ihn ein paar Tage später angerufen und um ein Treffen gebeten hatte, war er sehr entschieden: »Weißt du, Alex, ich glaube, du musst dein Leben erst mal aufräumen, bevor du es mit jemandem teilen kannst«, hatte er gesagt. »Ich kann dir dabei nicht helfen. Es tut mir sehr leid.« Seither hatten sie keinen Kontakt mehr. Bis zu seinem Anruf neulich, bei dem ihr schmerzlich bewusst geworden war, wie sehr sie ihn vermisst hatte. Und jetzt war er hier. Mit Josi. Aber vielleicht sah sie auch Gespenster. Sie neigte dazu.

»Du starrst ihn an«, Friederike stieß sie sanft an. Alexandra schüttelte den Kopf und versuchte, sich auf Annes Stimme zu konzentrieren.

»Sämtliche Fotografien Marie van Barigs sind im Besitz von Hanna Herwig, die mir geholfen hat, diese Ausstellung zusammenzustellen. Es war mir ein großes Vergnügen, liebe Hanna, ich möchte dir sehr dafür danken.«

Wieder ein freundlicher Applaus, Hanna verneigte sich in Annes Richtung, Jans Blick traf auf Alexandras, und sie hielt ihm stand, bis sie neben sich Pias genervte Stimme hörte:

»Das glaube ich nicht. Können die nicht einmal pünktlich sein?«

»Reg dich nicht auf«, entgegnete Jule entspannt. »Das ist nicht unser Bier.«

Fragend sah Alexandra die beiden an, Pia blickte wütend in Richtung Eingang. Die Tür hatte sich geöffnet, zwei Frauen schoben sich mitten in Annes Rede. Die Tür fiel mit einem lauten Knall hinter ihnen zu, Alexandra hielt den Atem an, als sie die beiden erkannte. Anne drehte sich erschrocken um, dann lächelte sie freundlich und fuhr fort:

»Wir haben uns mit den Bildern aus den Jahren 1975 bis 2006 beschäftigt, es war eine Zeitreise, die uns …«

Cocos Auftritt war wie aus einem Theaterstück. Der knallgelbe, bauschige Rock ging bis zu den Knöcheln, der enge schwarze Strickpullover setzte ihre Oberweite in Szene, das schwarze Haar hatte sie mit einem gelben Tuch gebändigt, die gelben Ohrringe hingen ihr bis auf die Schultern. Sie gestikulierte wild mit den Händen, dass sie nicht stören wollte, und ihre zahlreichen Armreifen klimperten dabei so laut, dass sie sich der Aufmerksamkeit aller Anwesenden gewiss sein konnte. Neben Coco versank Steffi in der Bedeutungslosigkeit, Alexandra registrierte den grauen, etwas zu engen Hosenanzug, ihre blondierte Frisur, das zu dicke Make-up und straffte instinktiv ihre eigene Haltung. In diesem Moment öffnete sich wieder die Tür, ein hochgewachsener Mann trat ein, sah entschuldigend zu Anne und stellte sich zwischen Steffi und Coco, der er etwas zuflüsterte, was sie zum Kichern brachte.

»Ach Gott«, Friederikes leise Stimme an ihrem Ohr holte Alexandra aus ihrer Schockstarre. »Jetzt kommt aber Stimmung in die Bude.«

15.

Jule beugte sich vor, um Alexandra anzuschauen. Als wenn die das gespürt hätte, drehte sie sich um und sah sie erschrocken an. Jule fiel sofort die Nacht ihres Pfingsttreffens ein. Diese Nacht, in der sie angefangen hatten, wirklich miteinander zu reden. So, wie Marie sich das wohl gewünscht hatte. Diese Nacht, in der Jule begriffen hatte, dass Alexandra mitnichten die strahlende Siegerin gewesen war. Und in der sie einen ganz kleinen Grundstein gelegt hatten für eine Situation wie diese. Jule hatte sich oft gefragt, ob es ihr etwas ausmachen würde, Alexandra mit ihm zu sehen. Sie war sehr lange davon überzeugt gewesen. Jetzt merkte sie erstaunt, dass es kaum mehr etwas in ihr auslöste. Höchstens eine leise Furcht vor einem Eklat. Und Mitgefühl für Alexandra, die in diesem Augenblick wie erstarrt wirkte.

Langsam schob Jule sich hinter den Umstehenden vorbei und stellte sich neben sie. Ihre Arme berührten sich.

Anne kam zum Ende ihrer Begrüßung. »Und jetzt darf ich Sie bitten, uns in den Ausstellungsraum zu folgen. Hanna Herwig wird Ihnen einen kurzen Überblick geben, und mir bleibt nur, Ihnen viel Vergnügen und noch mehr Inspiration zu wünschen. Ich danke Ihnen für Ihre Aufmerksamkeit und wünsche allen Gästen wunderbare Begegnungen mit Momenten aus dem Leben der Marie van Barig.«

Nach dem abschließenden Applaus setzte sofort das Stimmengewirr wieder ein, und die Besucher drängten neugierig in die Ausstellung.

Katja stellte ihr Glas auf den Stehtisch und sah auffordernd in die stumme Runde. »Was ist? Kommt ihr nicht mit?«

»Ich muss noch mal um die Ecke«, Pia schoss davon, Jule, Alexandra und Friederike sahen ihr irritiert hinterher.

»Wir warten hier, bis der erste Andrang vorbei ist«, stellte Friederike fest. »Ich besorge uns noch was zu trinken. Bleibt ihr hier stehen?« Sie wollte gerade gehen, als Torge sich hinter Jule stellte und seine Hände auf ihre Schultern legte. Er hatte Friederikes Satz gehört. »Was möchtet ihr trinken? Ich gehe.«

Jule lehnte sich kurz an ihn und sagte: »Ich muss ja nicht Auto fahren, ich trinke noch einen Sekt. Alex braucht einen Schnaps, und Friederike muss Wasser trinken.«

»Okay«, er sah die beiden anderen an. »Schnaps, Wasser, Sekt?«

»Oh Gott, doch keinen Schnaps«, Alexandra sah ihn kopfschüttelnd an. »Das war ein Witz. Ich nehme auch ein Wasser.«

Torge nickte und verschwand, Jule sah Alexandra an. »Sicher?«

Sie nickte nur, während sie ihren Platz wechselte und sich mit dem Rücken zum Eingang an den Stehtisch stellte. Ihre Schwester stand immer noch abwartend neben ihr und sah sie besorgt an. »Alles okay?«

»Ja«, Alexandra strich ihr über den Rücken. »Es ist mir nur zu voll. Wir warten noch einen Moment, bevor wir rübergehen. Willst du jetzt schon?«

»Ja«, entschlossen schob Katja sich den Riemen ihrer Handtasche über die Schulter. »Ich möchte hören, was Hanna sagt. Bis gleich.«

Friederike wartete, bis sie weg war. »Alles okay mit dir?«

»Das kann ich dir gar nicht so genau sagen«, Alexandra sah erst sie, dann Jule flüchtig an. »Na ja, irgendwann musste das vielleicht mal passieren. Aber heute war ich wirklich nicht darauf vorbereitet.«

Die Reihen lichteten sich, allerdings gab es gerade ein ziemliches Gedränge auf dem Weg in die Ausstellung, so dass Jule die Sicht auf Coco, Steffi und Philipp versperrt war. Sie schaute sich um, bevor sie Alexandra nachdenklich musterte. Sie war immer noch unglaublich attraktiv und sexy. Vermutlich war sie die schönste Frau auf dieser Veranstaltung, und das war ihr noch nicht mal bewusst. Kerzengerade stand sie an diesem Stehtisch, den Rücken durchgedrückt, in Königinnenhaltung. Ihre grünen Augen waren ganz auf Friederike gerichtet, sie hatte noch immer extrem lange und dichte Wimpern und diese fast faltenfreie, klare Haut, ihre glänzenden, dicken Haare fielen auf die Schultern. Die Blicke der vorbeigehenden Männer schien Alex gar nicht zu bemerken. Nur Jule und vermutlich Friederike konnten sehen, dass sie nicht so strahlend und gelassen war, wie sie nach außen wirkte. Sie stand völlig unter Strom, ihr ging es gerade überhaupt nicht gut. Das sah Jule an ihren aufgerissenen Augen, an der Anstrengung ihres Lächelns, an den schlanken Fingern, die nervös das Glas drehten, an ihrer Körperspannung. Jule war erstaunt, wie leicht sie Alexandra immer noch lesen konnte, selbst nach all diesen langen Jahren der Pause. Und an Friederikes Blick bemerkte sie, dass sie damit nicht allein war.

Friederike beugte sich vor, um nicht so laut reden zu müssen. »Vielleicht hättest du dir von Torge doch besser einen Schnaps mitbringen lassen sollen, Coco rollt gerade an. Mit ihrem Tross. Fluchttrieb? Oder Angriff?«

»Angriff«, Jule sah Alexandra herausfordernd an. »Uns bleibt auch nichts anderes mehr übrig.« Sie hatte tatsächlich »uns« gesagt.

Alexandra wich zurück. »Ich …«

»Zu spät«, Jule drehte sich ein Stück zur Seite und sah ihrer ehemaligen Schwägerin entgegen. Alexandra trank den Rest ihres Sekts, dann drehte sie sich langsam um. Auf die Sekunde in dem Moment, als Coco vor Jule stehen blieb und Philipp Alexandra entdeckte.

»Jule, meine Süße«, mit klimpernden Armreifen und umhüllt von einer Wolke pudrigen Parfüms fiel Coco Jule sofort um den Hals. »Ich hatte schon Angst, ich würde dich dieses Mal gar nicht zu Gesicht bekommen, ach Gott, du siehst so gut aus, wieso wirst du überhaupt nicht älter, wo ist denn dein neuer Mann? Ich habe doch schon davon gehört, jetzt will ich den Wunderknaben auch mal sehen. Ist Pia gar nicht da? Die wollte doch auch kommen. Wen hast du denn sonst noch dabei? Ich habe ja neulich deine Freundin in München getroffen.«

Jule bekam in dieser Duftwolke kaum Luft, schaffte es aber, über Cocos Schulter Philipps Gesicht zu sehen. Er wirkte überrumpelt, nahezu versteinert, stand da wie ein Klotz und starrte Alexandra wie hypnotisiert an. Mühsam machte Jule sich frei und deutete erleichtert auf Alexandra und Friederike. »Da ist sie, daneben Friederike, ich weiß nicht, ob du dich noch an sie erinnern kannst.«

»Ja, natürlich«, Coco schoss sofort auf Friederike zu, die einen Schritt zurückging und ihre Hand ausstreckte. Sie hasste es, von nahezu Fremden umarmt zu werden, ganz egal, ob sie mit Coco vor fast dreißig Jahren mal zusammen eine Hochzeit gefeiert hatte.

»Hallo«, sagte sie schnell. »Ja, es ist lange her. Hallo Philipp.« Sie fixierte ihn, er fuhr zusammen und löste endlich seinen Blick von Alexandra, auch, weil Steffi gerade ihren Arm durch seinen schob und sich eng neben ihn stellte.

»Moin«, er hatte ein Kratzen in der Stimme, angestrengt sah er nach vorn und lächelte bemüht. »Geht es dir gut?«

»Aber ja«, Friederike klang, als hätte sie Kreide gefressen, sie musterte Steffi von oben bis unten und sah dann zu Alexandra. Die stand immer noch schweigend neben ihr. Friederike machte eine kleine Geste in ihre Richtung. »Ihr kennt euch ja, und das ist bestimmt deine Frau, oder?«

»Ähm, ja«, Philipp wischte sich kurz über die Stirn, während er sich bemühte, Alexandra nicht anzuschauen. »Steffi, das sind alte Freundinnen von Jule, Friederike und Alexandra. Hallo Alex.«

Sie nickte nur kurz. »Philipp.«

Steffi hatte Philipp während der Vorstellung losgelassen und streckte zunächst Friederike die Hand hin. »Pia arbeitet bei Ihnen, ich weiß«, bevor sie sich an Alexandra wandte. »Und wir haben uns ja neulich in München getroffen.« Alexandra nickte, dann wich sie ihrem Blick aus. Plötzlich stutzte Steffi, ihre Augen wurden größer, sie presste die Lippen zusammen. Sie sah aus, als würde sie noch etwas sagen wollen, ließ es aber. Stattdessen schlang sie den Arm um Philipps Hüfte. Jule beobachtete es fast schon mitleidig. Wäre Steffi ein Hund, dachte sie, würde sie ihm jetzt und auf der Stelle ans Bein pinkeln. Nur, um ihr Revier zu markieren. Es war armselig.

»Hallo Papa, ihr könnt auch nicht einmal pünktlich sein, oder?«

Philipp schien erleichtert über Pias plötzliches Auftauchen, löste sich aus Steffis Klammergriff und küsste Pia auf die Wange. »Tut mir leid, wir standen im Stau.« Er hustete nervös. Pia sah ihn fragend an. »Was ist denn mit deiner Stimme?«

»Nichts«, sagte er, doch sein Blick fiel auf Alexandra.

Alexandra drehte ihm plötzlich den Rücken zu und konzentrierte sich auf Coco. »Jetzt treffen wir uns wohl dauernd.«

»Ja, lustig, oder? Erst jahrelang gar nicht und jetzt schon zum zweiten Mal. Das ist ja ein sagenhaftes Kleid.« Coco, gerade noch irritiert ob der knappen Begrüßung von Friederike, schoss sich sofort überschwänglich auf Alexandra ein. »Das muss man auch tragen können, aber Respekt, bei deiner Figur geht alles. Und? Kennt ihr eigentlich schon alle Bilder von Marie? Habt ihr …«

Jule hatte die Szene fasziniert beobachtet, es war, als wäre sie zufällig Zeugin eines Unfalls und unfähig, wegzusehen. Während Coco auf Alexandra einredete, beobachtete Jule ihren Exmann. Steffi musste blind sein, um seine Erschütterung nicht zu merken, Philipp stand gerade völlig neben sich. Aber Steffi taxierte Alexandra gerade mit gerunzelter Stirn, bevor sie wieder ihren Mann ansah. Jule hielt den Atem an. Es wäre ja wirklich ein schlechter Witz, wenn Steffi ihm ausgerechnet jetzt, wo die Geschichte endlich zu Ende war, auf die Schliche käme.

»Dein Sekt, Liebes.« Torges Hand mit dem Sektglas kam von hinten, Jule fuhr herum, sie hatte sein Kommen gar nicht bemerkt. »Habe ich was verpasst?«

»Ja«, entfuhr es ihr. »Hast du. Erzähle ich dir später in Ruhe.« Jule sah sich nach Pia um und entdeckte sie neben Friederike. Sie sah genauer hin, irgendetwas war anders an ihr. Pia wirkte irgendwie unsicher. Ihr Gesicht glänzte, plötzlich wurde sie kreideweiß und taumelte. Jule stellte das Glas sofort ab, aber bevor sie einen Schritt machen konnte, sackte Pia in sich zusammen und stürzte auf den Boden.

»Pia!«, mit einem Satz war Jule neben ihr und ging in die Hocke. Sie schob eine Hand unter Pias Nacken und strich ihr die Haare aus dem Gesicht, Pia sah sie verwirrt an und versuchte, sich aufzusetzen, sie war leichenblass und zitterte. »Es geht schon wieder, Mama«, sagte sie und schob Jules Hand weg. »Alles okay.« Auch Philipp war da, kniete sich daneben und betrachtete sie besorgt, während er ihr Handgelenk griff, um den Puls zu fühlen. »Warte noch. Hast du heute überhaupt schon was gegessen?«

»Nein«, Pia richtete sich langsam auf und kam ins Sitzen, Jule stützte sie. »Habe ich nicht. Es ist gut, ich kann wieder aufstehen. Mir war nur kurz schwindelig, nicht so schlimm.«

Noch etwas benommen, kam sie mit Jules Hilfe wieder auf die Füße und sah die erschrockenen Blicke der Umstehenden. Friederike kam mit einem Stuhl, Torge mit Wasser, Steffi schob sich neugierig näher. »Was hat sie denn?«, fragte sie laut. »Philipp, mach doch was.«

Aus dem Augenwinkel sah Jule, dass Alexandra loslief und Steffi ihr kurz danach folgte. Jule hielt die Hand auf Pias Schulter und wartete, bis ihre Tochter einen Schluck Wasser getrunken hatte. Ganz langsam bekam sie wieder Farbe im Gesicht. Sie gab Torge das Glas zurück. »Danke. Es geht schon wieder. Ich muss nur mal an die Luft.«

»Ich komme mit«, Jule sah sich um, ihr Blick fiel auf Torge. »Hier ist es auch so stickig. Könntest du Pias Jacke von der Garderobe holen? So eine schwarze? Ich habe sie über meine gehängt.«

Er nickte und ging, Pia blieb noch einen Moment sitzen. Philipp legte ihr die Hand auf die Stirn, während Jule sie musterte. »Geht es langsam besser?«

»Hier«, Alexandra hatte sich an den Umstehenden vorbeigeschoben, in der einen Hand ein Glas Cola, in der anderen einen Teller mit zwei belegten Brötchenhälften. »Habe ich schon mal vom Buffet geklaut, es war noch nicht eröffnet. Ich kippe auch gern mal um, wenn ich unterzuckert bin.«

Pia nickte dankbar und nahm ihr das Glas ab. »Danke, ich esse das gleich.«

Während Jule ihr sanft über den Rücken strich, kam Torge mit den Jacken zurück, gleich danach eilte Elke Beermann mit besorgtem Gesicht zu ihnen. Sie sah Pia und Jule erschrocken an. »Eine Frau Petersen hat mir Bescheid gesagt, sie war ganz aufgeregt. Sollen wir einen Arzt rufen? Was ist denn passiert?«

»Ich bin Arzt«, antwortete Philipp mit einem eigentümlichen Blick. »Ich glaube, meine Tochter hat einfach zu wenig gegessen und getrunken und zu viel um die Ohren. Steffi sollte hier nicht alle verrückt machen. Wo ist sie denn jetzt überhaupt?«

Elke zuckte die Achseln. »Gerade stand sie noch vor der Toilette. Möchtest du vielleicht lieber eine Suppe, Pia? Du kannst dich auch gern bei uns oben einen Moment hinlegen, da bist du ganz ungestört.«

Die geballte und besorgte Aufmerksamkeit war Pia sichtlich zu viel. »Danke, nein«, antwortete sie angespannt. »Es geht wirklich wieder. Ich möchte nur einen Moment an die Luft.«

»Okay«, Friederike klatschte plötzlich laut in die Hände. »Dann lösen wir diese Veranstaltung jetzt mal auf. Jule geht mit Pia raus, und wir anderen sehen uns die Ausstellung an.«

»Ihr könnt auf unsere private Terrasse gehen«, sagte Elke noch zu Jule. »Einfach ums Haus rum, hinter der Hecke, da habt ihr Ruhe. Mögt ihr einen Kaffee?«

»Nein, danke«, Pia schüttelte den Kopf und zog langsam ihre Jacke an. Alexandra hielt immer noch den Teller in der Hand, Philipp stellte sich zögernd neben sie. Jule registrierte, dass Alexandra zusammenzuckte und einen Schritt zur Seite ging. Sie griff nach den Handtaschen und blickte zu Philipp. »Dann fang du Steffi mal wieder ein. Alex, kommst du mit den Brötchen?« Sie hakte sich bei Pia unter und bugsierte sie zum Ausgang. »Bis später.«

Nach dem Essen, der Cola und einem stark gesüßten Tee, den Elke doch noch auf die Terrasse gebracht hatte, fühlte Pia sich wieder besser. Sie hatte auf einem Gartenstuhl gesessen, die Füße auf einen zweiten gelegt und sehr schweigsam auf den See geschaut. Elke hatte Heizstrahler angestellt und Wolldecken verteilt, bevor sie wieder ins Café gegangen war. Jule und Alexandra saßen nebeneinander auf einer Bank, die

Augen abwechselnd auf den See, den von Krokussen übersäten Rasen und auf Pia gerichtet. Die Luft war kühl und klar, aber die Sonne schien. Pia hatte wieder Farbe im Gesicht, körperlich schien sie in Ordnung zu sein. Und plötzlich schob sich ein Gedanke in Jules Kopf nach vorn, eine leise Ahnung … Doch das war nicht der richtige Ort, um mit Pia zu sprechen. Nicht hier und nicht jetzt.

»Ich muss mal aufs Klo«, sagte Pia jetzt und schob die Decke von den Beinen, bevor sie langsam aufstand. »Bin gleich wieder da. Und danach können wir uns auch die Bilder ansehen.«

»Steh langsam auf«, sagte Jule sofort und erhob sich. »Soll ich mitkommen?«

»Nein, Mama«, Pia legte die Decke ordentlich zusammen. »Das war jetzt echt genug Gewese. Mir ist das sowieso peinlich, es geht mir wieder gut.«

Sie legte Jule kurz die Hand auf die Schulter und verschwand im Haus, Jule ließ sich wieder auf die Bank sinken und sah Alexandra an. »Ich glaube, sie hat was mitgekriegt.«

»Was?«

»Alex«, Jule rollte mit den Augen. »Philipps Reaktion auf dich war so eindeutig. Jeder, der nicht ganz doof ist und euch kennt, weiß es jetzt.« Sie blickte Alexandra an. »Ich habe Pia nie erzählt, warum unsere Ehe auseinandergegangen ist. Auch nicht, warum wir alle uns die ganzen letzten Jahre nicht mehr gesehen haben. Sie hat auch nicht gefragt. Sie weiß nur etwas von einem Missverständnis, und über die Jahre war es ja kein Thema mehr. Aber ich glaube, gerade hat sie es begriffen.«

»Und deswegen fällt sie in Ohnmacht?« Alexandra schüttelte den Kopf. »Jule: Sie ist doch keine zwölf mehr. Das glaube ich nicht. Ich glaube auch nicht, dass alle das mitbekommen haben, Friederike und du, ja, aber die anderen doch nicht.« Ihr

Tonfall war etwas zynisch geworden. »Es wäre übrigens fair gewesen, wenn du mir gesagt hättest, dass er hier auftaucht. Nachdem ich dir letztes Jahr erzählt habe, wie beschissen das alles war.«

Sie hat recht, dachte Jule und fühlte sich tatsächlich ein bisschen schäbig. Als sie sich auf dem Friedhof getroffen hatten, hatte sie ja schon gewusst, dass es zu einem Zusammentreffen kommen könnte. Aber sie war auch neugierig gewesen, wie es werden würde, das musste sie gestehen. Und irgendwie hatte sie auch wissen wollen, ob Alexandra die Geschichte wirklich endgültig beendet hatte.

Alexandra schien ihre Gedanken zu ahnen. »Ich habe nicht gedacht, dass du so sensationslüstern bist«, sagte sie, nun wieder sanfter. »Du wolltest ihn, mich und seine Frau in diese Situation bringen, oder? So als Schlussakkord?«

Jule schwieg und verfolgte mit den Augen einen Schwarm Gänse, die über den See flogen.

»Das hätte ich jetzt nicht gebraucht«, fügte Alexandra leise hinzu. »Ich habe seit über einem Jahr nichts mehr von ihm gesehen und gehört und war froh darüber. Und dann steht er plötzlich vor mir … Was meinst du, was da alles wieder hochkommt.« Sie machte eine kleine Pause und schluckte. »Du glaubst doch nicht im Ernst, dass es Pia jetzt noch so mitnimmt? Es betrifft lediglich ihren Vater, nicht sie. Und sie ist erwachsen.«

Jule verschränkte ihre Arme hinter dem Kopf und atmete tief aus. »Unterschätz diese Trennungsgeschichten der Eltern nicht«, begann sie langsam. »Ich habe das ja selbst erlebt. Es war in dem Jahr nach dem Abitur. Weißt du noch, wir hatten uns Pfingsten am See getroffen, als Friederike uns erzählt hat, dass sie nach Fuerteventura geht und du mit Marie die Wohnung gesucht hast.«

Alexandra nickte und sah sie abwartend an. Jule warf ihr

einen kurzen Blick zu, dann sah sie wieder auf den See und sprach mit neutraler Stimme weiter.

»Ich habe es damals nur Fiedi erzählt, wir saßen da noch spätabends auf dem Bootssteg, ich glaube, du warst mit Marie im Haus. Meine Eltern hatten zu der Zeit eine tierische Ehekrise, mein Vater hatte eine Affäre mit einer Kollegin gehabt und meine Mutter hatte das herausgefunden. Es war die Hölle, meine Mutter hat sich benommen wie eine Furie, Tränen, Schreierei, Telefonterror, sie hat nichts ausgelassen. Er hat schließlich klein beigegeben und ist geblieben. Er hatte keinen Mut.« Sie überlegte einen Moment, dann berührte sie Alexandra kurz am Bein. »Was ich damit nur sagen will: Egal, wie alt du bist, wenn du hautnah mitbekommst, was mit deinen Eltern passiert, brennt sich das einfach ganz tief ein. Ich habe diese grauenhafte Zeit nie vergessen, es hat mich damals so fertiggemacht, dass ich so schnell wie möglich ausgezogen bin. Und ich würde sagen, dass ihr Benehmen von damals unser Verhältnis nachhaltig zerstört hat: Ich kann das nicht vergessen, ich kann sie seither nicht mehr ernst nehmen, ich mag sie noch nicht mal mehr besonders. Und mein Vater tut mir seit Jahren leid. Und deshalb kann ich mir schon vorstellen, dass es Pia gerade im wörtlichen Sinne umgehauen hat. Ich war damals nicht viel jünger als sie heute.«

»Aber das kannst du doch nicht wirklich vergleichen«, widersprach Alexandra.

»Das ist doch nicht der Punkt. Wenn das Bild, das du von deinem Vater hast, durch so eine Erfahrung zerstört wird, dann ist das immer ein Schock. Egal, wie alt du bist.« Jule löste ihre Arme und setzte sich bequemer hin. »Egal, wie so eine Affäre läuft, sie hinterlässt bei allen Narben, die nie richtig verblassen. Die wenigsten trennen sich, das habe ich doch schon bei meinen Eltern gesehen. Vielleicht wäre es anders geworden, wenn diese Freundin schwanger geworden wäre.«

»Du weißt es?« Pias überraschte Stimme kam plötzlich von der Tür, Jule und Alexandra drehten sich sofort zu ihr um. »Er hat es dir erzählt?« Sie kam langsam auf die Terrasse und ließ sich auf den Stuhl sinken. »Wann? Seit wann weißt du es?«

Jule wechselte einen kurzen Blick mit Alexandra, dann antwortete sie zögernd: »Schon länger. Und du? Hast du es gerade eben erfahren?«

»Nein«, Pia senkte den Kopf und drehte einen Ring an ihrem Finger. »Ich habe in den letzten Wochen ja schon dauernd gekotzt. Ich habe es schon geahnt. Seit Dienstag weiß ich es sicher. Als ich bei euch war. Ich wollte eigentlich mit dir reden, aber mir fielen nicht die richtigen Worte ein.«

Alexandra runzelte leicht die Stirn, während Jule aufstand, um sich auf den Stuhl neben Pia zu setzen. Sie griff nach Pias Hand. »Weißt du, es hat gar keine Bedeutung mehr für mich, und für dich sollte es die auch nicht haben. Es hat ja auch gar nichts mehr mit deinem Leben zu tun.«

»Wie bitte?« Entgeistert hob Pia den Kopf. »Es hat nichts mit meinem Leben zu tun? Mit wessen denn sonst?«

»Aber Süße, es ist doch nicht dein Problem, wenn dein Vater mit …«

»Jule.« Alexandras warnender Zwischenruf wurde von Jule ignoriert, sie redete einfach weiter. »Jule«, wiederholte Alexandra jetzt lauter. »Ich glaube, darum geht es gerade nicht.«

Jule stutzte, als sie Pias Gesichtsausdruck bemerkte, die sie völlig baff anstarrte. Nach einem Moment blickte sie kurz zu Alexandra, dann wieder zu Pia. »Nein? Ich dachte, dass du gerade … weil dein Vater sich doch so seltsam verhalten hat … dass du da was begriffen hast?«

Müde schüttelte Pia den Kopf. »Ach, Mama, dass Papa Affären hat, merkt außer Steffi so ziemlich jeder. Und dass er der Grund für euren Streit damals war, das weiß ich seit Jahren von Marie.«

»Von Marie?« Überrascht riss Jule die Augen auf. »Wann hat sie dir denn davon erzählt?«

»Das ist doch jetzt egal.« Pia sah ihre Mutter ernst an. »Ich habe sie vor ein paar Jahren mal am See besucht und sie einfach danach gefragt. Da hat sie es mir erzählt. Den Rest konnte ich mir zusammenreimen.«

Jule sah sie forschend an. »Okay.« Sie dehnte das Wort, während sie nachdachte. »Und was soll ich jetzt wissen? Wer hätte mir was erzählen können?«

Pia schwieg, eine Träne rollte langsam über ihre Wange. Jule beugte sich vor und wischte sie mit dem Daumen ab. »Wir haben über Affären gesprochen, als du dazukamst. Du hast eine?«

Da rollte schon die nächste Träne.

»Ach, komm, Pia, das ist doch nicht schlimm. Wer hätte es mir denn sagen sollen? Weiß Papa das?«

»Torge.«

»Wie, du hast eine Affäre mit …?« Jule musste sich verhört haben. Ihr wurde ganz heiß.

»Mama«, Pia wischte sich wütend die Tränen ab und sah ihre Mutter mit nassem Gesicht an. »Hast du sie noch alle? Ich habe nichts mit Torge. Aber ich bin schwanger. Torge hat mich am Dienstag heulend auf dem Parkplatz meiner Frauenärztin entdeckt, nachdem ich das Ergebnis bekommen habe. Er hat mich mit zu euch genommen. Und er hat versprochen, dir noch nichts zu sagen. Ich weiß nicht, was ich machen soll. Ich kann doch jetzt kein Kind kriegen.« Jetzt liefen die Tränen über Pias Gesicht, und in Jules Kopf drehte sich alles.

Dann traf Jules Blick auf Alexandras, sie schienen beide den gleichen Gedanken zu haben: Ein Wochenende auf Fuerteventura, vor sehr vielen Jahren. Sie hatten nie mehr darüber gesprochen, aber noch heute konnte Jule sich an jede Minute erinnern. Und sie spürte, dass es Alexandra genauso ging.

16.

… So ist diese gekonnt komponierte Ausstellung eine Liebeserklärung an die viel zu früh verstorbene Fotografin Marie van Barig und – wenn man sich darauf einlässt – auch eine Liebeserklärung an das Leben, das von der Künstlerin über Jahrzehnte in kleinen, zärtlichen Momenten eingefangen wurde. Die Ausstellung in der Galerie Beermann läuft noch bis zum 15. Mai. Unser Kulturtipp der Woche. Jm

Friederike strich mit dem Daumen über das Porträt von Marie, das eine ganze Seite ausmachte und Micha Beermann als Urheber auswies, und schlug die aktuelle Ausgabe des ›magazin‹ zu. Es war ein wunderbarer Artikel von Jan Magnus über die Ausstellung in der letzten Woche, Anne Beermann würde sich vor Besuchern kaum retten können. Und Jule und Alexandra konnten nachlesen, was sie verpasst hatten, während sie sich auf Elkes Terrasse abwechselnd um Pias Zukunft und ihrer aller Vergangenheit gekümmert hatten.

Wobei die beiden tatsächlich nur Hannas kluge und charmante Rede verpasst hatten, die Bilder hatten sie sich dann doch noch zusammen angesehen. In aller Ruhe, weil Philipp unter dem Vorwand, noch mal in die Klinik zu müssen, mitsamt Gattin und Schwester etwas überhastet die Veranstaltung verlassen hatte. Auch Pia war früh gegangen, sie musste jetzt allein sein, hatte sie gesagt, Jules besorgte Einwände weggewischt und war gefahren. Es ginge ihr gut, Jule solle sich keine Sorgen machen.

Friederike stützte ihr Kinn auf die Faust und kritzelte mit

einem Kugelschreiber einen Kinderwagen auf einen Notizzettel. Sie hätte nicht gedacht, dass Jule die Nachricht von Pias Schwangerschaft so ruhig hinnehmen würde. Früher war sie eine dieser unerträglichen Übermütter gewesen, Friederike hatte das manchmal kaum ausgehalten. Das hatte sich geändert, ob es an Torge lag oder an der Tatsache, dass Pia erwachsen war, Jule war jedenfalls bedeutend lässiger und selbstbewusster als damals.

Als die letzten Gäste am Tag der Galerieeröffnung gegangen waren, hatten sie noch mit Hanna und den Beermanns auf den Erfolg der Ausstellung angestoßen. Jule hatte ihr die Neuigkeit dabei ins Ohr geflüstert. Außer ihnen beiden, Alexandra und Torge wusste es noch niemand, Philipp hatte sich mit der Information, dass es Pia wieder besser ging, zufriedengegeben und erleichtert den Rückzug angetreten. Auch Jan Magnus war von Hanna eingeladen worden, noch ein bisschen mit ihnen zu feiern. Die kleine Josi saß etwas missgelaunt neben ihm, was Jan nicht davon abgehalten hatte, Alexandra im Blick zu behalten. Was immer zwischen ihnen passiert war, es hatte ausgesehen, als wäre es noch nicht zu Ende.

Friederike legte das Heft zur Seite, bevor sie sich wieder ihrem Computer zuwandte, um ihre Mails aufzurufen, obwohl sie nicht richtig bei der Sache war. Die Galerieeröffnung war jetzt über eine Woche her, sie hatte in der Zwischenzeit nur einmal mit Alexandra telefoniert, die kein Wort über Philipp oder Jan Magnus verloren, sondern nur erzählt hatte, dass sie zurück nach München fuhr und in zwei oder drei Wochen zurückkäme. Friederike hatte nichts gefragt, sie konnte warten, bis Alexandra reden wollte. Das Pfingsttreffen am See rückte näher, früher hatten sie dort die wichtigen Ereignisse besprochen, vielleicht waren sie schon wieder so weit.

Friederike rollte mit ihrem Stuhl ein Stück zurück und

blickte auf die Alster. Sie fand diese Aussicht immer noch atemberaubend, und langsam sortierten sich ihre Gedanken.

Als es klopfte, hob sie den Kopf. Frau Kessel schob, eine Vase mit buntem Frühlingsstrauß im Arm, die Tür auf. Überrascht sah Friederike ihrer Sekretärin entgegen. »Für mich? Bin ich schon wieder Chefin des Monats geworden?«

»Nein, Frau Brenner«, Gudrun Kessel stellte die Vase vor Friederike auf den Schreibtisch. »Und die Chancen dafür stehen auch ganz schlecht: Pia Petersen hat heute den letzten Tag ihres Praktikums. Sie war heute Morgen schon mal hier, um sich zu verabschieden, da waren Sie aber noch nicht da.«

»Ach du Schande«, Friederike zog den Kopf ein. »Ich dachte, das ist erst übermorgen. Ich musste auf den Stromableser warten, der kam erst so spät.«

»Wie auch immer«, Frau Kessel warf ihr einen vielsagenden Blick zu. »Das arme Mädchen war ganz blass, sie sah aus, als hätte sie nächtelang nicht geschlafen, solche Augenringe hatte sie. Die hat wirklich viel gearbeitet, eine tolle Praktikantin, die sollten wir auch anständig verabschieden. Jetzt gibt sie im Personalraum Kaffee und Kuchen für die Kollegen aus. Und wenn Sie irgendwann mal Chefin des Monats werden wollen, gehen Sie mit den Blumen runter. Ich habe auch Sekt in den Kühlschrank gestellt. Nehmen Sie das Handy mit, wenn was Wichtiges ist, rufe ich an.«

»Ach, Frau Kessel, Sie werden jedenfalls Mitarbeiterin des Monats.« Friederike stand auf und verbeugte sich mit zusammengelegten Händen. »Danke, danke, danke.«

»Jetzt gehen Sie schon«, Frau Kessel drückte ihr noch das Papier für die Blumen in die Hand. »Sonst ist sie gleich weg.«

Der Personalraum war nur ein Stockwerk unter der Chefetage, Friederike nahm den Weg durchs Treppenhaus. Während ihr ein paar Tropfen Wasser von den Blumen auf den Ärmel tropften, überlegte sie, ob sie Pia nach ihren Plänen fragen sollte. Eigentlich hatte sie ihr anbieten wollen, auch weiterhin während ihres Studiums zeitweise im Hotel zu arbeiten. Zum einen war sie wirklich gut, zum anderen hatte Friederike sich vorher durchaus vorstellen können, Pia nach ihrem Abschluss ihren ersten Job anzubieten. Doch die Vorzeichen hatten sich jetzt ja ziemlich geändert. Pia bekam ein Kind. Friederike hatte noch nicht mal mitbekommen, dass sie einen Freund hatte. Das kam davon, dass sie sich so selten für das Privatleben der Mitarbeiter interessierte und Pia nicht anders als die anderen behandelt hatte. Vielleicht sollte sie doch mal ein Empathietraining belegen.

Als sie die Glastür aufstieß, öffnete sich die gegenüberliegende Toilettentür, und Pia trat heraus. Überrascht sah sie Friederike an. »Ach, das trifft sich gut, dann kann ich mich ja doch noch verabschieden. Ich habe heute doch …«

»Ich weiß«, Friederike streckte ihr den Blumenstrauß entgegen. »Deshalb bin ich hier.« Sie musterte Pia und musste Frau Kessel recht geben, Augenringe wie ein Panda, so wie sie aussah, konnte man denken, sie habe die letzten Nächte durchgemacht. »Wie geht es dir denn?«

Pia nahm ihr zögernd den Strauß ab. »Danke«, sagte sie und betrachtete die Blumen, »es geht, eigentlich ganz gut.« Sie machte eine kleine Pause und befeuchtete sich mit der Zunge die Lippen. »Kann ich dich was fragen?«

»Hast du doch gerade«, Friederike hob die Augenbrauen. »Zweite Frage.«

Ein flüchtiges Lächeln umspielte Pias Mund, sie wurde aber sofort wieder ernst. Sie sah auf die geschlossene Tür des Personalraums, dann fragte sie: »Ich würde gern weiter hier arbeiten. Zumindest als studentische Hilfskraft. Wäre das möglich?«

Überrascht sah Friederike sie an. »Ja, also theoretisch …«, sie brach ab und trat einen Schritt näher. »Ich weiß, dass es mich nichts angeht, aber Jule hat mir gesagt, was los ist. Schließlich war ich dabei, als du umgekippt bist. Weißt du schon, wie du das alles organisieren willst? Unterstützt dich dein Freund dabei?«

Pia hob entschlossen das Kinn. »Ich habe mich entschieden, das Kind nicht zu bekommen.« Sie hob die Hand, um Friederikes Einwand zu verhindern. »Mama habe ich es noch nicht gesagt. Und was Papa dazu meint, ist mir eh egal. Mit Mamas bester Freundin, also ehrlich.«

»Ach, Pia, das ist alles so lange her. Und die Geschichte lief erst nach der Scheidung. Jule und Alex haben das inzwischen für sich geklärt.«

»Trotzdem«, Pia sah sie unversöhnlich an. »Aber darum geht es ja auch nicht. Jedenfalls steht mein Entschluss fest, ich habe übermorgen ein Beratungsgespräch, und danach mache ich einen Termin für den Abbruch. Ich wäre dir dankbar, wenn du nicht darüber reden würdest.«

»Aber …«

Das schrille Handyklingeln schnitt Friederike das Wort ab, sie warf einen Blick auf das Display. »Entschuldige. Brenner.«

»Friederike Brenner?«

Sie konnte die Frauenstimme kaum verstehen, die Geräusche im Hintergrund waren fast zu laut. »Ja, wer ist denn da?«

»Franziskuskrankenhaus, mein Name ist Dr. Ahrend, Frau Brenner, Ihre Mutter ist bei uns eingeliefert worden, sie ist schwer gestürzt und wird gerade untersucht. Sie ist ansprechbar, hat aber Kopfverletzungen und einen komplizierten Bruch der Schulter erlitten. Sie muss nach den ersten Untersuchungen wohl operiert werden. Und Sie sind als Kontaktperson in ihren Papieren angegeben.«

»Oh«, Friederike nickte, während sie immer noch Pia ansah. »Ja. Ich fahre sofort los, in einer knappen Stunde bin ich da. Danke.«

Sie ließ das Handy sinken. »Meine Mutter ist im Krankenhaus.« Sie überlegte kurz, dann berührte sie Pia am Arm. »Wir beide gehen nach deinem Beratungsgespräch essen. Ruf Frau Kessel an, sie soll einen Tisch reservieren, den Rest besprechen wir dann. Und keine Widerrede, der Termin ist fix. Bis dahin.«

Die Straßen waren ausnahmsweise staufrei gewesen. Friederike fand auf Anhieb einen Parkplatz dicht am Eingang der Klinik, der auch noch der richtige war. Als sie auf den Eingang zusteuerte, fiel ihr auf, dass sie sich während der Fahrt kaum Sorgen um ihre Mutter gemacht hatte. Eher spürte sie eine Art Gereiztheit darüber, dass Esther wieder einmal ihre Planung über den Haufen geworfen hatte. Irgendwas stimmte doch mit ihrem Gefühl nicht. Egal: Jetzt war sie ja da, und über ihre Gefühle konnte sie sich auch nachher noch Gedanken machen.

»Mein Name ist Brenner.« Der Mann hinter der Scheibe am Empfang sah zu ihr hoch. »Meine Mutter ist vorhin eingeliefert worden, Esther Brenner, man hat mich angerufen. Können Sie mir sagen, auf welcher Station sie liegt?«

Er warf einen kurzen Blick auf seinen Bildschirm, ohne hochzusehen, sagte er: »Station neun, rechtsrum, Fahrstuhl auf die vierte, dann wieder links.«

»Danke«, sie lief eilig über den Flur, der Fahrstuhl war leer, als sie einstieg. Sie drückte auf die Vier. Die Tür ging mit einem surrenden Geräusch auf, Friederike sah sich kurz um, dann fand sie das Hinweisschild und folgte ihm. Sie stieß die gläserne Doppeltür auf und fand sich in einem Gang mit lauter Stühlen an der Wand. Überrascht blieb sie stehen. »Frau Müller?«

Langsam erhob sich die Frau im beigen Mantel und kam erleichtert auf sie zu. »Ach, Frau Brenner, da sind Sie ja, Gott sei Dank. Das war ja alles so furchtbar.«

Esthers ehemalige Putzfrau hatte ihre grauen Haare streng zurückgebunden, unter dem Mantel leuchtete ein Strickpullover mit applizierten blauen Glitzerschmetterlingen, was in dieser kühlen Krankenhausatmosphäre irritierend wirkte. Ihre große Handtasche hielt sie fest umklammert, während sie Friederike hektisch die Hand schüttelte. »Ich habe sie gefunden und den Notarzt verständigt. Ich war so aufgeregt, dass ich keine Idee hatte, wo Ihre Telefonnummer sein könnte, die Ärztin hat sie zum Glück in den Papieren Ihrer Mutter gefunden. Ich habe ja ihre Handtasche mitgenommen, die lag auf dem Stuhl im Flur, da war zum Glück alles Wichtige drin. Ich habe sie der Schwester gegeben.«

»Was ist denn genau passiert?« Friederike vermied es, auf die wogenden Schmetterlinge zu starren. »Und wo ist sie jetzt?«

»Das sagen die mir ja nicht, weil ich keine Angehörige bin«, Frau Müller hob die Schultern. »Vielleicht wird sie noch untersucht. Ich bin nur hinterhergefahren, weil ich sie ja gefunden habe. Und ich nicht wusste, wie ich Sie erreichen kann.«

»Und wo haben Sie sie gefunden?«

»Zu Hause«, Frau Müller sah sie mit großen Augen an. »Sie hat mich gestern angerufen und gesagt, ich soll ihr sofort den Hausschlüssel zurückbringen. Ich habe ja noch einen, weil ich dachte, sie hätte das nicht ernst gemeint, als sie mir gekündigt hat. Ich putze seit fünfzehn Jahren bei ihr, und es ist ja nichts gewesen. Ich habe die ganze Zeit gewartet, dass sie sich meldet und fragt, wann ich zum Putzen komme. Aber sie hat nur angerufen und gebrüllt, dass sie den Schlüssel sofort zurückhaben will. Ich konnte erst heute Morgen, ich hatte bis gestern Abend Besuch von meiner Enkelin. Und dann habe ich geklingelt, aber sie hat nicht aufgemacht. Ich habe ein Stöhnen durch die Tür gehört, deshalb habe ich meinen Schlüssel benutzt, ja und dann lag sie da im Flur. Ich wäre niemals da reingegangen, das können Sie mir glauben, es war nur, weil ich sie gehört habe.« Erschöpft schloss sie ihre Ausführungen und sah Friederike an. »Das war ein furchtbarer Anblick, das können Sie mir glauben. Überall Blut, sie war auch nicht so sauber, und es war alles so durcheinander. Sie hat den Garderobenständer wohl beim Sturz umgerissen. Ich habe ja kaum die Tür aufgeschoben bekommen. Mir ist immer noch ganz schlecht.«

Friederike schloss kurz die Augen und biss die Zähne aufeinander. Sie hatte sich doch um die Situation kümmern wollen, als sie vor zwei Wochen das letzte Mal da gewesen war. Letzte Woche hatte sie den Besuch ausfallen lassen, sie hatte an dem Samstag keine Zeit gehabt, und am Sonntag war die Ausstellung gewesen. An Esther hatte sie tatsächlich nicht mehr gedacht. Und jetzt das. Sie hätte sich wirklich kümmern müssen. »Seit wann lag sie denn da?«

Frau Müller rang die Hände. »Ich weiß es nicht so genau. Aber wahrscheinlich seit gestern Abend. Sie hatte normale Sachen an, kein Nachthemd oder so. Ach, es ist so furchtbar.«

»Frau Brenner?« Eine junge Ärztin stand plötzlich vor ihr und sah sie aufmerksam an. Friederike nickte.

»Ich bin Dr. Ahrend, wir haben telefoniert. Ihre Mutter ist jetzt auf ihrem Zimmer, die Untersuchungen sind so weit abgeschlossen. Wollen wir in mein Büro gehen?«

»Ja«, Friederike sah sie kurz an, bevor sie sich an Frau Müller wandte. »Erst mal vielen Dank, Frau Müller, kommen Sie nach Hause, sonst fahre ich Sie nachher?«

»Vielen Dank, ich nehm den Bus.« Mit heftigem Nicken nahm Frau Müller ihre Handtasche vom Stuhl und lächelte unsicher. »Ja, ich … also ich gebe Ihnen mal den Schlüssel«, nach hektischer Suche in der Tasche zog sie ihn heraus und drückte ihn Friederike erleichtert in die Hand. »Bitte schön, ja dann fahre ich mal. Bis später.«

Sie setzte sich sofort in Bewegung, während Dr. Ahrend mit einladender Geste auf eine nahe gelegene Tür zuging: »Kommen Sie bitte mit.«

Erst, als Friederike sich im Büro der Ärztin setzte, merkte sie erstaunt, dass sie weiche Knie und einen erhöhten Puls hatte. Egal, wie schwierig das Verhältnis zu Esther war, sie war ihre Mutter und hatte stundenlang allein und mit Schmerzen im Flur gelegen. Friederike spürte eine Welle von schlechtem Gewissen anrollen. Außerdem hasste sie den Geruch von Krankenhäusern. Sie riss sich zusammen und bemühte sich um einen sachlichen Ton.

»Wie geht es ihr? Was ist passiert?«

»Körperlich den Umständen entsprechend gut«, Dr. Ahrend klappte ein Tablet auf und überflog ein Krankenblatt. »Sie scheint gestürzt zu sein, über die Ursache können wir nur spekulieren. Die Kopfverletzung, die sie sich dabei zugezogen hat, konnten wir bereits versorgen. Ein Bruch der Schulter muss jedoch operativ gerichtet werden, ansonsten bleibt die Schulter steif.«

Sie hob den Kopf und sah Friederike an. »Lebt Ihre Mutter noch allein?«

»Ja«, Friederike nickte. »Ich fahre regelmäßig hin und helfe ihr mit den Einkäufen, und sie hatte auch immer eine Haushaltshilfe. Die hat sie zwar vor einiger Zeit gefeuert, aber ich dachte nicht, dass sie das ernst meinte. Das war die Dame, die gerade noch hier war. Insgesamt hatte ich bislang jedoch den Eindruck, dass meine Mutter sehr gut zurechtkommt.«

»Den Eindruck hatte ich nicht«, antwortete Dr. Ahrend sanft. »Auch wenn man den Schock durch den Sturz einbezieht, machte sie bei der Einlieferung einen eher desorientierten und vor allen Dingen sehr aggressiven Eindruck. Nach unserer Einschätzung sind das Symptome einer bereits fortgeschrittenen Demenz. Ist Ihnen vorher schon mal etwas aufgefallen?«

Nachdenklich betrachtete Friederike die Gegenstände auf dem Schreibtisch. Das Foto einer glücklichen Kleinfamilie, eine weiße Orchidee, ein Kalender, Büroklammern in einer bunten Dose, mehrere Kugelschreiber, ein Stapel Briefe.

»Na ja«, begann sie langsam. »Meine Mutter kann sehr schlecht gelaunt sein. Manchmal auch wütend. Desorientiert fand ich sie bislang nicht. Allerdings habe ich mich tatsächlich in letzter Zeit hin und wieder gewundert: Vorletzte Woche hat sie mir erzählt, dass sie von Männern beobachtet würde. Wenn ich recht überlege, gab es da tatsächlich hin und wieder solche oder ähnlich seltsame Dinge. Ich habe das bisher nicht besonders ernst genommen.«

»Das sollten Sie aber«, Dr. Ahrend schob ihren Stuhl ein Stück zurück. »Wie gesagt, mein Eindruck war der einer bereits fortgeschrittenen Demenz. Deshalb muss ich auch erst mit Ihnen sprechen, bevor wir Ihre Mutter operieren können. Ich habe nicht den Eindruck, als könne sie das noch selbst entscheiden.«

»Also, an eine fortgeschrittene Demenz kann ich gar nicht so recht glauben« Friederike schüttelte den Kopf. »Sie war nie einfach, aber als desorientiert erlebe ich sie wirklich nicht.«

Dr. Ahrend kommentierte das nicht, stattdessen sagte sie: »Sie wird nach der Operation etwa für zwei Wochen hierbleiben, danach sollte sich eine drei- bis vierwöchige Reha, auch wegen der Schulter, anschließen. Wie es dann weitergeht, wird man sehen. Sie sollten sich nur besser jetzt schon Gedanken über eine langfristige Betreuung machen. Wollen Sie jetzt vielleicht erst mal zu ihr? Dann würde ich Sie auf die Station begleiten.«

Am liebsten hätte Friederike es sofort und entschieden abgelehnt, nur leider sah die junge Ärztin sie so teilnahmevoll an, dass Friederike ihre Abneigung nicht so zeigen mochte. Es half auch nichts, Esther war ihre Mutter, der etwas Schlimmes passiert war. Das ohnehin schwierige Verhältnis wurde durch diesen Unfall sicherlich nicht einfacher. Und sie würde sich jetzt um alles kümmern müssen. Es gab niemand anderen.

»Ja, gern«, sagte sie deshalb und bemühte sich um ein dankbares Lächeln. »Und vielen Dank für das Gespräch.«

Esther lag allein auf dem Zimmer und drehte den Kopf zur Tür, als Dr. Ahrend sie öffnete und Friederike den Vortritt ließ.

»Was willst du denn hier?« Esther versuchte, sich aufzurichten. Zwei weiße Pflaster klebten auf ihrer Schläfe und Stirn, ihre Haare waren platt und stumpf, der Arm in einer Schlinge, nur die Augen blitzten wie immer. »Hat er dich geschickt? Du kannst ihm sagen, er kann mich mal.«

Dr. Ahrend ging um das Bett und stellte das Kopfteil hoch, bevor sie einen vielsagenden Blick in Friederikes Richtung schickte. »Frau Brenner, Ihre Tochter will wissen, was Sie von zu Hause brauchen. Haben Sie irgendwelche Wünsche? Sie bleiben ja erst mal eine Weile bei uns.«

»Na, Gott sei Dank«, antwortete Esther mürrisch, bevor sie die Hand der Ärztin wegschob. »Die hat ja meine Wohnung verkauft, ich habe ja keine mehr. Ist ja alles weg.«

»Esther, was redest du denn da?« Friederike war neben das Bett getreten und hatte sich zu ihr runtergebeugt. »Du hast doch deine Wohnung. Da fahre ich nachher hin und hole dir ein paar Sachen. Möchtest du was Bestimmtes haben?«

Trotzig drehte Esther ihren Kopf zum Fenster. »Die soll gehen. Ist genauso so eine Angeberin wie die anderen. Das hat sie aus dieser Familie. Immer nur Geld rausschleudern und mir nichts gönnen. Sagen Sie ihr, dass sie weggehen soll.«

»Esther! Aber …«

Mit sanftem Druck am Ellenbogen bugsierte Dr. Ahrend

Friederike aus dem Zimmer und schloss hinter ihnen die Tür. Auf dem Flur schob sie ihre Hände in die Kitteltaschen. »Das ist immer schwer für die Angehörigen, das weiß ich. Und jetzt gerade kann es auch noch mit den Schmerzmitteln und dem Schock zu tun haben, wir werden sehen, wie es sich in den nächsten Tagen darstellt.« Sie machte eine kleine Pause, dann fuhr sie fort. »Hat Ihre Mutter eine Patientenverfügung und eine Vorsorgevollmacht?«

»Ja«, Friederike nickte. »Das haben wir schon vor einigen Jahren gemacht. Ich habe nur keine Ahnung, wo sie die hat. Ich muss suchen.«

»Es wäre gut, wenn Sie sie finden. Wir werden morgen früh operieren, Sie können die Sachen also gern nachher noch bringen. Ich muss jetzt weiter, wir sprechen uns. Auf Wiedersehen.«

»Ja, Wiedersehen«, wiederholte Friederike und sah ihr einen Moment hinterher, als sie den Flur hinuntereilte. »Und vielen Dank.« Sie atmete tief aus, bevor sie entschlossen die Station verließ. Jetzt würde sie in Esthers durchaus noch existierende Wohnung fahren und eine Tasche für ihre Mutter packen. Was sie nicht finden konnte, würde sie eben kaufen. Keinesfalls wollte sie alle Schränke durchwühlen. Je schneller die Tasche gepackt war, desto früher konnte sie hier wieder weg. Und um die Wohnung könnte sich eigentlich auch Frau Müller kümmern. Das bekäme Esther doch gar nicht mit.

Das Chaos war auf den ersten Blick nicht ganz so schlimm, wie Friederike befürchtet hatte. Sie verharrte einen Moment im Flur, bevor sie die Tür hinter sich schloss, stellte den Garderobenständer zurück an seinen Platz und sammelte die umliegenden Jacken und Mäntel ein, um sie wieder aufzuhängen. Auf den hellen Fliesen waren tatsächlich Blutflecken, Friederike schauderte, sie würde sie gleich wegwischen, das konnte sie Frau Müller nicht zumuten. Falls die nach allem überhaupt noch zum Putzen kommen wollte.

Es war dunkel in der Wohnung, und es roch muffig, Friederike hatte sofort das Gefühl zu ersticken. Sie zog überall die Jalousien hoch und riss die Fenster auf. An der Balkontür holte sie tief Luft, bevor sie sich umdrehte und das Zimmer inspizierte. Eigentlich sah es aus wie immer, Esther war nie die Superhausfrau gewesen, die ständig geputzt und aufgeräumt hatte. Wie immer lagen überall Zeitschriften herum, eine angefangene Tafel Schokolade auf dem Sofa, leere Gläser, ein Hausschuh vor dem Fernseher, eine Strickjacke auf dem Sessel. Die wenigen Zimmerpflanzen hatten schon länger kein Wasser gesehen, aus einem Impuls heraus nahm Friederike die Plastikgießkanne von der Fensterbank. Als sie die Küchentür aufdrückte, bekam sie sofort einen Würgereiz und ließ die Kanne fallen. Sie drückte ihre Hand vor Mund und Nase, atmete flach und lief zum Fenster, um es aufzureißen. Es stank grauenhaft, das Geschirr stapelte sich in der Spüle, zwei Töpfe, in denen noch irgendwas Undefinierbares vor sich hin schimmelte, standen auf dem Herd, vergammelte Lebensmittel in Tüten und Kartons standen und lagen überall herum. Esther hatte sich seit Friederikes letztem Besuch anscheinend jede Menge Einkäufe liefern lassen, das meiste hatte sie nur nicht ausgepackt. Was zur Hölle war hier los?

Kurz entschlossen zog sie das Handy aus der Tasche, suchte in den Kontakten nach der Nummer und wählte. »Frau Müller, sind Sie gut angekommen? Hier ist Friederike Brenner. Ich brauche Ihre Hilfe.«

Friederike band den letzten Müllsack zu und stellte ihn zu den anderen ins Treppenhaus. »Das war's.« Sie zog die Gummihandschuhe aus und sah zu Frau Müller, die mit einem Eimer Seifenwasser aus der Küche kam. »Ich bringe das Zeug auf dem Weg runter, jetzt packe ich erst mal die Tasche. Kann ich Sie hier allein lassen?«

»Natürlich«, Frau Müller nickte. »Das Schlimmste ist ja geschafft. Ich mache hier noch den Rest. Fahren Sie ins Krankenhaus. Gottogott, was für ein Tag. Die Reisetasche steht übrigens auf dem Schlafzimmerschrank.«

»Danke«, Friederike stemmte stöhnend ihre Hände in den Rücken. »Ich packe gleich mal was zusammen. Und ich muss noch die Papiere suchen.«

Während Frau Müller sich um die Wohnung kümmerte, ging Friederike vor dem Wohnzimmerschrank in die Knie und zog die Schubladen auf, in denen ihre Mutter ihre Unterlagen aufbewahrte. Es waren drei Schubladen, alle unsortiert, alle vollgestopft. Friederike hockte sich auf den Boden und nahm mit einem resignierten Seufzer den ersten Papierstapel raus.

Sie legte ein Blatt nach dem anderen zur Seite, Versicherungspolicen, Heizkostenabrechnungen, Krankenkassenschreiben, ein Prospekt einer Busreise, Werbebroschüren diverser Discounter, alte Zeitungsartikel, es war ein heilloses Durcheinander. Kopfschüttelnd legte Friederike alles zurück und zog die nächste Schublade auf. Sie fand einen flachen Karton, auf dem *Esther Brenner: Privat!* stand, ungeachtet des Ausrufungszeichens zog Friederike ihn raus und hob den Deckel ab. Tatsächlich war das oben liegende Schriftstück die Patientenverfügung, die Generalvollmacht, die auf Friederike ausgestellt war, lag darunter. Zufrieden stand sie auf, legte beide Schriftstücke auf den Tisch und wollte den Karton wieder zurückstellen, als er ihr plötzlich aus der Hand kippte und den gesamten Inhalt über dem staubigen Boden verstreute.

»Scheiße.« Sie ging wieder in die Hocke und sammelte die Papiere ein, von den aufsteigenden Staubflocken musste sie niesen. Einige Briefumschläge waren unter den Schrank gerutscht, Friederike schob ihren Ärmel hoch und angelte sie hervor. Sie stutzte, als sie einen Absender erkannte, hob den Umschlag hoch und drehte ihn vor und zurück. Sie stand langsam auf, die Augen immer noch auf die ihr unbekannte Schrift gerichtet, und setzte sich auf die Armlehne des Sessels. Dann las sie den Absender laut. *Dieter Brenner, Kiefernweg 35 c, München.* Der Poststempel war zwei Jahre alt.

Friederike zog die Karte aus dem Umschlag und las fassungslos den Text:

Alles Gute zum 80. Geburtstag wünscht Dieter

DieterBrennerderArsch, in einem Wort gesprochen, gratulierte Esther zum Geburtstag. Ungläubig hielt Friederike die Karte in der Hand. Das war doch nicht möglich. Sie stand auf, um die anderen Umschläge zusammenzusammeln, und überflog die Absender. Auch zwei Weihnachtskarten von Dieter Brenner waren dabei, laut Poststempel war eine erst aus dem letzten Jahr.

Ich wünsche euch frohe Weihnachten, Dieter

Euch! Wie vor den Kopf gestoßen, ließ Friederike die Arme sinken. Über fünfzig Jahre lang hatte sie geglaubt, dass ihr Vater Dieter Brenner ein Säufer und Idiot war, der die Familie verlassen und sich nie wieder gemeldet hatte. Dessen Aufenthaltsort Esther angeblich nie bekannt war, weshalb er auch nie Unterhalt bezahlt hatte. Was der Grund für Esthers ewiges Lamentieren gewesen war. Und jetzt fand sie hier diese Karten. Mit seiner Adresse. Ihre Mutter hatte gewusst, wo er war. Und sie angelogen. Ihr ganzes Leben lang.

Friederike schloss die Augen und lehnte sich an den staubigen Schrank. Und sie hatte gedacht, mit ihrem Gefühl stimme etwas nicht. Warum war ihr ganzes Leben ein solches Chaos?

17.

»Antenne Bayern mit dem Wetter, heute zunächst viel Sonne, im Tagesverlauf aus Nordwesten aufziehende Wolken. Gegen Nachmittag südlich der Donau und im Bayerischen Wald ansteigendes Schauer- und Gewitterrisiko, die Höchstwerte zwischen 22 und 26 Grad. Was ist los auf Bayerns Straßen? Die Verkehrsmeldungen …«

Alexandra drehte das Radio leiser, als sie die Türklingel hörte. Sie legte den Ordner auf den Tisch, bevor sie zur Tür ging und auf den Summer drückte. Frau Malik war pünktlich, zufrieden lehnte Alexandra sich an den Türrahmen und wartete auf das Erscheinen der Maklerin.

Die Fahrstuhltür öffnete sich, Miriam Malik trat mit strahlendem Lächeln und ausgestreckter Hand aus dem Aufzug. »Frau Weise, wie lange ist das her?«

»Fünfzehn Jahre«, Alexandra schüttelte ihre Hand, bevor sie die Tür weiter aufschob und in die Wohnung deutete. »Bitte. Einen Kaffee, Espresso?«

»Sehr gern einen Kaffee«, Miriam Malik ging langsam vor, bis sie am Küchenblock stehen blieb und sich bewundernd umsah. »Diese Wohnung ist nach wie vor ein Traum«, sagte sie und stellte ihre Handtasche auf einem der hohen Hocker ab. »Wie geht es Ihnen denn? Ich habe ja immer mal wieder etwas über Sie in der Zeitung gelesen, aber wir haben uns ja wirklich lange nicht gesehen.«

»Gut«, Alexandra lächelte kurz und nahm die Tassen aus dem Schrank. »Sehr gut, danke. Ich hoffe, Ihnen auch.«

Vor fünfzehn Jahren hatte Alexandra durch sie diese Wohnung vermittelt bekommen. Die Immobilienpreise in München waren noch nicht explodiert, Alexandra hatte in den Jahren zuvor schon gut verdient, eine solide Finanzierung gemacht, die Wohnung war mittlerweile abbezahlt. Sie hatte Miriam Malik damals schon sympathisch gefunden, weil sie nur wenige der Klischees erfüllte, die einem in der Regel bei dem Wort Makler in den Kopf kamen. Miriam Malik war in Alexandras Alter, groß, kräftig, kaum geschminkt, mit praktischer Kurzhaarfrisur und flachen Schuhen, was vermutlich ihrer Größe geschuldet war, aber den beruhigenden Eindruck vermittelte, sie könne nicht nur die Wohnung verkaufen, sondern auch noch eigenhändig den Umzugswagen beladen.

Ihr Blick fiel auf den Autoschlüssel, den Miriam Malik auf den Küchenblock gelegt hatte. Sie fuhr Porsche, Alexandra lächelte, wie gesagt, nur wenige Klischees.

»Milch und Zucker?« Alexandra drehte sich kurz zu ihr um.

»Nein, danke. Schwarz.«

Sie nickte, als Alexandra ihr die Tasse reichte, und wartete einen Moment, bis auch Alexandras Espresso fertig war. »Ja, dann erzählen Sie mal, was ich für Sie tun kann. Und warum Sie sich entschlossen haben, diesen Traum hier aufzugeben.«

Alexandra sah sie an und dachte: Weil ich gefeuert wurde, meine Familie nur noch aus meiner Schwester in Weißenburg besteht, meine Freundin Marie viel zu früh gestorben ist, mir aber meine alten Freundinnen auf einem Silbertablett serviert hat, meine Affäre sich als hoffnungslos und falsch entpuppt hat und hier ohnehin viel zu viele Erinnerungen an dunkle Zeiten kleben. Und weil ich in einem Alter bin, in dem ich nicht mehr unendlich viel Zeit habe, Dinge zu ändern, die mich unglücklich machen. So einfach.

»Ich ziehe zurück nach Hamburg«, sagte sie stattdessen und rührte Zucker in den Espresso. »Ich will mich noch mal beruflich verändern und deshalb meine Zelte in München abbrechen. Und diese Wohnung, so schnell es geht, verkaufen.«

Ihr Handy vibrierte kurz auf dem Tisch, eine SMS, sie registrierte es, machte aber keine Anstalten, nachzusehen. Stattdessen fuhr sie fort: »Ich habe mir gedacht, Sie könnten sich um den Verkauf kümmern, Sie kennen die Wohnung und mich, und ich werde nicht die ganze Zeit in München bleiben. Sie können natürlich jederzeit mit Interessenten einen Besichtigungstermin ausmachen, Sie bekommen einen Schlüssel von mir.«

»So«, Miriam Malik erhob sich langsam und durchquerte bedächtig den großen Raum, bis sie an der Terrassentür stand und nach draußen blickte. »Nach Hamburg.« Sie drehte sich wieder um. »Ich war mal vor Jahrzehnten in einen Hamburger verliebt und drauf und dran, auch dahin zu ziehen. Na ja, bevor ich den Mietvertrag unterschrieben hatte, hat er sich von mir getrennt. Zum Glück vor der Unterschrift. Aber ich hatte kurz darüber nachgedacht. Ich kann es verstehen. Eine schöne Stadt. Aber sehr norddeutsch. Für mich wäre das auf Dauer eh nichts gewesen. Ich brauche die Berge. Und Bayern. Aber kommen Sie nicht sogar aus dem Norden?«

Alexandra nickte. »Ja. Ursprünglich schon. Aber ich war jetzt über zwanzig Jahren hier.«

»Man soll da aufhören, wo man angefangen hat.« Miriam schlenderte zurück und griff nach ihrer Tasse. »Sagte meine Mutter immer. Aber gut. Können wir noch mal einen Rundgang durch die Wohnung machen? Es ist ja schon so lange her. Und ich könnte gleich ein paar Fotos machen.«

»Natürlich«, Alexandra stellte ihre Tasse weg und machte eine einladende Geste. »Fangen wir oben an?«

Während ihre Maklerin die oberen Räume fachmännisch musterte und mehrere Fotos mit dem Handy machte, versuchte Alexandra, die plötzlich aufkommende Sentimentalität zu unterdrücken. Es ist vorbei, sagte sie sich, es ist gut so. Ihr Entschluss stand fest. Und sie wollte auch nicht mehr daran rütteln. Auch wenn sie vermutlich nie mehr eine solch schöne Wohnung besitzen würde.

»Die Dachterrasse ist wunderschön«, sagte Miriam und trat begeistert vom Schlafzimmer aus in die Sonne. »Und so toll bepflanzt. Herrlich.«

Alexandra folgte ihren Blicken und verharrte auf den dunklen Flecken neben den Blumenkästen. Es war eine Flasche Rotwein gewesen, die hier in einer tropischen Sommernacht zu Bruch gegangen war. Sie hatten die Matratzen rausgeschleppt, weil es in der Hitze unter dem Dach kaum auszuhalten gewesen war. Zu heiß zum Schlafen, zu heiß zum Sex, hatte er gesagt. Draußen, unterm Sternenhimmel war beides gegangen. Bis sie sich gestritten hatten und er die Flasche mit einer unwirschen Geste vom Tisch gewischt hatte. Es war lange her, die Flecken auf den Holzbohlen waren immer noch zu sehen. Der Rest des Abends war fest gespeichert in ihrem Kopf.

»Ich glaube, mein Handy hat geklingelt«, sagte Alexandra abrupt. »Sie sehen sich einfach den Rest hier an und kommen runter, wenn Sie alle Fotos haben.«

»Gern«, Miriam hielt ihr Handy auf das Alpenpanorama, das bei klarer Sicht wie heute aussah, als sei es nur einen Steinwurf weit entfernt. »Bis gleich.«

Natürlich hatte Alexandra kein Klingeln gehört, sie hatte es stumm gestellt. Trotzdem waren zwei Anrufe in Abwesenheit mit unterdrückter Nummer und zwei SMS eingegangen.

»Hey Alex, falls du Lust hast, kannst du dich ja mal melden, wollte mal hören, was es Neues in München gibt. Habe Katja beim Einkaufen getroffen, sie hat mir gesagt, dass du demnächst

wiederkommst. Und ich müsste mal mit euch über Hanna reden. Und über Pia. Wenn es bei dir passt, bis bald, Jule.«

Alexandra hob die Augenbrauen, was war denn mit Hanna? Und wie ging es wohl Pia? Sie würde sich später bei Jule melden. So ganz hatte sie sich noch nicht wieder an diesen selbstverständlichen Austausch gewöhnt. Aber es fühlte sich gut an, noch etwas fremd, aber richtig. Sie lächelte, als sie die zweite SMS von Friederike las.

»Falls du heute Zeit hast, ruf mich doch bitte mal an. Danke dir, F.«

Sie schrieb zweimal dieselbe Antwort: *»Rufe heute Abend an, A.«*

»Frau Weise, diese Wohnung ist wirklich toll«, Miriam kam die Treppe runter und machte noch ein paar Bilder von der Küche und dem großen Wohnzimmer. »Das wird überhaupt kein Problem, die zu verkaufen. Welchen Termin haben Sie sich denn vorgestellt?«

Achselzuckend verschränkte Alexandra ihre Arme vor der Brust. »So bald wie möglich. Ich muss natürlich noch einiges organisieren, außerdem bin ich nur noch ein paar Tage hier, bevor ich wieder in den Norden fahre. Wir haben jetzt Anfang Mai … Sagen wir mal: Ich würde gern im Herbst alles abgewickelt haben. Meinen Sie, dass das realistisch ist?«

»Ich glaube schon«, die Maklerin zog einen dicken Kalender aus der Tasche, aus dem jede Menge bunter Klebezettel quollen. »Ich habe überhaupt keine Zweifel«, sagte sie und notierte sich etwas.

Nach einer weiteren halben Stunde hatten sie alles besprochen und sich verabschiedet. Alexandra blieb an der Tür stehen, bis der Fahrstuhl mit der Maklerin nach unten fuhr, dann atmete sie tief durch und ging zurück in die Wohnung. Der

Anfang war gemacht, dachte sie, den Rest würde sie jetzt auch noch hinkriegen.

Sie blieb einen Moment stehen und überlegte, wo sie weitermachen sollte. Um 15 Uhr war sie mit Ulrike verabredet, sie hatte also noch zwei Stunden Zeit, um die Sachen, die sie in den nächsten Wochen brauchen würde, zusammenzupacken. Bevor sie die Treppe erreicht hatte, klingelte das Telefon. Dieses Mal das Festnetz. Alexandra sah auf das Display und nahm ab. »Hallo Katja.«

»Und?«

»Sie ist gerade gegangen«, Alexandra griff nach einer Wasserflasche und ging mit dem Telefon zum Sofa. »Und sie hält es für kein Problem, die Wohnung bis zum Herbst zu verkaufen. Sie hat jede Menge Fotos fürs Exposé gemacht, in den nächsten Tagen kommt sie damit vorbei und holt sich den Schlüssel, damit sie Besichtigungen machen kann. Ich bin ganz froh, dass ich nicht dabei sein muss, ich hätte überhaupt keine Lust, fremde Menschen durch meine Wohnung latschen zu sehen.«

»Die alles kritisch mustern und anfassen«, ergänzte ihre Schwester. »Nein, das lass mal lieber. Aber das klingt doch gut. Und hast du noch was vom Anwalt gehört?«

»Ja«, Alexandra lenkte ihren Blick auf den Tisch, auf dem das letzte Schreiben der Kanzlei lag. »Gestern kam die Kopie des Briefes, den er an Carsten Hansen geschickt hat. Hansen wird tot umfallen, Dr. Hoppe hat sein Angebot abgelehnt und eine neue Forderung gestellt. Er will eine deutlich höhere Abfindung. Außerdem wurden alle Unverschämtheiten gestrichen, zum Beispiel die Forderung, dass ich nicht für einen anderen Verlag arbeiten darf. Ich bin gespannt, wann die Antwort kommt. Und ob wir vor Gericht müssen.«

»Gut«, in Katjas Stimme war ein Lächeln zu hören. »Die sollen bluten. Wie kann man so dumm sein. Warst du schon im Verlag?«

Das war eines der Dinge, die ihr noch bevorstanden. Alexandra hatte diesen Termin so weit nach hinten geschoben, wie es nur ging, jetzt wäre sie froh, wenn sie es schon erledigt hätte.

»Morgen Vormittag«, sagte sie seufzend. »Hansen ist im Urlaub und meine Nachfolgerin hat Termine außer Haus. Ich hatte Ulrike gebeten, meine Sachen aus dem Büro einzupacken, bevor die Sattler es bezieht, das hat sie schon gemacht. Sie bringt sie mir heute Nachmittag vorbei. Ich muss morgen nur noch das Auto abgeben und kann mich dann noch von einigen verabschieden. Das halte ich aber ganz kurz.«

»Kannst du das Auto nicht abholen lassen?«, schlug Katja vor. »Wenn deine Kollegin schon deine Sachen vorbeibringt, kann sie doch gleich das Auto mitnehmen. Das musst du dir doch nicht antun.«

»Nein, nein, ich will das auch selbst machen. Ich habe ja nichts verbrochen, also wieso sollte ich mich nicht anständig verabschieden? Das sehe ich überhaupt nicht ein.«

Das Handy vibrierte wieder auf dem Tisch, Alexandra stand mit dem Telefon am Ohr auf, um nachzusehen, wer das war. Wieder eine unterdrückte Nummer, mittlerweile das fünfte Mal. Nach kurzer Zeit hörte es auf. Plötzlich hatte Alexandra ein Déjà-vu. Ein paar Wochen zuvor hatte sie bei einem Abendessen auch mehrere Anrufe mit unterdrückter Rufnummer gesehen, jetzt ahnte sie, wer das sein könnte. Es gab nicht so viele Anrufer, die ihre Nummer geheim hielten.

»Das verstehe ich«, sagte Katja jetzt. »Dann wünsch ich dir viel Glück für morgen. Weißt du denn schon, wann du zurückkommst?«

Nachdenklich nahm Alexandra das Handy in die Hand, starrte auf das schwarze Display und legte es wieder zurück. Sie hob den Kopf. »Heute ist Dienstag, morgen gehe ich in den Verlag, dann packe ich ein paar Sachen zusammen, ich denke, ich buche mir für Samstag einen Zug. Und schicke am Freitag die Koffer vor, dann fahre ich nur mit einer kleinen Tasche.«

»Das ist doch gut«, Katja klang zufrieden. »Wir freuen uns. Also, wenn noch was ist, rufst du an. Und melde dich, wenn du weißt, mit welchem Zug du kommst, ich hole dich in Hamburg ab, dann brauchst du nicht noch mal umsteigen. Ich habe übrigens …«

Das Handydisplay leuchtete auf, *Anonym*.

»Katja, jetzt ruft mich gerade jemand auf dem Handy an, ich muss Schluss machen, bis später dann.«

»Ja, Tschüs.«

Alexandra wechselte sofort das Telefon. »Weise.«

Gespannt wartete Alexandra auf die Stimme am anderen Ende, zunächst hörte sie gar nichts.

»Hallo? Alexandra Weise hier.«

»Ja, hallo, hier ist …«

Alexandra hatte es geahnt.

»Hier ist Veronika … Seltmann.«

Die nachfolgende Pause zog Alexandra absichtlich länger hin als notwendig. Auch, weil sie noch nicht wusste, welchen Grund dieses Gespräch haben würde. Veronika Seltmann hielt die Stille nicht aus.

»Alexandra? Sind Sie noch dran?«

»Natürlich, Frau Seltmann. Was kann ich für Sie tun?«

Falls Veronika Seltmann noch unsicher gewesen sein sollte, ob das zugewandte Du, das beim letzten Mal eingeführt worden war, heute noch Bestand hatte, wusste sie jetzt Bescheid. Alexandra blieb ganz ruhig, sie war selbst überrascht, wie ruhig sie war.

»Ja, also ich«, Veronika Seltmann musste sich erst räuspern, bevor sie weitersprechen konnte. »Also ich bin gerade bei Ihnen in der Gegend, und da wollte ich Ihnen ein spontanes

Mittagessen vorschlagen. Ich habe das Gefühl, es gibt noch Redebedarf.«

Irritiert schüttelte Alexandra den Kopf, bevor sie antwortete: »Ich esse selten mittags, Frau Seltmann. Und bei mir besteht auch kein Redebedarf, ich weiß nicht genau, was Sie meinen.«

»Alexandra, jetzt machen Sie es mir doch nicht so schwer.« Sie atmete tief durch. »Ich würde Sie gern treffen, weil ich diese Art des Auseinandergehens nicht gut finde. Nach all den Jahren verabschiedet man sich nicht so stillos voneinander.«

»Na, da sind wir ja einer Meinung.« Alexandra gab sich gar keine Mühe, den Zynismus in ihrer Stimme zu verbergen.

»Nein, ich hatte das alles ja auch ganz anders geplant. Jetzt lassen Sie uns doch noch mal darüber sprechen, wie gesagt, ich sitze hier gerade im Garten dieses kleinen Lokals bei Ihnen um die Ecke. Es heißt, warten Sie, *Silvies Bistro* haben Sie nicht vielleicht doch Zeit, mit mir wenigstens etwas zu trinken?«

Wozu, dachte Alexandra und sah dabei aus dem Fenster. Der Wetterbericht schien zu stimmen, der Himmel war strahlend blau, nur ganz vereinzelt zogen kleine Wolken über das Blau. Der Garten hinter *Silvies Bistro* war eine sonnige Idylle, die Alternative wäre, die Koffer weiterzupacken und sich zu fragen, was dieser Anruf bezweckt hätte. Und im Übrigen hatte Veronika Seltmann recht, so ging man nicht auseinander. Champagner trinken, das Du anbieten, nur die halbe Wahrheit erzählen und Carsten Hansen die Drecksarbeit machen lassen, Veronika hatte es sich sehr leicht gemacht und war danach in den Urlaub gefahren. Und hatte Alexandra in diese unsägliche Situation mit Carsten Hansen gebracht.

»Ich bin in zehn Minuten da«, sagte sie entschlossen.

Alexandra hatte lediglich das T-Shirt gegen eine weiße Bluse getauscht, einen Gürtel in die Jeans gezogen, sich Puder ins Gesicht gepinselt, die Wimpern getuscht und die Haare zu einem lockeren Dutt gebunden. Sechs Minuten hatte sie gebraucht, die restlichen vier Minuten brauchte sie für den Weg. Sie kam nie zu spät.

Veronika Seltmann saß in einer halbschattigen Ecke des Gartens und sah ihr durch eine große Sonnenbrille entgegen, die sie sofort in die Haare schob, als Alexandra den Tisch erreicht hatte. Sie stand auf und streckte ihr die Hand hin. »Danke, dass es geklappt hat. Es war mir sehr wichtig.«

Alexandra drückte ihr flüchtig die Hand, bevor sie sich setzte und sich kurz umsah. Zwischen den kleinen bunten Tischen standen überall große Blumenkübel, die nächsten Gäste saßen weit genug entfernt. Sie stellte ihre Tasche auf den Stuhl neben sich und faltete die Hände auf dem Tisch, bevor sie Veronika Seltmann musterte. Ihre Stirn glänzte, vermutlich war da etwas zu viel Botox hineingeraten, auch ihre Oberlippe sah anders aus. Falls sie das vom Verkaufspreis bezahlt hatte, war es keine gute Anlage.

»Was möchten Sie trinken?«

»Keinen Champagner«, Alexandra gab der Bedienung selbst ein Zeichen und bestellte Wasser. »Es gibt ja dieses Mal nichts zu feiern. Wobei es bei genauem Hinsehen beim letzten Mal ja auch nichts zu feiern gab.« Sie sah Veronika an. »Trotz Begrüßungschampagner. Also, warum wollten Sie mich sehen?«

»Liebe A… Frau Weise«, sie beugte sich über den Tisch, einen kurzen Moment lang befürchtete Alexandra, dass sie gleich ihre Hand nehmen würde, und lehnte sich zurück.

»Als mein Mann und ich Ihnen vor zwei Monaten vom Verkauf erzählt haben, war mir nicht klar, dass Sie aus dem Unternehmen ausscheiden könnten. Wissen Sie, die Susanne ist ja die Nichte von meinem Mann, die Tochter seines Bruders, und auch noch sein Patenkind. Es war deshalb die Idee meines Mannes, Susanne in den Verlag zu holen, und Dr. Hansen hat das sofort sehr freundlich unterstützt. Natürlich sollte er Ihnen einen anderen Bereich anbieten, das war doch klar, ich verstehe überhaupt nicht, warum er nicht mit Ihnen darüber gesprochen hat.«

Alexandra blickte sie unverwandt an. Eine junge, gut gelaunte Frau stellte jetzt mit Schwung die Wasserflasche auf den Tisch und ein Glas daneben. »Braucht ihr die Speisekarte?«

»Im Moment nicht«, antwortete Veronika mit einem Stirnrunzeln, soweit das noch möglich war. Sie wartete, bis die Bedienung wieder weg war, dann schüttelte sie den Kopf. »Dieses plumpe Duzen der Gäste ist auch so eine neue Mode, die mir nicht gefällt.«

Alexandra verkniff sich ein ironisches Grinsen und schluckte den Kommentar, dass Veronika sich nach dem finanziellen Einsatz und Aufwand doch freuen müsste, jung genug geschätzt zu werden.

»Wo war ich stehen geblieben? Ach ja, wir sind natürlich davon ausgegangen, dass Sie lediglich einen anderen Bereich übernehmen.« Veronika Seltmann stützte ihr Kinn auf die Faust. »Es gibt doch so viele Möglichkeiten, Sie im Haus weiter zu beschäftigen. Ich war ganz fassungslos, dass Dr. Hansen Sie hat gehen lassen. Das müssen Sie mir glauben, ich war richtiggehend schockiert.«

Ob es die zu glatte Stirn und der puppenhafte Schmollmund waren, plötzlich fühlte Alexandra sich von Veronikas Gesichtsausdruck abgestoßen. Sie unterdrückte den Impuls, einfach aufzustehen und zu gehen, trank stattdessen einen Schluck Wasser und stellte das Glas ruhig wieder ab. Erst dann hob sie den Kopf und sagte: »An welchen anderen Bereich haben Sie denn da gedacht? Die Betreuung Ihrer Nichte? Die Poststelle? Das Catering?«

»Also bitte, Frau Weise, ich meine das ernst. Wollen wir nicht noch mal gemeinsam überlegen, was …«

»Frau Seltmann«, unterbrach Alexandra sie. »Ich habe nicht die Zeit, mit Ihnen solche Diskussionen zu führen. Kann es sein, dass Ihr Anruf etwas mit dem Brief meines Anwalts zu tun hat? Oder mit dem Artikel, den das ›magazin‹ über den Verkauf des Verlags und die damit einhergehenden Veränderungen bringen will? Ich kann mir gut vorstellen, dass die Reaktionen der Mitarbeiter und Autoren anders ausgefallen sind, als Sie dachten. Sie werden verstehen, dass ich Ihnen die Sorge um unseren missglückten Abschied nicht abnehmen kann. Natürlich wird Ihre Entscheidung in der Branche diskutiert und Ihre Nichte nicht zwingend als neue Heilsbringerin gefeiert. Aber können Sie mir bitte sagen, was das jetzt noch mit mir zu tun hat? Was genau wollen Sie von mir?«

Veronika Seltmann stellte ihr Glas hart ab und sah sie mit zusammengekniffenen Augen an. »Ich will nicht, dass mein Lebenswerk in den Schmutz gezogen wird, ich will nicht, dass schlecht über Susanne geredet wird, und ehrlich gesagt: ich finde die Forderungen Ihres Anwalts unmäßig und unverschämt. Darüber müssen wir reden. Sie haben doch sicher auch kein Interesse daran, dass der Verlag an Bedeutung verliert, immerhin haben Sie ihn über zwanzig Jahre mitgestaltet.«

»Das stimmt«, Alexandra lächelte sie an. »Das habe ich. Und es war nicht meine Idee, den Verlag zu verlassen. Die Konsequenzen Ihrer Entscheidung dürften Sie eigentlich nicht überraschen. Frau Seltmann: Ich wünsche Ihnen, Ihrem Mann, Ihrem Ruf und natürlich auch Ihrer Nichte viel Glück. Sie haben eine Entscheidung getroffen, ich bin raus und kann für den Verlag nichts mehr tun. Einen schönen Tag noch.«

Sie griff im Aufstehen nach ihrer Tasche, zog einen Fünfeuroschein aus ihrer Jeans und ließ ihn auf dem Tisch liegen.

Dann drehte sie sich um und ging. Als sie auf den Bürgersteig trat, sah sie in den blauen Himmel und lächelte.

»Ich fasse es nicht«, Ulrike schüttelte den Kopf und sah Alexandra aufgebracht an. »Dass die sich das getraut hat. Das hätte ich echt nicht gedacht. Obwohl …«, sie ließ ihre Blicke über die Dachterrasse schweifen, bis sie ihren Gedanken gefunden hatte. »Obwohl diese Mitarbeiterversammlung, in der Carsten Hansen im Beisein der Seltmanns und ihrer komischen Nichte über die Verlagszukunft geredet hat, auch schon unsäglich war. Veronika Seltmann ist anschließend zu einigen Mitarbeitern gegangen und hat regelrecht Werbung für die Sattler gemacht, neue Besen und jugendlicher Elan und dieser ganze Scheiß, ich hätte mich auf der Stelle übergeben können. Kein Mensch hat verstanden, warum die Seltmanns überhaupt anwesend waren, sie haben verkauft und fertig. Die sollen sich auf ihre mallorquinische Terrasse setzen und Aquarelle malen. Stattdessen mischen sie immer noch mit, damit die kleine Nichte keinen Mist baut.«

»Na ja, der Verlag sollte wohl in der Familie bleiben. Das war ihre Bedingung«, Alexandra streckte ihre Beine aus und hielt das Gesicht in die Sonne. »Weil sie nicht loslassen können. Außerdem haben sie sich gern in ihrem Ruf als Kulturförderer und Freunde der Literatur gesonnt. Es ist schon komisch, ich habe mir früher nie Gedanken gemacht, ob die Seltmanns eitel oder arrogant sind, ich hatte nie Probleme mit ihnen. Aber es lief ja auch alles. Wusstest du, dass sie sich die Lippen aufspritzen und die Stirn glätten lässt?«

»Ja.« Ulrike nickte. »Das habe ich in der Mitarbeiterversammlung gesehen. Sieht grauenhaft aus. Aber egal. Ich fand sie übrigens immer schon eitel. Die waren doch immer nur bei den großen Verlagsveranstaltungen dabei und haben ihr Gesicht in die Kamera gehalten. Dir ist das nur nie aufgefallen, weil du dich für diesen ganzen Öffentlichkeitskram so wenig interessiert hast. Mir schon. Und Susanne Sattler ist genauso.« Sie grinste ironisch. »Sie hat sofort einem Interview mit dem ›magazin‹ zugestimmt. Die waren letzte Woche im Haus, keine Ahnung, was sie ihnen erzählt hat, aber sie fühlte sich extrem geschmeichelt. Und du glaubst nicht, wie sie sich aufgebrezelt hat für den Fotografen. War extra beim Friseur und einer Visagistin. Das hat mir Petra erzählt, die war als Pressechefin natürlich dabei. Und hat sich fremdgeschämt.«

»Wer hat denn das Interview gemacht?«

»Eine Kollegin von Jan Magnus«, antwortete Ulrike und sah sie an. »Hat er dir das nicht erzählt?«

»Nein.« Alexandra stand aus einem Impuls heraus auf, griff nach einer gefüllten Blechkanne und begoss den großen Olivenbaum. Eine Übersprunghandlung, dachte sie, Jan hatte sich seit der Galerieeröffnung nicht mehr gemeldet. Sie stellte die Kanne ab und ließ sich wieder auf den Stuhl fallen. »Na ja, dann warten wir mal ab, wie sich die neue Verlegerin schlägt.« Ulrike musterte sie nachdenklich. »Im Verlag ist die Stimmung übrigens unterirdisch, die ersten Kollegen haben gekündigt. Der Ton im Haus hat sich schon in der kurzen Zeit drastisch verändert. Hansen hat ja wirklich überhaupt kein Benehmen, und die Leute aus der Book Group, die er mitgebracht hat, sind anscheinend alle durch seine Schule gegangen. Du kannst dir die Sitzungen nicht vorstellen, keine Ahnung, aber eine große Lippe. Ich bin gespannt, wie lange das gut geht. Sebastian Dietrich hat übrigens den neuen Vertrag nicht unterschrieben, sondern den Entwurf zurückgeschickt. Er hat zur Bedingung gemacht, dass du zurückkommst, ansonsten würde er den Verlag wechseln.«

Alexandra nickte, das erklärte auch, warum sich Veronika Seltmann so über das Schreiben des Anwalts geärgert hatte. Natürlich wollte sie nicht, dass Alexandra in einem anderen

Haus anfing und die Autoren mitnahm. Carsten Hansen hatte das in seinem Angebot vorerst ausgeschlossen, Dr. Hoppe hatte es zur Bedingung gemacht. Vermutlich mussten sie es doch gerichtlich klären. Es ging hier ums Prinzip. Sie würde sich nicht von einem kleinen Wichtigtuer und einem schwerreichen Ehepaar vorschreiben lassen, wie sie ihre Zukunft gestalten würde. Wobei keiner von ihnen ahnte, dass sie ohnehin eine ganz andere Idee in sich bewegte. Eine Idee, auf die Hanna sie gebracht hatte und über die sie in den nächsten Tagen und Wochen nachdenken wollte. In aller Ruhe und mit dem genügenden Abstand.

»Wie geht es dir eigentlich damit«, unterbrach Ulrike ihre Gedanken. »Also, jetzt ganz ehrlich.«

Alexandra sah sie an. Wie ging es ihr damit? Eine kleine Szene schob sich plötzlich in ihren Kopf. Der Moment, in dem sie Coco, Philipp und Steffi auf der Eröffnung entdeckt hatte. Der Moment, in dem Jule sich neben sie geschoben hatte, so eng, dass ihre Arme sich berührt hatten. Der Moment, in dem Alexandra zwischen ihren beiden ältesten Freundinnen eine Situation aushalten musste, vor der sie lange Angst gehabt hatte. Sie hatte es mit ihnen ausgehalten. Und heute hatten beide eine SMS geschrieben. Vielleicht war das ein Zeichen.

»Mir geht es gut«, antwortete sie deshalb mit Überzeugung. »Ich fand diese letzten Wochen anstrengend, aber ich bin froh, dass ich jetzt ein anderes Leben anfangen kann. Das alte hat nicht mehr gestimmt. Der Zeitpunkt ist richtig.«

»Das freut mich, wirklich«, Ulrike legte ihr kurz die Hand aufs Knie, bevor sie sich erhob. »Die Kollegen kommen morgen früh alle um halb acht ins Haus. Hansen ist im Urlaub, seine Kettenhunde fangen nicht vor halb zehn an, wir können in aller Ruhe gemeinsam frühstücken und uns verabschieden, nachdem du den Wagen auf den Hof gestellt hast. Falls du das überhaupt noch willst.«

»Natürlich will ich das«, Alexandra stand jetzt auch. »Danke, dass du das organisiert hast. Ich bin um halb acht da.« Sie zögerte einen Moment, dann machte sie einen Schritt nach vorn und umarmte Ulrike. Als sie sich von ihr löste, sah sie die Tränen, die ihrer langjährigen Assistentin in die Augen gestiegen waren.

»Komm, ich bin nicht aus der Welt, wir bleiben doch in Kontakt«, versuchte sie, Ulrike zu trösten. Die nickte, ging langsam zur Tür und blieb dort stehen.

»Bis morgen«, sagte sie leise. An ihrem Gesichtsausdruck erkannte Alexandra, dass auch sie nicht daran glaubte, dass Alexandra in ihrer Welt blieb.

»Bei Petersen, hier spricht Torge Brandt.«

»Oh«, Alexandra hatte ganz vergessen, dass Torge mittlerweile bei Jule wohnte, sie hatte gar nicht mit einer anderen Stimme gerechnet. »Hallo, Torge, hier ist Alexandra. Jule hat mir heute Morgen eine SMS geschrieben, ich sollte sie anrufen.«

»Ach, hallo Alexandra, das tut mir leid, sie ist gar nicht da. Sie spielt Tennis, und hinterher gehen die noch ein Bier trinken. Vor halb elf ist sie nicht zu Hause.«

»Das macht nichts. Wenn sie noch Lust hat, kann sie anrufen, ansonsten morgen. Dann grüß sie schon mal! Und habt einen schönen Abend.«

»Danke, dir auch, tschüs, Alexandra.«

Er hat eine angenehme Stimme, dachte Alexandra, bevor sie die nächste Nummer eintippte. Dieses Mal hatte sie Erfolg.

»Brenner.«

»Hi, hier ist Alex, ich sollte dich anrufen.«

Ein leises Lachen kam durch die Leitung. »Alex. Ich habe deine Festnetznummer damals gelöscht. Deshalb taucht dein Name nicht im Display auf. Dann gebe ich dich gleich mal ein.

Damit das alles wieder seine Ordnung hat. Oder meinst du, wir kriegen uns noch mal an die Köppe?«

Alexandra lachte. »Ach, Fiedi. Aber es lohnt sich nicht, die Münchner Nummer einzugeben, die habe ich nicht mehr lange. Wie geht es deiner Mutter?«

»Nicht besonders. Ist alles kompliziert, aber ich habe gerade überhaupt keine Lust, darüber zu reden.« Eine kleine Pause entstand, bevor Friederike weitersprach. »Was ich dich fragen wollte: Du kommst doch demnächst wieder hoch und willst für ein paar Tage ins Haus am See, stimmt doch, oder?«

»Ja. Also, ich fahre erst mal zu Katja und danach an den See. Hanna hat mir das vorgeschlagen. Weil Micha doch eine Sauna ins alte Bootshaus baut und vielleicht Hilfe braucht. Und ich kann dann auch gleich das Pfingsttreffen ein bisschen vorbereiten. Warum fragst du? Wolltest du auch hin?«

»Nein, ich wollte nur wissen, wann du kommen wolltest. Nicht warum.«

»Ach so. Heute ist Dienstag, ich muss noch ein paar Dinge erledigen, vielleicht fahre ich am Samstag oder Sonntag. Ich habe aber noch keinen Zug gebucht.«

»Samstag«, Friederike überlegte, Alexandra hörte Papier rascheln, vermutlich blätterte sie in einem Kalender. »Wenn du am Sonntag fährst, könnten wir gemeinsam fahren. Ich komme am Freitagabend übers Wochenende nach München.«

»Echt? Das ist ja schön. Dann lass uns gern zusammen fahren, am Sonntag. Was machst du denn in München? Und in welchem Hotel wohnst du?«

Am anderen Ende war ein tiefes Ausatmen zu hören. »Ich habe noch kein Hotel, bei euch gibt es gerade irgendeinen Umweltkongress, es ist alles ausgebucht. Hast du noch eine Idee?«

»Du musst kein Hotel nehmen«, antwortete Alexandra. »Ich habe aufgeräumt, weil ich heute Besuch von der Maklerin hatte, ein Gästebett habe ich auch, du kannst doch hier schlafen. Wo musst du denn hin?«

»In den Kiefernweg 35 c«, Friederike nannte die Adresse mit einer eigenartigen Betonung.

»Das klingt ja sehr spannend«, Alexandra lachte. »Und was ist da?«

Friederike machte eine sehr lange Pause, Alexandra wollte gerade fragen, ob sie noch dran sei, als sie etwas tonlos antwortete: »Mein Vater. Oder wie Esther ihn zu nennen pflegte: DieterBrennerderArsch. Sie spricht es aus, als wäre es ein Wort. Der angeblich seit fünfzig Jahren nicht auffindbar gewesen ist, keinen Unterhalt gezahlt, keine Geschenke gemacht, sich nicht gekümmert und sowieso einen Großteil der Schuld an Esthers schlimmem Leben hat. Trotzdem habe ich jetzt auf wundersame Weise eine paar Briefe von ihm gefunden. Er hat meiner Mutter anscheinend geschrieben. Und sie hat seine Adresse gewusst. Seit Jahren. Der war nie verschollen. Ich habe bereits nachgeforscht, er wohnt immer noch in München im Kiefernweg 35 c. Und Alex, ich bitte ja selten um etwas, aber … also: ich wäre froh, wenn du mitkommen könntest.«

18.

Jule nahm den Finger von der Klingel, bevor sie ein Stück zurücktrat und ungeduldig auf den Fußspitzen wippte. Sie wollte gerade zum dritten Mal klingeln, als der Summer die Haustür öffnete. »Na endlich«, murmelte sie und stieß die Tür ungeduldig auf. Zwei Stufen auf einmal nehmend, lief sie das Treppenhaus zum vierten Stock und dankte dem Tennistraining für ihre Kondition.

»Hallo«, an den Türrahmen gelehnt sah Pia ihrer Mutter entgegen. »Wieso hast du nicht angerufen? Ich hätte ja auch unterwegs sein können.«

Sie war blass und ungeschminkt, trug einen schlabbrigen, grauen Pullover über ihren Leggings und sah aus, als käme sie gerade aus dem Bett. Mit besorgtem Blick blieb Jule vor ihr stehen. »Bist du aber nicht. Und im Übrigen habe ich angerufen, du bist aber nicht rangegangen.«

»Dann ist das Handy wohl noch leise gestellt«, Pia stieß sich ab und ging in ihre Wohnung. »Kaffee?«

»Nein, danke«, Jule drückte die Tür hinter sich zu und folgte ihrer Tochter in die Küche. »Lieber was Kaltes.« Sie zögerte einen Moment, bevor sie fragte: »Wie war es?«

»Was?« Den Blickkontakt vermeidend, stellte Pia umständlich Gläser und eine Wasserflasche auf den Tisch, während Jule an der Spüle lehnte und ihr dabei zusah.

»Dein Beratungsgespräch.« Sie setzte sich auf einen der beiden blauen Stühle und sah ihre Tochter erwartungsvoll an. »Der Termin war doch heute.«

»Ach das.« Pia zog den Stuhl mit einem fiesen Geräusch an den Tisch, Jule verzog das Gesicht. »Filzaufkleber«, sagte sie laut. »Du zerschrammst ja den ganzen Boden.«

»Mama«, jetzt endlich sah Pia sie an, wenn auch mit einem resignierten Kopfschütteln. »Soll ich gleich los und sie kaufen, oder hat das Zeit bis morgen?«

»Entschuldige«, sofort hob Jule die Hand. »Man kann den Stuhl ja auch anheben.« Sie hob die Schultern. »Ist mir so rausgerutscht. Ich weiß, dass du gerade andere Sorgen hast. Willst du darüber reden? Wie war denn jetzt der Termin?«

»Wie soll er gewesen sein?« Pia hob den Kopf, und Jule fiel auf, wie tief ihre Augenringe waren. Sie sah aus, als hätte sie in den letzten Nächten nicht besonders gut geschlafen, was auch kein Wunder war. Aber jetzt war Jule da, jetzt musste sie endlich mit ihr reden. Sie konnte diese Situation nicht allein stemmen. Das musste sie auch nicht. Sie war nicht allein. Aufmunternd lächelte Jule ihre Tochter an. »Komm, Pia. Erzähl.«

»Die Ärztin war nett und hat viel geredet.« Pia griff zur Wasserflasche und schenkte die beiden Gläser voll. »Ich habe jetzt keine Lust, das alles zu wiederholen. Ich war da, weil ich es machen musste, und gut.«

»Und wie geht es jetzt weiter?«

Pia wischte schweigend mit dem Daumen das Kondenswasser vom Glas. Jule beugte sich vor.

»Was sagt eigentlich der Vater?«

»Der weiß es nicht. Und er wird es auch nie erfahren.«

»Pia, du musst es ihm sagen. Auch, wenn ihr euch getrennt habt. Er hat ein Recht darauf. Und wer weiß, vielleicht kommt ihr auch wieder zusammen, wenn du es ihm sagst.«

»Nein.«

Jule atmete hörbar aus. »Wie lange warst du überhaupt mit ihm zusammen? Und wieso hast du nie was von ihm erzählt?«

»Weil es von Anfang an eine schwierige Kiste war, Mama. Und ich habe jetzt echt keinen Bock, über Ben zu reden.«

»Ben«, Jule nickte. »Was macht er denn beruflich? Studiert er auch noch? Und wo wohnt er? Kommt er aus Hamburg?«

Ein stummes Achselzucken war die Antwort. Jule trank Wasser, um besser denken zu können. Sie versuchte es anders. »Weißt du, die meisten Beziehungen sind nicht einfach. Man verliebt sich, dann fängt man was miteinander an, dann kommt der Alltag, die ersten Probleme, und an dem Punkt rennen die meisten schon wieder auseinander. Dabei hilft es, wenn man ...«

»Mama«, abrupt umschloss Pia Jules Hand, um sie am Weitersprechen zu hindern. »Es geht hier nicht um eine Beziehungskrise, ich habe keinen Liebeskummer oder will irgendeinen Typen zurück, ich habe auch keine zu hohen Erwartungen oder irgendwelche Pseudobeziehungsprobleme, ich bin schwanger. Und ich will es nicht sein.« Sie ließ die Hand wieder los und lehnte sich genervt zurück. »Lass es einfach.«

»Pia«, Jule schloss mit einem Anflug von Verzweiflung kurz die Augen. Wie konnte sie ihr nur bei dieser Entscheidung helfen? Und sie daran hindern, die falsche zu treffen. Und welche Entscheidung war falsch? Welche richtig?

»Pia, Süße, es gibt kein Problem, für das es keine Lösung gibt. Meistens gibt es auch mehrere Lösungen, man darf das nicht überstürzen.« Sie blickte ihre Tochter an, die sich jetzt mit vor der Brust verschränkten Armen zurückgelehnt hatte. »Denk doch an Laura und Fabian. Die sind total glücklich und ganz sicher, dass sie das alles hinkriegen. Laura freut sich so dermaßen auf das Kind, sie hat richtig gestrahlt, als sie es erzählt hat.«

»Hörst du dir eigentlich gerade selbst zu?«, fragte Pia und hob spöttisch die Augenbrauen. »Weißt du noch, was du über unsere Zuckerschnute und ihre Schwangerschaft zu mir am Telefon gesagt hast? Ich wiederhole es mal: Wieso kriegt man denn ein Kind, wenn andere Leute es mit großziehen oder finanzieren müssen? Jeder quatscht mit rein, und dann sind sie auch noch darauf angewiesen, dass ihre Eltern weiter die Miete bezahlen. Schönen Dank auch, für mich wäre das nichts. Zitat Ende. Und jetzt willst du mir ernsthaft erzählen, dass es bei mir anders wäre?« Sie machte eine kurze Pause, nur um Luft zu holen. »Und wer soll mir helfen? Du bist den ganzen Tag in der Praxis, Papa im Krankenhaus, über Oma und Opa möchte ich gar nicht erst nachdenken, also bliebe als Babysitter und Stiefoma nur Steffi. Ich kotze gleich.«

»Pia, bitte«, ungeduldig wischte Jule ein paar Krümel vom Tisch, irgendwie hatte sie sich diesen Gesprächsverlauf ganz anders vorgestellt. Sie hatte Pia verweint und verzweifelt erwartet, war darauf vorbereitet gewesen, dass ihre Tochter sich in die mütterlichen Arme gestürzt und gefragt hätte, was sie denn jetzt tun sollte. Aber nun saß sie ihr mit ablehnender Körperhaltung, schmalen Lippen und harten Augen gegenüber, unnachgiebig, distanziert und so furchtbar erwachsen. Pia war sichtlich verzweifelt, dabei war sie doch in dieser Situation gar nicht allein. Jule hätte alles getan, was in ihrer Macht stand, um Pia bei dieser Entscheidung zu helfen, ihre Tochter wollte es nur nicht. Jule konnte sie nicht verstehen.

Sie versuchte es noch mal, jetzt sanft und gleichzeitig bestimmt. »Du wolltest in den letzten Tagen nicht darüber reden, das ist okay, das habe ich akzeptiert und dich auch in Ruhe gelassen. Aber du bist mein Kind, und ich mache mir Sorgen um dich, das ist doch ganz normal. Und deshalb möchte ich einfach alle Möglichkeiten mit dir durchgehen, auch damit du deine Entscheidung leichter treffen kannst. Und ja, du hast recht, ich habe das über Laura gesagt. Und auch so gemeint. Aber du bist ganz anders als sie, du wirst deinen Weg auch mit Kind machen, und noch mal: Es gibt immer mehrere Lösungen.« Jule sah auf Pias Hände, die nervös das Wasserglas drehten, Runde um Runde. Ohne den Blick davon abzuwenden, fuhr Jule fort: »Auch wenn du nicht mehr mit diesem Ben zusammenkommst und es aus welchen Gründen auch immer nicht geklappt hat, ist er trotzdem der Vater. Wenn er auch noch studiert, kann man das doch organisieren, dass er sich auch kümmern kann, das haben schon ganz andere geschafft. Außerdem hat er vermutlich Eltern, die sich über ein Enkelkind freuen. Papa und ich haben es ja auch hinbekommen, trotz der Trennung, Eltern zu bleiben. Das geht alles, wenn man nur will. Sprich mit ihm. Du hast dich mal in ihn verliebt, so verkehrt kann er doch gar nicht sein.«

Als sie den Kopf hob, sah sie, dass Pia sie entgeistert anstarrte. »Was? Du sollst nur noch mal nachdenken.«

»Mama«, Pias Gesichtsausdruck war wie eine kalte Dusche. »So verkehrt kann er nicht sein? Okay, ich wollte eigentlich nicht darüber reden, weil ich es selbst so beschissen finde. Aber bitte, damit du es verstehst: Ben Albers wohnt in Berlin, ich hatte mit ihm einige Monate lang eine heimliche Affäre, er war einer meiner Gastdozenten, er ist verheiratet, außerdem ist er vor einem halben Jahr das zweite Mal Vater geworden und ein verlogenes Arschloch. Ich war nur so blöd und habe es zu spät begriffen. Hast du noch irgendwelche Fragen? Oder können wir dieses Thema endgültig beenden?«

»Pia«, Jule sah sie geschockt an. »Das tut …«

»Das tut dir leid?« Pia liefen die Tränen über die Wangen. »Das hilft mir aber nichts, Mama. Ich kann das alles nicht, ich will das auch nicht, und ich werde auf keinen Fall jemals wieder mit diesem Arsch reden.« Ein tiefer Schluchzer hinderte sie am Weitersprechen, Jule stand auf und nahm sie in den Arm. Während Pia ungehemmt weinte, strich Jule ihr unentwegt über die langen, dunklen Haare. Langsam verebbten die Tränen, Pia entwand sich der Umarmung und wischte sich zornig übers Gesicht. »Ich will auch nicht mehr heulen. Mama, ich muss das allein entscheiden, lass mich das bitte tun. Und versuche nicht, mich zu irgendetwas zu überreden. Oder alles mit Papa zu diskutieren. Der weiß es übrigens noch nicht, weil ich im Moment nicht mit ihm über Affären reden will. Lasst mich einfach in Ruhe, ich rufe dich an.«

Überrascht trat Jule einen Schritt zurück. »Soll ich gehen?«

Langsam nickte Pia, dann sah sie hoch. »Ja«, sagte sie mit belegter Stimme. »Ich möchte jetzt allein sein. Ich melde mich, sei mir nicht böse, aber ich kann nicht mehr darüber reden.«

»Okay.« Nur, um irgendetwas zu tun, nahm Jule ihr Glas und spülte es aus. Sie stellte es umgedreht auf die Spüle und blieb einen Moment mit dem Rücken zu Pia stehen. Dann gab sie sich einen Ruck, drehte sich um und küsste Pia auf die Wange. »Du bist nicht allein, vergiss das nicht.« Sie sah Pia lange an, dann drehte sie sich um und ging. Als sie die Türklinke schon in der Hand hatte, kam Pia ihr nach.

»Mama?«

Jule sah zurück. »Ja?«

»Falls du noch Filzaufkleber zu Hause hast, kannst du sie ja beim nächsten Mal mitbringen. Danke.«

»Für die Filzaufkleber?«

»Auch.« Pia bemühte sich um ein Lächeln.

»Ich hab dich lieb.« Jule lächelte zurück und zog die Tür hinter sich zu.

Erst, als sie in der Bahn saß, merkte sie, wie erschöpft sie war. Sie hatte sich dieses Gespräch anders vorgestellt, sie war überzeugt gewesen, dass … ja, was eigentlich? Jule sah aus dem Fenster auf die roten Backsteinhäuser entlang der Gleise. Balkone, auf denen Wäsche hing oder Fahrräder standen, einige vollgestellt, andere bepflanzt, Jule stellte sich immer vor, wer hier wohl wohnte, wer sein Fahrrad jeden Tag in den dritten Stock schleppte, damit es vor dem Haus nicht geklaut wurde, wer sich solche Mühe mit den Blumen gab und ob die Wäsche überhaupt frisch roch, wenn man sie aus der Großstadtluft wieder in die Wohnung holte.

Sie schüttelte den Kopf, um diese Gedanken zu vertreiben, es war doch eigentlich völlig egal. Ihre Tochter bekam ein Kind, sie hatte sich von einem verheirateten Mann, über den sie nie geredet hatte, von dem ihre Mutter nichts gewusst hatte, schwängern lassen, hatte den Kontakt zu ihm abgebrochen, wollte das Kind nicht haben, es war alles furchtbar. Ihre schöne, kluge, zielstrebige Pia, die ins Hotelmanagement wollte, die bislang ihr Studium mit Ehrgeiz und ohne Umwege durchgezogen hatte, die ihren Abschluss im nächsten Jahr machen wollte, die noch nicht im Ausland gewesen war, deren Zukunft noch vor ein paar Wochen bunt, spannend und leicht erschienen war, ihre kleine Pia wurde Mutter. Und das in einem denkbar ungünstigen Moment und in einer denkbar blöden Situation.

Seit sie das wusste, schlief sie schlecht. Nachts kamen die Bilder, Pia als Baby, Pia bei ihrer Einschulung, Pia lachend auf dem Fahrrad, Pia mit tränenfeuchten Augen, die nachts vor ihrem Bett stand und ihr mitteilte, dass da dieses Monster wieder unter ihrem Bett lag, Pia auf der Abiturfeier, wild tanzend mit ihren Freundinnen, Pia, die in Jules Garten saß, im Schlafanzug, mit Kaffeebecher in der Hand, ungewaschen, ungeschminkt und mit den Augen des kleinen Mädchens, das sie gewesen war. Jule konnte sich dabei kein Baby vorstellen, Pia war doch ihr Kind, Pia war doch noch keine Mutter. Jetzt doch noch nicht. Es konnte so viel schiefgehen, es konnte viel zu viel passieren. Egal, wie sie sich entscheiden würde. Die Angst um ihre Tochter schnürte ihr die Kehle zu.

Der Zug hielt, es war die vorletzte Station vor Weißenburg, Jule hob den Blick, als eine junge Mutter, die ihr lauthals schreiendes Baby in einem Tragetuch vor sich hatte, sich ihr gegenübersetzte. Die Mutter sah fix und fertig aus, blass, ungeschminkt, die Haare strähnig, sie wiegte das Kind im Sitzen, woraufhin das Schreien langsam verebbte. Die junge Frau legte kurz ihren Kopf ans Fenster und schloss die Augen, bis das Baby einen kleinen Gluckser von sich gab. Eine kleine Hand war zu sehen, die sich um ihren Finger schloss, es zerriss Jule fast das Herz. Vielleicht hatte sie geseufzt, die junge Frau sah kurz hoch, sie sah wirklich fertig aus. »Sie zahnt gerade«, sagte sie entschuldigend. »Sonst schreit sie nicht so viel. Ich glaube, jetzt ist sie wieder eingeschlafen: Das passiert selten.«

Jule nickte. »Es ist anstrengend, oder?«

»Ja«, die junge Mutter zuckte die Achseln. »Schon. Es ist schon gut, dass man das alles nicht vorher weiß.«

Das laute Klingeln von Jules Handy weckte das Baby wieder auf, sofort zerriss wütendes Schreien die kurze Ruhepause. Jule suchte hektisch nach dem Telefon und versuchte, dem frustrierten Blick der Mutter auszuweichen.

»Coco, ich rufe dich gleich zurück, im Moment ist es schlecht.«

»Wo bist du denn? Was ist das denn für ein furchtbarer Lärm im Hintergrund?«

»Ich bin in der Bahn, kurz vor Weißenburg, ich rufe dich zurück, wenn ich zu Hause bin, okay? In zwanzig Minuten.«

»Brauchst du nicht«, Cocos Stimme war gegen das Babygebrüll kaum zu hören. »Ich bin ...«

Die Verbindung riss ab, das Netz war weg. Erleichtert steckte Jule das Handy in die Tasche und sah nach draußen. Die ersten Häuser von Weißenburg tauchten auf, sie stand auf und lächelte die junge Mutter entschuldigend an. »Alles Gute«, sagte sie aufmunternd. »Und einen schönen Tag.«

»Ja«, die junge Frau musste fast schreien, um das Baby zu übertönen. »Ebenso.«

Auf dem Bahnsteig blieb Jule einen Moment stehen und sah dem abfahrenden Zug hinterher, bis sie sich zur Treppe wandte und sie langsam runterging. »Lieber Gott«, sandte sie ein spontanes Stoßgebet zum Himmel. »Mach was, damit alles gut wird.«

Jule hatte ihren alten VW-Bus vor dem Bahnhof geparkt, so schön ihr Häuschen war, es lag am Ende der Welt oder, wie Pia es ausdrücken würde, an deren Arsch. Von hier brauchte sie für den Weg noch eine Viertelstunde. Als sie den Schlüssel im Zündschloss drehte, überlegte sie kurz, noch mal in die Praxis zu fahren, verwarf diesen Gedanken aber sofort wieder. Sie hatte sich den ganzen Nachmittag freigenommen, in der Annahme, dass sie auch den ganzen Nachmittag bei Pia verbringen würde. Das war nun anders gekommen, es war jetzt gerade mal 16 Uhr, Torge kam frühestens in drei oder vier Stunden, die hatte sie jetzt also noch für sich. Worüber sie in diesem Moment sehr froh war.

Sie drehte das Radio lauter, als die Nachrichten begannen, hörte danach noch die Wettervorhersage, die schon frühsommerliche Temperaturen versprach, und zum Schluss mit Genugtuung die Verkehrsmeldungen. Wäre sie mit dem Bulli nach Hamburg gefahren, hätte sie auf dem Rückweg im Stau gestanden, aber so war der Zug sogar noch pünktlich gewesen. Wenigstens das hatte sie richtig entschieden. Über den Rest würde sie gleich nachdenken.

Einen sehr alten Popsong mitsingend, lenkte Jule schließlich den Bulli in die Einfahrt und trat erschrocken auf die Bremse, als sie plötzlich Coco entdeckte, die als leuchtend gelber Fleck rauchend auf der alten Bank neben dem Eingang saß. Sie hob lässig die Hand, während Jule den Bulli parkte und überrascht raussprang. »Was machst du denn hier? Hatten wir was ausgemacht?«

»Nein«, ihre ehemalige Schwägerin drückte die Zigarette in einem leeren Tontopf aus und stand langsam auf, als Jule bei ihr ankommen war. »Das war sozusagen eine spontane Aktion.«

Sie trug etwas Wallendes aus gelbem Leinen, wie immer knallroten Lippenstift, hatte die dunklen Haare zu einer dramatischen Hocksteckfrisur drapiert und zeigte ihr breitestes Coco-Lächeln. »Mein Doktorbruder hat sich hier irgendwo in der Nähe eine neue Luxuskarre gekauft, die er jetzt gerade mit Steffi abholt. Und da meine Schwägerin es nicht mag, wenn ich allein in ihrer schicken Wohnung sitze, ich aber überhaupt keinen Bock hatte, mit den beiden in irgendein blödes Autohaus zu fahren, habe ich gesagt, ich würde dich dann in der Zeit besuchen, sie würden ja eh hier langfahren.«

»Sie will nicht, dass du in der Wohnung bleibst?«, fragte Jule verblüfft. »Hat sie das gesagt?«

Achselzuckend sah Coco sie an. »Du kennst doch Steffi, die muss nichts sagen, die muss nur gucken. Sie bleibt übrigens auch immer zu Hause, wenn ihre Putzfrau kommt. Um ihre schöne Einrichtung und ihre schrecklichen Kunstgegenstände gegen den Mob zu verteidigen. Sie muss ein Auge draufhaben, die Welt ist ungeschickt und schlecht.«

Kopfschüttelnd hatte Jule die Haustür aufgeschlossen. »Komm erst mal rein.«

Sie ging vor, während Coco ihr folgte und weiterredete. »Und außerdem wollte ich wissen, wie es Pia geht. Die sah ja bei der Galerieeröffnung ziemlich klapprig aus. Übrigens haben sich Philipp und Steffi danach die halbe Nacht gestritten, irgendetwas hatte meiner häufig beleidigten Schwägerin überhaupt nicht gepasst.«

Jule antwortete nicht, sondern schob nur im Wohnzimmer die Terrassentür weit auf. Die Sonne schien ins Zimmer und ließ den Holzboden und die hellgelb gestrichenen Wände leuchten. Coco sah sich anerkennend um. »Ich habe ganz vergessen, wie gemütlich es bei dir ist. Wenn ich dagegen an diese

Hamburger Designerbude denke … Warum hast du meinen Bruder bloß verlassen? Wie konntest du mir das antun?«

»Ehrlich gesagt, warst du bei der Trennung nicht mein erster Gedanke«, Jule legte ihre Handtasche auf einen Stuhl. »Auch wenn man es kaum glauben sollte. Tee? Kaffee? Was Kaltes?«

»Hast du zufällig ein Bier?« Coco ließ sich auf das weiche Sofa fallen und seufzte zufrieden. »Bei Steffi und Philipp gibt's keins, Steffi findet das prollig. Und ich muss ja nicht Auto fahren, die beiden holen mich auf ihrem Rückweg mit dem neuen Schlitten ab.«

»Wann kommen sie denn? Hast du hier schon lange gewartet?«

»Zwei Zigaretten lang«, Coco lächelte. »Es war eine herrliche halbe Stunde. Frieden, Ruhe und Sonne. Auch wenn du nicht nach Hause gekommen wärst, ich hätte die Zeit auf deiner Bank auch allein lieber verbracht, als die beiden zu begleiten, das hätte mir echt noch gefehlt. Sie fahren übrigens anschließend noch irgendwo hin, um was abzuholen, ich denke, das dauert noch einen Moment. Wir können ausführlich über Steffi lästern.«

Jule lächelte sie an, bevor sie in die Küche ging, um das Bier zu holen. Sie hatte in den ersten Jahren nicht viel mit Philipps Schwester anfangen können. Nicht, weil sie Coco nicht mochte, sondern weil sie sich in ihrer Gegenwart in den ersten Jahren immer langweilig und spießig gefühlt hatte. Sie war schon Ehefrau und Mutter gewesen, als Coco noch in einer WG mitten in Köln gelebt, in einer Band gesungen, in Kneipen gejobbt und ein Studium nach dem anderen angefangen hatte, ohne je eines zu beenden. Coco hatte wechselnde Beziehungen gehabt, war in der Welt umhergereist und schien vor nichts Angst zu haben. Das hatte Jule bewundert. Sie hatten sich nur selten gesehen, Coco hielt nichts von Familienzusammenkünften, sie war zwar auf Philipps Bitte die Patentante von Pia geworden, konnte aber mit Kindern überhaupt nichts anfangen. Erst als Pia etwas älter wurde, fing Coco an, sich für sie zu interessieren. Wobei sich ihr Interesse auf seltene Treffen und verrückte Geburtstagsgeschenke beschränkte. Aber sie war Jule gegenüber immer loyal gewesen. Nach ihrer Trennung von Philipp hatte Coco sie angerufen. »Nur weil mein Bruder so ein Trottel ist, muss das doch nicht heißen, dass wir keinen Kontakt mehr haben, oder?«, hatte sie gefragt. »Damit du es weißt, ich bin auf deiner Seite, wir Frauen müssen zusammenhalten.«

Jule hatte das damals sehr gerührt. Auch wenn sie nur selten Kontakt hatten.

Als sie mit dem Bier zurückkam, zog Coco sich gerade mit Hilfe eines silbernen Taschenspiegels die Lippen nach. Sie musterte sich kritisch, dann klappte sie den Spiegel zusammen und versenkte ihn in ihrer großen Tasche. »Ich glaube, ich ziehe auch in den Norden. Deine Freundinnen und du, ihr habt alle weniger Falten als ich, und dabei seid ihr deutlich älter. Ich glaube, das Klima hier ist besser für die Haut.«

»Das kommt vom Rauchen«, Jule reichte ihr das Bier und sah sie unverblümt an. »Aber für eine Kettenraucherin siehst du immer noch ganz passabel aus.«

»Danke«, Coco grinste. »Apropos, gehen wir raus? In die Sonne? Deine Terrasse ist so schön.«

»Ich hole noch einen Aschenbecher.«

Sie setzten sich an den kleinen Tisch, zufrieden zündete Coco sich eine Zigarette an und blies den Rauch genussvoll aus. »Ich habe damals nur mit dem Rauchen angefangen, weil meine Ärzteeltern so dagegen waren«, sagte sie. »Es hat sie so dermaßen auf die Palme gebracht, das hat mir richtig gut gefallen. Jetzt ist die Hälfte von ihnen tot, vielleicht gewöhne ich es mir demnächst mal ab. Wobei Steffi es ja auch nicht leiden kann, sie hustet immer sofort demonstrativ, wenn ich auf ihrer edlen Dachterrasse rauche. Na, mal sehen. Ich fahre übermorgen erst mal zurück nach Köln, viel länger könnte ich die beiden auch nicht aushalten. Es ist grauenhaft.«

»Was genau?« Jule beugte sich nach vorn. Coco war eine der wenigen, mit der sie herrlich über Steffi lästern konnte.

Coco machte eine abfällige Handbewegung. »Ach, nichts Konkretes. Ich verstehe nur nicht, was mein Bruder an dieser Frau findet. Es ist mir ein Rätsel, wie Philipp das aushält. Ich wette, der hat nebenbei was anderes laufen.«

Sie drückte ihre halbgerauchte Zigarette plötzlich aus. »Eine halbe Falte weniger. Was ist denn jetzt mit Pia?«

Jule sah sie lange an. Die Ähnlichkeit zwischen Pia und Coco war wirklich frappierend, genauso würde Pia später einmal aussehen. In fünfundzwanzig Jahren. Dann wäre Pias Kind erwachsen. Sie atmete tief durch.

»Sie ist schwanger.«

Coco riss ihre Augen auf und starrte sie an. »Was? Das ist nicht dein Ernst.«

Jule nickte nur, während Coco nach ihrer Zigarettenschachtel griff, sie aber doch wieder zurücklegte. »Ach du Scheiße.«

Ratlos blies Coco die Wangen auf und schüttelte den Kopf. »Sie ist doch noch mitten in der Ausbildung. Die wievielte Woche ist es denn? Gibt es überhaupt einen Vater?«

»Es war eine Affäre, eine ziemlich blöde, viel mehr weiß ich auch nicht. Und sie ist in der achten Woche.«

»Dann kann man doch noch was machen.« Jetzt zündete sich Coco doch die nächste Zigarette an. »Oder? Was will Pia tun?«

»Ich weiß es nicht«, Jule entfuhr die Antwort lauter, als sie wollte, ihre Stimme zitterte. »Sie will mit mir nicht darüber reden, sie hatte heute Morgen ein Beratungsgespräch, so wie es aussieht, will sie einen Abbruch machen lassen. Ich kann das kaum aushalten, ich finde das furchtbar, es gibt doch noch andere Möglichkeiten, aber ich komme kaum an sie ran. Eine

Abtreibung, allein die Vorstellung macht mich fertig. Eine Freundin von mir hat …«

Sie schluckte den Rest des Satzes runter, das hatte nichts mit Pia zu tun. Und es ging auch Coco nichts an. Nach einer kleinen Pause fuhr sie etwas ruhiger fort: »Pia will es diesem Ben nicht sagen. Und auch mit niemandem reden. Sie will diese Entscheidung ganz allein treffen.«

»Es ist ihre Entscheidung«, Coco sah sie ernst an. »Die kann auch nur sie allein treffen. Es ist Pias Körper, es ist Pias Leben. Sie ist erwachsen, und es geht um ihre Zukunft.«

Jule rieb sich über die Stirn. »Du hast ja recht«, sagte sie schließlich. »Ich finde es nur ganz schwer, das alles so hinzunehmen, ohne etwas machen zu können. Und ich …«

»Hier seid ihr«, Philipps joviale Stimme unterbrach sie, er stand plötzlich an der Hausecke und strahlte sie stolz an. »Ich habe geklingelt, habt ihr das nicht gehört? Kommt mal mit, wir müssen euch was zeigen.«

Bevor Jule aufstehen konnte, war Philipp schon wieder verschwunden. Coco stöhnte und rollte mit den Augen. »Typisch, er kommt einfach um die Ecke getrampelt und erwartet, dass alle springen, wenn er pfeift. Wieso sind die überhaupt schon wieder da? Ich dachte, die bräuchten ein paar Stunden. Jetzt platzen die hier mittenrein. Also, falls ich irgendwie helfen kann, sag mir Bescheid.«

»Ich rufe dich an, wenn ich mehr weiß«, Jule sah sie dankbar an. Coco war zwar ein verrücktes Huhn, aber wenn es ernst wurde, konnte man sich auf sie verlassen. Im Vorbeigehen küsste sie Coco flüchtig auf die Wange. »Danke.«

»Jetzt werde nicht rührselig«, mit einem Kopfschütteln wich Coco ihr aus. »Das Kind kriegen wir schon geschaukelt. Es gibt schlimmere Katastrophen. Jetzt komm, wir gehen uns das neueste Statussymbol des Dr. Petersen angucken. Hoffentlich ist es kein Porsche.«

Das Auto war ein richtiges Schiff, groß, schwarz, glänzend, Jules Bulli sah daneben irgendwie armselig aus. Philipp stand davor und sah ungeduldig auf Steffi, genauer gesagt, auf ihren Hintern, sie hing noch mit dem Oberkörper im Wagen und suchte da irgendetwas auf der Rückbank.

»Jetzt lass doch«, fuhr er sie an. »Das kannst du auch später machen.« Er wandte sich sofort ab, als er Jule und Coco entdeckte, und deutete mit großer Geste auf den Wagen. »Und?«, fragte er stolz, »Was sagt ihr nun?«

»Oha«, mit gerunzelter Stirn umrundete Coco das Auto. »So was fahren doch eigentlich nur Tierärzte im Allgäu«, sie klopfte schwungvoll aufs Dach. »So viele Schotterpisten und Bergtäler musst du auf dem Weg zur Arbeit ja eigentlich nicht durchqueren. Na, Steffi, brauchst du Hilfe?«

»Das ist ein super Wagen«, Philipp ignorierte ihre Einlassung. »Und ich habe fast zehn Prozent weniger bezahlt als in Hamburg, das war aber auch gut verhandelt.« Er nickte zufrieden. »Und den alten hat er in Zahlung genommen. Was ist jetzt, Steffi, hast du es bald? Wenn da was passiert, werde ich sauer.«

Jule und Coco wechselten einen fragenden Blick, im selben Moment kam Steffi aus ihrer unbequemen Haltung und drehte sich zu ihnen um. Mit strahlendem Gesicht hielt sie einen Transportkorb vor sich, den sie jetzt vorsichtig auf den Boden ließ.

»Darf ich vorstellen?«, fragte sie mit einer albernen Mädchenstimme und hob den Deckel ab, als würde sie Tauben hervorzaubern. »Unser Familienzuwachs, die süße Maus.«

Ein kleiner, weißer Hund versuchte fiepend, aus dem Korb zu klettern, stemmte seine tapsigen Pfoten auf den Rand, rutschte ab, versuchte es wieder und fiel ungeschickt auf die Seite. Coco ging langsam in die Knie und betrachtete ihn. »Du liebes bisschen«, sagte sie und hob den Welpen aus dem Korb, der sich sofort Hintern wackelnd auf Entdeckungsrunde machte. »Ist das so eine angesagte Rasse? Die jetzt alle wollen?«

»Es ist ein Malteser«, antwortete Steffi hoheitsvoll und nahm den Welpen auf den Arm. »Und es ist ein Mädchen. Sie heißt Lotta.«

Lotta fuhr ihr mit der Zunge über die Wange, trotzdem musste Jule zugeben, dass sie wirklich sehr niedlich war. Sie trat einen Schritt näher und schob die Hände in die Hosentaschen, sie musste den niedlichen Welpen ja nicht streicheln, solange Steffi ihn noch an ihre Brust drückte. Auch wenn sie es gern gemacht hätte.

»Und wer geht nun jeden Tag mit ihm Gassi?« Coco grinste. »Oder müssen diese Rassehunde nie kacken?«

»Coco, bitte«, Philipp hatte sich jetzt neben sie gestellt und musterte den Hund. »Steffi hat ihn sich gewünscht, ich habe gleich gesagt, dass ich keine Zeit für morgendliche Hundespaziergänge habe. Das machst du alles allein, nicht wahr, Schatz?«

»Sicher«, Steffi sah kurz hoch, dann strahlte sie Jule an. »Philipp wollte sein neues Auto, obwohl wir noch gar kein neues brauchten, und deshalb habe ich endlich den Hund bekommen, den ich mir so lange gewünscht hatte. Direkt auf dem Weg zum Autohaus ist nämlich der Züchter, ach, das war so niedlich, als ich ihn mir ausgesucht habe. Nicht, Lotta-Mäuschen, das war so schön. War das schön? Ja? Das war schön.«

Sie vergrub ihre Nase in dem weißen Fell, während Coco Jule mit hochgezogenen Augenbrauen und zuckenden Mundwinkeln ansah. Jule wandte den Blick sofort ab. »Dann war das ja ein erfolgreicher Tag heute«, sagte sie zu Philipp. »Tolles Auto.«

»Ja«, er betrachtete den Wagen stolz. »Was soll das Geld auf der Bank schimmeln, dann lieber so. Sozusagen der zweite Familienzuwachs heute.«

»Wenn man es ganz genau nimmt, der dritte«, Coco starrte immer noch fasziniert auf Steffi, die den Hund jetzt wie ein Baby hielt. »Habt ihr wenigstens einen Schampus mitgebracht?«

»Was meinst du mit ›der dritte‹?« Philipp sah erst sie, dann Jule neugierig an. »Ist hier auch was Neues passiert?«

»Coco, echt«, platzte Jule raus, weshalb Philipp jetzt seine Schwester scharf ansah. »Was ist los?«

Unsicher hob Coco die Schulter. »Ich dachte ...«, sie sah Jule an. »Ich dachte, er wüsste ...«

»Was?« Philipp und Steffi fragten im Chor, was Jule noch wütender machte.

»Nichts. Es ist nichts passiert.« Sie ging einen Schritt zurück. Sie wollte hier nicht darüber reden, schon gar nicht im Beisein von Steffi und diesem Babyhund. Warum konnte Coco nicht einmal ihre Klappe halten? Dabei war das Gespräch mit ihr vorhin so gut gewesen.

»Wollt ihr noch mit reinkommen? Oder wollt ihr gleich wieder los?«

»Ich möchte vor allen Dingen wissen, was Coco gemeint hat mit: Ich dachte, er wüsste ...?« Philipp war nicht dumm, und manchmal verstand er auch die Zwischentöne. Vor allem war er hartnäckig. »Was sollte ich wissen?«

Resigniert ließ Jule die Schultern sinken. Er war Pias Vater, er hatte ein Recht, es zu wissen. Und sie war insgeheim froh, nicht allein mit diesen Sorgen zu sein. »Lasst uns reingehen«, sagte sie deshalb kurz. »Es gibt da ein Problem.«

»Sie ist was?« Philipps Reaktion war heftiger, als Jule es vermutet hatte. Er war aufgesprungen, das Wasser schwappte aus dem Glas auf den Holzboden, Steffi zog hektisch ein Tempo aus ihrer Tasche und wischte die Lache auf.

»Sie ist schwanger«, wiederholte Jule ruhig. »Deshalb ist

sie auch auf der Galerieeröffnung umgekippt. Ich dachte, du hättest vielleicht eine Vermutung gehabt, ich wusste nicht, dass du wirklich keine Ahnung hattest.«

»Woher denn?« Philipp ging zur offenen Terrassentür und starrte in den Garten, bevor er wütend fortfuhr: »Ich dachte, sie hätte Stress und zu wenig gegessen, ich habe seit der Eröffnung gar nicht mehr mit ihr geredet. Sie geht ja nie ans Telefon und ruft auch nicht zurück. Zumindest nicht, wenn ich was von ihr will.«

Jule hob sofort die Hände. »Das ist ja nun nicht meine Schuld. Sie hatte vielleicht auch ihre Gründe, nicht mit dir sprechen zu wollen.«

Philipp fuhr sich mit den Händen durch die Haare und ließ sich wieder in den Sessel fallen. »Ich wusste noch nicht mal, dass sie einen Freund hat. Wieso ist sie plötzlich schwanger?«

»Muss ich dir das in einfachen Worten erklären?« Coco saß ihm gegenüber. »Du bist hier der Arzt.«

»Vielleicht kannst du dir für den Moment einfach mal deine Sprüche sparen?« Ihr Bruder sah sie giftig an. »Außerdem weiß ich gar nicht, warum du dich da einmischst, du hast dich jahrelang nicht um Pia gekümmert.«

»Ach ja?« Coco hob streitlustig das Kinn. »Da du ja der perfekte Vater gewesen bist, war das auch gar nicht nötig. Das kannst du jetzt bei deinem Enkelkind alles noch besser machen.«

»Enkelkind?« Steffi sprach es aus, als wäre es etwas Klebriges. »Das ist ja wohl etwas zu früh für uns.«

Jules Puls schnellte hoch, sie zwang sich, ruhig zu atmen, um nicht laut zu werden. »Steffi, es geht hier aber ausnahmsweise nicht um euch, sondern um meine Tochter. Können wir uns vielleicht mal darauf konzentrieren?«

»Unsere Tochter«, korrigierte Philipp sofort, was ihm einen

frostigen Blick von Steffi einbrachte. Er rieb sich über die Augen, dann fragte er: »Was ist denn mit dem Vater?«

»Nicht mehr existent. War nur eine Affäre, Pia will nicht darüber reden.«

Philipp sah so fertig aus, dass Jule sich einen weiteren Kommentar zum Thema Affäre verkniff. Er sprang wieder auf und ging unruhig durchs Zimmer, bis er wieder vor der Terrassentür stehen blieb. »Das geht doch alles nicht«, stieß er aus. »Sie verbaut sich doch ihr ganzes Leben, wie soll das gehen?«

»Wir können nicht babysitten, gerade jetzt mit dem Hund«, warf Steffi ein. »Und Philipp hat auch gar keine Zeit, er hat in der Klinik viel zu viel zu tun, außerdem ist unsere Wohnung gar nicht kindgerecht und …«

»Herrgott Steffi, halt doch mal die Klappe«, fuhr Coco sie an. »Kümmere dich lieber um die Töle, die pinkelt nämlich gerade in die Ecke.«

Sofort schoss Steffi hoch und beeilte sich, den Welpen, der gerade einen kleinen See auf den alten Flickenteppich gemacht hatte, hochzunehmen. »Lottalein, das ist pfui. Jule, hast du Reinigungsmittel? Dann mach ich den Teppich schnell sauber. Es ist nur ein bisschen feucht, das geht wieder raus.«

Entnervt sah Jule Philipp an, der immer noch in Gedanken versunken war. Als er ihren Blick spürte, drehte er sich um. »Ja, was? Ich habe doch nicht in die Ecke gepinkelt, da soll Steffi sich drum kümmern, ist schließlich ihr Hund. Wir haben ja wohl ein ganz anderes Problem.«

»Es ist unser Hund, Philipp«, fauchte Steffi ihn sofort an. »Das ist wieder typisch, du entziehst dich gleich wieder der Verantwortung, wir haben gemeinsam entschieden, dass wir diesen Hund wollen, und jetzt …«

»Steffi, bitte«, Philipp verdrehte die Augen und stöhnte gequält. »Mach einfach diese Pfütze weg und hör auf zu reden.«

»Du kannst mir nicht vorschreiben …«

Coco sprang so schnell von ihrem Stuhl auf, dass er an den Tisch krachte. »Leute, das ist ja abartig, ich gehe eine rauchen.« Sie drängte sich an Philipp vorbei auf die Terrasse und lief direkt in Torge, der plötzlich vor ihr stand.

»Hallo«, überrascht sah er erst Coco, dann die Versammlung im Haus an. »Habe ich was verpasst?«

Als Jule ihn sah, merkte sie, wie erleichtert sie über sein Erscheinen war. Der kluge, sanfte Torge, der sich nie aufregte, der immer den Überblick behielt, der erst Pia und dann sie getröstet hatte, der alles für machbar hielt, aber sich nicht einmischte. Und der weder ein neues Auto noch einen neuen Hund wollte. Jetzt würde es sich hier beruhigen. Sie lächelte ihn an, er lächelte zurück, dann wandte er sich wieder Coco zu.

»Nur ein kleines Gemetzel und ein pinkelnder Hund«, beantwortete Coco seine Frage. »Hallo, ich bin Coco, wir haben uns kurz auf der Galerieeröffnung gesehen.«

»Ich weiß«, Torge lächelte sie an. »Jules Schwägerin.« Er ging langsam an ihr vorbei ins Haus, küsste Jule zur Begrüßung, bevor er, mit dem Arm um Jules Schulter, die beiden anderen ansah. »Steffi, Philipp. Schönes Auto, da draußen.«

»Weiß er auch schon Bescheid?« Philipp fragte mit einem so dämlichen Unterton, dass Jules Antwort schärfer ausfiel, als sie eigentlich wollte. »Erstens spricht er deutsch, du kannst ihn also auch selbst fragen, und zweitens weiß er Bescheid, wir können also wieder vom Hund auf Pia kommen.«

»Ich halte es für eine Familienangelegenheit«, Philipp war jetzt tatsächlich beleidigt. »Und ich hätte es als Vater von Pia eigentlich wissen müssen, bevor es in der Allgemeinheit diskutiert wird.«

»Es wurde hier bislang überhaupt nicht diskutiert«, entgegnete Torge bewundernswert ruhig. »Ich habe Pia zufällig auf dem Parkplatz ihrer Frauenärztin getroffen. Sie saß heulend im Auto, also habe ich sie hierher mitgenommen, um sie zu beruhigen. Sie hatte mich gebeten, es niemandem zu sagen, ich habe ihrer Bitte entsprochen. Warum und worüber sollte denn überhaupt diskutiert werden?«

»Na, sie kann dieses Kind ja wohl unmöglich kriegen«, mischte sich Steffi ein. »Kein Mann, keine Ausbildung, das kann sie ja vergessen.«

Coco stand immer noch rauchend genau vor der Terrassentür und sah mit schmalen Augen zu Steffi. »Ich denke, es ist eine Familienangelegenheit.«

»Ich bin ja wohl ihre Stiefmutter«, Steffi setzte den Hund wieder auf den Boden. »Und ich …«

»Wenn dein Hund noch mal in mein Wohnzimmer pinkelt, schmeiß ich ihn raus«, Jule kochte, auch wenn der kleine Hund nichts dafürkonnte. Wütend sah sie Philipp an, wieso griff er nicht ein? Er blickte nur nachdenklich zu Steffi und sagte: »Ich sehe das genauso wie Steffi. Sie hat ihr ganzes Leben noch vor sich, als alleinerziehende Mutter hat sie doch kaum Chancen.«

»Genau«, pflichtete Steffi ihm bei, während Coco sich stöhnend vor der Tür die nächste Zigarette anzündete.

»Ich fahre nachher bei Pia vorbei«, Philipp wirkte plötzlich entschlossen. »Ich kenne zwei Kollegen, die ihr da helfen können, wir müssen das zeitnah klären.«

Ob es Steffis selbstzufriedener Gesichtsausdruck oder sein autoritärer Tonfall war, wusste Jule nicht, aber plötzlich stieg in ihr eine solche Wut hoch, dass sie fast vergaß zu atmen. Mit Mühe holte sie schließlich Luft.

»Was bildet ihr euch eigentlich ein?«, fragte sie mit bebender Stimme. »Es geht hier um ein Kind, verdammt, und es geht um Pia. Wieso hat sie als alleinerziehende Mutter keine Chance? Ich war auch eine alleinerziehende Mutter, falls ihr euch erinnert. Und wieso willst du, Steffi, wissen, was für meine Tochter das Richtige ist? Was gibt euch eigentlich das

Recht, zu meinen, ihr könntet eine Entscheidung fällen? Das kann nur Pia. Wenn sie das Kind will, dann wird sie Hilfe bekommen, auch wenn eure Wohnung nicht kindgerecht ist, was für ein bescheuertes Argument. Und ich sage euch, dass ich mich …«

»Hallihallo, wie gut, dass Frank so viel Fleisch eingekauft hat«, die laute Stimme unterbrach plötzlich und unerwartet Jules Redefluss. »Oh, und hier ist fast die ganze Patchwork-Familie zusammengekommen, das ist ja toll. Ihr seid natürlich alle eingeladen.« Neugierig musterte sie Coco. »Hallo, ich bin Angela, die Nachbarin, und ich wollte Jule und Torge zum Grillen abholen.«

Sprachlos starrte Jule erst Angela, dann Torge, dann wieder Angela an, die von allen unbemerkt durch den Garten gekommen war und jetzt strahlend im bunten Sommerkleid vor ihnen stand, scheinbar ohne jegliches Gespür für die aufgeladene Atmosphäre.

»Ich hatte Torge ja schon gesagt, dass wir den Grill anschmeißen wollen, das hast du doch hoffentlich nicht vergessen, oder? Hey, Philipp, hallo … was ist das denn? Ein Malteser, wie süß, wem gehört der denn, ach Gott, ist der niedlich, komm mal her, ja was bist du denn für ein Süßer?« Beim letzten Satz hatte sie ihre Stimme mindestens eine Oktave höher geschraubt.

»Eine Süße«, korrigierte Steffi, die den Hund wieder auf den Boden gesetzt hatte und jetzt stolz zusah, wie er zu Angela tapste. Die schmolz dahin, während Jule immer noch mit offenem Mund und fassungslosem Blick dastand. Erst nach einigen Sekunden hatte sie sich wieder gefasst. »Du, ähm, Angela, es ist jetzt gerade ganz schlecht. Wir sind mitten …«

»Sie heißt Lotta«, Steffi hockte sich neben Angela vor den Hund, um ihn am Bauch zu kraulen. »Wir haben sie gerade vom Züchter abgeholt. Ich bin ganz verliebt.«

»Steffi?« Jule sah von ihr zu Philipp, der den Blick nur achselzuckend zurückgab. Torge verstärkte den Druck seiner Hand auf ihrem Rücken, sie schüttelte den Kopf.

»Entschuldigt, wir haben hier eigentlich noch was zu besprechen. Und es betrifft nicht den Hund.«

»Ach komm«, Angela hob nur kurz den Kopf. »Das könnt ihr auch bei uns machen. Frank will nicht auf seinen ganzen Nackensteaks sitzen bleiben, und die Grillkohle glüht schon. Also los, die Süße hier kann durch den Garten toben, und Vanessa wird begeistert sein.«

»Nein, wir …«

Jules Versuch wurde von Philipp abgewürgt. »Sie hat recht, außerdem habe ich einen tierischen Hunger. Wir können das Thema nachher fortsetzen, dann haben sich die Gemüter vielleicht auch beruhigt, und wir können etwas sachlicher weiterreden.«

»Finde ich auch«, etwas ungelenk kam Steffi wieder hoch und lächelte Angela an. »Vielen Dank für die Einladung, wir kommen gern mit. Ist Vanessa euer Hund?«

Fassungslos sah Jule zu, wie ihr Besuch, einschließlich Coco, sich Angela anschloss und auf den Weg nach drüben machte. »Ich liebe Nackensteaks«, sagte Coco leise, als sie an Jule vorbeiging, um ihre Tasche vom Stuhl zu holen. »Und Steffi kocht so miserabel.« Sie lächelte sie entschuldigend an, bevor sie eilig dem Tross folgte.

»Liebes, diese Diskussion bringt sowieso nichts«, Torges beruhigende Stimme ließ Jule zumindest wieder gleichmäßig atmen. »Sei froh, dass sie vorbei ist, es hätte vielleicht noch eine Schlägerei gegeben.« Er küsste sie auf den Scheitel. »Willst du nachkommen? Und vorher einmal laut schreien?«

Für einen Moment lehnte Jule ihren Kopf an seine Schulter. »Einmal reicht nicht«, sagte sie und sah zu ihm hoch. »Ich muss ein Stück laufen. Sag ihnen, dass ich noch kurz in die

Praxis musste, ich kann jetzt weder Nackensteaks noch diese Menschen ertragen.«

»Okay«, er sah ihr tief in die Augen. »Jule, wir kriegen das alles hin.« Er küsste sie, bevor er langsam über den Rasen in Richtung Nachbargarten ging.

Jule sah ihm nach, bis er hinter der Hecke verschwunden war, dann suchte sie ihr Handy und wählte eine Nummer.

»Fiedi? Hier ist Jule, hast du einen Moment?«

»Ist was passiert?«

Sie konnte Friederike kaum verstehen, im Hintergrund hörte sie Stimmen und Rauschen, es klang wie ein Bahnhof. »Wo bist du denn? Es ist so laut.«

»Ich bin gerade in München aus dem Zug gestiegen. Und ich sehe gerade Alex am Ende des Bahnsteigs stehen, die mich hier abholt.«

»Was machst du in München?«

Friederike zögerte kurz, bevor sie antwortete. »Komplizierte Geschichte. Es geht um meinen Vater, ich erzähle es dir, wenn ich es hinter mir habe. Und du? Ist was passiert?«

»Ich muss mit einem normalen Menschen über Pia reden, wir hatten hier gerade eine unsägliche Diskussion mit Philipp und Steffi.«

Friederike lachte leise. »Das kann ich mir lebhaft vorstellen. Können wir später telefonieren? Alex steht genau jetzt vor mir, hallo, das ist Jule.«

»Ist was passiert?« Alexandras leise Stimme war trotz der Bahnhofsgeräusche deutlich zu hören.

»Es geht um Pia. Du, Jule, lass uns sprechen, wenn wir bei Alex sind, okay? Ich rufe dich dann gleich an.«

Jule ließ die Hand mit dem Handy sinken. Ist was passiert? Das hatten beide gefragt. Wie früher. Sie würde sonst was dafür geben, genau jetzt auch am Bahnsteig in München zu stehen.

19.

»Edel«, anerkennend sah Friederike sich um. »Nicht ganz so hipp wie unsere Hotelbar, aber sie kommt schon dicht dran.«

»Der Gin Tonic kostet bei euch aber auch vermutlich das Doppelte«, bemerkte Alexandra süffisant und zog ihre Jacke aus. »Deswegen geht diese Schnäppchenrunde auch auf dich.«

Sie waren vom Bahnhof aus zunächst in Alexandras Wohnung gefahren, um Friederikes Tasche abzustellen. Falls Alexandra gedacht hatte, dass Friederike sofort reden wollte, hatte sie sich geirrt. Bis jetzt war Friederike dem Thema geschickt ausgewichen und hatte die Rede ausschließlich auf Alexandra gebracht, die arbeitsrechtlichen Auseinandersetzungen, den Wohnungsverkauf, ihre Pläne. Tastsächlich war Alexandra darauf eingegangen oder reingefallen, je nachdem. Friederike war nach einem Spaziergang an der Isar und dem Essen bei Alexandras Lieblingsitaliener auf dem Laufenden gewesen, wogegen Alexandra immer noch keine Ahnung hatte, was genau Friederike in München vorhatte. Jeder Versuch, das zu erfahren, war gescheitert. Friederike redete nur in Notfällen über ihre privaten Belange, sie wechselte einfach das Thema, wenn es ihr zu eng wurde. Und kam meistens damit durch. Jetzt, in dieser Bar mitten in München, würde Alexandra sie aber nicht mehr davonkommen lassen. Sie wartete gerade so lange, bis der junge Barkeeper mit Hipster-Dutt und Vollbart ihre Bestellung aufgenommen hatte, danach beugte sie sich vor. »So, und jetzt erzähl.«

»Was denn genau?« Mit harmlosem Blick wartete Friederike auf die Antwort und griff in eine Schale mit Nüssen. »Reden wir über Pia, über Jule oder doch endlich mal über Philipp?«

»Netter Versuch. Was ist mit deinem Vater? Seit wann suchst du ihn? Damals hast du es doch immer abgelehnt.«

»Ja?« Friederike schob sich die nächsten Nüsse in den Mund. »Wann habe ich was abgelehnt?«

»Deinen Vater zu suchen. Marie hat es dir mal auf irgendeinem unserer Pfingsttreffen vor hundert Jahren vorgeschlagen. Da wolltest du nie was über ihn wissen. Warum jetzt?«

»Weil ich seine Adresse gefunden habe. Und deshalb weiß, dass DieterBrennerderArsch, in einem Wort gesprochen, mitnichten verschollen war und den Kontakt abgebrochen hatte. Nenn es Neugier, ich würde gern von ihm erfahren, warum ich belogen wurde, warum Esther mir diesen Scheiß erzählt hat. Und da ich nun weiß, wo er wohnt, werde ich hinfahren und ihn einfach fragen.«

Alexandra sah sie nachdenklich an. »Dir ging es nie gut mit dieser Familiengeschichte, oder? Du wolltest nie darüber reden. Warum hast du nie was gesagt?«

Verständnislos hob Friederike die Schultern. »Was hätte ich denn sagen sollen? Dass mein Vater abgehauen ist und keinen Kontakt zu mir hat? Das wusstet ihr doch. Und ihr wusstet, wie Esther ist. Also? Was gab es darüber hinaus zu sagen?«

»Dass es dir schlecht geht? Dass du darüber traurig bist? Was weiß ich. Wir haben nie darüber gesprochen. Du hast nie darüber gesprochen.«

»Alex«, milde lächelnd und in einem Ton, als wäre sie begriffsstutzig, antwortete Friederike: »Ich muss nicht mit anderen über meine Probleme reden, um sie zu verstehen, ich verstehe sie auch so. Mach dir keine Gedanken um mich. Ich will meinen Vater nur sehen, weil ich die ganze Geschichte hören will. Meine Mutter ist wohl nicht mehr in der Lage, sie mir zu erzählen. Und vorher wollte sie es nicht. Ich will nur wissen, was damals gewesen ist. Und ich hätte dich gern dabei, falls ich irgendetwas überhöre oder nicht verstehe. Oder um mich daran zu hindern, Dieter Brenner, der unter Umständen gar nicht so ein Arsch ist, anzuschreien. Um mehr geht es nicht, ich habe einfach nur gern die Dinge sortiert, bevor ich sie endgültig abhefte.«

»Du hast dich wirklich überhaupt nicht verändert«. Alexandra lachte leise. »Friederike Brenner allein gegen die Welt. Du konntest schon früher keine Hilfe annehmen, aber meinst du nicht, dass wir inzwischen alt genug sind, um zu wissen, dass wir niemandem mehr etwas beweisen müssen? Gib doch mal zu, dass du ganz tief in dir auch mal schwach und sentimental bist, das schadet doch nicht. Und nimm Hilfe an.«

»Was berechnest du für die Stunde? Oder machst du Jule Konkurrenz, die so gerne andere rettet?«

»Du bist blöd.«

»Das letzte Argument aller Paardiskussionen«, Friederike grinste. »Lass mal, Schatz. Dreh dich lieber mal um, da steht ein Mann am Eingang, der dich ansieht, als hätte er eine Erscheinung.«

Nach einem letzten Blick auf sie drehte Alexandra sich um. »Ach Gott«, entfuhr es ihr leise. »Der fehlt mir gerade noch.«

Sie nickte ihm trotzdem hoheitsvoll zu, er ignorierte es und ging zielstrebig auf den Tisch zu, der am weitesten von ihnen entfernt stand. Dort setzte er sich, zog sofort sein Handy aus der Tasche und tippte mit wichtigem Gesichtsausdruck wichtige Dinge in die Tastatur.

»Carsten Hansen«, Alexandra drehte sich wieder zurück. »Dr. Carsten Hansen. Der Arme. Dem habe ich jetzt den Abend versaut.«

Neugierig spähte Friederike über Alexandras Schulter. »Das ist er? Wie dämlich. Ich an seiner Stelle wäre mit dem breitesten Grinsen zu dir gekommen und hätte dich lauthals begrüßt. Dann wärst du in der Defensive gewesen. Jetzt traut er sich noch nicht mal aufs Klo und muss die ganze Zeit damit rechnen, dass du kommst und ihm eine Szene machst. Was lernen diese Jungs eigentlich in ihrem Studium?« Sie schüttelte den Kopf und fing in diesem Moment den Blick von Hansen auf. »Der guckt jetzt schon hier rüber. Tja, Schätzchen, das hast du vergeigt.«

»Wieso traut er sich nicht aufs Klo?«

Friederike deutete hinter sich. »Dafür muss er an uns vorbei. Wir sitzen strategisch günstig.« Sie hob ihr Glas und ließ die Eiswürfel kreisen. »Mein Mitleid hält sich allerdings in Grenzen.«

Alexandra nickte und hob ebenfalls das Glas. »Schade nur, dass er jetzt im Verlag so viel Unheil anrichten kann. Ulrike hat erzählt, wie rasch das Klima gekippt ist seit seiner Übernahme. Keine Ahnung, große Klappe, schlechtes Benehmen, das kannst du echt vergessen.« Sie setzte das Glas wieder ab. »Egal. Aber apropos vergessen, wie geht es denn deiner Mutter jetzt? Du warst doch gestern noch mal in der Klinik.«

»Ja«, Friederike ließ immer noch die Eiswürfel kreisen. »Wie es ihr geht? Die OP hat sie zumindest körperlich gut überstanden. Ansonsten ist sie schlecht gelaunt, latent aggressiv und ziemlich unfreundlich gegen jeden. Die Phasen, in denen sie seltsames Zeug erzählt, kommen häufiger, dazwischen ist sie aber auch immer wieder klar. Das ist ja das Furchtbare. Und sie schikaniert das Krankenhauspersonal, verlangt anderes Essen, ein anderes Zimmer, eine andere Krankenschwester – die Leute dort sind total nett und tun mir wirklich leid.« Sie hob das Glas an die Lippen und trank aus, bevor sie es hart abstellte. »So viel Geld kann ich gar nicht in die Kaffeekasse legen. Und was ich ganz fürchterlich finde, sind die Geschichten, die sie erzählt, wenn sie ihre Aussetzer hat. Sie redet dann von Leuten, deren Namen ich noch nie gehört habe, und von Reisen, die sie angeblich gemacht hat. Ich soll das Geld aus dem Tresor holen und nach Übersee fahren, aber nur mit dem Schiff, sie will in keinem Fall fliegen. Ich verstehe meistens kein Wort.«

»Das ist ja furchtbar.«

Friederike nickte. »Ja, das ist es. Aber es hilft nichts. Ich habe letzte Woche schon mit den ersten Einrichtungen telefoniert, die sich auf demente Altenpflege spezialisiert haben. Das wird nicht einfach. Und teuer.« Sie atmete tief aus. »So, das reicht. Anderes Thema. Was trinken wir jetzt?«

»Ich weiß nicht, ich …« Während Alexandra die Getränkekarte in die Hand nahm, wurde Friederikes Aufmerksamkeit auf Carsten Hansen gelenkt, der plötzlich aufgesprungen war und die Hand gehoben hatte. Der Grund dafür stand offenkundig an der Tür, männlich, bärtig, etwas dicklich, mit rotem Pulli und einem überraschten Lächeln, das nur leider nicht an Carsten Hansen, sondern auf Alexandra gerichtet war. Nach nur einem Augenblick stand er vor ihnen. »Alexandra, mein Gott, welch wunderbare Überraschung.«

Sie fuhr herum. »Sebastian. Das ist ja …«

Überschwänglich riss er sie in eine Umarmung, während Friederike amüsiert verfolgte, wie Carsten Hansen seine Hand verärgert sinken ließ und sich unschlüssig wieder setzte. Sie lächelte ihn an, während sein Blick vermuten ließ, dass er sie gern getötet hätte. Sie nickte ihm zu, bevor sie sich wieder Alexandra zuwandte.

»Friederike, das ist Sebastian Dietrich, einer meiner früheren Autoren, Sebastian, das ist Friederike Brenner, eine … meiner ältesten Freundinnen.«

Friederike sah Alexandra an, dann streckte sie Sebastian die Hand hin. »Freut mich«, sagte sie und ließ zu, dass er ihre Hand mit beiden Händen ergriff und erfreut drückte.

»Eine deiner ältesten Freundinnen?«, fragte er überrascht. »Von einer Friederike hast du mir nie etwas erzählt. Ach, ist das wunderbar, euch hier zu treffen.« Er sah kurz auf ihre leeren Gläser, dann ließ er Friederikes Hand wieder los und gab dem Barkeeper ein Zeichen. »Was trinkt ihr? Die nächste Runde geht auf mich. Ach, Alexandra, wir müssen dringend reden, es ist ja so ein Durcheinander im Verlag, stell dir vor, die Marianne hat gekündigt, ich weiß überhaupt nicht, mit wem ich jetzt meine Veranstaltungen planen soll, das hat sie doch immer gemacht. Ich soll jetzt von einer Frau Bergmann betreut werden, die sitzt da irgendwo im Haupthaus, hieß es, die machen alle Lesungen zentral. Für alle Verlage, die die gekauft haben. Aber die betreuen auch Paul Nolen und Isabell Schäfer, ich dachte, ich höre nicht richtig, als wenn ich was mit diesen beiden Schmonzetten-Schreibern zu tun haben wollte, ich lasse mich doch nicht mit ihnen in einen Topf werfen. Alexandra, du musst da was …«

»Was darf es denn noch bei euch sein?« Der Barkeeper mit dem hippen Dutt beugte sich zu ihnen und stoppte damit Sebastians Tirade. Während er die leeren Gläser auf ein Tablett stellte, überflog Alexandra die Getränkekarte und bestellte ein Glas Weißwein.

Sebastian zog sich einen Stuhl vom Nebentisch heran, auf den er sich fallen ließ, während Friederike sich Alexandras Bestellung anschloss. »Für mich auch ein Glas«, sagte er und legte seine Hand auf Alexandras Armlehne. »Danke. Also jedenfalls muss mal irgendjemand da ein Machtwort sprechen, anscheinend haben diese neuen Chefs keine Ahnung, wie man mit Bestsellerautoren umgeht.«

»Nolen und Schäfer sind Bestsellerautoren«, entgegnete Alexandra mit belustigtem Lächeln. »Wenn auch in einem anderen Genre als du.«

»Sie schreiben Kitsch«, Sebastians Stimme überschlug

sich fast. »Romantischen, schwulstigen, albernen, dummen Schwachsinn. Das ist doch keine Literatur, das ist Zuckerwatte. Grauenvolles Zeug. Das kann man doch nicht mit meinen Büchern vergleichen. Das kann doch nicht dieselbe Abteilung machen. Wirklich, Alexandra, da musst du …«

Interessiert beobachtete Friederike Carsten Hansen, der Sebastian Dietrich nicht aus den Augen ließ und anscheinend mit der Entscheidung kämpfte, ob er ihn der Feindin überließ oder eingreifen sollte. Es sah nach einer sehr schweren Entscheidung aus.

»Sebastian, du solltest souveräner damit umgehen«, sagte Alexandra jetzt ganz ruhig. »Die können da ihren Job, sonst wären die nicht erfolgreich. Der Verlag ist verkauft, er gehört nun zu dieser Gruppe, und ich kann dir da gar nicht mehr helfen, ich bin ja raus. Aber die wollen dich bestimmt halten. Ich würde also deine Forderungen an die richten, die sie erfüllen können. Und dann siehst du, was passiert.«

Sebastian runzelte die Stirn. »Aber du kannst doch meine Bücher weitermachen. Du gehst doch bestimmt zu einem anderen Verlag, du kannst es dir doch aussuchen. Das haben mir alle Leute erzählt, mit denen ich geredet habe. Sie glauben, dass du zum Verlag an der Alster gehst, dann können wir doch den nächsten Vertrag mit denen machen.«

»Kannst du«, Alexandra lächelte ihn an. »Nur nicht mit mir. Ich werde nicht mehr im Verlag arbeiten.«

Der Barkeeper kam mit drei Gläsern Wein auf dem Tablett und stellte sie auf den Tisch, unbemerkt von Sebastian, der Alexandra ungläubig anstarrte. »Das ist nicht dein Ernst.«

»Doch.« Alexandra lächelte ihn an. »Das ist mein Ernst.« Sie warf einen Blick über seine Schulter und sah Carsten Hansen plötzlich aufstehen und in ihre Richtung sehen. »Deine Verabredung macht sich übrigens gerade auf den Weg zu uns. Und ich habe, ehrlich gesagt, keine große Lust, mit ihm zu reden.«

Sebastian drehte sich in die Richtung und sah ihm entgegen. »Wie? Ach so, ist das Dings, ähm, Hansen? Ich kenne ihn noch nicht.«

»Das ist er.«

Langsam stand Sebastian auf und sah ihm entgegen. Er hob kurz die Hand, bevor er sich wieder zu Alexandra beugte. »Das heißt, du willst nichts mehr mit mir machen? Du ziehst dich aus unserer Zusammenarbeit raus?«

»Sagen wir, ich wurde rausgezogen, ja«, Alexandra sah im Augenwinkel, dass Carsten Hansen sich jetzt ihrem Tisch näherte. »Ich will nur nicht wieder rein. Es wird jemand anderen geben, der mit dir arbeitet.« Sie drehte blitzartig ihren Kopf und lächelte. »Guten Abend, Dr. Hansen.«

»N'Abend«, er stand jetzt vor ihr, nickte kurz, dann steuerte seine Hand auf Sebastian Dietrich zu. »Hallo, Herr Dietrich, mein Name ist Dr. Carsten Hansen, wir sind verabredet.«

Sebastian ignorierte seine Hand und starrte weiterhin auf Alexandra. »Dein letztes Wort?«

Sie nickte, während sie Hansen ansah, der ihren Blick weiterhin ignorierte. Stattdessen beugte sich Friederike plötzlich nach vorn. »Darf ich Ihnen einen Stuhl besorgen? Sie stehen da so unglücklich in der Gegend rum.«

Er zuckte zusammen. »Nein danke, ich bin gleich wieder weg. Herr Dietrich, wollen wir zu unserem Tisch gehen?«

Langsam hob Sebastian den Kopf. »Ja. Gleich. Alexandra, darüber ist das letzte Wort noch nicht gesprochen.« Er griff nach seinem Weinglas. »Die Runde geht trotzdem auf mich. Wir hören uns.« Er trat einen Schritt zurück und streckte seine Hand vor Carsten Hansen aus. »So, jetzt, Sebastian Dietrich, angenehm. Gehen wir?«

Nach einem letzten Blick auf Alexandra entfernte sich Sebastian mit Hansen, stumm sahen Friederike und Alexandra ihnen nach.

»Dass diese Flegel beruflich immer so weit kommen«, meinte Friederike nach einer kurzen Zeit. »Das finde ich ja irgendwie faszinierend. Ich kenne keine Frau, die sich so entblödet hätte wie dieser Schwachkopf gerade. Lächerlich.«

Alexandra lachte leise. »Auf den Punkt. Es ist erbärmlich. Na ja, ich bin raus.«

»Sicher?« Friederike sah sie neugierig an. »Du willst wirklich aus dem Verlagsgeschäft raus? Keine Bewerbungen, keine Gespräche, kein neuer Verlag? Nie wieder in einem Chefbüro sitzen und die großen Räder drehen? Kannst du das?«

»Ich denke schon«, die Antwort kam ohne großes Zögern. »Es heißt ja nicht, dass ich nichts mehr mache. Ich werde mir schon noch was überlegen. Gerne ohne Schwachköpfe und Flegel.«

»Du, wer weiß, wofür das ganze Theater gut ist.« Friederike wurde ernst. »Du bist doch sowieso an einem Punkt gewesen, an dem dich immer mehr an deinem Job genervt hat, das wäre in den nächsten Jahren vermutlich noch schlimmer geworden. Und wir sind jetzt in einem Alter, in dem man die Dinge, die falsch laufen, sofort verändern muss. Wenn wir das jetzt nicht machen, machen wir es nie mehr. Diese Entscheidung ist dir nun abgenommen worden. Und du kannst neu durchstarten. Und das wieder im Norden.«

»Trotzdem wird mir vieles fehlen«, eine leichte Melancholie klang in Alexandras Stimme. »Die Autoren, die Bücher, der ganze Trubel …«

»Bücher gibt es weiter, Trubel kannst du selbst machen, und dein Starautor hat übrigens nicht einmal gefragt, wie es dir geht.« Friederike warf einen kurzen Blick in die Ecke, in der die beiden Männer saßen und miteinander redeten. »Das ist doch auch unmöglich.«

»Sebastian hat schon eine gewisse Egozentrik entwickelt«, antwortete Alexandra gleichgültig. »Ich kann mich nicht erinnern, ob er mich das überhaupt jemals gefragt hat. Ich glaube nicht.«

Friederike hob ihr Weinglas. »Siehst du? Also, auf das, was kommt.«

»Hier ist es.«

Friederike legte den Kopf in den Nacken und betrachtete die Fassade des Hauses. Sie hatten die Adresse ihres Vaters auf Anhieb gefunden, für den Weg hatten sie mit öffentlichen Verkehrsmitteln nur eine knappe halbe Stunde gebraucht. Schon allein deshalb war Friederike froh, Alexandra gebeten zu haben, sie zu begleiten. Es war alles einfacher, wenn man mit jemandem unterwegs war, der die Stadt kannte. Hätte sie sich allein auf den Weg gemacht, hätte sie sich durchfragen müssen. Was sie schon immer gehasst hatte.

Das Haus, vor dem sie jetzt standen, war hellgelb verputzt, an manchen Stellen blätterte die Farbe ab. Fünf Geschosse, acht Balkone, die alle zur Straße gingen, eine dunkelgrüne Haustür. Es war kein saniertes Haus, aber es wirkte insgesamt ganz gut in Schuss. Und es lag zu Friederikes Überraschung nur vier U-Bahn-Haltestellen von Alexandras Wohnung entfernt, also mitten in der Stadt, wo die Mieten sicherlich nicht besonders günstig waren.

Sie sah Alexandra an, die auch nach oben sah. »Keine schlechte Wohngegend, oder?«

»Nein«, Alexandra sah sie an. »Wenn man hier keinen alten Mietvertrag hat, muss man schon gut verdienen, um es sich leisten zu können.«

»Seine Adresse war auf allen Karten, die ich gefunden habe, dieselbe.« Friederike trat einen Schritt zurück. »Der wohnt schon ewig hier.« Sie presste die Lippen zusammen und schüttelte den Kopf. »Verrückt. Mein verschollener Vater. Der nie Unterhalt gezahlt hat.«

»Bist du sicher, dass du klingeln willst?«

»Ja«, Friederike nickte entschlossen. »Jetzt sind wir ja da. Und ich wäre sonst nicht hergekommen.«

»Dann los.«

Es war die dritte Klingel von oben. *Brenner*. Ohne Vornamen. Friederike legte den Finger auf den Knopf und drehte sich um. »Was soll ich sagen, wer hier unten ist? Münchner Gaswerke? Damit er uns reinlässt? Falls er überhaupt da ist.«

Sie brauchte gar nichts zu sagen, der Summer ertönte, ohne dass die Gegensprechanlage benutzt wurde. Sofort drückte sie die Haustür auf und betrat, gefolgt von Alexandra, das Treppenhaus. Gleich links hingen die Briefkästen, gegenüber lehnten drei Fahrräder an der Wand, davor stand ein Kinderwagen. Auf den Treppen lag Linoleum, sie stiegen hoch, vorbei an den ersten vier Türen, an denen andere Namen standen. Im dritten Stock standen Kinderschuhe vor dem rechten Eingang, an der linken Haustür hing ein Weidenkranz mit künstlichen Blumen, das Schild daneben war aus gelbem Salzteig mit einer geschnörkelten Schrift. *D. und M. Brenner*.

»M«, sagte Friederike ironisch, während sie Alexandra anschaute. »Ich habe eine Stiefmutter. Ist ja wie im Märchen.« Ohne die Antwort abzuwarten, klingelte sie. Hinter der Tür hörten sie Schritte, die Tür wurde aufgerissen. »Du bist ja schon …«

Die Frau, die jetzt vor ihnen stand, war klein, etwas pummelig, trug eine graue Hose mit einer dunkelblauen Strickjacke, ihre gewellten grauen Haare waren kurz geschnitten und ihre Brille etwas altmodisch. Sie war etwa Mitte siebzig, vielleicht auch älter, und sah die beiden nun etwas misstrauisch an. »Ich dachte, es wäre mein Mann«, sagte sie langsam. »Was kann ich für Sie tun?«

Friederike warf einen kurzen Blick auf Alexandra, bevor sie

mit fester Stimme sagte: »Mein Name ist Friederike Brenner. Ich wollte mit … Ihrem Mann sprechen.«

»Friederike … Brenner?« Ungläubig trat sie einen Schritt vor. »Ach. Weiß er, dass Sie kommen?«

»Nein«, Friederike verlagerte ihr Gewicht aufs andere Bein. »Das ist ein ganz spontaner Besuch. Ich war sowieso in München. Ist Ihr Mann denn da?«

Statt zu antworten, musterte Frau Brenner Alexandra. Die versuchte, sie beruhigend anzulächeln. »Alexandra Weise. Ich begleite nur meine Freundin, ich kann aber selbstverständlich auch unten warten.«

»Ja also, mein Mann ist bei der Apotheke«, unschlüssig musterte M. Brenner beide. »Er muss aber jeden Moment …«

Ein Stockwerk über ihnen hörte man plötzlich jemanden die Wohnung verlassen und die Tür abschließen.

»Kommen Sie rein«, sagte Frau Brenner hastig. »Wir müssen das ja nicht im Treppenhaus besprechen.« Sie hielt die Tür auf und ließ Friederike und Alexandra eintreten. »Gerade durchgehen, bitte. Morgen, Frau Schulz.« Die Tür fiel ins Schloss, bevor Frau Schulz einen Blick in den Flur werfen konnte.

Die drei Frauen standen immer noch in dem dunklen Flur, bis Frau Brenner die Tür zum Wohnzimmer öffnete und auf einen Esstisch mit vier Stühlen deutete. »Nehmen Sie Platz«, sagte sie mit leichter Anstrengung. »Mein Mann muss gleich kommen.«

»Danke«, Friederike sah sie an, während sie sich setzte. Alexandra nahm den Stuhl neben ihr, während Frau Brenner immer noch an der Tür stand. Ihr war die Situation sichtlich unangenehm, ihre Hand war um den Türgriff geklammert, vermutlich überlegte sie, ob sie diese beiden Eindringlinge einfach hier sitzen lassen könnte, ohne dass die ihr die Bude ausräumten. Letztlich siegte das gute Benehmen. »Möchten

Sie eine Tasse Kaffee trinken? Ich könnte schnell einen aufsetzen.«

»Gern«, Friederike lächelte sie an, sofort ließ Frau Brenner die Türklinke los und nickte erleichtert. »Ich bin gleich wieder da.« Die Tür ließ sie weit offen.

Friederike wechselte einen vielsagenden Blick mit Alexandra, bevor sie sich umsah. Das Zimmer war zu klein für all die Möbel. Gleich neben dem Esstisch, an dem sie saßen, stand eine Nussbaum-Schrankwand, die die gesamte Wand ausfüllte. In den Einlässen zwischen den Schranktüren und Schubladen standen jede Menge Fotos in Silberrahmen. An der Wand gegenüber die Sitzgruppe, ein Sofa mit zwei Sesseln, davor der Fernseher. Ein Couchtisch mit Fliesen, darauf ein Spitzendeckchen und eine gläserne Obstschale mit Weintrauben. Auf der Fernsehzeitung lagen zwei Brillen und ein Kugelschreiber, daneben eine angefangene Tafel Schokolade. Die Kissen auf dem Sofa passten zu den hellblauen Vorhängen und den Puppen, die in der Sofaecke drapiert waren, in den Fensterbänken standen blühende Orchideen und kleine Figuren aus Keramik.

Friederike beugte sich vor und betrachtete die Fotos in der Schrankwand. Die meisten waren Kinderbilder zweier blonder Mädchen, eine von ihnen mit Hund auf dem Arm, ein anderes auf einem Fahrrad, eines zeigte wohl M. Brenner neben den beiden Mädchen, alle drei standen eingehakt vor einer Berghütte und lachten den Fotografen an, zwei Konfirmationsbilder, eines von einer jungen Frau im Abendkleid, viele Urlaubsbilder, auf denen die Mädchen in Badeanzügen auf einem Schlauchboot, am Strand, mit Wassermelonen, auf Ponys oder auch in Skianzügen im Schnee zu sehen waren.

Friederike starrte die Bilder an, sie hatte offensichtlich zwei Halbschwestern, von denen sie nichts geahnt hatte. Die, so wie es hier aussah, eine sehr heile Kindheit gehabt hatten, es war kaum zu glauben. Sie suchte nach einer Ähnlichkeit zwischen ihr und ihnen, konnte aber keine finden. Sie waren beide sehr blond, sehr zierlich, auch auf den neueren Bildern, auf denen sie erwachsen waren. Mindestens eine von ihnen hatte Kinder, in der zweiten Reihe standen die Fotos der Enkel.

»Soll ich nicht doch lieber unten warten?«, flüsterte ihr Alexandra plötzlich zu. »Damit er sich nicht überfallen fühlt?«

»Die sind ja auch zu zweit«, antwortete Friederike leise. »Bleib doch. Es wird auch mit Sicherheit keine tränenreiche Versöhnung geben, bei der du stören könntest. Und ich brauche eine Zeugin, damit ich das alles hier selbst glauben kann.« Sie betrachtete die Bilder, die über dem Sofa hingen, zwei Aquarellbilder, eines mit spielenden Katzen, eines mit einem galoppierenden Pferd. Wenigstens passten sie zu den Kissen und dem Vorhangstoff.

Das Klirren der Tassen auf dem Tablett war schon zu hören, bevor Frau Brenner das Wohnzimmer betreten hatte. »Der Kaffee ist gleich fertig«, sagte sie beflissen und verteilte die vier Tassen und Unterteller auf dem Tisch. »Milch, Zucker?«

»Milch bitte.«

Sie verschwand wieder, während Alexandra leise sagte: »Du trinkst doch gar keinen Kaffee«, was Friederike nur mit einem Achselzucken abtat.

Das Geräusch eines Schlüssels in der Wohnungstür beendete das angespannte Warten. Friederike hob den Kopf und sah Alexandra an, die Wohnzimmertür wurde geschlossen, die Stimmen im Flur waren nur undeutlich zu hören.

Schweigend warteten sie, dass endlich die Tür aufging und DieterBrennerderArsch, in einem Wort gesprochen, nach einem halben Jahrhundert seine Erstgeborene sehen würde.

Friederike spürte, dass sich ihr Puls beschleunigte, und versuchte, dagegenzuatmen. Diese Situation war so absurd, dass sie gar nicht verstand, warum sie überhaupt so emotional reagierte. Aber sie musste jetzt einfach erfahren, warum zur Hölle ihr Vater mit zwei neuen blonden Töchtern hier das schöne Leben gelebt und sie mit ihrer stets unzufriedenen, egozentrischen Mutter allein gelassen hatte. Und warum er laut Esther nur gesoffen und gestritten, nichts auf die Reihe gebracht und so wenig verdient hatte, aber hier mit seiner zweiten Familie Urlaube mit Strand, Bergen und Ponyreiten bezahlen konnte. Und jetzt in dieser biederen Puppenwohnung mit einer nett aussehenden Frau lebte, die ihnen gerade einen Kaffee kochte. Was war wann schiefgelaufen?

Langsam öffnete sich die Wohnzimmertür, noch langsamer hob Friederike den Kopf, um sofort die Augen aufzureißen. Es gab nur ein einziges Bild, das Friederike von sich und ihrem Vater hatte, ein Foto, das sie vor Jahren im Haus am See in einer Schublade gefunden und heimlich behalten hatte. Vermutlich hatte Maries Mutter Laura es fotografiert und im Gegensatz zu Esther nicht weggeschmissen oder verbrannt, sondern aufgehoben. Friederike war vielleicht zwei Jahre alt gewesen und hockte auf den Schultern ihres Vaters, ihre kleinen Hände in seinen großen. Dieter Brenner hatte eine Sonnenbrille getragen und gelacht. In ihrer Vorstellung war er groß und kräftig gewesen, mit lauter Stimme und raumgreifendem Auftreten. Ein Angeber und Streithammel, so hatte Esther ihn beschrieben, ohne Manieren und Feingefühl, ungebildet und ungeduldig. Eben DieterBrennerderArsch, in einem Wort.

Der Mann, der sich jetzt langsam ins Wohnzimmer schob, war klein und schmal. Bis auf einen dünnen Haarkranz war er kahl, er trug eine rahmenlose Brille, ein blau-weiß kariertes Hemd zu einer hellen Stoffhose und hatte ein freundliches Gesicht. Im Moment allerdings einen eher distanzierten Gesichtsausdruck. Seine Frau folgte ihm dichtauf, sie trug eine Kaffeekanne und blieb abwartend hinter ihm stehen, während er die beiden Gäste musterte. Friederike erhob sich und überragte ihn dabei um fast einen Kopf, nach kurzem Zögern streckte sie ihre Hand aus, die er ebenfalls zögernd ergriff.

»Hallo Friederike«, seine Stimme klang heiser, sein Händedruck war überraschend fest. »Das ist ja wirklich eine Überraschung.«

»Hallo«, auch sie musste sich erst räuspern, deutete auf Alexandra und stellte sie vor. »Alexandra Weise, eine Freundin, bei der ich hier wohne. Sie war so nett, mich zu begleiten.«

Er nickte kurz. »Setzt euch doch. Martha, schenkst du den Kaffee ein?«

Sie setzten sich alle vier an den Tisch. Während seine Frau umständlich den Kaffee einschenkte, Milch und Zuckerdose zurechtrückte und die Löffel verteilte, hatte Dieter Brenner seine Hände vor sich auf dem Tisch gefaltet und mied Friederikes Blick. Erst, als auch Martha wieder saß, hob er das Kinn. »Ist was mit deiner Mutter? Hat sie dich geschickt?«

»Ob sie mich geschickt hat?« Verwundert schüttelte Friederike den Kopf. »Wie kommst du darauf?«

»Es muss ja einen Grund haben, dass du hier auftauchst«, antwortete Dieter Brenner und löffelte Zucker in seine Tasse. Beim vierten Löffel legte seine Frau ihre Hand auf seine. Er verharrte, dann begann er, in seiner Tasse zu rühren. »Ich meine ja nur. Oder warum bist du gekommen?«

Friederike atmete tief ein und aus, um einen richtigen Anfang zu finden. »Ich habe durch einen Zufall deine Adresse gefunden«, sagte sie so ruhig wie möglich. »Ich habe über fünfzig Jahre lang geglaubt, dass du uns verlassen und dich seither nie mehr gemeldet hast. Dass du von Anfang an kein Interesse an mir gehabt und daher auch keinen Unterhalt bezahlt hast. Das alles hat meine Mutter mir immer so gesagt. Die angeblich auch nie wusste, ob und wo du lebst und was du eigentlich so machst, weil es ja nie auch nur irgendeine Form des Kontaktes gegeben hatte. Umso überraschter war ich, als ich neulich in Esthers Wohnung Briefe von dir gefunden habe, mit eben dieser Adresse darauf. Und erfahren musste, dass du mitnichten verschwunden oder verschollen warst, sondern die ganzen Jahre über in Kontakt mit meiner Mutter standst. Es wird dich nicht überraschen, dass mich das ein bisschen überrascht hat. Und jetzt bin ich hier, damit du mir vielleicht erklären kannst, warum ich mit diesen Lügen aufgewachsen bin.«

Dieter Brenner schwieg und rührte weiter, während Friederike ihn fixierte. »Warum?«

Umständlich ließ er den Löffel über der Kaffeetasse abtropfen und legte ihn auf den Unterteller. Erst dann sah er Friederike an. »Was hat Esther dazu gesagt?«

»Nichts. Sie weiß nicht, dass ich deine Briefe gefunden habe.«

»Dann solltest du besser sie fragen. Vielleicht erklärt sie es dir.«

»Das kann sie nicht mehr«, erwiderte Friederike sehr ruhig. »Sie ist inzwischen dement. In der vergangenen Woche hat sie sich bei einem Sturz verletzt und die Schulter gebrochen. Sie ist operiert worden, liegt noch im Krankenhaus, und die Ärztin hat mir gesagt, dass sie unter einer bereits fortgeschrittenen Demenz leidet. Sie kann mir nun nichts mehr erzählen. Das meiste, was sie sagt, ist wirr, sie wirkt zeitweise, als lebte sie in einer ganz anderen Welt.«

»Das tut mir leid«, entfuhr es Martha. »Das ist ja furchtbar.«

»Ja«, Friederike nickte und sah sie jetzt an. »Das ist es. Wie alt sind eigentlich Ihre Töchter? Das sind doch Ihre, oder?«

Sie hatte auf die Bilder gedeutet, Martha war der Geste gefolgt und nickte jetzt. »Ja. Sabine und Marion. Sabine ist 57, Marion zwei Jahre jünger. Wir haben auch drei Enkel, die sind ebenfalls alle schon groß.«

Friederikes Augen weiteten sich, sie warf einen fragenden Blick auf Alexandra, auch die sah jetzt neugierig Dieter Brenner an und dachte anscheinend dasselbe. Friederike sprach es aus. »War das der Grund? Für die Trennung? Dass das rausgekommen ist?«

»Was denn?«, fragte Dieter Brenner harmlos. »Was ist rausgekommen?«

»Die Zweitfamilie.« Friederike machte eine kleine Pause. »Dass du zwei deiner Töchter zeitgleich gezeugt hast.«

Seine Reaktion war überraschend. Er schüttelte nur lächelnd den Kopf und sah seine Frau an. Die begriff die Frage anscheinend erst jetzt. »Ach so, nein«, beeilte sie sich zu sagen. »Meine Töchter sind aus meiner ersten Ehe. Mein Mann ist damals bei einem Autounfall gestorben. Als ich Dieter kennengelernt habe, waren die Mädchen sechs und vier, Dieter hat sie nach der Hochzeit adoptiert.«

»Oh, das tut mir sehr leid«, sagte Friederike. »Das habe ich nicht gewusst.« Sie musterte Martha nachdenklich, dann wieder ihren Vater. »Ich dachte, du hättest dich einfach in eine andere Frau verliebt und wärst deshalb gegangen. Das passiert ja.«

»Nein, das war nicht der Grund«, antwortete er und sah sie an. »Es ist doch so lange her, warum lässt du die Dinge nicht ruhen? Ich möchte da eigentlich lieber nicht drüber reden.«

Friederike spürte, wie langsam der Ärger in ihr hochstieg. Sie war extra nach München gefahren, um endlich die Zusammenhänge verstehen zu können. Ihre Mutter hatte sich diesem Thema in all den Jahren verweigert, jetzt, wo sie nichts mehr erklären konnte, hatte Friederike endlich ihren Vater gefunden – und der weigerte sich jetzt auch. Das konnte doch nicht wahr sein. Alexandra schien zu merken, dass die Wut in ihr hochkochte, unter dem Tisch stupste sie Friederikes Fuß an. Sofort zog Friederike ihn zurück.

»Ich möchte aber darüber sprechen«, sagte sie laut. »Ich will wissen, was damals passiert ist. Du hast hier mit deiner anderen Familie fröhlich und zufrieden gelebt, und ich hatte mein Leben lang Stress mit Esther. Warum? Weißt du, mir geht es nicht um Unterhaltszahlungen, das ist armselig, aber geschenkt. Aber warum hast du mich nicht mal besucht? Oder mir zum Geburtstag gratuliert? Oder auch nur angerufen? Oder hast du das alles getan – und Esther hat es mir vorenthalten? Das kann ja auch sein, aber ich will das wissen. Falls ihr Angst habt, dass ich heute irgendwelche Ansprüche an euch, an dich, stelle, kannst du beruhigt sein. Ich verdiene genug, ich habe noch nie von irgendjemandem finanzielle Hilfe bekommen, damit fange ich heute auch nicht mehr an. Ich will nur kapieren, warum du ein so schlechter Vater für mich warst, aber kurz danach zwei andere Mädchen adoptiert hast. Was war mit dir los damals? Warum hast du das gemacht? Was war falsch an mir?«

Plötzlich spürte sie den beruhigenden Druck von Alexandras Hand auf ihrem Rücken. Schwer atmend machte sie eine Pause, bevor sie ruhig fortfuhr: »Ich hätte einfach nur gern eine Erklärung.«

»Ja.« Dieter Brenner hatte sie die ganze Zeit beobachtet, Friederike hatte keine Ahnung, was er dachte, er zeigte kaum eine Regung. Stattdessen stand er auf, ging zur Schrankwand, nahm eine Flasche und vier Gläser heraus und stellte alles auf den Tisch. Sorgfältig schenkte er vier Schnäpse ein, dann sah er seine Frau an, die ihm aufmunternd zunickte. Erst dann setzte er sich und wandte sich wieder an Friederike. »Es war eine ganz andere Zeit damals. Heute kann man das gar nicht mehr verstehen. Und heute hätte ich vielleicht auch einige Dinge anders gemacht. Aber die ganze Wahrheit kann dir nur Esther erzählen. Sie ist die Einzige, die sie kennt. Auch ich kenne nicht die ganze Geschichte. Selbst wenn ich wollte, könnte ich dir nicht helfen. Lass die Dinge ruhen, es ändert doch nichts mehr.«

»Wie bitte?« Verständnislos sah Friederike ihn an. »Du – du warst doch dabei. Du bist gegangen. Du wirst mir doch sagen können, warum du gegangen bist? Dafür muss es doch einen Grund geben.«

Mit einem seltsamen Gesichtsausdruck sah er sie an, es war eine Mischung aus Mitgefühl und Resignation. Langsam schob er das Schnapsglas näher zu ihr, zog seine Hand wieder zurück und umschloss Finger für Finger sein eigenes Glas. Er holte tief Luft, hielt sie kurz an und atmete laut wieder aus.

»Es hatte einen ganz einfachen Grund.« Sein Blick war jetzt fest auf sie gerichtet. »Ich bin nicht dein Vater.«

20.

Die Sonne schien auf die Terrasse neben dem Eingang des *Grandhotels* und ließ die weißen Tische und Stühle leuchten. Einer der Hausdiener war gerade damit beschäftigt, die großen Sonnenschirme hochzukurbeln, während er sich lachend mit einer Kellnerin unterhielt, die kleine Töpfe mit Rosen auf den Tischen verteilte.

Pia beobachtete das Ganze in aller Ruhe. Sie war zu früh. Fast eine Stunde. Sie hatte es in ihrer Wohnung nicht mehr ausgehalten, zu viele Gedanken, zu viele Anrufe, zu viel Chaos im Kopf, deshalb war sie schon losgegangen. Um dieses Chaos aufzuräumen. Es war ihr nur nicht gelungen, dafür musste sie jetzt eine halbe Stunde vor dem Hotel herumlungern. Natürlich könnte sie sich auf die sonnige Terrasse setzen, etwas zu trinken bestellen und auf ihre Verabredung warten, aber das Benutzen der Terrasse war den Hotelgästen vorbehalten, Mitarbeiter hatten da nichts zu suchen, so lautete zumindest die Anordnung der Hotelchefin. Und auch wenn Pia keine Mitarbeiterin mehr war, hätte sie es komisch gefunden, dort Platz zu nehmen.

»Pia? Hat es geklappt?« Die überschwängliche Stimme ließ Pia sich sofort umdrehen, mit breitem Lächeln stand Anni plötzlich hinter ihr und umarmte sie impulsiv. »Du bist doch hoffentlich hier, weil du demnächst wieder bei uns jobbst, oder?«

Sie ließ sie wieder los und betrachtete sie begeistert. »Das würde mich echt freuen, mir haben unsere Mittagspausen gefehlt.«

»Hallo, Anni«, Pia hatte die Umarmung mit einem Anflug von schlechtem Gewissen erwidert. Sie hatte sich überhaupt nicht mehr bei ihr gemeldet, seit sie ihren letzten Tag im Hotel gehabt hatte. Obwohl sie es versprochen hatte. »Es tut mir leid, ich wollte mich doch eigentlich bei dir melden, aber bei mir war in den letzten Wochen so viel los. Wie war deine Prüfung? Die hattest du doch vor zwei Wochen, oder?«

»Ist schon drei Wochen her«, korrigierte sie Anni. »Bestanden. Mit ›sehr gut‹ in Theorie und Praxis«, sie pustete sich eine rote Locke aus der Stirn und lächelte stolz. »Ja, ich habe mich auch gefreut. Ich bleibe jetzt erst mal als Köchin im *Grandhotel,* ich habe den Vertrag gleich nach der Prüfung bekommen und unterschrieben. Und du? Was gibt es bei dir?«

Nichts, worüber ich mit dir reden könnte, dachte Pia, bemühte sich aber um eine harmlose Antwort. »Du, ich hatte viel um die Ohren, Studium, Familiensachen, alles Mögliche. Es ist übrigens noch nicht ganz klar, ob ich hier weiterjobben kann oder nicht. Ich bin aber gleich mit der Chefin verabredet, um mit ihr darüber zu sprechen.«

»Oh«, sofort riss Anni die Augen auf und hob ihre zur Faust geballten Hände. »Und ich drück dir natürlich beide Daumen, dass das klappt. Dann kannst du ja gleich mitkommen, ich muss nämlich rein, weil meine Schicht um zwölf beginnt.«

»Ich komme gleich nach«, antwortete Pia. »Ich bin ein bisschen zu früh. Aber ich melde mich bei dir.«

»Schön«, Anni strahlte sie an. »Dann bis bald.«

Sie verschwand in Richtung Eingang, Pia sah ihr nach und wünschte sich inständig, dass es in ihrem Leben bald wieder nur noch um Studentenjobs, Kneipenbesuche in ihrem Viertel und gelegentliche Mittagessen gehen würde. Und nicht mehr um diese andere Geschichte. Sie müsste nur den morgigen Termin hinter sich bringen, dann wäre wieder alles so, wie es sein sollte. Sie schloss kurz die Augen und atmete tief durch.

Sie hatte Angst vor diesem Termin, sie hatte seit Tagen Albträume, nach denen sie schweißgebadet und tränenüberströmt aufwachte. Sie konnte nicht zu Hause sitzen, sie wurde die Bilder aus ihren Träumen nicht los, Bilder von blutigen Betten, von Schmerzensschreien, bösen Gesichtern, die sich über sie beugten und sie hasserfüllt anstarrten. Aber auch Bilder von kreischenden Kindern, einem Reihenhaus, vor dem zwanzig Fahrräder in einer Sandkiste lagen, von Ben, der in einem ihrer Albträume grinsend neben Steffi gestanden hatte, während die Pia geschüttelt und gesagt hatte: »Wie kann man sich nur so sein Leben ruinieren? Du bist so dumm, dumm, dumm.«

Sie erschrak, als sie sich plötzlich selbst seufzen hörte, und riss sich zusammen. »Denk an was anderes«, befahl sie sich selbst. »Es ist gleich zwölf, du gehst jetzt hoch.« Langsam setzte sie sich in Bewegung, kurz darauf stand sie im Fahrstuhl des *Grandhotels,* der sie in die Chefetage beförderte.

»Frau Petersen!«

Gudrun Kessel hob sofort den Kopf, als Pia nach zweimaligem Klopfen Friederikes Vorzimmer betrat. »Das ist ja schön, wie geht es Ihnen?«

Sie stand auf, ging um ihren Schreibtisch und schüttelte Pia herzlich die Hand.

»Danke, gut«, log Pia und deutete auf die Uhr über der Tür. Es war zehn vor zwölf. »Ich bin zu früh.«

Frau Kessel folgte ihrem Blick. »Das macht doch nichts. Aber Frau Brenner ist noch irgendwo im Haus unterwegs. Ich habe sie bisher gar nicht richtig zu Gesicht bekommen, es war so wahnsinnig viel los. Aber sie weiß ja, dass Sie kommen, sie muss gleich wieder hier sein. Nehmen Sie doch noch kurz Platz.«

Das Telefon auf ihrem Schreibtisch klingelte, Frau Kessel zeigte auf die Sessel in der Ecke und nahm das Gespräch an.

»Das *Grandhotel* Hamburg, Büro der Geschäftsleitung, was kann ich für Sie tun?«

Während Gudrun Kessel telefonierte, starrte Pia aus dem Fenster und verfolgte die kleinen weißen Wolken, die über den Himmel zogen. Eigentlich hatte Friederike ihr vorgeschlagen, nein, sogar befohlen, dass sie sich nach Pias Beratungsgespräch am letzten Freitag treffen sollten. Das hatte sie dann aber kurz vorher plötzlich abgesagt, sie wäre verhindert, etwas Wichtiges sei ihr dazwischengekommen, aber Frau Kessel würde für den kommenden Montag einen Termin machen. Pia solle sie im Büro abholen, alles Weitere besprächen sie dann.

Es war wirklich blöd, dass Friederike Bescheid wusste, es wäre Pia lieber gewesen, sie würden dieses Gespräch erst nach dem morgigen Termin führen. Wenn endlich alles vorbei war, wenn sie wieder die Kontrolle über ihr Leben hätte und wenn sie in aller Ruhe über einen Job in diesem Haus reden könnten. Aber Friederike hatte gar nicht groß gefragt, sondern diesen Termin gemacht. Pia hoffte nur, dass sie sich tatsächlich nur über berufliche Dinge unterhalten würden.

»Ich sage ihr, dass sie zurückrufen soll«, sagte jetzt Gudrun Kessel. »Das wird aber vermutlich erst am späten Nachmittag sein, nicht vor 17 Uhr. Also danke für den Anruf, Frau Brenner wird sich melden.« Sie legte auf und sah stirnrunzelnd erst auf die Uhr und dann zu Pia. »Wo bleibt sie …«

Die Tür flog in diesem Moment auf, und Friederike schoss ins Büro. Als sie Pia sah, blieb sie abrupt stehen. »Ach Gott, Pia, dich habe ich ganz vergessen.« Mit wenigen Schritten war sie an Frau Kessels Schreibtisch und legte eine Mappe auf einen der Stapel. »Das muss nachher noch raus. Und ich …«, sie blickte kurz zu Pia. »Ich bin dann weg. Wenn was ist, rufen Sie an. Bis später.«

»Natürlich«, verwundert betrachtete Gudrun Kessel ihre

Chefin. »Ich habe den Tisch bei *Mario* reserviert. Um halb eins.«

»Ja, danke«, Friederike holte ihre Tasche aus ihrem Büro. »Wir können sicher auch früher kommen. Los, komm, Pia, sonst steht hier gleich der Nächste und will was von mir.«

Sie eilte aus dem Büro, Pia hatte Mühe, ihr zu folgen.

Mario war ein kleiner, dicker Italiener, dessen Restaurant nur wenige Minuten vom Hotel entfernt lag. Trotzdem hatte Pia Seitenstiche, als sie ankamen, Friederike hatte einen Schritt am Leib gehabt, als würden sie verfolgt. Sie hatte kein Wort mit ihr gesprochen, Pia wunderte sich, dass sie diesen Termin nicht einfach abgesagt hatte, wenn es ihr nicht passte. Zeit zu fragen blieb Pia nicht, sie hatte Mühe gehabt, das Tempo zu halten, ihr Atem hatte sich immer noch nicht beruhigt, als sie nach kurzem Warten einen Tisch am Fenster zugewiesen bekommen hatten.

Nachlässig legte Friederike ihr Handy auf die rot-weiß karierte Tischdecke und schob eine Haarsträhne hinters Ohr. »Und?«, ihr Gesichtsausdruck war unverbindlich. »Wie geht es dir?«

»Gut«, die dritte Lüge ging ihr schon viel leichter über die Lippen. Friederike nickte nur und griff zur Speisekarte. »Weißt du schon, was du essen willst?«

»Noch nicht«, zögernd klappte Pia ihre Karte auf und überflog das Angebot, während sie sich über Friederikes Verhalten wunderte. Sie wirkte so distanziert, dass Pia sich wieder fragte, warum sie dieses Essen nicht abgesagt hatte. Großes Interesse daran schien sie nicht zu haben. Gleichgültig überflog sie die Speisen, sie war schon ein paarmal hier gewesen, eigentlich kannte sie die Karte, sie hatte nur überhaupt keinen Hunger. »Ich nehme eine Tomatensuppe«, sagte sie schnell und klappte die Speisekarte wieder zu. »Ich habe so spät gefrühstückt.«

Friederikes hochgezogene Augenbrauen ignorierte sie, als die Bedienung kam, bestellte Friederike die Suppe, für sich Risotto und für beide Wasser.

»Ich gehe davon aus, dass du keinen Wein trinkst«, Friederike zog ihren Blazer aus, legte ihn über die Stuhllehne und richtete den Kragen der flaschengrünen Seidenbluse. »Das ist vielleicht warm hier. Wie war das Beratungsgespräch?«

»Was?« Irritiert beugte Pia sich vor.

»Das Beratungsgespräch«, wiederholte Friederike lauter und mit einem harmlosen Gesichtsausdruck. »B- e- r- a…«

»Warum willst du das wissen?«, unterbrach Pia sie etwas zu schnell. »Ich dachte, wir wollten über die Möglichkeit reden, dass ich neben dem Studium im Hotel weiterarbeiten kann.«

»Ja?« Friederikes Blick war unergründlich, es war dieser Hotelchefin-Blick, der die meisten Mitarbeiter verunsicherte. Pia versuchte, es zu ignorieren.

»Ja«, bekräftigte sie. »Ich dachte, dass es darum ginge.«

»Im Prinzip schon«, Friederike sah sie immer noch an. »Ich hatte es dir sowieso nach deinem Praktikum anbieten wollen, aber nun haben sich ja einige Umstände verändert. Deiner insbesondere. Und man unterstellt mir ja mangelnde Empathie, deshalb arbeite ich daran und frage dich, wie es dir geht und was du nun vorhast. Kann man doch machen, oder?«

»Schon«, Pia hielt dem bohrenden Blick stand. »Aber das muss ich ja nicht in allen Einzelheiten beantworten. Ich bekomme das Kind nicht, also steht dem Job im Hotel nichts mehr im Weg. Es liegt an dir, ob ich weitermachen kann oder nicht.«

Friederike nickte, nahm ein Stück Brot aus dem kleinen Bastkorb und zerkrümelte es über ihrem Teller. »Okay«, sagte sie langsam, ließ das Brot plötzlich fallen und sah wieder hoch. »Ich habe übrigens Freitagabend mit deiner Mutter telefoniert. Jule ist ziemlich fertig, weil du dir nicht helfen lässt und nicht reden willst. Und dich noch nicht mal bei ihr meldest, um ihr zu sagen, was du nun vorhast. Warum ziehst du dich so zurück?«

»Ganz einfach, weil es meine Entscheidung ist«, gab Pia heftiger zurück, als sie wollte. »Es geht mir echt auf den Geist, dass alle da reinquatschen und mir erzählen wollen, was das Beste für mich ist. Mama ruft mich zwanzig Mal am Tag an, steht unangemeldet auf der Matte, fängt immer wieder mit den Fragen zum Vater an, sie will alle Möglichkeiten durchsprechen, mein Gott, als ob es um einen Hauskauf geht. Und Papa mitsamt seiner grauenhaften Steffi ist der Meinung, dass ich meine Zukunft versaut hätte, er hat mir sofort eine Adressliste von irgendwelchen Ärztekumpels gegeben, bei denen ich mich vorstellen soll und die das dann sauber erledigen. Als wenn ich etwas Kriminelles getan habe, was jetzt vertuscht werden müsste. Selbst die verrückte Coco hat mich angerufen und mir erzählt, dass Steffi bei dem Gedanken, dass auch noch ein Enkelkind ihr Konkurrenz machen könnte, fast durchdreht, und Coco findet, dass ich das Kind deshalb extra kriegen müsse. Um Steffi eins auszuwischen. Das ist doch alles krank. Es ist mein Leben, ich muss das allein entscheiden, und das habe ich.«

»Wann ist der Abbruch? Oder …«, Friederike hatte sich jetzt gespannt vorgebeugt. »Oder war er schon?«

»Morgen.«

»Das Wasser und ein kleiner Gruß aus der Küche, *buon giorno*, Friederike, *comme stai?*«

»Mario, *mio caro, grazie, tutto molto bene*«, Friederike lächelte den kleinen dicken Italiener sofort an. »*Cosa sta facendo la famiglia?*«

Pia presste die Lippen zusammen und versuchte, der schnell geführten, kurzen, italienischen Unterhaltung zu folgen, nach den ersten Sätzen verstand sie kein Wort mehr. Stattdessen beobachtete sie Friederike, die gerade mit vielen Gesten und ganz anderer Stimme als sonst mühelos italienisch redete. Das war es, was Pia wollte, dieses Leben. Sie wollte es genau so, eine Hotelkarriere, Auslandsaufenthalte, mehrere Sprachen, überall Freunde, Unabhängigkeit, Freiheit. Und wenn dieser Scheiß mit Ben nicht gewesen wäre, hätte sie jetzt die ersten Pläne und Schritte dafür gemacht.

Sie atmete tief durch. Morgen um diese Zeit würde dieser Fehler erledigt sein, ab übermorgen konnte sie ihr Leben wieder in Angriff nehmen.

»*Il cibo arriverà presto*«, sagte Mario jetzt und zog sich zurück, Friederike lächelte und wandte sich wieder an Pia. »Das Essen kommt gleich«, übersetzte sie jetzt und sah sie an. »Wo waren wir stehen geblieben?«

Gleichmütig hob Pia die Schultern. »Egal, ich wollte ohnehin nicht mehr über das Thema reden. Wie viele Sprachen sprichst du eigentlich?«

»Vier fremde«, antwortete Friederike. »Ich habe in verschiedenen Ländern gearbeitet, das ist also keine große Kunst. Englisch, Französisch, Spanisch, Italienisch und Deutsch. Nicht alle gleich gut, aber es reicht zum Smalltalk. Und um Mitarbeiter anzutreiben.«

»Ich möchte das auch können.« Pia nahm ihr Wasserglas in die Hand und trank. Als sie es wieder abstellte, spürte sie Friederikes nachdenklichen Blick. »Ich will denselben Weg gehen, den du gegangen bist«, sagte sie bestimmt. »Das Studium fertig machen, ins Ausland gehen, in Hotels arbeiten, unabhängig sein. Das lass ich mir jetzt nicht durch so einen Scheiß kaputtmachen. Und mir auch nicht von anderen sagen, was ich tun soll. Also, lässt du mich neben dem Studium weiter im *Grandhotel* arbeiten?«

Friederike sah sie immer noch an. Schweigend, nachdenklich, so als ob sie überlegte, was sie jetzt sagen sollte. Ob sie es sagen sollte. Wie sie es sagen sollte.

Pia wartete auf ihre Antwort, je länger Friederikes Schweigen dauerte, umso unsicherer wurde sie. Vermutlich würde Friederike ihr jetzt keinen Job im Hotel mehr anbieten. Pia hätte sich dieses ganze Essen einfach sparen können.

»Du lässt es dir nicht durch *so einen Scheiß* kaputtmachen?«, wiederholte Friederike plötzlich zynisch. »So kann man das natürlich auch umschreiben.«

»Die Tomatensuppe?« Die junge Frau, die die Bestellung vorhin aufgenommen hatte, kam mit dem Essen an den Tisch. »Und das Risotto, *buon appetito.*«

Friederike hatte nur genickt, sie wartete, bis die Frau verschwunden war, bevor sie sich räusperte. »Wir sollten vielleicht erst mal essen.«

Ohne zu antworten, griff Pia nach ihrem Löffel, rührte damit unlustig in der Suppe, probierte und legte ihn wieder zur Seite, während Friederike in aller Ruhe anfing zu essen. Immer noch schweigend. Nur um die Zeit zu überbrücken, löffelte Pia doch weiter, als Friederike ihr Besteck weglegte, hörte sie sofort wieder auf.

Friederike tupfte sich mit der Serviette den Mund ab und legte sie anschließend auf den Tisch. Dann trank sie einen Schluck Wasser, lehnte sich zurück und blickte Pia prüfend an.

»Gut«, sagte sie plötzlich entschlossen und beugte sich wieder vor. »Dann wollen wir mal Tacheles reden.« Sie legte ihre Hände auf den Tisch und ließ Pia dabei nicht aus den Augen. »In manchen Dingen sind wir uns gar nicht so unähnlich. Du willst eine Hotellaufbahn starten, du bist ehrgeizig, schnell, vermutlich intelligenter als der Durchschnitt, du hast Biss, willst unabhängig sein, lässt dir ungern helfen, willst alles allein schaffen. Das sind Eigenschaften, die mir sehr geläufig sind. Und es gibt erstaunlicherweise einige Parallelen in unseren Lebensläufen, wir sind beide Scheidungskinder, haben keine Geschwister, haben ein sehr gutes Abitur gemacht und keine Angst vor Herausforderungen.« Sie machte eine fast unmerkliche Pause, ihr Blick fiel kurz auf ihre Hände, dann sah sie wieder hoch und fuhr fort: »Es geht sogar noch sehr viel weiter mit den Parallelen, du wirst staunen, wir sind nämlich beide zu einem denkbar unpassenden Moment schwanger geworden. Das wusstest du nicht, oder? Woher auch, niemand hat später darüber geredet. Aber hier werden die Unterschiede zwischen unseren Leben klar.« Ein schmerzlicher Ton klang plötzlich durch, kaum spürbar, aber Pia sah, dass die harte Friederike Brenner in diesem Moment mit sich kämpfte. Gebannt starrte sie sie an, Friederike erwiderte ihren Blick und fuhr mit fester Stimme fort: »Ich war jünger als du jetzt, knapp zwanzig, ich hatte einen Job auf Fuerteventura, und ich hatte keine heimliche, leidenschaftliche Affäre, sondern wurde von zwei besoffenen Arschlöchern am Strand vergewaltigt. Ich hatte keine Eltern, die mir gesagt haben, was ich tun sollte, ich hatte keine finanzielle Hilfe, ich hatte keine Kontakte, keine Familie, keine richtige Krankenversicherung. Ich bin nach Holland geflogen, in eine abgewrackte Praxis in einem Hinterhof gegangen und bin bei diesem Abbruch fast verreckt. Ich habe es überlebt, auch weil danach Marie mit Jule und Alexandra zu mir gekommen sind und mich wieder aufgepäppelt haben. Danach konnte ich keine Kinder mehr bekommen. Und genau daran ist die Beziehung mit meiner Lebensliebe zerbrochen und der wichtigste Mensch aus meinem Leben verschwunden. Und mein Glaube an das Gute im Menschen gleich mit.«

Abrupt griff sie nach ihrem Glas und trank es aus, bevor sie es auf den Tisch knallte und die völlig perplexe Pia ansah. »Es geht dir auf den Geist, dass dir zu viele Leute reinquatschen, glaub mir, ich hätte damals sonst was dafür gegeben, wenn da jemand gewesen wäre, der mir Vorschläge gemacht oder sogar reingequatscht hätte. Du hast alle Möglichkeiten, Pia, aber anstatt darüber froh zu sein, regst du dich über Jule und Philipp auf, die sich um dich sorgen und von denen du jede Hilfe bekommst, wenn du sie nur annehmen würdest. Hör auf mit deinem Selbstmitleid und mach dir erwachsene Gedanken.«

Unvermittelt stand sie auf und griff nach ihrer Tasche. »Ich gehe kurz vor die Tür, ja, in Ausnahmefällen rauche ich. Jetzt ist so ein Fall, bin gleich wieder da.«

Stumm sah Pia ihr nach, immer noch fassungslos über das, was sie da gerade gehört hatte. Friederike Brenner, die Frau ohne Privatleben, die Frau, die sie schon als Kind gekannt, die sie damals schon bewundert hatte, weil sie so ganz anders gewesen war als ihre Mutter. Friederike, die sich nur von Jule manchmal Fiedi nennen ließ, weil Verniedlichungen nicht zu ihr passten. Die immer unangestrengt wirkte, obwohl sie rund um die Uhr arbeitete. Deren scharfe Zunge genauso gefürchtet war wie ihr unbestechlicher Blick. Die große, selbstsichere, unerschütterliche, lässige Friederike, die für Pia immer ein Vorbild gewesen war. Weil sie sich nie vorstellen konnte, dass Friederike irgendetwas nicht hinbekommen würde. Und jetzt diese furchtbare Geschichte. Die hatte sie ganz und gar nicht hinbekommen.

Sie zuckte zusammen, als die Eingangstür zuschlug und Friederike wieder reinkam. »Mario, *il conto per favore*«, rief sie zum Tresen, bevor sie den Tisch erreicht hatte. Sie setzte sich langsam und warf Pia einen langen Blick zu. »Dieses Gespräch bleibt unter uns«, sagte sie schließlich. »Wir müssen auch nie wieder darüber reden. Aber du solltest dir genau überlegen, was du jetzt machst. Egal, welche Entscheidung du triffst, sie ist nicht umkehrbar. Und wenn ich eine Sache in meinem Leben gelernt habe, ist es die, dass das Ablehnen von Hilfe nicht unbedingt ein Zeichen von Stärke ist. So, ich muss jetzt los.«

Während Pia stumm wartete, bis Friederike bezahlt, noch

ein paar Sätze mit Mario gewechselt hatte und holte dann aufgestanden war, drehten sich in ihrem Kopf die Sätze, die sie gerade gehört hatte. Sie folgte Friederike nach draußen, die vor der Tür stehen blieb und Pia ansah. »Viel Glück«, sagte sie ernst. »Bei allem, was du jetzt entscheidest. Du hast alle Möglichkeiten.«

»Danke«, Pia schluckte und machte einen zögernden Schritt auf sie zu. »Danke, dass du so offen warst.«

Friederikes Blick wurde plötzlich weich, sie beugte sich vor und schob Pia eine Haarsträhne aus dem Gesicht. »Pass auf dich auf.«

Abrupt drehte sie sich auf ihrem Absatz um und ging davon, Pia blieb stehen und sah ihr nach, bis sie hinter den parkenden Autos verschwunden war. Nach einer ganzen Zeit ließ sie ihre Schultern sinken und machte sich langsam auf den Weg nach Hause. Kurz vor der nächsten Kreuzung schoss ihr ein Satz von Friederike durch den Kopf, der sie sofort stehen bleiben ließ.

»... woran die Beziehung mit meiner Lebensliebe zerbrochen und der wichtigste Mensch aus meinem Leben verschwunden ist.«

Gedankenverloren sah Pia auf die Kreuzung. Sie würde einen kleinen Umweg machen. Vielleicht half ihr das bei der Entscheidung.

Sie war eine knappe halbe Stunde gelaufen, bis sie in eine Seitenstraße bog, in der sich eine weiße Jugendstilvilla an die nächste reihte. Die Straße wurde von Birken gesäumt, durch deren hellgrünes Laub die Sonnenstrahlen blitzten, Pia sah hoch und musste sofort niesen, sechsmal nacheinander, Birkenpollenallergie, sie würde sich nie dran gewöhnen. Vor einem weißen Haus mit Türmchen blieb sie stehen und sah auf das Schild neben dem Eingang.

Dr. med. Ullrich Taube
Facharzt für Kinder- und Jugendmedizin
Sprechstunden:
Montag 8.00 Uhr–12.00 Uhr 15.00 Uhr–18.00 Uhr
Dienstag 8.00 Uhr–12.00 Uhr 15.00 Uhr–18.00 Uhr
Mittwoch 8.00 Uhr–12.00 Uhr
Donnerstag 8.00 Uhr–12.00 Uhr
15.00 Uhr–18.00 Uhr
Freitag 8.00 Uhr–12.00 Uhr 15.00 Uhr–18.00 Uhr

Sie stieg langsam die fünf gemauerten Stufen zum Hauseingang hoch und drückte nach einem Blick auf ihre Uhr die Klingel, es war gleich halb drei, wenn sie Glück hatte, war er schon da.

»Pia?«

Die überraschte Stimme kam plötzlich von der Seite, Pia fuhr herum und sah Ulli entgegen, der gerade mit einer Plastikschale in der Hand um die Ecke kam. »Was machst du denn hier?«

Statt zu antworten, nieste sie wieder. »Entschuldige, ich war gerade … hatschi … in der Gegend.«

Mit langen Schritten lief er die Treppe hoch und grinste. »Und jetzt soll ich dich von deinem Heuschnupfen befreien? So gern ich das machen würde, du bist mir als Patientin zu alt. Ich kann dich aber einem Kollegen empfehlen, Dr. Philipp Petersen, der …«

»Hör bloß auf«, Pia unterbrach ihn mit einer Umarmung, bei der sie ihm fast die Schale aus der Hand gerissen hätte. Sofort streckte er den Arm nach oben.

»Vorsicht bitte, das ist mein Mittagessen. Ich kann es mit dir teilen, falls du es nicht zerstört hast. Dann komm mal mit rein.« Er schloss die Tür auf und dirigierte sie in sein Sprechzimmer. »Kaffee?«

»Nein danke. Aber wenn du ein Wasser hast, dann nehme ich das gern. Gegessen habe ich schon.«

»Gut, dann hole ich mir nur eine Gabel und komme gleich wieder. Setz dich aufs Sofa. Wir haben uns ja ewig nicht gesehen, schön, dass du da bist.«

Hinter ihm klappte die Tür zu, Pia ließ sich auf das bequeme Sofa fallen und streckte die Beine aus. Hier hatte sich gar nichts verändert. An den Wänden hingen immer noch von Kindern gemalte Bilder, über der Untersuchungsliege baumelte das alte Mobile mit Elefanten, Giraffe, Zebras und Löwen, an der Tür gab es immer noch das bunte Metermaß aus Holz, die kleinen Stofftiere und Holzautos in den bunten Kisten waren vermutlich ausgetauscht, es hatte ganz ähnliche aber schon gegeben, als Pia hier noch Patientin war.

Ulli war nicht nur Pias Kinderarzt, sondern damals auch der beste Freund ihres Vaters gewesen. Inzwischen war der Kontakt nur noch sporadisch, Ulli und seine Frau Andrea kamen zwar noch zu Philipps Geburtstagen, ansonsten hatten sie nicht mehr viel miteinander zu tun. Pia vermutete, dass sich Steffi nicht mit Andrea verstand, es wäre kein Wunder, Pia fand beide Frauen schwierig.

Mit einem dampfenden Kaffeebecher und einer Wasserflasche kam Ulli zurück und schob die Tür mit dem Fuß hinter sich zu. Er stellte alles auf den Tisch und zog eine Gabel aus der Hosentasche, bevor er sich Pia gegenübersetzte.

»So«, meinte er gut gelaunt und riss die Folie von der Plastikschale mit Fertigsalat ab. »Ich hoffe, es stört dich nicht, wenn ich esse, während du mir erzählst, was dich zu mir treibt?«

Skeptisch musterte Pia die Schale, in die Ulli seine Gabel versenkte. »Ist das dein Mittagessen? Sieht ja nicht so toll aus.«

»Och«, er beäugte kritisch ein Stück Tomate und schob es sich in den Mund. »Geht so«, antwortete er undeutlich. »Ich muss drei Kilo abnehmen, es gibt gerade nur Salat. Hilft ja nichts. Erzähl.«

Pia beobachtete ihn einen Moment. Er war wirklich einer der freundlichsten Menschen, die sie kannte. Dazu klug und gutaussehend und immer unaufgeregt und hilfsbereit. Pia fand es schade, dass sie nur noch so selten Kontakt hatten.

»Wie geht es denn Selma und Tjark?«

Seine Kinder waren ein paar Jahre älter als sie, sie kannten sich nur von gemeinsamen Familientreffen. Das letzte Treffen war allerdings Jahre her.

»Gut«, Ulli hielt die Gabel in der Luft. »Selma arbeitet wieder als Lehrerin in Göttingen, ihr Sohn geht ja jetzt auch schon zur Schule. Sie haben gerade ein Haus gebaut, ein riesen Ding, nicht so mein Geschmack, aber Selma gefällt es. Und Tjark chillt wieder mal. Keine Ahnung, was er vorhat, vielleicht fängt er im Herbst das dritte Studium an, Jura war Scheiße, Physik auch, ich bin gespannt, was jetzt kommt.«

Ungerührt aß er weiter, er hatte wirklich eine Engelsgeduld mit seinen Kindern. Pia war mit der arroganten Selma und dem verpeilten Tjark nie richtig warm geworden, hätten sie sich nicht als Kinder zwangsläufig ihrer Väter wegen getroffen, hätten sie vermutlich nie etwas miteinander zu tun gehabt, sie waren einfach zu verschieden. Jule hatte einmal gesagt, dass Ullis schlechtes Gewissen seine Erziehung torpedierte, anders wäre sein Langmut mit diesen grauenhaften Blagen nicht zu erklären. Pia hatte ihr sofort Recht gegeben.

»Es ist wirklich nicht toll«, sagte Ulli jetzt, legte die Gabel zur Seite und schob die Plastikschale angewidert weg. »Eigentlich ist diese Salatpampe sogar richtig fies. Und du? Was macht dein Studium?«

»Ich habe ein Praktikum im *Grandhotel* gemacht und würde da auch gern weiterarbeiten. Am liebsten sofort, es war toll.«

Mit neutraler Stimme fragte er nach: »Ach, hier in Hamburg? Das neue Hotel an der Alster?«

»Ja«, sie sah ihn forschend an, während sie ergänzte: »Friederike hat doch da die Direktion übernommen, sie hat mich eingestellt.«

Sein Mundwinkel zuckte jetzt ganz kurz, fast unmerklich, aber sein Blick hatte sich plötzlich verändert. »Ach ja? Das wusste ich gar nicht. Und? Willst du denn auch ins Hotelfach? Hast du dich schon entschieden?«

Pia starrte ihn an. Sein freundlicher Blick war auf sie gerichtet, geduldig, zugewandt, arglos. Und plötzlich wurde ihr die ganze Situation wieder bewusst. Sie biss sich auf die Lippe, spürte die Tränen aufsteigen und ein Kribbeln unter der Kopfhaut. Irgendein Schalter wurde gerade in ihrem Kopf umgelegt, ob das durch Ullis freundliche Anteilnahme oder von Friederikes Geschichte ausgelöst wurde, konnte Pia nicht mehr unterscheiden. Aber jetzt ging gar nichts mehr.

»Ob ich mich schon entschieden habe?« Sie musste kurz nach Luft ringen, bevor sie weiterreden konnte. »Nein, habe ich nicht, ganz und gar nicht. Im Moment habe ich nämlich keine Ahnung, was ich machen soll. Ulli, ich bin schwanger.«

Zwei seiner kleinen Patientinnen mussten leider eine halbe Stunde warten, so lange dauerte es, bis Ulli Pia in seinem Sprechzimmer beruhigt hatte. Unter den neugierigen Blicken der beiden jungen Sprechstundenhilfen begleitete Ulli sie schließlich zum Ausgang, den Arm um ihre Schultern gelegt. Vor der Tür blieben sie einen Augenblick stehen.

»Also, du rufst mich an«, erinnerte er Pia mit sanfter Stimme. »Egal, wann, ich habe das Handy auch nachts an. Und nun gehst du nach Hause, legst dich in die Badewanne und versuchst, dich zu entspannen. Und dann sehen wir weiter, okay?«

Pia nickte, putzte sich abschließend die Nase und hielt das Stofftaschentuch, das Ulli ihr gegeben hatte, hoch. »Ich wasch es«, sagte sie immer noch mit verstopfter Nase. »Du bekommst es gebügelt wieder.«

»Ich bitte darum«, er lächelte, zog sie kurz an sich und küsste sie auf die Schläfe. »Kopf hoch, Pia, das haben schon ganz andere vor dir geschafft.«

»Danke«, sie erwiderte die Umarmung, bevor sie die Stufen nach unten stieg. »Vielen Dank. Ich melde mich. Tschüs, Ulli.«

Er hob die Hand und lächelte, bevor er in die Praxis zurückging und Pia sich langsam in Bewegung setzte. Sofort lösten die Birkenpollen wieder Niesanfälle aus, so heftig, dass Pia an der Straßenecke stehen bleiben musste. Beim letzten Niesen brummte ihr Handy. Sie zog es aus der Tasche und musste sich über die Augen reiben, bevor sie die SMS lesen konnte.

Ich bin übrigens der Meinung, dass man auch mit Kind Karriere machen kann, wenn man nur will. Zumindest ist ein Studentenjob hier im Hotel auch für Mütter möglich. Gruß FB

Als sich der nächste Niesreiz den Weg bahnte, musste Pia das Handy fest umklammern, damit es ihr nicht aus der Hand fiel. Sie bekam es hin.

21.

Der See lag glatt und in der Morgensonne glitzernd vor ihr, ein paar Schwalben flogen dicht über die Wasseroberfläche, sonst gab es nichts, was die friedliche Stille störte. Alexandra schüttelte ihre Flipflops ab und lief auf bloßen Füßen über die Holzplanken des Bootsstegs, an dessen Ende sie stehen blieb und über den See blickte. Es war noch keine sieben Uhr, die Sonnenstrahlen, die in ihr Fenster fielen, hatten sie geweckt und nach einem kurzen Augenblick der Orientierung sofort aus dem Bett getrieben. Sie hatte sich nur eine Strickjacke über den Pyjama geworfen, die Kaffeemaschine für zwei Tassen befüllt und angestellt und anschließend das Haus verlassen, um über den noch feuchten Rasen zum See zu laufen.

Jetzt wickelte sie die Strickjacke enger um ihren Körper, für Mitte Mai war das Wetter zwar schon sommerlich, aber die morgendliche Luft noch kühl. Trotzdem blieb sie stehen und sah dankbar aufs Wasser, froh, jetzt hier sein zu dürfen. Die ersten Seerosen hatten ihre Blüten schon geöffnet, ein Fisch kam an die Oberfläche und hinterließ Kreise auf dem Wasser, eine Libelle tanzte über den See. Über allem lag eine friedliche Ruhe.

Sie war am gestrigen Abend eingetroffen, das erste Mal in ihrem Leben war sie allein ins Haus am See gefahren. Es war seltsam gewesen, die Tür aufzuschließen und das leere und stille Haus zu betreten. Sie hatte einen Moment unschlüssig im Foyer gestanden und darauf gewartet, gleich die Stimmen von Marie, Friederike oder Jule zu hören. Natürlich blieb es still, also war sie die Treppe hochgestiegen, in das Zimmer, in dem sie schon so oft geschlafen hatte. Immer gemeinsam mit Jule, auch beim letztjährigen Treffen, das nach so vielen Jahren wieder das erste Pfingsten am See gewesen war. Und bei dem sie nicht nur ihre Missverständnisse, sondern auch ihre Leben aufgeräumt hatten.

Alexandra hatte gespannt die Tür geöffnet und war irritiert stehen geblieben. Es gab nur noch ein Bett in diesem Zimmer, jemand hatte umgeräumt, dort, wo Jules Bett gewesen war, stand jetzt ein Schreibtisch vor dem Fenster. Erstaunt hatte sie sich umgesehen, die Blumen auf dem Tisch registriert, die Getränke auf der Kommode, die frischbezogene Bettwäsche und den neuen Teppich auf dem Boden. Die Wände waren weiß gestrichen, wer immer hier am Werk gewesen war, er oder sie hatte ganze Arbeit geleistet.

Beim anschließenden Rundgang durch die Villa hatte sie gesehen, dass alle Schlafzimmer renoviert worden waren. Das Haus hatte die Atmosphäre der alten Zeiten behalten, die Zimmer wirkten durch die hell gestrichenen Wände und die einzelnen neuen Möbel plötzlich moderner als früher

Sie hatte einen Moment gebraucht, um sich mit der Tatsache, allein in der Villa zu sein, anzufreunden, erst nach dem Auspacken hatte sie Hanna angerufen: »Ich wollte nur Bescheid sagen, dass ich gut angekommen bin. Es ist ja alles schon fertig, ich musste noch nicht mal das Bett beziehen. Vielen Dank. Und die Zimmer sehen toll aus, auch wenn ich es komisch finde, dass ich jetzt ein eigenes habe. Wer hat denn hier so gewirbelt?«

»Das waren Elke und Micha, sie bestehen darauf, sich auch weiterhin um die Villa zu kümmern. Ich hatte ja vorgeschlagen, eine Putzfrau einzustellen, aber das will Elke nicht, sie sagt, es macht ihr Spaß, hier alles schön zu machen. Ich hoffe, dass das in Ordnung ist«, hatte Hanna sofort geantwortet, eine kleine Unsicherheit in der Stimme.

»Natürlich, es sieht alles toll aus. Dann werde ich mich mal in den nächsten Tagen mit Blumen bei ihr bedanken. Sie hat sogar den Kühlschrank gefüllt.«

»Das macht sie immer«, in Hannas Stimme klang ein Lächeln. »Micha und ich hatten uns überlegt, dass Sie vielleicht ein paar Tage länger bleiben und vielleicht auch ein bisschen arbeiten wollen. Wir haben gedacht, dass deshalb ein eigenes Zimmer angenehmer für Sie ist.«

Alexandra hatte sich zwar gefragt, was sie um alles in der Welt arbeiten sollte, die Frage aber nicht laut gestellt. Es war ja nett gemeint. Hanna hatte ihre Ankunft für übermorgen angekündigt, sie hatte noch einen Termin in Jules Praxis, im Anschluss daran wollte sie kommen. Und dann mit Alexandras Hilfe das Pfingsttreffen am nächsten Wochenende vorbereiten. Zwei Tage hatte Alexandra das Haus also für sich allein. Es war immer noch ein eigentümliches Gefühl.

Mit einem letzten Blick auf die Trauerweiden, deren Blätter die Wasseroberfläche berührten, drehte sie sich jetzt um und ging über den Bootssteg neugierig auf das kleine Saunahaus zu, das Micha in den vergangenen Wochen hier gebaut hatte. Das kleine rote Haus mit den weißen Fensterrahmen stand direkt am Steg, man könnte denken, es stünde in Schweden. Alexandra wollte die Tür aufziehen, sie war verschlossen. Stattdessen sah sie durchs Fenster ins Innere, es wirkte großzügiger, als es von außen aussah, sofort bekam sie Lust, den Ofen anzustellen und beim Schwitzen auf den kühlen See zu schauen. Und anschließend hineinzuspringen. Vielleicht konnte Micha ihr schon in den nächsten Tagen zeigen, wie man die Sauna in Betrieb nahm. Um damit nicht erst auf die anderen und das Pfingstwochenende zu warten. Alexandra hatte keine Ahnung, auf wessen Idee der Bau dieser Sauna zurückging, aber sie gefiel ihr gut.

Sie schlüpfte in die Flipflops, die sie achtlos auf dem Rasen liegen gelassen hatte, und ging über das noch feuchte Gras zurück zum Haus. Als sie die Haustür öffnete, wehte ihr schon der Kaffeeduft entgegen und zog sie in die Küche. In einem sentimentalen Anflug nahm sie Maries hellblaue Blümchentasse aus dem Schrank und setzte sich mit dem dampfenden Kaffeebecher auf die breite Bank, von wo aus sie einen Blick in den Garten über den abfallenden Rasen bis zum See hatte. Wenn sie sich vorbeugte, war sogar eine kleine Ecke des roten Saunahäuschens zu sehen.

Mittlerweile konnte sie an Marie denken, ohne dass es ihr jedes Mal das Herz zerriss. Es war immer noch eine große Melancholie dabei, ein Bedauern über die verlorene Zeit und natürlich auch das Gefühl des Verlustes dieser besonderen Freundin. Marie war gerade jetzt wieder sehr gegenwärtig, nicht nur, weil sie ihnen dieses Haus vererbt hatte, sondern weil es so sehr ihr Haus gewesen war. In allen Ecken war Marie zu spüren, jeder Gegenstand erinnerte an sie. Alexandra strich mit dem Zeigefinger über den Tassenrand und richtete ihre Augen wieder in den Garten.

Die blühenden Rhododendrenhecken, die das Grundstück umgaben, waren gepflanzt worden, als Marie noch ein Kind war. Wenn Alexandra die Hecke jetzt betrachtete, diese meterhohe Pracht, die dicht aneinandergereihten rosafarbenen Blüten, wurde ihr klar, wie viele Jahre seitdem vergangen waren. Irgendwo hatte sie mal gelesen, dass die meisten Rhododendren nur zehn Zentimeter im Jahr wuchsen. Als sie das erste Mal ihre Ferien mit Marie, Jule und Friederike am See verbracht hatte, ging ihr die Hecke bis zu Taille. Jetzt konnte man schon lange nicht mehr drübersehen. So viel Leben war in dieser Zeit vergangen. Maries Leben war schon vorbei, und wer konnte schon wissen, wie viele gute Jahre die anderen noch vor sich hatten. Alexandra hatte sich nie mit diesen Fragen auseinandergesetzt, sie war immer mittendrin gewesen, umgeben von Menschen, getrieben von Vorhaben, Plänen, Terminen, sie hatte sich nie in Frage gestellt, sie war die erfolgreiche und unabhängige Karrierefrau, sie hatte ihr Leben im Griff. Das war nun alles vorbei. Plötzlich stand alles still, es gab keine Struktur mehr, keinen Plan, keine vorhersehbare Zukunft. Was blieb ihr noch? Wie viel Zeit blieb ihr überhaupt? War sie für die meisten Dinge nicht schon zu alt?

Alexandra atmete tief durch, um diesen grauen Gedanken zu entkommen. Sie wäre doch wohl in der Lage, sich selbst eine neue Struktur zu geben, irgendetwas zu tun, um nicht nutzlos, träge und alt zu werden. Sie sollte die Zeit hier nutzen, um über alles das nachzudenken, was in den letzten Monaten passiert war. Und Pläne zu machen, wie sie ihre neue Freiheit nutzen könnte, um sich ein neues, ein besseres Leben einzurichten. Aber im Moment hatte sie nur Ideenfetzen im Kopf, unsortiert, ohne Prioritäten, eigentlich nichts als ein absolutes Durcheinander. Friederike fiel ihr ein, Friederike, die in solchen Situationen Listen schrieb. Es war nicht so, dass Alexandra es nicht versucht hatte, bislang hatte es sie nur nie weitergebracht. Sie könnte es nachher vielleicht trotzdem noch mal versuchen. Irgendetwas musste sie ja tun.

Sie schwang ihre Beine von der Fensterbank und ging zum Kühlschrank. Uninspiriert sah sie hinein, Hunger hatte sie nicht, auch keine Lust, etwas rauszunehmen. Sie schlug die Kühlschranktür zu und sah wieder aus dem Fenster, unschlüssig, was sie jetzt machen sollte. Sie könnte erst mal duschen. Dann noch einen Kaffee trinken. Danach ein Blatt Papier nehmen und sehen, ob der neue Schreibtisch in ihrem Zimmer das Schreiben von Listen vereinfachte. Sie könnte das auch alles lassen und einfach hier im Pyjama sitzen bleiben. Es war letztlich egal.

Abrupt stellte Alexandra die Tasse auf den Tisch, um die Gedankenschraube anzuhalten. Seufzend rieb sie sich die Stirn, sie hatte keine Lust, selbstmitleidig zu werden. Das passte nicht zu ihr. Das wollte sie gar nicht erst zulassen. Sie musste an schöne Sachen denken, es war ja nicht so, dass es die in ihrem Leben gerade nicht gab. Sie musste nur hinsehen.

Jule hatte ihr gestern Abend eine Willkommens-SMS geschickt und ihr geschrieben, dass sie sie anrufen könne, wenn sie etwas brauchte. Alexandra hatte zwar alles, aber trotzdem angerufen, weil sie sich über die SMS gefreut hatte. Und weil es hier so einsam gewesen war.

»Und?«, hatte Jule gefragt. »Wie ist es so allein im Haus?«

»Ehrlich gesagt, ein bisschen komisch. Aber auch schön. Ich bin froh, ein paar Tage hier zu sein und mich ein bisschen zu sortieren. Mal sehen. Aber es ist schon sehr still hier. Zu still im Moment. Na ja, ich gewöhne mich schon daran.«

»Das wirst du. Und wenn was ist, wie gesagt, melde dich. Wann kommt Hanna?«

»Übermorgen. Nach dem Termin bei dir in der Praxis. Micha holt sie in Hamburg ab.«

»Okay«, Jule hatte plötzlich besorgt geklungen. »Ich glaube übrigens, dass sie irgendetwas hat, was sie bedrückt. Ich glaube, wir sollten uns etwas mehr um sie kümmern. Sie war Maries Lebensgefährtin, ohne sie hätten wir drei uns niemals so wiedergetroffen. Wir sind es Marie schuldig, dass wir Hanna in unsere Mitte nehmen. Und wir sollten ihr endlich das Du anbieten, auch wenn sie die Ältere ist. Dieses ›Hanna und Sie‹ schafft immer so eine seltsame Distanz. Das hat Friederike neulich auch schon gesagt, sie wollte es eigentlich auf der Galerieeröffnung ansprechen, da waren wir nur nie mit

Hanna allein. Lass uns das doch am Wochenende mal angehen, oder?«

Alexandra sah das genauso. Sie verabredeten sich noch in der kommenden Woche zu einem Mittagessen in der Kneipe neben Jules Praxis, danach legten sie auf. Alexandra war erst hinterher eingefallen, dass sie gar nicht nach Pia gefragt hatte. Sie kreiste wirklich im Moment zu sehr um sich.

Das einzige Geräusch in dieser Küche war das Ticken der Uhr, die über der Tür hing. Alexandra sah hin, es war gerade mal halb neun, der Tag war noch lang. Irgendetwas müsste sie jetzt machen, sonst würde sie gleich wieder in dieser dunkelgrauen Wolke versinken. Ungehalten fuhr sie sich mit beiden Händen durch die Haare und streckte ihren Rücken durch. Sie würde jetzt wirklich duschen, das war zumindest mal ein Anfang. Noch bevor sie an der Treppe war, hörte sie draußen ein Fahrzeug, sie drehte sich um und sah durch das kleine Fenster neben der Haustür. Jule stieg gerade aus ihrem VW-Bus, sofort fiel die Schwere von Alexandra ab, und sie beeilte sich, zur Tür zu kommen.

»Das ist ja eine Überraschung«, an die offene Tür gelehnt, sah sie Jule entgegen, die mit einer Brötchentüte in der Hand die Fahrzeugtür zuschlug. »Wie kommt das denn?«

»Bist du etwa noch im Pyjama?«, war Jules Gegenfrage, bevor sie die Stufen zum Eingang hochstieg. »Ich dachte, du rettest immer ganz früh schon die Welt?«

»Ich wollte gerade unter die Dusche gehen«, Alexandra stieß sich vom Türrahmen ab und ging einen Schritt zur Seite. »Was machst du denn um diese Uhrzeit hier?«

Jule hob die Tüte. »Brötchen-Bringdienst. Ich habe erst heute Mittag den ersten Behandlungstermin und war früh wach. Also bin ich um halb acht losgefahren. Und ich hatte gestern Abend das Gefühl, dass du das Alleinsein in der Villa nicht so lustig findest, da wollte ich mal kurz nach dem Rechten sehen.«

»Das ist ja …«, gerührt ließ Alexandra Jule ins Haus gehen und schloss hinter ihr die Tür. »Du hättest aber nicht extra die Stunde hier rausfahren müssen. Anrufen hätte auch gereicht.«

Achselzuckend legte Jule die Brötchentüte auf den Küchentisch und drehte sich zu Alexandra um. »Ich mache Frühstück, während du duschst. Ich habe Hunger, also beeil dich.«

Mit einem Gefühl der Erleichterung verschwand Alexandra nach oben.

Eine halbe Stunde später saß sie mit noch feuchten Haaren, in Jeans und einem weiten Leinenhemd Jule gegenüber, die ihren Kaffeebecher in beiden Händen hielt und sie abwartend ansah.

»Und?«, fragte Jule schließlich. »Was hast du nun vor?«

»Das wollte ich mir eigentlich hier überlegen«, antwortete Alexandra zögernd. »Aber als ich gestern Abend hier saß, war ich zu gar nichts in der Lage – außer, auf den See und später vom Fenster aus in den Garten zu starren. Absolute Leere im Hirn. Ich hänge irgendwie in einer dicken, selbstmitleidigen Wolke fest, die immer dunkler wird. Ich brauche eine Struktur, sonst kann ich nicht denken. Ich bin dann früh ins Bett gegangen und habe blödes Zeug geträumt. Der Traum endete damit, dass ich mich mit Carsten Hansen verloben musste. Ich war so erleichtert, als ich ganz früh wach wurde.«

Jule lächelte und stellte ihren Becher ab, um ein Brötchen aufzuschneiden. »Sei vorsichtig, der erste Traum in einem anderen Bett geht doch immer in Erfüllung.« Sie legte Alexandra die untere Hälfte des Brötchens auf den Teller. Überrascht sah die hoch.

»Danke«, sagte sie und griff zu ihrem Messer. »Auch noch die untere Hälfte.«

»Du warst immer die Einzige, mit der man das Brötchen richtig teilen konnte«, Jule schob ihr die Butter rüber. »Marie und Fiedi wollten auch immer die obere. Ich kann heute noch keine Brötchen aufschneiden, ohne daran zu denken, dass du die untere Hälfte lieber mochtest. Komisch, oder? Welche Erinnerungen sich so ins Hirn gefressen haben.«

Alexandra sah sie an. Das immer noch mädchenhafte Gesicht, die blonden Locken, die zu einem lockeren Dutt gedreht waren, die zierliche Figur, die von einem hellblauen T-Shirt betont wurde. Als würde sie spüren, dass Alexandra sie beobachtete, hob Jule plötzlich den Kopf. »Ich habe dich früher immer beneidet«, sagte sie. »Du wusstest immer, was du wolltest, du bist nie von diesem Weg abgewichen. Die Bücher, deine Karriere, all die tollen und berühmten Leute, die du kanntest, deine teure Wohnung in München, deine Unabhängigkeit. Während ich mit Kind und Praxis immer noch in dem Ort hockte, in dem alles angefangen hatte. Alles so wahnsinnig spießig.«

Alexandra schüttelte protestierend den Kopf. »Ich hatte ganz oft Sehnsucht nach einem geordneten Leben. Nach mehr Routine, mehr Zuhausesein, mehr privatem Freundeskreis, mehr Familie. Dafür habe ich dich beneidet. Du warst immer so klar. Und bist es heute noch. Im Gegensatz zu mir.«

»Ich bin klar?« Jule lachte auf. »Nein, nein, das sieht nur so aus. Im Moment stelle ich, ehrlich gesagt, fast alles in Frage. Egal. Gehst du eigentlich irgendwann wieder zurück nach München?«

»Nein.« Alexandra war selbst erstaunt, wie prompt die Antwort kam. »Das ist komischerweise das Einzige, was ich bereits entschieden habe. Und wobei ich mir sicher bin. Wahrscheinlich werde ich in die Doppelhaushälfte neben Katja ziehen. Das Haus steht seit dem Tod unserer Mutter leer. Wir hatten überlegt, es zu vermieten, aber eigentlich könnte ich da ja einziehen. Es muss zwar einiges renoviert werden, aber Katja und Matthias könnten mir dabei helfen.« Sie hielt inne, als sie Jules verblüfften Blick bemerkte.

»Das ist jetzt aber nicht dein Ernst? Du kannst doch nicht wieder in dein Elternhaus ziehen. Nach deinen Jahren in München. In eine Doppelhaushälfte. Wenn dich da die dicke, schwarze Wolke nicht frisst, dann weiß ich's auch nicht.«

»Warum? Ich muss doch irgendwo wohnen. Und du wohnst doch auch in Weißenburg.«

»Ich war aber nie wirklich weg. Wenn man von den paar Jahren mit Philipp in Hamburg absieht. Und da hatten wir das Haus hier ja auch schon als Wochenendhaus. Aber Alex, das kannst du vergessen. Was sagt deine Schwester überhaupt dazu?«

»Sie weiß das noch gar nicht. Aber ich kann mir sogar vorstellen, dass sie sich freuen würde.«

»Hm«, Jule behielt ihre Skepsis. »Ich halte es für falsch. Und …«

»Apropos Entscheidung«, siedend heiß fiel Alexandra an dieser Stelle eine Frage ein, die sie die ganze Zeit schon stellen wollte. »Wie geht es eigentlich Pia?«

Jules Leichtigkeit verschwand sofort. Sie stellte bedächtig ihren Becher auf den Teller, legte langsam das Messer daneben, wischte ein paar Krümel vom Tisch und stützte das Kinn auf die Faust. Sie suchte noch nach den richtigen Worten, schließlich antwortete sie langsam: »Sie … sie hat den Termin zum Abbruch abgesagt. Sie wird das Kind bekommen.« Nach einer kleinen Pause hob sie die Schultern. »Wie das alles gehen soll, weiß ich auch noch nicht. Wir werden in den nächsten Tagen hoffentlich darüber sprechen.« Sie räusperte sich. »Es ist schwerer, als ich dachte, damit zurechtzukommen, ich habe Angst um Pia und davor, dass sie nicht das Leben führen könnte, das sie will.«

»Wenn ich dir irgendwie helfen kann …«, Alexandra stockte, was sollte sie als kinderlose Frau und in ihrer Situation schon an Hilfe anbieten können? Jule schien das nicht zu bemerken. Sie lächelte dankbar.

»Ich weiß«, sagte sie. »Aber wenn, dann bräuchte Pia Hilfe. Und sie muss sagen, wie die aussehen könnte. Ich kann ihr nur Vorschläge machen, das ist ja das Problem.«

Sie sah auf die Uhr. »Es ist gleich zehn, ich muss mich langsam auf den Weg machen.« Sie stand auf und warf einen Blick auf den Frühstückstisch. »Da du Struktur brauchst, lasse ich dir mal die Hausarbeit. Damit du was zu tun hast. Wir hören uns, bis denn.«

Sie legte kurz die Hand auf Alexandras Schulter und drückte sie sanft, dann verschwand sie.

Mit schlechtem Gewissen sah Alexandra sie abfahren. Während sie sich an diesem schönen Ort, den Marie ihnen überlassen hatte, in Selbstmitleid suhlte, und das nur, weil sie ihren Job verloren hatte, stand Pia an einer Kreuzung, die ihre Zukunft maßgeblich verändern würde, und brauchte wirklich Hilfe.

Entschlossen ging Alexandra zur Treppe und blieb vor einem Foto von Marie stehen, das im Foyer an der Wand hing. »Entschuldige«, sagte sie laut. »Ich bin so bescheuert. Schieb es auf die Wechseljahre, ich reiß mich jetzt zusammen und gehe es an. Lass am besten etwas von der Wand fallen, falls ich wieder durchdrehe.«

Die Wolke zog ab, Alexandra beschloss, sich jetzt hinzusetzen, um eine Liste der Dinge zu machen, um die sie sich als Nächstes kümmern würde. Vielleicht würde es ihr Leben ordnen. Wenn nicht, hätte sie zumindest für die nächsten Stunden eine Beschäftigung. Und kam nicht mehr auf blöde Gedanken.

Im Wohnzimmer zog Alexandra die mittlere Schublade der

Kommode auf, in der sich ihrer Erinnerung nach Schreibpapier und Kugelschreiber befanden. Tatsächlich lag obenauf eine dunkelrote Ledermappe, in deren untere Ecke goldene Initialen geprägt waren.

MvB

Marie van Barig, zärtlich strich Alexandra über die Prägung, ihr fiel sogar der Geburtstag Maries ein, an dem sie diese Ledermappe von ihren Eltern geschenkt bekommen hatte. Es musste ihr dreizehnter oder vierzehnter Geburtstag gewesen sein, wie immer hatten sie ihn hier am See gefeiert, wie immer hatte es Erdbeertorte und Pfirsicheistee gegeben, wie immer hatten sie den halben Tag auf der Schwimminsel treibend im See verbracht, wie immer hatte die Sonne geschienen und wie immer konnte Alexandra noch heute der heiteren Leichtigkeit dieser Zeit nachspüren.

Vermutlich stimmte nicht alles, die Wahrscheinlichkeit, dass an allen Geburtstagen Maries tatsächlich die Sonne geschienen hatte, war relativ gering, es spielte keine Rolle mehr, die schönen Erinnerungen setzen sich am Ende immer durch.

Alexandra zog die Mappe aus der Schublade und legte sie auf den Tisch. Marie hatte damals ständig Briefe geschrieben, sie hatte es geliebt und sich deshalb nicht nur über diese Ledermappe, sondern auch über das hellblaue Briefpapier gefreut, das Alexandra ihr damals geschenkt hatte. Das Innere der Kuverts war mit Wolken bedruckt gewesen, Alexandra sah es heute noch vor sich.

Die Erwartung, genau dieses Briefpapier jetzt noch in der Mappe zu finden, wurde natürlich nicht erfüllt. Stattdessen lag hier ein einfacher weißer Schreibblock, von dem Alexandra auch ohne schlechtes Gewissen ein paar Blätter abriss. Der Block rutschte dabei ein bisschen zur Seite und gab die Ecke einer darunter liegenden, eng beschriebenen Seite frei. Alexandra sah genauer hin, dann zog sie das Papier hervor und zuckte zusammen, als sie Maries gleichmäßige Schrift erkannte, allerdings hatte jemand mit einem anderen Stift einige Zeilen durchgestrichen, hinter anderen standen Fragezeichen.

Mit gerunzelter Stirn versuchte sie, das Schriftstück zu entziffern. Wobei sie das Ganze nicht richtig verstand. Mühsam versuchte sie, die durchgestrichenen Zeilen zu lesen und zu verstehen, was die Fragezeichen bedeuten könnten.

Dinge, die noch zu erledigen sind

~~Traueranzeigen an A., F. und J.~~
~~Notartermin, Verfügung über das Haus am See~~
~~Fotoausstellung in der Galerie in Hamburg~~
~~Penthouse Wohnung in der Hafencity für Hanna~~
~~Elisabeth mit allen Vollmachten betrauen, damit sie das Büro weiter organisieren kann~~
~~Pfingsttreffen wie folgt organisieren:~~
~~Fahrräder von Micha aufarbeiten lassen~~
~~Speiseplan, Getränke, Abläufe siehe Ordner Pfingsten~~
~~Tisch bei Beermann reservieren~~
~~Die drei Briefe übergeben~~
~~Niemanden vorher abreisen lassen~~
~~Kuvert aus der Vitrine öffnen (Wir in dreißig Jahren)~~
Villa am See renovieren (Dach, ~~Zimmer, Sauna auf dem Bootssteg~~?)
~~Galerie im Café Beermann mit Anne organisieren~~
Die Briefe von Laura durchsehen, auch die aus der Familienkiste, kann etwas mit Friederikes Vater zu tun haben?
Versöhnung Hanna mit ihrem Bruder??
Vier Freundinnen, nur ein Kind, kümmert euch um Pia
Abschlusskonzert Hanna???
Hanna für mich in den Freundinnenkreis aufnehmen???
Mich nicht vergessen

Alexandra hob den Kopf. *Mich nicht vergessen.* Im Leben nicht, Marie, dachte sie und richtete ihren Blick wieder auf das Blatt. Nicht nur Friederike hatte Listen geschrieben, auch Marie hatte es getan. Und diese hier hatte sie ihr jetzt aus Versehen überlassen. Damit ihre letzten Wünsche erfüllt würden. Nur was war mit denen, die hier noch offen waren? Die Hanna für Marie noch nicht erledigt hatte? Die mit den Fragezeichen?

Nachdenklich biss Alexandra auf ihre Unterlippe. Anscheinend gab es auch Dinge, die Hanna betrafen und die noch nicht erfüllt waren. Wer kümmerte sich eigentlich um die? Marie wollte, dass Alexandra, Jule und Friederike Hanna in ihren Kreis aufnahmen. Darum würde die zurückhaltende Hanna niemals bitten, so gut kannte Alexandra sie schon. Bislang hatte sie immer den Eindruck vermittelt, dass es ihr nur um die Erfüllung von Maries letzten Wünschen ging, dass sie selbst als eine Art Regisseurin die Abläufe koordinierte, die Marie vor ihrem Tod vorgegeben hatte. Sie selbst blieb freundlich distanziert und erzählte nie etwas von sich. Tatsächlich hatte Alexandra keine Ahnung, wie Hannas Leben heute aussah. Sie hatte nichts von einem Bruder gewusst, sie wusste nicht, wie Hanna wohnte, sie hatte sich nicht wirklich dafür interessiert, ob und wann Hanna ihre Karriere als Pianistin beendet hatte, sie wusste noch nicht einmal, wie sehr Hanna noch um Marie trauerte und ob ihr jemand dabei half. Sie siezten sich sogar noch. Was würde Marie dazu sagen? Es würde ihr nicht gefallen, dessen war Alexandra sich plötzlich sicher. Sie schüttelte über sich selbst den Kopf. Wieso war ihr das alles entgangen?

Vorsichtig legte Alexandra das Blatt wieder zurück, klappte die Mappe zu und verstaute sie wieder an ihrem Platz. Sie würde niemandem sagen, dass sie diese Liste entdeckt hatte. Hanna hatte die meisten der noch zu erledigenden Dinge bereits abgehakt. Um den Rest würde sich jetzt Alexandra kümmern. Sie hatte Zeit, und sie war hier. Sie würde in einer ruhigen Minute mit Jule und Friederike über Hanna reden, ohne ihnen die Liste zu zeigen. Einen Punkt nämlich, dachte Alexandra, einen Punkt dieser Liste würde sie erst mal allein erledigen. In der Zeit, in der sie in der Villa war, würde sie sich auf die Suche nach dieser Familienkiste und Lauras Briefen machen. Und so vielleicht herausfinden, warum Marie etwas über Friederikes Vater wusste, was sie Friederike nie gesagt hatte. Und erst, wenn sie etwas rausgefunden hatte, würde sie es Friederike mitteilen. Bis dahin war es ihr Geheimnis.

»Hallo?« Es war Micha Beermanns Stimme, die von der Tür kam und die Alexandra sofort aufspringen ließ. »Ist jemand zu Hause?«

Sie schob schnell die Schublade zu, bevor sie ihm entgegenlief.

»Guten Morgen, Micha.«

Er stand noch am Eingang und strahlte sie an. »Hallo Alex, ich wollte dich nicht stören, aber ich habe die Mülltonnen rausgestellt und gesehen, dass die Haustür offen stand. Ich wollte nur mal gucken, ob alles in Ordnung ist.«

»Oh, dann habe ich vergessen, sie zuzumachen«, Alexandra warf einen kurzen Blick auf die Tür. »Jule war schon zum Frühstücken hier, ich habe sie rausgelassen. Ach, Micha, vielen Dank übrigens, dass ihr alles so liebevoll vorbereitet habt. Das war wirklich toll.«

»Och, schon gut, das macht doch Freude«, er lächelte und kam ein paar Schritte auf sie zu. »Brauchst du noch etwas? Steht der Schreibtisch richtig? Ich kann den noch verstellen, du musst nur was sagen. Oder wenn sonst noch was ist. Anruf genügt, weißt du ja.«

»Möchtest du noch einen Kaffee? Es ist noch welcher da.«

»Da sag ich nicht nein«, sofort nickte er und folgte ihr in die

Küche. »Ich muss dir auch noch zeigen, wie die Sauna funktioniert, wobei es mir lieber wäre, du würdest sie nur benutzen, wenn noch jemand dabei ist. Nicht, dass dir schwindelig wird und du umkippst, und keiner ist da. Und dann liegst du allein auf dem Steg rum.«

Amüsiert sah Alexandra ihn an. »Da brauchst du dir keine Gedanken machen, mir wird nie schwindelig.«

»Nee, lass mal«, winkte Micha ab. »Vorsicht ist die Mutter der Porzellankiste. Warte mal lieber ab, bis Hanna auch hier ist, da wär mir wohler. Sie kommt ja morgen.« Er sah zu, wie sie den Kaffee einschenkte, erst als sie sich auch setzte, fuhr er fort. »Hanna geht ja nicht in die Sauna, aber sie kann wenigstens aufpassen, dass nichts passiert.«

Alexandra nickte, bevor sie ihn plötzlich fragte: »Weißt du, ob Hanna noch Konzerte gibt?«

»Nein, das kann sie nicht mehr«, Micha blickte sie treuherzig an. »Aber sprich sie nicht darauf an, das macht sie nur traurig.«

»Wieso kann sie das nicht mehr?«

»Wegen der Schmerzen.« Er ließ Zucker in seinen Kaffee rieseln und rührte langsam um, während Alexandra ihn forschend ansah und auf eine Erklärung wartete. Micha hob den Kopf. »Hast du auch ein bisschen Kaffeesahne?«

»Was für Schmerzen?« Alexandra stand auf, holte die Sahne aus dem Kühlschrank und setzte sich wieder. »Was meinst du damit?«

»Ach, Alex«, es war ihm sichtlich unangenehm, überhaupt etwas gesagt zu haben, er rutschte auf seinem Stuhl nach vorn, dann sagte er: »Ich sollte da nicht drüber reden, sie macht es ja auch nicht, es ist mir nur so rausgerutscht. Ich sehe sie ja oft, und sie hat dauernd Schmerzen. Das ist nach Maries Tod immer schlimmer geworden, sie kann manchmal gar nichts mehr in den Händen halten, weil ihr die Finger wehtun. Und sie läuft auch schlecht, wenn keiner hinguckt. Sie will aber nicht darüber reden, wir, also Elke und ich, haben es schon versucht. Vielleicht könnt ihr es ja mal über Pfingsten versuchen, Jule ist doch auch da, hat die nicht Ahnung von Knochen und so? Elke sagt, Hanna müsste mal zum Arzt, aber sie geht da nicht hin.«

»Okay«, Alexandra nickte langsam. »Wir werden darauf achten. Sag mal, noch was anderes: Kennst du Hannas Familie?«

»Nein«, Micha schüttelte den Kopf. »Sie hat keine mehr. Es gab nur Marie. Und ganz früher gab es wohl mal einen Bruder, zu dem sie aber keinen Kontakt hatte. Und vielleicht noch Elisabeth. Na ja, und jetzt wieder euch.« Er grinste. »Das freut mich ja immer noch, dass ihr euch wieder vertragen habt.«

Er trank seinen Kaffee aus und stand unvermittelt auf. »So, ich will nicht weiter stören, ich muss auch noch im Café einiges erledigen, wir machen um elf auf. Soll ich den Schreibtisch noch verstellen? Oder ist der so richtig? Nicht, dass du beim Schreiben Rückenschmerzen kriegst.«

»Was soll ich denn schreiben?« Verblüfft sah Alexandra zu ihm hoch. Genauso erstaunt sah er zurück.

»Ich denke, du schreibst jetzt das Buch. Das hat doch Jan, äh, Dingens, wie hieß der noch, ach so, ja, Jan Magnus, der hat das doch auf der Ausstellung gesagt. Als diese eine Frau ihn fragte, ob es eine Bio … sag mal schnell …«

»Biographie?«

»Genau, Biographie über Marie gäbe. Die wollte sie nämlich lesen. Also diese Frau vom Fernsehen. Weil Marie doch so ein spannendes Leben gehabt und Gott und die Welt fotografiert hat und so. Jedenfalls hat Jan Magnus gesagt, dass er sich vorstellen kann, dass demnächst eine erscheinen wird. Hinterher hat Hanna gefragt, wie er darauf käme, und er hat geantwortet, dass du jetzt Zeit hättest und die Einzige bist, die das machen kann. Hanna hat gelächelt. Ich dachte, das wäre so abgemacht?«

Fassungslos sah Alexandra ihn an. Maries Biographie? Das hatte Jan gesagt? Und sie sollte sie schreiben?

»Was?« Micha legte den Kopf schief. »So was kannst du doch. Und ich habe dir schon drei Kartons in dein Zimmer gestellt, da sind alle möglichen Briefe und Tagebücher und so drin. Die standen immer bei Marie. Habe ich beim Renovieren gefunden. Lauter Familienzeug, das kannst du doch bestimmt gebrauchen. Falls du noch mal was nachlesen musst. So, und jetzt muss ich echt los. Danke für den Kaffee, wenn was ist, rufst du an. Tschüs, Alex.«

Wie angenagelt saß Alexandra auf dem Stuhl und starrte auf den Tisch. Drei Kisten mit Familienzeug. Maries Leben. Jan Magnus schien ihr das wirklich zuzutrauen und hatte damit etwas in Gang gesetzt. Und sie hatte den ganzen Morgen in einer schwarzen Wolke verbracht. Ohne zu ahnen, was dieser Tag noch für sie bereithielt.

22.

»NDR 2, mit Wetter und Verkehr für den ganzen Norden. Das Hoch Pia sorgt für sonnige und sommerliche Pfingsttage, heute Abend wechselnd bewölkt mit Auflockerungen, an der Ostsee noch leichter Regen möglich bei 21 bis 23 Grad. Morgen und auch die restlichen Pfingsttage Sonne satt, Höchstwerte 23 bis 25 Grad, schwacher bis mäßiger Süd- bis Südwestwind …«

Das Hoch Pia, dachte Friederike, während sie in den Rückspiegel sah und die Spur auf der Autobahn wechselte, um einen gelben Kleinwagen zu überholen. Wenn das kein gutes Omen für das bevorstehende Pfingsttreffen am See war. Sie hatte Pia seit dem Mittagessen vor drei Wochen zwar nicht mehr gesehen, aber Jule hatte ihr von Pias Entscheidung erzählt. Friederike war froh gewesen, dass ihr Gespräch gefruchtet hatte. Blöde Formulierung, dachte Friederike jetzt und konzentrierte sich wieder auf den Verkehr.

Der Lkw vor ihr hatte ebenfalls geglaubt, schneller als dieser Kleinwagen zu sein. Er war es aber nicht. Deshalb kroch Friederike nun Zentimeter für Zentimeter hinter dem Lkw an dem kleinen, gelben Auto vorbei und konnte in aller Ruhe die Insassen betrachten. Die Beifahrerin redete wütend gestikulierend auf den Fahrer ein. Es sah aus wie eine mittelschwere Beziehungskrise, kein Wunder, dass der junge Mann so langsam fuhr. Mitleidig sah Friederike noch einmal rüber, dann hatte der Lkw endlich seinen mühsamen Überholvorgang geschafft und ordnete sich vor dem streitenden Paar wieder ein. Friederike gab Gas, um an beiden vorbeizufahren.

Was war sie froh, sich mit Konflikten dieser Art nicht mehr abgeben zu müssen. Sie nicht mehr aushalten zu müssen. Ihre letzte Beziehung mit Tom war auch daran gescheitert. Er wollte alles planen und bereden, sie nicht. Er hatte ihr vorgeworfen, sie sei unverbindlich, wolle sich privat nie festlegen, es drehte sich alles immer nur um ihren Job. Vermutlich hatte er sogar recht gehabt, es ließ sich nur nicht ändern. Ihr reichten die Auseinandersetzungen und Kompromisse mit ihrer Mutter und ab und an mit irgendwelchen Mitarbeitern oder Hotelgästen, Friederike hatte überhaupt keine Lust, das auch noch in ihrem privaten Leben zu haben. Das hatte sie oft genug versucht, sie wollte es nicht mehr. Und sie brauchte es nicht mehr. Ihr Leben war bestens organisiert, emotionale Verwirrungen brachten ihr System nur durcheinander. Und es war ein ausgefeiltes System, an dem sie lange gearbeitet hatte. Beziehungen musste sie gar nicht mehr versuchen. Im Zweifelsfall verursachten sie ja ohnehin nur Staus.

Sie wurde abgelenkt, als plötzlich im Radio Frank Zappas ›Bobby Brown‹ gespielt wurde. »Dein Lied«, hatte Jule früher ironisch gerufen, wenn es irgendwo lief. Friederike hatte allerdings im Gegensatz zu den anderen schon damals einen Musikgeschmack gehabt, für den sie sich heute immer noch nicht entschuldigen musste. Bei Jule und Marie hatte das anders ausgesehen, sie hatten sogar glänzende Augen bekommen, wenn Boney M. und Village People gespielt wurden, und sofort die Tanzflächen gestürmt. Unvermittelt tauchte in Friederikes Kopf ein Bild von Jule und Marie auf, die eng nebeneinander auf irgendeiner Gartenparty am See auf einem Strohballen gesessen und lauthals mit verzückten Mienen den dämlichen Text von ›Daddy Cool‹ mitgesungen hatten. Jule hatte ihren Arm um Maries Schulter gelegt, sie hatten sich im Sitzen zum Takt bewegt. Es war schon seltsam, wie viele Bilder von früher ihr in letzter Zeit wieder einfielen. Nur, weil Musik im Radio lief, die sie wieder zurück in die alten Zeiten katapultierte. Jahrelang hatte sie das nicht mehr zugelassen, plötzlich ging es.

Jetzt drehte sie für Frank Zappa den Ton lauter und summte leise mit, während sie der Villa am See und den bevorstehenden Pfingsttagen entgegenfuhr. Zu ihrer Überraschung merkte sie, dass sie sich wirklich freute. Dabei war sie bekannt dafür, ihre private Zeit lieber mit sich als mit anderen Menschen zu verbringen. Hätte ihr jemand vor zwei Jahren gesagt, dass sie freiwillig aufs Land fuhr, um dort mit drei anderen Frauen und jeder Menge Erinnerungen an alte Zeiten das Pfingstwochenende zu verbringen, hätte sie milde lächelnd abgewinkt und ihn für komplett verrückt gehalten. Doch genau dorthin war sie auf dem Weg, im Kofferraum eine Kiste Wein, Jeans, T-Shirts, Badeanzug, Flipflops, einen alten Bademantel und zwei alte Fotoalben, die sie bei Esther gefunden hatte. Es war verrückt.

Fast so verrückt, wie Esther gerade wurde. Friederike stöhnte leise, als dieser Gedanke sich in ihren Kopf schob.

Sie war am Vormittag noch im Krankenhaus gewesen, in dem Esther jetzt in der Geriatrie war. Wie immer fühlte Friederike sich von der ganzen Situation fast überfordert. Esthers Zustand wechselte von bemitleidenswerter Verwirrtheit binnen Sekunden in eine aggressive Anspruchshaltung, Friederike kam kaum hinterher. Heute Morgen hatte Esther anfangs völlig klar gewirkt, sich lautstark über das schlechte Essen und die ausländischen Pflegekräfte ausgelassen, um dann von einem Moment auf den anderen in Tränen auszubrechen, weil Laura sie nicht zum Geburtstag eingeladen hatte. Obwohl sie ihr ein teures Geschenk gekauft hatte.

Friederike hatte darauf verzichtet, sie daran zu erinnern, dass Laura schon seit Jahren tot war, sondern sich den tränenreichen Ausbruch stumm angehört und dabei an eine Puppenwohnung in München gedacht.

Als sie das erste Mal nach dem Besuch bei Brenners zu Esther gekommen war, hatte sie versucht, das ihrer Mutter zu erzählen. Esther hatte sie nur verständnislos angesehen. »Kenn ich nicht«, hatte sie gesagt. »Komischer Name.« Dann hatte sie nach einer Banane gegriffen, die auf dem Nachttisch lag, und sie gegen die Tür geworfen. »Da steht wieder dieser Mann. Der klaut hier mein ganzes Geld. Und die Töpfe.« Die Pflegerin, die kurz danach ins Zimmer gekommen war, hatte nur kommentarlos die Banane aufgehoben und Esther angelächelt. »Na, Frau Brenner, wie geht es Ihnen?«

Esther hatte sich mit dem Gesicht zur anderen Seite gedreht und nicht geantwortet. Als Friederike ging, drückte die Schwester tröstend ihre Schulter.

Jetzt ließ Friederike mit einem Knopfdruck die Scheibe runter und holte tief Luft. Dieses Problem würde sie lösen, nur nicht jetzt. Sie hatte bisher getan, was sie konnte, es war nicht so, dass sie sich aus ihrer Verantwortung stahl. Egal, wie schwer es ihr fiel, darüber durfte sie gar nicht nachdenken. Aber jetzt war sie auf dem Weg zum See, ein langes Wochenende ohne Hotel, ohne Krankenhaus, ohne Termine, das Hoch Pia sorgte für sonniges Wetter, und die Frauen, mit denen sie diese Tage verbringen würde, hatten sie schon in ganz anderen Situationen erlebt, sie musste ja gar nicht so tun, als sei alles in Butter. Sie musste sich noch nicht mal zusammenreißen. Und langsam spürte Friederike, wie sich ihre Anspannung löste. Vier Tage, an denen nicht viel passieren würde, nur Essen, Schlafen, ein bisschen reden, ein bisschen in der Sonne sitzen, ein bisschen Wein trinken, ein bisschen sentimental werden, fertig, aus. Über alles andere würde sie anschließend nachdenken. Wenn sie alles sortiert hätte. Und wieder Luft bekam.

Im Display auf dem Armaturenbrett tauchte plötzlich eine ihr unbekannte Handynummer auf, Friederike drückte auf den Annahmeknopf der Freisprechanlage. »Brenner.«

Kurze Stille, dann hörte sie eine Stimme, die sie fast zu einer Vollbremsung verleitet hätte.

»Hallo Friederike, hier ist Ulli.«

Sie verstärkte den Griff ums Lenkrad, bis ihr die Finger wehtaten. »Ach, das ist ja …«, ihr Mund war schlagartig trocken. Sie versuchte zu schlucken, bevor sie sagte: »Du, meine Freisprechanlage ist nicht besonders gut, hier kommt gleich ein Parkplatz, kann ich dich zurückrufen?«

»Ja, unter dieser Handynummer. Bis gleich.«

Die Verbindung war beendet, mühsam konzentrierte Friederike sich wieder auf den Verkehr, während ihr Puls raste. Ulli. Woher hatte er ihre Nummer? Wann hatten sie das letzte Mal miteinander gesprochen? Warum rief er sie jetzt an?

Der Parkplatz kam in 1000, 500, 300 Metern, Friederike verlangsamte das Tempo, fuhr auf die Abbiegespur und rollte auf den Parkplatz, wo sie in einer Parkbucht stehen blieb und sich umsah. Ein Klohäuschen, zwei verwitterte Holztische mit Bänken davor, dazwischen leere Pappbecher und weggeworfene Zigarettenkippen, ein dänischer Lkw, der seitlich parkte und dessen Fahrer gerade an einen Baum pinkelte. Neben ihm stand ein großer Müllcontainer, aus dem Plastikteile und Papier quollen. Es war die denkbar schlechteste Atmosphäre für ein Gespräch, an das man seit Jahren gedacht, es in zahlreichen Träumen erlebt, sich danach gesehnt und es immer wieder verdrängt hatte.

Friederike drehte den Zündschlüssel um und lehnte sich zurück. Um den Blick auf den pinkelnden Fahrer zu vermeiden, starrte sie auf das kleine Rasenstück vor ihr. Ein Eichhörnchen sprang dort tollkühn einen Baumstamm hoch, verharrte kurz und raste wieder runter. Ein zweites tauchte auf dem Grünstreifen auf, verfolgte das erste, beide verschwanden hinter einem anderen Baum. Der erleichterte Lkw-Fahrer trat den Rückzug an und stieg in sein Führerhaus, Friederike sah im Seitenspiegel, wie er seinen Truck startete und langsam vom Parkplatz rollte. Christian Christensen. Was immer er auslieferte, er mochte keine öffentlichen Toiletten.

Sie wandte ihren Blick wieder nach vorn, hob ihr Kinn und atmete tief durch. Erst dann nahm sie das Handy aus der Halterung und drückte auf die Anruferliste. Ihr Herz klopfte doppelt so schnell wie das Freizeichen. Nach dem vierten Ton nahm er ab.

»Parkplatz erreicht?«

»Ja«, eines der Eichhörnchen war wieder da, hockte auf den Hinterbeinen und sah in ihre Richtung. »Ich stehe jetzt hier.« Mehr fiel ihr nicht ein. Über die Eichhörnchen wollte sie nicht mit ihm reden. An etwas anderes konnte sie gerade nicht denken.

Nur sein Atem war zu hören, es war offenbar auch für ihn nicht einfach, nach so vielen Jahren der Stille den Anfang zu finden. Als die Pause quälend wurde, fingen beide gleichzeitig an.

»Wie …?«

»Woher …?«

Ulli lachte leise. »Du zuerst«, sagte er, seine Stimme setzte mit einem Schlag so viele Erinnerungen frei. Friederike hatte Mühe, eine neutrale Frage zu stellen. »Woher hast du meine Handynummer?«

»Von Pia«, war die überraschende Antwort, bevor er fortfuhr. »Sie war kürzlich bei mir, unangemeldet, ganz spontan. Sie kam gerade von einem Mittagessen mit dir, das hat sie mir erzählt, auch von ihrem Studium und vom Praktikum im *Grandhotel*. Ich war ganz überrascht, dass du da jetzt die Chefin bist. Sie hat mir die Nummer gegeben, ich hoffe, das war okay.«

»Ja, sicher«, Friederike verfolgte mit den Augen das Eichhörnchen, das gerade mit seinem Kumpel ein Wettrennen veranstaltete. »Ich wusste gar nicht, dass ihr noch Kontakt habt, na ja, warum sollte ich das auch wissen.« Sie machte eine kleine Pause, in der sein Gesicht plötzlich vor ihr auftauchte. Es tat tatsächlich immer noch weh. Bemüht locker fragte sie: »Und? Wie geht es dir so?«

»Gut«, war die prompte Antwort. »Alles bestens. Ich hoffe, bei dir auch.«

Etwas in Friederikes Magen zog sich zusammen, automatisch presste sie die Hand auf die Stelle und atmete durch die Nase. Sie zählte bis drei, dann ging es wieder: »Ja, bei mir auch. Der Job ist großartig, Hamburg sowieso, und jetzt bin ich gerade auf dem Weg zum Pfingsttreffen am See. Bei schönstem Wetter. Ich kann mich wirklich nicht beklagen.«

»Das ist gut. Ja, ich habe gehört, dass Marie euch die Villa vermacht hat. Ihr Tod tat mir so leid, ich habe sie immer sehr gemocht. Wir haben uns in den letzten Jahren tatsächlich noch ein paarmal getroffen. Ihre Frau ist ja auch so reizend, das war immer schön mit den beiden.«

Friederike schloss die Augen. Er hatte immer noch Kontakt mit Pia und Jule, er hatte auch Marie und Hanna getroffen, nur sie hatte nichts davon mitbekommen. Sie war draußen gewesen. Wenige Wochen nach ihrer Trennung war es auch zu dem großen Streit am See gekommen, der die Freundschaft mit Marie, Jule und Alexandra beendet hatte. In diesem Scheißjahr hatte sie alle wichtigen Menschen in ihrem Leben mit einem Schlag verloren.

»Bist du noch dran?«

»Ja, ja«, Friederike versuchte es mit ihrer professionellsten Stimme, zu irgendetwas mussten die vielen Kommunikations-Coachings ja gut sein. »Ja, Hanna ist wirklich reizend. Sie ist am Wochenende auch dabei.«

»Dann scheint sich ja alles wieder zum Guten gewendet zu haben«, seine Stimme klang nun anteilnehmend. »Ich habe den Streit ja nur am Rande mitbekommen, Jule hat es ein, zwei Jahre später mal kurz erzählt, als ich sie gefragt habe, wie es dir geht.«

»Was hat sie denn gesagt?«

»Nur, dass ihr aufgrund einer Auseinandersetzung, über die sie nicht reden wollte, keinen Kontakt mehr habt. Umso mehr freut es mich, dass ihr euch wiedergetroffen habt. Das weiß ich jetzt wieder von Pia. Ich habe Jule auch länger nicht gesehen, manches verläuft sich einfach, alle sind immer im Getriebe, da bleibt so vieles auf der Strecke.«

Alles, dachte Friederike und bemühte sich um einen freundlichen Ton. »Aus welchem Grund hast du mich denn jetzt angerufen? Vermutlich nicht, weil auch ich auf der Strecke geblieben bin?«

Sie hatte es vielleicht eine Spur zu sarkastisch gesagt, Ullis Antwort kam etwas zögernd.

»Ich … ich wollte mal hören, wie es dir so geht. Pia hat viel von dir erzählt, und sie hat angedeutet, dass du einen maßgeblichen Einfluss auf ihre Entscheidung hattest. Also auf die Entscheidung, das Kind zu bekommen. Ich weiß zwar nicht, wie du das geschafft hast, aber es hat mich sehr gefreut.«

Eines der Eichhörnchen tauchte plötzlich direkt vor dem Auto auf und starrte sie an. Für einen Moment hatte Friederike das Gefühl, es lächelte. Wenigstens hat Pia die Klappe über den Inhalt des Gesprächs gehalten, dachte sie, wenn sie sich auch nicht ganz sicher war. Warum zur Hölle rief er sie jetzt an?

»Okay«, sie zog die beiden Silben länger als notwendig, um Zeit zu gewinnen. »Dann drücken wir ihr doch mal die Daumen, dass alles gut wird. Bist du eigentlich noch in der Klinik in Hamburg?«

»Nein. Ich habe eine Praxis übernommen. In Winterhude. Schon seit über zehn Jahren. Und du hast also auch Bremen endgültig den Rücken gekehrt?«

»Ja, im letzten Jahr schon.« Friederike wunderte sich, dass sie so emotionslos antworten konnte. »Und seit Herbst ist auch das Haus verkauft.«

»Seit Herbst erst?« Ulli war überrascht. »Ich dachte, das hättest du schon lange verkauft?«

Habe ich nicht, dachte Friederike, es war der letzte Strohhalm, an den ich mich jahrelang geklammert habe. Und es hat mir das Herz gebrochen, als ich es verlassen habe.

»Nein, ich habe ja bis zum Schluss da gewohnt.« Es stand auch immer noch ein Container mit Sachen von ihr im Schuppen, weil sie damals noch nicht gewusst hatte, wann sie in Hamburg ihre endgültige Wohnung beziehen würde. Die, in der sie jetzt wohnte, gehörte dem Hotel und war eigentlich nur als Übergangslösung gedacht gewesen. Es wurde langsam Zeit, sich Gedanken zu machen und ihre Sachen abholen zu lassen. »Es sind nette Leute, die den Hof gekauft haben«, sagte sie jetzt. »Sie züchten Hunde. Platz genug haben sie da ja.«

»Hunde?« Ulli lächelte bei der Frage. »Na ja, das ist ja gerade ein lukratives Geschäft. Gefühlt gibt es in Hamburg ja inzwischen mehr Hunde als Kinder. Ich habe keinen, du?«

Friederike suchte nach Worten, er konnte doch nicht ernsthaft glauben, dass sie jetzt mit ihm über Hunde oder Kinder reden würde? Schließlich sagte sie langsam: »Nein, ich arbeite ja den ganzen Tag und hasse Hunde im Büro.«

Nach einer kleinen Pause fragte er plötzlich: »Wollen wir in den nächsten Tagen nicht mal zusammen essen gehen?«

Friederike schluckte. »Warum?«

»Um der alten Zeiten willen«, seine Antwort klang unbeschwert. »Und vielleicht um über Pia zu sprechen. Das Treffen mit ihr geht mir gar nicht aus dem Kopf, ich würde gern mit jemandem darüber sprechen. Nächste Woche vielleicht?«

»Nächste Woche habe ich leider keine Lücke«, sagte Friederike sofort. »Ich kann dich ja anrufen, wenn es sich bei mir lichtet, dann machen wir was aus.«

»Gut«, sagte er erfreut, offenbar nahm er es nicht als Abfuhr. »Meine Nummer hast du jetzt ja. Ruf mich einfach an, ich kann an den meisten Abenden.«

»Okay«, Friederike nickte, obwohl er das nicht sehen konnte. »Ich melde mich. Also dann, ich wünsche dir ein schönes Pfingstwochenende.«

»Das wünsche ich dir auch«, das Lächeln war zu hören. »Und grüß alle, die ich kenne. Bis demnächst.«

Die Verbindung wurde beendet. Friederike steckte das Handy umständlich zurück in die Halterung. Das Eichhörnchen hockte immer noch vor dem Auto. Als Friederike vorsichtig an die Scheibe klopfte, sprang es weg und huschte davon. Langsam legte Friederike die Arme um das Lenkrad. Ulli. Die Stimme hörte sich an wie früher. Das Lächeln in seiner Stimme auch. Vierzehn Jahre waren vergangen, seit sie sich das letzte Mal gesehen hatten. Vierzehn Jahre, in denen sie ihn in schwachen Momenten gegoogelt und sich hunderttausend Male gewünscht hatte, ihn wiederzusehen. Vierzehn Jahre, in denen sie mit anderen Männern geschlafen und sie hinterher immer nur mit ihm verglichen hatte. Vierzehn Jahre, die kaum etwas von dem Schmerz genommen hatten, ihn verloren zu haben. Vierzehn Jahre, in denen Friederike trainiert hatte, ohne ihn zu leben und so selten wie möglich an ihn zu denken. In den letzten Monaten hatte das ganz gut funktioniert. Warum musste er ausgerechnet jetzt anrufen? Sie hatte ihn doch fast schon vergessen. Aber jetzt würde sie ihn wiedersehen. Bei einem Essen, um der alten Zeiten willen. Die schon so lange vorbei waren. Und mit denen sie immer noch nicht abgeschlossen hatte. Obwohl sie sich wünschte, das zu tun. Vielleicht ging es bei einem Essen, vielleicht wurde es gar nicht so schlimm. Vielleicht kam aber auch alles wieder mit Wucht zurück. Es machte ihr Angst.

Entschlossen drehte sie den Zündschlüssel und legte den Rückwärtsgang ein. Es war vorbei. Sie wurde gerade grundlos emotional. Ulli hatte Frau und Kinder, vielleicht sogar Enkel, sie selbst war erfolgreich, nicht mehr verschuldet, hatte im letzten Jahr viele Dinge wieder auf die richtige Bahn bekommen, fuhr jetzt in die Villa am See, wo drei Frauen darauf warteten, mit ihr ein paar schöne Tage zu verbringen. Und wenn sie Glück hatte, sah ihr auch keine der drei ihre Gefühlsexplosion nach diesem Telefonat an.

Als sie sich von der Beschleunigungsspur auf die Autobahn einordnete, drehte sie das Radio lauter. Es ging wieder um das Hoch Pia. Es setzte sich durch. Zum Glück.

23.

»Dein Handy klingelt«, Torges Stimme kam aus dem Flur, kurz danach trat er mit dem Telefon in der Hand in die Küche. Sofort stellte Jule den Mixer aus. »Oh, danke, habe ich nicht gehört. War das schon Fiedi?«

»Keine Ahnung«, er legte das Handy vor ihr auf die Arbeitsplatte. »Ich gehe doch nicht an dein Handy.« Er küsste sie flüchtig auf den Mund, bevor er den Zeigefinger in die Schüssel tauchte und die Zitronencreme probierte. »Gut«, meinte er. »Ein bisschen süß vielleicht.«

»Das muss so sein«, Jule zog den Stecker raus und griff nach dem Handy. »Das war Fiedi«, teilte sie ihm kurz mit, während sie die Tasten drückte. »Hallo, ich hab das Klingeln nicht gehört.«

Sie hörte kurz zu, dann nickte sie. »Okay, in einer halben Stunde. Ist alles gut? Du klingst so komisch.«

…

»Ach so, Freisprechanlage. Na gut. Ich bin noch nicht ganz fertig, aber du kriegst hier noch einen Tee. Dann bis gleich.«

Sie beendete das Gespräch und sah Torge an. »Sie ist unterwegs und kommt gleich, um mich abzuholen. Machst du uns einen Tee? Fiedi trinkt keinen Kaffee, und ich muss noch den Rest einpacken.«

Jule wartete auf sein Nicken, dann füllte sie die Creme in eine Tupperschüssel und drückte den Deckel drauf. »Ich bin oben.«

Das Schlafzimmer sah seit Torges Einzug kleiner aus, was nicht nur an den zwei zusätzlichen Kommoden, sondern auch an den auf den Bügel hängenden Hemden am Schrank lag. Jule musste die Hemden erst weghängen, um die Tür zu öffnen und ihre Sachen für die kommenden Tage rauszunehmen. Dass es so war, nervte sie, dass sie es nervte, auch. Es war nicht so, dass Torge ein unordentlicher Mann war, der allen Klischees folgte und überall seine Socken und Handtücher liegen ließ. Er war sogar sehr ordentlich, zudem rücksichtsvoll und organisiert. Aber es war ein kleines Haus, in dem Jule erst mit Pia und dann allein gelebt hatte, in dem alles seinen Platz und seine Geschichte hatte. Und jetzt kam alles durcheinander. Weil Torge hier war, plötzlich hier lebte und natürlich auch seinen Raum brauchte. Das hatte Jule sich irgendwie anders vorgestellt. Wie, das wusste sie auch nicht mehr, nur anders. Es war nicht so, dass sie ihre Entscheidung bereute. Sie hatte nur nicht geahnt, wie sehr sie sich in den letzten Jahren an das Alleinleben gewöhnt hatte und wie schwer es ihr fallen würde, wieder Teil eines Paares zu sein.

Als das Telefon unten klingelte, stand sie mit der immer noch leeren Tasche in der Hand vor dem Schrank. Sofort ließ sie sie aufs Bett fallen und machte einen Schritt zur Tür. Torge hatte offensichtlich das Gespräch angenommen. Anscheinend war es für ihn, sie hörte sein tiefes Gemurmel, ohne zu verstehen, was er sagte. Er hatte eine schöne Stimme, dachte sie, er war auch ein schöner Mann, sie sollte sich einfach mal zusammenreißen und sich freuen.

Sie nahm ein paar T-Shirts und Blusen aus dem Schrank und suchte gerade in den Tiefen des Regals nach ihrem Badeanzug, als sie erst Torges Schritte und dann seine Stimme auf der Treppe hörte: »Ich gebe sie dir mal, also Kopf hoch und bis bald.« Er tauchte mit dem Telefon in der Tür auf. »Pia«, sagte er, reichte ihr das Gerät und verschwand.

»Hallo, meine Süße«, Jule ließ sich mit dem Telefon am Ohr aufs Bett sinken. »Wie geht es dir? Was macht die Übelkeit?«

»Hallo Mama«, Pias Stimme klang sehr jung. »Danke, geht so. Ich kotze nur noch morgens. Das ist schon mal etwas besser geworden. Fährst du heute nicht zum See?«

»Ja«, Jule warf nebenbei die Unterwäsche in die Reisetasche. »Friederike holt mich gleich ab, sie ist schon unterwegs. Und du? Was machst du gerade?«

»Ich räume hier so herum, lese ein bisschen, liege dann wieder, alles ziemlich langweilig. Ich bin froh, wenn nächste Woche das erste Seminar wieder anfängt.«

»Du willst schon wieder zur Uni?« Jule war sofort besorgt. »Geht es dir denn gut genug? Nicht, dass du da umkippst. Ich habe übrigens darüber nachgedacht, dass du vielleicht für eine Zeitlang wieder hierherkommen könntest, hier wirst du bekocht und musst dich um nichts kümmern. Was hältst du davon?«

»Gar nichts«, Pias Antwort kam so prompt, dass Jule zusammenzuckte. »Ich bin nicht krank, ich bin schwanger, also tu nicht immer so, als sei ich pflegebedürftig.«

Jule stand auf und schloss leise die Schlafzimmertür, bevor sie weitersprach. »Du, ich könnte auch Torge bitten, wieder für eine Zeitlang in seine Hamburger Wohnung zu gehen. Falls das der Grund ist, dass du nicht nach Hause kommen möchtest. Ich weiß, dass es hier zu dritt ein bisschen eng ist, aber ich glaube nicht, dass Torge beleidigt wäre, er würde das bestimmt verstehen. Es ist ja doch eine Ausnahmesituation. Und ich …«

»Mama, bitte!« Pia fiel ihr ungeduldig ins Wort. »Es geht doch nicht um Torge. Ganz im Gegenteil, übrigens, er ist der Einzige, der vernünftig mit mir und der Situation umgeht. Im Gegensatz zu Papa und Steffi, die sich in alles einmischen, es geht mir so auf den Geist. Und du bist plötzlich auch wieder so eine Übermutter. Ich wünschte, ihr wärt alle ein bisschen mehr wie Torge, dann würde vieles leichter sein.« Sie atmete laut aus, dann fuhr sie fort: »Entschuldige, ich wollte dich nicht anpampen, schieb es auf die Hormone.«

»Es ist okay«, antwortete Jule sanft. »Ich würde dir nur so gern helfen.«

»Ich weiß«, Pia lenkte sofort ein. »Ich werde deine Hilfe auch sicher noch brauchen. Aber das sage ich dir dann schon. Und eigentlich wollte ich dir nur ein schönes Pfingsttreffen wünschen. Ich fahre übrigens am Sonntag zu Oma, ich habe gedacht, ich erzähle ihr die Neuigkeiten selbst, dann habe ich es hinter mir.«

»Wirklich?«, überrascht fragte Jule nach. »Soll ich nicht mitkommen?«

»Nein. Auf keinen Fall. Das mache ich allein. Ich habe nur überlegt, ob ich auf dem Rückweg bei euch am See vorbeikomme. Ich bin dann ja in der Nähe.«

»Das ist doch eine schöne Idee, mach das. Aber überleg dir das mit Oma, du weißt ja, wie sie manchmal ist. Ich komme auch gern mit. Du musst es nur sagen.«

Ein Auto hielt vor dem Haus, eine Tür klappte. Jule warf einen Blick aus dem Fenster und sah Friederike aussteigen. »Friederike ist gerade gekommen, ich muss Schluss machen. Aber dann sehen wir uns am Sonntag, also Süße, bis übermorgen. Und wenn noch was ist, ruf mich an, hab dich lieb.«

Sie ließ das Telefon in der Hand sinken. Sie war plötzlich wieder eine Übermutter? War das so? Kopfschüttelnd warf sie das Telefon aufs Bett, griff nach einer Jeans, der blauen Strickjacke und einem Nachthemd, packte alles in die Reisetasche und zog den Reißverschluss zu. Der Badeanzug fiel ihr wieder ein, sie ging in die Hocke, tastete über den Regalboden und fand ihn schließlich. Reißverschluss wieder auf, Badeanzug rein, dann griff sie nach der Tasche und beeilte sich, nach unten zu kommen.

Friederike stand schon an die Spüle gelehnt in der Küche, einen Becher mit Tee in der Hand und hörte Torge zu, der ihr beschrieb, wo seine Steuerpraxis in Hamburg war. »Und dann fährst du am Ende der Straße nach links, da ist eine kleine Buchhandlung an der Ecke, und danach kommt schon das rote Backsteingebäude. Der Parkplatz ist im Hinterhof.«

»Morgen«, Jule ließ die Tasche im Flur fallen und sah erst Torge, dann Friederike neugierig an. »Ist das eine Akquise?«

»Sozusagen«, Torge lächelte sie an, dann wandte er sich wieder an Friederike. »Ruf einfach an, wenn du alles zusammenhast. Dann machen wir einen Termin.«

»Morgen, Jule«, Friederike nickte und hob ihren Becher. »Ich brauche einen neuen Steuerberater, mein bisheriger in Bremen geht in Rente, seinen Nachfolger kenne ich nicht, ich habe aber keine Lust, weiter alles nach Bremen zu schicken. So wäre es ja viel einfacher. Und du? Wie geht es der werdenden Oma?«

Jule hob kurz die Augenbrauen. »Meine Tochter hat mir gerade mitgeteilt, dass sie mich für eine Übermutter hält. Ich werde mich also in Zukunft besser zurückhalten. Anscheinend geht ihr meine Sorge auf den Geist.«

»Pia braucht einfach Zeit, sich an diese Situation zu gewöhnen«, versuchte Torge, sie zu trösten. »Gib ihr die, dann kommt sie schon von selbst wieder an. Ihr müsst sie einfach in Ruhe lassen, sie weiß, dass sie das alles nicht allein bewältigen muss, aber sie muss es erst mal für sich versuchen.«

Nachdenklich sah Jule ihn an und nickte. »Ich weiß es ja, aber es ist so schwer, unbeteiligt danebenzustehen und abzuwarten, wie das alles gehen soll.« Zu Friederike gewandt sagte sie: »Sie fährt am Sonntag zu meinen Eltern, um ihnen die frohe Kunde zu übermitteln. Auf dem Rückweg wollte sie noch an den See kommen, ich habe schon zugesagt.«

»Natürlich«, Friederike lächelte kurz. »Sie war doch früher auch immer dabei, schon vergessen? Wir haben ihr zusammen das Schwimmen im See beigebracht.«

»Ja, ja, ich erinnere mich gut.« Jules Blick verklärte sich. »Das war so ein schöner Sommer. Ich wünschte, diese Zeit käme noch mal zurück. Damals war alles so einfach.«

»Bitte«, seufzend rollte Friederike mit den Augen und sah Torge an. »Wie hältst du das aus? Nur zur Info, der Sommer, in dem Pia schwimmen lernte, war die Zeit, in der Jule Dauerstress mit Philipp hatte, Alex schlecht gelaunt am See rumhing, weil ihre Schwester sich gerade scheiden ließ und sie nicht wusste, ob sie in München den Verlegerjob annehmen sollte, ich kam von Mallorca, was auch nicht meine beste Lebensphase war, und Marie hatte gerade einen zweimonatigen Klinikaufenthalt bei dem berühmten Dr. Tanaka hinter sich, was nur Alex wusste, weil sie dabei gewesen war, als Marie in München während einer Vernissage zusammengeklappt ist. Du und ich hatten keine Ahnung. Marie hat trotzdem versucht, es uns schön zu machen, aber wie wir heute wissen, hatte sie sich damals auch noch in Hanna verliebt, und wir haben ihr keine Chance gegeben, es uns zu erzählen, weil wir alle mit unseren eigenen Problemen beschäftigt waren. So viel zu: Damals war alles so einfach.«

Betreten schwieg Jule einen Moment, bevor sie leise sagte: »Du hast recht, das hatte ich schon alles verdrängt. Stimmt.« Sie zuckte verlegen die Achseln. »Okay: Ich nehme diesen Satz zurück.«

Zu ihrer Überraschung lachte Torge kurz auf, trat neben sie und legte ihr den Arm um die Schultern. »Optimisten zeichnet aus, dass sie schlechten Erinnerungen keinen Raum geben. Komm, sieh es positiv, deine guten Erinnerungen an diese Zeit überwiegen, das ist gar keine schlechte Haltung für die Zukunft. Ich halte das gut aus.« Er küsste sie. »Ich habe eure Zitronencreme und den Kuchen in die Kühltasche gepackt. Und jetzt muss ich los, ich habe noch einen Termin. Macht es euch schön am See und grüßt alle.«

Er ging auf Friederike zu und gab ihr etwas altmodisch die Hand, dann lächelte er Jule an. »Also dann, bis Montag.«

Er griff nach Schlüssel und Jacke und verschwand mit einem letzten Winken, die Tür fiel hinter ihm zu. Jule wartete, bis sie die Autotür hörte, dann öffnete sie die Kühltasche, um sich zu vergewissern, dass alles drin war.

»Hat er es richtig gemacht?« Friederike grinste spöttisch. »Es ist ja nicht so einfach, zwei Teile in einer Tasche zu verstauen.«

Ertappt sah Jule hoch. »Ich wollte nur …«, begann sie, dann lehnte sie sich neben Friederike und sah zu ihr hoch. »Ja, Scheiße, ich glaube, ich werde wie meine Mutter. Die hat auch immer alles kontrolliert.«

»Sortierst du die Spülmaschine um, wenn er sie eingeräumt hat?«

Jule nickte beklommen. »Schon. Er lässt so viele Lücken.«

»Nimm es als Achtsamkeitsübung«, Friederike trank ihren Tee aus und stellte den Becher ab. »Das hat mir mal Isabelle erklärt, meine esoterische Untermieterin in Bremen. Wenn man ständig hinter dem Partner umsortiert und umräumt, dann meint man ihn und nicht die Spülmaschine. Man hat Angst, die Kontrolle über sein Leben zu verlieren.«

Jule sah sie nachdenklich an. »Ich hasse Lücken in der Spülmaschine.«

»Du hasst Veränderungen in deinem Leben.« Ungerührt blickte Friederike sie an. »Das war bei dir immer schon so. Es geht nicht um die Kühltasche und die Spülmaschine. So, das reicht jetzt als Einstieg in die Küchenpsychologie. Ich geh noch mal aufs Klo, wollen wir dann los?«

»Ja«, Jule sah Friederike nach, die sich an der Tür kurz umdrehte. »Ich finde ihn übrigens extrem sympathisch«, sagte Friederike plötzlich mit großem Ernst. »Und er passt so viel besser zu dir als der smarte Philipp. Nur zur Einordnung.«

Jule nickte, was Friederike gar nicht mehr mitbekam. Langsam drehte sie sich um und griff nach dem leeren Teebecher. Nach einem kurzen Zögern stellte sie ihn wieder hin. Sie hatte ein Spülmaschinenproblem, war eine Übermutter und hatte eine verklärte Sicht auf ihre Vergangenheit. Der Tag ging ja gut los.

Als Friederike zurückkam, stand Jule immer noch an derselben Stelle, die Arme vor der Brust verschränkt und sah ihr entgegen. »Manchmal bin ich tatsächlich neidisch auf Alex und dich. Weil ihr überhaupt keine Kompromisse machen müsst und alles allein entscheiden könnt.«

»Sagt die Frau, die ihr ganzes Leben lang von heiler Welt und Familie geträumt hat«, erwiderte Friederike lakonisch. »Julchen, ich schiebe es mal auf deine Wechseljahre und deinen verrückten Hormonhaushalt. Du bist kein Opfer, du kannst alles selbst entscheiden, fang nicht an zu spinnen. Aber wir können deine Probleme in den nächsten Tagen mal in aller Ruhe besprechen. Vielleicht kommst du ja dabei wieder zu Verstand.«

Sie hob die Kühltasche hoch und trug sie aus der Küche, Jule folgte ihr langsam. Als sie alles verstaut hatten und ins Auto gestiegen waren, fiel ihr erst auf, dass Friederikes Wimperntusche in den Augenwinkeln verschmiert war. In der Mittelkonsole lagen mehrere zerknüllte Taschentücher, was Friederike normalerweise hasste. Ihr Auto war immer extrem aufgeräumt.

»Ist bei dir denn alles in Ordnung?«

»Wieso nicht?« Friederike schnallte sich an und warf ihr einen kurzen Blick zu. »Alles bestens.«

Jule nickte. Sie glaubte ihr kein Wort. Irgendetwas war, das sah sie ihr an, nur wollte Friederike jetzt nicht darüber reden. Aber sie hatten drei Tage vor sich, drei lange Tage, an denen es jede Menge Gelegenheiten gab, um aufzuräumen. Es war schon früher so gewesen, dass viele der Entscheidungen, die Marie, Friederike, Alexandra oder Jule in ihrem Leben treffen mussten, an diesen Pfingsttreffen besprochen wurden. Sie hatten eine Pause von mehr als zehn Jahren gehabt, aber nun waren sie wieder drin. In den alten Ritualen. Und in der alten Vertrautheit. Zumindest schon sehr viel mehr, als Jule es im letzten Jahr zu hoffen gewagt hatte. Sie musste ihre Probleme nicht mehr allein lösen.

Zufrieden lehnte sie sich an die Kopfstütze. Es gab viel zu bereden in diesem Jahr, aber sie hatte ein gutes Gefühl. »Fiedi«, sagte sie laut. »Ich glaube, es gibt viel zu besprechen. Nicht nur mein Spülmaschinenproblem, oder?«

24.

Ob es das Vogelgezwitscher oder die Morgensonne gewesen war, die Alexandra ins Gesicht schien, wusste sie nicht mehr, um kurz vor halb sieben wurde sie wach und blinzelte ins Sonnenlicht. Für einen Moment versuchte sie noch, in den Schlaf zurückzufinden, gab aber nach wenigen Augenblicken auf und streckte sich ausgiebig. Sie hatte geschlafen wie eine Tote, sie hatte noch nicht einmal etwas geträumt. Zumindest hatte sie es vergessen. Nach den letzten unruhigen Nächten war es die erste gewesen, in der sie durchgeschlafen hatte. Vermutlich hatte es an Micha Beermann und Hanna gelegen, die gestern Abend gekommen waren und Alexandra endlich aus ihrem Gedankenkarussell der letzten Tage befreit hatten.

Maries Leben aufzuschreiben, diese Idee spukte nun schon seit zwei Tagen in ihrem Kopf herum. Der Gedanke daran hatte alle anderen Probleme, über die sie eigentlich nachdenken wollte, in den Hintergrund geschoben. Statt über Umzugspläne, Jan Magnus und Josi, ihre berufliche Zukunft oder das Zusammentreffen mit Philipp und Steffi nachzudenken, hatte sich der Gedanke an ein Buch über Marie immer mehr festgesetzt und eine fieberhafte Unruhe in ihr ausgelöst.

Dankbar, allein in der Villa zu sein, hatte sie fast unentwegt darüber nachgedacht. Sie hatte versucht herauszufinden, ob sie dieser Aufgabe gerecht werden könnte, hatte versucht, sich vorzustellen, wie schmerzhaft die Recherche würde, war stundenlang spazieren gegangen, ohne die Umgebung wahrzunehmen, formulierte aber im Kopf bereits Satzanfänge und Überschriften.

Die Kartons, die Micha in ihr Zimmer gestellt hatte, standen noch unberührt da. Alexandra hatte sie bislang weiträumig umrundet, noch fehlte ihr der Mut und die gefühlte Berechtigung, Maries Hinterlassenschaften zu sichten. So weit war sie noch nicht.

Stattdessen hatte sie begonnen, alles, was sie im Netz über Marie finden konnte, zu sammeln. Interviews, Reportagen, Homestorys, Dokumentationen und Fotos von Preisverleihungen und Vernissagen – und dann die zahllosen Nachrufe in nahezu allen relevanten Medien. Was Alexandra jetzt zum ersten Mal aufgefallen war: Es gab von Marie kaum ein Foto, auf dem man ihr Gesicht vollständig erkennen konnte, meistens hatte sie sich im letzten Moment abgewandt. Sie, die großartige Porträtistin berühmter Persönlichkeiten, hatte es immer schon gehasst, selbst fotografiert zu werden.

Aber selbst die zahllosen unvollständigen Marie-Porträts versetzten Alexandra einen Stich in den Magen. Die meisten dieser Fotos sah sie jetzt zum ersten Mal. Sie betrachtete sie mit angehaltenem Atem: die vertraute Kopfhaltung, ein angedeutetes Lächeln im Halbprofil, die blonden Haare, die aufrechte Haltung. Auf einer Preisverleihung hatte Marie den grünen Anzug getragen, den Alexandra mit ihr zusammen gekauft hatte. Auf den Bildern wirkte Marie so fremd und vertraut zugleich, es war ein seltsames Gefühl. Und sie fragte sich, ob diese enge Verbundenheit mit Marie beim Schreiben ihrer Biographie eher ein Vor- oder ein Nachteil wäre. Sie kam zu keinem Schluss. Sie würde es ausprobieren müssen.

Also hatte Alexandra gestern Vormittag zunächst damit begonnen, ihre eigenen Erinnerungen an Marie aufzuschreiben. Es war so warm geworden, dass sie in Pulli und Jeans vor ihrem Laptop an dem verwitterten Holztisch auf dem Bootssteg sitzen konnte, die Augen auf den See gerichtet, in Gedanken ganz bei Marie.

Immer wieder kamen ihr die Tränen, immer mehr Erinnerungen kamen hoch. Maries erste Kamera und ihre ersten fotografischen Versuche, Maries zahllose Klinikaufenthalte und ihr ungebrochener Optimismus, ihr tiefes Interesse an so vielen Dingen, die ihr selbst aufgrund ihres schwachen Herzens immer verwehrt waren. Ihre Zeit in der kleinen gemeinsamen Wohnung in Hamburg, Maries erste Ausstellungen, ihre erste Preisverleihung. Tausende von Bildern rasten Alexandra durch den Kopf, überlagerten sich, verschwammen, Bilder von fröhlichen Geburtstagen und Ferien am See, Erinnerungen an Maries Eltern, an den ersten Klinikaufenthalt bei Dr. Tanaka, von dem nur Alexandra wusste, weil sie Marie jedes Wochenende am Starnberger See besucht hatte. Je tiefer Alexandra in die Erinnerungen tauchte, umso schneller flogen ihre Finger über die Tastatur, umso mehr löste eine liebevolle Melancholie die schmerzhafte Trauer ab, umso leichter wurden die Formulierungen, umso größer die Freude, ein Teil von Maries Leben gewesen zu sein.

Alexandra hatte die Zeit völlig vergessen, erst als die Sonne ihre Kraft verlor und ihr Nacken anfing zu schmerzen, hatte sie auf die Uhr gesehen und erschrocken festgestellt, dass Micha Beermann und Hanna gleich eintreffen würden. Sie hatte fast zwanzig Seiten geschrieben. Und sich jede Menge Tränen vom Gesicht gewischt.

Alexandra setzte sich langsam im Bett auf und stopfte ihr Kissen hinter sich, die Augen auf den See gerichtet. Der Ausblick aus ihrem Zimmer war ein Traum. Die Morgensonne tauchte den See in ein rötliches Licht, die Bäume spiegelten sich in der glatten Wasseroberfläche, nur ein paar Schleierwolken waren am Himmel zu sehen. Ein Fischreiher flog schnurgerade und flach über das Wasser, auf der Suche nach seinem Frühstück, Alexandra folgte ihm mit ihrem Blick, bis eine Bewegung sie ablenkte. Sie beugte sich nach vorn und erkannte Hanna, die langsam über den Rasen zum See ging. Sie trug eine dunkle Hose und eine gesteppte Jacke und bewegte sich etwas mühsam.

Mit gerunzelter Stirn schwang Alexandra ihre Beine aus dem Bett und stellte sich ans Fenster, um zu sehen, in welche Richtung Hanna ging. Sie sah die schmale Gestalt langsam auf den Bootssteg laufen, erst an seinem Ende blieb sie stehen. Dort stand sie minutenlang, versunken in den Anblick des Sees, ohne eine Bewegung, gedankenverloren und still. Erst nach einer ganzen Weile drehte sie sich um, ging auf den Holzplanken zurück und setzte sich an den Tisch, das Gesicht zum Wasser gerichtet. Sie sah sehr einsam aus.

Alexandra riss die lange Strickjacke vom Stuhl, schlüpfte in ihre Flipflops und eilte nach unten. In der Küche hörte sie das finale Gurgeln der Kaffeemaschine, Hanna hatte sie schon angestellt. Als Alexandra fünf Minuten später den Bootssteg betrat, saß Hanna immer noch still auf dem Stuhl und sah aufs Wasser.

»Störe ich?«

Hanna zuckte zusammen und drehte sich überrascht um, als Alexandra die beiden Kaffeebecher auf den Tisch stellte und sich den zweiten Stuhl ranzog.

»Nein, ich bitte Sie. Schon gar nicht mit Kaffee. Was für ein Luxus.«

Dankbar umschloss Hanna den Kaffeebecher mit beiden Händen und schnupperte. »Herrlich. Ich hatte gerade gedacht, dass ich jetzt mal reinmüsste, weil der Kaffee bestimmt durchgelaufen ist. Haben Sie gut geschlafen?«

»Sehr gut«, aufmerksam musterte Alexandra Hanna. Sie

sah müde aus, traurig, obwohl sie sofort in ihrer liebenswürdigen Art reagiert hatte. »Ich hoffe, Sie auch?«

»Ja«, Hanna lächelte höflich. »Ich bin nur nicht so ein Langschläfer, das war ich noch nie. Das Licht treibt mich immer raus, ich kann nur schlafen, wenn es dunkel ist.« Sie trank mit geschlossenen Augen und behielt den Becher anschließend in den Händen. »Was für ein schöner Ort, um einen Tag anzufangen.«

Alexandra zog die Strickjacke etwas enger um sich, sie trug nur ihren Pyjama darunter, sie hatte die morgendliche Temperatur etwas überschätzt. Hanna sah wieder auf den See, Alexandra folgte ihrem Blick und sah eine Entenfamilie, die zügig ihre Runde drehte.

»Süß, diese kleinen Entenkinder«, Hanna blickte ihnen nach. »Sie paddeln so emsig durchs Wasser, als hätten sie Angst, etwas zu verpassen.« Jetzt stellte sie ihren Becher auf den Tisch und sah Alexandra an. »Wir sind ja gestern gar nicht dazu gekommen, uns richtig zu unterhalten, weil Micha so viel erzählt hat. Wie geht es Ihnen denn? Jule hat mir bei einer der Massagen erzählt, dass Sie die Wohnung in München verkaufen und wieder in den Norden ziehen?«

»Ja«, Alexandra nickte. »Wobei die Geschichten, die Micha übers Café erzählt hat, wirklich sehr lustig waren. Ich kannte die gar nicht.«

»Ich schon«, Hanna lächelte ein wenig gequält. »Ich habe die meisten schon mehrere Male gehört. Wobei sie mit jedem Erzählen besser werden. Die Geschichte von der misslungenen Silberhochzeit, die sich am Ende zu einer echten Orgie mit hundert Leuten entwickelt, bestand ursprünglich aus einem Essen zu zehnt, bei der zwei Leute betrunken vom Stuhl gefallen sind. Aber eine Orgie lässt sich einfach besser erzählen. Micha übertreibt immer so hemmungslos. Aber er macht es sehr komisch.«

Alexandra lachte leise bei der Erinnerung an den gestrigen Abend. Es waren tatsächlich sehr schräge Geschichten über Gäste, Zwischenfälle und Pannen im *Café Beermann* gewesen. Sie hatte viel gelacht, trotz dieses Tages, der so voller schmerzhafter Erinnerungen an Marie gewesen war. Und Marie war auch in den Erzählungen oft aufgetaucht, Alexandra hatte gar nicht gewusst, wie eng die Freundschaft zwischen ihr und Micha Beermann gewesen war. Und wie sehr er sich nach Maries Tod nun um Hanna kümmerte. »Er ist wirklich ein Schatz«, sagte Alexandra jetzt laut. »Seltsamerweise haben wir das damals so gar nicht mitbekommen. Er war mit seinem Freund Paul zwar auch immer am See, wenn wir hier waren, aber so richtig ernst genommen haben wir die Jungs nicht. Wir waren schon ziemlich arrogante Zicken, glaube ich.«

»Nein«, protestierte Hanna sofort. »Das hätte er irgendwann mal gesagt. Die beiden waren ja ein bisschen jünger, sie haben euch angehimmelt.«

»Seit wann war Marie so eng mit ihm befreundet?« Alexandra sah Hanna an, ein kleiner Schatten fiel über ihr Gesicht. »Seit Pauls Unfall«, antwortete sie schließlich. »Marie ist zu ihm gegangen, weil sie sich gut vorstellen konnte, wie es ist, einen so engen Freund zu verlieren. Sie hat ihm damals sehr geholfen. Und dafür ist er sogar mir bis heute dankbar. Er macht so viel für mich, ich bin sehr froh, dass er da ist.« Sie nickte wie zur Bestätigung, hob danach plötzlich den Kopf. »Haben Sie sich die Kartons angesehen, die Micha in Ihr Zimmer gestellt hat?«

Alexandra zuckte zurück. »Ehrlich gesagt, nein«, antwortete sie etwas zögernd. »Ich habe mich nicht getraut. Das kam jetzt alles ein bisschen schnell. Von der Idee mit dem Buch habe ich ja erst vorgestern gehört, das musste ich erst mal sacken lassen. Und darüber nachdenken.«

»Wieso vorgestern?«, fragte Hanna ehrlich erstaunt. »Hat

Jan Magnus nicht mit Ihnen darüber gesprochen? Die Idee ist doch schon bei der Galerieeröffnung entstanden, das ist ja auch schon wieder etliche Wochen her.«

»Das mag sein«, antwortete Alexandra sanft. »Aber erzählt hat mir davon Micha Beermann, übrigens als Erklärung für den Schreibtisch im Zimmer. Ich war sehr überrascht.«

Ein Lächeln umspielte Hannas Lippen. »Ach, Gott, wahrscheinlich ist er mit der Tür ins Haus gefallen, wie es so seine Art ist. Das tut mir leid. Aber ich bin wirklich davon ausgegangen, dass Sie das schon mit Jan besprochen haben. Er hat in einer, wie soll ich sagen, fast zärtlichen Art von Ihrer Befähigung, über Marie zu schreiben, erzählt, so dass ich dachte, dass Sie und er …«

Alexandra musste schlucken, nahm ihren schon fast kalt gewordenen Kaffee in die Hand, um Zeit zu schinden. »Wir … wir haben, also wir hatten im letzten Jahr mal so eine Art … privater Beziehung. Etwas ist damals schiefgegangen, was nicht an ihm lag. Jedenfalls hatten wir gar keinen Kontakt bis zur Galerieeröffnung. Und danach war ich ja wieder in München, er in Hamburg.«

»Ach so«, überrascht sah Hanna sie an. »Seltsam, ich war ganz sicher, dass Sie beide in einem sehr engen Verhältnis zueinander stehen. Entschuldigen Sie, Alexandra, das war jetzt übergriffig und geht mich natürlich gar nichts an.« Sie machte eine kleine Pause, bevor sie anfügte: »Ich kann mir vorstellen, dass es schwierig ist, sich auf jemanden einzulassen, wenn man im Kopf noch nicht befreit ist.« Sofort presste sie die Lippen aufeinander und winkte ab. »Entschuldigung. Vielleicht sollten wir beide tatsächlich lieber mal über dieses Buchprojekt reden. Sie können sich denken, dass mich diese Idee von Jan Magnus sehr glücklich macht. Und ich bin überzeugt davon, dass Sie die Einzige sind, die dazu in der Lage ist. Auch darum würde ich es mir sehr wünschen, dass Sie das machen.

Wenn Sie es sich denn zutrauen. Also: Nicht im Sinne der schriftstellerischen Kompetenz, das dürfte für Sie vermutlich das kleinste Hindernis sein. Vielmehr stelle ich es mir emotional sehr schwierig vor, noch einmal so intensiv in eine Auseinandersetzung und das Wiedererleben Ihrer Freundschaft mit Marie einzutauchen. Das kann schmerzhaft werden. Vielleicht glauben Sie ja auch, dass Sie zu dicht dran sind? Es birgt aber doch auch eine große Chance für Sie, die Vergangenheit aufzuarbeiten und Frieden zu finden, oder?«

Nachdenklich hatte Alexandra Hanna beobachtet. Ihr fiel plötzlich wieder ein, dass Hanna fast alles über sie, Jule und Friederike wusste. Alles über ihre jahrelange Freundschaft, alles, was zu dem Zerwürfnis damals geführt hatte, das unter Hannas Regie nach Maries Vorgaben im letzten Jahr endlich wieder gekittet worden war. Sie selbst wusste über Hanna so gut wie nichts, nur das Wenige, was sie von ihr gehört oder gelesen hatte. Und jetzt das, was sie auf der Liste entdeckt hatte.

Versöhnung Hanna mit ihrem Bruder??

Alexandra spürte den forschenden Blick von Hanna auf sich und hob den Kopf. »Ich habe in den letzten Tagen an kaum etwas anderes als an dieses Buch gedacht«, gestand sie. »Ich habe keine Ahnung, ob ich das hinbekomme, ob ich Marie gerecht werde und ob ich die Arbeit daran aushalten kann. Aber der Gedanke, es auszuprobieren, lässt mich nicht mehr los. Zuvor möchte ich noch mit Jule und Friederike darüber sprechen und hören, wie sie das finden. Und danach entscheide ich mich.«

»Danke«, Hanna legte ihre Handflächen aneinander und lächelte. »Danke, dass Sie darüber nachdenken. Und ich bin mir sicher, dass Sie das können. Falls ich Ihnen bei der Recherche irgendwie helfen kann, mache ich das natürlich sehr gern, Sie können über alle Unterlagen, Briefe, Kalender, was es alles so gibt, völlig frei verfügen. Auch Elisabeth kann Ihnen helfen, sie kümmert sich ja um das Familienarchiv. Marie wäre sehr stolz, das weiß ich. Sie sind die Einzige, der ich das alles anvertrauen kann. Weil Marie es auch gewollt hätte.«

Hanna wandte ihren Blick auf den See, Alexandra tat es ihr nach, sie schwiegen einvernehmlich und gedankenverloren. Eine Ente landete laut quakend nur wenige Meter vor ihnen auf dem See und beendete diesen Moment. Alexandra sah Hanna von der Seite an. »Hanna, darf ich Sie etwas fragen?«

»Natürlich.«

Alexandra ließ sie nicht aus den Augen. »Sie wissen alles von uns, Sie haben die Rolle von Marie übernommen, die immer alles organisiert hat, Sie haben es geschafft, uns wieder zusammen- und hierherzubringen. Aber von Ihnen wissen wir kaum etwas, Sie halten sich immer im Hintergrund, sind immer freundlich, aber doch auch distanziert. Warum? Und werden Sie den Kontakt zu uns überhaupt aufrechterhalten, wenn Sie Maries Liste abgearbeitet haben?«

»Es gibt keine Liste mehr abzuarbeiten.« Hannas Stimme klang harmlos. »Marie hat sich gewünscht, dass Sie sich wieder miteinander versöhnen. Das empfinde ich als gelungen. Und jetzt gibt es noch ein paar Kleinigkeiten, ein paar Wünsche Maries, die ich ihr gern erfüllen möchte. Aber den größten haben wir ihr ja gemeinsam schon erfüllt.« Sie lächelte, eine Spur zu traurig, dachte Alexandra.

Sie beugte sich nach vorn. »Hanna, Sie haben so viel für uns getan, seien Sie sicher, dass wir Sie nicht nur deshalb mögen und schätzen. Wenn wir Sie zur Abwechslung auch mal unterstützen können, dann sagen Sie es bitte. Lassen Sie uns teilhaben an Ihrem Leben, unseres kennen Sie ja schon. Es wäre sehr schön, wenn Sie nicht nur aus Pflichterfüllung mit uns diese Tage hier verbringen. Denn wir mögen Sie alle sehr.«

Langsam hob Hanna den Blick und sah Alexandra ernst an.

»Liebe Alexandra«, sagte sie mit rauer Stimme. »Ich hätte nicht gewusst, wie ich meine Trauer ohne diese Wünsche von Marie und übrigens auch ohne Sie drei hätte überleben können. Ich bin sehr, sehr gern hier und froh, Sie, Jule und Friederike kennengelernt zu haben. Ich möchte mich nur nicht aufdrängen, ich wollte Ihnen den nötigen Raum geben, zunächst mal Ihre wiedergefundene Freundschaft in die richtigen Bahnen zu lenken. Sich erst mal wieder aneinander zu gewöhnen. Und das hat mit Pflichterfüllung nichts zu tun, sondern ist mir eine große Freude.« Ihre Augen glänzten plötzlich feucht, auch Alexandra spürte, wie sich ihr Hals zuzog. Unvermittelt stand sie auf, beugte sich zu der sitzenden Hanna und umarmte sie fest. Erst nach einem langen Augenblick ließ sie los und richtete sich wieder auf.

»Ich bin froh, Sie kennengelernt zu haben«, sagte sie. »Und …«

»Und jetzt gehen wir rein und wärmen uns auf«, unterbrach Hanna sie sofort. »Sie haben eiskalte Hände, und ich will nicht sentimental werden.« Sie stand mit ungeahntem Schwung auf, musste sich aber kurz am Tisch festhalten. »Sie können mich unterhaken, ich bin ein bisschen steif, weil ich so lange im Kalten gesessen habe. Gehen wir. Ich brauche jetzt eine heiße Dusche und danach heißen Kaffee. Und wir haben auch noch einiges vorzubereiten.«

»Müssen wir tatsächlich Pizza machen?« Alexandra hielt die Thunfischdose in der Hand und sah Hanna an, die vor der offenen Schranktür stand und die passierten Tomaten suchte. »Ich dachte, ja, es war ja früher Tradition, aber Sie haben letztes Jahr gar nichts davon gegessen, das weiß ich noch. Und ich mag Pizza seit Jahren nicht mehr.«

Überrascht drehte Hanna sich um. »Wirklich?«, fragte sie laut. »Ich auch nicht, ich mochte das noch nie. Und ich vertrage sie auch nicht. Aber es stand so auf Maries Wunschzettel. Es sollte beim ersten Mal ja so sein wie früher.«

»Gut«, Alexandra stellte die Thunfischdose wieder zurück. »Dann emanzipieren wir uns jetzt. Falls Jule und Friederike maulen, dann ist das so. Ich fahre gleich mit dem Fahrrad zum Fischladen am See. Wir sind alle zu alt für Pizza und billigen Rotwein, wir können auch am ersten Abend schon gut essen. Brauchen wir sonst noch was?« Sie griff zu einem Notizblock, der auf der Fensterbank lag, und schaute Hanna fragend an.

»Ich glaube nicht«, Hanna inspizierte den Kühlschrank. »Sie haben ja schon alles eingekauft. Und Friederike bringt den Wein und Jule Nachtisch und Kuchen mit. Ich denke, wir haben alles. Wann wollten die beiden anderen denn eigentlich kommen?«

Alexandra warf einen Blick auf die Uhr. »Jeden Moment«, sagte sie. »Denke ich.«

Wie aufs Stichwort hörten sie draußen jemanden hupen, sofort ließ Alexandra den Block auf den Tisch fallen und verließ die Küche, um die Haustür zu öffnen.

Fast gleichzeitig stiegen Jule und Friederike aus dem Wagen. Während Friederike den Kofferraum öffnete, war Jule schon fast bei Alexandra angelangt, als Friederike ihr hinterherrief: »Hast du was mit den Armen? Der ganze Kofferraum ist voll, wieso nimmst du nichts mit?«

»Ja, doch«, sofort blieb Jule stehen, lächelte die gerade aufgetauchte Hanna entschuldigend an und drehte auf dem Absatz um. »Du hast manchmal einen richtigen Dragonerton, weißt du das eigentlich?«

»Dafür werde ich gleichermaßen gefürchtet und bewundert«, ungerührt hob Friederike erst eine graue Kiste, dann einen Weinkarton aus dem Kofferraum. »Aber du merkst doch selbst, dass es nicht anders funktioniert. Das Zeug muss in den Kühlschrank. Hallo, Alex.«

»Was hast du denn alles dabei?« Alexandra war, gefolgt von Hanna, langsam zum Auto gekommen und sah erstaunt zu, wie Friederike nach und nach weitere Behälter und Tüten entlud. »Du solltest doch nur Wein mitbringen.«

Friederike schlug den Kofferraum zu und drehte sich zu Alexandra um. »Ich habe mir erlaubt, unseren Koch zu bitten, einen Zander vorzubereiten, wir müssen ihn nachher nur noch in den Ofen schieben. Und in den anderen Behältern sind die ganzen Beilagen. Sentimentalität hin oder her, ich habe echt keinen Bock, heute Abend Pizza zu essen und mich die ganze Nacht mit Sodbrennen im Bett zu wälzen.«

Bevor Alexandra sich bückte und eine der Kisten hochhob, warf sie einen amüsierten Blick auf Hanna, die anfing zu lachen.

»Aber wieso?« Jule sah irritiert von einer zu anderen. »Wir haben doch immer am ersten Abend Pizza gegessen. Warum wollt ihr jetzt alles ändern? Wir fangen doch gerade erst wieder an.«

Friederike hielt ihr zwei Tüten entgegen. »Wir haben uns geändert, Jule, da kann sich auch das Essen ändern. Außerdem haben wir uns bereits beim letzten Pfingsttreffen versöhnt, wir müssen nicht mehr alles so machen wie früher. Diese fettige, käsige, salzige Pizza am Abend, echt, Jule, das kann ich nicht mehr.«

Hilfesuchend wandte Jule sich an Hanna. »Aber es ist doch Tradition.«

Die hob nur die Schultern, während Friederike die Tüten vor Jule demonstrativ hoch und runter tanzen ließ. »Wir haben genug alte Traditionen, Jule, wir können auch mal mit ein paar neuen anfangen. Ich erkläre mich auch bereit, morgen diese ewig gleiche Fahrradtour zu *Beermann* zu machen, obwohl ich Fahrradfahren und Bananensplit hasse und mir den ganzen Tag mein Hintern wehtun wird. Aber geschenkt. Alles besser als Pizza. Würdest du mir jetzt bitte mal diese Tüten abnehmen?«

Beladen mit der Kiste ging Alexandra an Jule vorbei. »Nimm es als Mehrheitsbeschluss, Hanna und ich sind auch gegen die Pizza. Und jetzt kommt mit, eine der neuen Traditionen ist der Begrüßungschampagner, die Gläser stehen schon auf der Terrasse.«

Seufzend nahm Jule Friederike die Tüten ab und folgte Alexandra ins Haus. »Ich hatte mich aber auf die Pizza gefreut.«

Sie bekam keine Antwort.

25.

»Großartig«, Alexandra legte ihr Besteck auf den Teller und tupfte sich mit der Serviette die Mundwinkel ab. »Gruß an deinen Koch, es war wunderbar.«

Friederike nickte kauend und deutete mit einer Kopfbewegung auf Jule. Die wischte den Rest ihrer Sauce gerade sorgfältig mit einem Stück Baguette auf. »Ja«, gab Jule achselzuckend zu. »Das war besser als Pizza. Aber es geht ja auch ums Prinzip.« Bevor sie das mit Sauce durchweichte Brot in den Mund steckte, sah sie Hanna an. »Oder?«

»Manchmal muss man auch Prinzipien über Bord werfen«, Hanna lächelte. »Sie versperren oft die freie Sicht auf neue Dinge. Und es wäre schade gewesen, diesen Zander nicht gegessen zu haben. Es war wirklich ganz besonders gut. Danken Sie Ihrem Koch, Friederike. Und auch danke, dass Sie das so organisiert haben.«

Auch Friederike hatte ihr Besteck nun weggelegt. Sie schob den Teller zur Seite und griff zu ihrem Weinglas. »Er heißt Steffen«, sagte sie und trank einen Schluck Wein. »Also, der Koch. Ich werde ihn von euch grüßen. Vielleicht sollte er ab jetzt traditionell dieses erste Essen übernehmen. Dann werde ich mein Pizzatrauma auch irgendwann los.«

»Meine Güte, Fiedi, du übertreibst jetzt aber. Trauma. Ich bitte dich.« Jule blickte in die Runde und überzeugte sich, dass alle fertig gegessen hatten, bevor sie die Teller aufeinanderstapelte und aufstand. »Noch eine kleine Pause vor dem Dessert?«

»Ja, bitte«, Friederike lehnte sich entspannt zurück. »Du kannst aber den Wein noch mal mitbringen.«

Sie schwiegen, während Jule in der Küche mit den Tellern klapperte, erst, als sie mit der Weinflasche zurück an den Tisch kam und allen nachgeschenkt hatte, räusperte Alexandra sich und beugte sich vor. »Hanna, wir wollten Ihnen etwas vorschlagen.«

Hanna nickte und sah sie ernst an. »Ach ja? Um was geht es denn?«

»Wir würden gern ...«, begann Jule, hob ihr Glas und wartete, bis die anderen es ihr nachtaten. Friederike hatte ihre Hände vor sich auf dem Tisch verschränkt. Sie stupste Friederike an. »Fiedi.«

»Wie? Ach so«, sofort griff Friederike zu ihrem Weinglas. »Hanna, wir würden dieses formelle Sie gern endlich durch das freundschaftliche Du ersetzen, wir kennen uns doch jetzt lange genug.«

»Und es wäre in Maries Sinn«, ergänzte Jule noch. »Davon sind wir überzeugt. Natürlich nur, wenn Sie das auch wollen.«

Hanna betrachtete erst Jule, dann Friederike und zum Schluss Alexandra, bevor sich ein Lächeln über ihr Gesicht legte und sie bedächtig ihr Glas in die Hand nahm. »Es ist mir eine sehr große Freude«, sagte sie leise. »Ich habe es nicht angeboten, weil ich mich nicht aufdrängen wollte. Wir haben uns ja nicht zufällig kennengelernt, sondern ich wurde sozusagen von Marie geschickt. Ihr hattet überhaupt keine Wahl.« Sie wollte ihr Glas heben, das ihr fast entglitt. Schnell stellte sie es zurück auf den Tisch, bevor sie es mit der anderen Hand wieder aufnahm.

»Trinken wir auf Marie? Die euch wieder zusammen- und mich zu euch gebracht hat?« Sie sah Jule an, deren Blick immer noch auf ihre Hand gerichtet war. »Jule? Alexandra, Friederike?«

»Ja«, Friederike stieß mit ihr an. »Prost, Hanna, auf Marie, auf Pfingsten und auf das gute Leben.« Danach erhob Alexandra das Glas auf Marie, während Friederike Jules Gesichtsausdruck bemerkte. Sie hob die Augenbrauen und sah Jule fragend an, die fast unmerklich den Kopf schüttelte und mit den Lippen ein lautloses »Später« andeutete.

Als Hanna sich mit immer noch erhobenem Weinglas an Jule wandte, um anzustoßen, lächelte die sofort. »Das wurde jetzt auch Zeit«, meinte sie. »Ich habe übrigens das Gefühl, wir kennen uns schon ewig.«

»Ja«, Hanna nickte bewegt. »Das geht mir auch so.« Vorsichtig stellte sie ihr Glas wieder ab und legte ihre Hände aufeinander. »Ich danke euch sehr.«

»So«, Friederike stand so unvermittelt auf, dass sie an den Tisch stieß und die Gläser ins Wanken brachte. »Ich hole jetzt mal den Nachtisch aus der Küche, nicht dass es hier schon wieder sentimental wird.« Sie verschwand, Hanna sah ihr verblüfft nach.

»Was hat sie denn? Sie wirkt ein bisschen … wie soll ich sagen?«

»Ruppig«, half Jule ihr. »Das war sie im Auto auf der Fahrt auch schon. Kurz angebunden, leicht ungeduldig, etwas zu schnell und sehr sarkastisch. Das bedeutet, sie kaut auf einem Problem herum, über das sie noch nicht reden will.« Sie griff zu ihrem Wasserglas und trank es aus. »Oder, Alex? Interpretierst du das anders?«

Alexandra sah in Richtung Küchentür, bevor sie antwortete. »Kann sein. Sie wird darüber sprechen, sobald sie so weit ist.«

Hanna schüttelte den Kopf. »Es ist erstaunlich, dass ihr euch noch so gut kennt, obwohl ihr eine so lange Pause in eurer Geschichte hattet. Das hätten nicht viele geschafft.«

»Was hätte wer nicht geschafft?« Friederike durchquerte

mit einem Tablett in den Händen das Zimmer und stellte es auf dem Tisch ab. »Was haben wir gerade für ein Thema?«

»Dass wir noch miteinander reden«, Jule griff nach den Dessertschalen und verteilte sie, während Friederike die Schüssel in die Mitte des Tisches schob. »Oder wieder. Obwohl du heute etwas sperrig bist, liebe Friederike. Das ist übrigens Zitronenspeise mit echten Amalfi-Zitronen, alles handgerieben, ich muss mich hinter deinem Starkoch überhaupt nicht verstecken.«

»Wieso sperrig?« Friederike runzelte die Stirn. »Ich bin ausgesprochen gut gelaunt. Ich habe nur die Pizza verhindert. Und ich mag keine Rührseligkeit, nur weil wir wieder am See sind. Und an früher denken.«

»Schon klar«, Jule häufte sich bereits die Zitronenspeise in eine kleine Schale. »Hier ist jede Menge Sahne drin, aber wir fahren ja morgen Fahrrad. Ach, übrigens …«, sie ließ den Löffel in der Luft schweben und sah die anderen an. »An dieser Stelle, also beim Nachtisch, kamen früher immer dieselben zwei Fragen. Meistens von Marie.«

»Welche Fragen?«, erkundigte sich Hanna neugierig. Alexandra sah erst Friederike, dann Jule an, schließlich antworteten sie gleichzeitig. »Was gibt es Neues? Wer fängt an?«

»Immer an dieser Stelle«, erklärte Alexandra Hanna. »Dann haben wir uns die wichtigsten Ereignisse der letzten Zeit erzählt, danach waren wir alle wieder auf dem Laufenden und konnten problemlos anknüpfen.«

»Das ist doch schön«, gespannt blickte Hanna in die Runde. »Dann nehmen wir diese Tradition doch wieder auf. Also, wer fängt an?«

»Jule«, beschloss Friederike und zeigte mit dem Löffel auf sie. »Jule hat fast immer angefangen, weil sie ihre zahlreichen Liebesgeschichten und Tennissiege nie lange für sich behalten konnte. Also, leg los.«

»Liebesgeschichten«, schlagartig wirkte Jule ernst. »Und Tennissiege. Mein Gott, das Leben war früher echt einfacher.«

»Das habe ich bei dir aber ganz anders in Erinnerung«, Friederike grinste. »Jede Liebe ein Drama. Idealisiere es nicht, denk dran, wir haben vorhin erst darüber gesprochen. Du fängst schon wieder an.«

Sofort hob Jule beide Hände. »Nein, mache ich nicht. Also, was gibt es Neues? Pia ist natürlich gerade das Wichtigste«, sie machte eine Pause, um ihre Gedanken zu sortieren. »Ihr wisst es ja schon, sie hat sich entschieden, das Kind zu bekommen. Das ist das Gute. Das Blöde daran ist, dass sie nicht mit dem Vater reden will, sie spricht auch nicht viel mit mir, also darüber, wie sie sich das alles vorstellt, was mit ihrem Studium wird, wer ihr bei der Kinderbetreuung helfen, wie sie das finanziell stemmen soll, ob sie mit Baby in ihrer Wohnung im vierten Stock ohne Fahrstuhl bleiben will, es sind so viele Fragen noch offen, aber irgendwie hat sie anscheinend den Ehrgeiz, alles erst mal allein lösen zu wollen. Ich habe ehrlich gesagt keine Ahnung, wie sie ihr Leben in Zukunft organisieren will. Ich habe ihr natürlich angeboten, wo immer es geht, zu helfen, aber ich kann ja schlecht aufhören zu arbeiten, um mich meinem Enkelkind zu widmen. Gott, das klingt doch auch komisch. Und mein Haus ist für drei Erwachsene und ein Kind zu klein.«

»Ich kann mir auch nicht vorstellen, dass Pia mit Kind zurück zu Mutti ziehen möchte«, bemerkte Friederike. »Sie hat doch ein eigenes Leben.«

»Natürlich«, nickte Jule. »Aber auch wenn sie in Hamburg bleibt, braucht sie Hilfe bei der Betreuung. Und Philipp kannst du bei dem Thema echt vergessen.«

»Warum?« Hanna sah sie fragend an. »Er ist doch ihr Vater.«

»Aber keine große Hilfe.« Jule schüttelte unwillig den Kopf.

»Erst wollte er das alles nicht wahrhaben, dann hat er Alarm geschlagen und jetzt duckt er sich weg. Der Gedanke, Opa zu werden, macht ihn anscheinend fertig.«

»Großväter haben auch in der Regel keine aufregenden Affären mehr«, Friederike zuckte die Achseln, bevor sie Alexandra flüchtig ansah. »Das lustige Leben ist dann vorbei. Ich meinte keinen konkreten Fall, fühl dich nicht angesprochen.«

»Mach ich nicht«, gleichmütig hob Alexandra ihr Glas. »Ich bin weder Großvater, noch habe ich eine Affäre.«

»Ich sage jetzt nichts dazu«, Jule verschränkte die Arme vor der Brust. »Extra nicht, damit ihr merkt, dass ich etwas gelernt habe, und zweitens, damit Friederike nicht mit ihren Provokationen durchkommt. Ich habe eure Affäre so gut wie verdrängt. Es ist besser so.«

»Stimmt«, pflichtete ihr Friederike bei. »Es war sozusagen ein Test. Aber was ist denn jetzt Philipps Problem? Immerhin geht es hier um Pia. Was ist er für ein Vater?«

»Einer, der sich gern und schnell verzieht, wenn es schwierig wird.« Etwas zu heftig schwenkte Jule den Wein in ihrem Glas, ein paar Tropfen spritzten über den Rand. »Er ist doch sofort überfordert, wenn er Verantwortung übernehmen muss.« Sie warf jetzt doch einen schnellen Blick auf Alexandra, die dem aber standhielt. »Jedenfalls hat er ihr erst ganz wichtig die Adresse irgendeines Kollegen gegeben, mit dem sie sprechen sollte, dann hat er wohl gemerkt, dass das der falsche Weg ist, und hat gesagt, dass er Pia selbstverständlich finanziell unterstützen wird.« Sie machte eine kleine Pause, bevor sie fortfuhr: »Als wenn sich immer alles mit Geld regeln ließe. Na ja. Und bei Steffi haben sofort die Alarmglocken geläutet, weil sie ja immer Angst hat, dass sie nicht Philipps ungeteilte Aufmerksamkeit bekommt. Und sie hat vielleicht schon eine Ahnung, dass er sich dann doch um das Baby kümmern wird, wenn es mal da ist. Sie will aber keine Oma sein, dafür sei sie ja noch viel zu jung. Ich war nicht dabei, aber Coco hat mir erzählt, dass sich im Hause Dr. Petersen echt wilde Szenen abgespielt haben, ich kann es mir lebhaft vorstellen.«

Sie holte tief Luft und trank einen Schluck. »Das war das Neueste in Kürze, ich träume jede Nacht von Babys und habe noch keine Ahnung, wie das alles wird.« Abrupt stellte sie das Glas ab.

Alexandra legte ihr die Hand auf den Arm. »Pia ist so unabhängig, die wird ihren Weg gehen, da bin ich mir sicher. Lass ihr einfach Zeit, sie wird schon ankommen, wenn es so weit ist. Wer macht weiter?«

»Hanna«, Jule nickte ihr zu. »Du gehörst jetzt dazu, du musst uns auch auf den Stand bringen. Also? Was gibt es bei dir Neues?«

Hanna lächelte und dachte einen Moment nach. »Neues bei mir?«, begann sie langsam, um dann zögernd zu erzählen. »Ja, also, Alexandras Schwager hat mir eine wunderschöne Dachterrasse angelegt, ihr müsst mich wirklich bald mal besuchen kommen, Matthias hat mir ein kleines Paradies geschaffen. Somit ist diese schöne Wohnung jetzt tatsächlich ganz fertig, es sieht alles sehr edel und modern aus. Ich habe in der letzten Zeit eine ganze Menge unternommen, die Beermanns kommen mich oft besuchen, ich war mit Anne in einigen Ausstellungen und Museen in Hamburg, das waren schöne Tage. Dann habe ich eine kleine Reise unternommen, ich war nämlich mit Elisabeth auf Rügen. Ihr kennt sie ja noch gar nicht, sie ist mein guter Geist, die sich um alles kümmert, wobei ich leider bald sagen muss: die sich um alles gekümmert hat. Elisabeth möchte nämlich Ende des Jahres zu ihrer Schwester nach Rügen ziehen, deshalb waren wir da, sie wollte mir das Haus, das sie kaufen möchte, gern zeigen. Ein hübsches Haus. Sie sagt, sie fühle sich in Hamburg einsam, und sie liebt das Meer.

Das kann ich verstehen, aber das ist für mich wirklich ein Problem, weil sie doch alles für mich managt. Da suchen wir jetzt nach einer Idee oder Lösung, mal sehen. Ja und sonst? Sonst habe ich mich auf diese Pfingsttage hier gefreut und auf euch und die Beermanns.« Sie beendete ihren Monolog mit einem Lächeln und sah Friederike an. »Du bist dran.«

»Das war alles?«

Hanna nickte. »Ja. In Kürze. Und jetzt du.«

»Bei mir wird es ähnlich kurz«, Friederike stützte ihr Kinn auf die Faust. »Das Hotel läuft bestens, mein Balkon ist immer noch nicht begrünt, ich habe in meinem Büro einen neuen Schreibtisch, meine beiden Azubis haben als Jahrgangsbeste abgeschnitten, und meine Mutter ist seit einer guten Woche in der Geriatrie und terrorisiert das Personal.«

»Ach«, erstaunt fuhr Jule herum. »Ist sie immer noch im Krankenhaus? Hast du denn jetzt ein Pflegeheim für sie gefunden?«

»Ja«, mit gesenktem Blick beschrieb Friederike einen Kreis auf der Tischplatte. »Ein Demenzwohnheim in Hamburg, gestern habe ich endlich die Zusage bekommen. Wenn es in Ordnung ist, würde ich dieses Thema lieber lassen. Ich kriege sonst schlechte Laune.«

»Brauchst du irgendwie Hilfe?« Jule ließ sich nicht so schnell abschütteln. »Bei den Anträgen, mit der Krankenkasse, Pflegekasse, Umzug? Ich kenne mich da ganz gut aus.«

Friederike atmete laut aus. »Ich komme vielleicht darauf zurück, danke. Nur nicht jetzt. Die Nächste. Alex, was ist bei dir los?«

Alexandra ließ schweigend ihren Blick auf Friederike ruhen, bis die den Kopf hob. »Was?«

»Ich dachte, wir sprechen noch mal über München. Und Dieter Brenner. Oder?« Alexandras sanfte Frage ließ Friederike resigniert die Augen schließen, bevor sie antwortete: »Leute, ehrlich, ich habe überhaupt keine Lust, jetzt ausführlich darüber zu reden. Es ist mit Esther alles eine einzige Katastrophe. Das muss bitte für den Moment reichen. Also, Alex, Themenwechsel. Was macht der Wohnungsverkauf?«

Alexandra legte kurz die Hand auf Friederikes Arm, dann zog sie sie wieder zurück und sagte laut: »Es gibt schon einige Interessenten, die Maklerin hat mich vorhin noch angerufen, sie hat die Wohnung schon mal einigen Kunden aus ihrer Kartei angeboten. Und sie hat gesagt, es kann relativ schnell über die Bühne gehen, ich muss jetzt nur endgültig entscheiden, zu wann ich verkaufen will. Also muss ich mich so langsam auf den Umzug vorbereiten.«

Friederikes Blick war erstaunt. »Wohin willst du denn ziehen? Hast du dir schon Wohnungen angesehen? Ich wusste nicht, dass das schon so konkret ist.«

»Ich brauche mir keine Wohnung anzusehen«, Alexandra sah zufrieden in die Runde. »Ich werde ins Haus meiner Mutter ziehen.«

»Alex, ich habe dir das ja neulich schon gesagt«, Jule beugte sich kopfschüttelnd vor. »Das ist eine Schnapsidee Du kriegst da einen Koller, glaub's mir. Man geht nicht zurück. Das funktioniert nicht.«

»In die Doppelhaushälfte?«, fragte Friederike fassungslos. »So verzweifelt kannst du gar nicht sein. Das ist nicht dein Ernst.«

»Warum nicht?« Alexandra hob die Schultern. »Ich muss doch irgendwo hin, was ist denn gegen die Haushälfte zu sagen? Katja und Matthias wohnen nebenan, wir verstehen uns gut, das Haus wird renoviert, was ist daran falsch?«

»Alles«, antwortete Jule mit Inbrunst. »Du bist da die absolute Exotin. Um dich herum wohnen nur alteingesessene Familien oder ältere Ehepaare. Dass du dich mit deiner Schwester wieder gut verstehst, ist schön, aber glaube mir, ein paar

Kilometer zwischen Familienmitgliedern helfen, damit es so bleibt. Du bist nicht der Kleinstadttyp, das warst du früher schon nicht, hast du das vergessen?«

»Ach, das stimmt nicht«, protestierte Alexandra. »Ich habe so lange mitten in der Stadt gewohnt, ich brauche diesen Trubel nicht mehr. Ich werde in Zukunft vermutlich auch viel zu Hause arbeiten, dafür brauche ich Ruhe. Und die habe ich auf dem Land.«

»Weißenburg ist aber keine ländliche Idylle«, wandte Friederike ein. »Es ist eine Provinzstadt. Mit Autos, Bussen, Schulen, Supermärkten, Einkaufsstraße, Gewerbegebiet, vielen Leuten, Herrgott, du bist da aufgewachsen, du kennst das doch. Das geht dir nach spätestens drei Monaten auf den Geist, glaub mir. Zurück zu den Wurzeln, das geht nicht. Ich könnte es auch nicht. Jule ist da anders, sie hat ihren Tennisverein, ihre Praxis, ihre Geschichte. Du hast da nichts, nur deine Kindheitserinnerungen. Die sind aber viel zu lange her. Du drehst durch da.«

»Du übertreibst«, Alexandra runzelte die Stirn. »So schlimm ist es auch nicht. Ich will zurück in den Norden, das habe ich entschieden, in die Nähe von Katja, auch näher zu euch, was ist denn daran falsch?«

»Das Doppelhaus«, antwortete Jule prompt. »Das Doppelhaus in Weißenburg. Sonst nichts. So spießig kannst du nicht leben, nicht nach deinen letzten Jahren. Vergiss es.«

»Ja, aber«, begann Alexandra und stockte, als Hanna ihre Hand hob.

»Ich glaube, Jule und Friederike haben recht«, sagte sie langsam. »Es ist schwierig, zurück in den Ort seiner Kindheit zu gehen, wenn man so lange weg war. Neuanfänge brauchen auch eine neue Umgebung, sonst fallen sie schwer.« Sie dachte einen Moment nach, dann hob sie plötzlich das Kinn und sagte: »In der oberen Etage hier sind sechs Zimmer, von denen seit dem Tod von Maries Eltern nur zwei benutzt werden. Die anderen stehen seit Jahren leer. Micha hat schon vor Jahren vorgeschlagen, oben umzubauen. Das ist gar nicht so ein großer Akt, es müsste nur gemacht werden. Man kann ohne Probleme zwei getrennte große Wohnungen hier einrichten. Es ist nur ein Vorschlag, dieses Haus gehört euch dreien, das müsst ihr natürlich entscheiden.«

»Hier?« Erstaunt sah Alexandra erst Hanna, dann die beiden anderen an. »Ich soll in die Villa ziehen?«

Friederike lächelte plötzlich. »Warum eigentlich nicht? Das ist Land und Ruhe und ein Neuanfang. Du bist immer gern hier gewesen. Es sei denn, es ist dir zu ruhig.«

»Es hätte auch den großen Vorteil, dass Micha und Elke sich nicht immer ums Lüften und Heizen und Sonstiges kümmern müssten«, schob Hanna nach. »Es wäre wieder Leben im Haus. Jule? Was meinst du?«

Jule betrachtete Hanna und Alexandra gedankenvoll, dann nickte sie überzeugt. »Ich finde das eine tolle Idee. Und ich höre Marie lachen.«

»Moment«, jetzt hob Alexandra abwehrend die Hände. »Darüber muss ich erst mal nachdenken. Und das solltet ihr auch tun. Das Haus gehört uns gemeinsam. Und nur ich würde dann hier wohnen.«

»Aber doch nicht in allen Zimmern«, Jule grinste. »Wir behalten unsere ja. Hier ist doch wirklich Platz genug.«

»Außerdem musst du die Villa in Schuss halten, Schnee schippen und Rasen mähen«, ergänzte Friederike. »Und wenn wir uns ankündigen, unsere Betten beziehen, einkaufen, den Zander fangen, die Sauna anheizen, den Wein kalt stellen, Kaminholz hacken, das ist schon okay.«

»Das würde Micha niemals zulassen«, entgegnete Hanna sofort. »Das musst du nicht …«

»Hanna, das war ein Scherz«, Friederike sah sie gespielt

resigniert an. »Du musst ihr ja nicht gleich auf die Nase binden, dass sie hier leben wird wie die Made im Speck. Wobei …«, sie wandte sich jetzt an Alexandra. »Was hast du denn eigentlich vor? Beruflich, meine ich?«

»Ja, also, darüber wollte ich jetzt ohnehin mit euch reden. Ich … ich überlege, selbst zu schreiben«, Alexandra warf einen kurzen Blick auf Hanna, erst jetzt fiel ihr auf, wie müde und blass sie aussah. »Hanna hat mir da einen Vorschlag gemacht, Hanna, ist alles in Ordnung?«

»Natürlich«, Hanna fuhr hoch und lächelte mühsam. »Ich habe nur gerade so müde Augen, das kommt bestimmt von dem guten Essen. Und es war ja auch ein langer Tag.«

»Wir können auch morgen weiterreden«, Alexandra beugte sich vor und legte ihr die Hand auf den Arm. »Das Wochenende fängt ja erst an, wir haben jede Menge Zeit.«

»Ja, dann«, Hanna war langsam aufgestanden und stützte sich noch einen Moment auf Alexandras Schulter. »Dann würde ich tatsächlich gern ins Bett gehen, es ist ja auch schon fast elf. Ich gehe sonst nie so spät schlafen. Aber lasst euch durch mich bitte nicht rausbringen, ihr habt euch so lange nicht gesehen. Und es gibt bestimmt noch viel zu erzählen, ich freue mich dann morgen auf die Zusammenfassung. Also, dann: gute Nacht und habt noch einen schönen Abend.«

Alexandra legte ihr die Hand auf die Schulter. »Gute Nacht, Hanna. Dann schlaf gut, bis morgen.«

Hanna lächelte ihnen zu, dann verließ sie langsam das große Esszimmer. Jule sah ihr nach, erst als sie die Tür klappen hörte, wandte sie sich wieder den anderen zu.

»Wir müssen über Hanna reden«, sagte sie mit gesenkter Stimme. »Ich glaube, wir müssen uns ein bisschen mehr um sie kümmern. Irgendetwas stimmt nicht mit ihr.«

26.

»Du gehst wie John Wayne«, Jule sah Friederike von der oberen Bank entgegen, während die ächzend die Sauna betrat. »Als hätte man dich vom Pferd geschossen.«

»Sehr witzig«, stöhnend erklomm Friederike den Platz neben Jule und ließ sich schwerfällig sinken. »Ich hasse diese Fahrradtour zu *Beermann*. Wir haben zwei Autos vor der Tür stehen und lassen uns auf diesem Knüppeldamm um den See rütteln. Um mittags Bananensplit zu essen. Es ist doch nicht zu fassen. Mir tut alles weh. Mein Hintern am meisten.«

Jule schüttelte amüsiert den Kopf und blickte aus dem kleinen Fenster auf den See.

Micha hatte vorhin nach dem Besuch im *Café Beermann* Hanna im Auto zur Villa zurückgefahren. Anschließend hatte er ganz stolz die Sauna angestellt und sie überredet, sie nun endlich einzuweihen. Hanna hatte vehement abgelehnt, sie wäre noch nie in ihrem Leben nackt in eine Holzhütte gegangen, damit würde sie jetzt auch nicht mehr anfangen. Jule hatte sich sofort begeistert in einen Bademantel geworfen und angekündigt, dass sie sich schon die ganze Zeit darauf gefreut hatte. Allein schon, um hinterher in den See zu springen. Nach nur kurzer Überredung hatte Friederike sich ihr angeschlossen. Vielleicht half die Wärme ja gegen ihre schmerzenden Muskeln, sie war das Fahrradfahren überhaupt nicht mehr gewöhnt.

Jetzt streckte sie vorsichtig ihre steifen Beine aus und lehnte ihren Kopf an, bevor sie Jule ansah.

»Warum wollte Alex nicht mit rein?«

Jule hob die Schultern. »Ich glaube, sie wollte anfangen, die Kartons zu sichten. Hanna will ihr dabei helfen.«

»Okay. Dann hoffe ich mal, dass sie uns nicht gleich in einer sentimentalen Welle entgegenschwimmen«, Friederike schloss die Augen, während sie weitersprach. »Wie findest du die Idee mit dem Buch?«

»Spannend«, Jule wischte sich die ersten Schweißtropfen von der Stirn. »Obwohl ich Skrupel hätte, in Maries Leben herumzuwühlen, ich kann dir gar nicht genau sagen, warum. Vielleicht, weil ich Angst hätte, irgendetwas zu finden, von dem ich gar nichts geahnt habe. Und das ich gar nicht wissen wollte.«

»Was soll Alex denn da Schlimmes finden? Marie hatte keinen Hang zu Abgründen.« Friederike öffnete die Augen und fuhr sarkastisch fort. »Und im Gegensatz zu meiner Familie hat es in Maries keine dunklen Geheimnisse gegeben. Bei ihr war alles geordnet. Ich kannte sie, seit ich auf der Welt war, ich habe sie immer um ihre Eltern beneidet.«

Mitfühlend sah Jule sie an. »Willst du jetzt darüber reden? Über deinen Vater?«

»Nein.« Friederike machte die Augen wieder zu. »Auch jetzt nicht. Es macht mich nur schlecht gelaunt.«

»Ach, komm, Fiedi, manchmal hilft Reden auch. Du musst doch nicht immer alles mit dir selbst ausmachen.« Jule zog ihren Fuß hoch und umschlang ihr Knie. »Wenn Dieter Brenner nicht dein Vater ist, dann ist es ja irgendjemand anderes. Das muss man doch rausfinden können. Du …«

»Jule«, Friederike fuhr nach vorn und unterbrach sie scharf, »vergiss es. Ich habe es gestern Abend schon gesagt, ich will mich nicht mehr damit befassen. Ich werde das nie erfahren. Dieter Brenner weiß offenbar tatsächlich nichts, Esther ist dement, Familie oder Freunde meiner Mutter gibt es nicht mehr, ich habe die meisten Ordner und Papiere von Esther in den letzten Wochen durchkämmt, es wird das Scheißgeheimnis meiner Mutter bleiben. Punkt. Und deshalb will ich auch nicht mehr darüber reden. Weder über meine Mutter noch über meine Kindheit. Bitte, Jule, belassen wir's einfach dabei.«

»Schon gut, schon gut«, Jule hob die Hände. »Ich meinte ja nur. Manchmal ändert man ja auch über Nacht seine Meinung.«

»Ich nicht«, sagte Friederike. »Das solltest du auch noch wissen.«

Friederike lehnte ihren Kopf wieder an und schwieg. Jule wandte ihren Blick weg von ihr zur Sanduhr, die neben der Tür hing. Unablässig rieselten die hellen Körner nach unten, es hatte etwas sehr Hypnotisches. Mittlerweile war schon die Hälfte durchgelaufen, stetig, gleichmäßig, still. Die Zeit verrann, ohne dass man etwas tun musste. Es war erst ein Jahr her, seit sie sich das erste Mal wieder am See getroffen hatten. Es kam ihr nicht so lange vor. Auch wenn so vieles passiert war. Und noch passierte. Aber sie machten es wieder zusammen. Nach all den Jahren. Das war doch schön. Auch, wenn Marie so fehlte und sie überall spürbar war.

»Ist es nicht witzig, dass Alex nach dieser ganzen Zeit zurückkommt?«, fragte Jule jetzt laut. »Dass wir gestern Abend stundenlang über die alten Geschichten und über Marie geredet haben. Und dabei so viel gelacht wurde? Als wenn nie was gewesen wäre. Als hätte es unseren Streit nie gegeben. Es ist doch echt komisch.«

»Wir beide sitzen gerade nackt in einer Sauna am See, als wenn nie was gewesen wäre«, Friederike öffnete ein Auge und blickte sie an. »Was ist daran noch komisch? Und letztlich ist ja auch nichts gewesen, wir haben uns damals nur alle unsäglich benommen. Mittlerweile sind wir ja wahnsinnig weise geworden. Bis auf Alex, falls sie ins Doppelhaus zieht. Das müssen wir ihr ausreden.«

Sie setzte sich aufrecht hin und schob sich mit beiden Händen die Haare aus der Stirn. »Ich schwitze, ich glaube, ich muss raus. Wie kalt ist das Wasser im See?«

»Kalt. Und dass du schwitzt, ist der Sinn der Sache. Ich bleibe noch ein paar Minuten.«

»Mir ist das hier zu heiß«, entschlossen stieg Friederike die beiden Stufen hinunter und drückte die Holztür auf. »Wenn ich nicht wieder auftauche, musst du mich retten. Bis gleich.«

»Habt ihr noch mal über die Möglichkeit gesprochen, dass du in die Villa ziehst?« Hanna legte einen Ordner zur Seite und sah Alexandra an, die konzentriert eine Mappe mit Presseartikeln durchblätterte und jetzt den Kopf hob. Einige der Artikel kannte sie schon von ihrer Google-Suche. »Nein«, sagte sie. »Haben wir nicht mehr. Wir waren damit beschäftigt, unsere Erinnerungen abzugleichen. Jule erzählt die alten Geschichten ganz anders als Friederike.« Sie lächelte, während sie die Mappe auf einen Stapel legte. »Wenn ich nur auf die beiden zurückgreifen könnte, hätte ich ein Problem, Maries Leben zu erzählen. Ich weiß jetzt zwar, was es auf ihrer ersten Ausstellung zu essen und zu trinken gab, welche Farbe ihr Kleid und was für eine Frisur ihre Mutter hatte, nur wann genau die Ausstellung war, darüber konnten wir uns zum Beispiel nicht einigen.«

»1990«, Hannas Antwort kam wie aus der Pistole geschossen. »Am 3. Mai. In Kiel. In der Galerie Dahlmann.«

»Wirklich?« Verblüfft hielt Alexandra inne. »Mein Gott. Und ich habe gedacht, ich hätte ein gutes Gedächtnis. Kiel wusste ich noch, der Name der Galerie und das Datum sind mir nicht mehr eingefallen.«

Lächelnd tippte Hanna auf den Ordner, den sie gerade zur Seite gelegt hatte. »Ich habe es gerade gelesen. In diesem Ordner sind alle Ausstellungsverträge abgeheftet.« Sie strich mit der Hand darüber, dann stützte sie ihr Kinn auf die Faust. »Willst du es immer noch angehen? Oder fühlst du dich gedrängt? Es ist ja tatsächlich sehr viel Recherche und Vorbereitung.«

»Ja«, mit einem Blick auf den mit Papieren und Ordnern übersäten Tisch nickte Alexandra entschlossen. »Ja, ich habe wirklich große Lust dazu. Und auch wenn das hier jetzt gerade wild aussieht, es ist ja alles sehr strukturiert und gut dokumentiert, beschriftet und abgeheftet. Ich brauche nur ein eigenes System, das kann ich aber in den nächsten Tagen und Wochen in Ruhe entwickeln. Ich merke auch gerade, wie viele Dinge ich gar nicht so mitbekommen habe. Marie hat nie viel über sich gesprochen, sie hat schon mal von irgendwelchen Ausstellungen und großen Aufträgen erzählt, aber immer nur sparsam und ohne großes Aufheben zu machen. Vieles wird für mich auch eine Überraschung sein, es wird alles sehr spannend.« Sie sah Hanna an. »Ich freue mich darauf. Und ich will, dass die Welt weiß , wie und was Marie war.«

»Das ist schön«, Hanna erwiderte ihren Blick und lächelte. »Micha hat übrigens gesagt, dass der Umbau kein Problem sei. Er hat vor drei oder vier Jahren schon mal mit einem Architekten gesprochen, der bereits Vorschläge gemacht hat. Die liegen noch in der Schublade. Und er hat vorhin mal ganz unverbindlich einen befreundeten Bauunternehmer angerufen, der wohnt hier im Dorf, in diesem weißen Haus, gleich an der Kurve, wo es zu *Beermanns* geht. Peter Schrader ist wie gesagt ein Freund von Micha, der könnte schon bald mit der Arbeit beginnen. Hat er vorhin gesagt. Und während des Umbaus könntest du ja bei deiner Schwester wohnen, falls es hier zu laut ist.«

»Während des …«, mit großen Augen sah Alexandra Hanna an. »Täusche ich mich, oder habt ihr das alles schon beschlossen? Ich weiß doch noch gar nicht, ob ich das will.«

Sofort hob Hanna beschwichtigend die Hände. »Nein, nein, keine Sorge, natürlich musst du das entscheiden. Aber die Entscheidung ist vielleicht leichter zu treffen, wenn man weiß, dass sich das Ganze auch rechtzeitig umsetzen lässt – und wie schön diese Wohnung werden kann. Vielleicht kannst du dir zumindest mal die Zeichnungen ansehen. Die liegen auf der Kommode im Flur, Micha hat sie vorhin mitgebracht. Oder meinst du, dass Katja traurig wäre, wenn du nicht in euer Elternhaus ziehst?«

Katja traurig? Alexandra verbiss sich ein Grinsen. Als sie ihrer Schwester am Telefon von ihrem Plan, ins Nebenhaus zu ziehen, erzählt hatte, war ihre Reaktion ganz anders gewesen, als sie vermutet hatte.

»Bist du bescheuert?«, hatte Katja gefragt, um sich sofort zusammenzureißen und ein halbherziges: »Ich bin mir nicht sicher, ob du dich hier wirklich wohlfühlen würdest«, hinterherzuschieben. »Versteh mich nicht falsch, ich freue mich, dass du wieder nach Hause kommst, aber doch nicht wortwörtlich. Willst du echt nach nebenan ziehen? In Mamas Wohnzimmer sitzen? Am Wochenende Rasen mähen? Im Dezember Lichterketten an die Tannen hängen? Sonntagmittag mit uns Rouladen essen? Alex, du bist doch ein ganz anderes Leben gewöhnt. Es ist hier doch viel zu, wie soll ich das sagen? Viel zu kleinstädtisch. Das hältst du nicht aus.«

»Nein, traurig wäre sie nicht«, sagte Alexandra jetzt. »Sie freut sich zwar, dass ich wiederkomme, hält aber auch nicht so viel von der Idee, ins alte Haus zu ziehen. Sie meinte, ich solle entweder richtig aufs Land oder mitten in die Stadt. Letzteres will ich aber nicht mehr.«

»Na bitte«, Hanna nickte zufrieden. »Hier ist es ruhig und

ländlich, ideal, um in Ruhe zu arbeiten. Und der Weg zu deiner Schwester ist ja nicht so weit, ihr könntet euch jederzeit sehen.«

Alexandra sah sie nachdenklich an, bevor sie sagte: »Ja, vielleicht stimmt das. Vielleicht ist es wirklich eine gute Idee. Ich spreche mal mit Katja, mal sehen, was sie dazu sagt.«

»Ihr versteht euch gut, oder?«

Alexandra meinte, einen Hauch von Sehnsucht in Hannas Stimme zu hören. Nach einer Weile nickte sie. »Ja. Allerdings hat sich das erst wieder im letzten Jahr so entwickelt. Wir hatten über Jahre gar kein so enges Verhältnis. Aber im letzten Jahr war Katja da, als ich sie gebraucht habe. Und seitdem ist es wirklich wieder schön. Vielleicht ist an dem Satz. Blut ist dicker als Wasser, doch was dran.« Sie warf einen unauffälligen Blick auf Hanna und fragte so harmlos wie möglich: »Hast du eigentlich Geschwister?«

Langsam hob Hanna ihren Kopf. Sie öffnete den Mund, schloss ihn wieder, schließlich nickte sie knapp. »Ich hatte einen Bruder. Acht Jahre älter. Ich rede nicht gern darüber. Wollen wir weitermachen?«

Durchs Fenster beobachtete Jule, wie Friederike zögernd vom Bootssteg in den See stieg, schaudernd ihre Arme benetzte und ein paar staksige Schritte machte, bevor sie sich umständlich ins Wasser gleiten ließ. Nach wenigen Schwimmzügen drehte sie schon um und kletterte wieder raus.

Kopfschüttelnd verließ Jule die Sauna und trat auf den Steg.

»Arschkalt«, teilte ihr Friederike zähneklappernd mit, während sie sich abtrocknete und das Saunatuch um sich schlang. »Aber herrlich.«

»Wenn man dir zuguckt, könnte man denken, du würdest eisbaden«, Jule lief an ihr vorbei und sprang kurz entschlossen vom Steg ins Wasser. Als sie wieder auftauchte, drehte sie sich um und rief. »Es ist doch gar nicht so kalt.«

Beeindruckt setzte Friederike sich auf einen der Stühle auf den Holzplanken und streckte ihre Beine aus. Die späte Nachmittagssonne schien durch die hohen Bäume, vereinzelte Sonnenstrahlen blitzten ihr noch ins Gesicht. Sie drehte ihr Gesicht in die Richtung, aus der die Sonne kam, genoss die Wärme, die Ruhe und das Prickeln auf der Haut. Sie fuhr hoch, als plötzlich kalte Tropfen auf sie niederrieselten.

»Jule, Mensch, ich war gerade trocken.«

Jule hatte sich vor ihr wie ein Hund geschüttelt, jetzt drückte sie das Wasser aus ihren Haaren und grinste. »Herrlich. Hast du doch gerade eben auch gesagt. Ich wollte nur vermeiden, dass du hier einschläfst. Nur mit dem Handtuch umwickelt.«

»Schönen Dank auch«, Friederike kniff die Augen gegen die blendenden Sonnenstrahlen zusammen, während Jule sich vor ihr die Haare trocken rubbelte und danach in ihren Bademantel schlüpfte.

»Was hast du denn gerade überlegt?«

»Nichts«, Friederike verschränkte ihre Arme im Nacken. »Gar nichts. Ich habe einfach hier gesessen.«

Jule wickelte sich das Handtuch als Turban um ihren Kopf und zog einen Stuhl neben Friederike. »Schade. Ich hatte gehofft, dass du dir schon mal den Kopf darüber zerbrichst, wie man die Nachforschungen betreiben kann, über die wir gestern Abend geredet haben.«

»Jule, bitte, du fängst nicht schon wieder damit an.«

»Nein«, empört sah Jule sie an. »Du Egozentrikerin. Ich rede nicht von deinem Vater, ich rede von Hannas Bruder. Die Suche nach ihm stand auch auf Maries Liste. Es gibt doch Detekteien. Vielleicht kann man eine beauftragen?«

Mit hochgezogenen Augenbrauen schüttelte Friederike den Kopf. »Nicht die Suche stand auf der Liste, sondern die Versöhnung. Was willst du einer Detektei denn sagen? Dass sie den Bruder von Hanna Herwig suchen sollen, von dem wir nichts wissen, nur, dass er sich mit seiner Schwester versöhnen soll? Wir wissen doch noch nicht mal, warum sie sich zerstritten haben. Vielleicht hat er jemanden umgebracht und sitzt im Knast. Oder ist schon tot.«

»Sei doch nicht immer so brutal«, entgegnete Jule mit gerunzelter Stirn. »Es stand jedenfalls auf der Liste, und ich finde es gut, dass wir das mal verfolgen. Es muss doch möglich sein, irgendetwas über ihn rauszukriegen.«

Friederike stand auf, um ihren Bademantel anzuziehen. »Es wird einen Grund geben, dass sie keinen Kontakt mehr haben. Vielleicht will Hanna sich gar nicht versöhnen, so ein Plan kann auch grandios schiefgehen.« Sie zog den Gürtel des Bademantels eng um die Taille und setzte sich wieder. »Schicksal spielen kann ganz schnell übergriffig werden. Da sollte man sich sehr sicher sein, dass die anderen es auch wollen. Wir müssen erst etwas mehr über die Geschichte wissen, bevor wir uns was überlegen.«

»Schicksal spielen«, wiederholte Jule nachdenklich, dann drehte sie sich zu Friederike. »Was hast du eigentlich Pia bei eurem Essen erzählt? Irgendetwas muss sie ja umgestimmt haben, dass sie sich für das Kind entschieden hat.«

Scheinbar unbeteiligt zuckte Friederike die Achseln. »Wieso? Es ging mehr ums Allgemeine. Ich weiß nicht, warum sie sich so entschieden hat. Sie hat es mir nicht gesagt.«

»Aha«, nachdenklich musterte Jule Friederike. »Ich dachte, du hättest mit ihr über …«

»Hallo, ich bin es, habt ihr was an?«

Die Stimme von Micha Beermann kam aus einiger Entfernung, er musste auf der anderen Seite des Saunahäuschens stehen. Sofort rief Jule zurück: »Du kannst kommen, wir sind anständig angezogen.«

Etwas verlegen tauchte er an der Seite auf. »Ich frag ja lieber, nicht, dass es zu einer peinlichen Situation kommt.«

»Micha Beermann, glaub nicht, dass wir nicht wissen, dass du und dein Kumpel Paul früher stundenlang in der Hecke gelegen habt, um uns beim Baden zuzusehen«, Friederike hatte den Kopf gehoben und Micha entgegengesehen. »Ihr kleinen Spanner, ich hatte euch immer im Blick.«

»Also bitte«, fast empört schüttelte Micha den Kopf. »Wir waren fast noch Kinder. Das war doch ganz harmlos.« Er warf einen Blick durch das Fenster der Sauna und fragte: »Und? Was sagt ihr? War die Temperatur okay?«

»Bestens«, nickte Jule. »Das war eine sensationelle Idee. Wessen eigentlich?«

»Das hatte Marie noch geplant«, Micha öffnete jetzt die Tür, ging kurz ins Haus und kam mit zufriedenem Gesicht wieder raus. »Sehr gut«, sagte er und schloss die Tür hinter sich. »Temperatur wird gehalten, Ofen läuft. Man muss das ab und zu kontrollieren, aber darum kümmere ich mich dann schon.« Er setzte sich auf den Stuhl, der noch am Tisch stand. »Wenn ihr fertig seid, dann muss der Ofen ausgestellt werden. Das zeige ich euch gleich. Ich muss nämlich ins Café zurück, aber das ist nur ein Schalter, den ihr umlegen müsst.«

»Das kriegen wir hin«, Friederike lächelte ihn an. »Danke.«

Micha nickte. »Gut. Sagt mal …«, er zögerte einen Moment, bevor er Jule ansah. »Hanna geht doch zu dir zur Massage, findest du nicht auch, dass es mit ihren Schmerzen immer schlimmer wird? Und dass sie besser mal zu einem Arzt gehen sollte? Statt nur zur Massage?«

»Ja, das denke ich auch«, Jule setzte sich sofort aufrecht hin. »Ich habe ihr die Adresse einer Internistin in Hamburg gegeben, bei der sie einen Termin machen wollte. Ich weiß aber nicht, ob sie das schon getan hat. Hat sie irgendwas zu dir gesagt? Oder wie kommst du darauf?«

»Sie sagt doch nichts«, Micha schüttelte resigniert den Kopf. »Sie sagt nie etwas. Aber ich sehe es doch. Sie hat gesagt, ihr Fahrrad sei nicht in Ordnung, deshalb wollte sie heute mit dem Auto ins Café gefahren werden. Ich habe mir das Rad gerade angesehen, das ist in Ordnung, hätte mich auch gewundert. Sie kann nicht mehr Fahrrad fahren, glaube ich. Ihr fällt auch dauernd was aus den Händen. Ich mache mir wirklich Sorgen um sie. Wenn sie in Hamburg in ihrer Wohnung ist, kriegen wir ja gar nicht mit, wie es ihr geht. Und wenn Elisabeth jetzt auch noch in Rente geht, weiß ich gar nicht, wie das werden soll. Ich glaube, ich brauche da eure Hilfe.«

Nachdenklich sah Jule ihn an. »Ja«, sagte sie schließlich. »Wir haben gestern Abend auch schon drüber gesprochen. Die Ärztin ist übrigens in der Nähe vom *Grandhotel*, Fiedi, vielleicht könntest du Hanna begleiten. Damit sie auch hingeht.«

Friederike nickte. »Natürlich. Ich frage sie nachher nach ihrem Termin, sonst mache ich einen für sie aus.«

»Das wird vermutlich nötig sein«, bestätigte Micha. »Elke und ich reden schon länger auf sie ein, ich glaube, sie hat einfach Angst vor Ärzten. Vielleicht hängt das auch mit Maries Geschichte zusammen. Wir kommen da nicht weiter, vielleicht schafft ihr das.« Er biss sich auf die Lippe, bevor er Jule fragte: »Was glaubst du, hat sie was Schlimmes?«

»Ich bin keine Ärztin«, war Jules ausweichende Antwort. »Und es macht auch keinen Sinn, darüber zu spekulieren. Sie muss sich untersuchen lassen, danach sehen wir weiter.« Sie heftete ihren Blick auf Micha. »Du, sag mal, noch was anderes, du kennst Hanna von uns allen sicherlich am besten, weißt du, ob Hanna einen Bruder hat? Oder hatte?«

»Hat sie«, Micha nickte. »Er heißt Henri. Sie haben aber keinen Kontakt. Er kommt in ihrem Leben nicht vor. Und eigentlich soll ich auch gar nicht darüber reden.«

»Und warum?« Friederike sah hoch. »Haben sie sich zerstritten?«

Micha hob die Schultern. »Weiß ich nicht. Ich habe auch nur einmal etwas mitbekommen, weil Marie es erwähnt hat. Der war wohl mal im Ausland, dann wieder unauffindbar. Marie hat ihm mal geschrieben, der Brief kam wohl zurück. Ich weiß gar nicht, ob er noch lebt.«

»Das heißt: Man weiß gar nichts über ihn? Auch nicht, wo er zuletzt gelebt hat?« Gespannt sah Jule ihn an. »Irgendetwas?«

»Nö, nichts. Er war wohl auch ein Künstler, der dauernd woanders war.«

»Auch ein Musiker?« Jule sah aufgeregt zwischen ihm und Friederike hin und her. »Echt?«

»Ich glaube nicht«, umständlich stand Micha auf und sah auf die Uhr. »Irgendeine andere Kunst. Aber ich weiß es wirklich nicht mehr. So, ich muss los. Eine von euch muss mal eben mitkommen, damit ich euch den Schalter von der Sauna zeigen kann. Nicht, dass ihr mir hier das schöne Haus abfackelt. Wäre schade.«

»So, ihr beiden, ich mache mich auf den Weg.«

Hanna drehte sich sofort zu Micha um, der plötzlich an der Tür stand. »Ach, ist es schon so spät?« Erschrocken sah sie auf die Uhr. »Wir haben gar nicht gemerkt, wie die Zeit vergeht.«

»Macht ja nichts«, er schob die Hände in die Taschen und musterte den mit Papieren übersäten Tisch. »Das sieht ja nach Arbeit aus. Braucht ihr noch was? Die beiden anderen sitzen wieder in der Sauna, ich habe ihnen gezeigt, wie man den Ofen danach ausstellt. Ach so, Alex, sie haben gesagt, wenn du Langeweile hast, kannst du auch zum Schwitzen kommen. Wenn du nicht willst, sollst du ihnen trotzdem was zu trinken bringen. Sie würden gerade verdursten.«

»Aha«, Alexandra sah von einem Blatt hoch. »Haben sie keine Beine mehr? Ja, gut, ich gehe gleich mal rüber, ich muss mich auch mal bewegen.« Sie legte das Blatt zurück und rieb sich den Nacken. »Ich bin schon ganz steif vom Sitzen.«

»Micha, könntest du mir noch einen Gefallen tun?« Hanna stand langsam auf und ging ein paar Schritte auf ihn zu. »In meinem Zimmer steht ein kleiner roter Koffer, er ist ziemlich schwer, könntest du mir den noch runterholen? Da ist auch noch etwas drin, was Alexandra helfen könnte.«

»Kommt sofort«, Micha trat von der Tür weg, wenig später hörte man seine Schritte auf der Treppe. Hanna wandte sich wieder um. »Es sind Maries Tagebücher«, sagte sie leise. »Alle.«

Sie kam langsam zum Tisch zurück und setzte sich. »Ich habe sie nicht gelesen«, sie strich über die Tischplatte und rieb einen unsichtbaren Fleck weg. »Das konnte ich noch nicht. Ich weiß nicht, ob du das schaffst, es ist sehr viel zu lesen. Marie hat regelmäßig ihre Eintragungen gemacht. Bis fast zum Schluss.«

Alexandra beugte sich aus einem Impuls vor und legte beide Hände auf Hannas. »Ich weiß«, sagte sie. »Sie hat das erste Tagebuch zu ihrem dreizehnten Geburtstag geschenkt bekommen, ich kann mich daran erinnern, weil wir uns in diesem Jahr kennengelernt haben. Damals zogen wir nach Weißenburg, und ich kam in Maries, Jules und Friederikes Klasse. Seitdem waren wir befreundet. Und Marie schrieb damals schon alle wichtigen Dinge auf. Ich weiß noch, dass sie jeden Eintrag mit den Sätzen *Das Schöne heute* und *Das Blöde heute* beendet hat. Manchmal hat sie uns auch was daraus vorgelesen.«

»Mir auch«, Hanna nickte, die Trauer schob sich in ihren Blick. »Sie hat mir viel von euch vorgelesen, deshalb seid ihr mir so vertraut. Ich kann es aber nicht selbst lesen, ich habe das Gefühl, es steht mir nicht zu. Das waren die Zeiten, in denen ich Marie noch gar nicht kannte. Und die späteren Eintragungen, die machen mir im Moment noch Angst. Vielleicht kann ich das irgendwann lesen, jetzt ist es noch zu früh.«

Sie atmete tief durch und sah Alexandra an. »Man muss seinen Weg finden, auf dem man trauern kann. Ich suche ihn noch.«

»Hier ist der Koffer«, Micha platzte in die melancholische Stimmung, durchquerte mit langen Schritten den Raum und hievte den Koffer auf einen freien Stuhl. »Sackschwer, das Ding. Dann lasse ich euch jetzt mal arbeiten und fahre los. Ich komme morgen Vormittag vorbei und bringe euch Kuchen mit. Bestimmte Wünsche?«

»Käsekuchen wäre toll«, Hanna stand auf und legte die Hand auf den Koffer. »Und vielleicht noch was mit Obst. Pia kommt ja auch zum Kaffee, du kannst ein Stück mehr drauflegen.«

»Zu Befehl«, Micha salutierte. »Dann wünsche ich einen schönen Abend, bis morgen.«

»Ja, bis morgen, Micha«, murmelte Alexandra, während sie Hanna dabei zusah, wie sie versuchte, die Schnappverschlüsse des Koffers zu öffnen. Als die Tür hinter Micha zuschlug, hatte sie es immer noch nicht geschafft. Kraftlos fummelte sie an den Metallschnallen herum, schließlich ließ sie die Arme wütend sinken. »Die sind total verzogen, so ein Mist, und jetzt ist Micha weg. Und ich weiß gar nicht, ob wir Werkzeug hier haben.«

Ohne sie aus den Augen zu lassen, erhob Alexandra sich langsam und löste die Verschlüsse mit einem Griff. Sie ließ die Hände auf dem Koffer liegen. »Hanna, was ist los?«

»Nichts«, unwirsch ging Hanna zur Tür. »Wolltest du den anderen nicht was zu trinken bringen? Ich hole Wasser und Gläser aus der Küche.«

»Warte«, mit wenigen Schritten war Alexandra bei ihr und hielt sie sanft am Arm fest. »Das mache ich gleich. Du setzt dich jetzt wieder hin und sagst mir, was mit deinen Händen ist.« Sie dirigierte sie zurück an den Tisch, schob alle Papiere zur Seite und setzte sich ihr gegenüber. »Also?«

In einer Mischung aus Verlegenheit und Zorn wich Hanna ihrem Blick aus, bis Alexandra sich entschlossen vorbeugte. »Du hast immer wieder Schmerzen in den Händen, oder? Und nicht nur in den Händen, sondern auch in den Beinen und im Rücken. Du hast keine Kraft mehr, deshalb wolltest du auch nicht Fahrrad fahren. Stimmt's?«

Hanna nickte resigniert.

Alexandra lehnte sich wieder zurück. »Was fehlt dir, Hanna?«

Stummes Achselzucken war die Antwort, während Hannas Blick auf ihre verschränkten Hände gerichtet war. Sie waren leicht geschwollen, jetzt erst fiel es Alexandra auf. Sie runzelte die Stirn. »Was sagt denn dein Hausarzt?«

»Ich habe keinen Hausarzt. Ich habe es im letzten Jahr noch nicht geschafft, mir in Hamburg einen zu suchen.«

Erstaunt sah Alexandra sie an. »Du warst damit nicht beim Arzt? Seit wann geht das schon so?«

»Ach, ich habe es ja nicht immer«, winkte Hanna ungeduldig ab. »Nur ab und zu. Meine Knochen tun mir manchmal weh, meine Güte, das kann auch vom Stress kommen oder eine Überbelastung sein, ich bin Ende sechzig, da kann der Körper auch mal ein bisschen mucken. Marie hat ganz andere Sachen durchgemacht. Ich war schon ein paarmal bei Jule zur Massage, das tut mir gut. Sieh mal, dir tut auch dein Nacken weh, manchmal ist das eben so.«

»Hanna, du bekommst ein simples Kofferschloss nicht auf. Gestern hast du zwei Gläser fallen gelassen. Man sieht dir an, dass du Schmerzen hast beim Gehen. Du warst gestern Abend nicht müde, du hattest Schmerzen, oder?«

Hanna wollte erst etwas entgegnen, dann besann sie sich aber und nickte nur stumm. Alexandra wartete einen Moment, dann fragte sie: »Sollen wir mal Friederike nach einer guten Hausärztin in Hamburg fragen?«

»Ich weiß nicht …«, gequält schüttelte Hanna den Kopf. »Es ist ja so … also Jule hat mir schon eine Adresse einer Internistin in Hamburg gegeben. Aber ich, also man weiß es ja, man geht einmal zum Termin hin, dann wird man sofort weitergeschickt, dann kommt eine Untersuchung nach der nächsten, und dann finden sie auch was. Ich war mit Marie bei so vielen Ärzten, in so vielen Kliniken und Praxen, ich will das nicht mehr. Und sie ist trotzdem gestorben.«

»Hanna«, entsetzt starrte Alexandra sie an. »Du stirbst doch nicht gleich. Es gibt tausend Gründe für deine Schmerzen, es muss doch nicht gleich etwas Furchtbares sein. Eigentlich geht man zum Arzt, um Hilfe zu bekommen. Du musst doch wissen wollen, was mit dir los ist. Du machst dich doch sonst verrückt. Und du willst doch auch keine Schmerzen haben.«

Hanna wirkte sehr klein, als sie so vor ihr saß und nur die Schultern hob. »Ja, ich weiß«, sagte sie schließlich und atmete tief aus. »Ich bin feige. Ich will das alles gar nicht so genau wissen. Und ja, ich habe auch Angst vor den Untersuchungen. Und vor der Diagnose.«

Alexandra nickte schweigend. Dann sah sie Hanna ruhig an. »Das kann ich verstehen«, sagte sie. »Aber die Angst vor Dingen ist meistens schlimmer als die Dinge selbst. Bitte mach jetzt einen Termin mit der Internistin. Und eine von uns begleitet dich. Dann sehen wir weiter. Okay?«

Hanna sah sie zunächst skeptisch an, doch je länger ihre Blicke sich kreuzten, umso mehr begann der Widerstand zu bröckeln. Schließlich nickte Hanna. »Ich rufe nach Pfingsten in der Praxis an. Du hast ja recht. Ich mach's.«

»Gut«, Alexandra lächelte, bevor sie aufstand und zu dem Koffer ging, um Hanna abzulenken. Sie klappte ihn auf und betrachtete die verschieden eingebundenen Tagebücher. »Maries ganzes Leben«, sagte sie leise und strich über den braunen Ledereinband des oben liegenden Buches. Vorsichtig nahm sie es aus dem Koffer und schlug es an einer zufälligen Stelle auf.

»*15. Juli 1978*«, las sie laut vor. »*Liebes Tagebuch. Wenn dieser Sommer so weitergeht, wachsen uns Schwimmhäute zwischen den Zehen …*«

Sie lächelte kurz, dann schlug sie das Buch zu und legte es zurück in den Koffer. Langsam wandte sie sich zurück an Hanna, die ihr stumm zugesehen hatte. »Ich glaube, es wird nicht leicht. Aber je länger ich darüber nachdenke, umso sicherer bin ich mir, dass ich es unbedingt machen will.«

»Ach, Alexandra. Das ist gut.« Hanna erhob sich und trat neben sie, den Blick auf die Tagebücher gerichtet. »Vielleicht wirst du nicht nur weinen, sondern auch viel lachen und auf glückliche Erinnerungen stoßen. Ich kann mich an ganz wunderbare Beschreibungen eurer Erlebnisse erinnern. Man vergisst ja so vieles. Leider.«

»Das stimmt«, Alexandra legte Hanna den Arm um die Schulter. »Ich habe tatsächlich viel vergessen. Was ich ja auch wollte. Es war so blöd.«

»Es werden viele Erinnerungen wieder hochkommen«, meinte Hanna nachdenklich. »Aber nicht alle müssen wehtun. Manche sind vielleicht einfach nur schön.«

»Das glaube ich auch«, Alexandras Stimme war sehr weich. »Wir hatten so viel Spaß zusammen. Es waren tolle Jahre. Ich glaube, dass wir auf einem guten Weg sind, das wieder zurückzubekommen.«

Hanna nickte. Schließlich drückte sie ihren Rücken durch und sagte. »Danke, Alexandra. Und jetzt geh mal zu den anderen. Ich räume hier alles zusammen und fange so langsam mit dem Abendessen an. Und …«, sie hob energisch die Hand. »Es geht wirklich. Es tut heute nicht so weh, und zum Wegräumen und Gemüse putzen brauche ich nicht viel Kraft. Ich wäre auch gern einen Moment allein. Geh ruhig. Friederike und Jule warten auf dich.«

Friederike stieß die Tür der Sauna genau in dem Moment auf, als Alexandra, ein Tablett balancierend, den Bootssteg betrat. »Das ist ja Timing. Ich springe kurz in den See, Jule kommt auch gleich.«

Sie sog laut die Luft ein und ließ sich stöhnend ins Wasser gleiten, unter Alexandras kritischem Blick zwang sie sich zumindest zu zwei Schwimmzügen, bevor sie japsend umdrehte und sich wieder aufs Trockene zog. »Das ist echt kalt«, meinte sie schaudernd und wickelte sich in das große Saunatuch. »Willst du wirklich nicht rein? Es entspannt ungemein. Du siehst aus, als hättest du es nötig.«

»Ich habe jetzt keine Lust, mich auszuziehen«, Alexandra stellte die Gläser, eine Wasserflasche und eine Karaffe auf den Tisch, bevor sie sich setzte. »Und jetzt lohnt es sich auch nicht mehr, es ist ja gleich schon sechs. Hanna beginnt langsam, das Abendessen vorzubereiten. Vielleicht gehe ich morgen mal rein, ihr wisst ja jetzt, wie die Sauna funktioniert.«

»Hey, der Service ist da«, Jule brachte eine warme Welle Saunaluft mit nach draußen und hielt ihr Handtuch vor die Brust. »Ich komme um vor Durst. Alex, du musst die Sauna ausprobieren, sie ist einfach toll.«

Ohne die Antwort abzuwarten, lief sie an den beiden anderen vorbei, ließ das Handtuch auf die Holzbohlen fallen und tauchte ohne lange Vorbereitung in den See. Sie kraulte ein Stück raus, kehrte um und war nach wenigen Augenblicken wieder auf dem Steg. »So macht man das«, sagte sie zu Friederike und trocknete sich ab. »Nicht mit so einem Gedöns, wie du es immer machst.«

»Ich mach doch gar kein Gedöns«, antwortete Friederike und roch an der Karaffe. »Ich will nur keinen Herzinfarkt kriegen. Ist das wirklich Pfirsicheistee? Dieses klebrige Zeug nach der Sauna? Gib mir mal die Wasserflasche, bitte, das kann ich jetzt nicht trinken.«

»Früher hast du den geliebt«, Jule zog ihren Bademantel an und setzte sich neben Alexandra. »Du verrätst deine Ideale.«

»Ideale. Du hast zu viel Hitze im Hirn. Ich habe ihn nur euch zuliebe getrunken. Und weil es nichts anderes gab. Ich fand den eigentlich immer fies. Und, Alex? Wie viele Kisten hast du schon geöffnet?«

»Du wirst es nicht glauben, aber tatsächlich alle, die Micha mir ins Zimmer gestellt hat. Ich habe den Inhalt erst mal grob vorsortiert, es sind jede Menge Pressemappen mit Berichten über Ausstellungen, Interviews mit Prominenten, für die Marie die Fotos gemacht hat, wenig private oder familiäre Dinge, das meiste war beruflich.« Sie griff nach einem Glas und goss sich Pfirsicheistee ein. »Also, ich trinke den gern.« Sie trank langsam und nickte. »Wie früher. Jedenfalls sind diese Kartons nur ein kleiner Teil. Hanna hat noch viele private Sachen von Marie in Hamburg, aber was noch in einem roten Koffer hier in ihrem Zimmer deponiert war, sind Maries Tagebücher. Es sind bestimmt zwanzig oder noch mehr Bände, da habe ich einiges vor mir.«

»Oh«, Friederike hob die Augenbrauen. »Das wird aber nicht einfach. Oder?«

»Das werde ich sehen«, antwortete Alexandra achselzuckend. »Ich hoffe, ich bekomme eine professionelle Distanz zu Marie, während ich dieses Buch schreibe. Falls ich in sentimentalen Erinnerungen versinke, rufe ich dich an. Du verklärst ja die alten Zeiten nicht.«

»Stimmt«, Friederike nickte. »Ich erinnere mich immer ans Ganze, auch an die fiesen Dinge wie Pizza und Eistee. Wir haben übrigens vorhin mit Micha über Hanna gesprochen. Er macht sich auch Sorgen und …«

»Entschuldige, dass ich dich unterbreche, aber ich habe das mit Hanna geklärt«, Alexandra sah die beiden an. »Sie hat sich bereit erklärt, bei der Internistin, die Jule ihr empfohlen hat, einen Termin zu machen, das hat sie nämlich bislang noch nicht getan. Wie vermutet. Sie hat Angst vor den Untersuchungen und vor dem, was dabei herauskommt. Ich habe ihr gesagt, dass jemand von uns mitkommt, ich glaube, das würde sie beruhigen. Sie will jetzt aber gleich nach Pfingsten in der Praxis anrufen und einen Termin machen.«

»Den können wir morgen auch online machen«, schlug Jule vor. »Nicht, dass sie es sich wieder anders überlegt. Und wir haben schon entschieden, dass Friederike sie begleitet.«

»So ist es«, Friederike lehnte sich zurück und schlug die langen Beine übereinander. »Die Praxis ist in der Nähe des Hotels, das ist kein Problem.«

Jule nickte. »Ich hoffe, wir bekommen schnell einen Termin. Frau Dr. Taubensee ist super, leider auch ziemlich überlaufen. Ansonsten müssen wir eine andere Praxis suchen. Apropos …« Ihr Blick auf Friederike veränderte sich plötzlich. »Was ich dich schon die ganze Zeit fragen wollte: Du hast doch im letzten Frühjahr, auf dem Weg zum Notar, diesen Arzt kennengelernt. Wie hieß er noch? Berger? Becker? Der dich verarztet hat, nachdem der Fahrradkurier dich auf die Hörner genommen hat. Und den du dann noch ein paarmal besucht hast. Das war doch auch eine ganz gute Praxis, oder? War da eigentlich was? Oder ist da noch …? Du hast gar nichts mehr von ihm erzählt.«

Langsam wandte Friederike ihren Kopf. »Bergmann. Dr. Michael Bergmann. Leicht zu merken, wie unser Micha, bloß mit g und einem e weniger.«

Ein zufälliges Kennenlernen in einer Ausnahmesituation, ein leichtes Kribbeln beim Wiedersehen, ein Essen in der

Hafencity, bei dem das Gespräch zu schnell zu privat wurde, ein Segeltörn auf der Ostsee, ihr Fluchttrieb nach einer Liebesnacht, die sich falsch angefühlt hatte, das angestrengte Frühstück, nachdem sie wieder von jemand anderem geträumt hatte, die Gewissheit, einen Fehler zu machen, seine ungehaltene Reaktion, nachdem sie ihm gesagt hatte, dieses Treffen nicht wiederholen zu wollen. Friederike hätte es gern vergessen, es hatte keine Bedeutung gehabt.

»Da war auch nichts zu erzählen«, sagte sie jetzt trotzdem. »Er entpuppte sich als schlechter Liebhaber und schlechter Verlierer. Ein Ausrutscher. Passiert mir selten, ist aber passiert. Keine Bedeutung, wird nicht fortgesetzt.«

»Ach, Fiedi«, Jule schüttelte den Kopf. »Ich bin nur darauf gekommen, weil Pia mich nach ihren ersten Praktikumstagen gefragt hat, ob du eigentlich ein Privatleben hast, sie könne sich das gar nicht vorstellen. Hast du wirklich keines? Oder redest du nur nicht drüber? Auch nicht mit uns? Du bist doch nicht aus Holz.«

»Du wirst die Erste sein, die ich anrufe, falls ich mich doch noch mal verlobe«, Friederike streckte sich ausgiebig, dann sah sie zu Alexandra. »Neben Jules romantischen Anwandlungen gibt es noch eine andere, viel spannendere Sache, die wir von Micha gehört haben: Den Namen von Hannas Bruder, Henri. Henri Herwig. Micha wusste nur, dass Marie ihm mal geschrieben, aber keine Antwort bekommen hat, er auch irgendeine Art Künstler ist und im Ausland lebt.«

»Ach, wirklich?« Alexandra sah überrascht hoch. »Hanna hat mir gesagt, sie hatte mal einen Bruder. Betonung auf hatte. Und dass sie nicht darüber redet. Henri also. Jetzt müssen wir nur überlegen, wie wir ihn suchen können.«

»Ich hätte trotzdem gern noch was über den Bergmann gehört«, setzte Jule nach. »Was war denn falsch an ihm?«

Friederike stöhnte leise auf. »Alles, Jule, glaub mir, alles.«

Sie warf ihr einen resignierten Blick zu. »Können wir bitte mal bei Henri Herwig bleiben?« Sie wandte sich wieder an Alexandra und schaute sie nachdenklich an. »Sag mal, dein Bekannter, dieser Jan Magnus, der ist doch Kulturchef vom ›magazin‹, oder?«

»Chefredakteur«, antwortete Alexandra, ohne die Miene zu verändern.

»Ja, inzwischen, aber er war auch lange Jahre Kulturchef, ich habe doch einiges von ihm gelesen. Der hat doch sicher alle möglichen Kontakte und Zugriff aufs Archiv, oder? Kann er nichts rausfinden? Der Bruder der berühmten Pianistin Hanna Herwig, Vorname Henri, selbst Künstler, was auch immer für einer, das müsste für Jan Magnus doch ein Klacks sein. Kannst du ihn nicht mal fragen? Er fand Hanna doch so sympathisch auf der Ausstellung, vielleicht unterstützt er uns bei der Suche.«

Falls Alexandra überrascht von diesem Ansinnen war, ließ sie es sich nicht anmerken. Stattdessen erhob sie sich langsam und sah auf die Uhr. »Das kann ich machen«, sagte sie schließlich. »Ich schreibe ihm mal eine Mail. Mal sehen, was dabei rauskommt. So, ich gehe jetzt rein und helfe Hanna bei den Vorbereitungen zum Abendessen. Wollt ihr noch mal in die Sauna?«

»Einen kurzen Gang noch«, antwortete Friederike. »In einer Viertelstunde gehen wir unter die Dusche.«

»Gut«, Alexandra nickte. »Ihr nehmt eure Gläser mit rein? Bis gleich.«

»Ja, bis gleich.«

Jule wartete, bis Alexandra außer Hörweite war, dann rutschte sie auf ihrem Stuhl nach vorn. »Was war das denn?«

Friederike lächelte. »Eine Rechercheanfrage. Kann man doch mal machen.«

»Fiedi«, Jule bemühte sich um einen empörten Blick. »Das ist Schicksal spielen. Das kann schnell übergriffig werden.«

»Nur wenn man sich nicht sicher ist, ob die Betroffenen es überhaupt wollen.« Friederike stand langsam auf und knotete ihren Bademantelgürtel auf. »Wir haben die beiden auf der Galerieeröffnung gesehen, also komm. Lass Alex mal eine Mail schreiben. Und dann warten wir ab, was passiert. Sowohl bei der Suche nach Henri als auch im Land der Liebe. Was ist, Jule, ich dachte, du schreist vor Begeisterung.«

»Mache ich auch gleich«, Jule grinste, als sie aufstand. »In der Sauna. Gut gemacht, Fiedi.«

27.

»Ist da ein Auto gekommen?« Hanna hob den Kopf und lauschte. »Ich glaube, ich habe was gehört.«

»Dann wird das Pia sein«, Jule drückte Friederike die Kuchengabeln in die Hand. »Pünktliches Kind, gut erzogen.«

Sie verließ die Terrasse, auf der sie mit Hanna und Friederike den Tisch gedeckt hatte, und lief ihrer Tochter entgegen. Pia stieg gerade aus dem Auto, als Jule ums Haus kam, und winkte ihrer Mutter entgegen. Sie sah umwerfend aus, die langen dunklen Haare fielen glatt und glänzend über den Rücken, die Jeans und das Leinenhemd ließen nichts von einer Schwangerschaft erahnen, ihre Augen strahlten, als sie Jule anlächelte. Jule durchzuckte jäh der Gedanke, wie schön es wäre, wenn sie nur geträumt hätte, dass Pia schwanger sei. Und Pia sich lediglich mit ihrem Studium, Freundinnen, ihren Eltern, Urlaubsreisen, Barbesuchen und vielleicht ihrer Zukunft beschäftigen würde. Einer anderen Zukunft. In der noch nichts entschieden war.

Jule riss sich sofort zusammen, beschleunigte ihre Schritte und konzentrierte sich auf ihre Tochter im Hier und Jetzt. Es war kein Traum gewesen, sie musste akzeptieren, dass Pias Leben sich verändern würde. Und damit auch ihres. Und daran glauben, dass alles gut würde. Sie durfte Pia nur nicht merken lassen, dass sie daran erhebliche Zweifel hatte. Und sich Sorgen machte.

»Pia, Süße«, sie hatte Pia jetzt erreicht und umarmte sie fest. »Wie war es in der Höhle der Löwen?«

Pia erwiderte ihre Umarmung, bevor sie ein Stück zurücktrat und auf ihre Mutter runterblickte. Sie war über einen Kopf größer als Jule. »Du kannst es dir gar nicht vorstellen«, antwortete sie. »Du musst mir versprechen, dich nicht aufzuregen, sonst erzähle ich es nicht.«

»Warum?« Jule starrte sie an und merkte, dass sie sich jetzt schon aufregte. »Was ist passiert?«

Pia hakte sie ein und lenkte sie langsam zum Haus. »Oma und Opa wussten es schon. Sie haben Papa und Steffi gestern getroffen.«

»Was?« Jule blieb sofort stehen und japste nach Luft. »Das ist nicht dein Ernst. Wieso haben die sich getroffen? Wo denn? Und warum zur Hölle haben sie ihnen das schon erzählt?«

»Papa hat sein neues Auto doch hier irgendwo gekauft, er war gestern noch mal in der Werkstatt gewesen, anschließend waren sie noch in Weißenburg beim Bäcker und haben da Oma und Opa getroffen. Steffi war natürlich dabei, Oma hat gefragt, was es Neues gibt, und Steffi ist damit rausgeplatzt. Oma hat dich angeblich seit gestern Abend ungefähr hundert Mal angerufen.«

»Fünfmal«, antwortete Jule automatisch. »Ich hatte das Handy gestern Abend lautlos gestellt, nachdem ich mit Torge telefoniert hatte, ich habe Urlaub.« Abrupt blieb sie stehen. »Steffi, diese blöde Kuh, was denkt die sich eigentlich? Warum nimmt sie sich das Recht raus, damit rauszuplatzen?«

»Nichts«, Pia zuckte die Achseln. »Denken ist nicht so ihre Stärke. Jedenfalls findet Opa es super, weil er jetzt zwei Enkelkinder kriegt, und Oma hat nur ganz kurz geheult und dann ständig nach dem Vater gefragt.«

»Und?« Jule sah zu ihr hoch. Es war seltsam, wie beiläufig Pia damit umging. »Was hast du gesagt?«

»Dass wir uns getrennt haben, weil es ein Irrtum war, und

ich nicht darüber reden will. Aber dass ich mich auf das Kind freue.«

Jule legte ihr sanft die Hand auf die Wange und blickte sie intensiv an. »Tust du das?«

Pia nickte langsam, dann lächelte sie plötzlich. »Ja, Mama. Tatsächlich.«

»Das ist schön, Pia«, Jule atmete tief ein. »Dann komm. Die anderen sitzen schon auf der Terrasse.«

Friederike folgte dem Gespräch nur mit halbem Ohr. Kaffeeklatsch mit fünf Frauen gehörte zu den Dingen, um die sie sich normalerweise nicht riss. Zumindest wurde von ihr hier nicht erwartet, dass sie sich großartig an dieser Unterhaltung beteiligte, die sich ums Wetter, die Wassertemperatur des Sees, die Auswirkung regelmäßigen Saunierens auf die Gesundheit und jetzt gerade um einen Roman und dessen Verfilmung drehte, die Pia kürzlich im Kino gesehen hatte.

»Jedenfalls war das Buch besser«, sagte sie nun zu Alexandra. »Wie ist dieser Sebastian Dietrich eigentlich so? Als Typ?«

Während Alexandra kurz auflachte und anschließend ausführlich, für Friederikes Geschmack zu ausführlich, über ihre Zusammenarbeit mit diesem Autor redete, musterte Friederike die Gesichter von Jule und Hanna. Jule sah aus, als hätte sie sich über irgendetwas geärgert, Hanna verfolgte scheinbar interessiert das Gespräch, wirkte dabei aber auch nicht sehr konzentriert.

Friederike atmete ungeduldig aus. Es gab doch wirklich ein wichtigeres Thema, über das geredet werden sollte, nur traute sich keine, das Wort Baby in den Mund zu nehmen, zumal Pia den Anschein erweckte, als dass sie es auf keinen Fall wollte. Hanna sah Pia immer wieder nachdenklich an, obwohl sie so tat, als fände sie Alexandras Ausführungen außerordentlich spannend. Vielleicht fragte sie sich auch, warum Pia überhaupt hier war. Oder warum alle das offensichtliche Thema umgingen, über das sie am gestrigen Abend schon gesprochen hatten. Das könnte man doch auch jetzt in Pias Beisein machen.

»Sebastian war anscheinend jeden Tag am Set, hat sich mit allen angelegt, im Verlag über die Verfilmung gemeckert, sich aber bei der Premiere letzte Woche in München euphorisch feiern lassen. Er ist ein wahnsinnig eitler Fatzke.«

Alexandra war in ihrem Element, es wurde wirklich Zeit, dass sie etwas Neues in Angriff nahm. Damit dieses Verlagsthema endlich beendet wurde. Friederike lenkte ihren Blick zu Pia, die Alexandra gerade anlächelte, und fragte sich, was Pia wirklich dachte. Stellte sie sich ihren Vater gerade bei irgendwelchen Liebesspielchen mit Alex vor? Wie viel wusste sie überhaupt über diese Affäre, die ihr Vater mit der besten Freundin ihrer Mutter gehabt hatte und die der Grund für einen bescheuerten Streit gewesen war? Oder dachte sie an ihr Baby? Und tat so, als wäre es ganz normal und nicht der Rede wert?

Friederike seufzte und rutschte tiefer in den Gartenstuhl. Alle diese Fragen und Antworten wären spannender gewesen als dieser alberne Smalltalk. Jule hatte ihren Seufzer gehört und sah sie fragend an. »Kennst du ihn auch?«

»Was? Wen?«

»Na, diesen Sebastian Dingens, egal, du hast so geseufzt.« Jule zog den Kuchenteller näher und fragte in die Runde: »Möchte noch jemand? Pia? Hier ist noch Käsekuchen. Nimm doch noch ein Stück.«

Ein zweiter Seufzer entwich Friederike, Jule runzelte die Stirn. »Fiedi? Was ist? Tut dir was weh? Du hängst wie ein nasser Sack im Stuhl und stöhnst dauernd.«

Entschlossen setzte Friederike sich wieder auf. »Nein. Mir tut nichts weh. Noch nicht. Aber ich merke, wie ein stechender Kopfschmerz gerade ganz langsam von meinem Nacken in meinen Schädel wandert. Weil mich dieser Smalltalk hier gerade wahnsinnig anstrengt.«

»Was meinst du damit?« Alexandra sah erstaunt hoch. »Du hast doch gar nicht mitgeredet.«

Auch Pia warf ihr einen unsicheren Blick zu. Jule und Hanna musterten Friederike. Die schüttelte ungeduldig den Kopf und sagte jetzt laut: »Leute, es gibt doch echt andere Themen, als die, die wir hier durchhecheln. Wasser, Wetter, Kinofilme, ich bitte euch. Pia? Kommen wir doch mal zu den naheliegenden Fragen. Wie geht es dir? Was willst du jetzt machen? Wieso ist deine Mutter gerade sauer? Wie geht es bei dir in den nächsten Monaten weiter? Können wir dich vielleicht irgendwie unterstützen?«

Pia öffnete überrascht den Mund und schloss ihn wieder, bevor sie einen Blick auf ihre Mutter warf und die Schultern hob. »Ich weiß jetzt nicht genau, was ich darauf antworten soll«, sagte sie schnell. »Was willst du denn wissen?«

»Das habe ich doch gerade gefragt«, Friederike breitete die Arme aus. »Du kriegst kurz vor deinem Uniabschluss ein Kind, ohne den dazugehörigen Vater, wohnst allein im vierten Stock ohne Fahrstuhl und willst bei mir im Hotel arbeiten. Während du nebenbei und mit Kind noch fertig studieren willst. Finde den Fehler. Ich sage ihn dir: Das schaffst du nicht allein. Musst du auch nicht. Aber vielleicht könnten wir mal darüber reden. Und uns gemeinsam Gedanken machen, wie man das am besten organisiert?«

Hanna war zusammengezuckt und hatte unsicher Jule und Pia angesehen, bevor sie vorsichtig sagte: »Wir dürfen Pia aber auch nicht bedrängen, Friederike. Vielleicht möchte sie jetzt gar nicht mit uns darüber reden. Oder, Pia? Möchtest du?«

»Ich …« Pia streckte ihren Rücken durch und sah Friederike an. »Ich weiß ja selbst noch nicht, wie …«

»Eben«, unterbrach Friederike sie. »Du weißt es selbst noch nicht. Ich aber. Ich wäre übrigens fast deine Patentante geworden, deshalb habe ich auch überhaupt keine Skrupel, mich einzumischen. Und wir müssen langsam mal Tacheles reden, dir läuft nämlich sonst die Zeit davon. Beginnen wir doch mal mit der Wohnsituation. Meine Wohnung ist nur zehn Minuten vom Hotel und eine Viertelstunde zu Fuß von der Uni entfernt. Ich will da raus, obwohl sie eigentlich ganz schön ist. Aber sie hat drei Zimmer und einen Fahrstuhl. Und sie ist, das ist das Beste an der Idee, eine Mitarbeiterwohnung, du hättest also einen Anspruch darauf, wenn du einen Arbeitsvertrag bei uns unterschreibst, was du ja willst. Und die Miete ist günstig. Zumindest für Hamburg.«

»Warum willst du denn da raus?«, fragte Pia erstaunt.

Friederike hob die Schultern. »Ich komme da irgendwie nicht an. Es liegt nicht an der Wohnung. Du kannst sie dir ja mal ansehen.«

»Zumindest dauert der Umzug nur eine Stunde«, bemerkte Alexandra ironisch. »Da steht ja kaum was drin.«

»Und wo willst du hin?« Jule sah Friederike skeptisch an. »So einfach ist es in Hamburg ja auch nicht, was Neues zu finden.«

»Vielleicht ziehe ich auch wieder raus aus der Stadt«, sinnierte Friederike zum Erstaunen der Runde. »Ich bin in Bremen auch jeden Tag fast eine Stunde gefahren. Dann habe ich wenigstens meine Ruhe.«

»Ich wüsste da noch eine Doppelhaushälfte in der Nähe, die frei steht«, Jules Mundwinkel zuckte. »Vielleicht wäre das was für dich.« Sie machte eine kleine Pause, dann sagte sie: »Jetzt mal im Ernst, falls Friederike wirklich aus der Wohnung raus will, wäre das doch für dich ideal, Pia, oder? Was sagst du dazu?«

Pia spielte mit einem Teelöffel, während sie dem Gespräch

gelauscht und über das Gesagte nachgedacht hatte. »Ja, ich, also die Gegend ist ja super. Und das mit dem Fahrstuhl und den drei Zimmern wäre auch toll. Wenn die auch noch bezahlbar wäre …«

»Ist sie«, bestätigte Friederike. »Den Rest kann dein Vater zuschießen, das hat er doch schon gesagt. Apropos Vater …« Sie machte eine wirkungsvolle Pause. »Weiß er inzwischen Bescheid? Also nicht dein Vater, sondern der deines Babys?«

Sofort verschloss sich Pias Miene. »Ich möchte da nicht drüber reden.« Sie sah kurz zu ihrer Mutter, die sich sofort abwehrend zurücklehnte und sagte: »Ich habe nicht darüber gesprochen. Das musst du selbst entscheiden.«

»Eben.« Pia nickte mit zusammengepressten Lippen. »Das sehe ich auch so. Das ist meine private Sache.«

Ohne Pia aus den Augen zu lassen, schob Friederike ihren Stuhl zurück und stand langsam auf. »Meine Mutter hat das übrigens auch so gesehen. Als wäre das ihre eigene, höchst private Sache. Was sie dabei nicht bedacht hat, ist die Tatsache, dass es sich ziemlich beschissen anfühlt, wenn man plötzlich merkt, dass man keine Ahnung hat, wer der eigene Vater ist. Das Gefühl ist übrigens immer blöd, egal, wie alt man ist. Das wird dein Kind dann auch irgendwann haben. Du solltest noch mal darüber nachdenken, ob du das wirklich ganz allein entscheiden kannst. Ich sehe es nicht so. So, und jetzt lasse ich euch allein, ich muss nämlich die geräucherten Forellen für nachher abholen. Und danach fahre ich noch zu Micha, ich habe gestern meine Brille im Café liegen gelassen.« Sie schob den Stuhl wieder zurück und legte Pia kurz die Hand auf die Schulter. »Du kannst die Tage ja mal vorbeikommen und dir die Wohnung ansehen. Ruf vorher an. Also dann, bis später.«

Sie ging bis zur Terrassentür, da blieb sie mit der Hand auf dem Rahmen noch mal stehen und sah zurück. »Sag mal, Hanna, kannst du eigentlich mit kleinen Kindern?«

Überrascht sah Hanna hoch. »Ja. Ich denke schon. Warum?«

»Mir kam da gerade so ein Gedanke«, Friederike lächelte. »Bis nachher.«

Pia hupte kurz, als sie in ihrem kleinen Auto zum Tor rollte, Alexandra und Jule winkten ihr nach. Als der Wagen aus dem Sichtfeld war, wandte Jule sich zu Alexandra. »Ich bin froh, dass Fiedi mit dem Thema angefangen hat. Und die Idee mit der Wohnung hatte. Wo bleibt sie eigentlich? Räuchert sie die Forellen selbst?«

»Keine Ahnung«, langsam drehten sie sich um und schlenderten zurück zum Haus, während Alexandra nachdenklich anfügte: »Ich war erstaunt, dass Friederike so plötzlich und energisch auf Pia losging, aber Pia hat das ja ganz sportlich genommen. Ich hätte an ihrer Stelle vermutlich anders reagiert.«

»Ich vermute fast, Friederike hat Pia bei ihrem gemeinsamen Essen von Fuerteventura erzählt«, mutmaßte Jule zögernd. »Ich bin mir nicht sicher, aber sie muss irgendetwas zu Pia gesagt haben, was die dazu gebracht hat, den Termin zum Abbruch abzusagen. Sie sagen beide nichts dazu, aber ich kann mir vorstellen, dass es darum ging. Von daher hat Friederike auch keine große Hemmung mehr, mit Pia offen zu reden.«

»Meinst du wirklich?« Beeindruckt blieb Alexandra stehen. »Fuerteventura? Dann ist sie aber echt über ihren Schatten gesprungen, sie hat mir gegenüber immer jedes Gespräch darüber abgelehnt. Immer. Das würde aber erklären, warum Pia sich so entschieden hat.«

»Deshalb bin ich auf den Gedanken gekommen«, Jule nickte ernst. »Das muss eine ziemliche Überwindung für sie gewesen sein. Falls es denn so ist. Wir wissen es ja nicht. Aber wie auch immer, ich bin sehr froh für Fiedis Beistand. Sie hat mehr bewirkt als alle anderen zusammen.«

»Ja, das kann sie: Die Probleme anderer effektiv sortieren und lösen. Nur ihre eigenen nicht. Schade eigentlich.«

»Was meinst du jetzt?« Jule sah sie neugierig an. »Die Sache mit ihrem Vater?«

Alexandra starrte geradeaus, zwischen den Bäumen konnte man ein kleines Stück vom See erkennen. »Auch«, sagte sie plötzlich. »Aber da muss noch etwas anderes sein. Ich war heute Nacht irgendwann mal auf dem Klo, da kam sie aus der Küche. Sie hat den Rest vom Rotwein ausgetrunken, die Flasche war heute Morgen leer. Und sie sah aus, als hätte sie geweint.«

»Fiedi?«, überrascht fragte Jule nach. »Kann das sein, dass die ganze Geschichte mit Fuerteventura jetzt wieder bei ihr hochkommt? Weil sie darüber geredet hat?«

»Ich weiß es nicht«, Alexandra hob die Schultern. »Sie hat gesagt, alles sei gut, sie hätte nur Durst gehabt. Du kennst sie ja, wenn sie nicht reden will, ich hatte keine Chance.« Sie atmete tief aus. »Aber irgendetwas ist mit ihr los, sonst wäre sie auch nicht so ruppig. Lass uns ein Stück laufen. Ich habe die ganze Zeit nur rumgesessen.«

Sie kehrten um und liefen, ohne sich abzusprechen, zurück zum Tor, dort schlugen sie den Weg nach rechts zum Seeufer ein. Eine Zeitlang gingen sie schweigend nebeneinander, bis Alexandra sagte: »Ich habe übrigens versucht, im Netz etwas über Henri Herwig zu finden, ohne Ergebnis. Leider ist der Name Herwig nicht besonders exotisch. Und über Hanna finde ich auch nur Einträge, die ihre Konzerte und ihre Karriere betreffen. Sie ist genauso pressescheu gewesen wie Marie. Privatleben ist Fehlanzeige. Nichts über ihre Familie, nichts über einen Bruder.«

»Dann ist Friederikes Idee, Jan Magnus um Hilfe zu bitten, aber gut. Der hat doch bestimmt jede Menge Kontakte. Hast du ihm schon geschrieben?«

»Mache ich heute Abend.« Alexandra wich den Ästen einer Trauerweide aus und blieb ein Stück hinter Jule zurück. Sie hatten den schmalen Uferweg erreicht, an dieser Stelle war es zu eng, um zu zweit nebeneinander zu gehen. Sie betrachtete Jules schmalen Rücken, ihren vorsichtigen Gang, um nicht über die nach oben drängenden Baumwurzeln zu stolpern. Nach wenigen Metern wurde der Weg wieder breiter, Jule verlangsamte ihre Schritte, um Alexandra aufschließen zu lassen. Zusammen setzten sie ihren Weg fort.

»Sag mal«, Jule warf ihr einen kurzen Blick zu. »Du musst mir das natürlich nicht erzählen, wenn du nicht willst, aber hatte das Ende der gerade angefangenen Beziehung zwischen dir und Jan Magnus was mit Philipp zu tun?«

Zwischen dem Weg und dem Ufer war an dieser Stelle nur ein schmaler Grünstreifen, Alexandra verlangsamte ihre Schritte und blieb plötzlich stehen. Das Wasser schwappte in kleinen Wellen ans sandige Ufer, zwei Blässhühner stoben plötzlich auf, flatterten ein Stück über den See, um elegant zu landen und eilig davonzuschwimmen. Sie sah ihnen dabei zu, während sie leise sagte: »Wollen wir beide wirklich über Philipp sprechen?«

»Nein«, Jule schüttelte den Kopf. »Nicht über Philipp. Über Jan Magnus.«

Alexandra drehte sich zu ihr um. »Es hing miteinander zusammen. Aber ich weiß nicht, ob du das hören willst. Das ist ja doch vermintes Gelände.«

Statt zu antworten, bückte Jule sich nach einem flachen Stein, der neben ihrem Fuß lag. Sie wischte mit den Fingern die Erde ab, dann holte sie schwungvoll aus und ließ ihn dreimal über die Wasseroberfläche springen. Erst als die Wasserkreise verschwammen, hob sie den Kopf. »Ich hätte nie gedacht, dass wir innerhalb eines Jahres, nach der langen Funkstille und allem, was gewesen ist, wieder zusammenfinden könnten.

Ich weiß nicht, wie es dir geht, aber mir geht es besser, seit ihr wieder in meinem Leben seid. Manchmal habe ich sogar das Gefühl, dass fast alles wieder so ist wie früher.«

Sie sah Alexandra jetzt direkt an. »Das Einzige, was mich echt noch stört, ist, dass wir beide nicht über Philipp reden können. Ich weiß nicht, ob du das schon kannst oder willst, deswegen meide ich es immer. Aber das ist irgendwie anstrengend.«

»Ob *ich* das kann oder will?« Erstaunt trat Alexandra einen Schritt vor. »Ich dachte, *du* könntest das nicht. Weil es für dich damals ein schlimmer Verrat war. Und du womöglich noch immer Zweifel hast. Deshalb meide ich das Thema.«

Jule wich überrascht zurück. »Ich habe keine Zweifel mehr. Okay, wenn man jahrelang dachte, dass die beste Freundin auch gleichzeitig die Geliebte des eigenen Ehemanns war …«

»Nicht gleichzeitig«, unterbrach Alexandra. »Erst lange nach dem Ende eurer Ehe.«

»*Dachte*«, wiederholte Jule laut. »Wenn man *dachte*, habe ich gesagt. Ich habe es ja begriffen.« Sie hob einen zweiten Stein auf und betrachtete ihn. »Wenn wir uns früher versöhnt hätten, und du hättest immer noch die Affäre mit ihm gehabt, hättest du es mir gesagt?« Dieses Mal sprang der Stein nur zweimal übers Wasser, bis er versank.

»Das ist eine gute Frage«, Alexandra hatte dem Stein nachgeschaut. Erst nach einer ganzen Weile sah sie Jule an. »Wenn Friederike und du früher zurück in meinem Leben gewesen wärt, hätte die Affäre nicht so lang gedauert. Mit euch hätte ich mir die Geschichte nicht so lange schönreden können. Ja, ich hätte es dir gesagt.«

Jule schob die Hände in die Taschen ihrer Jeans und nickte. »Er hatte dich nicht verdient«, sagte sie nachdenklich. »Ich verstehe nicht, warum du so viele Jahre daran festgehalten hast. Warum hast du es nicht beendet, als er Steffi geheiratet hat?«

»Es fing ja erst danach richtig an«, Alexandra verschränkte die Arme vor der Brust. »Die ersten Treffen waren zwar vorher, als ihr bereits geschieden wart, aber du hast noch so gelitten, dass ich ihm damals gesagt habe, dass ich das nicht könnte. Danach war erst mal Sendepause. Erst kurz vor seiner Hochzeit haben wir uns wiedergesehen, er hat mir erzählt, dass Steffi schwanger sei und er sie deshalb heiratet. Ich war fassungslos und habe es wieder beendet. Ein paar Monate später fing es wieder an. Damals hat er mir von der Fehlgeburt erzählt, dass er sie im Moment nicht verlassen könne, na ja, den Rest kennst du.«

»Hast du denn geglaubt, dass er Steffi für dich verlässt?«

»Ja«, Alexandras Antwort klang entschieden. »Für mich war es eine so große Liebe, dass ich dachte, ihm ginge es genauso. Ich konnte mir einfach nicht vorstellen, dass ich mir das alles nur einbildete. Je länger es dauerte, umso einfallsreicher wurden seine Gründe, warum es gerade noch nicht ging, und umso stärker verdrängte ich die Realität. Man kann sich viel vormachen, solange die Hoffnung noch da ist. Ich war darin perfekt.«

Jule musterte sie mitleidig. »Hast du ihn echt geliebt?«

»Das, was ich in ihm gesehen habe. Ich bin um ihn gekreist. Die guten Tage waren die, an denen wir telefoniert oder uns gesehen haben. So oft war es gar nicht, vielleicht einmal im Monat. Manchmal auch nur alle zwei Monate. Aber es hat gereicht, um mein Leben spannend zu machen. Der Rest bestand aus meiner Arbeit. Und dem Warten auf einen Anruf oder ein Treffen.«

»Und heute? Wie denkst du heute darüber?«

»Heute?« Alexandra blickte sie an. »Heute trauere ich um die Zeit. Es war zu lange. Und es sind zu viele Narben geblieben. Ja, ich hatte ein großes Problem, mich im letzten Jahr auf Jan einzulassen. Das mit Philipp war ja erst kurz vorher vorbei. Ich habe dieses Misstrauen nicht ablegen können, ich hatte Angst vor einer neuen Abhängigkeit, ich habe Jan überhaupt nicht richtig an mich rangelassen. Das konnte er nicht gut ertragen. Ich war im letzten Jahr noch nicht so weit. Ich habe mich ziemlich dämlich benommen.«

Jule seufzte. »Ich dachte immer, heimliche Affären bestünden ausschließlich aus Herzklopfen, Leidenschaften, wildem Sex, Erdbeeren und Champagner. Und der Abwesenheit jeglicher Alltagslangeweile.«

»Und aus einsamen Wochenenden, quälenden Weihnachtstagen, tristen Geburtstagen, Eifersucht und schmerzhafter Sehnsucht. Langfristig überwiegt das.«

Plötzlich straffte Alexandra ihre Haltung und sah in die Richtung, aus der sie gekommen waren. »Lass uns umkehren, Hanna fragt sich bestimmt, wo wir abgeblieben sind, und Friederike müsste auch gleich wieder zurück sein.«

»Danke«, Jule sah sie an. »Dass du so offen warst. Hast du es Jan Magnus auch so erklärt?« Ein Kopfschütteln war die Antwort, Jule schob einen Arm durch Alexandras. »Das solltest du tun.«

»Falls er das noch hören will.«

»Das wirst du dann sehen. Und jetzt komm. Du wolltest noch eine Mail schreiben.«

28.

Drei Wochen später nahm Alexandra ein in rotes Leder gebundenes Buch von einem Stapel, legte es auf den Tisch und schlug es vorsichtig auf. Einen Moment lang zögerte sie, dann rückte sie ihre Brille zurecht, strich über die Seite und fing an zu lesen.

2. August 2002

Maries Tagebuch

Meine Güte, die Zeit läuft im Moment so rasend schnell. So schön ich es finde, dass ich mich vor Aufträgen kaum retten kann, so schlimm ist es, dass ich kaum noch ein Privatleben habe. Aber jetzt habe ich alle Termine dieses Monats abgesagt und bin zum See gefahren. Allein, außer Micha Beermann weiß niemand, dass ich hier bin, ich brauche einfach ein bisschen Zeit für mich. Um Luft zu holen. Damit ich an Hannas Geburtstag in zwei Wochen erholt bin. Und sie sich nicht gleich Sorgen macht, wenn ich sie am Flughafen abhole. Ich sehe nämlich scheiße aus, das waren Michas Worte, für die er sich natürlich sofort entschuldigt hat. Aber er hat ja recht, auch Dr. Tanaka war unzufrieden. Er hätte mich nicht repariert, damit ich jetzt durch die Gegend hetze, um Gott und die Welt zu fotografieren. Obwohl er schon so lange in Deutschland ist, macht er immer noch so niedliche Fehler. Aber eine Operation ist ja schon in gewisser Weise eine Reparatur, wenn es auch für mich keine lie-

ferbaren Ersatzteile gibt. Meine Werte waren jedenfalls nicht besonders gut, als ich letzte Woche in seiner Klinik in München war, deshalb hat er gedroht, dass er mich sofort wieder aufnimmt, wenn ich ihm nicht verspreche, mich in den nächsten Wochen auszuruhen. Und zwar richtig auszuruhen, ohne Besuch, ohne Arbeit, ohne Termine. Ich habe es ihm versprochen, es hilft ja nichts, und ehrlich gesagt, bin ich auch ganz froh darüber. Jetzt hänge ich hier nur auf dem Liegestuhl am See herum, starre aufs Wasser und lasse mich von Micha und Elke bekochen. Du siehst, null Widerstand, ich bin aber auch wirklich alle.
Aber es war auch eine tolle Zeit. Warum auch immer das so passiert ist, ich werde noch zur echten Promifotografin. Alles fing ja damit an, dass ich im letzten Jahr diesen Auftrag bei den Filmfestspielen in Cannes angenommen und die angeblich so schwierige Patricia Montpellier fotografieren sollte. Ich habe den Auftrag ja nur bekommen, weil kein anderer Kollege Lust hatte, die Montpellier gilt als so furchtbar kompliziert. Launisch, kapriziös, unkontrolliert, jähzornig, selbst Siv Stromberg hat abgelehnt, und die macht doch sonst wirklich alles. Ich habe angenommen, weil Hanna in Cannes ein Konzert gegeben hat und wir uns dort treffen konnten. Und weil Patricia Montpellier Alexandras Lieblingsschauspielerin ist, deswegen war sie mir erst mal sympathisch. Okay, sie ist etwas kompliziert, aber eigentlich nur sehr unsicher. Das war relativ schnell klar, Hanna ist ja genauso, wenn sie fotografiert und interviewt wird und das alles nichts mit ihrer Musik zu tun hat. Das kenne ich ja ganz gut. Jedenfalls, ich mache es ganz kurz, es war einfach. Ganz einfach. Auch, weil Hanna dabei war und die Montpellier ein großer Fan von ihr ist. Habe ich natürlich keinem gesagt, aber ich habe eine sehr schöne Serie von ihr gemacht. Und jetzt bekomme ich dauernd Aufträge in der Filmbranche, weil die Montpel-

lier anscheinend Gott und der Welt von mir erzählt hat. Und wie gut es mit mir gewesen sei. Es ist unglaublich, bei welchen Filmpremieren und Kinofesten ich in den letzten drei Monaten war. Und an was für besonderen Orten das alles stattgefunden hat. So viele interessante Menschen und Plätze, es war einfach toll. Friederike hat gelacht, als ich ihr das erzählt habe. Nur am Telefon leider, wir haben ja alle keine Zeit, uns zu treffen. Fiedi fand es lustig, dass ich mit meinem »grauenhaften Filmgeschmack« jetzt diese ganzen tollen Schauspielerinnen fotografiere. Vielleicht hätte ich ihr nicht erzählen sollen, dass der einzige Film, den ich dieses Jahr ganz und ohne einzuschlafen gesehen habe, ›Ice Age‹ gewesen ist. Den fand ich tatsächlich entzückend. Ansonsten ist das Filmgeschäft ja wirklich nicht meine Welt. Zu bunt, zu schnell, zu oberflächlich, aber das sage ich natürlich niemandem.

Jetzt ist hier nur der See, die Villa, die Ruhe und sonst gar nichts. Es ist schön, obwohl ich die alten Zeiten vermisse, alles hier erinnert mich an Fiedi, Jule und Alex, es ist so still ohne sie. Es ist ja schon etwas Besonderes, dass wir alle erfolgreich geworden sind, ob Friederike, die jetzt in Bremen dieses schöne Hotel leitet, ob Alex als Verlegerin oder Jule mit ihrer Praxis. Nur haben wir deshalb auch keine Zeit mehr füreinander, was traurig ist. Wir haben uns in diesem Jahr bislang nur zweimal getroffen, einmal im Februar, weil wir in alter Tradition zusammen die Hochzeit von Wilhelm Alexander und Maxima im Fernsehen gesehen haben, und dann an Pfingsten. Zur königlichen Hochzeit haben wir uns in Bremen bei Fiedi und Ulli auf diesem traumhaften Hof getroffen, wobei Alex nicht dabei war, weil sie zu viel zu tun hatte. Ulli war auch nicht da, seine Kinder hatten Ferien, er war mit ihnen Skilaufen, das ist wohl ein fester Termin. Friederike wollte nicht darüber reden, es scheint ein schwieriges

Thema zu sein. Jule war auch nicht gut drauf, ihre Scheidung ist nun schon vier Jahre her, aber sie regt sich immer noch über Philipp auf, ich verstehe das gar nicht. Wir haben so getan, als wäre alles wie immer, aber unsere privaten Dinge haben wir schön ausgeklammert. Dabei war das früher doch das Wichtigste. Es war schade, ich hätte ihnen doch endlich von Hanna erzählen wollen, und es hat wieder nicht gepasst. Unser Pfingsttreffen war auch nicht schön. Jule hat von Pia erfahren, dass Philipps neue Freundin Steffi schwanger ist und sie nun heiraten werden. Es hat sie total aufgebracht, Friederike wurde sauer, weil Jule nicht damit aufhören konnte, und Alex bekam dann noch einen Anruf, dass sie früher zurückmusste, weil irgendetwas im Verlag passiert war. Ich habe ihr das nicht geglaubt, der Anruf kam am Pfingstsamstag, was soll denn da Wichtiges passiert sein? Aber sie ist trotzdem schon am Sonntagmorgen zurück nach München geflogen. Ich glaube, sie hatte einfach keine Lust, sich Jules Tiraden anzuhören. Sie hatte kaum noch was gesagt, das habe ich selten bei ihr erlebt. Es war alles doof, obwohl ich mich so auf diese Tage gefreut hatte. Was nützt uns dieser ganze Erfolg, wenn der Rest vom Leben so anstrengend wird?
So, das reicht, ich soll mir keine schlechten Gedanken machen, sondern positiv denken. Das mache ich jetzt. Es werden auch wieder bessere Tage kommen, wir haben schon so viele schwierige Zeiten zusammen überstanden, da fällt schlechte Laune bei einem der Pfingsttreffen wirklich nicht ins Gewicht. Und vor mir liegen auch viele schöne Dinge, auf die ich mich freue: das Kinderfilmfest, auf dem ich lauter Kinderdarsteller fotografieren darf, Hannas Rückkehr von ihrer Tournee, ihr Geburtstag in zwei Wochen und eine schöne Fotoausstellung in einer Galerie in London. Und natürlich jetzt ein paar ruhige Tage am See. In diesem Sinne:

Das Schöne des Tages: Elke hat Pflaumenkuchen gebacken. Das Blöde des Tages: Ich habe mir meinen kleinen Zeh am Bett gestoßen, jetzt ist er dunkelblau. Ohne Schuhe geht es.

Alexandra schlug das Tagebuch zu und sah nachdenklich aus dem Fenster. Seit dem Pfingsttreffen vor drei Wochen saß sie hier Tag für Tag vor Maries Hinterlassenschaften, den Tagebüchern, Briefen und Pressemeldungen und bemühte sich um eine professionelle Distanz. Sie hatte sich schon durch Berge von Unterlagen gewühlt, gelesen, recherchiert und Notizen akribisch geordnet, trotzdem wurde sie bei Erinnerungen wie dieser melancholisch. Tief ausatmend zog sie ihr Laptop näher und konzentrierte sich wieder auf ihre eigentliche Recherche. Nach einem kurzen Blick auf Maries Ausführungen suchte sie die richtige Stelle in der Datei und ergänzte:
2001 – Patricia Montpellier in Cannes
2002 – Kinderfilmfest
Filmfestival, wo?
Ausstellung Galerie, welche?

Sie speicherte die wenigen Zeilen ab und überflog die letzte Seite, bevor sie sich zurücklehnte und ihre Brille abnahm. Ihr Nacken tat weh, sie legte ihre Hände an die Stelle und massierte die verspannten Muskeln, bevor sie auf die Uhr sah. Es war halb fünf, seit Stunden hatte sie sich ununterbrochen durch Maries Leben gelesen und an der Chronologie weitergearbeitet. Sie ließ ihre Schultern kreisen, dann stand sie auf und ging steifbeinig die Treppe hinunter in die Küche. Eigentlich war es schon zu spät für Kaffee, sie würde nicht gut schlafen, andererseits hatte sie noch so viel Arbeit vor sich, dass ein Koffeinschub sicher gar nicht so schlecht war.

Das Telefon auf dem Küchentisch vibrierte, während sie das Kaffeepulver in den Filter füllte, sie warf einen Blick aufs Display und nahm das Gespräch an. »Hallo Jule. Kleinen Moment.«

Sie legte das Handy wieder weg, befüllte den Wassertank und drückte auf den Knopf, bevor sie mit dem Handy am Ohr raus auf die Terrasse ging. »So, da bin ich wieder, ich habe nur gerade die Kaffeemaschine angeschmissen.«

»Gut. Dann machst du ja wenigstens mal Pausen. Wie läuft es denn?«

Draußen angekommen, ließ Alexandra sich auf einen Stuhl fallen, der noch in der vollen Sonne stand. »Ganz gut. Es ist unglaublich viel, das habe ich nicht gedacht. Ich ordne erst mal alles, um eine Struktur zu kriegen, damit bin ich aber auch schon seit zwei Wochen beschäftigt.«

»Bereust du es?«

»Aber nein«, Alexandra streckte ihre Beine aus und hielt ihr Gesicht in die Sonne. »Die größte Anstrengung ist immer noch, beim Lesen von Maries Tagebüchern und Briefen nicht sentimental zu werden, es klappt nicht immer, geht aber schon ganz gut. Und ich bin gerade komplett in das Leben der Reichen und Berühmten abgetaucht. Ich hatte keine Ahnung, wen sie alles fotografiert hat. Ganz besonders in den letzten zehn Jahren, obwohl sie da oft gesundheitliche Probleme hatte, es ist unglaublich.«

»Und wir haben nichts davon mitgekriegt«, fügte Jule bitter an. »Bescheuert.«

»Das lässt sich nicht mehr ändern«, Alexandra schlug die Beine übereinander und ließ ihre Blicke über den See schweifen. »Wir müssen damit leben. Und am besten, unsere Fehler nicht wiederholen. Aber du wolltest sicher etwas ganz anderes, oder? Was Bestimmtes?«

»Eigentlich nicht«, Jule räusperte sich und fuhr laut fort: »Ich wollte nur hören, wie es dir geht. Und dich fragen, ob du mal zum Essen zu uns kommen möchtest, bevor du in der

Villa völlig vereinsamst. Übermorgen vielleicht? Torge würde Asiatisch kochen.«

»Gern«, Alexandra lächelte. »Und mir geht es übrigens gut. Zum einen bin ich wirklich sehr beschäftigt, und zum anderen kommt Micha jeden Tag vorbei. Um mich vor der drohenden Vereinsamung zu retten. Und um mich zu dem Umbau zu überreden.«

»Er meint es gut«, sagte Jule sofort. »Wahrscheinlich hat Hanna ihn auch darum gebeten, einen Blick auf dich zu haben. Die hat heute übrigens ihren Arzttermin gehabt.«

»Ich weiß. Ich bin gespannt, was dabei herausgekommen ist.«

»Ich auch«, Jule atmete tief aus. »Ja, gut, dann sehen wir uns übermorgen, und wenn du mit Hanna gesprochen hast, kannst du mir ja auch Bescheid sagen.«

»Mach ich«, Alexandra hob den Kopf, als sie ein Auto kommen hörte. »Ich glaube, Micha rollt hier gerade auf den Hof. Ich melde mich später, Jule, bis nachher.«

Sie legte das Telefon weg und stand langsam auf, um ihn hereinzulassen. Micha kam nicht auf den Gedanken, durch den Garten zu kommen oder seinen Schlüssel zu benutzen. Er klingelte jetzt an der Haustür, obwohl Alexandra ihm mehrfach erklärt hatte, dass sie weder tagsüber im Schlafanzug durch die Gegend lief noch nackt im Garten lag und er ohne weiteres wie früher einfach reinkommen könnte. Das hatte er empört abgelehnt.

»Der Schlüssel ist für den Notfall«, hatte er gesagt. »Den habe ich früher auch nicht benutzt, wenn Hanna und Marie hier waren. So weit kommt das noch.«

Als sie sich im großen Spiegel im Flur sah, fiel ihr ein, dass sie sich seit Pfingsten tatsächlich nicht ein einziges Mal geschminkt hatte. Sie betrachtete kurz ihr Spiegelbild, die verblichene Jeans, das etwas zerknitterte Hemd, die Haare, nachlässig zum Zopf gebunden, und schnitt eine Grimasse. Es war egal, bis auf Micha und manchmal Elke traf sie niemanden, und übermorgen könnte sie sich ja mal wieder in Schale werfen. Und Puder und Lippenstift benutzen. Das hatte sie in ihrem alten Leben jeden Tag gemacht, nur schien das Jahre her. Es war schon seltsam, wie schnell sie sich an dieses neue Leben gewöhnt hatte. Sie lächelte, als sie die Tür noch vor dem Klingeln öffnete. »Hallo, Micha, ich …«

Der Rest des Satzes blieb ihr im Hals stecken, entgeistert starrte sie auf den Mann, der vor ihr stand. Die blauen Augen waren auf sie geheftet, er trug Jeans und ein graues Leinenhemd, über dem Arm ein Jackett, der schöne Mund lächelte, die Stimme war tief und sehr sanft.

»Ich hatte versucht, dich anzurufen, du bist aber nicht drangegangen. Ich hoffe, ich störe nicht.«

»Nein, ich …«, Alexandra trat zur Seite, um Jan Magnus eintreten zu lassen. »Mein Handy lag die ganze Zeit in der Küche. Ich war oben, deshalb hab ich das wahrscheinlich nicht gehört, normalerweise …«

Was rede ich eigentlich für einen Unsinn, dachte sie und verstummte, bis Jan im Flur stand und sie intensiv ansah. Sie wich seinem Blick aus und sah sich stattdessen wieder im Spiegel. Noch nicht einmal Wimperntusche, sie sah aus, als wäre sie gerade aus einem Loch gekrochen. Sie bekam jetzt auch noch einen Schweißausbruch, fuhr sich mit einem Finger unauffällig über die Schläfe und streckte entschlossen ihren Rücken durch. Jetzt war es egal. »Komm doch mit auf die Terrasse, möchtest du was trinken? Kaffee? Der ist gerade fertig. Oder lieber ein Wasser?«

»Gern beides«, antwortete er und sah sie mit einer Mischung aus Belustigung und Neugier an. »Ich habe nämlich etwas rausgefunden, was ich dir gern erzählen würde.«

»Ach ja?« Ihre Atmung beruhigte sich langsam, jetzt sah sie

ihn an. »Da bin ich …, ja, dann gehen wir mal raus und dann … hier entlang, bitte.«

Während sie mit langsamen Schritten vorging, spürte sie seine Anwesenheit fast körperlich und war überrascht von der Wucht ihres Gefühls. Wie alt musste man eigentlich werden, damit diese Art des emotionalen Ausnahmezustands einem nicht mehr passierte? Sie war doch keine fünfzehn mehr. Ohne es zu merken, hatte sie den Kopf geschüttelt.

Seine Stimme drang wie durch Watte zu ihr durch. »Ist alles in Ordnung?«

Auf der Terrasse drehte sie sich um. »Ja. Natürlich. Entschuldige, ich war nur den ganzen Tag im Kopf ganz woanders, ich muss mich erst mal sortieren.« Ihr Puls beruhigte sich langsam, ihr Verstand auch. »Setz dich doch, ich hole den Kaffee und das Wasser.«

Sie floh in die Küche, dankbar für ein paar Minuten, in denen sie sich sammeln konnte. Jan Magnus. Er war hier. Alexandra lehnte sich an die Tür und schloss die Augen. Sie hatte in den letzten Nächten von ihm geträumt, so intensiv, dass sie morgens nicht gewusst hatte, wo sie überhaupt war. Ständig war er in ihren Träumen aufgetaucht, mal mit Josi, mal mit anderen Frauen, nur nie allein. Und sie war immer mit einem Gefühl der Enttäuschung aufgewacht. Und jetzt war er hier.

Sie ließ kaltes Wasser über ihre Handgelenke laufen, bevor sie das Tablett belud und zurück auf die Terrasse ging. Als sie durch die Tür trat, fiel ihr Blick auf Jan, der mit dem Rücken zu ihr auf dem Rasen stand und den See betrachtete. Seine Hände steckten in den Hosentaschen, seine Haltung war lässig, erst als er ein Geräusch hörte, drehte er sich zu ihr um und lächelte.

»Das ist ja ein traumhaftes Stückchen Erde hier«, sagte er, während er langsam auf sie zukam. »Was hast du für ein Glück, hier arbeiten und sein zu können.«

Er ging um den Tisch und ließ sich auf einen der Gartenstühle sinken, während er sie beim Einschenken beobachtete. »Wie geht es dir denn so?«

»Gut«, Alexandra antwortete, kaum dass er die Frage ausgesprochen hatte. Sie hob den Kopf und sah ihn an, bevor sie die Kaffeekanne wegstellte und sich setzte. »Doch, wirklich gut. Ich habe mit dem Buchprojekt angefangen. Der Biographie über Marie.«

Jan nickte. »Ich weiß. Hanna Herwig hat mir geschrieben und es mir mitgeteilt.« Er beugte sich nach vorn und griff nach seiner Tasse. »Sie hat mich gefragt, warum ich dir den Vorschlag nicht selbst gemacht habe, nachdem ich mit ihr darüber gesprochen hatte.«

»Und?« Alexandra musterte ihn. »Warum hast du nicht?«

Er zuckte die Achseln. »Weil wir uns nicht gesehen oder gesprochen haben. Ich hatte den Eindruck, du legtest nicht sehr viel Wert auf Kontakt mit mir. Das musste ich wohl akzeptieren. Und ich dachte, dass Hanna dir das schon irgendwann vorschlagen würde, ich habe ihr ja nur den Tipp gegeben, dass du das machen könntest. Das war eine rein berufliche Einschätzung.«

»Du irrst dich, Jan«, Alexandra sah an ihm vorbei in den Garten, wo sich gerade zwei Eichhörnchen eine Verfolgungsjagd lieferten. »Vielleicht ist der Eindruck entstanden, dass ich keinen Kontakt wollte, aber das stimmt nicht. Es war einfach so, dass ich im letzten Jahr zu viele Entscheidungen zu treffen hatte und im Kopf noch nicht wirklich frei war. Ich habe mich blöd benommen, ich bereue das sehr und würde es heute anders machen. Was ein schwacher Trost und eine noch schwächere Entschuldigung ist, ich weiß. Und vermutlich auch zu spät kommt. Ich wollte dir nur sagen, dass es nie an dir lag. Nur ich war leider noch im falschen Film.«

Sie richtete ihren Blick wieder auf ihn, auch er betrachtete jetzt schweigend die Eichhörnchen. Nach einer gefühlten Ewigkeit drehte er sich wieder zu ihr. »Ja, es fühlte sich wirklich an wie im falschen Film. Hast du denn alle deine Entscheidungen getroffen?«

»Ja«, Alexandra versuchte, in seinem Gesicht zu lesen, was er gerade dachte. Sein Ausdruck war neutral, sie hatte keine Ahnung, wie es in ihm aussah. »Ja, tatsächlich. Das habe ich.«

»Das ist gut«, langsam trank er seinen Kaffee, bevor er die Tasse zurück auf den Tisch stellte. »Dann können wir jetzt ja zu deiner Mail kommen.« Er griff in die Innentasche seines Jacketts, das er achtlos auf den neben ihm stehenden Stuhl geworfen hatte, und zog ein Notizbuch hervor. »Ich habe mich ein bisschen umgehört auf der Suche nach Hanna Herwigs Bruder. Und ich habe auch etwas herausgefunden.« Während er in dem Notizbuch blätterte, zwang sich Alexandra, ihre Enttäuschung runterzuschlucken. Was hatte sie denn erwartet? Dass er nach zwei, drei erklärenden Sätzen von ihr alles vergaß, was im letzten Jahr passiert war, und sie einfach so würden anknüpfen können? Dass er ihr wie im Film die Hand reichte und sie mit glücklichem Lächeln an seine Brust riss? Mit ihr in einem minutenlangen Kuss verschmolz? Und einfach noch mal von vorn anfing? Sie waren keine fünfzehn mehr, sie hätte damit rechnen müssen. Sie hatte es versaut.

»Also …«, sagte er jetzt, die Augen auf seine Notizen gerichtet. »Henri Herwig ist acht Jahre älter als Hanna und lebt heute in Dänemark. Er war in den achtziger und neunziger Jahren ein sehr bekannter Bildhauer«, er sah hoch und stockte einen Moment, als er Alexandras Gesichtsausdruck sah. »Wolltest du noch was sagen?«

Sie riss sich zusammen und versuchte, sich auf das gerade Gehörte zu konzentrieren. Jan Magnus tat ihr lediglich einen Gefallen, um den sie ihn in einer Mail gebeten hatte. Er half ihr bei der Suche nach Hannas Bruder, um mehr ging es hier nicht.

»Nein, nein«, sagte sie lauter als beabsichtigt. »Mach weiter, ich höre zu.«

Jan nickte und blätterte eine Seite weiter. »Er hat in einem Internat in der Nähe von Münster Abitur gemacht, danach Kunst studiert, erst in Hamburg, dann in Kopenhagen. Nach seinem Abschluss ist er in Dänemark geblieben, hat eine Dänin geheiratet und später die dänische Staatsbürgerschaft angenommen. Und heißt jetzt Henri Jacobsen, also, schon seit Anfang der Achtziger. Deshalb hat Marie ihn wohl auch nicht gefunden. Er hat den Namen seiner Frau angenommen.«

Überrascht sah Alexandra ihn an. »Und wie hast du ihn gefunden?«

Jan wedelte zufrieden mit dem Notizbuch. »Das war Glück. Und ein gut geführtes Archiv. Es gab vor ein paar Jahren einen Artikel über ein dänisches Ehepaar, das seine Sommerresidenz in der Nähe von Aarhus für Besucher geöffnet hatte. Sie sind bekannte Kunstsammler gewesen, die auch einige ihrer Kunstwerke gezeigt haben, unter anderem eine Art Denkmal, das in ihrem parkähnlichen Garten stand. ›Hanna ved klavert‹ hieß die Arbeit, also Hanna am Klavier, und die Hausherrin hat erzählt, dass es sich hier in Wirklichkeit um eine frühe Arbeit des berühmten dänischen Bildhauers Henri Jacobsen handelt. Ihr Mann hätte es aber vor Jahren für wenig Geld als Abschlussarbeit eines Studenten namens Henri Herwig gekauft. Lange bevor er unter dem Namen Jacobsen berühmt wurde, aber sie hatten damals schon geahnt, dass es sich hier um ein großes Talent handelte. Inzwischen würde man ihnen Rekordsummen bieten, sie wollten es aber nicht verkaufen.« Er schlug das Buch wieder auf. »Der Artikel ist über zwanzig Jahre alt, das Ehepaar ist inzwischen verstorben, aber es war dann nicht mehr so schwer, etwas über Henri Jacobsen herauszufinden. Er lebt mittlerweile in der Nähe von Ribe, das ist ein kleiner Ort im Südwesten von Dänemark, neunzig Kilometer von der deutsch-dänischen Grenze entfernt. In den letzten Jahren ist es still um ihn geworden, seine große Zeit ist schon lange her. Jetzt soll er zurückgezogen auf einem alten Bauernhof wohnen.«

»Er lebt also noch?« Fasziniert war Alexandra seinen Ausführungen gefolgt, jetzt merkte sie, dass sie dabei die Luft angehalten hatte. »Und du hast die Adresse?«

»Nicht die genaue«, Jan hob die Schultern. »Aber Ribe ist wohl nicht so groß, der Hof müsste zu finden sein. Allerdings galt Jacobsen früher als sehr scheu, da müsst ihr schon euren ganzen Charme spielen lassen, damit er euch empfängt.«

Er schlug das Notizbuch zu und steckte es zurück in sein Jackett. »Jetzt seid ihr am Zug. Ich bin gespannt, was dabei rauskommt. Und ob ihr das Familienglück wieder vereint.«

Alexandra sah ihn an. »Wenn man wüsste, warum die beiden keinen Kontakt haben. Es muss ja zwischen ihnen irgendwas passiert sein. Andererseits war es ein Wunsch von Marie, also muss sie geglaubt haben, dass es gut sei, Hannas Bruder zu finden. Ich möchte es unbedingt versuchen.«

»Okay«, Jan nickte zustimmend, bevor er sich langsam erhob und im Stehen seinen Kaffee austrank. »Melde dich mal, wie gesagt, ich bin gespannt.« Er stellte die Tasse zurück und schob den Stuhl wieder an den Tisch. »Danke für den Kaffee, ich muss jetzt los, ich habe heute Abend noch einen Termin in Hamburg.«

Alexandra erhob sich und folgte ihm über die Terrasse. »Danke, Jan«, sagte sie. »Auch fürs Kommen.«

Plötzlich fuhr er herum und blieb so dicht vor ihr stehen, dass sie sein Eau de Toilette riechen konnte. Sein Blick war intensiv, er sah sie an, ohne etwas zu sagen, bis er sich plötzlich zu ihr beugte, sie auf den Mund küsste und sofort einen Schritt zurücktrat.

»Wir hören voneinander.«

Sie blieb stehen, bis die Tür ins Schloss gefallen war.

29.

»Friederike?«

Sie hob den Blick von der Zeitschrift, die sie gerade im Wartezimmer las, und sah zur Tür, in der Hanna plötzlich stand. »Wir können gehen.«

»Bist du fertig?« Friederike erhob sich und warf die Zeitschrift zurück auf den Tisch, bevor sie auf Hanna zuging und sie fragend ansah. »Und?«

»Gleich«, Hanna ging langsam am Empfangstresen vorbei zum Ausgang, wo sie sich noch einmal umdrehte. »Auf Wiedersehen.« Sie wartete auf Friederike, die ihr die Tür aufhielt und sofort fragte: »Was hat die Ärztin denn jetzt gesagt?«

Erst als sie am Aufzug standen und warteten, antwortete Hanna: »Ich muss nächste Woche noch mal zur Besprechung der Ergebnisse. Da kann ich aber auch mit dem Taxi fahren. Du musst ja nicht jedes Mal mitkommen.«

»Was für eine Besprechung?«

»Na ja, die Ergebnisse der Blutproben und so was. Die müssen ja erst ins Labor.«

Friederike sah sie forschend an, Hanna war blass und vermied ihren Blick. »Was …«

Der Aufzug hielt mit einem lauten Pling, die Tür ging auf. »Wir sind auf P1, oder?« Hannas Hand schwebte vor der Leiste mit den Knöpfen, Friederike nickte.

»Hat die Ärztin denn irgendeine Vermutung? Oder bist du überhaupt noch nicht schlauer?«

»Nicht so richtig«, sagte Hanna zur Wand, während Friederike sie nicht aus den Augen ließ. »Nächste Woche weiß ich mehr.«

Der Aufzug hielt mit einem sanften Ruck im Parkhaus, Friederike ließ Hanna den Vortritt. Am Parkscheinautomaten zahlte Friederike ihr Ticket, Hanna ging schon langsam und in Gedanken versunken zum Auto. Erst als Friederike den Motor startete, sagte sie: »Bekomme ich bei dir noch einen Tee? Oder hast du was anderes vor?«

»Was soll ich denn vorhaben?«, fragte Hanna achselzuckend. »Wenn du Zeit hast, dann gern.«

Friederike nickte und legte den Rückwärtsgang ein.

Eine halbe Stunde später schloss Hanna umständlich die Wohnungstür auf und ließ Friederike eintreten. »Geh doch schon durch auf die Dachterrasse«, schlug sie vor. »Ich setze schnell das Teewasser auf.«

»Kann ich dir helfen?«

»Nein, danke«, Hanna hatte wieder Farbe im Gesicht und lächelte sie an. Anscheinend hatte der schweigsame Heimweg ihre Nerven beruhigt, sie wirkte jetzt genauso ausgeglichen und freundlich, wie Friederike sie kannte. »Setz dich in die Sonne, du wirst staunen, wie schön die Terrasse jetzt ist.«

Friederike blieb noch etwas unschlüssig stehen, bis Hanna einen Schrank öffnete und dabei über ihre Schulter sah. »Geh schon durch, ich komme gleich nach.«

»Okay«, Friederike schritt durch die offene Küche in das große Wohnzimmer und musterte dabei die perfekte Ordnung, die sorgfältig arrangierten Blumen auf dem Glastisch vor dem Sofa, den glänzend polierten Flügel, das Porträt von Marie, das an der Wand über dem Instrument hing, die teuren Teppiche auf dem Parkett, die Bücher auf dem kleinen Tisch neben dem Ledersessel, den antiken Sekretär, die alte Standuhr, die schweren Vorhänge. Es sah aus wie in einem Museum. Ein Museum, in dem man einsam war.

An der Terrassentür blieb Friederike überrascht stehen. Mit Aussicht auf die Elbe entriegelte sie langsam den Türgriff und schob die schwere Glastür auf. Die Terrasse war riesig und jetzt voller blühender Stauden, Sträucher und bunter Rosenstöcke. In allen Ecken waren Kübel und Kästen platziert, in denen Hortensien und Lavendelbüsche leuchteten. Auf einer Seite stand eine bequem aussehende Liege, gegenüber eine weiße Friesenbank und zwei tiefe Holzstühle mit bunten dicken Auflagen. Auf dem weißen Gartentisch leuchtete ein blauer Topf mit einer weißen Margerite, überall duftete es nach Rosen und Lavendel.

»Und? Gefällt es dir?«

Friederike drehte sich zu Hanna um, die mit zwei Teetassen und einer Dose in der Hand auf die Terrasse kam und alles auf den Tisch stellte.

»Ich habe doch gesagt, dass Matthias hier ein kleines Paradies geschaffen hat. Und dann diese Aussicht auf die Elbe.«

»Es ist ein Traum«, Friederike sah sich mit einer Spur von Neid um. »Und das mitten in der Stadt.« Sie sah sich plötzlich selbst nach Feierabend mit einem Glas Rotwein vor einem Windlicht auf dieser Friesenbank sitzen, die Schiffe und die Elbe vor sich, leise Musik im Hintergrund, mit leichten Gedanken im Kopf und dem Gefühl von Glück.

Sie wischte das Bild weg und ging zu Hanna. »Ich würde gar nicht mehr in der Wohnung sitzen, nur noch hier draußen. Und mir bei Regen den Sonnenschirm aufspannen.« Sie deutete auf den überdimensionalen Schirm, der neben der Bank stand. »Das hat Matthias wirklich toll gemacht.«

»Ja«, Hanna sah sich mit neutralem Blick um. »Ich hoffe, ich bringe nicht alle Pflanzen um, ich habe ja überhaupt keinen grünen Daumen. Im Moment kümmert sich ja noch Elisabeth um alles, aber wenn die nach Rügen geht, dann habe ich ein Problem.« Sie seufzte, dann straffte sie ihre Haltung. »Ich hole den Tee.«

Friederike sah ihr nach, dann ließ sie sich in einen der bequemen Stühle fallen und bewunderte die Aussicht. Wenn man diese Museumsatmosphäre aus der Wohnung kriegen würde, wäre das Ganze wirklich ein Traum. Auch wenn er vermutlich unbezahlbar war. Apropos Wohnung, siedend heiß fiel ihr ein, worüber sie schon die ganze Zeit mit Hanna reden wollte.

In diesem Moment kam Hanna mit einer Teekanne zurück. Sie hatte kaum Platz genommen, als Friederike schon sagte: »Wir müssen noch über die Wohnung sprechen, in der meine Mutter gewohnt hat. Es stehen noch ihre Möbel drin, einige nimmt sie mit, wenn sie demnächst in das Heim zieht, den Rest lasse ich vom Entrümpler abholen. Soll ich mich dann um die Renovierung kümmern? Es muss einiges gemacht werden, sie hat über dreißig Jahre da gelebt.«

»Ja?« Verständnislos sah Hanna sie an. »Warum müssen wir darüber sprechen?«

»Weil dir das Haus gehört.« Friederike sah sie an. »Zumindest gehe ich davon aus, weil du Maries Erbin bist. Vorher war es Lauras Eigentum, nach ihrem Tod hat es also Marie gehört und jetzt dir. Oder?«

»Wo ist das Haus denn? Ich weiß gerade nicht … «

»In Weißenburg. Kastanienweg 13. Ein rotes Backsteinhaus mit sechs Wohnungen. Gleich am Ortseingang.«

Hanna überlegte, dann sagt sie: »Das sagt mir jetzt gar nichts. Kann es sein, dass dieses Haus auch in eine der Stiftungen übergegangen ist? Das müsste man doch aus den Abrechnungen ersehen können. Das müsstest du mal prüfen. Oder deine Mutter fragen. Oder ich frage Elisabeth, die weiß zumindest, wo man das nachsehen kann.«

»Meine Mutter kann ich nicht mehr fragen«, Friederike beugte sich vor, um Zucker in ihren Tee zu rühren. »Es sei denn, sie hat einen ihrer wenigen hellen Momente. Na gut, ich bin davon ausgegangen, dass es zum Erbe gehörte, ich werde die Ordner noch mal durchgehen. Bisher habe ich noch nichts gefunden, was mit der Wohnung zu tun hatte. Ich räume ja sowieso alles aus, da werde ich sicher noch alles Mögliche finden. Hoffe ich zumindest. Esther war nie besonders gut organisiert.«

Sie lehnte sich mit der Tasse in der Hand zurück und musterte Hanna. »So. Und jetzt erzähl mal, was hat die Ärztin gesagt?«

Hanna löffelte Zucker in ihren Tee, kippte aus einem kleinen Kännchen Sahne dazu und rührte konzentriert um. Minutenlang, ohne etwas zu sagen. Erst als Friederike sich räusperte, sah sie hoch. »Die Ärztin vermutet, dass ich Rheuma habe. Die Schmerzen entstehen durch Entzündungen in den Gelenken.«

Sie spreizte langsam ihre Finger und betrachtete sie resigniert. Friederike fielen jetzt das erste Mal die geschwollenen Fingerknöchel auf. Sie folgte Hannas Blick. »Und was heißt das?«

»Wenn die Ergebnisse mit ihrer Vermutung übereinstimmen, werde ich bald gar kein Klavier mehr spielen können. Es ist jetzt schon schwierig und wird in Zukunft noch schlimmer. Und es betrifft nicht nur die Hände, sondern den ganzen Körper, alle Gelenke.«

Sie blickte sich auf ihrer Terrasse um und lächelte bitter. »Ich werde noch nicht mal die Gießkanne halten können, selbst wenn einer der krummen Daumen noch grün würde.«

»Was kann man dagegen tun?«

Hanna hob die Schultern und sah Friederike offen an. »Ich glaube, nicht sehr viel. Offenbar kommt es auf den Rheumafaktor an, den sie im Blut feststellen können. Ich werde Medikamente bekommen, die die Schmerzen vielleicht lindern, vielleicht können sie auch die Schübe beeinflussen, aber im schlimmsten Fall werde ich mich damit abfinden müssen, bereits in naher Zukunft Hilfe zu brauchen. Was mir schwerfällt, ich gewöhne mich so schlecht an fremde Menschen.«

»Das kenne ich«, Friederike nickte nachdenklich. »Trotzdem musst du die Ergebnisse abwarten, es macht ja keinen Sinn, zu spekulieren. Es gibt verschiedene Verläufe und jede Menge Therapien. Warte jetzt erst mal die nächste Woche ab.«

»Ja, natürlich«, Hanna verschränkte ihre Hände. »Wann musst du eigentlich zurück ins Hotel? Es ist gleich halb eins.«

»Echt?« Alarmiert sah Friederike sie an. »Dann sofort. Um eins habe ich einen Termin.« Sie sprang auf und blickte auf Hanna runter. »Kann ich dich denn jetzt allein lassen? Oder brauchst du noch was? Ich kann auch nach Feierabend noch mal vorbeikommen.«

»Nein, danke«, Hanna lächelte und stand langsam auf. »Du hast schon genug für mich getan, vielen Dank. Darf ich dich demnächst mal zum Essen einladen? Als kleine Entschädigung?«

»Hanna«, Friederike schulterte ihre Handtasche und schüttelte den Kopf. »Wir können gerne essen gehen, aber ich will nicht für eine läppische Begleitung zum Arzt eingeladen werden. Beleidige mich nicht, sonst rechne ich die vielen Gefallen auf, die du uns allen getan hast. Du musst mich nicht zur Tür bringen, ich bin dann weg. Wir telefonieren.«

Hanna hob kurz die Hand, bevor sie sich wieder setzte.

Um fünf vor eins fuhr Friederike auf ihren Tiefgaragenparkplatz im Hotel und sprang aus dem Auto. Sie beeilte sich, zum Fahrstuhl zu kommen, schlug ungeduldig auf den Drücker und sah dabei auf die Uhr. Wenn sie irgendetwas hasste, war das Unpünktlichkeit, der Fahrstuhl hatte ein Erbarmen, um zwei Minuten vor eins schoss sie ins Büro.

»Sind sie schon da?«

Gudrun Kessel drehte sich auf ihrem Schreibtischstuhl in ihre Richtung und sah sie verblüfft an. »Wer?«

»Herr Cors und Frau Nicolas von der Werbeagentur?«

»Die kommen morgen«, Gudrun Kessel drehte sich wieder zurück und tippte etwas in den Rechner. »Morgen um 13 Uhr. Heute haben Sie um 14 Uhr einen Telefontermin mit Peter Engel, um 17 Uhr kommt Susann hoch, um mit Ihnen die Bewerbungen für den neuen Chef de Rang durchzugehen, und um 19.30 Uhr haben Sie ein Abendessen mit Dr. Wagner hier im Restaurant.«

Ächzend ließ Friederike sich auf den Besucherstuhl fallen. »Und ich habe mich so beeilt. Wieso habe ich mich denn vertan?«

Mit einem Blick über ihre Brille sah Gudrun Kessel sie tadelnd an. »Weil Sie im Moment wieder so gestresst sind. Haben Sie überhaupt schon was gegessen? Soll ich Ihnen was hochkommen lassen?«

»Nein, danke«, Friederike stand wieder auf. »Ich gehe noch mal raus. Und hole mir eine Currywurst an der Ecke. Wenn jetzt nichts weiter anliegt.«

»Es liegt nichts an«, ihre Sekretärin zog sich einen Stapel Papiere näher. »Um 14 Uhr, Peter Engel. Und Currywurst ist ungesund.«

»Ach was. Bis gleich.«

Friederike blieb im Foyer noch ein paarmal stehen, um Stammgäste oder Mitarbeiter zu begrüßen, bevor sie durch die Glastür ging und draußen tief durchatmete. Sie schob sich den Riemen ihre Handtasche über die Schulter und überquerte mit langen Schritten den Vorplatz des Hotels.

Der Inhaber der kleinen Imbissbude lächelte ihr entgegen, als sie eintrat. »Frau Direktor. Ich grüße Sie.«

»Hallo Ivo«, Friederike stellte ihre Tasche auf einen Barhocker neben sich. »Eine Curry mit Brot, bitte.«

»Wie immer, wird gemacht.«

Während Ivo sich um das Essen kümmerte, nahm Friederike eine kleine Flasche Wasser aus dem Kühlregal neben ihr, drehte den Verschluss auf und setzte die Flasche sofort an die Lippen. Würde Gudrun Kessel ahnen, wie oft sie sich von Ivo eine Currywurst machen ließ, wäre sie vermutlich entsetzt. Friederike war es egal, sie liebte diese kleine Bude mitsamt ihrem kroatischen Besitzer, es war genau das richtige Kontrastprogramm zum *Grandhotel*.

»Geht es Ihnen gut, Frau Direktor? Ist das nicht ein herrliches Wetter?«

Sie hatte ihm schon ein paarmal gesagt, dass sie keine Frau Direktor war, es interessierte Ivo nicht, er sprach auch jeden älteren, gut angezogenen Mann mit Herr Doktor an.

»Ja, danke, es geht mir gut. Ich hoffe, Ihnen auch?«

Er grinste, während er zwei Scheiben Brot abschnitt. »Ja, wunderbar geht es mir. Sonne, nette Gäste, viel Liebe, das Leben ist doch schön.«

»Das stimmt«, antwortete Friederike automatisch, während sie in der Tasche schon ihr Portemonnaie suchte. »Ja, das stimmt.« Das mit der Liebe überhörte sie, aber mit der Sonne hatte er recht. Sie zählte das Geld auf den Tresen, während Ivo die Wurst in Currysauce ertränkte, genau so, wie Friederike es mochte.

»Danke, Ivo«, sagte sie und steckte ihr Portemonnaie zurück. »Das stimmt so, bis bald.«

Ivo reichte ihr die Pappschale über den Tresen und lächelte breit. »Einen wunderbaren Tag«, sagte er, während er das Geld einstrich und in die Kasse legte. »Bis zum nächsten Mal.«

Auf dem Weg zu einer Bank direkt an der Alster angelte sie bereits das erste Stück Wurst mit der winzigen Holzgabel aus dem Currysaucensee, was ein riskantes Unterfangen war. Sie hatte sich nach den Besuchen bei Ivo schon mehrfach umziehen müssen, helle Blusen verzeihen keine Currysauce. Kauend hielt sie die Pappschale auf den letzten Metern gerade, bis sie auf der Bank saß und sich auf die Wurst und ihre Sauce konzentrieren konnte. Sie hatte kaum die Hälfte gegessen, als sie plötzlich eine Stimme hinter sich hörte.

»Hallo Friederike.«

Sie fuhr so zusammen, dass sie die kleine Holzgabel in die Sauce fallen ließ und ein Tropfen an die Bluse sprang. Ganz langsam ließ sie die Schale sinken und wandte sich um. Sie starrte ihn schweigend an, er stand unbeweglich hinter ihr und hielt ihrem Blick stand. Nach einer gefühlten Ewigkeit umrundete er die Bank und setzte sich neben sie.

»Das ist ja ein Witz. Kaum haben wir telefoniert, laufen wir uns auch über den Weg. Ich habe dich von weitem gesehen und trotzdem gleich erkannt. Du hast dich kaum verändert. Und isst immer noch ungesundes Zeug.«

Friederike betrachtete einen Moment die kleine Gabel, die in der Sauce schwamm, bevor sie sich zur Seite beugte und die Pappschale mit der halben Wurst in einen nebenstehenden Mülleimer warf. Sie zog ein Taschentuch aus der Handtasche und wischte sich die Finger ab. Erst dann hob sie den Kopf und sah ihn an. Seine Haare waren jetzt ganz grau und etwas kürzer als damals. Er sah immer noch gut aus. Er fuhr Friederike immer noch in den Magen. Er ließ immer noch ihre Knie weich werden. Es hatte sich nicht verändert. Hatte sie ernsthaft damit gerechnet? Vermutlich würde es immer so sein.

Sie biss die Zähne zusammen und bemühte sich um einen neutralen Ton. »Ulli. Was machst du hier?«

Er streckte seine langen Beine aus und sah sie gut gelaunt

an. »Ich war in einem Labor hier in der Nähe, um einige Befunde abzuholen. Es ging schneller, als ich dachte, deshalb wollte ich noch ein paar Schritte gehen. Die Sprechstunde beginnt ja erst um fühnfzehn Uhr. Und plötzlich sah ich dich vor mir laufen und bin dir gefolgt.«

Friederike betrachtete ihn von der Seite. Er war ihr überhaupt nicht fremd, obwohl er in diesen letzten Jahren älter geworden war. Schmerzhaft schoss ihr durch den Kopf, dass sie gern dabei gewesen wäre. Die ganze Zeit. Und das mit ihm gemeinsam erlebt hätte. Dieses Älterwerden.

Sie lenkte den Blick aufs Wasser, sie musste sich zusammenreißen. »Ich dachte schon, dass die Bude von Ivo mittlerweile ein Hotspot geworden ist. Und du extra aus Winterhude kommst, um seine berühmte Currywurst zu essen.«

»Nein«, Ulli lachte leise. »Im Moment sowieso nicht, ich esse gerade nur gesunde Sachen, die weder Kalorien noch Geschmack haben. Noch drei Kilo lang. Für unsere Essensverabredung mache ich aber eine Ausnahme. Weißt du schon, wann es bei dir passt?«

»Übernächste Woche?« Friederike hatte ihr Handy aus der Tasche gezogen und ihren Kalender geöffnet. »Vor Donnerstag, den 10., ist alles dicht.«

»Okay«, er nickte und sah sie von der Seite an. »Wie wäre es mit Freitag? Ich bestelle einen Tisch. Hast du irgendwelche Wünsche? Vielleicht bei dir in der Nähe? Mir fällt gerade ein, dass ich gar nicht weiß, wo du jetzt wohnst? Ich kann dich auch abholen.«

Die letzte Frage holte Friederike zurück in die Gegenwart. Er wusste noch nicht einmal, wo sie wohnte. Und hatte keine Ahnung, wie es ihr gerade ging. Woher auch. Sie hatten sich ja nie mehr gesehen. Seit es vorbei war.

Sie drehte sich langsam zu ihm. »Zehn Minuten von hier. Also am besten irgendetwas in der Gegend. Dann kann ich direkt vom Hotel aus hingehen. Und hier gibt es ja jede Menge Restaurants. Bestell den Tisch doch gegen acht, dann kann ich ganz entspannt direkt dorthin kommen.«

Sie konnte nicht neben ihm im Auto sitzen, allein der Gedanke nahm ihr die Luft.

»Gut«, Ulli schob seine Hände in die Taschen seiner Jacke. »Dann reserviere ich was und sage dir Bescheid. Sehr schön.« Er lächelte sie jetzt an. »Du siehst übrigens sehr gut aus. Geht es dir auch so?«

»Ja«, Friederike warf einen demonstrativen Blick auf ihre Uhr. »Danke. Du aber auch. Ich muss jetzt leider los, habe gleich einen Termin.« Sie stand auf und blieb noch kurz vor ihm stehen. »Bis dann. Hab einen schönen Tag.«

»Danke«, er lächelte immer noch. »Du auch. Bis bald.«

Sie ging, während er noch auf der Bank sitzen blieb, und beschleunigte ihre Schritte, obwohl es noch gar nicht so spät war. Aber sie musste hier weg. Ganz schnell. Weil sie einen Fleck auf der Bluse hatte, den sie auswaschen musste. Was vermutlich gar nicht ging, Currysauce war so hartnäckig. Besonders auf einer hellen Seidenbluse. Ihr stiegen plötzlich die Tränen in die Augen, wütend wischte sie sie weg. Scheißcurrywurst. Scheißbluse. Scheißgefühle.

30.

»Isst Alexandra Koriander?«

»Was?« Jule drehte den Kopf zur Seite und wischte sich mit dem Handrücken über die Augen. »Diese kleinen Zwiebeln sind so fies, ich sehe gar nichts mehr. Was hast du gefragt?«

Torge schob mit dem Messer das gewürfelte Gemüse in ein Sieb und wiederholte: »Ob Alexandra Koriander isst.«

»Keine Ahnung.« Jule ließ den Blick über die vollgestellte Arbeitsplatte wandern. »Musst du sie fragen. Sonst mach den doch extra, man kann ihn sich ja anschließend drüberstreuen. Was soll ich jetzt schnippeln?«

Torge reichte ihr zwei Lauchstangen. »In dünne Ringe bitte.«

»Ach was«, Jule nahm sie ihm aus der Hand. »Keine Quadrate? Du tust immer so, als hätte ich noch nie gekocht.«

Er hob die Augenbrauen. »Explosive Stimmung?«

»Was?« Jule zog das Brett näher. »Quatsch.« Sie knallte die Lauchstange drauf und hackte das Wurzelende ab. Stumm entfernte sie die verwelkten Außenblätter und drehte den Wasserhahn auf, um den Lauch zu waschen. Torge stand indes neben ihr und schaute ihr nachdenklich zu. Erst als sie das Wasser wieder abdrehte und die Lauchstange über dem Becken schüttelte, fragte er: »Habe ich irgendetwas falsch gemacht?«

»Nein«, Jule sah ihn angriffslustig an. »Ich habe doch gar nichts gesagt.«

»Warum bist du dann so gereizt?« Torge öffnete eine Schranktür, musterte kurz den Inhalt, dann öffnete er die nächste und nahm eine Schüssel raus. »Aber wenn du nicht darüber reden willst, kann ich dir nicht helfen.«

Jule atmete langsam ein und wieder aus. »Ich bin nicht gereizt. Und ich muss über nichts reden. Aber in einer Viertelstunde kommt Alex, und das Essen ist noch nicht mal annähernd fertig. Und ich habe hier den Überblick verloren. Ich weiß gar nicht, was ich als Nächstes machen soll.«

Sie sagte nicht, dass diese Chaosküche sie nervte, dass die Korianderblätter schon auf dem Boden klebten, dass man auch zwischendurch eine Schüssel abwaschen könnte, anstatt dauernd neue in den Schränken zu suchen, dass der Biomüll schon fast aus dem Eimer quoll, dass überall was herumlag und sie im Übrigen sowieso am liebsten einen Frauenabend mit Alexandra vor sich hätte. Ohne, dass ihr die Kräuter unter den Füßen klebten. Das alles sagte sie nicht, die Stimmung war so schon angespannt genug.

Torge lehnte sich gelassen an den Kühlschrank und lächelte. »Den Lauch schneiden? Aber okay, dann schlage ich jetzt mal vor, dass du dir ein Glas Weißwein einschenkst, dich damit draußen auf die Bank setzt und auf deine Freundin wartest. Ich kümmere mich um den Rest.«

»Ich …«, Jule ließ vielsagend ihre Blicke durch die Küche schweifen, kopfschüttelnd öffnete Torge den Kühlschrank, nahm den kalten Weißwein raus und drückte ihr die Flasche in die Hand. »Na, geh schon, glaub mir, ich kann besser kochen, wenn du mir dabei nicht dauernd auf die Finger guckst. Die Weingläser stehen schon auf dem Tisch.«

Er schlug die Kühlschranktür zu und griff zur gewaschenen Lauchstange. Schweigend fing er an, sie in Ringe zu schneiden, während Jule mit schlechtem Gewissen auf seinen Rücken starrte. Seinen, wie sie fand, schlecht gelaunten Rücken.

»Dann gehe ich jetzt raus«, sagte sie schließlich, blieb aber immer noch stehen.

»Okay«, er arbeitete weiter, ohne hochzuschauen, bis sie sich endlich aufraffte und das Schlachtfeld, das früher ihre Küche war, verließ. »Bis gleich.«

Die Bank stand im Schatten eines Kirschbaumes, mit freiem Blick auf die Eingangspforte, durch die jeden Moment Alexandra kommen würde. Jule schob sich eins der bunten Kissen von der Bank in den Rücken und lehnte sich an, bevor sie das beschlagene Weißweinglas in die Hand nahm und an die Lippen führte. Es war nicht gut, dass sie Torge gegenüber so schnell ungeduldig wurde. Und so oft gereizt war. Sie konnte sich dabei selbst nicht leiden. Nachdenklich beugte sie sich vor, knipste eine vertrocknete Blüte aus dem Kübel neben ihr und schnipste sie auf den Weg. Vielleicht war das alles zu viel, die plötzliche Zweisamkeit, während sie Oma wurde, das Älterwerden, Pias Zukunft, das Haus, in dem sie zu lange allein gelebt hatte, die neue und gleichzeitig alte Vertrautheit mit Friederike und Alexandra, die sie an früher erinnerte, an die Zeiten, in denen alle noch jung und am Anfang waren, das Thema Krankheiten, das Hanna ins Spiel gebracht hatte, Maries Tod und ihr Vermächtnis, an jeder Ecke lauerten neue Baustellen, irgendwie schien auf einmal alles kompliziert. Und machte sie zu einer nörgelnden, unzufriedenen, mittelalten Frau. Grauenhaft.

Als sie die Pforte quietschen hörte, sah sie Alexandra mit einer Weinflasche in der Hand auf sich zukommen. Sie trug ihre Haare heute offen. Die schmale helle Hose mit dem engen schwarzen T-Shirt standen ihr super, sie hatte sich dezent geschminkt und sah so gut aus, dass Jule unwillkürlich an sich runtersah. Sie hatte sich noch nicht mal umgezogen.

»Bin ich zu früh?« Alexandra stand jetzt vor ihr und betrachtete sie erstaunt. »Oder bin ich einfach overdressed?«

Jule tippte auf den Tomatenfleck, der mitten auf ihrem weißen T-Shirt prangte. »Wenn du den meinst, nein, du bist nicht zu früh, ich habe nur vergessen, mich umzuziehen. Irgendwie habe ich heute keinen guten Tag.«

Sie beugte sich zur Seite und zog die Weißweinflasche aus dem Kühler, der zu ihren Füßen stand. »Setz dich, Torge kocht, und das macht er lieber allein. Wir sollen hier warten, bis er fertig ist. Dein Glas steht da auf dem kleinen Tisch.«

Alexandra ließ sich neben ihr nieder und hielt ihr das leere Weinglas hin. »Was ist los? Ärger im Paradies?«

»Ach«, Jule hob die Schultern. »Weder Ärger noch Paradies. Eher eine allgemeine und sehr diffuse Unzufriedenheit mit dem Leben. Ich weiß auch nicht so genau«, sie seufzte tief. »Ich hoffe, es sind nur die Hormone. Vergiss es, ich kann es dir gar nicht richtig erklären. Wie ist es bei dir?«

»Gut«, aufmerksam musterte Alexandra sie. »Willst du über irgendetwas reden?«

»Nein«, entfuhr es Jule schärfer, als sie wollte. »Es ist wirklich nichts Besonderes.« Sie stellte ihr Glas zur Seite und stand auf. »Ich ziehe mich nur schnell um und sehe nach, wie weit Torge ist.« Noch bevor sie die Tür erreicht hatte, war Torge herausgetreten, einen Teller mit Oliven, Käse, Tomaten und Brot in der Hand.

»Hey«, sagte er lächelnd in Alexandras Richtung und ging zur Seite, um Jule Platz zu machen. »Ich habe hier schon ein paar Vorspeisen, damit der Wein euch nicht so schnell in den Kopf steigt. Das Essen ist in einer Viertelstunde fertig.« Er sah Jule fragend an. »Wolltest du was holen?«

»Ich ziehe mich nur schnell um«, sie deutete auf den Fleck. »Bin gleich wieder da.«

Alexandra stand auf, um ihn zu begrüßen, während Jule ins Haus ging. Auf dem Weg nach oben warf sie einen schnellen Blick in die Küche und blieb kurz stehen. Torge hatte inzwischen das meiste aufgeräumt, von Chaos keine Spur, es sah einfach nur aus wie in einer Küche, in der gekocht wurde. Es duftete aromatisch nach Kräutern und Hühnchen, der Reis kochte blubbernd vor sich hin, alles war vorbereitet, der Tisch gedeckt. Nach einem Moment setzte sie den Weg ins Schlafzimmer fort und konnte die aufkommende Scham sogar zulassen. Es wäre die gerechte Strafe, wenn Torge sich in Alexandra verliebte. So wie es auch Philipp passiert war. Damals hatte Jule ihre Unzufriedenheit auch nicht in den Griff bekommen.

Als sie nach zehn Minuten wieder runterkam, jetzt im blauen Kleid, mit hochgebundenen Haaren und Lippenstift, stand Torge wieder in der Küche und rührte den Reis um. Jule umschlang ihn mit beiden Armen. »Es tut mir leid«, sagte sie leise in seinen Rücken. »Ich wollte dich nicht anzicken.«

»Ich weiß«, er legte den Kochlöffel weg und seine Hände auf ihre. »Du tust es aber immer wieder.« Er drehte sich langsam um und zog sie an sich. »Kannst du nicht hin und wieder einfach mal tief durchatmen? Wir haben es doch gut miteinander.«

Er küsste sie, bevor er seine Arme sinken ließ und einen Schritt zurücktrat. »Das Essen ist gleich fertig, du kannst Alexandra schon reinholen.«

»Ist das Koriander?« Alexandra deutete auf die kleine Schale, die am Rand des Tisches stand. Torge nickte und reichte sie ihr. »Jule wusste nicht, ob du das magst. Und ich kenne so viele Leute, die es hassen.«

»Zu denen gehöre ich nicht«, Alexandra nahm ihm die Schale ab und streute die gehackten Blätter großzügig über das Curry. »Ich liebe Koriander.«

Torge sah Jule vielsagend an, die sofort verteidigend sagte: »Als wir vor vielen Jahren noch regelmäßig zusammen gekocht haben, hat kein Mensch Koriander gegessen. Das gab es überhaupt noch nicht.«

»Zumindest nicht in Weißenburg«, war Alexandras Antwort. »Das ist das Schicksal der Provinz. Unsere kulinarischen Highlights waren Pommes und Pizza. Wo waren wir stehengeblieben?«

»In Ribe«, erinnerte Torge sie. »Wo Henri Jacobsen heute wohnt. Der erfolgreiche Bildhauer, der aber zurückgezogen lebt. Und dass du jetzt überlegt hast, wer von euch wann da hinfährt.«

»Ja, richtig«, Alexandra nickte und warf Jule einen prüfenden Blick zu. Sie war ungewöhnlich schweigsam, obwohl es doch diese spannenden Neuigkeiten gab. Alexandra fragte sich, ob sie nur einen ungünstigen Abend erwischt hatte. Oder ob es hier ein grundsätzliches Problem gab. Jule und Torge wirkten nicht sehr entspannt, fast so, als hätten sie sich gerade gestritten. Sie sah zu Torge und fuhr in leichtem Ton fort: »Ribe. Genau. Also, Hannas Bruder wohnt da seit Jahren mit seiner Frau auf einem alten Bauernhof. Wir müssen jetzt überlegen, wie wir das machen. Es besteht ja die Gefahr, dass er uns gleich vom Hof scheucht, wenn er mitbekommt, um was es geht. Vielleicht gibt es Gründe, dass der Kontakt zu seiner Schwester abgebrochen ist. Oder abgebrochen wurde.«

Für einen Moment aßen sie schweigend, nur das Klappern des Bestecks war zu hören.

»Das kann auch richtig schiefgehen«, meldete sich Jule schließlich zu Wort. »Zum Beispiel, wenn der Grund ein gravierender ist.«

»Das stimmt.« Alexandra schob sich die letzte Gabel in den Mund und legte ihr Besteck auf den Teller. »Aber das werden wir wohl nur von ihnen selbst erfahren. Und dann sehen, ob eine Versöhnung überhaupt möglich ist. Torge, das war ganz großartig, vielen Dank fürs Kochen.«

»Sehr gern«, er hob das Glas und prostete ihr zu. »Jederzeit wieder.«

Jule blickte zwischen beiden hin und her, dann hob auch sie das Glas. »Auf den Meisterkoch. Und die Neuigkeiten aus Dänemark. Wo genau liegt denn Ribe?«

Alexandra stellte ihr Glas wieder ab. »Von Hamburg aus fährt man mit dem Auto ungefähr drei Stunden. Es liegt an der Westküste.«

Torge langte über den Tisch und nahm Alexandras leeren Teller, den er auf die anderen stapelte, bevor er aufstand. »Ich war mal da, es ist ganz hübsch. Espresso? Kaffee? Cognac?«

»Espresso«, antwortete Alexandra und lächelte ihn an. »Danke.«

»Ich möchte auch einen«, Jule wollte auch aufstehen, wurde aber von Torge sanft daran gehindert.

»Ich mach schon. Bleib sitzen.«

Jule drehte sich zu ihm um. »Soll ich dir was helfen?«

»Nein«, er beugte sich zu ihr und küsste sie auf den Kopf. »Espresso kommt sofort.«

Er verschwand in der Küche, nach einem Moment sah Alexandra zu Jule, die nachdenklich ihr fast leeres Weinglas schwenkte. »Du hast echt Glück mit ihm. Er ist toll.«

»Ja«, Jule blickte zurück. »Ist er auch. Aber ich ...«, sie hob die Schultern. »Ich bin gerade irgendwie ...« sie brach ab, weil sie Torge in der Küche pfeifen hörte. »Ein anderes Mal.«

Kurz darauf stellte Torge ihnen die beiden kleinen Tassen auf den Tisch, blieb aber davor stehen. »Ich mache mal eben klar Schiff, ihr könnt ja einen Schlachtplan für die Fahrt nach Ribe entwerfen«, sagte er und sah Jule dabei an.

»Du kannst auch alles stehen lassen, ich mache das nachher.«

Torge nickte. »Schon klar«, meinte er, es klang eher süffisant. »Aber so viel ist es nicht. Zehn Minuten, in denen ihr über Sachen sprechen könnt, die mich nichts angehen.« Sein

Lächeln ließ es freundlich klingen, Jule sah ihm nach, als er ging.

Alexandra hatte beide beobachtet, irgendwie schien es hier zu knirschen. Was sie überhaupt nicht verstand, sie hatte bei den letzten Treffen mit beiden immer das Gefühl gehabt, dass sie eine sehr warme, schöne Beziehung hatten. Nur heute schien irgendwie der Wurm drin zu sein. Sie streute Zucker in ihren Espresso, die Augen auf Jule gerichtet. »Möchtest du in diesen zehn Minuten nicht doch was sagen?«

Das Klingeln an der Haustür ließ Jule fast erleichtert aufstehen. »Wer ist das denn?«

Sie verschwand, dafür kam Torge zurück und sah fragend Alexandra an. Sie hob die Schultern. »Jule öffnet schon.«

Aus dem Stimmengemurmel an der Tür war plötzlich eine laute männliche Stimme zu hören, die nach Torge fragte. Der stöhnte leise auf. »Das ist der Nachbar«, sagte er leise zu Alexandra. »Frank. Der will sich wieder irgendetwas leihen, was er dann nie wieder zurückgibt.«

Bevor er ihm entgegen gehen konnte, tauchte er schon hinter Jule im Esszimmer auf.

»Ach, ihr habt Besuch«, sagte er laut und musterte Alexandra neugierig. »Hallo, ich bin Frank. Ich will auch gar nicht lange stören, aber Angela hat das Radio und das Licht im Auto angelassen, jetzt ist die Batterie leer, und ich muss Vanessa bei einer Freundin abholen. Hast du so ein Überbrückungskabel? Kannst du mir eben mal Starthilfe geben?«

»Ich hole es«, Torge nickte und ging an ihm vorbei in den Flur, während Frank immer noch auf Alexandra starrte, bevor er eher widerstrebend Torge folgte. »Ja, also dann noch einen schönen Abend.«

»Gleichfalls«, Alexandra lächelte, bis er das Zimmer wieder verlassen hatte. Dann stand sie auf. »Habt ihr nie Besuch? Oder warum starrt er so?«

Jule sah sie an. »Wenn du seine Frau kennen würdest, könntest du ihn verstehen. Vermutlich ist er jetzt schockverliebt in dich. Das passiert schnell, wenn die eigene Beziehung scheiße ist. Das kennst du doch. Ich glaube, ich bin auch schon wieder dicht dran.«

Alexandra schüttelte den Kopf. »Jule, du spinnst.« Sie sah durchs Fenster, dass Torge mit dem Nachbarn zusammen im Auto wegfuhr, dann drehte sie sich um. »So, jetzt machen wir beide zusammen klar Schiff, und du erzählst mir dabei, was los ist.«

Während Jule die Geschirrspülmaschine umsortierte und die schmutzigen Teller einräumte, lehnte Alexandra an der Arbeitsplatte und sah ihr zu. Es war schon alles aufgeräumt gewesen, sie hatte lediglich auf Jules Bitte hin den Fußboden gefegt und ein paar Kräuter und Krümel zu einem kleinen Haufen zusammengekehrt, den Jule sofort aufgenommen und in den Mülleimer geworfen hatte.

Jetzt stieß Alexandra sich ab und setzte sich an den Tisch. »Wenn du das immer so machst, dann wundert es mich, dass Torge so gelassen bleibt.«

»Wieso?« Jule schloss die Tür der Geschirrspülmaschine und drückte den Startknopf, bevor sie sich auch setzte. »Was meinst du?«

»Ich hätte den Krümelhaufen auch in den Müll werfen können, aber du wartest gar nicht ab, sondern funkst hektisch dazwischen. Was ist mit dir los?«

Jule stützte ihr Kinn auf die Faust und wischte mit der anderen Hand über den Tisch. Sie seufzte, bevor sie hochsah. »Ach, ich weiß es nicht. Ich bin so … ich stehe mir selbst im Weg. Mich nervt es, wenn es hier nicht so aussieht, wie es in den letzten zwanzig Jahren ausgesehen hat, ich habe das Gefühl, es verändert sich gerade alles, und ich will das eigentlich nicht. Ich benehme mich bescheuert, ich merke das selbst, aber ich weiß nicht, wie ich mit Torge darüber reden soll. Es liegt gar nicht an ihm, er ist wunderbar, er gibt sich Mühe, er ist unheimlich rücksichtsvoll, aber gerade das macht mich wahnsinnig. Selbst mit Pia kann er besser umgehen als ich, und ich bin ihre Mutter. Und ich werde Oma, gleichzeitig sehe ich dich und Friederike, was ihr alles macht, wie ihr heute seid, dann denke ich an früher, wie jung wir waren, was wir alles noch vor uns hatten, und dass heute alles vorbei ist.«

»Was genau ist denn vorbei?« Verblüfft über diesen Gefühlsausbruch fragte Alexandra: »Es ist doch das Gegenteil der Fall, es fängt doch gerade ganz viel an. Du bist nicht mehr allein, Pia bekommt ein Baby, wir haben uns wieder versöhnt, der Sommer beginnt, wir werden uns wie früher am See treffen. Was genau meinst du denn: Was ist vorbei?«

Mit einem resignierten Gesichtsausdruck sah Jule sie an. »Ich weiß es ja auch nicht. Es ist alles zusammen.« Sie rieb sich ungeduldig über die Stirn. »Letztes Jahr um diese Zeit war Marie gerade gestorben, ich habe hier allein gewohnt, Pia hat studiert, mein Leben war aufgeräumt, es bestand aus der Praxis, dem Tennisclub, ab und zu Besuch von Freunden. Und dann kam der Brief vom Notar, wir haben uns alle wiedergetroffen, haben die Villa geerbt, ich habe Torge bei der Hochzeit meiner Nichte kennengelernt, und alles ging los. Und jetzt, ein Jahr später, ist alles komplett anders. Samt Enkelkind. Ich habe das alles doch noch gar nicht verarbeitet. Vielleicht ist es das, was mich dauernd ungeduldig und streitlustig macht. Und Torge kriegt das ab, weil er ja immer hier ist.« Sie sah Alexandra mit Tränen in den Augen an. »Jetzt sag bitte nicht, dass das Luxusprobleme sind und ich jetzt genau das Leben habe, das ich immer wollte. Das weiß ich selbst. Es fühlt sich nur nicht so an.«

Alexandra wartete mit der Antwort, bis Jule sich ein Taschentuch aus der Schublade geholt und sich die Nase geputzt hatte.

Erst als Jule sich wieder hinsetzte, frage sie: »Wer von euch hat eigentlich den Vorschlag gemacht, dass Torge hier einzieht?«

Überrascht sah Jule sie an. »Eigentlich niemand«, sagte sie langsam. »Es hat sich einfach so ergeben. Erst blieb er immer öfter hier, dann ließ er Sachen hier, irgendwann haben wir dann beide gesagt, es wäre doch praktischer, wenn er ganz einzöge. Damit dieses Hin- und Herfahren ein Ende hat.«

»Wessen Vorschlag war das? Irgendeiner muss es ja mal gesagt haben.«

»Ich«, antwortete Jule nach kurzer Überlegung. »Ich habe es ihm gesagt. Ende November. Als es auch auf den Straßen glatt wurde. Und dunkel.«

Alexandra nickte. »Dunkel und glatt. Und die Adventszeit ist zu zweit romantischer, oder? Jule, kann es sein, dass deine Vorstellungen immer noch so sind wie früher? Dass du immer noch von Geigen und Sternenhimmel träumst und enttäuscht bist, wenn der Alltag ein bisschen davon abweicht?« Sie hob die Hand, als Jule protestieren wollte. »Warte noch, bevor du was sagst. Wir haben uns viele Jahre nicht gesehen und auch nicht viel von unseren Leben mitbekommen. Aber ich merke jetzt, dass wir uns alle gar nicht so sehr verändert haben. Und du hattest schon früher sehr romantische Vorstellungen von Liebe und Beziehung. Jule, du hast doch alles gemeistert, du hast dein Kind mehr oder weniger allein großgezogen, deine Praxis läuft bombig, dein Haus ist bezaubernd, warum freust du dich jetzt nicht einfach, dass du auch noch einen Partner gefunden hast? Es kommt doch nur was dazu, du musst dafür nichts abgeben. Wovor hast du denn Angst?«

»Dass alles wieder schiefgeht?« Jule sah sie mit großen Augen an. »Dass Pia dieselben Probleme bekommt, wie ich sie hatte? Dass Torge sich auch in eine andere Frau verliebt? Dass es ein großes Chaos gibt?«

»Das kann es doch gar nicht mehr«, entgegnete Alexandra sanft. »Du hast doch so viel geschafft, das kann dir doch niemand mehr nehmen. Alles, was jetzt noch passiert, kommt dazu, wir brauchen uns nichts mehr zu beweisen, wir haben gezeigt, dass wir alles können, alles.« Sie legte ihre Hand auf Jules. »Pias Kind bekommt drei Tanten, die ihm beim Großwerden helfen können. Und eine tolle Oma. Die einen richtig guten Typen gefunden hat. Sei sicher, das wird alles laufen. Und nimm dir Zeit für deine Beziehung mit Torge, er passt in dein Leben, ich bin fest davon überzeugt.«

Jule hatte ihr stumm zugehört. »Vielleicht hast du recht«, sagte sie leise. »Ich …«

»Ich bin wieder da.«

Jule zuckte zusammen, als sie Torges Stimme im Flur hörte. Mit einem leisen Bedauern sah sie Alexandra an, bevor sie sich zur Tür drehte, in der Torge schon stand. »Und?«

»Die Karre läuft wieder, und Frank …«, er stutzte, als er Jules Gesicht sah. »Ist alles okay?«

»Ja«, Jule nickte sofort. »Wir haben über alte Zeiten geredet, und jetzt bin ich gerade ein bisschen sentimental.«

Alexandras Augenbrauen gingen in die Höhe, als sie Jule ansah. Die spürte den missbilligenden Blick und schob noch nach: »Und dann habe ich Alex erzählt, dass ich im Moment oft so kraus im Kopf bin. Kleine Therapiestunde in der Küche.«

Torge lächelte und schob ihr sanft eine Locke hinters Ohr. »Krause Haare, krause Gedanken, sagte meine Oma immer.«

Er zog sich einen Stuhl ran und setzte sich neben Jule, während er erst Alexandra und dann Jule ansah. »Ich weiß nicht, ob ihr inzwischen schon den Besuch bei Hannas Bruder geplant habt. Mir ist nur beim Aufladen des Autos gerade der Gedanke gekommen, dass Jule und ich auch am nächsten Wochenende den kleinen Ausflug nach Dänemark machen könnten. Falls Jule Lust hat. Ich kenne in Ribe ein ganz schönes Hotel, was meinst du? Samstag hin, Sonntag zurück? Und wir kommen hier mal raus und machen uns nützlich.«

»Nächstes Wochenende?« Jule war überrascht. »Ja, ich weiß nicht … Was erzählen wir denn Hannas Bruder?«

»Das fällt uns dann schon ein«, Torge stand auf, um ein Glas aus dem Schrank zu holen. »Das machen wir spontan. Erst mal fahren wir hin, dann sehen wir weiter.«

»Ich finde, das ist eine großartige Idee«, Alexandra lehnte sich zurück. »Ihr fahrt da einfach vorbei und besucht ihn. Und Jule kann doch mit jedem reden, warum nicht auch mit Henri Jacobsen? Dir fällt schon was ein, Jule, du hast immer alle geknackt.«

Unsicher sah Jule erst sie, dann Torge an. »Okay«, sagte sie gedehnt. »Aber ihr dürft uns nicht dafür verantwortlich machen, wenn nichts aus der Versöhnung wird.«

»Natürlich nicht«, Alexandra lächelte sie zufrieden an. »Aber ich habe ein gutes Gefühl. Und ansonsten habt ihr einfach mal eine kleine romantische Reise unternommen, das schadet ja auch nichts. Ruft mich sofort an, wenn ihr was Neues wisst. Und macht euch eine schöne Zeit.«

31.

»Den Sessel bitte da ans Fenster«, Friederike deutete auf den Erker und hatte Mühe, ihre Ungeduld zu zügeln. Hans-Kurt, das stand auf seinem T-Shirt, war wirklich der schlechteste Möbelpacker, den sie in ihrem ganzen Leben getroffen hatte. Und sie war oft umgezogen. Hans-Kurt offenbar nicht. Jetzt nahm er seine alberne Schirmmütze ab und wischte sich mit der Hand über die verschwitzte Glatze. »Der ist aber schwer. Und ich glaube nicht, dass der in den Erker passt.«

»Der passt«, ungeduldig sah Friederike auf ihre Uhr. »Das habe ich ausgemessen. Und jetzt schieben Sie ihn bitte da rein, das kann ja nicht so schwer sein, meine Mutter trifft jeden Moment ein, und im Wagen sind noch zwei Stühle, vier Kartons und der Fernseher.«

Sie war ganz dicht dran, ihn einmal kräftig durchzuschütteln, diese Schnecke brachte ihr die ganze Planung durcheinander. Stattdessen atmete sie einmal kräftig durch und deutete mit dem Zeigefinger zum Erker. »Da hin. Jetzt.«

Genervt verließ sie das Zimmer und rannte den pickeligen zweiten Mann der Spedition fast über den Haufen. Er trottete sehr langsam über den Flur, einen Karton vor sich balancierend, mit suchendem Blick auf die Zimmertüren, obwohl er schon mehrere Male über diesen Gang gelaufen war.

»Immer noch die dritte Tür links«, Friederike deutete mit dem Daumen in die Richtung. »Und der Gang ist nicht frisch gebohnert, Sie können ruhig etwas schneller laufen.«

Er gab keine Antwort, es hätte Friederike auch gewundert.

Die Heimleiterin saß an ihrem Schreibtisch, die Bürotür war offen, sie hob sofort den Kopf, als Friederike gegen den Türrahmen klopfte.

»Frau Brenner«, sie stand sofort auf und kam ihr entgegen. »Ist alles geschafft?«

Friederike winkte nur ab und verzog das Gesicht. »Ich habe keine Ahnung, warum ich um alles in der Welt diese Spedition beauftragt habe, die beiden Packer sind wirklich eine Katastrophe. Es ist immer noch nicht alles oben. Aber fast. Wenn Sie in einer halben Stunde Ihre Reinigungskraft schicken könnten, wäre das schön. Dann kann ich die Sachen einräumen und bin fertig, wenn meine Mutter kommt.«

»Das ist kein Problem«, die Heimleiterin ging zurück und nahm den Telefonhörer in die Hand. Bevor sie die Nummer eingab, sah sie Friederike noch fragend an. »Wie kommt Ihre Mutter denn her? Holen Sie sie nicht in Lübeck in der Reha ab?«

»Nein. Meine Mutter reagiert auf mich im Moment eher … ungeduldig. Eine Freundin von mir holt sie ab. Sie war neulich mit bei einem Besuch in der Reha, und meine Mutter fand sie reizend. Die Ärztin fand die Idee auch gut. So wird es wenigstens eine friedliche Fahrt.«

Reizend war gar kein Ausdruck, dachte Friederike, als ihr einfiel, wie Esther Alexandra plötzlich um den Hals gefallen war. Sie hatte sie anscheinend für eine alte Freundin gehalten. »Du siehst so gut aus«, hatte sie gesagt. »Das kommt bestimmt von deinem Urlaub. Wir fahren ja auch bald. Lass uns doch mal wieder zusammen schwimmen gehen. Aber die schlecht gelaunte Frau da musst du nicht wieder mitbringen.«

»Sie hielt meine Freundin für ihre Freundin und mich für eine schlecht gelaunte Begleitung«, sagte Friederike jetzt laut und lächelte etwas angestrengt.

»Nehmen Sie es nicht persönlich, Frau Brenner«, immer

noch mit dem Hörer in der Hand, sah die Heimleiterin sie mitfühlend an. »Die Demenz bringt so vieles durcheinander, Ihre Mutter lebt manchmal einfach in einer anderen Zeit. Und hat Sie in dem Moment nicht erkannt. Manches ändert sich auch wieder.«

Friederike sagte nichts dazu, sondern nickte nur freundlich und verabschiedete sich. Es könnte auch komisch sein, wenn es nicht so furchtbar deprimierend wäre.

Als sie zurück in das Zimmer kam, in dem Esther nun ihre letzten Jahre verbringen würde, stand tatsächlich alles an seinem Platz. Die beiden Möbelpacker saßen nebeneinander auf dem Bett und sahen ihr entgegen. Hans-Kurt reichte ihr ein Formular. »Wir sind fertig, Sie müssen hier noch unterschreiben.«

»Wollen Sie sich noch ein bisschen hinlegen?« Schwungvoll und ohne die beiden anzusehen, setzte Friederike ihre Unterschrift neben das Kreuz. »Weil es so anstrengend war?«

»Wieso?«

»Weil Sie schon so gemütlich auf dem Bett meiner Mutter sitzen«, Friederike knallte das Formular auf den Tisch und sah die beiden kühl an. »Dann würde ich Ihnen noch schnell zwei Kissen beziehen.«

Wenigstens sprang Hans-Kurt sofort auf, der andere brauchte noch einen Moment, um die Botschaft zu verstehen. Erst nach einem Schlag in den Nacken kam er hoch. »Schon gut«, nuschelte er beleidigt und verließ grußlos das Zimmer. Hans-Kurt verharrte noch kurz, dann dämmerte es ihm, dass er kein Trinkgeld erwarten konnte.

»Also dann fahren wir jetzt«, er nahm das Formular vom Tisch und sah Friederike beleidigt an. Die hob nur die Augenbrauen, sofort senkte er den Blick und verschwand.

Sieg nach Punkten, dachte sie und sah sich in dem Zimmer um. Eigentlich war es ganz schön, es war frisch renoviert, das

Badezimmer hell gefliest, es gab einen hübschen kleinen Balkon, und Friederike hatte einige von Esthers Möbeln aus ihrer Wohnung mitnehmen können. Die standen jetzt schon da, wo sie sollten, was noch fehlte, waren die persönlichen Dinge wie Fotos und der ganze Krimskrams, auf den Esther immer Wert gelegt hatte. Das war noch alles in den Kartons im Flur verstaut.

»Guten Tag, ich soll hier sauber machen«, die Stimme kam von der Tür und gehörte einer Frau, die im Kittel neben einem Putzwagen stand.

»Hallo, das ging ja schnell«, Friederike ging zu ihr und schob ihr einen Zwanzigeuroschein in die Kitteltasche. »Vielen Dank, ich gehe solange runter, Sie können sich Zeit lassen, meine Mutter kommt frühestens in zwei Stunden.«

Die Frau lächelte und tastete nach dem Geldschein. »Danke schön.«

»Gern.« Friederike beeilte sich, nach draußen zu kommen.

Vor der Tür blieb sie erst mal stehen und atmete tief durch, um den Geruch aus der Nase zu bekommen. Diese Mischung aus Reinigungsmitteln, Desinfektion und alten Menschen. Sie würde drei Kreuze machen, wenn das alles hinter ihr lag.

Friederike hatte die Wohnungsauflösung samt Umzug in dieses Pflegeheim grandios unterschätzt. Ihre Mutter hatte seit über dreißig Jahren in ihrer Wohnung gewohnt und anscheinend nie irgendetwas weggeworfen. Ihre Schränke und Schubladen waren vollgestopft: Zwischen Stoffresten und Wollknäueln lagen Ordner und Unterlagen, zwischen den Tischdecken fanden sich alte Fotos, Eintrittskarten, rausgerissene Zeitungsartikel und Groschenhefte, hinter jeder Schranktür, die Friederike öffnete, herrschte das Chaos. Sie hatte sich nach dem ersten Überblick sofort die ganze Woche freigenommen und Alexandra gefragt, ob sie in der Villa übernachten könnte, damit sie nicht jeden Abend nach Hamburg zurückfahren musste. Die Fahrt zum See war kürzer.

»Aber natürlich«, hatte Alex gesagt und sofort vorgeschlagen: »Ich kann dir gern helfen, zu zweit ist es vielleicht nicht so deprimierend.«

Tatsächlich war Friederike froh über das Angebot und nahm Alexandras Hilfe umstandslos an. Tagelang hatten sie zusammen Esthers Möbel, Kleidung, Wäsche und alle anderen Besitztümer inspiziert und entschieden, was davon alles mit ins Pflegeheim sollte. Während Alexandra ausgemusterte Kleidung und Wäsche in Säcke stopfte, wühlte Friederike sich durch die unsortierten Unterlagen. Esther hatte vieles einfach in irgendwelchen Schachteln und Kartons aufbewahrt, Friederike musste deshalb jeden Zettel, jeden Brief, jedes Formular in die Hand nehmen. Irgendwann hatten sie beschlossen, dass Friederike die Papiere später durchsehen würde, um nicht noch wochenlang in dieser vollgestopften Wohnung sitzen zu müssen.

»Was wir unbedingt noch mitnehmen sollten, sind alte Fotos«, hatte Alexandra ihr vorgeschlagen. »Meine Mutter hat sich stundenlang ihre Alben angesehen, das ist ganz wichtig.«

Friederike legte den Kopf in den Nacken und sah in den blauen Himmel, der gerade von einem weißen Kondensstreifen durchkreuzt wurde. Jetzt in diesem Flieger sitzen und ans andere Ende der Welt fliegen, dachte sie sehnsüchtig, bis sie von einem lauten Schrei ins Hier und Jetzt gebrüllt wurde.

»Ich bin mit Peter Alexander verabredet, ich kann jetzt nicht rein«, die wütende alte Dame boxte den Pfleger, der vor ihr stand in den Magen. »Er kommt gleich mit seiner Limousine und holt mich ab. Und dann fahren wir nach Berlin.«

»Ja, Frau Schulz, ich weiß, aber wir müssen noch Ihr gutes Kleid aus dem Zimmer holen. Sie können doch nicht so nach Berlin.«

»Wir gehen in den Tanzpalast.«

»Ja, aber doch nur in einem schönen Kleid.«

Die alte Dame hakte sich plötzlich bei dem jungen Mann unter und lächelte. »Sie müssen mir auch noch die Haare machen. Machen Sie doch, oder?«

Langsam gingen sie zurück ins Haus, Friederike sah ihnen nach, dann straffte sie die Schultern und ging entschlossen in Richtung Garten. Was für ein Job, sie könnte ihn im Leben nicht machen.

Sie blieb an einer weißen Bank stehen und sah über die Rasenfläche zu einem kleinen Teich. Es war wirklich ein schöner Ort, ganz anders, als sie sich ein Pflegeheim für Demenzkranke vorgestellt hatte. Das Haus hatte nur zwanzig Bewohner, Friederike hatte Glück gehabt, hier einen Platz für Esther zu bekommen. Die Heimleiterin war äußerst sympathisch, das Pflegepersonal freundlich und kompetent, es hatte den allerbesten Ruf, wenn man es sich denn leisten konnte.

Friederike hatte es lange durchgerechnet, dank des Verkaufs des Resthofes in Bremen und mit ein bisschen Anstrengung würde sie es schaffen, die Kosten zu übernehmen. Esthers Rente war zu gering, Friederike musste die Differenz bezahlen. Es half nichts.

Friederike umrundete die Bank und zog im Hinsetzen das Telefon aus der Tasche. Nach zwei Freizeichen nahm Alexandra an. »Hey, hast du alles geschafft?«

»Fast«, Friederike beobachtete eine junge Frau, die einen alten Mann im Rollstuhl zum Teich schob. Er hatte eine FC-Bayern-Pudelmütze auf dem Kopf, obwohl es über zwanzig Grad warm war. »Aber diese Spedition, die mir Esthers Nachbarin empfohlen hat, muss deren Sohn oder Neffe oder irgendeinem Bekannten gehören. Das waren vielleicht Knalltüten, ich hätte sie fast erschlagen. Sie sind gerade erst fertig geworden, jetzt wird geputzt, danach packe ich den Rest der

Sachen aus, einen Teil habe ich schon in den Schränken. Wenn ihr also gegen vier Uhr kommt, habe ich alles fertig.«

»Gut«, Alexandras Stimme klang zuversichtlich. »Dann fahre ich in einer halben Stunde los zur Rehaklinik. Hoffentlich hält sie mich immer noch für eine alte Freundin. Nicht, dass sie die Abholung verweigert.«

»Das wird sie nicht«, Friederike kickte ein Steinchen weg, das vor ihr lag. »Zu anderen kann sie ganz freundlich sein. Nur mich kann sie gerade nicht leiden. Wenn was ist, kannst du mich ja anrufen, aber ich glaube, sie steigt freudig in dein Auto. Also, bis später.«

Sie ließ das Handy sinken und starrte auf den Bayern-München-Fan, der jetzt gerade Fangesänge anstimmte. Zumindest hatte er noch Spaß. Auch wenn niemand außer ihm wusste, welches Spiel er gerade sah.

Esther Brenner saß etwas verloren neben ihrem Koffer in der Eingangshalle nahe der Rezeption und hob nur unbeteiligt den Kopf, als Alexandra auf sie zukam. Die Schwester, die an der Anmeldung saß, sah sofort hoch. »Frau Weise? Sie holen Frau Brenner ab?«

»Ja«, Alexandra nickte und beugte sich zu Esther. »Esther, ich komme Sie abholen, wollen wir gleich los?«

»Ach«, Esthers Augen wurden lebendig, »jetzt erkenne ich dich erst, du warst doch früher blond. Steht dir aber. Wieso siezt du mich?«

Alexandra lächelte und sah die Krankenschwester an, die plötzlich neben ihr stand. »Hat sie alles dabei? Dann können wir ja los, oder?«

»Ja, Sie wissen, dass sie ein bisschen … durcheinander ist?«

»Meine Mutter war Alzheimerpatientin, ich komme damit zurecht, aber danke. Und einen schönen Tag noch.«

»Wiedersehen, Frau Brenner«, die Schwester musste hinter

Esther herrufen, die sofort losgegangen war und bereits am Ausgang stand.

»Kommst du?«

Alexandra griff nach dem Koffer und beeilte sich, hinterherzukommen.

Das Auto hatte das Klinikgelände kaum verlassen, als Esther schon ihren Kopf anlehnte und die Augen schloss. Alexandra warf einen nachdenklichen Blick auf sie. Im Schlaf sah Esther viel freundlicher aus. Wenn sie wach war, hatte sie immer diesen verbitterten Ausdruck, und das nicht erst seit ihrer Demenz.

Alexandra kannte Esther genauso lange wie Friederike, Jule und Marie. Wenn sie sich in den Ferien am See getroffen hatten, war Esther Brenner immer wieder dabei gewesen, zumindest in den Jahren, als sie sich noch nicht allein in der Villa treffen durften. Schon damals hatte Alexandra nie verstanden, dass diese ewig schlecht gelaunte und missmutige Frau tatsächlich die beste Freundin der heiteren, gelassenen und schönen Laura van Barig war. Aber es war so, diese Freundschaft hatte seit Jahren bestanden, genau genommen von dem Tag an, als die beiden sich im Internat kennengelernt hatten. Sie hatte sich vertieft, als Esthers Eltern verunglückten und Esther eine Zeitlang bei Lauras Familie gelebt hatte. Und als sie später am selben Tag ihre Töchter entbunden hatten, und das auch noch im selben Krankenhaus, war es noch enger geworden. Marie und Friederike waren dadurch fast wie Geschwister aufgewachsen, zumindest in den ersten Jahren. Die Freundschaft ihrer Mütter fanden auch sie irgendwann seltsam, zumal Esther nie irgendetwas dafür getan, sondern immer von Laura erwartet hatte, dass sie sich um alles kümmerte. Laura war immer für Esther da – umgekehrt war das eher nicht der Fall.

Jetzt ließ Alexandra das Stadtgebiet von Lübeck hinter sich und beschleunigte ihre Fahrt. Esther schlief noch immer, Alexandra konzentrierte sich wieder auf die Straße. Friederike hatte ihr oft leidgetan. Das Verhältnis zwischen ihr und ihrer Mutter war immer angestrengt gewesen, Esther hatte Friederike nie gelobt, hatte sich nie dafür interessiert, was ihre Tochter eigentlich gerade machte. Sie drehte sich ausschließlich um sich selbst, litt unter den Ungerechtigkeiten der Welt und genoss es offenbar zu leiden. Schließlich gab die Welt ihr allen Grund.

Ein kleiner Seufzer entfuhr Esther im Schlaf, Alexandra fragte sich, ob sie in der Vergangenheit oder in der Gegenwart träumte. Hatte sie eigentlich verstanden, dass sie heute in ein neues Zuhause fuhr, oder glaubte sie, sie käme zurück nach Weißenburg? In das Haus, in dem sie so lange gewohnt und das ihrer Freundin Laura gehört hatte.

»Hast du Pfefferminz?« Esther schlug plötzlich die Augen auf. »Ich habe einen trockenen Hals. Es ist warm hier im Auto, mach mal das Fenster auf.«

Alexandra ließ es einen Spalt runter, während sie sagte: »Pfefferminz habe ich nicht, aber in der Seitentasche der Tür ist eine Flasche Wasser.«

Esther hob die Flasche kurz hoch und ließ sie sofort wieder fallen. »Ich trinke nicht aus der Flasche.« Sie blickte angestrengt auf die Straße. »Deine Eltern sind ja auch tot.«

Irritiert sah Alexandra sie an. »Was? Ähm, ja. Leider.«

Esther nickte zufrieden. »Meine auch. Bei einem Autounfall. Ist aber schon lange her.« Sie kniff die Augen zusammen und starrte Alexandra plötzlich an. »Was machst du eigentlich mit dem ganzen Geld?«

»Mit welchem Geld?«

»Du hast doch alles geerbt. Die Millionen. Und die Häuser. Du bist ein Einzelkind. Du musst doch nichts teilen. Ich mochte dieses Haus am See ja nie. Zu groß. Und so viele Mücken. Hat dein Vater gekauft. Ich fand es angeberisch.« Sie presste die Lippen zusammen und sah schweigend nach vorn.

Du warst doch früher blond, hatte sie vorhin gesagt, Alexandra begriff plötzlich, dass Esther sie für Marie hielt. Sie wartete erst mal ab, wie es weiterging. Es dauerte nicht lange.

»Du bist dicker geworden«, Esther musterte sie jetzt. »Früher warst du ganz dünn. Und immer blass. Kränklich. Ich glaube, Laura war neidisch, dass mein Kind so groß und gesund war. Sie hat sie immer so angeguckt, das habe ich gemerkt. Aber jetzt ist sie ja tot.«

»Deine Tochter?«

»Unsinn. Die lebt noch. Nein, Laura. Die sind ja alle tot. Da hat auch das Geld nichts genützt.«

»Das stimmt«, antwortete Alexandra ruhig. »Das nützt dann nichts.«

Esther schloss wieder die Augen.

Friederike faltete den leeren Karton zusammen und stellte ihn an die Wand, bevor sie sich dem nächsten widmete. Sie klappte ihn auf und sah hinein, diesen Karton hatte Alexandra gepackt. Obendrauf lag ein Stofftier, stirnrunzelnd nahm Friederike den vergilbten und verfilzten Plüscheisbären in die Hand und betrachtete ihn. Den hatte sie noch nie gesehen, ein grauenhaftes Teil, sie fragte sich, warum Alex den eingepackt hatte, dann fiel ihr ein, dass es der Inhalt des Wohnzimmerschränkchens war, den sie mitgenommen hatten. Sie setzte den Bären achtlos aufs Bett und musterte den Rest im Karton. Gläser, Kerzen, Bilder, alles in Zeitungspapier eingewickelt. Seufzend fing Friederike an auszupacken: Ein paar Bücher fürs Regal, ein gerahmtes Foto von Esther und Laura, ein Bild, auf dem Esther an einer Nähmaschine saß, vermutlich in dem Modehaus aufgenommen, in dem sie ein paar Jahre gearbeitet hatte, Esther auf einem Fahrrad, sehr jung, mit strahlendem Lächeln und Blumenkranz auf dem Kopf, ein Foto von einem Kreuzfahrtschiff, ein weiteres, auf dem Esther und Laura auf Skiern standen.

Friederike stellte sie auf den Schrank, daneben kamen die Kerzenständer aus Messing, ein Windlicht und eine kleine Uhr. Sie knüllte das Zeitungspapier zusammen und wollte es in den Karton stopfen, als sie auf dem Boden noch einen Schuhkarton entdeckte. Beim Rausheben fiel der Deckel ab, der Inhalt entlud sich auf dem Fußboden. Stöhnend ging Friederike in die Knie und schob alles zusammen. Es waren Heftromane, dazwischen Fotos, Zeitungsausschnitte und alte Rezeptkarten. Flüchtig blätterte sie den Stapel durch, legte die Liebesabenteuer eines Kinderarztes, diverse Kuchenrezepte und unbeschriebene Ansichts- und Weihnachtskarten zurück in die Schachtel, überflog die Überschriften eines Zeitungsartikels, »Tod in der Luft – Hubschrauberabsturz in den Bergen«, drehte das schon brüchige Papier um, »Die neuesten Frisuren«, und fragte sich, wozu Esther so etwas aufgehoben hatte. Vorsichtig legte sie es in den Karton und schob den Rest zusammen, als ihr plötzlich ein Foto auffiel, das aus dem Stapel rutschte. Laura und Esther nebeneinander, in die Kamera lachend. Stirnrunzelnd hob Friederike das Foto näher, irgendjemand hatte neben Esther gestanden, ein Arm, der in einem weißen Hemd steckte, war noch zu sehen. Den Rest hatte jemand weggeschnitten. Einfach so und irgendwie brutal. Vermutlich war da mal Dieter Brenner, der Arsch gewesen. Friederike fiel ein, dass sie kein einziges Bild von ihm hatte. Was letztlich egal war, er war ja ohnehin nicht ihr Vater. Auch wenn sie das erst seit kurzem wusste.

Sie legte das Bild zur Seite, vielleicht war es nicht gut, wenn Esther das mit ihrem verwirrten Geist fand. Friederike schob es in ihre Hosentasche und fächerte den Stapel auf, um zu sehen, ob Dieter Brenner noch mal zerschnitten auftauchte.

Aber es waren nur noch bunte Karten. Sie wollte sie in den Karton legen, als ihr plötzlich etwas ins Auge sprang:

Ach, Esther, was für eine Nacht! Du bist ein Traum. Sehnsüchtig, L.

Friederike griff nach der Karte, drehte sie um. Eine Berglandschaft, darüber der Schriftzug »Grüße aus St. Gallen«, sie las noch mal den Satz. Esther? Was für eine Nacht? Traum? L.?

Eine steile Handschrift, keine Briefmarke, aber unter dem Text ein Datum. September 1960.

Langsam ließ sie die Hand mit der Karte sinken und starrte auf den leeren Karton. Der Gedanke sortierte sich nur langsam, bis sie ihn ganz erfasst hatte: Ihre Mutter hatte eine Traumnacht mit einem L. gehabt. Im September 1960.

Als Schritte auf dem Gang sie aus ihren Überlegungen rissen, ließ sie die Karte in ihrer Handtasche verschwinden. Darüber musste sie noch in Ruhe nachdenken.

»Wie lange brauchen wir denn noch?« Esthers Stimme hatte jetzt etwas Quengelndes bekommen. »Ich muss mal.«

»Wir brauchen noch zehn Minuten«, Alexandra sah sie besorgt an. »Schaffst du das noch?«

Esther antwortete nicht, sondern öffnete das Handschuhfach und sah hinein. Dann klappte sie es wieder zu und sah aus dem Seitenfenster.

»Esther?«

Langsam drehte sie sich zu Alexandra. »Wo fahren wir hin?«

»Zu Friederike. Die wartet in deiner neuen Wohnung.«

»Friederike?« Esthers Stimme klang unsicher.

»Das ist deine Tochter.«

»Das weiß ich«, wütend schlug Esther mit der Hand ans Handschuhfach. »Ich bin ja nicht blöd. Meine Tochter hat ein Hotel. Da fahren wir jetzt hin.«

»So ungefähr«, Alexandra nickte und lächelte sie an. »Das ist sehr schön da. Und alle freuen sich, dass du kommst.«

Esther schüttelte missmutig den Kopf. »Die sind doch alle tot. Aber Friederike …«

»Die ist nicht tot.«

»Die ist wie ihr Vater«, Esther legte den Kopf an die Scheibe und starrte nach draußen. »Immer unterwegs. Im Ausland. Immer unruhig. Kümmert sich um nichts. Haut einfach ab.«

Verblüfft blickte Alexandra zu ihr. »Aber sie kümmert sich doch. Sie wartet auf uns.«

»Wie ihr Vater«, sagte Esther leise. »Immer unterwegs.«

»Wie Dieter Brenner?«, fragte Alexandra spontan. »Das ist doch ihr Vater, oder?«

Esther nahm den Kopf von der Scheibe und sah sie verwirrt an. »Mein Vater ist tot. Wann sind wir da? Ich muss mal.«

Alexandra hatte ihre Ankunft telefonisch angekündigt, jetzt standen Friederike und die Heimleitung nebeneinander vor dem Eingang und warteten. Als Friederike das Auto entdeckte, setzte sie sich sofort in Bewegung. »Da sind sie.«

Sie wartete auf dem Parkplatz, bis Alexandra den Motor abgestellt hatte, erst dann öffnete sie die Beifahrertür und half Esther beim Aussteigen.

»Drück nicht so auf meinen Arm«, sagte sie sofort. »Meine Schulter war gebrochen, das tut doch weh.«

Friederike veränderte ihren Griff, bis Esther vor ihr stand. Ihre Mutter hatte wachere Augen als beim letzten Besuch, anscheinend war heute ein guter Tag, oder Alexandra hatte einen guten Einfluss. »Wie war die Fahrt?«

»Ich sollte aus der Flasche trinken«, Esther schüttelte den Kopf. »Ich bin müde. Ich muss mich jetzt hinlegen. Du kannst mich sofort auf mein Zimmer bringen. Und gib der Taxifahrerin Trinkgeld.«

Nur das Zirpen der Grillen und das leise Plätschern des Wassers, das an den Bootssteg schlug, war zu hören. Die Luft in der Abenddämmerung war noch warm. Auf dem Holztisch flackerte eine Kerze in einem Windlicht, sie hatten den Tisch dicht an die Kante des Bootsstegs geschoben und die beiden Stühle nebeneinandergestellt. Friederike hatte die Hände im Nacken verschränkt und starrte auf den See, Alexandra neben ihr hielt eine Bierflasche in der Hand und pulte gedankenverloren das Etikett ab. Plötzlich löste Friederike ihre Haltung und streckte die Beine aus. Sie griff nach ihrem Bier, trank aus der Flasche und seufzte laut. »Gott, bin ich froh, dass das alles geklappt hat.«

»Ja«, Alexandra hob den Blick und nickte. »War doch gar nicht so schlimm, wie du gedacht hast. Esther war ja sogar zu der Heimleiterin ganz freundlich.«

»Ja, so wie man gutes Personal eben behandelt«, Friederike schüttelte den Kopf. »Ich verstehe nicht, warum meine Mutter sich immer so großherrschaftlich aufführt, das hat sie früher schon getan. Kein Geld auf der Naht, aber auf vornehm machen.«

»Vielleicht war das der Einfluss von Laura. Ihre Familie hatte ja wirklich Geld. Und war vornehm. Und Maries Vater kam auch aus einem reichen Stall. Sie waren die engsten Freunde deiner Mutter, das hat vielleicht abgefärbt.«

»Laura hat sich aber nie so benommen«, wandte Friederike ein. »Nur Esther. Na ja.« Sie sah nachdenklich auf die andere Uferseite, bevor sie fortfuhr. »Hast du eigentlich verstanden, was Esther gesagt hat, als sie diesen Plüscheisbären gesehen hat? Sie war plötzlich ganz aufgeregt, hat irgendwas gesagt, aber als ich nachgefragt habe, hat sie das Ding zurück aufs Bett geschmissen und mich ganz komisch angesehen. Ich habe diesen Satz vorher nicht verstanden.«

»Sie hat gefragt: War er wieder da?«, antwortete Alexandra. »Zumindest habe ich das so verstanden.« Sie trank einen

Schluck Bier und stellte die Flasche auf den Tisch. »Sie hat mich übrigens für Marie gehalten, ich habe sie auch nicht korrigiert. Und dann hat sie gesagt, dass du deinem Vater so ähnlich bist, weil du immer unterwegs, immer unruhig und immer im Ausland bist. Und dich um nichts kümmerst.« Sie machte eine kleine Pause. »Ich habe sie sofort gefragt, ob sie Dieter Brenner meint, weil der doch dein Vater ist. Und ein *Oder* mit Fragezeichen angefügt. Ich kam aber nicht weiter. Ihre Antwort war, ihr Vater sei tot.«

»Tja«, Friederike zuckte mit den Achseln. »Sie hat zwar noch helle Momente, aber ob ich von ihr noch irgendetwas höre, das bezweifele ich.« Plötzlich fiel ihr etwas ein, sie zog ein Foto aus der Hosentasche, fuhr mit zwei Fingern darüber, um es zu glätten und hielt es Alexandra hin. »Auch wenn Dieter Brenner nicht mein Vater ist, so habe ich doch jetzt wenigstens ein Foto von seinem Arm. Das Foto war in dem Schuhkarton aus dem Schrank.«

Alexandra beugte sich ein Stück vor und nahm es ihr aus der Hand. »Meine Güte«, sagte sie, während sie es betrachtete. »Brutal rausgeschnitten. Der arme Kerl. Aber Esther war wirklich eine schöne Frau. So strahlend habe ich sie nie gesehen. Zumindest war sie in dieser Situation glücklich. Und die schöne Laura offensichtlich auch. Woher weißt du, dass sie da Dieter Brenner entfernt hat?«

»Dreh es um«, sagte Friederike. »Weihnachten 1960. Ich bin im Juli danach geboren, das wird Dieter gewesen sein. Es sei denn, Laura war dabei, als Esther sich mit einem Liebhaber getroffen hat. Das kann ich mir aber nicht vorstellen.«

»Stimmt«, Alexandra gab ihr das Foto zurück. »Laura war so anständig. Und mochte nicht lügen. Das hätte sie nicht mitgemacht.« Sie lehnte sich wieder zurück. »Vielleicht findest du doch noch irgendeinen Hinweis in diesen ganzen Massen an Papieren, die du noch durchforsten willst. Oder musst.«

»Ja, vielleicht«, antwortete Friederike und dachte an die Karte aus St. Gallen. Als hätte Alexandra es geahnt, drehte sie plötzlich ihren Kopf. »Hast du schon was gefunden?«

Friederike hielt ihrem Blick stand und sah sie nachdenklich an. Dann sprang sie plötzlich auf. »Vielleicht habe ich schon einen Schnipsel«, sagte sie tief ausatmend. »Es gibt da eine sehr ominöse Postkarte, die auch in diesem Karton war. Ich bin mir nur nicht sicher, ob ich sie wirklich finden wollte.«

32.

»Ist das schön hier«, Jule blieb in der engen, verwinkelten Gasse stehen und betrachtete begeistert die leuchtenden Farben der kleinen Fachwerkhäuser, die Rosenstöcke, die sich neben den bunten Haustüren hochrankten, die schiefen Hauswände, die weißen Sprossenfenster und das alte Kopfsteinpflaster. »Und wo ist das Hotel?«

Torge deutete auf ein rotes Backsteinhaus, dessen blaue Doppeltür weit offen stand. »Gleich da vorn«, sagte er. »Das rote schiefe Haus, wobei du staunen wirst, wie modern das innen ist.« Er sah auf die Uhr und schob sich den Riemen der Reisetasche weiter auf die Schulter. »Einchecken können wir aber laut Buchung erst um zwölf, also in einer Stunde. Wir können ja trotzdem fragen, ob wir das Gepäck schon dalassen können.«

»Ja«, Jule nickte. »Und dann bummeln wir ein bisschen durch die Altstadt und trinken irgendwo noch was.«

»Ich muss unbedingt Hotdog essen, mit dänischer roter Wurst«, sagte Torge vorfreudig. »Als Kind war ich jedes Jahr mit meinen Eltern in Dänemark, während der gesamten Ferien habe ich mich ausschließlich von den Dingern ernährt.«

»Nicht dein Ernst«, belustigt sah sie ihn an. »Du bist doch immer gegen Fastfood.«

»Es sind dänische Hotdogs«, Torge sah sie belehrend an. »Eine meiner wichtigsten Kindheitserinnerungen. Nenn Hotdogs niemals Fastfood.«

Er ging vor, Jule folgte ihm nachdenklich. Sie hatte gerade zum ersten Mal gehört, dass Torge seine Ferien früher in Dänemark verbracht hatte. Sie hatte ihn aber auch nie danach gefragt. Was wusste sie eigentlich alles noch nicht? Seit über einem Jahr waren sie ein Paar. Und hatten in der ersten Zeit so viel miteinander geredet. Wann hatte sie aufgehört, sich für Torges Gedanken, seine Vergangenheit und seine Wünsche zu interessieren? Wann war der Alltag wichtiger geworden? In den letzten turbulenten Monaten hatte sie sich selbst und ihre Gefühle fast vergessen.

Jetzt blieb er vor der blauen Tür stehen und drehte sich zu ihr um. »Kommst du?«

»Ja, ich bin schon da«, sofort beschleunigte sie ihre Schritte.

Die junge Frau, die hinter der Rezeption auftauchte, strahlte sie fröhlich an. »*Hey og velkommen*«, sagte sie laut. »*Jeg er Kristina, havde du en god tur?*«

Jule verharrte kurz und blickte hilfesuchend zu Torge, der nickte und näher zum Tresen ging: »*Hey, Kristina, vi er for tidlige …*«

Erstaunt versuchte Jule, wenigstens aus dem Zusammenhang zu verstehen, worüber sie redeten. Dass Torge dänisch sprach, gehörte offenbar auch zu den Dingen, die sie nicht über ihn wusste. Wie auch immer, sie reimte sich zusammen, dass das Zimmer schon fertig war, die junge Frau, die Torge jetzt den Schlüssel reichte, Kristina hieß und dass das Zimmer oben war, weil sie zur Treppe zeigte. Anschließend lächelte sie auch Jule an. »Viel Spaß in Ribe« sagte sie mit charmantem dänischem Akzent und wandte sich noch mit einem schnellen dänischen Satz an Torge, der daraufhin nickte und mit einem »*Mange tak, vi ses senere*«, den Schlüssel nahm und sich zu Jule umdrehte. »Das Zimmer ist schon fertig, Liebes, sollen wir?«

»Wieso sprichst du so gut Dänisch?« Neugierig stellte Jule ihm die Frage bereits auf der Treppe. »Was hast du ihr überhaupt gesagt?«

»Nur, dass wir zu früh sind, sie hat gemeint, das macht nichts, und danach habe ich mich bedankt und bis später gesagt. Es war keine Zeit für heimliche Verabredungen.« Er grinste. »Aber apropos Verabredungen, ich kann die nette Kristina gleich noch fragen, ob sie Henri Jacobsen kennt und weiß, wo er wohnt. Vielleicht haben wir ja Glück.«

»Und warum sprichst du nun so gut Dänisch?«

»Ich hatte hier einen besten Freund, Björn, eigentlich mein Ferienfreund, mit dem ich manchmal telefoniert und viel geschrieben habe. Der konnte kein Deutsch. Deshalb musste ich Dänisch lernen. Bei Kindern geht das ja schnell.«

»Gibt es ihn noch? Björn?«

Sie hatten ihre Zimmertür erreicht, Torge legte die Karte auf das Schloss, mit einem leisen Summen ging die Tür auf. »Doch, schon. Aber damals haben wir uns zerstritten«, er ließ ihr den Vortritt. »Wegen Svea. Wir konnten uns nicht einigen, wer von uns sie zuerst gesehen hat.«

Jule betrat das helle, große Zimmer und blieb stehen, bis Torge die Tür hinter sich geschlossen hatte. Sie drehte sich um. »Ihr habt euch wegen einer Frau zerstritten? Wirklich?«

»Ja. Wir waren beide in sie verliebt«, Torge stellte die Reisetasche ab und sah sich um. »Es war der Sommer nach dem Abitur, am ersten Abend hat Svea mich geküsst, am zweiten Björn. Wir haben uns geprügelt, ich habe ihm seine Nase gebrochen. Die blieb ein bisschen schief, was ihm aber stand. Er hatte damit irgendetwas Verwegenes.«

Jule lachte überrascht auf und ließ sich in einen bequemen Sessel am Fenster fallen. »Habt ihr euch hinterher wieder versöhnt?«

»Doch. Zwei Jahre später, auf der Hochzeit der beiden. Aber es ist nie wieder so geworden wie vorher. Was nicht nur an Björns schiefer Nase lag. Der Kontakt ist einfach nach und nach eingeschlafen. Heute schreiben wir uns nur noch Karten zu den Geburtstagen. Wenn wir dran denken. Mir fällt gerade ein, dass ich seinen Geburtstag dieses Jahr zum ersten Mal vergessen habe.«

»Ruf ihn doch mal an«, schlug Jule vor, während sie langsam aufstand und durchs Zimmer ging. »Du redest mit einer Expertin, was das Kitten von langjährigen Freundschaften nach dunklen Zeiten betrifft. Bei uns hat es geklappt, und ich bin heilfroh darüber.«

»Ich glaube, da seid ihr eine Ausnahme«, nachdenklich sah er sie an. »Ihr habt Glück gehabt. Und eine feste Basis. Und Marie.«

Sie blieb mit dem Rücken zum Fenster stehen. »Das stimmt. Das war Glück. Es ist übrigens ein tolles Hotel. Kanntest du es vorher?«

»Ich war mal mit meiner Exfrau hier. Wir haben eine Fahrradtour gemacht und sind über Dänemark nach Sylt gefahren. War schön.«

Jule sah ihm zu, wie er sein Waschzeug aus der Reisetasche nahm und ins Badezimmer trug. *War schön*. Fahrradfahren mit der Exfrau. Marion hieß sie. Und hatte ihn wegen eines anderen Mannes verlassen. So wie Svea. Jule fragte sich, ob er manchmal noch daran dachte. Sie selbst hatte Jahre gebraucht, um über ihre Trennung von Philipp hinwegzukommen. Wie war das eigentlich bei Torge?

Als er zurückkam, blieb er vor ihr stehen und musterte sie. »Was überlegst du?«

Sie sah zurück und zuckte nur die Achseln. »Ich habe gerade an deine Exfrau gedacht. Denkst du noch oft an sie und an die alten Zeiten?«

Verblüfft schüttelte er den Kopf. »Wozu? Marion ist seit drei Jahren mit Martin verheiratet. Wir sind seit fünf Jahren getrennt. Worüber soll ich jetzt noch nachdenken?«

»Bist du eigentlich glücklich? Mit mir?«

Torge atmete tief aus, dann schob er sich mit fünf Fingern die Haare aus der Stirn, sie fielen gleich wieder zurück. »Glücklich«, wiederholte er nachdenklich. »Ja, eigentlich schon. Aber ich weiß nicht genau, ob du es auch bist. Oder woran es liegt, dass du es nicht bist. Wollen wir der Sache an diesem Wochenende nicht mal auf den Grund gehen«, Torge trat einen Schritt zurück. »Mir wäre das wirklich wichtig.«

Sein Gesichtsausdruck ließ keinen Widerspruch zu. Sie mussten reden. Er hatte recht. Also nickte sie nur und sagte: »Ja, gut. Jetzt gleich?«

»Nein«, Torge griff nach seiner Jacke, die er aufs Bett geworfen hatte. »Jetzt habe ich erst mal Hunger, lass uns was essen gehen. Wir haben das ganze Wochenende Zeit.«

Sie waren durch die zauberhafte Altstadt geschlendert, hatten tatsächlich Hotdogs mit roten Würstchen gegessen, in einer schmalen Seitenstraße unter einem Rosenspalier Kaffee getrunken, die kleinen Schaufenster betrachtet, den alten Hafen besichtigt und waren jetzt wieder auf dem Weg zurück ins Hotel. Torge ging eng neben ihr, er wirkte rundum entspannt. Jule streifte ihn mit einem Seitenblick. Als sie ihn im letzten Jahr kennengelernt hatte, konnte sie zunächst kaum glauben, dass sie sich tatsächlich noch einmal auf eine Beziehung einlassen könnte. Torge dagegen war sich seiner Sache von Anfang an sicher gewesen. Er machte kein Hehl aus seiner Verliebtheit und seiner Zuversicht, und Jule, die Unentschiedene, hatte sich irgendwann davon mitreißen lassen. Von seinen Gefühlen, seinem Werben, von seiner faszinierenden Unkompliziertheit. Er hatte sich seither überhaupt nicht verändert, er wirkte noch genauso sicher und überzeugt von ihnen wie am Anfang. Das hatte sie zumindest gedacht. Sie ahnte schon, dass sein Klärungsbedürfnis eher mit ihren Zweifeln als mit seinen zu tun haben könnte. Irgendwie klang das nicht gut. Und ausgerechnet in diesem Moment spürte sie fast schmerzhaft, dass sie ihn liebte. Und ihn auf keinen Fall verlieren wollte.

Unvermittelt schob sie ihre Hand unter seinen Arm und blieb stehen. Fragend sah er sie an. »Alles okay?«

»Was genau müssen wir klären, Torge?«

Er musterte sie nachdenklich, dann legte er den Arm um ihre Schulter und schob sie langsam weiter. Sie gingen schweigend ein paar Meter, bis er sagte: »Ich glaube, es war ein Fehler, dass wir zusammengezogen sind. Wir verkomplizieren unsere Beziehung, ich finde das schade.«

Ungläubig sah Jule zu ihm hoch. »Verkomplizieren? Was meinst du?«

»Ach, Jule.« Er lächelte etwas traurig. »Ich glaube, du bist noch nicht bereit, jemanden wieder vollständig in dein Leben zu lassen. Du brauchst dein Haus für dich, deshalb werde ich mir lieber wieder eine Wohnung suchen. Ich mag diese Alltagssticheleien nicht, und dir tun sie doch auch nicht gut.«

»Du willst dich trennen?«, entsetzt blieb Jule stehen. »Ist das dein Ernst?«

»Wer spricht denn von Trennung? Ich habe nur den Eindruck, du musst dir erst mal wieder darüber klar werden, was du willst und was nicht. Das geht sicher besser, wenn wir uns nicht in diesem Alltagszeug verhaken. Und uns wieder verabreden müssen, um uns zu sehen.«

Sie starrte ihn immer noch ungläubig an. Er wollte ausziehen. Der einzige Gedanke, der ihr dabei durch den Kopf ging, bestand aus einem großgeschriebenen NEIN. Das wollte sie nicht, das wollte sie überhaupt nicht. Sie wollte diesen schönen, klugen, dänisch sprechenden, gelassenen, freundlichen, verbindlichen und in sie verliebten Mann in ihrem Leben haben. Sie war sich noch nie so sicher gewesen wie in genau diesem Moment.

»Torge«, ihre Stimme war plötzlich kratzig. »Ich will mit dir leben. In diesem Haus. Ich will, dass du da bist, wenn ich aufwache und bevor ich einschlafe. Ich will mich nicht mit dir verabreden müssen, ich will, dass wir zusammen sind. Es tut mir so leid, dass ich in den letzten Monaten so launisch und blöde war, aber ich war mit all den Veränderungen offenbar total überfordert: Pias Schwangerschaft, Maries Tod, all die Erinnerungen, dann das Älterwerden – eben mit allem, was im letzten Jahr passiert ist. Bitte, Torge, überleg dir das mit der Wohnung, das fühlt sich falsch an.«

Sein Blick ging über ihre Schulter und blieb an einem Punkt hinter ihr hängen, er runzelte seine Stirn, sie hatte keine Ahnung, was er gerade dachte. Nach einer gefühlten Ewigkeit sah er sie wieder an. »Dann sprich doch mit mir. Manches wird leichter, wenn man es ausspricht. Aber …« Er blickte wieder an ihr vorbei. »Auch wenn es ein abrupter Themenwechsel ist, dreh dich mal um.«

Jule sah ihn verständnislos an, bevor sie sich umdrehte. Sie standen gerade vor einem Museum. An der Tür hing ein großes Plakat, auf rotem Hintergrund leuchtete in geschwungener Schrift:

Henri Jacobsen – Skulpturer
1. Juli–15. August
Kunstmuseum Ribe

»Wir haben den Anfang«, Torge sah perplex auf das Plakat. »Und wir stehen genau davor.«

»Henri Jacobsen«, Jule sah von Torge zum Plakat und wieder zurück. »Wahnsinn! Ausgerechnet jetzt. Torge: Bitte zieh nicht aus.«

Er trat näher und zog sie an sich. »Jule Petersen, ich möchte außerordentlich gern mit dir zusammenleben. Aber nur, wenn dich das nicht zu Fluchtgedanken veranlasst. Denk in Ruhe darüber nach, ob getrennte Wohnungen vielleicht besser für dich sind. Oder ob es eine andere Lösung für uns gibt. Ich will mich nur nicht mehr anstrengen müssen, dafür bin ich zu alt.«

»Das sollst du auch nicht.« Jules Stimme klang dumpf, weil sie gegen seine Brust sprach. »Ich liebe dich, Torge, ich habe es nur in dem ganzen Trubel vorübergehend vergessen. Wir können doch …«

Er hob ihr Kinn und küsste sie. »Lass uns nachher in Ruhe reden, nicht hier auf der Straße. Jetzt kümmern wir uns erst mal um Henri Jacobsen. Dann um den Rest. Komm, Liebes.«

Jule trat einen Schritt zurück und sah ihn an. Sie war so unfassbar blöd gewesen. Wie konnte sie nur. Sie nickte und schob ihren Arm durch seinen. »Du wirst sehen, du willst nicht ausziehen«, sagte sie entschlossen. »Gib mir noch dieses Wochenende.«

»Nach dreihundert Metern links abbiegen«, sagte die Stimme aus dem Navi in nasalem Ton. Torge drosselte das Tempo und setzte den Blinker, bevor er auf eine sehr schmale Straße bog, die eher aussah wie ein Privatweg.

»Das ist ja echt am Arsch der Heide«, meinte Jule und betrachtete skeptisch die Umgebung. Hier war nichts, nur Felder, ab und an Kühe, ein paar Kiefern, sonst nichts. »Bist du sicher, dass wir hier richtig sind?«

»Einen Kilometer dem Verlauf der Straße folgen«, das Navi beantwortete die Frage.

»Das ist die Adresse, die uns der freundliche Herr Petterson genannt hat«, Torge schaltete in den zweiten Gang, um den Schlaglöchern besser ausweichen zu können. »Er hat ja gesagt, dass der Hof abgelegen ist.«

Er hatte leider noch mehr gesagt. Der sympathische alte Mann, der an der Kasse des Museums saß, hatte Torges Frage nach Henri Jacobsen nur zögernd beantwortet. Jule hatte nichts verstanden, aber an Torges betroffenem Gesicht gesehen, dass die Antwort nicht so ausgefallen war, wie sie gehofft hatten. Torge und der alte Mann hatten eine ganze Weile miteinander gesprochen, Herr Petterson wurde immer zugewandter, während Jule nur Bahnhof verstand und auf heißen Kohlen saß. Schließlich hatte Torge sich per Handschlag von Petterson verabschiedet und war wieder zu Jule gekommen.

»Henri Jacobsen ist Ende Februar verstorben«, Torge schob die Hände in die Taschen und sah Jule an. »Wir sind fünf Monate zu spät.«

»Oh nein«, Jules Enttäuschung fuhr ihr in den Magen. »Das darf doch nicht wahr sein. Ach, Mann.«

»Aber seine Witwe lebt noch auf einem Hof ganz in der Nähe. Und zwei seiner Enkelsöhne sind gerade da. Ich habe Herrn Petterson gesagt, dass wir Henris Schwester kennen, und er empfiehlt uns dringend, zu Henris Frau Astrid zu fahren, sie würde sich ganz sicher freuen. Henri und Petterson waren offenbar befreundet.«

»Ja?« Jule warf einen verstohlenen Blick auf den alten Mann an der Kasse, der nachdenklich in ihre Richtung sah und sie plötzlich traurig anlächelte. Sie lächelte zurück. »Gut, dann fahren wir. Aber vorher möchte ich mir noch die Ausstellung ansehen. Wenn wir Henri schon nicht mehr persönlich kennenlernen können, dann doch wenigstens seine Skulpturen, was meinst du?«

»Sie haben Ihr Ziel erreicht. Das Ziel liegt auf der linken Seite.«

Torge fuhr jetzt im Schritttempo weiter. »Da ist es«, sagte er jetzt und lenkte das Auto langsam in eine Hofeinfahrt. Sie fuhren auf ein historisches, weißes Reetdachhaus zu, vor dem üppig blaue Hortensien und rosafarbene Stockrosen blühten. Eine Katze lag auf der Schwelle der geöffneten Tür und putzte sich. Als das Auto über den Kiesweg knirschte, hob sie kurz den Kopf, dann fuhr sie mit ihrer Fellpflege fort. Anscheinend war sie Besuch gewöhnt. Im rechten Winkel zum Wohnhaus stand ein kleineres Gebäude, vermutlich eine ehemalige

Scheune. Jetzt hatte sie eine durchgehende Glasfront, das Dach war ebenfalls mit Reet gedeckt, auch hier blühten Hortensien, auch hier war die alte doppelflügelige blaue Tür weit geöffnet. Alles sah gepflegt und modernisiert aus, beeindruckt stellte Torge den Motor aus und sah sich um.

»Von wegen ›alter Resthof‹«, sagte er. »Das ist ja ein traumhaftes Anwesen.«

Jule löste den Gurt und beugte sich vor. »Das kleine Gebäude muss sein Atelier gewesen sein«, mutmaßte sie. »Sieh mal, da kommt jemand raus, vielleicht ist das ja einer der Enkel?« Sie öffnete die Tür und stieg aus, neugierig sah sie ihm entgegen.

Der junge Mann, der, die Hände in die Taschen eines blauen Overalls vergraben, auf das Auto zuschlenderte, war vielleicht Anfang zwanzig, sein blondes Haar war völlig verwuschelt und ein bisschen zu lang, sein Blick freundlich, das Gesicht voller Sommersprossen. Er blieb vor dem Auto stehen und lächelte erst Jule und dann Torge an, der jetzt um den Wagen kam. »Hey«, er musterte beide, dann das Auto. »Ich bin Mikkel Jacobsen. Ihr wollt zu meiner Oma, Per hat gerade angerufen.«

»Ja«, Torge streckte ihm die Hand hin. »Ich bin Torge, das ist Jule. Nur, wenn wir nicht stören. Wir wollen sie nicht überfallen.«

»Nein, das ist schon okay«, Mikkel schüttelte ihm mit großer Ernsthaftigkeit die Hand, dann zeigte er aufs Haus. »Sie zieht sich gerade um. Sie wollte keinen Besuch in Gartenklamotten empfangen, aber kommt schon mal mit.«

»Du sprichst ja so gut deutsch«, Jule sah ihn erstaunt an. »Ich habe damit gerechnet, dass Torge alles für mich übersetzen muss. Im Gegensatz zu ihm verstehe ich kaum ein Wort Dänisch.«

»Wir sind zweisprachig aufgewachsen«, Mikkels schiefes

Grinsen traf Jule direkt ins Herz. Sie hätte diesen charmanten, hübschen Dänen vom Fleck weg adoptieren können. »Oma und Opa haben immer tagsüber dänisch und abends deutsch gesprochen. Mein Vater hat das mit uns so übernommen. Da ist Oma ja schon.«

Eine kleine zierliche Frau mit kurzen weißen Haaren kam mit leicht geröteten Wangen aus dem Haus, die Katze war sofort auf den Beinen und folgte ihr. Sie sah jünger aus, als sie sein musste, immerhin war dieser junge Mann schon ihr Enkel. Mit schnellen Schritten kam die Frau auf sie zu und sah Jule und Torge neugierig entgegen. »Hey«, sagte sie mit fester Stimme und streckte ihre Hand aus. »Astrid Jacobsen.«

Mikkel sah seine Großmutter an. »Das sind Jule und Torge«, sagte er kurz, bevor er sich zur Katze bückte und ihr den Kopf kraulte. »Komm, Pus, ich gebe dir mal was zu fressen.« Er ging zum Haus, die Katze überholte ihn auf dem Weg, beide verschwanden hinter der blauen Tür.

Astrid hatte einen festen Händedruck und sah Jule mit klaren, blauen Augen an. »Sie bringen Neuigkeiten von Henris Schwester?«

Jule nickte. »Ja«, sagte sie. »Und wir sind sehr traurig, dass Ihr Mann gestorben ist. Wir haben es gerade erst erfahren. Herzliches Beileid. Wir platzen hier einfach so rein: Passt es Ihnen überhaupt?«

»Aber natürlich!« Astrid hatte Grübchen, wenn sie lächelte, und nur einen leichten Akzent. »Und in Dänemark duzt man sich. Und nein, ihr stört nicht. Kommt rein, ich kann mir vorstellen, dass es sehr viel zu besprechen gibt.«

Jule sah sich staunend um, während Astrid sie durchs Haus in den dahinter liegenden Garten führte. Sowohl in der weitläufigen Diele als auch in den Zimmern, deren offene Türen großzügige Einblicke ermöglichten, standen Kunstgegenstände und Antiquitäten zwischen hellen, dänischen Möbeln, gemütlichen Sesseln, üppigen Zimmerpflanzen, Büchern und Gegenständen – Spuren eines langen Familienlebens. Überall hingen vergrößerte Fotos und Porträts neben großen Ölgemälden, es gab eine Bibliothek, in einem Zimmer entdeckte Jule ein Klavier. Das Haus war voll, ohne überladen zu wirken, es war gemütlich und liebevoll eingerichtet, man fühlte sich in dieser Atmosphäre sofort willkommen.

In der großen Küche, von der aus man in den Garten ging, saß Mikkel auf der blau gestrichenen Arbeitsplatte, ließ seine langen Beine baumeln und schaute der Katze beim Fressen zu.

»Mikkel«, sagte seine Großmutter, sofort sprang er runter. »Kannst du uns bitte Kaffee kochen? Wir setzen uns in den Garten.«

Er antwortete auf Dänisch, was Jule nicht verstand, sie sah Torge an, der sofort übersetzte: »Zu Befehl, meine Königin.« Er grinste.

Astrid gab Mikkel einen kleinen Klaps auf den Arm. »Und setz dich nicht immer auf die Arbeitsplatte, die ist nicht für so große Jungs gebaut.«

Sie nahm Tassen und Teller aus einer Glasvitrine und ging vor, Jule und Torge folgten ihr. In dem alten Bauerngarten blühte es an jeder Ecke, Obstbäume umsäumten den Rasen, auf dem Tausende von Gänseblümchen sich nicht vor allzu häufigem Mähen fürchten mussten. In den Bäumen hingen Windlichter und Keramikfiguren, ein weißer Strandkorb stand mitten auf dem Rasen, zwischen zwei Apfelbäumen war eine riesige Hängematte gespannt.

Vor dem langen weißen Holztisch blieb Astrid stehen und deutete auf die roten Holzstühle. »Nehmt Platz«, sagte sie. »Ich bin so gespannt, wie ihr hierhergefunden habt. Und warum gerade jetzt?«

»… und aufgrund dieser Liste, die Alex gefunden hat, sind wir jetzt hier«, beendete Jule ihre Ausführungen. »Wir wissen nicht, warum die beiden sich zerstritten hatten, aber wir wollten so gern Maries Wunsch erfüllen und Hannas Bruder finden.« Sie holte Luft und sah Astrid mitfühlend an. »Und nun sind wir zu spät.«

Bevor Astrid antworten konnte, erschien Mikkel mit Kaffee und einem Kännchen Sahne im Garten. »Bitte schön«, sagte er und stellte beides auf den Tisch. »Wenn du nichts mehr brauchst, gehe ich jetzt zurück in die Werkstatt.«

Sie nickte und strich ihm über den Rücken. »Danke, Mikkel«, sagte sie und blickte ihm zärtlich nach, bevor sie sich wieder an Jule und Torge wandte. »Ja«, sagte sie schließlich mit einem leichten Bedauern in der Stimme. »Ja, jetzt ist es zu spät. Und das ist wirklich zu traurig.« Sie stand auf, um Kaffee einzuschenken, dann setzte sie sich wieder und faltete ihre Hände im Schoß. Sie blickte auf die beiden schmalen goldenen Ringe, die sie trug, einen auf dem Ring- den anderen auf dem Mittelfinger, unterschiedliche Größen, aber ansonsten gleich, ihr Ehering und der ihres Mannes.

»Wisst ihr, es war ja nicht mal ein richtiges Zerwürfnis«, begann sie langsam. »Henri hat seine Schwester ja kaum gekannt.«

Erstaunt sah Jule sie an. »Wie?«

»Kennen Sie die Geschichte gar nicht?« Astrid hob die Augenbrauen. »Ich kann natürlich nur Henris Version erzählen, habe aber keine Zweifel, dass die stimmt.«

Jule beugte sich neugierig nach vorn. »Ich bin gespannt. Hanna ist uns gegenüber sehr zurückhaltend, wenn ich ehrlich bin, wissen wir kaum etwas aus ihrem privaten Leben. Bis auf das Wenige, was sie über ihre Zeit mit Marie erzählt. Warum haben sich die Geschwister denn kaum gekannt?«

Astrid holte tief Luft. »Henri war acht Jahre alt, als seine

Schwester geboren wurde. Er fand es toll, er hat sich gefreut, zumindest die ersten Jahre. Dann hat die Nachbarin, eine Klavierlehrerin, Hannas musikalisches Talent entdeckt. Das hat die Eltern in große Aufregung gestürzt. Sie kamen aus sehr kleinen Verhältnissen, Musik, Kunst, das spielte in ihrem Leben überhaupt keine Rolle. Andererseits hatten sie großen Ehrgeiz, was ihre Kinder betraf. Nur leider war Henri ein verträumtes Kind, nicht besonders gut in der Schule, in Gedanken ständig woanders. Statt Fußball mit den anderen Kindern zu spielen, malte er, statt Schularbeiten zu machen, kritzelte er kleine Figuren in die Hefte. Dafür gab es aber nun dieses andere, musikalisch hochbegabte Kind, das sofort gefördert wurde. Henri kam in die Pubertät, wurde noch schwieriger, Hanna gewann die ersten Wettbewerbe, die Eltern mussten das Mädchen überallhin begleiten, also wurde Henri in einem Internat untergebracht. Dort ist er vor Heimweh fast gestorben.«

»Wie furchtbar«, Jule schüttelte den Kopf. »Wie alt war er da?«

»Vierzehn«, Astrid sah sie an. »Wenn er in den Ferien nach Hause wollte, ging das nur, wenn seine Schwester nicht irgendwo Klavier spielen musste, das Leben der Eltern drehte sich vollständig um sie, für Henri war dort einfach kein Platz mehr. Die Rettung auf diesem Internat war sein Kunstlehrer. Der hatte Henris Talent erkannt und ihn sehr unterstützt. Kurz vor dem Abitur gab es eine große Ausstellung in der Stadt, auf der Henri seine ersten Exponate ausstellen durfte. Er bekam viel Lob in der regionalen Presse. Tatsächlich kamen auch seine Eltern zur Ausstellung. Sie gingen mit ihm und dem Kunstlehrer an Henris Arbeiten vorbei, sprachen aber die ganze Zeit über nichts anderes als über Hanna und ihr Stipendium. Als Henri ihnen eine seiner Plastiken schenken wollte, lehnten sie ab, »immer diese Staubfänger«, hat seine Mutter lachend zu Henris Kunstlehrer gesagt. Und gleich wieder von Hannas ersten Erfolgen geschwärmt.«

Torge hatte aufmerksam zugehört. Als Astrid jetzt eine Pause machte, sagte er langsam: »Das passt so gar nicht zu der Hanna, wie ich sie kennengelernt habe. Ich habe eher den Eindruck, dass sie es hasst, im Mittelpunkt zu stehen. Und ich erlebe sie als höchst empathischen Menschen, der keinesfalls auf Kosten anderer leben will.«

»Sie war damals ja noch ein Kind«, erklärte Astrid. »Als die Musikwelt ihr Talent entdeckte, haben ihre Eltern ihre Jobs aufgegeben, um sie ständig zu begleiten. Und ich weiß ja nicht, was sie ihr über Henri erzählt haben. Sie fanden Henris Verhalten ja verstockt und eigenartig, es gab sogar die Vermutung, er hätte autistische Züge. Dabei war er nur sehr, sehr einsam und verletzt. Aber für die Eltern war er kein guter Umgang für die talentierte Tochter.«

»Ein Albtraum«, Jule verschränkte die Arme vor der Brust. »Der arme Kerl. Aber sind die Eltern nicht früh gestorben? Hanna hat mal ganz beiläufig erzählt, dass sie mit Ende zwanzig schon keine Familie mehr hatte. Dann sind sie doch sicher schon vierzig Jahre tot, oder?«

»Nein«, erstaunt sah Astrid sie an. »Ich habe meine Schwiegereltern ja nie kennengelernt, weil Henri den Kontakt abgebrochen hatte, bevor wir uns trafen. Aber sie sind erst viel später gestorben, erst Henris Vater, dann seine Mutter, in ganz kurzem Abstand. Das haben wir durch einen Zufall erfahren, unser Sohn hat damals in Hamburg studiert und die Todesanzeigen in der Zeitung gelesen.«

Von ihnen unbemerkt, war die Katze wieder in den Garten geschlichen, mit einem Satz sprang sie auf Astrids Schoß und rollte sich dort schnurrend zusammen. Astrid schwieg einen Moment, strich der Katze zärtlich über den Kopf, dann sah sie Jule und Torge wieder an. »Henri war sehr introvertiert, er konnte auch nicht gut über Gefühle sprechen, schon gar nicht über seine Familie, er ist dem immer ausgewichen. Ich habe ihm nach dem Tod der Eltern vorgeschlagen, endlich Kontakt zu Hanna aufzunehmen, er hat lange darüber nachgedacht und es dann tatsächlich versucht. Es ist aber schiefgegangen. Leider. Das hat er mir damals nicht erzählt, darüber konnte er erst im letzten Jahr reden, als er schon so krank war.«

»Was ist denn passiert?«, fragte Torge, während Jule sie gespannt ansah. Astrid atmete tief aus, dann schob sie die Katze behutsam von ihrem Schoß. Die Katze maunzte beleidigt, ging einen Stuhl weiter zu Torge, starrte ihn kurz an und sprang zu ihm hoch.

»Schieb sie einfach runter, wenn du das nicht magst«, sagte Astrid und stand auf. »Ich will euch mal was zeigen.« Sie verschwand im Haus, während Jule und Torge die Katze beobachtete, die sich zweimal um ihre eigene Achse drehte, bevor sie ihre richtige Position gefunden hatte. Torge verzog das Gesicht und hielt die Hände unter ihre Pfoten.

»Aua, die bohrt ja ihre Krallen durch die Hose«, stöhnte er. »Na komm, leg dich hin.«

Schließlich hatte die Katze ihre Position gefunden, und entspannt begann Torge, sie zu kraulen. »Ich wollte immer eine Katze haben«, sagte er zu Jule, die ihn erstaunt ansah. Auch das hatte sie noch nie gehört.

»Ich auch«, sie lächelte ihn an und beugte sich vor, um erst ihn zu küssen und dann die Katze zu streicheln.

Mit drei dicken Alben im Arm kehrte Astrid zurück. Sie legte sie auf den Tisch, bevor sie sich setzte, und verschränkte die Hände auf dem Tisch. »Er hat alles über Hanna gesammelt, was er finden konnte«, sagte sie und deutete auf die Alben. »Seit Jahrzehnten. Ich habe das alles aber erst nach seinem Tod gefunden. Spätestens jetzt hätte ich auch angefangen, sie zu suchen. Nur damit ihr wisst, warum es mich so freut, dass ihr schneller wart.«

Mit einem Blick auf sie zog Jule das oberste Album näher

und schlug es auf. Ein Sammelsurium von Zeitungsartikeln, Fotos, Konzertankündigungen, Fotos der jungen Hanna am Flügel, bei einer Preisverleihung, auf der Bühne. Jule tippte auf die Zeile unter einem Porträt und schob das Album näher zu Torge. »Copyright Marie van Barig«, sagte sie leise. »Das sind Fotos, die Marie gemacht hat.«

Astrid hob den Kopf. »Ach, das war eure verstorbene Freundin? Die Fotografin?«

»Ja, so haben sie sich kennengelernt.« Mit leiser Wehmut strich Jule über das Foto, dann legte sie das Album zurück. »Die ganzen Jahre hat Henri alles verfolgt und nie Kontakt aufgenommen. Das ist doch nicht zu glauben.«

»Aber Astrid hat doch gerade gesagt, dass er es versucht hat«, mischte Torge sich jetzt ein und sah sie fragend an. »Was ist da passiert?«

Mit einem schmerzlichen Seufzer hob sie die Schultern. »Heute kann ich es kaum selbst glauben, aber damals …«, sie schüttelte traurig den Kopf. »Es war ein Konzert in Kiel, Henri hat die Ankündigung entdeckt und ist allein hingefahren. Ich wusste nichts davon, ich war in Sonderburg, unser Sohn Jacob lebt da, er und seine Frau Mette bekamen damals ihr viertes Kind, und ich habe mich um die drei Kleinen gekümmert, solange Mette im Krankenhaus war.« Sie lächelte in der Erinnerung. »Die kleine Emma, sie wird im Herbst jetzt auch schon achtzehn. Jedenfalls hatte Henri sich eine Karte gekauft, er saß in der letzten Reihe und hat seine Schwester auf der Bühne gesehen. Zwei Stunden lang hat er überlegt, wie er es anstellen sollte, nach all den Jahren zu ihr zu gehen. Er hat dann auch tatsächlich am Bühnenausgang auf sie gewartet. Bis sie kam.« Sie wischte ein Blütenblatt vom Tisch und lehnte sich wieder zurück.

»Und?«, gespannt hatte Jule sich vorgebeugt. »Wie ging es weiter?«

Resigniert zuckte Astrid mit den Schultern. »Sie kam mit einer Frau raus. Sie hat Henri nicht gesehen, aber die Frau geküsst. Dann sind sie zusammen weggefahren.«

»Vor fast achtzehn Jahren?«, überlegte Jule laut. »Das muss Marie gewesen sein. Aber warum hat er sie nicht angesprochen? Hat er sich nicht getraut?«

Mit einem bitteren Lächeln hob Astrid den Kopf. »Es war schwierig für ihn. Eigentlich war er ein toleranter und freigeistiger Mann. Aber kurz vorher hat uns unsere Tochter gesagt, dass sie eine Frau liebt. Das war schwierig für Henri, er hat lange gebraucht, um sich an diesen Gedanken zu gewöhnen. Lina hat immer allein gelebt, wir haben gedacht, dass sie nur auf den Richtigen wartet. Und dann war es plötzlich die Richtige. So eine Eröffnung kann für Eltern ein Schock sein, für Henri war es das. Bei aller Toleranz. Aber Lina ist eben auch seine Tochter. Und er hatte Sorge, dass sie damit unglücklich wird. Oder Anfeindungen ausgesetzt ist. Ja, und dann hat er gesehen, dass seine Schwester ebenfalls Frauen liebt. Damit kam er damals einfach nicht zurecht.«

Ohne etwas sagen zu können, schüttelte Jule nur mitfühlend den Kopf. Astrid hob plötzlich die Hände. »Versteht das nicht falsch, es war für Henri nur in dem Moment zu viel. Linas Frau Stella ist Ärztin, sie hat Henri im letzten Jahr nach seinem Schlaganfall bis zu seinem Tod begleitet und betreut. Er war völlig vernarrt in sie. Und hat sich mit Lina und ihr restlos ausgesöhnt. Und sich für seine anfängliche Ablehnung bei ihnen entschuldigt. Bei den beiden hat er es noch geschafft. Bei seiner Schwester leider nicht.« Sie atmete tief durch, dann sah sie Jule mit festem Blick an. »Geht es Hanna gut?«

Nach kurzem Nachdenken lächelte Jule: »Davon solltest du dich am besten selbst überzeugen. Ich gebe dir die Telefonnummer und ihre Adresse. Sie ist eine beeindruckende Frau, ich glaube, ihr werdet euch mögen.«

33.

»Guten Morgen, wo bist du?«

Alexandra stellte ihren Kaffeebecher auf den Terrassentisch neben ihr Laptop und stand auf, als sie die Stimme ihrer Schwester hörte. Katja kam gerade um die Hausecke, einen Korb am Arm, ein Lächeln im Gesicht. »Ich habe geklingelt, bevor ich ums Haus gelaufen bin, ich dachte mir schon, dass du bei diesem herrlichen Wetter draußen sitzt.«

Sie stellte ihren Korb auf den Tisch und küsste Alexandra flüchtig auf die Wange. »Ich habe dir Essen gebracht, Matthias hat Gulasch gekocht, als ob wir das halbe Dorf versorgen müssten.« Katja zeigte auf den Topf und mehrere Plastikdosen, die im Korb waren. »Reicht auch noch für morgen.«

Kopfschüttelnd warf Alexandra einen Blick darauf. »Wenn das alles voll ist, reicht das auch noch bis Sonntag. Möchtest du Kaffee?«

»Nein, danke«, Katja blieb stehen. »Ich habe gar keine Zeit, ich muss noch ins *Café Beermann* und die Rechnung bezahlen. Wir haben doch vorgestern mit meiner Pilates-Gruppe da gefrühstückt. Und da hat Micha mir erzählt, dass der Umbau übernächste Woche losgeht. Soll Matthias mit dem Firmenbus kommen, um deine Sachen zu holen? Oder passt alles in dein Auto?«

Katja hatte ihr angeboten, während der Zeit des Umbaus bei ihnen zu wohnen, was Alexandra gern angenommen hatte. Sie würde bei dem Baulärm vermutlich nicht konzentriert arbeiten können, und zwischen den Möbeln im Untergeschoss hätte sie noch nicht mal einen Arbeitsplatz. Außerdem freute sich Katja so darauf, ihre kleine Schwester für ein paar Wochen bei sich zu haben, dass Alexandra gar nicht ablehnen konnte.

»Ach, der Firmenbus wäre schon gut«, sagte sie jetzt. »Die ganzen Kartons mit den Unterlagen passen auf keinen Fall ins Auto. Ich sortiere noch durch und packe die, die ich mitnehmen will, zusammen.«

»Und dann ruf an, wenn Matthias kommen soll«, Katja griff energisch nach ihrem Korb. »Ich stelle dir die Sachen in die Küche, den Korb brauche ich wieder. Du musst nicht mitkommen, arbeite ruhig weiter.« Nach wenigen Schritten drehte sie sich um. »Ach, was ich dich noch fragen wollte: Wann fahren Jule und Torge eigentlich nach Dänemark zu Hannas Bruder?«

»Heute«, Alexandra ließ sich wieder auf den Stuhl sinken. »Die müssten schon da sein. Haben sich aber noch nicht gemeldet.«

Katja nickte. »Ich bin echt gespannt. Ach, und noch was: Hast du Jan Magnus inzwischen mal wiedergesehen?«

Alexandra hob den Kopf und versuchte, harmlos zu gucken. »Nein, seit er vor eineinhalb Wochen hier war und von Hannas Bruder erzählt hat, nicht mehr.«

»Habt ihr telefoniert?«

»Einmal.«

»Und?« Katja sah sie forschend an. »Was sprecht ihr denn so?«

»Katja, bitte. Wird das ein Verhör? Er hat mich gefragt, ob ich Interesse an zwei Karten für die Elbphilharmonie hätte. Ich habe nein gesagt.«

»Alex«, Katja ließ fast den Korb fallen. »Warum denn nicht? Er lädt dich ein, und du sagst ab.«

»Es waren zwei Karten. Zwei. Er geht also gar nicht mit.

Und ich habe gerade keine Lust, mich stadtfein zu machen und abends nach Hamburg zu fahren. Mit wem auch immer.«

Nachdenklich sah Katja ihre Schwester an. »Ruf ihn doch noch mal an. Er ist wirklich toll. Und ich hatte bei euch so ein gutes Gefühl, aber ich befürchte, dass du es gerade wieder vermasselst.« Sie hob die Hand, jedes Gegenargument würde im Keim erstickt. »Ich muss los, tschüs Alex.«

Alexandra sah ihr mit gerunzelter Stirn nach. Sie würde es *gerade* vermasseln? Das hatte sie doch längst. Plötzlich fiel ihr der Kuss wieder ein, ein warmer Schauer lief ihr über den Rücken. Ja, Jan war toll. Aber sie konnte jetzt einfach nicht darüber nachdenken. Vielleicht nach dem Umbau. Oder wenn Jule Henri Jacobsen gefunden hatte. Oder Friederike ihren Vater. Oder wenn das Buch über Marie fertig war. Vielleicht dann. Aber jetzt nicht, es brachte sie zu sehr durcheinander.

Entschlossen klappte sie ihr Laptop zu und stand auf. Beim Sortieren und Sichten der Kartons konnte sie sich ablenken, die alten Unterlagen hatten weder mit ihr noch mit Jan Magnus zu tun.

Brove, 30. November 1966

Liebe Laura,

danke für den Mantel, den du mir geschickt hast, er ist wirklich ganz hübsch, auch wenn ich stundenlang an der Nähmaschine gesessen habe, um ihn zu ändern. Die Ärmel waren ja viel zu lang, auch in der Gesamtlänge musste ich kürzen, man trägt die Mäntel nicht mehr bis zum Knöchel. Aber jetzt passt er, sobald es kälter wird, ziehe ich ihn an. Bei der Gelegenheit, Friederike bräuchte einen neuen Schneeanzug, der alte ist ihr zu klein geworden, sie wächst ja wie verrückt. Falls du noch keine Idee hast, was du dei-

nem Patenkind zum Nikolaus schenken kannst, wäre das eine vernünftige Idee. So, ich muss Schluss machen, im Gegensatz zu dir habe ich keine Hausdame, die mir die Bügelwäsche macht. Aber wenigstens kann ich dabei ›Raumschiff Orion‹ im Fernsehen schauen. Das war ein sehr gutes Geburtstagsgeschenk von euch. Bis bald,
Esther

Alexandra legte den Brief zur Seite. Sie konnte es kaum fassen, dass Maries Mutter sich diesen nörgelnden Ton von Esther so viele Jahre lang gefallen lassen hatte. Es gab eine ganze Menge dieser kurzen Briefe Esthers an ihre beste Freundin, gespickt von Forderungen, versteckten Beschwerden und immer in diesem selbstmitleidigen Ton. Es war, als würde Esther Laura die Schuld dafür geben, dass ihre Ehe unglücklich, ihre finanziellen Mittel überschaubar und sie selbst dann auch noch alleinerziehend war. Was hatte sie eigentlich von ihrer Freundin erwartet? Dass die ihr Leben finanzierte? Oder sie wieder bei sich zu Hause aufnahm? Und sich um alles, einschließlich Friederike, kümmerte?

Andererseits waren diese Einblicke in die schwierige Freundschaft zwischen Maries und Friederikes Mutter auch nicht unbedingt wichtig für Alexandras Recherche. Aber es half ihr bei Maries Familiengeschichte, ab und zu tauchten dann doch kleine Hinweise auf. ›Raumschiff Orion‹, zum Beispiel: Esther hatte offenbar schon sehr früh einen Fernseher besessen.

Mit einem Blick auf die Uhr beschloss Alexandra, eine kurze Pause zu machen, sie hatte sich schon wieder zwei Stunden mit diesen noch unsortierten Nachlässen beschäftigt. Sie stand auf und legte den Briefstapel wieder in die fast leere Kiste zurück. Ganz unten lag nur noch ein brauner Umschlag, sie nahm ihn raus und schaute kurz rein. Es waren Fotos, die meisten schwarz-weiß, Alexandra ließ ein paar rausgleiten, zwei junge Frauen, vermutlich Esther und Laura, die vor Eisbechern am Meer saßen, eine Gruppe unbekannter junger Menschen, ein schwarzer Hund am Strand, ein Klassenfoto, ein junger Mann von hinten auf einem Motorrad, ein Foto von der Villa am See vor der Renovierung. Letzteres zog sie neugierig aus dem Stapel, um es näher zu betrachten. Die Renovierung war gelungen, auch der Garten war heute viel schöner als damals.

Alexandra legte es zur Seite, um es den anderen später zu zeigen, bevor sie den Rest des Inhalts schnell durchblätterte, um zu sehen, ob noch mehr Aufnahmen der Villa dabei waren. Sie stutzte, als ihr Blick plötzlich auf ein kleines Foto fiel, das ihr bekannt vorkam. Alexandra hielt beim genauen Hinsehen die Luft an und starrte irritiert auf drei junge Menschen, Laura, Esther und einen jungen Mann, den man auf diesem Foto nicht rausgeschnitten hatte. Friederike hatte vermutet, dass es Dieter Brenner gewesen war. Nur hatte dieser fröhliche, blonde und große Junge, der so besitzergreifend den Arm um Esther gelegt hatte, nicht sehr viel Ähnlichkeit mit dem kleinen, schmalen Dieter Brenner, den Alexandra erst neulich in München gesehen hatte. Der junge Mann, der hier so selbstbewusst lächelte, hatte aber bei genauem Hinsehen eine frappierende Ähnlichkeit mit Friederike. Es konnte also gar nicht Dieter Brenner sein. Es musste …

Die Türklingel riss sie aus ihrer Atemlosigkeit. Sofort schob Alexandra das Foto unter einen Stapel Papiere, die auf dem Schreibtisch lagen, und atmete tief durch. Wer zum Teufel war dieser Mann auf dem Foto? Wer könnte das wissen? Und wer stand hier jetzt vor der Tür und störte sie genau in diesem Moment?

Sie beeilte sich, nach unten zu kommen, es klingelte gerade zum dritten Mal. Alexandra verharrte für einen kurzen

Moment, als ihr Jans Kuss einfiel, dann riss sie die Tür auf und blieb wie festgenagelt stehen.

»Störe ich dich?« Er schob sich wie verlegen die Haare aus der Stirn und lächelte sie eine Spur zu strahlend an. »Ich war gerade in der Gegend.«

»Philipp«, zögernd sah sie an ihm vorbei, bevor sie einen Schritt zurücktrat. »Ehrlich gesagt, ich …« Ihr Blick fiel auf den kleinen weißen Hund, den er dabeihatte. Der Hund fiepte ungeduldig und zog an der Leine. »Ist das deiner?« Ungläubig sah sie ihn an, er hatte sich in München immer wahnsinnig über die vielen Hundehalter aufgeregt. Als wenn sich alle Singles und Kinderlosen mit so einer Stadttöle trösten müssten, hatte er mit einem süffisanten Lächeln gesagt. Alexandra hatte damals tatsächlich kurz darüber nachgedacht, sich einen Hund anzuschaffen. Der ein bisschen Leben in ihre triste Singlewohnung bringen würde. Nach Philipps Ausführungen hatte sie diesen Gedanken begraben. Und nun, nach ihrem Ende, hockte genau so ein Hund hier neben ihm.

Sie richtete ihren Blick wieder auf ihn. »Was willst du eigentlich?«

Etwas nervös sah er sich um. »Kann ich reinkommen?«

»Wenn es nicht so lange dauert«, etwas widerstrebend zog Alexandra die Haustür ganz auf. »Ich habe ziemlich viel zu tun.« Und ihr war unwohl, mit ihm in diesem Haus zu sein, das sagte sie allerdings nicht laut.

Er trat ein und sah sich um. »Es ist hundert Jahre her, dass ich hier drin war. Immer noch imposant. Ihr könntet eine Menge Geld bekommen, wenn ihr es in fünf Jahren verkauft.«

»Wie kommst du darauf, dass wir es in fünf Jahren verkaufen?«, erstaunt sah Alexandra ihn an.

Er zuckte mit den Achseln. »Habt ihr nicht so einen Passus im Testament gehabt? Dass ihr erst in fünf Jahren verkaufen dürft? Irgendwas habe ich da von Jule mal aufgeschnappt.«

»Sie hat garantiert nichts von Verkaufen gesagt«, Alexandra ging vor ihm ins Wohnzimmer. »Die Bedingung war, dass wir uns fünf Jahre lang wieder hier treffen. Jetzt bauen wir erst mal um, dann ziehe ich hier ein. Und wir müssten es sowieso einstimmig beschließen, im Moment denken wir gar nicht darüber nach, es zu verkaufen.« Sie blieb am Tisch stehen und deutete auf einen Stuhl. Philipp stand noch an der Tür und sah sie stirnrunzelnd an.

»Du ziehst hier ein? Ganz? Und München?«

Sie musterte ihn und versuchte zu spüren, wie es ihr in seiner Gegenwart ging. Noch vor einem Jahr hätte sie eine solche Situation kaum ausgehalten, es war erstaunlich, wie schnell ein Schmerz sich verflüchtigen konnte. Ihrer war einer leichten Enttäuschung, fast einer Melancholie gewichen, es tat nicht mehr weh. Es war nur noch traurig.

Mit einem Ruck zog sie einen Stuhl zurück und setzte sich. »Meine Wohnung wird verkauft, mein Job ist gekündigt. Du hattest übrigens nur zwei T-Shirts, einen Rasierapparat und drei Paar Strümpfe dagelassen. Ich habe mir erlaubt, alles zu entsorgen. Setz dich doch.«

Philipp blieb stehen, seine Stimme klang ungläubig. »Aber was willst du hier machen? Hier ist doch überhaupt nichts los, du stirbst sicher vor Langeweile.«

Alexandra lächelte und stützte ihr Kinn auf die Faust. »Das ist ja glücklicherweise nicht dein Problem«, der kleine weiße Hund schnüffelte in einer Ecke, dann tapste er auf sie zu und legte sich neben ihre Füße. Alexandra unterdrückte den Impuls, den plüschigen Hund zu streicheln. Stattdessen fragte sie sehr freundlich: »Wie kommst du eigentlich zu einem Hund? Du bist weder Single noch kinderlos, ganz im Gegenteil, du wirst sogar Großvater. Warum also musst du dich von, wie hast du die damals genannt? Ach ja, von so einer Stadttöle trösten lassen?«

»Den Hund wollte Steffi«, antwortete Philipp kurz und warf nur einen flüchtigen Blick auf das Tier, bevor er wieder Alexandra ansah. »Ich musste ihn nur heute mitnehmen, weil sie mit einer Freundin einen Wellness-Tag in Hamburg macht. Und ich keinen Dienst habe.« Er setzte sich ihr gegenüber und legte die Hände auf den Tisch. »Der Hund tut ihr richtig gut, sie hat ihn sich ja lange gewünscht, und jetzt ist sie mit ihm richtig glücklich. Ansonsten neigt sie ja schon zu Stimmungsschwankungen. Sie war mit ihr, der Hund ist übrigens ein Mädchen und heißt Lotta, sogar in der Hundeschule und …«

»Philipp«, scharf unterbrach ihn Alexandra an dieser Stelle. »Ich möchte mit dir nicht über das Glück deiner Ehefrau sprechen, ich habe in den letzten Jahren weiß Gott genug über sie nachgedacht. Was willst du? Komm zum Punkt.«

Betreten sah er sie an. »Wieso bist du denn so abweisend? Es ist für mich jetzt auch eine seltsame Situation. Im Übrigen hast du dich von mir getrennt, es war nicht meine Entscheidung. Und nun müssen wir eben sehen, wie wir damit umgehen.«

»Wie wir damit umgehen?« Alexandra starrte ihn ungläubig an. »Gar nicht, denke ich. Und genau genommen hattest du schon lange vor mir eine Entscheidung getroffen, lange bevor ich mich, wie du es bezeichnest, von dir getrennt habe. Du wolltest beides: Ehe und Abenteuer. Damit dein Leben nicht langweilig und gewöhnlich wird. Vielleicht habe ich ja auch ein bisschen dazu beigetragen, dass deine Beziehung mit Steffi überhaupt so lange Bestand hat. Denn immer, wenn es schwierig mit ihr wurde, konntest du ja mich anrufen oder treffen. Das lief doch gut. Ich hätte übrigens wahnsinnig gern eine langweilige und gewöhnliche Beziehung gehabt, in diesem Punkt haben wir uns doch sehr unterschieden.« Sie holte Luft, während sie sich schon ärgerte, ihre Fassung verloren zu haben. Nach einem kleinen Moment sah sie wieder hoch und bemühte sich um einen leichten Tonfall. »Egal. Es ist vorbei.

Ich hätte wahnsinnig gern weniger gelitten in diesen letzten Jahren. Und wäre auch gern weniger dumm gewesen. Also, das war die lange Antwort auf deine seltsame Frage, wie wir damit umgehen sollen.«

Philipp hatte ohne eine erkennbare Gefühlsregung zugehört, jetzt setzte er sich etwas bequemer hin und schüttelte den Kopf. »Ich verstehe ja, dass du sauer auf mich bist, aber glaub mir, ich habe auch unter unserer plötzlichen Trennung gelitten. Mir ging es nicht besonders gut damit.« Er machte eine wirkungsvolle Pause, bevor er fortfuhr: »Steffi hat mir nach der Galerieeröffnung eine Riesenszene gemacht, mir unterstellt, wir hätten eine Affäre. Jetzt. Wo alles vorbei ist. Wir hätten uns auf eine bestimmte Art angeschaut, ich bitte dich! Es war schwierig, ihr zu erklären, dass sie sich das nur eingebildet hat. Aber Pia weiß offensichtlich davon. Zumindest hat sie neulich eine entsprechende Bemerkung gemacht. Versteh mich nicht falsch, Alex, aber es muss doch nicht sein, dass wir im Nachhinein auffliegen. Ich will nicht mit Steffi eine Sache diskutieren, die gar nicht mehr existent ist. Und ich wäre beruhigter, wenn wir uns, also falls wir mal zufällig mit allen zusammentreffen, so wie auf der Galerieeröffnung …«

Er brach ab, weil Alexandra ganz langsam aufstand und ihn kühl ansah. »Philipp, ich glaube, es ist besser, wenn du jetzt gehst. Wenn es dich beruhigt, ich hege keine Rachepläne oder fange an, dich zu stalken. Du kannst ganz beruhigt sein, ich bemühe mich, die Jahre mit dir ganz schnell zu vergessen. Aber wir sollten dieses Gespräch an dieser Stelle beenden. Ich bringe dich noch raus.«

»Alex, ich …«

Alexandra wartete schon an der Tür, er erhob sich umständlich und folgte ihr. »Du musst jetzt aber auch kein Drama daraus machen«, er trat dicht neben sie, während ihm der Hund zwischen die Beine lief, sie ging einen Schritt zurück.

»Mach ich nicht. Aber du solltest dich beeilen«, Alexandra zeigte über seine Schulter. »Das Auto, das da gerade kommt, gehört Friederike. Falls du nicht noch mit ihr plaudern möchtest, solltest du jetzt schnell fahren.«

Philipp fuhr herum und sah in die Richtung, in die sie zeigte. Tatsächlich bog in diesem Moment ein roter Kleinwagen in die Auffahrt. »Na toll«, er warf ihr einen kurzen Blick zu und nahm den Hund auf den Arm. »Schade. Ich hatte gehofft, wir könnten Freunde bleiben.«

Alexandra lächelte nur schmal, während er ins Auto stieg und den Motor startete. Seinen letzten Satz hätte sie als Verlegerin aus jedem Manuskript rausgestrichen, es war einer der schlimmsten Sätze, die er in dieser Situation hatte sagen können.

Er kam nicht umhin, Friederike zu grüßen, die jetzt langsam an ihm vorbeifuhr und ihm erstaunt zunickte. Hanna saß neben ihr und wandte auch den Kopf, als sie ihn erkannte. Philipp beschleunigte, sobald er an ihnen vorbei war, das Auto hinterließ eine kleine Staubwolke.

Friederike hielt an der Seite und stieg mit neugierigem Blick aus: »Habe ich irgendetwas verpasst? Comeback des Grauens? Hormone im Überschwang? Was war das denn gerade?«

»Friederike, bitte«, tadelnd blickte Alexandra zu ihr, dann beobachtete sie Hanna, die gleichzeitig ausstieg und Philipps Auto hinterhersah. Als Hanna sich wieder umdrehte, schaute sie Alexandra besorgt an. »Ist etwas passiert? Mit Jule? Oder Pia?«

»Nein«, Alexandra schüttelte entschlossen den Kopf. »Es ist nichts passiert. Gar nichts. Und? Hast du deine Ergebnisse bekommen, Hanna?«

»Lass uns doch erst mal reingehen«, Hanna winkte ab und kam langsam zum Eingang. »Oder in den Garten. Dann kann ich alles in Ruhe erzählen.«

Etwas später kamen Alexandra und Friederike mit Getränken auf die Terrasse. Hanna saß bereits draußen und sah gedankenverloren auf den See.

»Es ist schlimmer, als sie dachte«, hatte Friederike in der Küche Alexandra anvertraut. »Sie war auf der Fahrt hierher ziemlich still.«

Zusammen hatten sie Kaffee und Tee gekocht und Geschirr auf ein Tablett gestellt. Friederike hatte Alexandra von der Seite angesehen und es sich nicht verkneifen können: »Was wollte Philipp denn hier? Einen Neustart? Oder nur mal wieder seinen Charme spielen lassen? Dass der hier so einfach aufkreuzt. Oder wusstest du das?«

»Ich hatte keine Ahnung von seinem Besuch, und er wollte auch keinen Neustart, sondern er hat Angst, dass seine Frau ihm jetzt noch auf die Schliche kommt. Wo doch alles vorbei ist. Sie hat auf der Galerieeröffnung etwas bemerkt ›an unseren Blicken‹ und ihm eine Szene gemacht.«

»Aha«, Friederike hatte gelacht. »Und was sollst du jetzt machen?«

»Keine Ahnung. Die Füße stillhalten und ihn bei zufälligen Treffen missachten, glaube ich. Es war erbärmlich. Nimmst du die Teekanne?«

Sie hatte Friederike angesehen und an das Foto gedacht, das sie vorhin in der Hand gehabt hatte. Auf dem jemand genau dasselbe Lächeln hatte wie Friederike. Aber diese Geschichte musste noch warten. Alexandra musste sich erst ganz sicher sein.

Hanna sah hoch, als sie die beiden kommen hörte, und bemühte sich um ein Lächeln. Sie wartete ab, bis Alexandra eingeschenkt hatte, dann atmete sie tief durch und sagte laut: »Friederike, noch mal vielen Dank, dass du mich begleitet hast. Und mich hier rausgefahren hast. Es ist ja doch ein bisschen umständlich, mit öffentlichen Verkehrsmitteln herzukommen.«

Es war Friederikes Vorschlag gewesen, das Wochenende zusammen am See zu verbringen. »Wenn Jule und Torge sich in Dänemark verlustieren, können wir uns doch auch mit Hanna ein schönes Wochenende am See machen«, hatte sie zu Alexandra am Telefon gesagt. »Hanna hat am Freitag einen Termin bei ihrer Ärztin, um die Diagnose zu besprechen. Ich fahre sie, komme anschließend mit ihr raus und kann das ganze Wochenende freimachen. Am Sonntag nehme ich sie dann wieder mit zurück. Oder?«

Alexandra war jetzt, nach den vielen Tagen allein im Haus, doch ganz froh über Gesellschaft. Sie hatte nie Probleme mit dem Alleinsein gehabt, aber nachdem sie jetzt auch keine sozialen Kontakte mit Arbeitskollegen mehr hatte, fühlte sie sich schon zeitweise einsam. Die Wettervorhersage versprach Königswetter, und sie hatte sich schon mit Friederike in den See springen sehen, während Hanna ihnen dabei von der Liege aus zusah. Nur sah Hanna in diesem Moment nicht so aus, als würde sie sich später gut gelaunt auf eine Liege legen.

Alexandra schob ihr das Sahnekännchen zu. »Jetzt erzähl mal, was die Ärztin zu den Untersuchungsergebnissen gesagt hat.«

Hanna hob resigniert die Schultern. »Ich mache es ganz kurz. Ich habe eine besonders schwere Form von Rheumatoider Arthritis, das heißt, meine Gelenke entzünden sich, was wahnsinnige Schmerzen verursacht. Es verläuft schubweise, es begann ganz langsam, deshalb habe ich mir auch anfangs nicht so viele Gedanken gemacht. Aber in den letzten beiden Jahren wurde es immer schlimmer. Ich kann schon seit Monaten kein Klavier mehr spielen, die Ärztin hat gesagt, ich sei zu spät zu ihr gekommen. Es gibt Therapien, Medikamente und Physiotherapie, aber diese Erkrankung ist nicht heilbar, und die Gelenke, die schon geschädigt sind, werden sich auch nicht mehr erholen.«

Sie holte tief Luft und sah die beiden mit einem Anflug von Verzweiflung an. »Ich weiß gar nicht, wie das jetzt alles weitergehen soll. Im Moment komme ich ja noch gut allein zurecht, in vielen Dingen hilft mir auch Elisabeth, aber sie geht ja zum Jahresende nach Rügen.«

»Hanna, wir sind doch auch noch da«, sagte Alexandra sofort. »Du kannst immer anrufen.«

»Das weiß ich«, Hanna lächelte sie bemüht an. »Und Micha und Elke kümmern sich ja auch um so vieles. Ich kann mich überhaupt nicht beklagen. Mich hat diese Diagnose nur ziemlich erschreckt. Vor allem die Perspektive, dass es kontinuierlich schlimmer wird. Aber ich will nicht undankbar klingen, Marie hatte es so viel schwerer und ist auch immer optimistisch geblieben. Es ist nur Rheuma, kein Herzfehler.«

Friederike hatte ihr die ganze Zeit nachdenklich zugehört. Jetzt beugte sie sich langsam vor. »Aber es ist schon so, dass du irgendwann nicht mehr alles selbst machen kannst. Und du lebst allein. Ich bin zwar in Hamburg in deiner Nähe, aber berufsbedingt nicht sonderlich flexibel. Jule, Alex und die Beermanns sind hier, der Weg ist mit öffentlichen Verkehrsmitteln mühsam.« Sie machte eine Pause und sah zu Alexandra, bevor sie fortfuhr: »Deine wichtigen Menschen sind hier draußen, eine Stunde Fahrtzeit von deiner Wohnung entfernt.«

Alexandra erwiderte ihren Blick und meinte zu verstehen, worauf Friederike hinauswollte. Sie nickte leicht, dann stand sie auf. »Vielleicht habe ich da eine Idee.«

Kurz darauf kam sie mit einem Versandrohr aus Pappe zurück, aus der sie eingerollte Pläne zog, die sie auf dem Tisch ausbreitete und glattstrich. Fragend sah Hanna hoch, Alexandra tippte mit dem Zeigefinger auf eine Bauzeichnung. »Das sind die Umbaupläne für die Villa, die kennt ihr ja schon. Es ist vorgesehen, dass ich oben diese drei Zimmer vorn beziehe, die beiden anderen bleiben für Gäste, aber unten gibt es ja noch drei weitere Zimmer, zwei Bäder und die große Küche. Platz genug für zwei Hausstände plus regelmäßigen Besuch.«

Sie blickte zu Friederike. Die musterte Hanna lange, dann legte sie ihr eine Hand auf den Arm und fragte ruhig: »Kannst du dir vorstellen, in die Villa zu ziehen?«

Perplex sah Hanna sie an und antwortete: »Aber nein! Die Villa gehört euch. Marie hat sie euch dreien vermacht.«

»Das wissen wir ja«, Friederike lehnte sich nachdenklich zurück. »Aber wie wäre es denn, wenn du meinen Anteil übernimmst und mir dafür deine Wohnung in Hamburg überlässt? Ich weiß, dass sie sicher mehr wert ist als mein Anteil hier, aber wir könnten das doch mal durchrechnen lassen? Dann würde ich in deiner schönen Wohnung mit Blick auf die Elbe leben, du hier mit Blick auf den See und – und du bist nicht mehr allein. Die Differenz könnte ich sicher mit Hilfe eines Kredits ausgleichen.«

Hanna sah beide erstaunt an. »Ich hier? Mit Alexandra als Nachbarin?« Sie senkte den Blick. Dann hob sie langsam den Kopf und lächelte unsicher. »Und Micha und Elke und Anne … das klingt zu schön, um … aber ich weiß wirklich nicht, ob Marie das so gewollt hätte … ich – ich selbst finde diese Vorstellung schön, sehr schön, aber ich bin …«

»Marie hat uns zusammen die Villa vererbt, um uns zu versöhnen«, unterbrach sie Alexandra. »Das ist ihr ja, wie wir alle wissen, gelungen. Ich bin mir sicher, dass Friederikes Idee genau in Maries Sinn wäre. Du wärst nicht mehr allein in Hamburg, Friederike findet deine Wohnung toll, und wir beide kommen sicher gut miteinander zurecht. Micha und Elke leben um die Ecke, du könntest dich mit Anne um die Galerie kümmern, und – ach, mir fällt überhaupt nichts ein, was dagegenspricht. Dir, Fiedi?«

Friederike schüttelte den Kopf, den Blick unverwandt auf Hanna gerichtet. »Nein, im Gegenteil, je länger ich darüber nachdenke, umso besser klingt es. Ich ziehe übrigens kommenden Mittwoch aus meiner Wohnung aus, habe ich euch das überhaupt erzählt? Das macht aber alles eine Firma, ich muss noch nicht mal irgendetwas einpacken. Damit Pia den Umzug noch machen kann, ohne dass sie wegen ihres Bauches vornüberkippt.«

»So schnell?« Ungläubig fragte Alexandra nach. »Und wo wohnst du dann? Und was ist mit deinen Sachen?«

»Erst mal wohne ich in einem Appartement im Hotel«, gelassen sah Friederike sie an. »Und die paar Sachen, die ich habe, werden eingelagert, bis ich eine neue Wohnung gefunden habe. Das muss jetzt aber auch zügig passieren, weil ich irgendwann auch endlich den Schuppen in Bremen räumen muss. Da stehen ja auch noch Möbel und Kartons von mir.«

»Du hast Nerven.« Kopfschüttelnd rollte Alexandra die Baupläne wieder zusammen. »Ich werde meine Wohnung in München erst übergeben, wenn der Umbau hier fertig ist. Sonst bin ich ja heimatlos. Zumindest gefühlt.« Sie schob die Rolle zurück in das Papprohr. »Aber dann wäre so ein Wohnungswechsel doch perfekt.«

»Ja«, nickte Friederike. »Es gibt natürlich auch noch andere Möglichkeiten. Hanna, ich will dich zu nichts überreden, und natürlich musst du das ganz allein entscheiden. Aber als ich dich neulich besucht habe, habe ich mich schon nach Feierabend auf der Terrasse sitzen sehen. Ich würde deine Wohnung sofort nehmen.«

Hannas Wangen glühten plötzlich, und ihre Augen glänzten. »Ach, ihr beiden, ihr bringt mich jetzt dazu, mich über etwas zu freuen, von dem ich bis vor einer halben Stunde in meinen kühnsten Träumen nichts geahnt habe. Und ich muss gar nicht darüber nachdenken: Ja, ich würde dieses Angebot wahnsinnig gern annehmen, ich habe diesen Ort immer sehr geliebt, allein schon, weil er Marie so wichtig war. Und ich habe hier so viele schöne Erinnerungen an sie und an unsere Zeit. Aber wir müssen erst mal mit Jule darüber sprechen, auch sie muss ja einverstanden sein. Ach, ich bin ganz durcheinander. Können wir Jule nicht gleich mal anrufen?«

Friederike warf einen Blick auf ihre Uhr und antwortete mit harmlosem Ausdruck. »Sie ist ja tagsüber nicht so gut zu erreichen. Lasst es uns doch heute Abend mal versuchen. Ich kann mir allerdings nicht vorstellen, dass sie irgendwelche Einwände hat.«

»Und was das Organisatorische betrifft: Das musst du ja nicht allein machen«, fügte Alexandra an. »Micha Beermann und Elisabeth sind da, Torge kann uns bei der Finanzierung beraten, Jules Bruder ist Anwalt: Wir haben doch alle, die wir brauchen!«

»Ach«, seufzte Hanna und hatte plötzlich Tränen in den Augen. »Nach dem Besuch bei meiner Ärztin heute Morgen hätte ich es im Leben nicht für möglich gehalten, dass dieser Tag trotz allem ein so schöner werden könnte.« Sie wischte sich ungeduldig die Tränen weg. »Entschuldigt, ich bin normalerweise nicht so schnell aus dem Takt zu bringen, aber das ist gerade alles so – überraschend. Und ich …«

Sie unterbrach ihren Satz, weil Alexandras Handy auf dem Tisch plötzlich klingelte und gleichzeitig vibrierte, sofort griff Alexandra danach und stand auf. Sie hatte den Namen auf dem Display gesehen und entfernte sich ein paar Schritte.

»Hallo Jule, na, habt ihr schon was herausgefunden?«

»Ja, Alex«, Jules Stimme am anderen Ende war aufgeregt. »Ganz viel. Wir haben ihn gefunden. Aber um mit dem Traurigen zu beginnen: Henri ist Anfang des Jahres verstorben. Leider. Wir sind bei seiner Witwe gewesen, Astrid, und stell dir vor: Sie hatte ebenfalls vor, Hanna zu suchen. Das muss ich echt in Ruhe erzählen. Aber sag mal schnell, sind Friederike und Hanna schon bei dir? Wie geht es Hanna, was hat die Ärztin gesagt?«

Alexandra senkte ihre Stimme und ging noch ein Stück weiter. Aus dem Seitenwinkel sah sie, wie Friederike und Hanna intensiv miteinander sprachen. »Ihr Bruder ist tot? Ach, wie traurig, dann waren wir leider zu spät. Das müssen wir Hanna in Ruhe beibringen. Ja, sie sind schon hier. Hanna kam ziemlich unglücklich hier an. Und es ist tatsächlich eine ziemlich schwere Form von Rheuma. Wir haben aber jetzt über Folgendes nachgedacht …«

Kurz und knapp berichtete Alexandra Jule den Inhalt ihres Gesprächs. »Dann wäre sie auch nicht mehr so allein«, schloss sie ihren Bericht. »Was sagst du dazu?«

»Großartig!«, Jule lächelte bei dem Satz. »Und es kommen noch weitere wunderbare Menschen in Hannas Leben. Ihr Bruder ist zwar tot, aber er hat eine große Familie hinterlassen. Und zwar eine ganz hinreißende Familie. Und alle wollen jetzt Hanna kennenlernen.«

Als Alexandra auflegte, atmete sie tief durch. Jule würde Hanna später alles in Ruhe erzählen, nicht jetzt, nicht am Telefon. Nur die eine Nachricht könnte Alexandra ihr schon überbringen. Langsam ging Alexandra zurück zum Tisch und hielt ihr Telefon hoch.

»Das war Jule«, sagte sie lächelnd zu Hanna. »Sie ist begeistert von unserer Idee. Im Kühlschrank steht noch eine Flasche Champagner von der Galerieeröffnung. Jule hat gesagt, wir sollen sie köpfen. Und auf die neue Hausgemeinschaft trinken!«

Über Hannas Gesicht liefen plötzlich Tränen, die sie mit einem Lächeln wegwischte. »Ich bin ehrlich gesagt fassungslos über diesen Tag, der ein so schönes Ende nimmt.«

Alexandra nickte. Und es ist noch nicht alles, was an schönen Dingen auf sie zukommen würde, dachte sie. Noch lange nicht.

34.

»Diese Treppen«, keuchte Jule, als sie endlich schwerbepackt oben ankam. »Und ich habe eigentlich eine ganz gute Kondition. Wie kommst du nur hier immer mit Einkäufen hoch?«

Pia lehnte sich an den Türrahmen und sah ihrer Mutter entgegen. »Reines Training«, antwortete sie. »Was schleppst du da eigentlich alles an?«

»Dänische Pfefferminzschokolade, dänische Lakritze, dänisches Gebäck«, Jule hielt ihr eine der Taschen so hin, dass Pia hineinsehen konnte. »Wir sind doch am letzten Wochenende in Dänemark gewesen, Torge hat sogar rote Würstchen mitgebracht, von denen gibt er aber keine ab.«

Sie küsste ihre Tochter auf die Wange. »Hallo, meine Süße, du siehst schön aus. Und so ein hübsches Kleid. Geht es dir so gut, wie du aussiehst?«

»Ja«, Pia lächelte. »Richtig gut. Was hast du in der großen Tasche?«

»Seidenpapier, damit wir dein Geschirr einpacken können.«

»Danke«, Pia nahm ihr eine Tasche ab und ging vor, Jule folgte ihr und sah sich in der Küche um. »So viel ist es doch gar nicht mehr, wenn wir wiederkommen, packen wir noch ein, zwei Stunden, dann sind wir fertig.«

Pia ließ sich auf einen der Küchenstühle fallen, die dänischen Mitbringsel noch im Arm. »Ich habe echt überhaupt keinen Bock auf dieses Treffen. Kann uns nicht noch irgendein Grund einfallen, das Ganze kurzfristig abzusagen?«

»Die sind doch schon unterwegs«, Jule warf einen Blick auf

die Uhr, während sie ihre Taschen und Tüten in eine Ecke stellte. »Komm schon, das ziehen wir jetzt durch.«

Pia sah zu, wie ihre Mutter das Seidenpapier aus einer großen Tüte zog und auf die Spüle legte, bevor sie Pia die Süßigkeiten abnahm und auf den Schrank stellte. »Wenn du sie vor dem Umzug aufisst, müssen wir sie nicht mehr einpacken«, sagte sie. »Jetzt mach nicht so ein Gesicht, es wird nervig, aber nicht ewig dauern. Ich habe Friederike Bescheid gesagt, sie kommt ganz zufällig gegen sechs vorbei. Wenn die Stimmung schlecht ist, fragen wir sie einfach, ob sie uns zum Essen begleitet. Steffi konnte Friederike nicht leiden. Und Papa hat Schiss vor ihr.« Sie grinste. »Ich geh noch mal aufs Klo, dann können wir los.«

Pia lachte kurz auf und sah ihr nach, der Trick mit Friederike war super. Wobei Pia selbst schuld war, dass sie sich in einer halben Stunde mit Philipp, Steffi und Oma Gesa in Friederikes alter Wohnung treffen würden. Sie hatte Gesa am Telefon erzählt, dass sie heute mit Jule in die Wohnung wollte, um ein paar Sachen auszumessen. Was sie nicht geahnt hatte, war, dass Gesa sofort Philipp informierte. Obwohl Philipps Ehe mit Jule schon seit zwanzig Jahren vorbei war, hatte Gesa den Kontakt zu ihm nie aufgegeben. Vermutlich fand sie es toll, einen Arzt als Schwiegersohn zu haben. Und er blieb ja auch der Vater ihrer Enkeltochter.

»Pia-Kind«, hatte Gesa anschließend am Telefon zu ihr gesagt. »Ich habe deinem Vater erzählt, dass ihr euch am Donnerstag in deiner neuen Wohnung trefft. Das passt insofern gut, als dass ich sowieso bei Lars in Hamburg bin. Jetzt holen Philipp und Steffi mich da ab, die kennen die Wohnung ja auch noch nicht. Und wir können mal in Ruhe über alles reden. Vielleicht gehen wir hinterher noch alle zusammen schön was essen.«

Pia hätte fast gekotzt, obwohl ihre Schwangerschaftsübelkeit vorbei zu sein schien.

»So, wir sollten jetzt mal los«, Jule kam um die Ecke und angelte nach ihrer Handtasche, die an der Stuhllehne hing. »Ich würde gern vor den anderen da sein. Und jetzt mach nicht so ein Gesicht, sie meinen es nur gut.«

»Und deshalb schleppt Oma Papa und Steffi mit?« Pia stand auf und sah ihre Mutter an. »Steffi hat übrigens mit Oma Cordula und Coco eine WhatsApp-Gruppe gegründet und stellt da schon Fotos von Kinderwagen und Babykleidung rein. Hat Coco mir neulich am Telefon erzählt. Sie hat die Gruppe schon zweimal verlassen, aber Steffi holt sie immer wieder rein.«

Jule lachte. »Herrlich«, sagte sie und ging zur Tür. »Das gefällt mir gut. Ich muss Coco mal wieder anrufen.«

Direkt vor dem Haus wurde ein Parkplatz frei, den Jule sofort ansteuerte. Sie sah Pia von der Seite an, bevor sie die Fahrertür öffnete. »Dann mal los. Wir können ja wetten, wer als Erstes Vorschläge für die Farbe des Kinderzimmers macht.«

»Steffi«, Pia löste den Gurt und öffnete die Tür. »Hundertpro.«

»Ich wette dagegen«, meinte Jule. »Oma Gesa fängt an.«

Friederike hatte nur noch wenige Gegenstände in der Wohnung gelassen, bis auf Putzutensilien, einen Staubsauger, zwei Leitern und drei Klappstühle war die Wohnung leer.

»Man kann kaum sehen, dass hier jemand gewohnt hat, es ist ja alles noch wie neu. Pia, du hast richtig Glück.« Jule inspizierte die Räume. Im Wohnzimmer blieb sie stehen und schob die große Glastür auf. »Wenn du Hilfe beim Bepflanzen brauchst, sag Bescheid. Wir haben erst Juli, da kriegen wir alles noch zum Blühen.«

Pia beobachtete ihre Mutter, die jetzt auf dem Balkon stand und ihr Gesicht in die Sonne hielt. Sie sah so jung aus, in Jeans, Sneakers und weißem T-Shirt, es war kaum zu glauben, dass sie bald Großmutter wurde. Pia legte ihre Hand unvermittelt auf den Bauch, die Wölbung war noch nicht so groß, dass jeder sie sah, aber schon zu rund, um noch in eine ihrer alten Jeans zu passen. Das Sommerkleid, das sie gerade trug, fiel locker bis übers Knie und ließ kaum etwas von der Schwangerschaft ahnen.

Pia schloss kurz die Augen und spürte plötzlich wieder diese unbändige Freude. Ihr Kind und sie. Sie und ihr Kind. Es war ein so intensives Gefühl, das sie nicht teilen wollte. Noch nicht. Und schon gar nicht mit der ganzen Familienhorde. Höchstens mit ihrer Mutter. Und vielleicht mit Friederike. Aber nicht mit allen, die ihr gerade reinredeten. Es war ihr Leben, ihre Wohnung, ihr Kind.

Sie ließ die Hand wieder sinken und folgte ihrer Mutter auf den Balkon. »Die Pflanzhilfe brauche ich«, sagte sie und lehnte ihren Kopf auf Jules. »Danke, Mama.«

»Wofür?«

»Dass du so gelassen bist. Und mir nicht in alles reinquatscht. Aber immer hilfst. Ich glaube, ich war in der letzten Zeit ein bisschen schwierig, aber ich musste alles erst mal für mich klarkriegen. Ich wollte dich nicht ausschließen.«

»Ach, Pia«, Jule schlang einen Arm um Pias Hüfte und drückte sie an sich. »Am Anfang war ich alles andere als gelassen. Ich hatte ein bisschen Angst, dass dein Leben nun so ganz anders verläuft, als du es dir, oder ich es mir für dich, gewünscht habe. Ich habe dich vielleicht unterschätzt, aber inzwischen bin ich überzeugt, dass du das alles hinkriegen wirst. Und alles, was ich dazu beitragen kann, will ich gern tun. Außerdem …«, sie sah Pia an. »Außerdem freue ich mich inzwischen wie Bolle auf dieses Kind. Mein Enkelkind.«

Sie zuckte zusammen, als die schrille Klingel ging. »Meine Güte, was für ein fieser Ton. Da sind sie. Geh du mal zur Tür, es ist dein Besuch.«

Ausatmend schob Pia sich an Jule vorbei, um die Haustür zu öffnen.

»Ist Torge nicht hier?« Gesa entließ ihre Tochter aus einer Klammerumarmung und blickte über ihre Schulter. »Ich hatte gedacht, dass er auch helfen will.«

»Das wird er auch, Mama«, antwortete Jule. »Wenn es was zu helfen gibt. Aber heute messen wir ja nur die Fenster für die Gardinen und die Wand für den Schrank aus. Das kriegen wir hin. Beim Umzug ist er dann dabei.«

»Habt ihr keine Spedition beauftragt?«, fragte Steffi, während sie unaufgefordert durch die Wohnung in die Küche ging und sich neugierig umsah. »Die machen doch alles. Also, bei uns haben sie alles gemacht, nicht wahr, Philipp, als wir in die Penthouse-Wohnung gezogen sind? Ich habe gesagt, aus dem Alter, in dem wir noch selbst unsere Tassen in die Kartons gepackt haben, sind wir ja nun echt raus.«

»Ihr schon«, Pia sah sie so freundlich an, wie sie konnte. »Die Möbelspedition bringt nur die Sachen aus der alten Wohnung hierher. Den Rest machen wir selbst.«

»Ach?« Steffi fuhr herum und warf einen Blick auf Jule. »Wer ist denn jetzt wir?«

»Mama und Torge«, antwortete Pia gleichmütig. »Wir müssen noch nicht mal streichen, Friederike hat hier ja nur ein gutes Jahr gewohnt, und vorher ist die Wohnung komplett renoviert worden. Wir müssen also nur auspacken und die Lampen und die Geräte anschließen.«

Sie standen jetzt alle in der Küche. »Friederike ist wohl selten zu Hause gewesen«, Gesa musterte die Einbauküche, die tatsächlich aussah wie neu. »Und kochen tut sie wohl auch nicht. So neu wie der Herd hier aussieht. Der war doch nie in Gebrauch.« Sie öffnete die Backofentür und schaute hinein. »Der Backofen auch nicht.« Kopfschüttelnd schlug sie die Tür wieder zu. »Perlen vor die Säue. So einen Backofen hätte ich auch gern.«

»Friederike arbeitet in einem Hotel mit Sternekoch«, Pia klappte die Stühle auf, während sie antwortete. »Die Mitarbeiter essen jeden Tag da. Wollt ihr euch nicht setzen?«

»Ich habe ja noch gar nicht alles gesehen«, Steffi hakte sich bei dem neben ihr stehenden Philipp unter. »Zeig uns doch erst mal, wie du das alles einrichten willst. Ich finde neue Wohnungen immer so aufregend.«

Pia vermied den Blick auf ihre Mutter, sie war sich sicher, dass Jule sich schon seit Minuten auf die Lippe biss. Stattdessen fragte sie Philipp: »Und? Du hast noch gar nichts gesagt.«

Ihr Vater war ungewöhnlich still, wobei ihm seine Ex-Schwiegermutter und Steffi auch noch keine Gelegenheit gegeben hatten, irgendetwas zu sagen. Jetzt machte er sich von Steffi los und ging langsam durch den Flur in eines der drei Zimmer. »Doch, das macht hier alles einen guten Eindruck.« Er blieb stehen und drehte sich zu ihr um. »Willst du hier wirklich mit dem Baby allein wohnen?«

»Ja, natürlich«, Pia hielt seinem Blick stand. »Was denn sonst?«

»Bei uns könnt ihr ja schlecht wohnen«, mischte sich Steffi ein. »Diese Idee kam Philipp neulich in den Kopf«, sie lachte kurz auf. »Philipp mit seinen ganzen Diensten und ich habe auch genug zu tun. Als wenn das ginge.«

Pia durchzuckte kurz der Gedanke, ihr ganz entschieden zu widersprechen. Nur um Steffis Blutdruck kurz mal in die Höhe schnellen zu lassen. Sie konnte es sich gerade noch verkneifen. »Ich zeige euch erst mal alles«, sagte sie stattdessen. »Also, die Küche habt ihr schon gesehen, hier vorn ist das Wohnzimmer, daneben, das wird mein Schlafzimmer, und hier kommt dann das Kinderzimmer rein.«

»Aha«, Gesa war ihr dicht gefolgt und sah sich mit großen

Augen um. »Aber das ist ja noch gar nicht fertig, so kann das nicht bleiben. Das muss doch farbig werden. Was hältst du denn von einem zarten Gelb? Oder es gibt auch so hübsche Tapeten. Laura und Fabian haben sich eine mit kleinen Mäusen und Hasen ausgesucht, frag sie doch mal, wo sie die gefunden haben.«

Jule grinste so breit, dass Gesa ihre Tochter verwundert ansah. »Was ist an Hasen so komisch?«

»Nichts, Mama«, beeilte sich Jule zu sagen. »Gar nichts.«

Pia sah ihren erhobenen Daumen hinter Gesas Rücken und verkniff sich ein Lachen. »Ja, und hier ist das Badezimmer«, sie öffnete die Tür, sofort schob sich Steffi an ihr vorbei und betrat das kleine Bad. Mit wichtigem Gesichtsausdruck sah sie sich um und meinte: »Oh, das ist aber schick«, sie öffnete die gläserne Duschtür und spähte an die Decke. »Sogar eine Regendusche. Und ist das hier Naturstein? Das haben die sich ja was kosten lassen. Für so eine Mitarbeiterwohnung ist das ja echt vom Feinsten.« Sie sah sofort Philipp an. »Habt ihr denn schon über den Preis gesprochen? Das wird kein Schnäppchen sein.«

Er ignorierte ihre Frage und stellte sich neben Pia. Zögernd legte er den Arm um ihre Schulter und sah sie an. »Und du bist dir wirklich sicher, dass du das alles allein schaffst?«

»Ich denke, du zahlst was dazu«, mischte sich Steffi ungefragt ein. »Das habt ihr doch so ausgemacht.«

»Ich rede nicht vom Geld«, ohne den Blick von Pia zu nehmen, fragte er: »Wie hast du dir das denn jetzt alles vorgestellt? Kind, Studium, danach der Job im Hotel? Das muss doch organisiert werden. Und was ist jetzt mit dem Vater? Der hat ja auch bestimmte Pflichten.«

»Und wir können auch nicht dauernd auf das Baby aufpassen …«, fing Steffi an, wurde aber sofort von Jule unterbrochen. »Steffi, jetzt halt doch mal die Klappe und misch dich nicht dauernd in Dinge ein, die dich nichts angehen.«

»Was?« Sie fuhr herum. »Wieso geht mich das nichts an? Philipp, hast du das gehört?«

»Jetzt hört auf damit«, Gesa schob sich, die Hände in die Hüften gestemmt, zwischen Jule und Steffi. »Wir haben doch wirklich ganz andere Dinge zu besprechen. Steffi, geh mal zur Seite. Ich will mir auch mal das Bad ansehen.« Rigoros marschierte Gesa an ihr vorbei und strich über die Fliesen. »Das ist sehr schön, Pia, wirklich sehr schön.«

Pia lächelte ihre Großmutter an. »Ja, Oma, das finde ich auch. Hast du den Balkon schon gesehen? Mama will beim Bepflanzen helfen, im Moment ist der noch ganz nackt.«

»Zeig mal«, Gesa legte ihrer Enkelin den Arm um die Taille, zusammen gingen sie ins Wohnzimmer. »Ja, das kann Jule, die bringt ja alles zum Blühen.«

Steffi starrte Jule immer noch empört an. Mit einem kurzen Seitenblick schüttelte Jule nur resigniert den Kopf. »Steffi, bitte, es geht hier nicht um dich, sondern um Pia. Wo ist eigentlich dein Hund?«

»Im Auto«, schnaubte Steffi. »Und ich gehe jetzt runter und lass sie da raus. Lotta muss bestimmt mal.« Erwartungsvoll sah sie Philipp an, der aber nicht reagierte. »Philipp?«

»Ja, was denn?« Etwas unwirsch wandte er sich ihr zu. »Du hast doch den Autoschlüssel.«

Mit einem Blick, der töten sollte, drehte Steffi sich um und ging zur Wohnungstür. Sie ließ die Tür lauter hinter sich zuknallen, als es nötig gewesen wäre.

Entschuldigend sah Philipp Jule an. »Sie ist im Moment ziemlich angefasst«, sagte er. »Sie hätte ja auch gern Kinder gehabt. Und deshalb ist sie gerade etwas eifersüchtiger als sonst. Und reagiert dann etwas gereizt.«

»So wie letzten Freitag?« Jule fragte es übertrieben harmlos. »Alex hat mir gesagt, dass du bei ihr am See warst. Damit ich es nicht von Friederike erfahre und falsche Rückschlüsse ziehe.«

Genervt schüttelte Philipp den Kopf. »Dieses Gequatsche macht mich noch ganz irre. Ich wollte gar nichts Besonderes von Alexandra, ich will nur keinen Krieg und andauernd schlechte Stimmung. Gerade, weil sie jetzt auch hierbleibt und nicht nach München zurückgeht. Da läuft man sich ja doch mal über den Weg. Und Steffi muss ja nicht …«

»Nicht jetzt noch mitkriegen, dass du sie jahrelang mit Alex betrogen hast«, vollendete Jule den Satz. Mit verschränkten Armen musterte sie ihren Exmann. »Ach, ist ja auch egal, es geht hier gar nicht um euch. Aber hör bitte auf, Pia ständig mit dem Vater des Kindes zu nerven, das ist allein ihre Entscheidung. Und Steffi könnte sich vielleicht zur Abwechslung mal etwas zurücknehmen, auch wenn sie sich gerade als Superstiefmutter fühlt. Vielleicht bist du so gut, ihr das auch noch mal zu sagen. Mich macht nämlich *ihr* Gequatsche ganz irre.«

»Streitet ihr?« Pia war von ihnen unbemerkt zurückgekommen. »Um was geht es denn?« Sie erwartete keine Antwort, sie hatte das Wortgefecht ohnehin gehört. Ihre Eltern ritten seit Jahren auf denselben Themen herum.

»Um nichts, Süße«, Philipp drückte ihr einen Kuss auf die Stirn. »Die Wohnung ist toll, lass uns doch gleich beim Essen mal überlegen, wie wir den Umzug organisieren wollen. Und die Zeit um die Geburt und so. Das muss ja alles mal in Ruhe besprochen werden.«

»Was willst du denn noch organisieren? Ist alles eingetütet.« Pia sah erst ihn, dann ihre Mutter an. »Der Umzug ist übermorgen, am Samstag. Wie besprochen. Torge, Lars und Mama helfen dabei, und in meiner alten Wohnung ist das meiste schon gepackt.«

»Übermorgen?« Perplex starrte Philipp sie an. »Der Umzug? Warum hat mir das niemand gesagt?«

»Ich habe es dir doch auf den Anrufbeantworter gesprochen«, antwortete Pia sofort. »Zu Hause. Dein Handy ist ja dauernd ausgeschaltet. Du warst letzte Woche auf einem Kongress, davor dauernd im Dienst und hast nur gesagt, dass du dich meldest. Hast du aber nicht.« Pia zuckte mit den Achseln. »Vielleicht solltest du öfter mal deine Nachrichten abhören.«

Es klingelte an der Tür, Jule trat an den Summer und drückte. Kurz darauf stand Steffi wieder vor ihnen, ohne Hund, aber unter dem Arm einen Stapel Prospekte, die sie jetzt Pia in die Hand drückte.

»Das lag noch im Auto, ich habe schon mal was zusammengesucht, die oberen drei sind Hersteller von Kinderwagen, in diesem gelben Katalog sind Wickeltische und andere Kindermöbel, und ganz unten, das ist von einem tollen Kinderladen in der Innenstadt, da müssen wir unbedingt als Erstes hin. Den Kinderwagen kaufen wir dir natürlich, das hat Philipp bestimmt schon gesagt, oder?«

Sie ignorierte Jule, grinste Pia aber wie ein Honigkuchenpferd an. Pia fragte sich, ob das der beruhigende Einfluss des Gassigehens war oder ob sie irgendeinen Zaubertrank im Auto hatte, den sie in sich reinschüttete, wenn keiner hinsah.

»Nein, nein, Steffi«, Gesa eilte aufs Stichwort Kinderwagen herbei. »Den Kinderwagen kriegt sie von uns, das haben Ernst und ich schon mit Pia besprochen. Wir müssen nur noch mal einen Termin machen, wann wir zusammen losgehen, um einen auszusuchen, nicht wahr, Pia, das bleibt dabei.«

»Ja, ich …«

»Dann kümmern wir uns um die Kinderzimmereinrichtung«, Steffi ließ sich nicht beirren. »Wickeltisch und Wiege …«

»Die Wiege hat sie schon«, sagte Jule frostig. »Ihre eigene. Torge arbeitet sie gerade ein bisschen auf, die wird wie neu.«

»Und den Wickeltisch bekomme ich von Coco«, Pia sah Steffi an. »Sie hat mich letzte Woche angerufen. Sie lässt den von einem Freund bauen und hat mir die Zeichnung geschickt, sie will ihn dann selbst bemalen, der wird sicher sehr schön.«

»Das hat sie mir gar nicht erzählt«, beleidigt schüttelte Steffi den Kopf. »Dabei haben wir dauernd Kontakt. Ja, was machen wir jetzt? Philipp, was meinst du denn?«

»Der Umzug ist schon übermorgen«, fuhr Philipp sie unwirsch an. »Pia hat es mir auf den AB gesprochen, ich habe das gar nicht gehört. Wusstest du das?«

»Ja«, unbekümmert sah sie ihn an. »Ich habe es ja abgehört. Aber wir sind am Samstag bei Beckers zum Grillen eingeladen, wir hätten sowieso nicht gekonnt. Wir können ja am Sonntag vorbeikommen.«

Pia sah ihre sprachlose Mutter an und schüttelte nur leicht den Kopf. Sie war froh, dass Steffi nicht auch noch am Umzugstag hier herumspringen und Einrichtungsvorschläge machen würde. »Wir sind wirklich genug«, sagte sie deshalb. »Und so viele Sachen habe ich sowieso nicht.«

»Und wann wollen wir los, um den Kinderwagen zu kaufen?« Gesa schien die angespannte Stimmung überhaupt nicht zu spüren. »Mit Laura und Fabian waren wir schon einkaufen, sie haben einen ganz hübschen bekommen, mit allem Schickimicki. Und wir sind gerecht, alle Enkeltöchter bekommen dasselbe. Also vom Preis her. Du musst nur sagen, wann, Pia, Opa will auch mit.«

Pia holte tief Luft und ballte hinter dem Rücken die Hände zu Fäusten. Sie meinten es ja alle gut, aber langsam wurde es ihr zu viel. »Können wir diese ganzen Anschaffungen vielleicht für etwas später planen?« Sie sah von Jule zu Philipp und dann zu Gesa. »Nach dem Umzug?«

»Sicher«, Gesa zog sich einen der ausgeklappten Stühle näher und nahm Platz. »Wir können fast immer, sag einfach Bescheid. Habt ihr hier eigentlich irgendetwas zu trinken? Ich bin schon ganz ausgedörrt.«

Während Jule sich bückte und eine Flasche Wasser aus der Kiste zog, warf sie einen Blick auf Philipp, der so aussah, als sei seine Laune gerade richtig im Keller.

»Philipp«, sie richtete sich wieder auf und sah ihn an. »Du stehst neben der blauen Tasche, da sind Gläser drin.«

Aus seinen Gedanken gerissen, zuckte er zusammen, holte aber die Gläser raus und verteilte sie. Als er Pia eines reichte, fragte er laut: »Was ist denn jetzt mit dem Vater? Ich würde ihn wenigstens gern mal kennenlernen. Wenn er schon der Erzeuger meines Enkelkindes ist.«

Jule runzelte die Augenbrauen, doch bevor sie etwas sagen konnte, hielt Gesa ihr das Glas hin. »Pia hat ja gesagt, sie haben sich getrennt, warum willst du ihn denn noch kennenlernen, Philipp?« Sie wartete, bis Jule ihr Glas gefüllt hatte, dann drehte sie sich zu ihm um und fuhr energisch fort: »Ich weiß sowieso nicht, warum du dauernd nachfragst. Wenn Pia den jungen Mann nicht mehr mag, dann zieht sie ihr Kind eben allein auf. Das hat Jule ja auch so gemacht. Fertig, aus. Und das hat gut geklappt, guck dir an, was für ein Prachtmädchen Pia geworden ist.« Sie warf ihrer Enkelin eine Kusshand zu. »So was kriegt man auch allein hin.«

Vier verblüffte Augenpaare starrten sie an, Gesa zuckte die Achseln. »Ist doch wahr. Dauernd reden alle von diesem unbekannten Vater. Wer nicht will, der hat schon. Das Kind kriegen wir auch alleine groß.«

»Aber es geht ja auch um die Betreuung«, konnte sich Steffi nicht verkneifen. »Sie kann doch nicht …«

»Steffi«, Gesas Kopf fuhr herum, sie starrte Steffi an und hob den Zeigefinger. »Könntest du dich vielleicht bei Dingen, die dich nicht unmittelbar betreffen, ein bisschen zurückhalten? Du hast schon mehrfach erwähnt, dass du und auch Philipp nicht als Babysitter zur Verfügung stehen, das haben wir jetzt alle verstanden. Kein Mensch wird dich fragen, ihr könnt alles so machen wie bisher. Nur bitte ohne dieses dauernde Gesabbel.«

Jule musste sich auf die Lippe beißen, um nicht in Gelächter auszubrechen. Was immer Gesas neue Lässigkeit verursacht hatte, als Großmutter war sie gerade eine Wucht.

»Möchte noch jemand Wasser?« Ihre Frage wurde von niemandem beantwortet, dafür stemmte Steffi ihre Hände in die Hüfte und schnaubte: »Gesa, was erlaubst du dir! Philipp, jetzt sag du doch auch mal was.«

»Was soll ich denn immer sagen?«, antwortete Philipp genervt. »Ich weiß gar nicht, warum alle so gereizt sind. Vielleicht sollten wir besser essen gehen, wir haben ja alles gesehen. Und im Übrigen«, er wandte sich jetzt an Gesa. »Wer sagt, dass ich nicht als Babysitter zur Verfügung stehe? Ich habe mich um Pia gekümmert, und ich werde mich auch um ihr Baby kümmern.«

»Wenn …«, Pias scharfer Blick hinderte Jule am Weitersprechen. Pia wusste genau, was ihre Mutter sagen wollte: »Wenn das Kind eingeschult ist.« Philipps Vatertalente waren erst in späteren Jahren zum Tragen gekommen. Als Pia noch Kleinkind war, hatte Philipp es vermieden, seine Tochter länger als für eine oder zwei Stunden abzuholen. Spätestens wenn sie Hunger bekam, brachte er sie wieder zu Jule. Alles andere hätte ihn überfordert.

Mit einer abrupten Bewegung stand Gesa auf und stellte ihr leeres Glas unsanft auf die blitzblanke Spüle. »So, dann haben wir das ja auch geklärt. Philipp wird das Baby sicherlich auch mal die Straße rauf und runter fahren, aber jetzt will ich essen gehen. Pia, du hast eine tolle Wohnung gefunden, da vorn müssen aber Gardinen ran, damit dir keiner reinguckt, die bezahle ich.«

»Wir messen das Fenster gleich aus«, Pia beugte sich runter und küsste sie auf die Wange. »Danke, Oma.«

Die immer noch beleidigte Steffi zuckte zusammen, als genau über ihr die Hausklingel losging. »Mein Gott, was für ein schrecklicher Ton.« Sie drehte sich um und öffnete die Tür. Als sie Friederike erkannte, sprang sie fast zurück, woraufhin Friederike ein strahlendes Lächeln anknipste und eintrat.

»Guten Abend«, sie umarmte kurz Jule, legte Pia die Hand auf die Schulter, während sie Gesa die andere gab. »Hallo Gesa, wir haben uns ja auch lange nicht gesehen.«

»Du bist ein bisschen schmaler geworden, oder?« Gesa musterte sie interessiert. »Aber das steht dir. Obwohl schlanke Frauen ja immer mehr Falten haben als dicke. Wie geht es deiner Mutter?«

Friederike winkte ab. »Lange Geschichte. Nicht schön. Hallo Philipp«, sie nickte ihm mit neutralem Lächeln zu und drehte sich zu Steffi um. »Hallo, ähm, ich habe deinen Namen leider …«

»Steffi«, sie verzog keine Miene. »Ganz einfach. Hallo.«

Jule sah Friederike mit schiefem Grinsen an, Friederike vergaß nie einen Namen.

»Ach ja, hallo Steffi.« Friederike sah sich um. »Und? Gefällt euch Pias Wohnung? Ich habe vergessen, den Stromzähler abzulesen, dann kann ich ihn Pia auch gleich zeigen. Kommst du mal mit?«

Während die anderen in der Küche stehen blieben, folgte Pia Friederike zum Abstellraum. »Hier ist der Kasten«, sagte Friederike laut, um danach ihre Stimme zu senken. »Und? Schon Verletzte?«

»Nur Schürfwunden«, antwortete Pia leise. »Kleine Gemetzel, aber kein Blut.«

»Gut«, Friederike lächelte. »Ich sag's doch, irgendwann ebben die Wellen ab.«

»Na ja, abgeebbt sind sie noch nicht.« Pia lehnte sich an die Wand und sah Friederike an. »Sie prügeln sich gerade darum, wer den Kinderwagen, wer die Wickelkommode und wer sonst noch was besorgt. Sie reden über das Kind, als wäre es irgendeine Anschaffung, die nur anständig vorbereitet werden muss. Herrgott, es ist ein Baby. Kein Pferd.«

Friederike lachte kurz, wurde aber sofort wieder ernst. »Es ist auch ihre Unsicherheit, Pia. Es ist einfacher, über einen Kinderwagen zu reden als über die Angst, dass dein Leben sich nun verändern wird. Und sie wissen einfach noch nicht, wie sie damit umgehen sollen. Gib ihnen Zeit, das wird schon. Und Jule behält doch die Nerven.«

»Ja, Mama schon«, Pia sah sie plötzlich ernsthaft an. »Ich habe über das nachgedacht, was du mir Pfingsten am See gesagt hast.« Sie machte eine kleine Pause, bevor sie sagte. »Ich werde Ben anrufen. Du hast recht. Er kann ja dann selbst entscheiden, was er macht. Ich will ihn zu nichts verpflichten.«

»Gut.« Friederike nickte ernst. »Ich glaube, es ist richtig so.« Plötzlich beugte sie sich vor und legte sanft die Hand auf Pias Bauch. »Er oder sie muss es wissen.«

Pia richtete ihren Blick auf die Hand und lächelte. »Danke«, sagte sie leise. Sie hob den Kopf. »Ich möchte dich noch etwas fragen.«

»Ja? Was?« Langsam nahm Friederike ihre Hand weg und schob sie in die Jackentasche.

Pia sah sie an. »Würdest du Patentante werden wollen? Du musst es jetzt nicht beantworten, aber ich fände es richtig.«

Friederike hob überrascht die Augenbrauen. »Ich? Bist du sicher?«

»Pia? Wo bleibst du? Wir wollen essen gehen.« Gesas Stimme drang aus der Küche zu ihnen. Sofort drehte Pia ihren Kopf zur Seite. »Sofort. Ich komme.«

»Ja. Mit dem größten Vergnügen.«

»Was?« Sofort sah Pia Friederike wieder an. »Ist das dein Ernst?«

»Ja«, Friederike nickte und knipste den Lichtschalter im Abstellraum aus. »Mein voller. Dafür komme ich auch mit euch essen. Wir behalten es noch für uns, damit kein neues Gemetzel beginnt. Aber ich freue mich drauf. Und ich werde mir Mühe geben, eine herausragende Patentante zu sein.«

Sie beugte sich vor und küsste Pia auf die Wange. Die sah sie dankbar an. Und lächelte.

»Ich weiß.«

35.

Einen Tag später hielt Friederike vor dem Spiegel ein Kleid an den Körper, betrachtete sich kritisch und hängte es wieder in den Schrank. Rot war zu aggressiv. Das nächste war schwarz, ging auch nicht, langärmelig und zu warm. Das dritte Kleid war grün, Friederike schlüpfte hinein und musterte sich, eindeutig zu eng am Busen. Sie sah auf ihr Dekolleté und überlegte, wo die Grenze zum Ordinären verlief. Wahrscheinlich war sie knapp davor, sie zu überschreiten.

Resigniert zog sie das Kleid wieder aus und warf es aufs Bett. Sie würde die helle Hose anziehen, ein weißes T-Shirt und den hellen Blazer. Die Kleider, die in Frage gekommen wären, befanden sich in den eingelagerten Kleiderboxen und nicht hier in diesem Hotelappartement. Und außerdem machte sie sowieso zu viel Theater. Sie ging zu einem Abendessen, nicht zu einem Date. Auch, wenn es sich ähnlich anfühlte. Es war trotzdem keines. Und sie keine fünfzehn mehr.

Eine halbe Stunde vor der verabredeten Zeit verließ sie das Hotel durch den Nebeneingang.

Der Italiener, bei dem Ulli einen Tisch bestellt hatte, war ganz in der Nähe, Friederike wollte einen kleinen Umweg machen, um noch einen kurzen Blick auf die Alster zu werfen. Wasser beruhigte. Und sie war, obwohl sie es niemals zugeben würde, nervös. Bis zur leichten Übelkeit. Was ihr seit Jahren nicht mehr passiert war.

Sie wich im letzten Moment einem Fahrradfahrer aus, sie

hatte nicht bemerkt, dass sie auf den Radweg geraten war. Der brüllte ihr wütend irgendetwas zu, das klang wie »Alte Schachtel«. Oder »Alte Wachtel«, ganz genau hatte sie es nicht verstanden. Letztlich war es egal, es meinte dasselbe.

Diesmal drehte sie sich um, bevor sie den Weg überquerte, um in eine kleine Seitenstraße einzubiegen, und verlangsamte ihre Schritte, während sie sich die gepflegten Gärten ansah. In manchen sah es aus wie in kitschigen Vorabendserien. Lounge-Möbel auf der Terrasse, der obligatorische Gas-Grill, ein überdimensionaler Sonnenschirm und lachende Menschen, die Wein trinkend um den Tisch saßen und sich lebhaft unterhielten. Wobei nicht alle lachten, wenn man genau hinsah, gab es auch einige, die eher gelangweilt herumsaßen und auf ihr Smartphone starrten.

Es war seltsam, dass Friederike immer solche Heile-Welt-Bilder vor Augen hatte, wenn sie sich vorstellte, wie andere Menschen lebten. Besonders, wenn sie sich in den letzten Jahren Ullis Leben vorgestellt hatte. Dabei hasste sie Grillen und Lounge-Möbel im Garten, trotzdem hatten diese Bilder im Kopf sie immer für einen Moment sehnsüchtig gemacht. Dabei wusste sie noch nicht einmal, ob Ulli überhaupt einen Gas-Grill besaß. Geschweige denn, ob seine Familie lachend drum herumsaß. Vielleicht starrten sie auch nur auf Smartphones.

Sie hatte Ulli 1990 auf der Hochzeit von Jule und Philipp kennengelernt. Ulli war Philipps Trauzeuge gewesen, Friederike arbeitete nach mehreren Auslandsaufenthalten wieder in Hamburg. Er war der erste Mann gewesen, den sie nach der grauenhaften Geschichte auf Fuerteventura wieder in ihr Leben und in ihr Herz lassen konnte. Ulli war damals seit einem Jahr von seiner Frau Andrea getrennt, ihre Kinder waren sechs und zwei und litten unter der Situation. Auch Ulli litt. Andrea machte Terror, verschob die Besuchstermine, fand immer neue Gründe, um die verabredeten Zeiten zu ändern, rief ständig an, bombardierte ihn mit Vorwürfen und sandte mehr oder weniger dramatische Hilferufe ab, so dass er ständig zu ihnen fuhr, um sich zu vergewissern, dass mit den Kindern wirklich alles in Ordnung war.

Im ersten Jahr ihrer Beziehung war Friederike noch zu verliebt, um sich daran zu stören. Sie fand es rührend, wie ernsthaft er sich um seine Kinder kümmerte, sie selbst kannte das ja nicht von ihrem Vater. Als Andrea von ihrer Beziehung erfuhr, wurde es noch schlimmer. Die Anrufe häuften sich, die Vorwürfe wurden heftiger. Zwischendurch kamen die Kinder, um mit ihrem Vater das Wochenende und die Ferien zu verbringen. Was immer Andrea ihnen über Friederike erzählt hatte, es führte dazu, dass Tjark und Selma sie rückhaltlos ablehnten. So wurden die Besuche der Kinder für Friederike zu einer echten Belastungsprobe, wobei die Ablehnung nicht der einzige Grund war. Es war auch Ullis Unentschiedenheit. So gut ihre Beziehung war, es kam immer häufiger zum Streit, die ungeklärten Probleme um die Kinder schoben sich immer mehr zwischen sie. Zwei Wochen nach ihrer Trennung nahm Friederike ein Jobangebot auf Mallorca an.

Die grüne Markise des Italieners war schon zu sehen, auch die roten Blüten der üppigen Oleanderbüsche neben dem Eingang leuchteten von weitem. Unwillkürlich verlangsamte Friederike ihre Schritte. Ihr Puls hatte sich beschleunigt, ihre Hände zitterten. Entschlossen schob sie sie in die Jackentasche und holte tief Luft. Es war albern, sich so aufzuführen. Sie war lediglich zu einem Essen mit ihrem Ex verabredet. Es waren zu viele Jahre vergangen, als dass es Sinn machte, über die Befindlichkeiten dieser Zeit zu sprechen. Wenn es gut lief, konnte Friederike nach dem Essen endlich dieses Kapitel schließen. Wenn es schlecht lief, würde sie sich weiterhin von Zeit zu Zeit nach ihm sehnen. Daran hatte sie sich gewöhnt.

An die Lücke, der er hinterlassen hatte. Die Welt würde sich in jedem Fall weiterdrehen.

Friederike hob das Kinn und ging auf den Eingang zu. Als sie die Tür aufzog und das Restaurant betrat, war er der Erste, den sie sah.

Ulli stand sofort auf, als sie an den Tisch kam, und lächelte sie an. »Wie immer pünktlich«, sagte er und wartete ab, bis sie saß, bevor er wieder Platz nahm.

»Und du bist wie immer zu früh«, Friederike schaffte es, ihn lässig anzulächeln. Kaum jemand konnte das Gefühlsleben von Friederike Brenner lesen, wenn sie das nicht wollte. Und jetzt wollte sie das gerade auf keinen Fall. »Und? Wie geht es dir?«

»Gut«, Ulli sah sie freundlich an, während er sich entspannt zurücklehnte. »Alles normal. Ich freue mich, dass es geklappt hat. Du siehst gut aus. Was möchtest du trinken? Weißwein? Und Wasser? Wie immer?«

Wie immer, dachte Friederike, wie früher. Auch, wenn er etwas sehr Unverbindliches in seinem Blick hatte. »Ja, gern.«

Sie wartete ab, bis Ulli dem Kellner ein Zeichen gegeben hatte. Sofort eilte der junge Mann zum Tisch, reichte ihnen die Speisekarten und nahm die Getränkebestellung auf.

»Danke«, Ulli setzte seine Brille auf, bevor er die Speisekarte aufschlug, ohne hineinzusehen. »Bist du eigentlich schon umgezogen? Pia hat mir neulich am Telefon erzählt, dass sie deine Wohnung übernimmt.«

Vor vierzehn Jahren hatte er noch keine Brille zum Lesen gebraucht, Friederike betrachtete ihn versonnen. Die Brille stand ihm, eine schöne Fassung, sie fragte sich, ob er sie selbst ausgesucht hatte.

»Bist du?«

Friederike zuckte kurz zusammen. »Entschuldige, ich war gerade ganz woanders mit meinen Gedanken. Nein, das heißt:

doch. Pia zieht ja morgen ein, deshalb wohne ich im Moment vorübergehend in einem Appartement im Hotel und habe meine Sachen eingelagert, bis Hanna in die Villa zieht. Und ihre Wohnung frei wird.« Sie sah ihn an. »Ich weiß nicht, ob du das auch weißt, wir bauen ja das Haus am See um, es entstehen da zwei getrennte Wohnungen für Alexandra und Hanna.«

»Pia hat so was angedeutet«, aufmerksam schaute er sie an. »Das freut mich für Hanna. Sie braucht doch Menschen in ihrer Umgebung. Das ist eine gute Idee. Und groß genug ist das Haus ja. Wann soll der Umbau fertig sein?«

Friederike hob die Schultern. »Die haben diese Woche erst angefangen, wir hoffen, dass es alles zügig geht. Alexandra kann solange bei ihrer Schwester wohnen und ist in der Nähe, wenn es irgendetwas zu regeln gibt. Aber es ist alles gut organisiert, ich bin ganz zuversichtlich.«

Sie schwiegen einen Moment, in dem Friederike überlegte, was sie eigentlich von sich preisgeben wollte. Sollten sie über früher sprechen? Interessierte sie ihn wirklich noch? Oder war diese Verabredung ein eher freundliches Versehen? Deshalb überraschte sie seine nächste Frage.

»Pia hat mir erzählt, dass du Stress mit deiner Mutter hast? Was ist denn passiert?«

Ohne sich anmerken zu lassen, dass Pias Mitteilungsfreude sie verwunderte und er sich überhaupt dafür interessierte, antwortete sie etwas zurückhaltend: »Ach, na ja, Esther ist mittlerweile dement, war nach einer Schulteroperation im Krankenhaus und ist jetzt in ein Heim gezogen. Ich muss mich noch daran gewöhnen, dass sie plötzlich eine ganz andere ist.«

Mitfühlend hatte Ulli zugehört. »Das tut mir leid. Es ist immer schwierig für die Angehörigen.«

Es war auch schon schwierig für die Angehörige, bevor

Esther dement wurde, dachte Friederike, daran müsste sich Ulli eigentlich erinnern. Außerdem hatte sie überhaupt keine Lust, jetzt mit ihm über ihre Mutter zu sprechen.

»Es geht«, sagte sie deshalb kurz. »Sie ist in diesem Heim sehr gut versorgt, es ist eine schöne Einrichtung, leider auch dementsprechend teuer.« Sie zuckte die Achseln. »Es hilft nichts, das Haus in Bremen ist ja Gott sei Dank verkauft.«

Sie versuchte, in seinem Gesicht eine Reaktion zu lesen. Sie brauchte es nicht, er ging sofort darauf ein: »Ach ja, Bremen. Das alte Haus. Ich hatte gedacht, dass du es viel früher verkauft hättest. Wie hast du das denn überhaupt in den letzten Jahren hinbekommen? Das war doch ein Fass ohne Boden.«

Ich habe es gar nicht hinbekommen, dachte sie, ohne die Miene zu verziehen. Ich habe dir nach unserem einzigen gemeinsamen Jahr in diesem Haus deinen Anteil mit einem Kredit ausgezahlt, hatte irgendwann einen Haufen Schulden und einen mordsmäßigen Reparaturstau. Und musste es verkaufen, obwohl ich es nicht wollte. Das würde ich nur dir gegenüber nie zugeben.

Sie strich sich eine Haarsträhne aus dem Gesicht und sah ihn an. »Ich hatte den Anbau vermietet. An Isabelle, eine etwas verrückte Heilpraktikerin, die auch Yoga-Kurse gegeben hat. Ihr Bruder war ein ganz guter Handwerker, und sie hat Miete bezahlt. Dadurch ging das alles.« Friederike sah zur Seite, als plötzlich ein Kellner neben ihr stand und die Getränke brachte. Sie sah zu, wie Ulli den Wein probierte und nickte, wartete, bis der Kellner eingeschenkt hatte, und griff dann nach ihrem Glas. Ullis hob seines.

»Prost«, sagten beide im Chor, Friederike lächelte bemüht und fragte sich, ob dieses Treffen wirklich eine gute Idee gewesen war.

Zur selben Zeit saß Alexandra auf dem Boden des Gästezimmers ihrer Schwester und hob den Deckel eines kleinen Kartons, der mit *Laura/Korrespondenzen* beschriftet war, ab. Es war der letzte Karton, den sie öffnete, alle anderen, die Micha und Hanna ihr übergeben hatten, waren schon gesichtet und sortiert.

Um sie herum hatte sie die Inhalte auf mehrere Stapel verteilt, zum größten Teil waren es Zeitungsausschnitte, die Laura jahrzehntelang gesammelt hatte. Alexandra hatte einen Moment gebraucht, bis sie begriffen hatte, dass sich Laura weniger für die Klatschgeschichten von mehr oder weniger prominenten Zeitgenossen interessiert, sondern diese Artikel aufgehoben hatte, weil die Fotos alle von Marie stammten.

Es klopfte kurz an der Tür, bevor Katja eintrat. »In einer halben Stunde ist das Essen fertig«, sagte sie, bevor sie sich über Alex beugte, die Hand locker auf die Schulter ihrer Schwester gestützt, und einen Artikel hochhob. »Ach, guck mal, das ist ja Sybille Wegener, toll. Hat Marie die auch fotografiert?« Sie überflog den Text und hielt ihn Alexandra wieder hin.

»Ich denke schon«, Alexandra legte den Ausschnitt zurück auf einen der Stapel. »Die meisten dieser Leute sagen mir überhaupt nichts, ich hatte es nie so mit den deutschen Fernsehstars. Aber es hilft bei der Recherche zur Zeitgeschichte. Das waren doch die neunziger Jahre, oder?«

»Das war *die* Kultserie der neunziger«, fast empört blickte Katja auf Alexandra runter. »*Gutshof Ammersberg*. Und Sybille Wegener hat die Lotta gespielt. Das kam jeden Dienstag um Viertel nach acht. Wir hingen alle vor dem Fernseher, jede Woche. Hättest du mal mehr ferngesehen und nicht so viel gelesen, dann würdest du dich auch besser auskennen. Aber du kannst mich ja fragen, ich weiß Bescheid.«

Sie ließ ihre Blicke über die sortierten Zeitungsausschnitte schweifen. »Wenn ich dir sonst irgendwie helfen kann, sag es. Ich finde es toll, dass du dieses Buch schreibst.«

»Du hilfst mir schon genug, Katja«, Alexandra sah ihre Schwester an, bevor sie den kleinen Karton zu sich zog. »Ich wohne hier, werde bekocht, bekomme abends ein Glas Wein auf der Terrasse gereicht, muss mich um nichts kümmern, es ist ein Traum. Wenn ihr so weitermacht, ziehe ich nach dem Umbau doch nicht in die Villa.«

Katja lachte leise. »Doch, das wirst du. Wir haben hier keinen Platz für deine Möbel. Aber ich finde es sehr schön, dich für ein paar Wochen hier zu haben. Also, Essen in einer halben Stunde?«

»Ist gut«, antwortete Alexandra automatisch, ihre Augen auf den Inhalt des kleinen Kartons gerichtet. Während Katja die Tür leise hinter sich schloss, nahm Alexandra den Stapel Briefe in die Hand, die Esther Brenner an Laura geschrieben hatte. Nach kurzem Nachdenken legte Alexandra sie zur Seite, sie würde sie Friederike geben, vielleicht gab es darin irgendeine Spur zu ihrem Vater.

Der nächste Stapel bestand aus verschiedenen Postkarten, alle von Marie an ihre Mutter. Neugierig blätterte Alexandra sie durch. Es waren bunte Ansichten aus allen möglichen Gegenden, München, Kopenhagen, vom Tegernsee, von Sylt, Norderney. Marie hatte Reisen geliebt, trotz ihres schwachen Herzens. Eine Karte war aus Palma de Mallorca, Alexandra drehte sie um und hatte Mühe, die engbeschriebene Rückseite zu entziffern.

Palma, 30. Mai 1998

Hallo Mama, es ist zu schade, dass niemand Zeit und Lust hatte, mitzukommen, um Fiedi hier auf Mallorca zu besuchen. Aber Alex konnte aus München nicht weg, und Jule ist noch zu beschäftigt mit ihrer Trennung und hatte niemanden, der auf Pia aufpassen kann. Fiedi arbeitet wie eine Irre, ist in diesem Superhotel stellvertretende Chefin, aber ganz dünn geworden. Sie sagt, es geht ihr gut, ich glaube aber, dass sie Ulli immer noch hinterhertrauert. Ich werde mal mit ihm essen gehen. Vielleicht kann ich da doch noch was machen. Ansonsten liege ich den ganzen Tag am Strand in der Sonne, während Fiedi arbeitet, und erhole mich. Alles schön, sonnige Grüße, Marie

Alexandra lächelte wehmütig. 1998, auch da hatte Marie schon Schicksal gespielt. Und auch damals hatte es geklappt. Sie schob die Karte zurück zu den anderen und entdeckte weitere Umschläge, Alexandra stutzte, als sie sah, dass es Post von einem Notariat war. Es passte gar nicht zu Laura, dass sie so offizielle Schreiben in einem Karton aufbewahrte. Alexandra hob den ganzen Rest heraus. Auf einem unverschlossenen Umschlag entdeckte sie eine handgeschriebene Notiz:

Überschreibung *Mehrfamilienhaus Kastanienweg 13*

Alexandra runzelte die Stirn. Das war doch die Adresse von Esthers Wohnung. Als sie den Umschlag in die Hand nahm, fiel eine Karte heraus, auf der mit verblichener Schrift nur wenige Sätze standen:

Laura, sei so gut und halte dich aus dieser Geschichte raus. Es hat nichts zu bedeuten, und du machst es größer, als es ist. Esther wird es schon noch begreifen. Und nein, ich habe keine Ahnung, was sie mir erzählen will, Lorenz

Alexandra hob den Blick und sah auf den Inhalt des Kartons. Wer war Lorenz? Sie hatte den Namen noch nie gehört. Zögernd hielt sie den Umschlag in der Hand, auf dem Esthers Adresse stand. Friederike hatte keine Unterlagen gefunden, aus denen hervorging, bei wem sie die Wohnung ihrer Mutter kündigen sollte. Vielleicht hielt Alexandra hier die Antwort auf die Frage in der Hand.

Sie sah hinein, es waren mehrere Schriftstücke, als sie eines hervorzog, rutschte ein weiterer Zeitungsausschnitt mit heraus. Eine Todesanzeige. Alexandra strich sie glatt und las den Text mit gerunzelter Stirn.

Plötzlich und unerwartet müssen wir Abschied nehmen
von unserem Sohn, Enkel, Bruder und Verlobten
Lorenz Hohnstein
** 3. Juli 1935 † 8. April 1961*
Wir sind unfassbar traurig
Hermann und Adelheid Hohnstein
Karla Hohnstein
Carl und Laura van Barig, geb. Hohnstein
Rose von Ellerbrock
Die Beisetzung findet im engsten Familienkreis statt.

Wer war …? Abrupt kamen ihre Überlegungen zum Ende.

»Alex, Essen ist fertig!«

Friederike lehnte sich zurück, als der Kellner die leeren Vorspeisenteller abräumte, und lächelte ihn an. »Das war schon mal sehr gut, vielen Dank.«

»Grazie«, der Kellner schenkte ihnen noch Wein nach, dann zog er sich zurück. Ulli sah Friederike forschend an. »Wo waren wir stehengeblieben?«

»Bei Hanna und Marie«, antwortete Friederike prompt. »Und das Glück großer Liebesgeschichten.« Sie bemühte sich um einen neutralen Ton. »Wann hast du denn das letzte Mal Kontakt zu ihnen gehabt? Du hattest neulich am Telefon gesagt, dass du sie in den letzten Jahren immer mal wieder gesehen hast.«

»Ja«, Ulli nickte. »Ich habe sie in Flensburg besucht, kurz bevor sie ins Hospiz kam. Es war das letzte Mal. Marie war schon sehr schwach, aber noch sehr klar. Ich war froh, dass wir uns verabschieden konnten. Ich habe sie so gemocht.« Er hob den Blick. »Sie hat viel über dich gesprochen. Vermutlich hat sie immer noch gehofft, dass wir doch wieder zusammenkommen.«

Friederike schloss kurz die Augen, bevor sie ihn wieder ansah. Er lächelte, allerdings eher belustigt. Sie räusperte ihr eigenes wehmütiges Gefühl weg und schwieg.

»Na ja, einmal hat sie es ja geschafft, uns wieder zu verkuppeln«, sagte Ulli jetzt. »Damals, als sie von dir von Mallorca zurückkam. Weißt du noch? Sie hat mich angerufen, um sich mit mir zum Essen zu verabreden. Und hat dann so lange von dir erzählt, bis ich dich besucht habe.«

»Ja, wir haben uns dann in Hamburg wiedergetroffen, als ich Weihnachten zu Esther gefahren bin. Du hast mich am Flughafen abgeholt.« Sie hätte ihm sogar noch den Wortlaut des Telefonats sagen können. Sie hatte wirklich alles konserviert. Das war bei ihm offensichtlich nicht so.

»War das so?«, fragte er unsicher. »Haben wir uns zuerst in Hamburg getroffen? Ach, warte mal, stimmt, haben wir nicht auch Silvester zusammen gefeiert? Aber danach habe ich dich doch auf Mallorca besucht. Im Februar. Zur Mandelblüte.«

Ja, dachte Friederike, damals war ihr Leben genauso rosa wie die Millionen Blüten gewesen. Damals hatte es wieder angefangen. Sie und Ulli. Ulli und sie. Seine Familie hatte sie ausgeblendet. Sie war glücklich gewesen. Und hatte ihre Zukunft mit ihm geplant. So rosa wie die Blüten um sie herum. Es war so lange her.

»Die Mandelblüte«, sagte sie nachdenklich. »Allein schon der Gedanke lässt einen melancholisch werden.«

»Warum melancholisch?«, fragte Ulli arglos. »Wir hatten doch schöne Jahre zusammen. Vielleicht hätten wir das Haus in Bremen nicht zusammen kaufen sollen. Das hat uns kein Glück gebracht. Irgendwo habe ich mal gelesen, dass viele Paare, deren Beziehung am Ende ist, entweder ein Kind bekommen oder ein Haus kaufen. Um alles zu kitten. Möglicherweise sind wir auf diesen Irrglauben reingefallen.«

Sie hatte immer nur darauf gewartet, dass sie irgendwann die gleiche Bedeutung für ihn haben würde wie seine Familie. Nicht wichtiger sollte er sie nehmen, so weit war sie gar nicht gegangen. Aber genauso wichtig. Und sie hatte gedacht, das Haus, ihr gemeinsames Haus, würde dabei helfen. Es hatte alles schlimmer gemacht. Ulli hatte sich nie dort eingelebt. Seine Kinder waren in Hamburg, er in Bremen, er konnte nicht schnell mal hinfahren, die Arbeit in der Bremer Klinik gefiel ihm nicht sonderlich, all das hatte Friederike damals ignoriert und gehofft, es würde alles besser. Sie hatte sich geirrt.

»Ein Kind wäre schlimmer gewesen«, bemerkte Friederike jetzt doch sarkastisch. »Das hätte sich auch finanziell nicht so locker regeln lassen. Vor allen Dingen nicht so schnell.«

Die Spitze überhörend, antwortete Ulli: »Na ja, du wolltest ja nie Kinder, die Möglichkeit bestand ja gar nicht.«

»So, zweimal Dorade«, unterbrach die laute Stimme des Kellners die etwas angespannte Stimmung und stellte die beiden Teller schwungvoll vor ihnen ab. Friederike betrachtete den Fisch und war schon vom Anblick satt. Ohne den Blick zu verändern, fragte sie: »Bist du dir da so sicher?«

»Buon Appetito.«

»Danke«, sagte Ulli und sah dem Kellner hinterher, bevor er sich zurückwandte. »Dass du keine Kinder wolltest? Ja. Du hast nie einen Hehl daraus gemacht, dass du dir nichts aus Kindern machst. Es war ja okay, ich hatte ja Kinder, deshalb habe ich das auch nie zum Thema gemacht.«

Geschickt begann er, den Fisch zu filetieren, während Friederike ihn dabei beobachtete. Sie hatte es ihm damals erzählen wollen, gleich zu Beginn ihrer Beziehung, sie hatte es sich mehrere Male vorgenommen, es aber nie geschafft. Immer wieder suchte sie nach einer passenden Gelegenheit, immer wieder hatte sie gekniffen. Und irgendwann hatte sie den richtigen Zeitpunkt verpasst. Bis heute hatte Ulli keinen blassen Schimmer, dass sie nach dieser verpfuschten Abtreibung gar nicht mehr schwanger werden konnte. Und jahrelang darunter gelitten hatte.

Sie stocherte mit der Gabel an ihrem Fisch herum. »Hättest du denn gern Kinder mit mir gehabt? Hätte das etwas an unserer Beziehung geändert?«

Überrascht sah er hoch. »Diese Frage hat sich doch nie gestellt.« Er überlegte einen Moment, bevor er zögernd antwortete: »Ich halte nicht viel davon, zurückzublicken. Wir hatten gute Zeiten, und wir hatten auch sehr anstrengende Zeiten. Vielleicht waren wir einfach nicht füreinander gemacht. Ich denke, es ist gut so, wie es gekommen ist. Ich bin heute mit meinem Leben ganz zufrieden. Meine Kinder hatten damals nach der Trennung wahnsinnig gelitten, es war schon ganz gut, dass ich noch einiges wiedergutmachen konnte.«

Vielleicht waren wir einfach nicht füreinander gemacht. Friederike war überrascht, wie sehr sie dieser banale Satz schmerzte. Sie sah ihn wehmütig an. So einfach war das für ihn. So banal.

»Und jetzt lebst du wieder mit Andrea zusammen? Und es geht euch gut?«

Ulli sah sie an. »Wir sind halt eingespielt. Die Trennung damals hat uns auch verändert. Wir gehen besser miteinander um. Und durch die Kinder waren wir ja immer irgendwie verbunden. Auch wenn du in unserer Zeit damit deine Schwierigkeiten hattest.«

Friederike schluckte überrascht. »Nicht nur ich. Auch deine Kinder.« Plötzlich kam ihr ein Gedanke. »Andrea hatte ja nach unserer ersten Trennung eine neue Beziehung. Wenn sie die damals nicht gehabt hätte, hättest du mich überhaupt wieder angerufen? Wärst du trotzdem ein zweites Mal mit mir zusammengekommen? Oder wärst du da schon zurück zu ihr gegangen?«

Er zuckte die Achseln. »Über was du dir heute Gedanken machst.« Er lächelte. »Das weiß ich nicht. Es ist doch so lange her. Vielleicht wäre ich früher wieder zurück zu meiner Familie gegangen. Um die Auseinandersetzungen wegen der Kinder zu beenden. Ich weiß es wirklich nicht. Ich wollte immer nur Frieden und Ruhe im Stall.«

Langsam legte er sein Besteck weg und sah sie an. »Friederike, ich wollte damals wirklich mit dir zusammen sein. Trotz meiner Zerrissenheit. Aber ich konnte dir deine Unzufriedenheit nicht nehmen. Ob es meine Kinder, deine Mutter, der Job und später das Haus waren, ständig war irgendetwas. Ich konnte diese Streitereien nicht mehr ertragen, die hatte ich schon mit Andrea. Und mit ihr musste ich sie austragen, um der Kinder willen, das konnte ich nicht auch noch mit dir. Das habe ich einfach nicht mehr geschafft.«

Friederike hatte ihm stumm zugehört. Er hatte einfach nur seine Ruhe gewollt. Seinen Frieden. Und sie hatte Stress gemacht. So einfach war die Erklärung. Seine Erklärung.

Plötzlich sah er hoch und blickte an ihr vorbei zur Tür. Erstaunt hob er die Augenbrauen, dann lächelte er. Friederike drehte sich langsam um und sah einen schlaksigen jungen Mann auf ihren Tisch zukommen, seine Augen auf Ulli gerichtet.

»Hallo Papa, Mama hat gesagt, du wärst hier essen, ich muss kurz …«

»Vielleicht mal guten Abend sagen«, unterbrach ihn Ulli und deutete auf Friederike. »Ihr kennt euch vielleicht noch?«

»Ach du Schande«, der junge Mann starrte Friederike jetzt perplex an. »Friederike? Bist du es wirklich?«

Er hatte eine große Ähnlichkeit mit seinem Vater. Friederike musterte ihn gründlich, dann nickte sie lässig. »Hallo Tjark, soll ich jetzt sagen, dass du groß geworden bist?«

»Katja, ich bin wirklich pappsatt«, sagte Alexandra etwas undeutlich mit vollem Mund und schob den Teller zur Seite. »Hat wunderbar geschmeckt. Vielen Dank.«

Sie wischte sich den Mund mit der Serviette ab und knüllte sie nachdenklich zusammen, bevor sie wieder nach der Todesanzeige griff, die sie zuvor Katja gezeigt hatte. »Lorenz Hohnstein muss der Bruder von Laura gewesen sein, wieso habe ich den Namen noch nie gehört? Marie hat nie davon gesprochen, dass sie einen Onkel hatte. Das finde ich komisch, sonst hat sie immer so viel von ihrer Familie erzählt. Ach, sieh mal«, überrascht beugte sie sich über die Anzeige und tippte mit dem Finger auf eine Zeile. »Lorenz Hohnstein hatte am selben Tag Geburtstag wie Friederike und Marie. Das ist ja ein Witz. Dann hat Laura drei Monate nach dem Tod ihres Bruders an seinem Geburtstag ihre Tochter bekommen. Wenn das alles so stimmt.«

»Was ist denn mit den Fotoalben?« Katja sah sie neugierig an. »Es muss doch noch alte Bilder der Familie geben. Die waren doch auch in den Kartons, oder? Du hast die doch schon durchgesehen.«

»Das waren nur Alben, die mit den Kinderbildern von Marie anfingen«, Alexandra hob bedauernd die Schultern. »Und Lorenz ist vor Maries Geburt gestorben. Ich weiß nicht, ob es irgendwo noch alte Familienbilder in Maries Nachlass gibt, da muss ich Hanna noch mal anrufen.«

»Vielleicht war Lorenz ja das schwarze Schaf der Familie?« Katja stützte ihr Kinn auf die Faust und blickte ihre Schwester verträumt an. »Ein dunkles Kapitel in der sonst so makellosen Familienchronik. Das gibt es doch oft in diesen reichen Familien. Da redet man dann nicht drüber.«

»Worüber redet man nicht?« Matthias' laute Stimme, die plötzlich von der Tür kam, ließ Alexandra zusammenzucken. Sofort drehte sie sich zu ihrem Schwager um. »Über schwarze Schafe, hallo Matthias.«

»Hallo, ihr beiden«, er strahlte beide an, bevor er die erstaunte Katja auf den Mund küsste.

»Wieso bist du jetzt schon zu Hause?«, fragte sie ihn. »Du wolltest doch zu Thomsen. Hast du schon gegessen? Es ist noch ein bisschen Auflauf im Ofen.«

»Nein danke«, er ließ sich auf einen Stuhl fallen und trank Wasser aus Katjas Glas. »Thomsen hat Betriebsferien, ich stand vor verschlossener Tür. Aber ich habe auf dem Wochenmarkt zum Trost eine Bratwurst gegessen. Und wer von euch ist jetzt das schwarze Schaf?«

»Lorenz Hohnstein«, sagte Katja versonnen. »Spross einer reichen Familie. Wenigstens könnte er eins sein.«

»Er muss der verstorbene Onkel meiner Freundin Marie sein«, ergänzte Alexandra, an Matthias gewandt. »Ich habe gerade bei der Recherche fürs Buch ein paar Schriftstücke gefunden, unter anderem seine Todesanzeige. Aber Marie hat nie von ihm gesprochen, und jetzt suchen wir nach den Gründen.«

Matthias nickte und sah beide an. »Er fuhr damals so einen gelben Sportwagen«, sagte er unvermittelt. »Die Leute haben ihn für einen Playboy gehalten, ich glaube, er war ganz freundlich, vielleicht ein bisschen zu überdreht, aber bestimmt kein schlechter Mensch.«

»Was?« Alexandra und Katja fuhren gleichermaßen überrascht hoch. »Du kennst ihn?«

Achselzuckend antwortete Matthias: »Ich bin hier aufgewachsen. Jeder kannte die Hohnsteins, es war die reichste Familie im Ort. Die wohnten doch in diesem Anwesen am Park. Wann sind eure Eltern denn mit euch hergezogen, dass ihr die nicht mehr kennt?«

»1974«, antwortete Katja sofort. »Alex war zwölf, ich zweiundzwanzig und gerade mit Jochen verheiratet, als wir uns zusammen mit meinen Eltern dieses Doppelhaus gekauft haben.«

»Da waren die alten Hohnsteins schon weggezogen«, bestätigte Matthias. »Die sind später nach Hamburg in ein feines Seniorenstift gezogen, nachdem die van Barigs das Anwesen hier übernommen haben. Laura bekam von ihren Eltern nach ihrer Hochzeit mit Carl van Barig ja alles überschrieben, sonst hätte sie sich ja dumm und dusselig an Erbschaftssteuern gezahlt.«

»Als ich Marie nach unserem Umzug hierher kennengelernt habe, wohnte sie mit ihren Eltern oben im Park«, sagte Alexandra. »Und das Haus am See hatten sie auch schon.«

Matthias nickte. »Die van Barigs sind hierhergezogen, als Marie noch ganz klein war. Das waren nette Leute, die mochte ich sehr. Mein Vater hat bei ihnen übrigens den Garten angelegt. Ich habe da als Jugendlicher schon mitgeholfen. Da ist die kleine Marie noch im Garten rumgekrabbelt.«

Ganz baff hatte Katja ihm zugehört. »Du hast mir nie erzählt, dass du die alle gekannt hast«, sagte sie jetzt.

»Du hast mich nie gefragt«, Matthias lächelte sie an. »Meine Eltern hatten die einzige Gärtnerei im Ort, da kennt man jeden, der einen Garten hat. Ich war ja nie weg, du kannst mich alles über die Einheimischen fragen. Nur die Zugezogenen kriege ich nicht mehr alle auf die Reihe.«

Alexandra lächelte ihren Schwager an. »Noch mal zurück zu Lorenz Hohnstein«, sagte sie langsam. »Was weißt du denn noch so über ihn?«

»Ach, Gott, da fragst du was«, Matthias fuhr sich mit einer Hand durch die Haare. »Das ist alles so lange her, da müsste ich erst mal überlegen. Ich kannte ihn ja auch nur vom Sehen, er war bestimmt zehn, fünfzehn Jahre älter als ich. Und er war auf einem Internat, also auch nur in den Ferien hier. Genau wie seine Schwester Laura. Die waren so gut wie nie im Ort unterwegs, höchstens mal an Weihnachten in der Kirche oder beim Osterfeuer oder so.«

»Woran ist er denn so früh gestorben?«

»Der ist doch abgestürzt«, Matthias sah sie an. »Mit dem Hubschrauber. In der Schweiz. Da hat er studiert. Ich dachte, das wüsstest du. Stand damals in allen Zeitungen, sogar im Fernsehen.«

Bestürzt sahen Katja und Alexandra ihn an. »Das ist ja grauenvoll.«

»Ja«, Matthias nickte. »Das war echt ein Schock für alle, auch im Ort hier. Seine Großmutter hat sich danach das Leben genommen. Und seine Mutter ist später schwermütig geworden. Habe ich zumindest gehört. Aber da haben die dann schon im Seniorenstift gewohnt. Nein, das war schlimm, da ist eigentlich die ganze Familie dran kaputt gegangen. Der Hubschrauber, mit dem er damals abgestürzt ist, gehörte einem französischen Playboy mit steinreichen Eltern. Dann fing das ganze Gerede an. Lorenz sei ein Hallodri gewesen, hätte es in der Schweiz immer ordentlich krachen lassen, statt zu studieren. Von Frauengeschichten war die Rede und von Spielschulden. Das war zu der Zeit damals ein ziemlicher Skandal. Deswegen sind seine Eltern auch hier weg, glaube ich. Ja, irgendwie war er schon das schwarze Schaf. Und so ganz anders als seine stille und freundliche Schwester.«

»War er der Ältere?«

Matthias sah Alexandra an. »Sie waren Zwillinge, Laura und Lorenz.«

»Das Foto«, Alexandra schoss plötzlich hoch und sah beide elektrisiert an. »Matthias, ich muss dir was zeigen.«

Es grenzte fast an Unhöflichkeit, wie Tjark Friederike sekundenlang anstarrte. Schließlich wurde es ihr zu blöd, sie hob eine Augenbraue und sagte: »Wenn du genug gesehen hast, kannst du dich auch gern zu uns setzen. Es muss ja irre wichtig sein, wenn du deinem Vater in ein Restaurant folgst und ins Essen platzt.«

Tjark zog sich, ohne zu fragen, einen Stuhl vom Nebentisch ran und setzte sich. »Das ist ja ein Ding«, er grinste ironisch. »Meine Ex-Stiefmutter.«

»Tjark, bitte«, Ulli schüttelte tadelnd den Kopf. »Was ist denn jetzt so wichtig?«

Sein Sohn grinste Friederike immer noch an. »Was machst du denn in Hamburg?«

»Leben.« Friederike sah ihn mit ihrem frostigen Chefin-Blick an, vor dem ihre Mitarbeiter in die Knie gingen. An Tjark prallte er ab. Sie musterte ihn. Die Klamotten, die er trug, hatten angesagte Labels, sein Vollbart war genauso hip wie seine zurückgekämmten Haare, sein Grinsen selbstbewusster, als er war. »Und du so? Was machst du eigentlich beruflich? Bis zu dem Thema waren wir noch gar nicht gekommen.«

»Ich gründe gerade ein Start-up-Unternehmen«, sagte er lässig. »Deshalb muss ich auch euer nettes Beisammensein stören.« Er wandte sich mit einem Lächeln an seinen Vater. »Markus kommt morgen Vormittag mit seinem Steuerberater, wir müssen die restlichen Unterlagen zusammenstellen. Und ich brauche noch fünftausend Euro. Ich habe dir ein Überweisungsformular mitgebracht, damit ich darüber eine

Unterlage habe. Weiß Mama eigentlich, mit wem du dich hier triffst?«

Ungläubig fiel Friederike fast die Kinnlade runter. Was für ein unverschämter Typ. Hilfesuchend ging ihr Blick zu Ulli, der doch spätestens jetzt reagieren müsste. Ulli sah Tjark, ohne mit der Wimper zu zucken, an, dann sagte er: »Natürlich weiß sie es. Und wenn du mal einen Blick auf deine Kontoauszüge werfen würdest, hättest du gesehen, dass das Geld seit Anfang letzter Woche auf deinem Konto ist.«

»Ach so«, Tjark hob die Schultern. »Das ist jetzt aber echt scheiße, auf dem Konto sind nur noch zweitausendzweihundert Euro. Ich hatte ein bisschen überzogen. Dann bräuchte ich noch mal was.«

Friederike starrte Ulli an, der immer noch ruhig und gelassen wirkte. Sie wusste gerade nicht, ob sie seine Abgeklärtheit bewundern oder bemitleiden sollte. Plötzlich sah er sie an.

»Tjark hat mit einem Freund ein Computerprogramm für Hotels und Gastronomie entwickelt«, erklärte er unverändert freundlich. »Und nächsten Monat gehen sie an den Start. Das sieht ganz erfolgversprechend aus.«

»Aha«, Friederike musterte ihn, als sähe sie Ulli das erste Mal. Was hier passierte, war genau das, was sie schon in ihrer Beziehung gestört hatte. Seine Kinder forderten, er sprang. Seine Frau machte Streit, er brachte es in Ordnung. Er war freundlich und gelassen, das stimmte, aber vielleicht war es auch nur sein Bemühen, allen Konflikten aus dem Weg zu gehen. Er hielt sie nicht aus. Er hasste Streit. Er wollte Harmonie. Um jeden Preis. Und zwar mit seiner Familie. Nicht mit ihr. Auch damals nicht. Sie hatte das, was sie für ihre Lebensliebe hielt, gründlich missverstanden.

»Für Hotels und Gastronomie«, wiederholte er jetzt und hob das Kinn. »Vielleicht könntet ihr euch mal darüber unterhalten.«

Fassungslos sah Friederike von einem zum anderen. Sie fühlte sich wie in einem sehr schlechten Film. Mit einem absolut idiotischen Nebendarsteller.

Alexandra lief die Treppe zum Gästezimmer hoch, wühlte eilig erst ihre Handtasche durch, dann einen der Kartons aus der Villa, bis sie das, was sie suchte, in der Hand hielt. Sie betrachtete das Foto, hielt es näher an die Augen und nickte. Die Ähnlichkeit war eindeutig. Sie legte das Foto auf den Schreibtisch und holte den Umschlag des Notariats aus dem Karton, aus dem sie jetzt einen Vertrag zog und ihn überflog.

»Oha«, stieß sie überrascht aus, griff nach dem Foto und eilte zurück ins Esszimmer, wo Matthias und Katja immer noch am Tisch saßen und ihr gespannt entgegenblickten.

Alexandra blieb neben Matthias stehen und reichte ihm das Foto. »Erkennst du da jemanden?«

Matthias nahm es ihr aus der Hand und legte es auf den Tisch. »Ja, das sind Laura und Lorenz«, sagte er. »Und die junge Frau zwischen ihnen hat mal eine Zeitlang bei den Hohnsteins gewohnt. Nachdem ihre Eltern verunglückt waren. Daran erinnere ich mich noch. Das war ja auch so ein Schicksal. Sie tat meiner Mutter so leid.«

Mit einem verblüfften Lächeln ließ Alexandra sich auf den Stuhl fallen. »Das glaube ich ja alles nicht«, sagte sie und sah kopfschüttelnd ihre Schwester und Matthias an.

»Friederike leitet nämlich das Grandhotel«, teilte Ulli jetzt Tjark mit. »Es wäre nicht schlecht gewesen, wenn du einen etwas charmanteren Gesprächsanfang gewählt hättest. Bei einer möglichen Kundin.«

Überrascht drehte Tjark den Kopf. »Echt jetzt? Das neue Luxusding an der Alster? Du leitest das? Das ist ja ein Hammer. Dann könnten wir doch mal …«

Das Klingeln ihres Handys verhinderte seinen völlig überflüssigen Vorschlag. Friederike zog das Telefon sofort aus ihrer Tasche und sah aufs Display. Alex. Wie vom Himmel gesandt. Sofort ging es ihr besser. Erleichtert nahm sie das Gespräch an.

»Hallo, ich bin gerade noch …«

»Fiedi?«, atemlos unterbrach Alexandra sie. »Ich weiß jetzt, wer dein Vater war. Willst du noch vorbeikommen? Ich muss es dir zeigen, das geht nicht am Telefon.«

36.

Alexandras Worte klangen in Friederike nach, während sie zu Ulli und Tjark sah. Tjark hatte sich gerade ein Glas vom Nebentisch geangelt und sich großzügig Weißwein eingegossen. Friederike warf einen Blick auf ihr eigenes Weinglas, sie hatte noch nicht einmal die Hälfte getrunken. Sie konnte noch Auto fahren.

»Ich komme«, sagte sie schnell. »Ich bin noch in einem Restaurant, aber ich hole mein Auto und fahre in einer halben Stunde los. Falls es dir nicht zu spät ist.«

»Ich bin so knallwach, ich kann sowieso nicht schlafen«, antwortete Alexandra aufgeregt. »Es ist ja gerade mal halb neun. Aber wir können uns sonst auch morgen Vormittag treffen, ich dachte, du seist zu Hause.«

»Nein, nein«, Friederike beobachtete Ulli, der sich jetzt leise und lächelnd mit seinem Sohn unterhielt. »Ich komme!«

Im Hintergrund hörte sie jetzt Katjas Stimme, als Alexandra sagte: »Schönen Gruß von meiner Schwester, sie bezieht dir ein Bett. Du brauchst nachher einen Schnaps, dann solltest du hier schlafen. Zahnbürsten für Gäste und so was haben wir.«

Ulli sah sie jetzt neugierig an, Friederike wich seinem Blick aus. »Gut. Bis gleich. Und danke.«

»Fahr vorsichtig.«

Langsam schob sie das Handy zurück in ihre Tasche und hob den Kopf. »Ich muss leider los«, sagte sie und bemühte sich, die Aufregung im Zaum zu halten. »Tut mir leid, aber mir ist etwas dazwischengekommen.«

»Ist was mit deiner Mutter?« Ullis Stimme klang besorgt. »Kann ich helfen?«

»Nein, nein«, Friederike lächelte halbherzig. »Es ist was Privates. Vielen Dank für die Einladung.« Sie schob den Stuhl zurück und stand auf, gleichzeitig mit Ulli, der sofort den Tisch umrundete und vor ihr stehen blieb.

»Vielleicht können wir das ja mal wiederholen«, sagte er freundlich. »Spätestens, wenn Pia ihr Kind bekommt.«

»Bestimmt«, Friederike sah ihn lange an. Dann beugte sie sich vor und küsste ihn auf die Wange. »Mach's gut. Tschüs, Tjark, viel Erfolg bei der Kundenakquise.«

Ohne aufzustehen, hob er nur lässig die Hand und griff mit der anderen zum Weinglas.

Als Friederike das Restaurant verließ, verspürte sie einen Anflug von Erleichterung. Sie warf einen Blick zurück und sah die Köpfe von Vater und Sohn eng beieinander. Ulli lachte.

Sie hatte sogar weniger als eine halbe Stunde gebraucht, um im Auto zu sitzen und aus dem Parkhaus des Hotels zu fahren. Und das, obwohl sie noch schnell in ihr Appartement geeilt war, um ein paar Sachen zu holen. Friederike lieh sich nicht gern Dinge, ihre eigenen gaben ihr Sicherheit. Und die brauchte sie in ihrer momentanen Stimmung.

Auf dem Weg zur Autobahn wirbelten die Sätze des Abends durch ihren Kopf.

»Ich weiß jetzt, wer dein Vater war.«

»Ich wollte immer nur Frieden und Ruhe im Stall.«

»Ich weiß jetzt, wer dein Vater war.«

»Ich halte nicht viel davon, zurückzublicken.«

»Ich weiß jetzt, wer dein Vater war.«

»Vielleicht waren wir einfach nicht füreinander gemacht.«

»Ich weiß jetzt, wer dein Vater war.«

»Ich denke, es ist gut, so wie es gekommen ist.«

»Ich weiß jetzt, wer dein Vater war.«

»Ich bin heute mit meinem Leben ganz zufrieden.«

»Ich weiß jetzt, wer dein Vater war.«

»Mann«, stieß Friederike wütend aus und schlug mit der Hand aufs Lenkrad. »Reiß dich zusammen.«

Sofort sah sie in den Rückspiegel, das Auto hinter ihr war weit genug entfernt, kein Mensch hatte gesehen, dass sie sich hier selbst anbrüllte und aufs Lenkrad drosch. Friederike atmete tief durch und ließ das Seitenfenster ein Stück runter, um frische Luft zu bekommen. Sie musste sich beruhigen und sich erst mal sortieren. Alexandra hatte also etwas gefunden. Irgendetwas, das auf eine Affäre hinwies, die Esther schon am Anfang ihrer Ehe gehabt hatte. In der sie schwanger geworden war. Und die sie bis heute für sich behalten hatte. Nicht ganz für sich, sonst wäre Alex nicht fündig geworden. Irgendwie musste Laura doch das große Geheimnis ihrer besten Freundin verraten haben. Dass sie es gewusst hatte, davon ging Friederike aus. Dafür waren beste Freundinnen da.

»Vielleicht waren wir einfach nicht füreinander gemacht.« Ullis Stimme schob sich plötzlich wieder in ihren Kopf, da halfen auch die Schläge aufs Lenkrad nicht.

So einfach konnte man es erklären. So einfach wurde aus einer großen Liebe ein kleiner Irrtum. Der inzwischen korrigiert war. Weil wieder Ruhe und Frieden im Stall herrschten. Sie schüttelte den Kopf, als sie wieder auf die rechte Spur fuhr. Sie konnte jetzt nicht darüber nachdenken, sie musste es auch nicht. Vielleicht spielte es auch gar keine Rolle mehr. Jetzt würde sie sich erst mal um den anderen wichtigen Mann ihres Lebens kümmern. Und gleich erfahren, wer er war. Ihr Erzeuger, ihr Vater. Den Esther ihr immer verheimlicht hatte. Was sie ihr nie verzeihen würde.

Ob es nach all den Jahren noch eine Bedeutung hatte, bezweifelte sie. Es war wie bei einem Puzzle, man konnte schon lange erkennen, was es darstellte, nur am Himmel fehlte noch ein kleines blaues Teil. Das tat dem Motiv keinen Abbruch, war aber für den inneren Zwang wichtig. Ein Puzzle musste komplett sein. Friederike hasste unfertige Dinge.

Alexandra öffnete schon die Haustür, bevor Friederike klingeln konnte. »Komm rein«, ihre Augen glänzten. »Du wirst es nicht glauben.«

Friederike folgte ihr ins Wohnzimmer, in dem Katja und Matthias saßen und sofort aufstanden, als sie eintrat.

»Hallo Friederike«, aufgeregt begrüßte Katja sie, Matthias lächelte sie an und gab ihr die Hand.

»Das ist ja eine Geschichte«, sagte er. »Wir können aber auch rausgehen, wenn du das lieber mit Alexandra unter vier Augen besprechen willst.«

Auf dem Tisch lagen verschiedene Papiere und ein Foto, das sofort Friederikes Aufmerksamkeit fesselte. »Ihr müsst nicht rausgehen«, sie trat einen Schritt auf den Tisch zu und nahm das Foto in die Hand. »Ach. Wer ist …?«

»Matthias hat den letzten Tipp gegeben«, Alexandra beobachtete sie gespannt. »Er kannte deinen Vater. Setz dich lieber.«

»Keine Sorge, ich bin in meinem ganzen Leben noch nicht ohnmächtig geworden«, sagte Friederike, ohne den Blick von dem Foto zu nehmen. »Von wegen Dieter Brenners Arm. Wen hat Esther denn wirklich da rausgeschnitten? Wer ist das?«

»Fällt dir nichts auf?« Alexandra sah von ihr aufs Foto und wieder zurück.

Friederike schüttelte den Kopf. »Was soll mir auffallen? Er hat den Arm um meine Mutter gelegt. Und?«

»Er sieht dir wahnsinnig ähnlich«, platzte es aus Katja heraus. »Das ist dein Vater. Das sieht man doch.«

Friederike sah hoch, dann blickte sie fragend zu Alexandra. »Findet ihr?« Sie richtete den Blick wieder auf den gutaussehenden Mann neben Esther. »Das ist also der geheimnisvolle Liebhaber meiner Mutter. Und wer ist das jetzt?«

»Lorenz Hohnstein«, Alexandra atmete tief durch. »Der Zwillingsbruder von Laura. Lorenz war dein Vater. Und Marie deine Cousine.«

Friederike starrte Alexandra ungläubig an. »Das ist nicht dein Ernst. Laura hatte einen Zwillingsbruder? Und Marie ...«

»Ja«, triumphierend nickte Alexandra und zog einen Teil der Papiere näher. »Es ist eine komplett irre Geschichte.«

Friederike war Alexandras Ausführungen fassungslos gefolgt. Blass und stumm hatte sie zugehört, als Matthias ergänzte. Der Schnaps, den Katja ihr eingeschenkt hatte, stand unberührt vor ihr.

»Und deshalb hat Laura sich immer so gekümmert«, schloss Alexandra. »Du warst ihre Nichte, und sie hat immer darunter gelitten, es dir nicht gesagt zu haben. Irgendwann war es für sie zu spät. Sie hat sich nicht getraut, die Wahrheit zu sagen, solange ihre Eltern lebten. Und ihre Mutter hat sie um ein Jahr überlebt.«

Langsam kam wieder Farbe in Friederikes Gesicht. Trotzdem schüttelte sie ungläubig den Kopf. »Das kann doch alles nicht wahr sein«, sagte sie fassungslos. »Ich habe den Namen Lorenz Hohnstein noch nie gehört. Und ich kannte Laura mein ganzes Leben lang.« Plötzlich fiel ihr etwas ein, sie sah hoch. »Das heißt, Moment mal: Esther hat den Namen im Krankenhaus ein paarmal erwähnt! Ja, sie sagte schon mehrmals, dass alle tot sind, Laura, Marie und Lorenz. Und ich hatte gedacht, sie hat sich den Namen Lorenz ausgedacht.«

»Unsere Mutter hat in ihrer Demenz auch angefangen, über die Menschen aus ihren früheren Lebensjahren zu sprechen«, bemerkte Katja. »Ich habe mir auch immer den Kopf zerbrochen, in welcher Zeit sie sich gerade befand. Hat sie noch mehr gesagt?«

Friederike versuchte, sich an ihr letztes Gespräch zu erinnern, es fiel ihr aber nicht mehr viel ein. »Sie hat immer wieder über das viele Geld gesprochen«, überlegte sie laut. »Dass alle so viel Geld hatten. Und es ihnen nichts genützt hat. Aber wartet mal … Ich habe in Esthers Unterlagen vor kurzem einen Zeitungsausschnitt gefunden. Da habe ich mich noch gewundert, warum sie den aufgehoben hat. Es war der Bericht über einen Hubschrauberabsturz in der Schweiz. Ich habe den nur überflogen, mir hat das gar nichts gesagt.«

Alexandra nickte. »Und die Karte aus St. Gallen, die du gefunden hast. Und dieser komische Plüschbär, das war auch so ein Souvenir aus der Schweiz, den muss er ihr mal geschenkt haben. Und ich habe noch was gefunden, das ich dir zeigen muss.«

Sie zog mehrere Schriftstücke aus einem Umschlag, der vor ihr lag. »Dir fehlen doch die Unterlagen zu Esthers Wohnung. Das Haus im Kastanienweg 13 gehörte ja ursprünglich Laura. Und die hat deine Mutter nicht nur mietfrei wohnen lassen, sondern, und jetzt kommt es: Sie hat ihr das ganze Haus überschrieben. Zumindest sind hier die Kopien der Verträge. Und zwar schon 1968. Da habt ihr noch in Brove gewohnt, du bist in dem Jahr in die Schule gekommen, vielleicht war das der Anlass. Egal, ob man das ›Schweigegeld‹ oder ›Zukunftssicherung‹ nennen will, deine Mutter wurde damit die Hausbesitzerin. Ich habe zwar keine Ahnung, warum ihr so lange auf dem Dorf gewohnt habt, statt in den Kastanienweg zu ziehen, aber gehört hat ihr das Haus die ganze Zeit schon.«

»Wie bitte? Das Haus gehört …?« Friederike blieb der Mund offen stehen. »Es gehört Esther? Das kann doch alles nicht sein!«

»Doch, das sieht alles danach aus.« Alexandra tippte auf das Blatt. »Sie waren damals bei einem Notar in Hamburg. Deine Mutter muss die Eigentümerin sein.«

Unvermittelt griff Friederike zum Schnaps, der immer noch vor ihr stand, und trank ihn in einem Zug. Sie stellte das leere Glas auf den Tisch und lachte bitter auf.

»Meine Mutter hat als Schneiderin gearbeitet. Wir hatten in dem gemieteten Haus in Brove die Änderungsschneiderei. Und sie hat immer gestöhnt, dass man damit so wenig Geld verdient. Und dabei gehörte ihr ein Haus in Weißenburg. Da ist sie erst hingezogen, als ich schon Ende zwanzig war. Weil ihr die Fahrerei zu viel und Laura ihr bei der Miete so entgegengekommen war. Das hat sie mir so erzählt. Lauter Lügen.«

»Vielleicht sollte so auch verhindert werden, dass es auffliegt«, mutmaßte Matthias. »Das wäre damals ja ein Skandal gewesen. Habe ich ja vorhin schon erzählt. Und so war sie nur Lauras Freundin und du Lauras Patenkind. Laura konnte sich ganz diskret um euch kümmern. Die Leute hätten sich aber sicher gefragt, warum sie ihrer Freundin plötzlich ein Haus schenkt. Das hätte sich damals in einem Nest wie Weißenburg rumgesprochen. Und Gerüchte gab es ja sowieso schon genug. Über den Lebenswandel von Lorenz.«

»Ich hatte keine Ahnung. Überhaupt keine.« Friederike sah ihn betroffen an. »Lorenz Hohnstein. Lauras Bruder. Mein Vater.« Sie schüttelte den Kopf. »Sie haben mich mein ganzes Leben lang belogen. Auch Laura. Warum denn bloß?«

»Es waren die sechziger Jahre«, Katja hob die Schultern. »Und wir sind hier in der Provinz. Die Menschen waren verklemmt, moralisch, kleingeistig. Und die Hohnsteins wollten keinen Skandal.«

»Und Marie?« Friederike sah Alexandra unsicher an. »Glaubst du, sie hat es gewusst?«

»Nein«, Alexandra schüttelte den Kopf. »Zumindest hätte

ich es dann in einem ihrer Tagebücher gelesen, ich bin jetzt fast durch. Nirgends eine Andeutung. Aber sie hat offenbar geahnt, dass Dieter Brenner nicht dein Vater war, da hat sie offenbar mal ein Telefonat zwischen Laura und Esther mitgehört. Mehr hat sie aber nie rausgefunden, vermutlich hat sie es deshalb auf die Liste gesetzt: Dass wir deinen Vater suchen sollen.«

Friederike schloss für einen Moment die Augen und presste die Lippen zusammen. Die Anstrengung, sich zu beherrschen, war ihr anzusehen. Schließlich beugte sie sich vor und nahm die Schriftstücke in die Hand. »Ich muss das erst mal prüfen lassen. Einen Mietvertrag habe ich bislang ja nicht für die Wohnung gefunden, das erklärt es natürlich. Aber ich bin mir nicht sicher, ob ich schon alle Unterlagen entdeckt habe. Grundbücher oder so was.«

Sie legte die Papiere weg und griff zögernd zu dem Foto von Laura, Esther und Lorenz. Sie blickte lange schweigend darauf. Schließlich standen Katja und Matthias auf und verließen leise das Wohnzimmer. Als die Tür sich hinter ihnen schloss, schob Alexandra ihre Hand über den Tisch und umfasste Friederikes kalte Finger. Sie hatte Friederike schon sehr lange nicht mehr weinen gesehen.

37.

Vier Wochen später

»Alles Gute zum Geburtstag«, sagte Hanna leise im Badezimmer zu ihrem Spiegelbild, bevor sie die Bürste zur Seite legte und sich umdrehte, um ihren Morgenmantel anzuziehen. Es war schon der zweite Geburtstag, den sie ohne Marie beging. Im letzten Jahr war ihr Schmerz noch so viel größer gewesen, sie hatte kaum noch Erinnerungen an diesen schrecklichen Tag. Nur an eines erinnerte sie sich: Wie schmerzlich sie Marie vermisst hatte. Am Nachmittag hatten Maries Freundinnen ihr gratuliert, auch das hatte Marie sich gewünscht. Sie hatten sich ja kaum gekannt, aber sie hatten vor der Tür gestanden, um ihr zu gratulieren. Hanna lächelte, als sie die Zeit seither Revue passieren ließ. Was war seither alles geschehen. Und was waren das für verrückte und auch schöne Monate gewesen.

Sie schlüpfte in ihre Hausschuhe und ging langsam durch die Wohnung, die sie in wenigen Wochen verlassen würde. Mit Elisabeths und Friederikes Hilfe hatte sie schon vieles eingepackt, die Kartons standen ordentlich aufgereiht in ihrem Gästezimmer und warteten darauf, in der Villa wieder ausgepackt zu werden. In einer wunderschönen Wohnung im Erdgeschoss mit einer wunderbaren Nachbarin im ersten Stock. Und zwei weiteren Frauen, die einen Schlüssel zum Haus besaßen und regelmäßig zu Besuch kommen würden. Wer hätte gedacht, dass aus dem Unglück ihres Lebens einmal etwas so Schönes erwachsen würde.

Vor dem kleinen Sideboard im Wohnzimmer blieb sie plötzlich stehen und sah wehmütig auf das gerahmte Bild dort. Sie hatte es noch nicht zu den anderen Bildern in den Karton gelegt, sie besaß es erst seit kurzer Zeit und musste es noch jeden Tag ansehen. Hanna nahm es hoch und legte einen Finger auf das Gesicht. Henri war ein gutaussehender Mann gewesen. Dieses Foto hatte seine Tochter Lina gemacht, ungefähr ein Jahr vor seinem Tod. Sie war Fotografin, es gab so seltsame Zufälle im Leben, und auch sie war mit einer Frau verheiratet. Das Foto zeigte Henri, der entspannt, ein Glas Rotwein in der Hand, im Garten saß. Im Hintergrund blühten die Stockrosen, das Sonnenlicht fiel auf sein Gesicht und ließ seine hellen Augen leuchten. Er hatte ein markantes Gesicht, die Lachfältchen um seine Augen ließen erahnen, dass er ein gutes Leben gehabt hatte, auch wenn schärfere Falten davon zeugten, dass nicht immer alles leicht gewesen war.

Eine plötzlich aufkommende Sehnsucht schnürte Hanna den Hals zu. Sie hätte ihn so gern gekannt. Ihren Bruder. Der von den Eltern ferngehalten worden war, was sie in ihrer kindlichen Naivität zugelassen hatte. Ohne sich dagegen zu wehren. Warum hatte sie nicht früher gehandelt? Warum hatte sie sich nicht selbst auf die Suche gemacht? Warum hatte sie nicht wissen wollen, warum alles so passiert war? Und warum war ihr dieser Fehler erst jetzt, wo es zu spät war, klar geworden?

Mit dem Foto in der Hand setzte sie sich in den großen Ledersessel am Fenster, die Augen unverändert auf Henris Lächeln gerichtet.

»Henri«, sagte sie leise und ließ den Namen nachklingen. »Ich habe heute Geburtstag. Und ich wäre so glücklich, wenn wir es noch geschafft hätten, uns zu sehen.«

Sie stellte das Bild auf das kleine Tischchen neben sich und griff dafür zu einem Briefumschlag, der oben auf einem Stapel

Fotos lag. Der Umschlag war abgegriffen, vorsichtig zog Hanna einen handgeschriebenen Bogen heraus und faltete ihn, wie in den letzten Tagen so oft, auseinander.

Liebe Hanna,

diesen Brief habe ich schon hunderte von Malen angefangen und nie zu Ende gebracht. Angefangen habe ich damit als unglückliches Kind im Internat, dem seine Familie gefehlt hat. Fortgesetzt habe ich ihn als junger Mann, der stolz war, als er in der Zeitung gelesen hatte, dass seine kleine Schwester ihren ersten Musikwettbewerb gewonnen hatte. Erneut versucht habe ich es, als ich geheiratet habe und dich so gern dabeigehabt hätte. So ging es all die Jahre weiter, in regelmäßigen Abständen habe ich versucht, dir zu schreiben, dir zu erzählen, wie stolz ich auf dich bin, wie viele Berichte ich in der Presse über dich und deine beeindruckende Karriere gelesen habe, wie viele Plattenaufnahmen ich mir von dir und deiner wunderschönen Klaviermusik gekauft habe. Ich wollte dir von meinen Kindern erzählen, von meiner Kunst, von Dänemark, von all den Träumen und Hoffnungen. Aber ich habe keinen dieser Briefe je zu Ende geschrieben. Entweder fehlten mir die richtigen Worte oder ich hatte Angst, dass dich dieser Brief nie erreichen würde. Und ich wusste ja auch nicht, wie du reagieren würdest. Und irgendwann, so ist es wohl oft im Leben, war es zu spät, dir einfach einen Brief zu schreiben. Es war einfach zu viel passiert. Jetzt habe ich den Großteil meines Lebens gelebt. Ich bin leidlich berühmt geworden, bin Ehemann, Vater, sogar Großvater. Ich hatte ein schönes Leben, ganz zweifellos, auch wenn es darin ein großes schwarzes Loch gab. Ich wäre gern auch Bruder gewesen, dein Bruder, liebe Hanna, und zwar ein Leben lang. Wir haben zugelassen, was unsere Eltern angerichtet haben, und konnten, warum auch immer, nichts dagegen tun. Das ist traurig, und es nicht mehr zu richten, wir haben uns verloren. Doch manchmal ist das Schicksal tröstend. Meine jüngste Enkelin Emma sieht genauso aus wie du. Und sie hat dein Talent. Jedes Mal, wenn sie mir entgegenläuft, geht mir das Herz auf. Und jedes Mal denke ich, der liebe Gott hat versucht, etwas wiedergutzumachen, indem er sie in mein Leben geschickt hat. Das ist ihm gelungen. Meine Frau Astrid hat einmal gesagt, dass mein Enkel Mads mir wie aus dem Gesicht geschnitten ist. Emma ist seine kleine Schwester, und ich bin mir sicher, dass die beiden alles nachholen, was ihr Großvater und seine Schwester falsch gemacht haben. Vielleicht tröstet dich das ja auch. Und ich will dir sagen, dass ich den Gedanken, dich wiederzusehen, noch nicht aufgegeben habe. Noch nie. Und das werde ich auch nicht, bis ans Ende meines Lebens. Sei sicher …

Mit einem sanften Lächeln faltete Hanna den Brief zusammen und schob ihn zurück in den Umschlag. Sie konnte ihn mittlerweile auswendig, so oft hatte sie ihn gelesen. Jule und Torge hatten ihn mitgebracht von ihrem Besuch in Dänemark. Es war auch für die beiden schwer gewesen, ihr als Erstes erzählen zu müssen, dass sie zu spät gekommen waren. Ja, Henri war gestorben, und sie, Hanna, hatte zum ersten Mal in ihrem Leben eine so wütende Trauer verspürt, dass es sie selbst überrascht hatte. Hanna hatte Henri und ihre Sehnsucht nach dem Bruder so lange verdrängt, dass sie es fast schon vergessen hatte. Die Wucht, mit der alles wieder hochkam, hatte ihr gezeigt, dass Verdrängung nie funktionierte.

»Ruf deine Schwägerin an«, hatte Jule ihr gesagt und ihr Astrids Nummer gegeben. »Sie wartet darauf.«

Dieses Mal hatte Hanna keine Zeit mehr verschwendet. Am

Abend waren die deutsch-dänischen Telefondrähte heißt gelaufen. Die beiden Frauen, die vor kurzem noch nicht einmal voneinander gewusst, die sich nie gesehen, nie kennengelernt hatten, telefonierten fast vier Stunden miteinander. Es waren Tränen geflossen, sie hatten aber auch viel gelacht, es war, als hätten sie nur aufeinander gewartet. Ein paar Tage später hatte Hanna ein Päckchen bekommen mit Fotos von Henris Familie, chronologisch geordnet, das letzte Foto war das von Henri, das Hanna nun gerahmt neben sich stehen hatte.

Mit einem leisen Seufzer stand Hanna auf und streckte vorsichtig ihren Rücken durch. Auch wenn sie traurig war, ihren Bruder nicht mehr rechtzeitig gefunden zu haben: Seine Familie war ein spätes, wunderbares Geschenk. Und bald schon würden sie sich kennenlernen. Hanna hatte es Astrid noch nicht gesagt, aber bereits Jule gebeten, nach dem Umzug noch einmal nach Dänemark zu fahren. Dieses Mal mit Hanna. Um sie zu Astrid zu bringen. Ins Haus des Bruders.

Mit einem Blick auf die Uhr zuckte Hanna jetzt zusammen. In einer halben Stunde würde Elisabeth kommen und sie abholen, um mit ihr ins *Café Beermann* zu fahren. Dort würden sie alle ihren Geburtstag feiern. Sie und ihre Freunde. Hanna straffte ihre Schultern und fühlte die aufkommende Freude. Das Leben war wieder schön.

Barfuß trat Jule auf die Terrasse, beide Hände um einen heißen Teebecher gelegt. Die Holzbohlen waren feucht vom Tau, jetzt, Mitte August, zog der Sommer sich langsam zurück. Obwohl die Tage noch sonnig und warm waren, roch es schon ein bisschen nach Herbst. Sie ließ ihre Blicke über den Garten schweifen, die gelben Sonnenblumen waren in diesem Jahr meterhoch und leuchteten in der Morgensonne, das intensive Violett der Astern bildete einen schönen Kontrast. Auch ihre

Rosen und die kleinen Nelken blühten immer noch, die letzten Sommerblumen, die noch Kondition hatten.

Als sie ein Geräusch hinter sich hörte, drehte sie sich um. Torge stand im Bademantel an der Tür, die Haare an einer Seite platt gelegen, die Augen noch müde. Er gähnte herzhaft und sah sie an. »Du weißt schon, dass es gerade mal halb acht ist?«

Langsam trat er hinter sie und legte seine Arme um ihre Taille, bevor er sie auf die Locken küsste. »Guten Morgen, du Schöne.«

Jule lehnte sich an ihn und lächelte. »Guten Morgen. Ich konnte nicht mehr schlafen. Habe ich dich geweckt?«

»Nein«, er ließ sie los und streckte sich. »Ich habe dich gar nicht gehört. Wann müssen wir eigentlich im *Café Beermann* sein?«

»Erst um elf«, Jule trank den Rest ihres Tees aus und stellte sich auf die Zehenspitzen, um Torge zu küssen. »Um zehn kommt Friederike und holt uns ab. Ich muss noch das Geschenk für Hanna einpacken, hast du den Tesafilm gesehen?«

Seit sie gemeinsam das gesamte Haus umgestellt und neu sortiert hatten, suchte Jule ständig etwas anderes. Ihr früheres System war tatsächlich ziemlich chaotisch gewesen, Torge hatte Struktur in die umgestaltete Küche und in alle Schränke gebracht. Es war nur nicht mehr Jules Struktur. Obwohl zugegebenermaßen jetzt alles größer, schöner und vor allem aufgeräumter wirkte. Sie hatten einige der alten Möbel durch neue ersetzt, die sie zusammen ausgesucht hatten. Pias altes Kinderzimmer war jetzt ein gemütlicher Raum geworden, in dem neben einer Schlafcouch auch Jules Nähmaschine und ein kleiner Schreibtisch standen, das Schlafzimmer war neu gestrichen, der kleine Kleiderschrank gegen einen großen getauscht, Torge war jetzt auch sichtbar hier zu Hause. Und Jule genoss jede Minute mit ihm.

»Liegt in der Schublade im kleinen Schreibtisch«, antwortete Torge und wandte sich wieder zum Haus. »Dann gehe ich jetzt duschen, ist das okay?«

»Ja«, sie lächelte ihm nach. »Mach das.«

Sie richtete ihre Augen wieder auf die Sonnenblumen. Im letzten Jahr hatte sie auch schon für Hanna Sonnenblumen zum Geburtstag geschnitten. Ein Jahr war das genau her, und Jule erinnerte sich an ihr beklommenes Gefühl an diesem Tag. Es war das erste Mal gewesen, dass sie sich alle wiedergetroffen hatten, nur wenige Monate nach dem Pfingsttreffen, das Marie noch vor ihrem Tod geplant hatte und ihre Freundschaft reanimieren sollte.

Jule war sich nicht sicher gewesen, ob es überhaupt möglich war, eine alte Freundschaft wiederzubeleben, nach all dem, was geschehen war. Es hatte sich anfangs auch etwas holprig angefühlt, die alte Leichtigkeit, die alte Selbstverständlichkeit hatten noch gefehlt. Es hatte schon früh Momente gegeben, in denen ihre Vertrautheit von damals kurz wieder aufgeblitzt war, trotz der langen Pause. Aber dann war es doch erstaunlich gewesen, wie das leichte Gefühl nach und nach wiedergekommen war.

Jule bückte sich und fischte ihre Blumenschere aus einem leeren Tontopf unter der Bank. Sie schlenderte langsam zu den Sonnenblumen und schnitt die fünf schönsten ab.

Es war so viel passiert seit Hannas letztem Geburtstag, nichts davon hätte Jule vor einem Jahr ahnen können. Pias Schwangerschaft, Friederikes Rolle bei Pias Entscheidung, das Kind doch zu bekommen, Alexandras Kündigung, ihr Umzug zurück in den Norden, der Umbau der Villa, die Antwort auf die Frage nach Friederikes Vater, die Galerie, ein Sommer mit vielen wunderbaren Treffen am See, mit Saunagängen, vertrauten Gesprächen auf dem Bootssteg und vielen Plänen. Es war fast wie früher. Wenn auch ganz anders. Was wieder da war, war das verlässliche Gefühl, nie allein zu sein. Und Freundinnen zu haben, denen man nicht viel erklären musste.

Jule atmete mit einem Blick in den Himmel tief durch, als wollte sie sich bei Marie bedanken. Dann ging sie, die Sonnenblumen im Arm, zurück in die aufgeräumte Küche, gleichzeitig mit Torge, der gerade nackt aus dem Bad kam.

»Was ist los?«, fragte er sie grinsend. »Du schaust mich gerade so an.«

»Ja«, Jule legte die Sonnenblumen auf die Spüle und trat mit ernstem Gesicht auf ihn zu. Eine Hand auf seine Brust gelegt, sah sie zu ihm hoch. »Wir haben noch eine gute Stunde Zeit, bevor wir uns anziehen müssen.« Sie lächelte und strich mit den Fingern über seine noch feuchte Haut.

»Ach«, sagte er und hob mit einem Finger ihr Kinn, um sie zu küssen. »Dann hätte ich da eine Idee.«

»Hallo, Lars«, Friederike nahm das Telefongespräch über ihre Freisprechanlage an. »Ich hoffe, du kannst mich gut verstehen, ich bin nämlich noch auf der Autobahn auf dem Weg zu deiner Schwester.«

»Ich verstehe dich wunderbar.« Lars war nicht nur Jules Bruder, er war auch Anwalt und hatte sich spontan angeboten, alle Informationen, die es seit einigen Wochen über Friederikes Familiengeschichte gab, zu bündeln und zu sortieren, um einen Überblick zu bekommen. Er hatte mit Standesämtern telefoniert, Kollegen kontaktiert und das gesamte Material gesichtet, das Alexandra im Zuge ihrer Recherche für das Buch gefunden hatte.

»Ich habe jetzt alles sortiert und geprüft. Alex hat dir wahrscheinlich erzählt, dass Hanna auch noch mit dem Familienanwalt der van Barigs gesprochen hat. Du kennst ihn, er hat damals in eurem Beisein Maries Testament eröffnet, als es um das Haus am See ging. Er kümmert sich in erster Linie um die zahlreichen Stiftungen, konnte mir aber bei ein paar Fragen helfen.«

»Okay«, antwortete Friederike gespannt. »Dann schieß mal los.«

»Jetzt? Während du fährst? Wir können auch später telefonieren.«

»Nein. Jetzt. Ich weiß es ja schon seit ein paar Wochen, du kannst mich also kaum noch in einen emotionalen Schockzustand versetzen. Aber wir sind heute alle bei Hanna, sie hat doch Geburtstag. Und die anderen möchten sicher auch Bescheid wissen. Schieß los.«

»Na gut«, Lars räusperte sich. »Aber fahr wenigstens langsam. Also, Punkt 1. Das Haus im Kastanienweg 13, ein Mehrfamilienhaus mit sechs Wohneinheiten, gehört tatsächlich deiner Mutter. Notariell beglaubigt und im Grundbuch vermerkt. Es gibt eine Anlage zu dieser Überschreibung, die besagt, dass deine Mutter das Haus nicht ohne deine Einwilligung verkaufen kann. Das hat Laura van Barig damals so hinterlegt. Damit wollte sie wohl sichergehen, dass du das Haus irgendwann bekommst oder zumindest davon erfährst. Die Mieteinnahmen gehen auf ein Konto bei der Lübecker Bank. Hast du von diesem Konto noch nie was gehört?«

»Nein. Und ich habe fast alle Unterlagen von Esther durchgesehen. Da waren keine Kontoauszüge dabei.«

»Hast du eine Generalvollmacht von deiner Mutter? Damit du dich um ihre Finanzen kümmern kannst?«

»Ja. Die habe ich nur noch nie benutzt.«

»Dann solltest du damit mal nach Lübeck fahren. Und dir ansehen, wie viel Geld auf diesem Mietkonto ist.« Lars machte eine kleine Pause. »Ansonsten gibt es laut dem Familienanwalt keine offizielle Begründung, warum Laura deiner Mutter das Haus überschreiben wollte. Er wusste nur, dass du ihr Patenkind bist, und hat sich wohl damit zufriedengegeben.«

»Ich bekomme auch ein Patenkind und fände es trotzdem komisch, Pia jetzt ein Haus zu schenken«, sagte Friederike sofort. »Es gibt keinen anderen Vertrag? Keine Vereinbarung, keinen offiziellen Grund für diese Schenkung?«

»Nein. Aber eben die Briefe von Laura und deiner Mutter, die ihr ja gelesen habt. Ich interpretiere es genauso wie ihr, Esther hatte mit Lorenz Hohnstein eine kurze Affäre, während sie schon mit Dieter Brenner verheiratet war. Sie ist schwanger geworden, wusste wohl wirklich nicht, wer von beiden dein Vater ist, und musste dann erfahren, dass Lorenz sich verlobt hatte und nichts mehr von ihr wissen wollte. Seine Verlobte war übrigens die Tochter eines Bankers in St. Gallen, der auch noch ein Freund von Carl van Barig war. Sehr gewinnbringend für Lorenz. Die Auflösung der Verlobung, weil er eine verheiratete Freundin seiner Schwester geschwängert hatte, wäre in der damaligen Zeit und in den Kreisen ein ziemlicher Skandal gewesen.«

»Und als Dieter Brenner dann bei einer Untersuchung drei Jahre später herausgefunden hat, dass er gar keine Kinder zeugen konnte, hat er meine Mutter verlassen«, fügte Friederike hinzu. »Wobei Esther ihm nie gesagt hat, wer der echte Vater war.«

»Und das war dann auch egal, weil Lorenz ja schon vor deiner Geburt gestorben war«, ergänzte Lars. »Aber nach der Trennung und der Gewissheit, dass Brenner nicht dein Vater ist, hatte Esther alle Möglichkeiten, Laura massiv unter Druck zu setzen: Hätte Esther Lauras Eltern verraten, dass sie noch ein zweites Enkelkind hatten, wäre der Skandal perfekt gewesen.«

»Die Großmutter hatte sich kurz nach dem Unfall umgebracht, Lauras Mutter war nach dem Hubschrauberabsturz depressiv, der Vater musste nach Lorenz' Tod jede Menge Spielschulden seines Sohnes bezahlen, sie wären durchgedreht, das hat zumindest Laura befürchtet«, sagte Friederike nachdenklich. »Außerdem habe ich in einem Brief von Laura gelesen, dass Lauras Eltern meine Mutter nicht besonders gemocht haben, obwohl sie in der Zeit nach dem Unfall ihrer Eltern bei der Familie Hohnstein gewohnt hat. Es war wohl kein harmonisches Zusammenleben.«

»Wie auch immer«, fasste Lars zusammen. »Laura van Barig hat versucht, deiner Mutter und damit vor allen Dingen dir, das Leben zumindest finanziell zu erleichtern. Es gab damals keinen Vaterschaftstest, deshalb bleibt alles Spekulation, aber alle Indizien weisen darauf hin, dass Lorenz Hohnstein dein leiblicher Vater und Marie van Barig nicht nur deine Freundin, sondern auch deine Cousine war. Und für alle Skeptiker: Ich habe mir die alten Familienalben der van Barigs angesehen, die äußere Ähnlichkeit zwischen dir und deinem Vater ist wirklich erstaunlich.«

Friederike atmete tief durch. »Ja, ich weiß. Und was ist Punkt 2?«

»Du weißt ja, dass Hanna Elisabeth gebeten hat, zusammen mit dem Anwalt eine Aufstellung des Vermögens zu machen. Allerdings gibt es juristisch nur eine Möglichkeit, etwaige Ansprüche geltend zu machen. Du müsstest mit den Hinweisen, die du hast, eine Exhumierung einklagen. Damit man noch einen Vaterschaftstest machen kann. Damit wärst du erbberechtigt.«

Das Autobahnschild zeigte die Abfahrt nach Weißenburg an. Es war auch die Abfahrt zum Friedhof, auf dem Marie lag. Unter einem großem Magnolienbaum. Vor dem Grab stand eine Bank, auf der Friederike mit Alex und Jule Pfirsicheistee getrunken hatte. Marie. Die beste, engste, liebevollste Freundin, die sie je gehabt hatte. Von Geburt an. Die immer verstanden und nie verurteilt hatte. Die immer da gewesen war. Bis Friederike den größten Fehler ihres Lebens gemacht und sich beleidigt zurückgezogen hatte. Und trotzdem hatte Marie noch über ihren Tod hinaus alles verziehen. Ihre Cousine.

»Friederike? Bist du noch dran?«

»Ja, ich fahre gerade auf die Abfahrt nach Weißenburg.«

»Und? Was willst du tun? Jetzt, wo du weißt, dass du eigentlich Teil einer schwerreichen Familie bist?«

Am Stoppschild blieb sie ordnungsgemäß stehen, sah aber nur nach vorn, statt nach rechts und links.

»Was ich machen will?« Friederike lächelte. »Was glaubst du?«

Alexandra knöpfte sich auf dem Weg nach unten die kleinen Knöpfe an den Blusenärmeln zu. »Katja? Hast du irgendwo das Geschenk für Hanna gesehen? So ein grünes Päckchen, ich habe es irgendwo hingelegt und weiß nicht mehr, wo.«

Ihre Schwester steckte ihren Kopf aus der Badezimmertür und deutete auf den Stuhl unter der Garderobe. »Das liegt doch da. Und deine Maklerin aus München hat angerufen, während du unter der Dusche warst. Du sollst sie zurückrufen, es sei dringend.«

»Okay«, Alexandra nahm das Telefon aus der Station und wählte die Nummer, die sie mittlerweile im Kopf hatte. »Guten Morgen, Frau Malik. Hier ist Alexandra Weise, ich sollte zurückrufen?«

»Ja«, die zufriedene Stimme von Miriam Malik ließ die gute Nachricht erwarten. »Das Ehepaar Stresemann hat gestern Abend verbindlich zugesagt, sie wollen Ihre Wohnung kaufen. Wann genau steht denn Ihr Umzug an? Das könnten wir doch dann mit dem Notartermin verbinden, dann brauchen Sie nicht zweimal nach München zu kommen.«

»Das ist ja großartig«, Alexandra setzte sich erfreut auf die unterste Treppenstufe. »Wunderbar, das waren ja von Anfang an meine Favoriten. Der Umzugstag ist der 20. September, ich bin aber die ganze Woche vorher in München, Sie können gern den Termin in der Zeit machen. Also ab dem 13. September.«

»Gut, dann rufe ich im Notariat an und gebe Ihnen den Termin durch. Und wie läuft es bei Ihnen im Norden? Hat mit dem Umbau alles geklappt?«

Alexandra rutschte ein Stück zur Seite, damit Katjas Enkel Daniel an ihr vorbeikonnte, was er aber gar nicht wollte. Stattdessen zog der kleine blonde Junge seine bunte Schlafanzughose hoch und kletterte auf ihren Schoß. Sie unterdrückte ein Stöhnen, als sein Knie ihre Rippe traf.

»Das klappt alles«, sagte sie gepresst, während sie versuchte, Daniels Bein in eine Stellung zu schieben, die ihr nicht wehtat. »Es laufen schon die Malerarbeiten, wir werden rechtzeitig zum Umzug fertig.«

»Dann wünsche ich toi, toi, toi für den Rest und grüßen Sie mir den Norden. Ich melde mich wieder, einen schönen Tag für Sie.«

»Das wünsche ich Ihnen auch, bis bald, Frau Malik.« Sie legte das Telefon ab und schob Daniel stöhnend ein Stück zur Seite. »Machst du dich so schwer, oder wiegst du so viel wie ein Elefant?«

Der kleine Junge grinste so breit, dass Alexandra seine vier Zahnlücken sehen konnte, zwei oben, zwei unten. »Wie ein zahnloser Elefant«, fügte Alexandra hinzu und strich ihm über den schmalen Rücken. »Komm Daniel, steh mal auf, ich muss los.«

Sie hatte sich an den Trubel im Haus ihrer Schwester erst gewöhnen müssen. Ob Katjas Kinder, ihr Enkelsohn, Nachbarinnen, Bekannte von Matthias, dauernd kam jemand vorbei. Die Kaffeemaschine lief pausenlos, irgendjemand saß immer in der Küche, redete laut, lachte laut und wollte irgendetwas. Mittlerweile mochte Alexandra dieses offene Haus, die Ablenkungen, die Gespräche. Sie konnte sich überhaupt nicht mehr vorstellen, wieder zurück nach München zu gehen. Zurück in diese große Wohnung, in der sie noch nicht einmal engen Kontakt zu den Nachbarn gehabt hatte. Ihr Privatleben war sehr einsam gewesen, das war ihr jetzt klar geworden. Und sie war froh, dass sich das geändert hatte.

»Oma hat aber gesagt, dass du mir was vorliest. Jetzt.«

Schon wieder klingelte jemand an der Tür.

»Das hat Oma garantiert nicht gesagt«, Katja ging an ihnen vorbei, um die Tür zu öffnen. »Alex muss los, Süßer, und Mama kommt gleich und holt dich zum Fußballturnier ab. Beeil dich mal mit dem Anziehen. Guten Morgen, Paul.«

Während Katja dem Postboten die Post abnahm, schob Alexandra den etwas mauligen Daniel sanft von ihrem Schoß. »Beim nächsten Mal, wenn du hier schläfst«, versprach sie. »Du kannst dir auch das Buch aussuchen.«

Er tapste auf bloßen Füßen die Treppen hoch. Katja kam zu ihr. »Und? Was hat die Maklerin gesagt?«

»Dieses Ehepaar aus Köln kauft die Wohnung. Wir machen den Notartermin in der Woche vor dem Umzug.«

»Das ist ja schön«, Katja strahlte sie an, bevor sie ihren Blick auf die Post richtete. »Dann musst du ja auch nicht vorher nach München. Ach, sieh mal an, das hier ist für dich.« Mit einem neugierigen Blick reichte sie ihr einen großen Umschlag. »Den hätte er dir auch vorbeibringen können. Oder?«

Alexandra zog sich am Treppengeländer hoch und nahm Katja die Post aus der Hand. Jan Magnus war der Absender, sofort riss sie den Umschlag auf und ließ die aktuelle Ausgabe vom ›magazin‹ herausgleiten. Eine Karte war mit einer Büroklammer angeheftet.

Hier kommt ein Vorabexemplar für dich. Augen auf bei der Titelgeschichte. Wir sehen uns. Jan

Überrascht betrachtete sie das Motiv auf dem Titel. Es war

das imposante Verlagsgebäude des Seltmann Verlages, in der rechten Ecke die Köpfe von Veronika Seltmann und Hans Sattler-Seltmann, in der linken Carsten Hansen und Susanne Sattler und darüber ein Anschnitt ihres eigenen Gesichts.

Der Glanz verblasst, lautete die Titelzeile und darunter: Was von einem Traditionsverlag übrig bleibt.

Langsam drehte Alexandra das Heft um und zeigte es ihrer Schwester. Katja beugte sich vor, dann richtete sie sich wieder auf und lächelte schadenfroh. »Das ist ja ein tolles Bild von dir. Da kriegen die blöden Seltmanns wohl einen aufs Dach, oder?«

»Ach, Elke, das hast du wunderschön gemacht«, beglückt betrachtete Hanna die gedeckte Tafel, die mit Blumen aus dem Garten und silbernen Kerzenständern dekoriert war. »Ich danke dir, das ist ja ein richtiger Geburtstagstisch.«

»Das soll er ja auch sein«, Elke lächelte sie an, bevor sie die Brotkörbe zurechtrückte und alles zufrieden inspizierte. »Micha hat die Sektgläser in die Galerie gebracht, wir trinken da ja den Begrüßungssekt, und anschließend wird hier gebruncht. Das Essen stelle ich erst um halb zwölf hin, sonst wird ja alles kalt.«

»Aber du hast zu viel eingedeckt«, Hanna deutete fragend auf die Teller. »Wir sind doch nur zehn.«

»Echt?« Elke sah mit gerunzelter Stirn auf den Tisch. »Oh ja, da habe ich mich wohl verzählt. Ich nehme drei Gedecke weg, bevor es losgeht. Das muss ich dann alles ein bisschen verschieben.«

»Hanna?« Micha Beermann stand an der Tür. »Jule, Friederike und Torge sind da. Kommst du?«

Jule wurde von ihren Sonnenblumen fast verdeckt, als Hanna auf sie zukam. Sie ließ den Strauß sinken und hob einen Arm, um Hanna an sich zu ziehen.

»Zum Geburtstag viel Glück …«, sang sie laut und schief. »Alles Gute zu deinem Geburtstag, liebe Hanna, auf dass dein neues Lebensjahr genau so wird, wie du es dir wünschst.«

Sie reichte Hanna die Blumen und ein kleines Päckchen, bevor sie zur Seite trat, um Friederike Platz zu machen. »Von mir auch alle besten Wünsche«, Friederike küsste Hanna auf beide Wangen, dann trat sie einen Schritt zurück und musterte sie. »Du siehst sehr gut aus, die neue Frisur steht dir.«

»Das finde ich auch«, Torge schob sich dazwischen und küsste Hanna formvollendet die Hand. »Schöne Frau.«

»Ach, ich danke euch«, mit verlegenem Lächeln strich Hanna sich leicht übers Haar. »Ist es nicht zu jugendlich? Anne hat mich einfach zu ihrem Friseur geschleift, das hat sie mir zum Geburtstag geschenkt. Ich hatte keine Chance.«

Ihr Gesicht war vor Aufregung gerötet, sie wirkte jünger mit der Frisur, das dunkelblaue Kostüm saß perfekt, sie sah so gut aus wie seit langem nicht. Die Pläne, die sie zusammen gemacht hatten, schienen ihr neue Energie und Lebensfreude zu geben.

Die Ankunft von Alexandra, die gerade gefolgt von Elisabeth den Raum betrat, erübrigte eine Antwort. Während die Neuankömmlinge gratulierten, klingelte Torges Handy, mit einem Nicken ging er unauffällig hinaus.

Friederike sah ihm nach. »Ich bin gespannt.«

»Ja«, Jule schob ihren Arm unter den Friederikes. »Kannst du auch sein.«

Sie behielt den Eingang im Auge, warf nur zwischendurch mal einen Blick auf die Gruppe der Gratulanten, zu der sich jetzt auch Micha und Anne gesellt hatten. Sie sah wieder zum Eingang, als ihr ein überraschtes »Sieh mal an« entfuhr. Sofort folgte Friederike ihrem Blick und lächelte. »Der Jan Magnus«, sagte sie leise. »Nicht nur Marie spielt Schicksal.«

Kurz darauf stellte sich Hanna mit ihrem gefüllten Glas unter das große Porträt von Marie und wartete, bis alle Geburtstagsgäste ihren Sekt vom Tablett genommen hatten. Das leise Stimmengemurmel verstummte, als alle versorgt waren und jetzt im Halbkreis um Hanna herumstanden, die einen nach dem anderen betrachtete: Micha und Elke, ihre beiden guten Geister, daneben ihre Tochter Anne, die die Galerie so erfolgreich führte. Elisabeth, ihre treueste Gefährtin, die jetzt ganz rote Wangen hatte. Neben ihr Jule, in einem hellblauen Kleid, das ihre Augen strahlen ließ, und dann Friederike, deren klarer Blick auf Hanna gerichtet war und mit der sie in den letzten Wochen so viele Gespräche geführt hatte. Etwas verdeckt hinter Friederike kontrollierte Torge gerade sein Handy. Davor Jan Magnus, eng daneben Alexandra. Hanna nickte ihm zu, er lächelte und neigte leicht den Kopf.

»Ihr Lieben«, hob sie an und strahlte. »Ich freue mich sehr, dass ihr da seid, um mit mir meinen Geburtstag zu feiern. Marie hätte das so gefreut.« Sie blickte kurz auf das Porträt, bevor sie weitersprach. »Ich will gar keine lange Rede halten und mache das auch nur so formell, weil wir heute endlich mal alle zusammen sind. Bedanken möchte ich mich heute bei euch: Bei euch, Micha und Elke für eure unglaubliche Hilfsbereitschaft und eure tatkräftige Unterstützung bei unserem Umbau, der in den nächsten Wochen bereits fertig wird. Danke auch dir, Anne, dass du Maries Galerie zum Leben erweckt und schon so vielen Menschen die Gelegenheit gegeben hast, Maries Werk – und diesen wunderbaren Ort kennenzulernen. Alexandra: Du hast mir unsere Wohngemeinschaft in der Villa vorgeschlagen, du bist bereit, dieses Experiment mit mir zu beginnen. Dafür danke ich dir sehr. Und Jan: all deine Artikel über Marie und nun auch über die Galerie waren der Beginn einer wunderbaren Geschichte. Danke für all die guten Gespräche und Begegnungen. Friederike, du hast mich in wirklich schwierigen Zeiten begleitet und gestärkt, die vielen Gespräche mit dir haben mir Kraft und Zuversicht gegeben, die ich lange schon nicht mehr gespürt hatte. Jule und Torge möchte ich vor allem für eure Spurensuche danken. Wir waren zu spät, ich habe Henri nicht wiedersehen können, aber ihr habt mir seine Familie geschenkt. Die Gespräche mit Astrid, meiner Schwägerin, machen mich einfach nur glücklich. Und bald werden wir uns sicher auch persönlich kennenlernen, worauf ich mich unglaublich freue. Der letzte Dank für heute aber gilt dir, Elisabeth. Ich danke dir für deine jahrelange Freundschaft und Verlässlichkeit. Und auch, wenn du bald nach Rügen gehst: Wir werden immer in Verbindung sein, und ich werde nie vergessen, was du ein halbes Leben lang für mich getan hast. Sehen wir zu, dass wir uns nicht aus den Augen verlieren. So, und bevor ich jetzt rührselig werde, gehen wir besser mal frühstücken, Elke hat das alles ganz wunderbar vorbereitet und …«

Die schwere Eingangstür öffnete sich mit einem knarrenden Geräusch, und ein sehr junges Paar schob sich langsam in die Galerie, die offiziell heute geschlossen war. Der junge Mann mit wilden blonden Haaren trug Jeans und ein schreiend buntes Hemd, das Mädchen war eine dunkelhaarige Schönheit im geblümten Kleid, deren sehr helle Augen neugierig auf Hanna gerichtet waren. Der blonde Wuschelkopf wandte sich um und hielt die Tür zuvorkommend für die ihm folgende ältere zierliche Frau in Gelb gemustertem Kleid auf, die einen großen Strauß Astern im Arm trug.

Hanna hatte es in diesem Moment die Sprache verschlagen. Atemlos sah sie die bunte Truppe an, ihren Blick auf den jungen Mann fixiert. Henri, dachte sie, da steht ja Henri. Das konnte doch nicht sein, ihre Knie wurden ganz weich, ihr Mund trocken, sie wollte etwas sagen, brachte aber keinen Ton heraus. Wie im Nebel sah sie Torge auf sie zugehen. Er sprach leise mit ihnen, bevor er sich zu Hanna umdrehte. Die zarte grauhaarige Frau trat ein Stück vor, die beiden jungen Leute blieben gespannt hinter ihr stehen.

»Hanna«, Torge warf einen Blick auf die drei Neuankömmlinge und lächelte Hanna an. »Darf ich dir jemanden vorstellen?« Er trat zur Seite und zeigte mit einer großen Geste auf die strahlende Frau. »Das, liebe Hanna, ist deine Schwägerin Astrid Jacobsen, und die beiden hier sind zwei ihrer vier Enkelkinder, Mads und Emma.«

Überwältigt schlug sich Hanna die Hand vor den Mund. Erst nach einem kleinen Moment ließ sie die Hand wieder sinken und setzte sich zögernd in Bewegung. Astrid drückte Emma die Blumen vor die Brust und breitete die Arme aus.

»Mein Gott, ich könnte schon wieder heulen«, Jule wischte sich mit dem kleinen Finger die Reste ihrer aufgelösten Wimperntusche unter dem Auge weg, während sie ans andere Tischende sah, an dem sich Hanna und Astrid angeregt unterhielten. »Und Emma sieht ja genauso aus wie Hanna in Jung. Ist das nicht irre mit diesen Genen?«

Ungeduldig reichte Friederike ihr ein Taschentuch. »Du hast dir gerade die Wimperntusche aufs Kinn geschmiert. Wieso heulst du überhaupt? Du wusstest doch, dass sie kommen.«

»Ja«, Jule seufzte inbrünstig. »Aber ich habe mir das Zusammentreffen nicht so schön vorgestellt. Ach, Gott.«

»Noch jemand Rührei?« Elke tauchte hinter ihr auf und stellte eine dampfende Schüssel auf den Tisch. »Habt ihr noch Krabben? Ach, die Schale ist ja noch voll, ihr sagt Bescheid, ja?«

»Gib Jule mal Rührei«, Friederike schob ihr die Schüssel hin. »Damit sie aufhört zu heulen. Habt ihr mitbekommen, dass Emma in Lübeck Musik studiert? Und schon die ersten Konzerte gibt? Astrid hat Hanna eine Karte geschenkt. Für ein

Konzert im Theater Lübeck, Ende September. Klavierkonzert, Chopin und Tschaikowsky. Das hat Hanna auch schon genau dort gespielt. Ich versuche mal, an Karten für uns zu kommen. Jule bitte, jetzt reiß dich doch mal zusammen.«

Nach einem Blick auf die schniefende Jule schüttelte sie den Kopf und sah Torge an. »Wie hältst du diese sentimentale Irre bloß aus?«

Er grinste, während er Jule über den Rücken strich. »Sie ist eben sensibel. Mit Hang zu romantischen Geschichten.«

»Fiedi, du bist ein emotionsloser Klotz«, sagte Jule, nachdem sie sich lautstark die Nase geputzt hatte. »Das ist so eine schöne Geschichte. Und Emma sieht aus wie Hanna. Und dann auch noch musikalisch. Was ein Erbe. Ohne sie gekannt zu haben. Und Mads soll aussehen wie Henri. Das ist doch wie eine Auferstehung der Geschwister. Das zerreißt einem doch das Herz.«

»Dir«, korrigierte Friederike. »Ich freue mich einfach, dass sich gerade alles so schön fügt.« Sie hob den Kopf und sah Elisabeth am anderen Ende des Tisches aufstehen. »Entschuldigt mich, ich verschwinde mal gerade. Torge, falls Jule sich nicht beruhigt, bestell ihr einen Schnaps.«

»Dumme Nuss«, Jule sah sie kopfschüttelnd an. »Wie kann man nur so unsensibel sein?«

»Danke, ich platze gleich«, Alexandra hob abwehrend die Hände, als Micha ihr eine Platte hinhielt. »Ich schaffe nichts mehr.«

Sie schob ihren Teller zurück und warf einen Blick auf Jan, der ihr gegenübersaß und sich angeregt mit Mads unterhalten hatte. Als hätte er es gespürt, hob er jetzt den Kopf und sah sie an. Alexandra lächelte. »Sprechen wir nachher mal?«

»Unbedingt«, er nickte. »Hast du den Aufmacher gelesen?«

Sie nickte. »Das Heft kam vorhin.« Sie beugte sich etwas

vor. »Das ist ganz schön heftig geworden. Aber dein Name stand gar nicht drunter.«

»Nein«, er grinste. »Ich habe Kollegen für die Recherche und die Interviews beauftragt. Wir achten ja sehr auf Neutralität.«

Neutralität. Alexandra sah ihn lange an. Der Artikel war sauber recherchiert, das konnte sie beurteilen, alle Fakten stimmten. Der Text war eine einzige Ohrfeige, sowohl für die neue Verlagsführung als auch für die alten Besitzer. Die Seltmanns kamen als eitles, gönnerhaftes Paar rüber, die ihre verwöhnte, aber untalentierte Nichte mit Hilfe eines gewissenslosen Managers, nämlich Carsten Hansen, nun gut versorgt hatten. Susanne Sattler hatte kurz nach ihrem Antritt ein Interview gegeben, das aus Worthülsen und der Ankündigung bestand, dass sie als Erstes die Wandfarben im Verlagshaus nach Goethes Farbenlehre ändern würde. Auch einige der Mitarbeiter und Autoren waren in dem Artikel zu Wort gekommen. Ulrike hatte ihr schon von den zahllosen Kündigungen erzählt, die Liste derjenigen, die den Verlag in diesem halben Jahr verlassen hatten, wirkte gedruckt noch dramatischer, als es ohnehin schon war. Alexandra kam erst ganz zum Schluss vor, ihre Erfolge im Verlag wurden kurz, aber eindrucksvoll erwähnt, einige Autoren sangen Lobeshymnen, andere waren fassungslos. Es endete mit dem Satz: »Eine Stellungnahme der langjährigen Macherin des Hauses, Alexandra Weise, liegt nicht vor. Dass die Branche in irgendeiner Form noch von ihr hören wird, bleibt zu hoffen.«

»Meine Schwester war nach der Lektüre echt entsetzt – sie meinte, das erinnere ja an die Mafia. Sie wird jedenfalls nie wieder ein Buch aus dem Verlag kaufen. Haben sich die Leute im Verlag den Text nicht vorab schicken lassen? Das hätten die doch sicher nicht durchgewunken?«

»Meine Kollegin hat den Text vorab Susanne Sattler zur Kenntnis gemailt. Bis zur Deadline hatte sie aber nicht reagiert.

Ich bin sehr gespannt auf Hansens Reaktion, wenn das Heft am Samstag erscheint.«

»Um etwas zu verhindern, ist es dann ja zu spät«, Alexandra lächelte. »Ist doch auch alles sauber recherchiert. Am 20. ziehe ich übrigens um. Ich bin dann vorher für eine Woche in München, da sehe ich sicher auch Ulrike.«

»Nächsten Monat? Da ...«

Bevor er seinen Satz beenden konnte, entstand neben ihnen Unruhe, weil Astrid, Mads und Emma aufstanden. Hanna hatte sich ebenfalls erhoben und sah in die Runde.

»Ich zeige Astrid und den Kindern jetzt die Ausstellung. Elke hat Tische in den Garten gestellt, also wenn ihr das Essen beendet habt, können wir die Tafel auflösen und sehen uns gleich in der Galerie oder im Garten.«

Alexandra sah ihnen nach, dann wandte sie sich wieder an Jan. »Was meinte sie, als sie sich vorhin für die netten Gespräche und Begegnungen mit dir bedankt hat?«

»Wir haben uns ja bei der Recherche für den Artikel über die Galerieeröffnung viel unterhalten. Und als er erschienen war, hat sie mich zum Essen eingeladen. Das war ein so netter Abend, dass wir das jetzt schon ein paarmal wiederholt haben. Wusstest du das nicht?«

»Nein«, Alexandra schüttelte den Kopf. »Das hat sie mir nie erzählt.«

»Sie hat viel über dich gesprochen«, Jan sah sie plötzlich zärtlich an. »Und mir gute Ratschläge gegeben.«

»Ach! Hanna ...?« Alexandra hob fragend die Augenbrauen. »Und was waren das für Ratschläge?«

Langsam stand er auf. »Das erzähle ich dir in Ruhe. Vielleicht in der Woche, in der du in München bist. Ich werde dir nämlich beim Umzug helfen. Und jetzt muss ich mal ein paar Schritte gehen. Kommst du mit?«

Jule küsste Torge, der sich gerade mit Micha unterhielt, schnell auf die Wange, bevor sie sich erhob. »Ich muss mal um die Ecke und die Reste meines Make-ups vorm Spiegel retten. Bleibt ihr noch sitzen? Oder geht ihr raus?«

»Wir gehen gleich raus, oder?«, antwortete Torge, den Blick auf Micha gerichtet. Der nickte.

»Dann bis gleich.«

Ohne die restlichen Spuren ihres sentimentalen Ausbruchs im Gesicht machte Jule sich kurz danach auf den Weg in den Garten. Nur unweit der Sommerterrasse des Cafés hatte Elke kleine Tische in ihren kleinen Kräuter- und Blumengarten gestellt, an einem der Tische saßen Elisabeth und Friederike, die offensichtlich soeben ihr Gespräch beendeten und langsam aufstanden. Als Jule bei ihnen ankam, lächelte Elisabeth sie an. »Ich wollte gerade zu Hanna gehen«, sagte sie. »Ist sie noch mit ihrer Familie in der Galerie?«

Jule nickte. »Ja. Ich glaube schon.«

»Dann gehe ich mal. Bis gleich.« Sie verschwand im Haus, während Friederike sich wieder setzte und Jule auffordernd ansah. »Bleibst du, oder suchst du jemanden?«

»Ich bleibe«, Jule nahm Platz. »Und? Was gibt's Neues?«

Friederike schüttelte den Kopf. »Das fragen wir immer nur an Pfingsten. Und Alex fehlt noch. Wo ist sie denn?«

»Die ist mit Jan Magnus spazieren gegangen. Seine Hand lag auf ihrem Rücken.« Jule lächelte. »Das sieht gut aus.« Eine Weile sah sie nachdenklich vor sich hin, dann hob sie den Kopf. »Pia hat sich mit Ben getroffen.«

»Ach«, überrascht sah Friederike hoch. »Und?«

Achselzuckend antwortete Jule: »Er war nicht besonders begeistert, das lässt sich ja denken. Aber Pia ist erleichtert, dass sie es ihm gesagt hat. Sie will keinen Unterhalt, aber sie hat es ihm überlassen, ob er das Kind sehen will oder nicht.«

»Dann hat er ja was zu tun«, Friederikes Blick war skeptisch. »Er muss es seiner Frau sagen, wenn er den Kontakt will. In seiner Haut möchte ich nicht stecken.«

Sie lehnte sich entspannt zurück und verschränkte ihre Finger im Nacken. »Wenn man genau hinsieht, kann man von hier aus das Dach unserer Sauna auf dem Bootssteg sehen. Wenn wir also nackt in den See springen und jemand sitzt hier mit einem Fernglas, hat der Spaß.«

»Was hast du denn für Phantasien?« Jule schaute sie fragend an. »Wer sollte das tun?«

Sie wandte den Kopf, als sie Schritte auf dem Kiesweg hörte, und erblickte Alexandra, die langsam auf sie zukam. »Was hat Fiedi für Phantasien?«

»Erotische«, antwortete Friederike. »Was sonst. Apropos, ist Jan Magnus schon weg?«

»Ja«, Alexandra zog einen Stuhl vor und setzte sich dazu. »Er hat noch einen Termin in Lübeck. Schöne Grüße.«

»Und?« Neugierig beugte Jule sich vor. »Müssen wir was wissen?«

Mit einem kleinen Lächeln nickte Alexandra. »Wir sehen uns beim Umzug. Er kommt mit nach München. Ich bin ein bisschen aufgeregt.«

»Ach, wie schön«, Jule seufzte. »Da bin …«

»Wenn du jetzt wieder feuchte Augen kriegst, wechseln wir sofort das Thema«, drohte Friederike ihr an. »Deine Stimme zittert schon wieder.«

Alexandra legte kurz die Hand auf Jules Knie, bevor sie fragte: »Wir müssen sowieso das Thema wechseln. Hast du schon was von Lars gehört?«

Für einen Moment blieb es still, dann sagte Friederike langsam: »Er hat mich vorhin im Auto angerufen.«

»Lars?« Jule fuhr herum. »Das hast du ja auf dem Weg gar nicht erzählt. Hat er was rausgefunden?«

»Ich wollte es nicht zweimal erzählen«, entschuldigend sah Friederike Jule an. »Also, er hat sich alle Briefe, alle Unterlagen, alle Bilder, die wir ihm gegeben haben, angesehen und ist sich sicher, dass Lorenz mein leiblicher Vater ist.«

»Du siehst ja genauso aus wie er«, platzte Jule dazwischen. »Da gibt es überhaupt keinen Zweifel. Und auch Laura wird das gewusst haben. Deshalb hat sie dir auch immer geholfen, das war nicht nur die Patenschaft. Und ich kann mich gut daran erinnern, wie sie mit dir umgegangen ist. Ich dachte immer, dass es normal wäre, so als Patentante, aber im Nachhinein hat sie dich wirklich behandelt wie ein eigenes Kind. Und deshalb hat sie deiner Mutter auch das Haus überschrieben.«

»Trotzdem gibt es keinen Vaterschaftstest«, fuhr Friederike ungerührt fort. »Juristisch sind das alles nur Indizien, hat Lars gesagt. Allerdings könnte ich mit der Fülle der Informationen einen Staatsanwalt dazu bekommen, Lorenz zu exhumieren, um noch einen Test zu machen. Das geht heute sogar noch nach der ganzen Zeit. Dann hätte ich es schwarz auf weiß und könnte auf ein Erbe klagen. Wenn Hanna es mir nicht freiwillig geben würde.«

Betroffen starrten Jule und Alexandra sie an. Schließlich sagte Jule: »Hast du darüber gerade mit Elisabeth gesprochen?«

Friederike nickte. »Lars hat sie gebeten, eine Vermögensaufstellung zu machen. Das meiste Geld ist ja in Stiftungen gegangen, aber es gibt noch genug andere Werte, wie Kunst oder Immobilien und bestimmt auch noch jede Menge Konten mit Kohle. Nur dafür brauche ich ein bisschen Knochen von Lorenz.«

Die Betroffenheit in den Gesichtern der anderen wurde jetzt fast zu Entsetzen. Ungerührt musterte Friederike die beiden. »Was? Ihr guckt so komisch.«

»Das ist ja …«, Jule schluckte. »Das ist ja eine ziemlich widerliche Vorstellung. Also, das mit den Knochen.«

»Auf welchem Friedhof liegt Lorenz eigentlich?«, fragte Alexandra nach einem Seitenblick auf Jule.

»In Hamburg-Ohlsdorf«, antwortete Friederike. »Im Familiengrab der Hohnsteins. Also zumindest der Rest von ihm.«

Sie sah die beiden lange an. Keine sagte etwas. Erst nach einer ganzen Weile verschränkte Friederike die Arme vor der Brust und schüttelte ungläubig den Kopf.

»Glaubt ihr im Ernst, dass ich ein Grab ausbuddeln lasse, damit ich an einen Teil von Maries Erbe komme?«

Alexandra und Jule sahen sie zweifelnd an. »Nein?«

»Ja sagt mal!« Friederike runzelte die Stirn. »Ich habe Elisabeth gesagt, dass sie keine Aufstellung machen muss. Ich wollte wissen, wer mein Vater war, das weiß ich jetzt. Und ich kann Esthers Heim mit den Mieteinnahmen aus dem Haus in Weißenburg bezahlen, das ist eine echte Erleichterung. Und dass Marie meine Cousine war, tut meiner Seele gut. Damit ist die Geschichte zu Ende erzählt. Und jetzt können wir uns um die Dinge kümmern, die demnächst kommen. Das Baby zum Beispiel. Und meine neue Wohnung. Und die Hausgemeinschaft am See. Und die rosa Wolken, die gerade um Alexandra wabern. Herrgott, Jule, jetzt fang bloß nicht wieder an zu heulen.«

38.

Heute ist Freitag, der 7. November, es ist 8 Uhr 30, Sie hören die Nachrichten. Hamburg …

Ein lautes Piep kündigte eine Textnachricht an, Alexandra machte das Radio leiser und griff nach ihrem Handy, im selben Moment ertönte ein Jagdhorn aus Hannas Handy, das auf der Fensterbank in der Küche lag. Beide Töne hatten es tatsächlich geschafft, die Klavierklänge aus Hannas Wohnung zu übertönen.

Tantengruppe

Es geht los, wir fahren in die Klinik

»Hanna«, sofort lief Alexandra mit dem Handy in der Hand in den Flur und klopfte an Hannas Eingangstür. »Hanna, es geht los.«

Die Tür wurde aufgerissen, und Hanna tauchte aufgeregt im Bademantel auf. »Heute schon? Ist das nicht zu früh? Oh Gott, ich bin noch gar nicht angezogen. Dann muss ich ja sofort …«

Jetzt erst verstummte das Klavier, Sekunden später stand Emma hinter ihrer Tante, ebenfalls noch im Schlafanzug, über den sie einen bunten Kapuzenpulli gezogen hatte. »Ist was passiert? Bin ich zu laut?«, fragte sie und sah Alexandra schuldbewusst an.

Sie sprach das s weich, Alexandra liebte ihren dänischen Dialekt. »Nein, nein, aber das Baby kommt.«

Hanna sah hektisch zwischen ihrer Großnichte und Alexandra hin und her. »Wie spät ist es denn? Ich muss mich noch schnell fertig machen, ich habe noch nicht mal Kaffee getrunken, wir haben uns über Bach schon wieder so vertrödelt, meine Güte, ich …«

»Hanna«, wie eine Schraubzwinge legte sich Alexandras Hand um ihren Arm. »Es ist halb neun, Jule hat vor fünf Minuten geschrieben, dass sie jetzt in die Klinik fahren, und wir müssen nicht mit in den Kreißsaal. Du hast alle Zeit der Welt. Kaffee steht in der Küche, mach dich in Ruhe fertig, und dann fahren wir gemütlich los. Das Kind ist ja nicht in einer halben Stunde auf der Welt.«

Ohne ein weiteres Wort verschwand Hanna, während Emma Alexandra mit großen Augen ansah. »Kann ich was tun?«

»Nein«, Alexandra lächelte sie an. »Kaffee?«

»Gern.«

Friederike stand an der Tür ihrer neuen Dachterrasse und betrachtete etwas melancholisch die abgedeckten Rosen und Stauden, die Matthias gestern fachgerecht vor dem nahenden Winter geschützt hatte. Es war ein typischer Novembermorgen, grau, Nieselregen, nur ganz weit hinten wurde der Himmel etwas heller.

Der Wasserkocher schaltete sich nach lautem Geblubber aus. Sie drehte sich um und ging auf bloßen Füßen in die Küche, was ihre Laune deutlich hob, und goss das kochende Wasser in die Teekanne. Aus dem Schrank nahm sie eine der bunten Tassen, die sie sich damals auf Mallorca von einer Töpferin hatte machen lassen, und stellte sie auf den Tisch. Während sie den Tee ziehen ließ, schlenderte sie durch ihre Wohnung und gratulierte sich wieder mal selbst. Diese wunderbare Wohnung war schon nach zwei Monaten ein Zuhause geworden. Und das lag auch an ihren Sachen, mit denen sie endlich wieder lebte. Das Auspacken der Kisten hatte sie mit Jules und Alexandras Hilfe gemacht, es war ein großer Spaß gewesen, sie hatte von vielen

Dingen, die sie besaß, gar nichts mehr gewusst. Und sich umso mehr gefreut, sie wieder in Gebrauch zu nehmen.

Ihr Handy vibrierte kurz auf der Spüle, nur einmal, eine Textmeldung, sie würde gleich nachsehen. Friederike nahm das Teesieb aus der Kanne, füllte die bunte Tasse, fügte Zucker und Sahne dazu und rührte gedankenverloren um.

Sie hatte gestern Abend über zwei Stunden lang mit Tom telefoniert. Eigentlich hatte sie ihn am Nachmittag nur angerufen, um ihn zu fragen, ob er Interesse hatte, die Bar des *Grandhotel* zu übernehmen. Er könne es sich in Ruhe überlegen und sich melden, falls er Interesse hätte. Ihr eigener Barkeeper hatte ihr mitgeteilt, dass er sich mit einem Freund in der Hafencity selbstständig machen wollte. Schon am Abend hatte Tom sie zurückgerufen.

Tom war der beste Barkeeper, den sie in ihrer langen Hotelkarriere kennengelernt hatte. Er sah nicht nur umwerfend aus, er arbeitete auch so. In Bremen hatte er die Hotelbar zu einer Kult-Bar gemacht, nach seinem Weggang war der Umsatz sofort eingebrochen. Weggegangen war er, nachdem Friederike ihre jahrelange private Beziehung beendet hatte. Er wollte Verbindlichkeit, sie nicht. Weil er nicht Ulli war. Den sie erst jetzt von seinem Sockel holen konnte, auf den sie ihn jahrelang gestellt hatte. Und von dem sie sich erst jetzt hatte verabschieden können.

Das Handy brummte ein zweites Mal. Vielleicht war es Tom. Bei ihrem letzten Telefonat war er immer zugänglicher geworden. Für die nächste Woche hatten sie sich zum Essen verabredet. Natürlich, um über die Bar im *Grandhotel* zu sprechen. Und vielleicht noch ein paar andere Dinge.

Lächelnd nahm sie das Handy in die Hand und wischte übers Display.

Tantengruppe

Es geht los, wir fahren in die Klinik

Elektrisiert stellte sie die Tasse ab und beeilte sich, ins Bad zu kommen. Jetzt musste alles andere warten. Sie wurde gerade Patentante.

»Coco?« Steffi sah auf der Suche nach ihrer Schwägerin in jedes Zimmer, konnte sie aber nicht finden. »Wo bist du denn? Ich will dir was zeigen.«

Schließlich ging sie ins Wohnzimmer und schob die schwere Tür zur Dachterrasse auf. Tatsächlich hockte Coco auf einer der schweren Plastikkisten für die nicht winterharten Kübel und rauchte. Sie trug einen weitgeschnittenen, sehr langen olivfarbenen Daunenmantel, der Steffi an russische Grenzsoldaten erinnerte, und auf dem Kopf eine phosphorgrüne Pudelmütze mit einem großen Bommel aus Kunstfell.

»Hier bist du. Ich such dich überall.«

Coco pustete einen Ring aus und drehte sich zur Tür. »Wo soll ich denn sonst sein? In der Wohnung hätte ich dich gehört. Es ist übrigens arschkalt hier oben, und es nieselt.«

»Dann rauch doch nicht«, Steffi sah sie missbilligend an. »Gegen die Kälte kann ich schlecht was machen.«

»Es gibt doch diese schicken Wärmestrahler. Und man könnte hier eine Markise runterlassen, damit die Raucher nicht nass werden.«

»Du bist die Einzige, die hier raucht«, Steffi blieb in der Tür stehen. »Sonst niemand.«

»Das wundert mich nicht.« Coco drückte ihre Zigarette in einem kleinen, mit Sand gefüllten Blumentopf aus und krabbelte ächzend von der Kiste. »Ihr macht es uns auch nicht leicht. Was hast du denn vor?« Mit schräg gelegtem Kopf musterte sie ihre Schwägerin. »Willst du weg?«

Steffi wartete an der Tür, bis Coco wieder drin war, dann drehte sie sich vor ihr und breitete die Arme aus. »Und? Wie findest du dieses Kostüm? Es ist von Ariane Anders, hat knapp tausend Euro gekostet, war aber auf sechshundert runtergesetzt. Ich habe es mir schon für die Taufe gekauft.«

Coco schälte sich aus ihrem Mantel, behielt die Mütze aber auf. »Wahnsinn. Für das Geld hätte ich dir drei Kostüme nähen können.«

»Ich will wissen, wie du es findest.«

»Ganz okay. Welche Taufe eigentlich?«

»Die von meinem Stiefenkelkind natürlich. Friederike Brenner wird Patentante, die zäumt sich immer so auf, da muss ich ja gegenhalten.«

Coco sah sie erstaunt an. »Das Kind ist doch noch gar nicht da. Wann ist denn die Taufe?«

»Das ist doch egal. Jedenfalls weiß ich schon, was ich anziehe. Willst du die Mütze nicht abnehmen? Das ist doch viel zu warm.«

»Nö«, Coco lehnte sich an einen kleinen Schrank und sah auf die Uhr. »Wo bleibt Philipp eigentlich. Der wollte doch nur schnell was aus der Klinik holen und danach Brötchen mitbringen?«

»Ich rufe ihn mal an.« Sofort griff Steffi zu ihrem Handy und wählte die Kurzwahl. Sie sah Coco an, während sie wartete. »Mailbox«, sagte sie schließlich und drückte die Wahlwiederholung. »Wieso geht der nicht ran?«

Beim sechsten Versuch drückte sie den Lautsprecher und legte das Handy zur Seite, um sich die Jacke aufzuknöpfen. Jetzt hörten sie seine Stimme: »Steffi, ich kann jetzt nicht, Pia ist im Kreißsaal.« Danach kam das Besetztzeichen.

»Du brauchst eine Jacke«, Alexandra schob Hanna zurück ins Haus. »Es sind nur sechs Grad draußen.«

»Oh, ja«, zerstreut ging Hanna zur Garderobe und nahm eine grüne Kaschmirstrickjacke vom Bügel. »Ist gut.«

»Die doch nicht«, augenrollend sah Alexandra Emma zum

Schrank gehen, aus dem sie Hannas Mantel nahm, den sie ihrer Tante reichte. »Danke Emma, wenn man Hanna zusieht, könnte man denken, sie bekäme das Kind.«

»Es ist aber auch alles aufregend«, mit hängenden Armen sah Hanna die beiden an. »Ich mache das gerade zum ersten Mal durch. Also los, tschüs, Emmakind, bis später.«

»Ihr könnt euch ja mal melden.« Emma begleitete sie zur Tür. »Was es geworden ist. Ich fände ja einen Jungen schön. Bei so vielen Tanten.«

»Ich schlage es vor.«

Emma winkte ihnen nach, bis das Auto um die Ecke gebogen war.

»Sie ist wirklich süß«, sagte Alexandra, während sie langsam die schmale Straße bis zur Kreuzung fuhr. »Es macht Spaß, sie dazuhaben.«

Hanna lächelte und nickte. »Ja«, stieß sie seufzend aus. »Das stimmt.«

Eigentlich wohnte Emma für die Zeit ihres Studiums in Lübeck in einer Studenten-WG mit einer Kommilitonin, deren Eltern die Wohnung gehörte. Kurz nach Emmas Konzert, zu dem nicht nur Hanna, sondern auch Jule, Friederike, Alexandra und Pia gefahren waren, bekam sie die Mitteilung, dass sie demnächst aus der Wohnung rausmüsste. Die andere Tochter hatte sich von ihrem Freund getrennt und wollte jetzt zu ihrer Schwester ziehen.

Das hatte Astrid Hanna am Telefon erzählt, weil sie fragen wollte, ob Hanna ihr einen Tipp bei der Zimmersuche geben könnte. Und sofort hatte die angeboten, dass Emma eine Zeitlang auch in der Villa wohnen könne. Sie müsse allerdings morgens erst mit dem Auto zum nächsten Bahnhof und anschließend noch eine halbe Stunde mit dem Zug fahren. Die leise Skepsis von Emma war mit dem Blick auf Hannas kostbaren Flügel vergessen. Und die Aussicht, mit ihrer berühmten Tante über Musik sprechen zu können und in ihrer Anwesenheit Klavier zu spielen, gab schließlich den Ausschlag.

Jetzt wohnte sie seit knapp zwei Monaten mit Alexandra und Hanna am See – und beide waren schockverliebt.

»Hast du das Geschenk dabei?«, unterbrach Hanna plötzlich Alexandras Gedanken. »Ich habe nicht mehr dran gedacht.«

»Das liegt schon im Kofferraum«, antwortete Alexandra. »Eingepackt mit Schleife und Karte.«

Sie sah auf die Uhr im Armaturenbrett. »Hoffentlich hat sie es leicht. So wie Jule. Als wir damals ins Krankenhaus gekommen sind, war Pia schon da. Das ging alles unglaublich schnell.«

Hanna nickte. »Dann hoffen wir mal, dass es heute genauso gut geht. Und drücken die Daumen. Kannst du nicht ein bisschen schneller fahren? Ich habe das Gefühl, dass wir überhaupt nicht von der Stelle kommen.«

»Halt dich fest.« Alexandra gab Gas.

»Brenner, guten Tag«, Friederike war direkt auf den Empfang zugeschossen und sprach die junge Frau dahinter sofort an. »Meine … meine Nichte bekommt hier gerade ein Baby, können Sie mir sagen, auf welche Station ich muss?«

»Wie ist denn der Name Ihrer Nichte?«

»Pia Petersen.«

»Ah ja, also Frau Petersen ist noch im Kreißsaal. Am besten, Sie warten hier vorn in der Cafeteria, das kann noch eine Weile dauern.«

»Und vor dem Kreißsaal gibt es keinen Wartebereich?«

»Der ist nicht so groß«, die Schwester lächelte. »Und da sitzen schon alle Ehemänner und Großeltern, wir haben gerade mehrere Entbindungen.« Das Telefon neben ihr klingelte, sie drehte Friederike den Rücken zu und nahm ab.

Friederike atmete tief aus, stieß sich vom Tresen ab und ging langsam durch das Foyer in die Cafeteria. Für eine Klinikkantine war sie gar nicht schlecht, nur wenige der Tische waren besetzt, Friederike setzte sich an einen am Fenster. Von hier aus konnte sie den Eingang sehen.

»Hier ist ja alles zugeparkt«, ungeduldig trommelte Alexandra mit den Fingern auf dem Lenkrad und sah über ihre Schulter. »Ich kann dich am Haupteingang rauslassen, dann kannst du schon reingehen, während ich versuche, einen Scheißparkplatz zu finden.«

»Oder du fährst ins Parkhaus«, Hanna zeigte auf ein Schild, an dem sie schon dreimal vorbeigefahren waren. »Das gehört zur Klinik, ich kann auch die Gebühren bezahlen, wenn du deshalb nicht reinfahren möchtest.«

»Das habe ich übersehen«, Alexandra hob hilflos die Schultern. »Jetzt bin ich auch nervös.«

Sie wendete und fuhr ins Parkhaus, wenigstens hatte sie die Nerven, vor der Schranke anzuhalten und ein Ticket zu ziehen.

Der Aufzug hielt genau gegenüber dem Empfang, mit schnellen Schritten gingen sie auf die Schwester zu. »Guten Tag, mein Name ist Weise, meine … unsere Nichte entbindet hier gerade. Pia Petersen, können Sie uns sagen, wie wir zur Geburtsstation kommen?«

»Ihre Nichte?« Die Schwester hob die Augenbrauen, während sie von Alexandra zu Hanna und wieder zurücksah. »Aha. Eine andere Tante wartet schon in der Cafeteria, es kann aber noch etwas dauern.«

»Danke, dann …«

Alexandra wurde ein Stück zur Seite geschoben, alles was sie sah, war eine giftgrüne Pudelmütze und ein ausladender Daunenmantel.

»Coco Petersen, ich bin die Tante von Pia Petersen und werde gerade Großtante. Können Sie mir sagen, wo meine Nichte entbindet?«

Fassungslos sah die Schwester alle drei an. »Wie viele Tanten kommen denn noch? Wollen Sie …«

»Alex?« Plötzlich hatte Coco Alexandra entdeckt, sofort versank die in den Tiefen des Daunenmantels. »Das ist ja ein Ding, ich habe dich gar nicht gesehen, ich bin ja so aufgeregt. Weißt du, wo …«

»Hast du schon gefragt?« Auch Steffi war in diesem Moment an den Tresen geeilt. »Ach, hallo Alexandra, Tag, Frau Herwig. Coco, auf welcher Station ist Pia denn?«

»Sind Sie auch eine Tante?« Die Schwester sah sie ironisch an. »Wie gesagt, eine von Ihnen wartet auch schon in der Cafeteria. Oben ist zu wenig Platz für Großfamilien.«

Sofort schnappte Steffi nach Luft. »Ich bin keine Tante, es handelt sich um meine Stieftochter. Pia Petersen. Wissen Sie nicht, wer ich bin? Mein Mann ist hier Chefarzt, Dr. Philipp Petersen, dann rufe ich ihn eben an, damit er uns auf die Station lässt.«

»Ja, Dr. Petersen ist Chefarzt, aber auf der chirurgischen Station, ich weiß nicht, ob Sie da wirklich hinwollen.« Die Schwester blieb gelassen. »Kinder werden da jedenfalls nicht geboren, aber die Cafeteria ist gleich hier vorn.«

»Was ist denn hier los? Ich habe euch gar nicht durch den Eingang kommen sehen, ich warte die ganze Zeit in der Cafeteria.« Friederikes vorwurfsvolle Stimme ließ vier Köpfe herumfahren. »Fiedi«, Alexandra legte einen Arm um ihre Schultern. »Wir sind vom Parkhaus direkt mit dem Aufzug ins Foyer gefahren, hast du schon was gehört?«

Friederike schüttelte den Kopf. »Nichts. Hallo Hanna, hallo Coco, hallo Steffi. Ich habe meine Jacke noch an einem Tisch drüben, da passen wir alle dran.«

»Würden Sie dann bitte auch dorthin gehen«, ordnete die Schwester jetzt energischer an. »Es sind mir gerade etwas zu viele Tanten hier am Empfang. Also bitte, ich brauche hier Platz, warten Sie bitte in der Cafeteria. Das kann ja wohl nicht wahr sein.«

Damit griff sie nach einem Klemmbrett und ließ alle vier stehen. Wütend riss Steffi ihr Handy aus der Tasche. »Das glaube ich ja wohl nicht. Eine Unverschämtheit. Philipp? Philipp, ich bin es, hier steht so eine unmögliche Krankenschwester und lässt uns nicht hoch und ich … Was? Ich verstehe dich nicht. Wann? Philipp? Philipp? … Aufgelegt.«

Sie ließ das Handy sinken und sah erstaunt in die Runde. »Es ist schon da. Ein kleines Mädchen. Alles gesund. Vor einer halben Stunde. Wir sollen in der Cafeteria warten, Jule kommt gleich runter.«

Die Cafeteria hatte sogar kalten Sekt im Kühlschrank. Friederike hatte ihn bestellt, dazu sechs Gläser, jetzt saßen Jule, Alex, Friederike, Hanna, Coco und Steffi einträchtig um den Tisch, jede ein Glas Sekt in der Hand, und ließen sich von der stolzen und sichtlich bewegten Jule die Geburt schildern. »Sie hat es toll gemacht, sie war so wahnsinnig tapfer. Und das Baby ist … ich kann es gar nicht beschreiben«, sie suchte nach den richtigen Worten. »Ich habe so was Süßes noch nie gesehen.«

»Und wann können wir es angucken?«, fragte Coco gespannt. »Ich habe richtig Puls, ich bin so neugierig.«

»Gebt ihr noch eine halbe Stunde«, Philipps Stimme kam plötzlich von der Seite. Er zog sich einen Stuhl vom Nebentisch dazu. »Sie möchte noch einen Moment allein mit der Kleinen sein.« Er sah fertig aus, mitleidig stand Alex auf und holte ihm noch ein Glas. Friederike schenkte den Rest der Flasche ein.

»Auf den Opa«, sagte sie völlig ironiefrei und hob ihr Glas. »Und natürlich aufs Baby. Jule, wie lange hast du eigentlich geheult?«

»Gar nicht«, sagte Jule und sah sie selbstbewusst an. »Das habe ich Philipp überlassen. Und Torge. Der hatte auch feuchte Augen.«

»Wo ist er denn überhaupt?«

Friederike sah sich um und entdeckte ihn, als er gerade mit einer Tüte auf den Eingang zulief. »Er kommt gerade.«

»Ja«, Jule stand langsam auf und sah über Friederikes Schulter. »Mit Pommes. Pia hat einen Heißhunger auf Pommes, die hat er ihr jetzt gerade geholt. Wollen wir langsam hoch?«

Als sie alle im Fahrstuhl standen und zusammen in den dritten Stock fuhren, fragte Coco laut: »Wie heißt das Baby denn? Wissen wir das schon?«

»Ich finde ja Liv toll«, antwortete Steffi und sah Coco an. »Oder Leyla.«

»Oder Cordula«, schlug Philipp vor. »Nach meiner Mutter.«

»Das fehlt noch«, Coco sah ihren Bruder kopfschüttelnd an. »Also ehrlich: Cordula, das ist doch kein Name für ein Baby. Vielleicht Martha? Nach Oma Petersen?«

Der Aufzug hielt, die Tür schob sich auf. Coco ging zuerst raus. »Oder Anna. Katharina. Serafina. Welche Zimmernummer?«

»22«, Jule ging vor und blieb an der Tür stehen. Steffi und Philipp standen eng hinter ihr, danach kamen Hanna, Friederike, Coco und Alexandra und schließlich Torge. Mit der Hand auf der Türklinke drehte Jule sich um: »Bereit?«

Die Tür ging auf und gab die Sicht auf Pia frei, die ihre kleine Tochter im Arm hielt und zärtlich zu ihr runterblickte. Sie hob den Kopf, als sie ihre Besucher sah, und lächelte strahlend.

»Die Schwester hat euch schon angekündigt, sie meinte, es käme gleich ein ganzer Bus voller Tanten.«

»Wenn man es genau nimmt, ist es nur eine«, Coco riss sich im Gehen die Mütze vom Kopf, ihre schwarzen Haare wehten plötzlich aufgeladen um ihren Kopf. »Die anderen haben gelogen. Ach Gott, ist die niedlich. Meinen Glückwunsch, Pia.«

Sie küsste erst ihre Nichte, dann betrachtete sie gerührt das winzige Baby in Pias Arm. »Hallo, meine Süße, du hast ja schon ganz viele Haare.« Sie strich zart mit dem Finger über den Flaum, dann trat sie zurück und hob den Kopf. Ihre Augen schwammen in Tränen.

»Jetzt kann jemand anders gucken, ich brauche erst mal ein Taschentuch.« Heftig schniefend machte sie Platz und gab die Sicht wieder frei. Pia zog die Babydecke etwas herunter, damit alle das kleine Mädchen sehen konnten.

Auch Philipp schnäuzte sich lautstark, Steffi warf ihm einen kurzen Blick zu und setzte sich ungefragt auf das Fußende des Bettes. »Ich weiß gar nicht, was es da zu heulen gibt, Philipp und Coco, jetzt reißt euch mal zusammen. So ein süßes Mädchen. Ich hatte ja gehofft, dass es eines wird, für Mädchen gibt es so niedliche Sachen. Für Jungs ist es viel schwerer.«

»Lass mich auch mal näher ran«, Friederike schob sich an Steffi vorbei und beugte sich zu Pia. »Gut gemacht, Pia«, flüsterte sie ihr ins Ohr.

»Danke«, war die leise Antwort. »Für alles.«

Sie drehte das Baby so, dass Friederike das Gesicht sehen konnte, und fragte lauter. »Willst du sie mal nehmen? Patentanten haben nach den Großeltern immer den ersten Zugriff.«

Friederike nickte und nahm das kleine Mädchen sehr vorsichtig in den Arm. Sie betrachtete das winzige Gesicht, dann hob sie den Kopf und sah die anderen an. »Sie ist perfekt.«

Auch Alexandra trat jetzt näher und strich vorsichtig mit

dem kleinen Finger über die weiche Babywange. »Ist sie. Willkommen, kleine Maus.«

Es war sehr still im Zimmer, nur das leise Glucksen des Babys war zu hören. Und das Schniefen von Coco und Philipp.

»Meine Güte, das ist ja hier eine Stimmung«, Steffi konnte die Stille nicht mehr aushalten. »Wie soll sie überhaupt heißen? Das hast du noch gar nicht gesagt. Dein Vater hat schon Cordula ins Spiel gebracht. Oder Martha, nach seiner Oma. Ich finde Liv ja schön, so heißt die Tochter unserer Nachbarn. Oder …«

»Marie«, sagte Pia laut. »Sie heißt Marie.«

Sie blickte zu Friederike, die das Baby immer noch im Arm hatte und jetzt überrascht den Kopf hob. »Marie«, sagte Friederike schließlich leise und nickte. »Natürlich!«

»Ach, Pia«, Hanna sah mit Freudentränen auf Pia und schob sich langsam neben Friederike. Dann sah sie die Kleine zärtlich an. »Was für eine schöne Wahl.«

»Fiedi?« Jules Stimme unterbrach die andächtige Stille im Zimmer. »Du heulst ja. Und verschmierst gerade dein ganzes Make-up.«

Friederike sah sie an und lächelte unter Tränen. »Dumme Nuss. Wie kann man nur so unsensibel sein?«

Sie gab Pia vorsichtig die kleine Marie zurück und richtete sich wieder auf. Genau rechtzeitig, bevor die Tür aufgerissen wurde und eine Krankenschwester reinkam. Sie blieb abrupt stehen und polterte: »Na, das ist hier jetzt aber ein bisschen zu voll. Jetzt ist erst mal Pause. Die junge Mutter muss sich ausruhen. Heute Nachmittag ist wieder Besuchszeit. Aber dann nicht wieder ein ganzer Bus voll Tanten.«

Sofort stand Steffi auf und hakte sich bei Philipp unter. »Wir sind aber …«

»Lass uns auch gehen, Steffi«, Philipp sah sie kurz an. »Wir kommen heute Nachmittag wieder, wir haben ja noch nicht mal die Geschenke mitgebracht.«

»Danke«, Pia übergab der Schwester vorsichtig die kleine Marie, dann rutschte sie im Bett hoch und sah in die Runde. »Ich bin echt ganz schön müde. Und außerdem möchte ich jetzt die Pommes von Torge essen.«

»Also Aufbruch«, Coco schob Steffi und Philipp in Richtung Tür. »Ich muss jetzt auch echt mal eine rauchen. Bis später, Pia. Und euch anderen Tanten noch eine schöne Feier. Wir sehen uns bald.«

»Bis bald«, die Krankenschwester klatschte in die Hände und sah Friederike, Alexandra und Hanna an. »Und jetzt gehen alle Tanten nach Hause.«

»Das Geschenk«, rief Hanna plötzlich mit rauer Stimme aus. »Wir haben es im Auto vergessen.«

»Das könnt ihr mir auch noch zu Hause geben«, schlug Pia vor. »Ich bin doch nicht lange hier.«

»Nein«, Alexandra schüttelte den Kopf. »Heute. Jule, kommst du mit zum Auto? Und gibst es Pia?«

»Ja«, Jule beugte sich über Pia und küsste sie flüchtig. »Ich komme gleich wieder.«

»Lass dir Zeit«, Pia griff zur Tüte auf ihrem Nachttisch. »Danke euch. Und bis bald.«

Sie hatte schon die ersten Pommes im Mund, als die Tür hinter den Tanten ins Schloss fiel.

»Was ist es denn eigentlich?« Gespannt betrachtete Jule das Paket, das Alexandra aus dem Kofferraum holte. »Ein Bild?«

»Ja«, Friederike sah Hanna an, die vorfreudig lächelte. »Wir haben es bei den Bildern auf dem Dachboden am See gefunden. Alexandra und ich konnten uns sogar noch daran erinnern.«

»Ich kannte es gar nicht«, ergänzte Hanna. »Aber es ist eine von Maries besten Aufnahmen, finde ich.«

Alexandra legte das Bild auf die Motorhaube und sah Jule an. »Willst du es vorher sehen?«

»Ja«, Jule nickte. »Unbedingt.«

Friederike zog vorsichtig die Schleife auf und schob das Papier zur Seite. Zu viert beugten sie sich über die Motorhaube, Jule entfuhr ein kleiner Seufzer. »Das ist ja …«

Sie hob das Bild hoch und trat ein Stück näher zum Licht der Neonröhre, unter der das Auto geparkt war. »Das ist ja Pia. Wie alt war sie da? Zwei oder drei?«

Das Mädchen im Sommerkleidchen stand noch etwas unsicher auf dem Bootssteg. Sie lachte direkt in die Kamera, die auch noch etwas anderes eingefangen hatte. Drei Paar Arme waren um sie herum ausgestreckt, um sie aufzufangen, falls sie fallen sollte.

»Meine, Jules, Alexandras«, Friederike tippte auf die Arme und sah die anderen an. »Ich sag es euch, bei Pia haben wir das Auffangen zeitweise vernachlässigt, bei der kleinen Marie passiert uns das nicht.«

Jule strich langsam mit dem Finger über Pias Kindergesicht und sah hoch. »Ich muss gleich heulen.«

»Nein«, energisch schlug Friederike das Bild wieder ins Papier und verknotete die Schleife. »Du bist jetzt Oma. Damit hörst du jetzt auf. Nächstes Wochenende am See? Alle zusammen? Kleine Babyparty?«

»Ja.« Jule nickte, bevor sie das Bild unter den Arm nahm und die anderen ansah. »Alle zusammen.« Sie machte eine Pause, dann überzog ein Lächeln ihr Gesicht. »Ihr könnt euch nicht vorstellen, wie sehr ich mich auf die nächsten Jahre freue. Das wird großartig. Mit euch. Und mit Marie.«

Danke

Ihr seid wie immer eine Hilfe gewesen: das dtv Team insbesondere Bianca Dombrowa und Friederike Zeininger, Joachim Jessen, der mitgedacht und kritisiert hat, die Agentur Schlück, die Freundinnen, denen das Ganze gewidmet ist und die mir ihre Geschichten erzählt haben, und ganz besonders und mit Doppel-Dank Rainer Schmidt, der wieder einmal für die richtige Struktur und die gute Stimmung gesorgt hat. Es war ein Vergnügen und wäre fast ein Grund zum Feiern. Also: irgendwann sitzen wir alle wieder an einem Tisch am See und trinken kalten Weißwein. Da bin ich mir sicher.